증편 한국구비문학대계

9-5

제주특별자치도 제주시 ②

이 저서는 2008년 정부(교육과학기술부)의 재원으로 한국학중앙연구원(한국학진흥사업단)의 지원을 받아 수행된 연구임.(AKS-2008-AIA-3101)

증편 한국구비문학대계
9-5
제주특별자치도 제주시 ②

허남춘 · 강정식 · 강소전 · 송정희

한국학중앙연구원

역락

발간사

　민간의 이야기와 백성들의 노래는 민족의 문화적 자산이다. 삶의 현장에서 이러한 이야기와 노래를 창작하고 음미해 온 것은, 어떠한 권력이나 제도도, 넉넉한 금전적 자원도, 확실한 유통 체계도 가지지 못한 평범한 사람들이었다. 이야기와 노래들은 각각의 삶의 현장에서 공동체의 경험에 부합하였으며, 사람들의 정신과 기억 속에 각인되었다. 문자라는 기록 매체를 사용하지 못하였지만, 그 이야기와 노래가 이처럼 면면히 전승될 수 있었던 것은 그것이 바로 우리 민족의 유전형질의 일부분이 되었기 때문이며, 결국 이러한 이야기와 노래가 우리 민족을 하나의 공동체로 묶어 주고 있는 것이다.

　사회와 매체 환경의 급격한 변화 가운데서 이러한 민족 공동체의 DNA는 날로 희석되어 가고 있다. 사랑방의 이야기들은 대중매체의 내러티브로 대체되어 버렸고, 생활의 현장에서 구가되던 민요들은 기계화에 밀려 버리고 말았다. 기억에만 의존하여 구전되던 이야기와 노래는 점차 잊히고 있다. 한국학중앙연구원이 1970년대 말에 개원함과 동시에, 시급하고도 중요한 연구사업으로 한국구비문학대계의 편찬 사업을 채택한 것은 바로 이러한 시대적 상황에 대한 우려와 잊혀 가는 민족적 자산에 대한 안타까움 때문이었다.

　당시 전국의 거의 모든 구비문학 연구자들이 참여하였는데, 어려운 조사 환경에서도 80여 권의 자료집과 3권의 분류집을 출판한 것은 그들의 헌신적 활동에 기인한다. 당초 10년을 계획하고 추진하였으나 여러 사정으로 5년간만 추진되었으며, 결과적으로 한반도 남쪽의 삼분의 일에 해당

하는 부분만 조사하게 되었다. 그럼에도 불구하고 한국구비문학대계는 주관기관인 한국학중앙연구원의 대표 사업으로 각광 받았을 뿐 아니라, 해방 이후 한국의 국가적 문화 사업의 하나로 꼽히게 되었다.

21세기에 들어서면서 한국학중앙연구원에서는 미완성인 채로 남아 있는 구비문학대계의 마무리를 더 이상 미룰 수 없다는 생각으로 이를 증보하고 개정할 계획을 세웠다. 20년 전의 첫 조사 때보다 환경이 더 나빠졌고, 이야기와 노래를 기억하고 있는 제보자들이 점점 줄어들고 있었던 것이다. 때마침 한국학 진흥에 대한 한국 정부의 의지와 맞물려 구비문학대계의 개정·증보사업이 출범하게 되었다.

이번 조사사업에서도 전국의 구비문학 연구자들이 거의 다 참여하여 충분하지 않은 재정적 여건에서도 충실히 조사연구에 임해 주었다. 전국 각지의 제보자들은 우리의 취지에 동의하여 최선으로 조사에 응해 주었다. 그 결과로 조사사업의 결과물은 '구비누리'라는 이름의 데이터베이스에 탑재가 되었고, 또 조사 자료의 텍스트와 음성 및 동영상까지 탑재 즉시 온라인으로 접근할 수 있는 시스템을 갖추었다. 특히 조사 단계부터 모든 과정을 디지털화함으로써 외국의 관련 학자와 기관의 선망의 대상이 되고 있다.

이제 조사사업의 결과물을 이처럼 책으로도 출판하게 된다. 당연히 1980년대의 일차 조사사업을 이어받음으로써 한편으로는 선배 연구자들의 업적을 계승하고, 한편으로는 민족문화사적으로 지고 있던 빚을 갚게 된 것이다. 이 사업의 연구책임자로서 현장조사단의 수고와 제보자의 고귀한 뜻에 감사를 표하지 않을 수 없다. 아울러 출판 기획과 편집을 담당한 한국학중앙연구원의 디지털편찬팀과 출판을 기꺼이 맡아준 역락출판사에 감사를 드린다.

2013년 10월 4일
한국구비문학대계 개정·증보사업 연구책임자 김병선

책머리에

구비문학조사는 늦었다고 생각하는 지금이 가장 빠른 때이다. 왜냐하면 자료의 전승 환경이 나날이 달라지고 있기 때문이다. 전승 환경이 훨씬 좋은 시기에 구비문학 자료를 진작 조사하지 못한 것이 안타깝게 여겨질수록, 지금 바로 현지조사에 착수하는 것이 최상의 대안이자 최선의 실천이다. 실제로 30여 년 전 제1차 한국구비문학대계 사업을 하면서 더 이른 시기에 조사를 했더라면 하는 아쉬움이 컸는데, 이번에 개정·증보를 위한 2차 현장조사를 다시 시작하면서 아직도 늦지 않았다는 사실을 실감했다.

구비문학 자료는 구비문학 연구와 함께 간다. 자료의 양과 질이 연구의 수준을 결정하고 연구수준에 따라 자료조사의 과학성이 결정되기 때문이다. 실제로 1차 조사사업 결과로 구비문학 연구가 눈에 띄게 성장했고, 그에 따라 조사방법도 크게 발전되었다. 그러나 연구의 수명과 유용성은 서로 반비례 관계를 이룬다. 구비문학 연구의 수명은 짧고 갈수록 빛이 바래지만, 자료의 수명은 매우 길 뿐 아니라 갈수록 그 가치는 더 빛난다. 그러므로 연구 활동 못지않게 자료를 수집하고 보고하는 일이 긴요하다.

교육부에서 구비문학조사 2차 사업을 새로 시작한 것은 구비문학이 문학작품이자 전승지식으로서 귀중한 문화유산일 뿐 아니라, 미래의 문화산업 자원이라는 사실을 실감한 까닭이다. 따라서 학계뿐만 아니라 문화계의 폭넓은 구비문학 자료 활용을 위하여 조사와 보고 방법도 인터넷 체제와 디지털 방식에 맞게 전환하였다. 조사환경은 많이 나빠졌지만 조사보고는 더 바람직하게 체계화함으로써 누구든지 쉽게 접속하여 이용할 수 있는 데이터베이스를 구축했다. 그러느라 조사결과를 보고서로 간행하는 일은 상대적으로 늦어지게 되었다.

2차 조사는 1차 사업에서 조사되지 않은 시군지역과 교포들이 거주하는 외국지역까지 포함하는 중장기 계획(2008~2018년)으로 진행되고 있다. 한국학중앙연구원 어문생활연구소와 안동대학교 민속학연구소가 공동으로 조사사업을 추진하되, 현장조사 및 보고 작업은 민속학연구소에서 담당하고 데이터베이스 구축 작업은 한국학중앙연구원에서 담당한다. 가장 중요한 일은 현장에서 발품 팔며 땀내 나는 조사활동을 벌인 조사자들의 몫이다. 마을에서 주민들과 날밤을 새우면서 자료를 조사하고 채록하여 보고서를 작성한 조사위원들과 조사원 여러분들의 수고를 기리지 않을 수 없다. 조사의 중요성을 알아차리고 적극 협력해 준 이야기꾼과 소리꾼 여러분께도 고마운 말씀을 올린다.

구비문학 조사를 전국적으로 실시하여 체계적으로 갈무리하고 방대한 분량으로 보고서를 간행한 업적은 아시아에서 유일하며 세계적으로도 그 보기를 찾기 힘든 일이다. 특히 2차 사업결과는 '구비누리'로 채록한 자료와 함께 원음도 청취할 수 있는 데이터베이스를 구축해서 세계에서 처음으로 인터넷과 스마트폰으로 이용할 수 있는 디지털 체계를 마련했다. '구슬이 서 말이라도 꿰어야 보배'인 것처럼, 아무리 귀한 자료를 모아두어도 이용하지 않으면 소용이 없다. 그러므로 이 보고서가 새로운 상상력과 문화적 창조력을 발휘하는 문화자산으로 널리 활용되기를 바란다. 한류의 신바람을 부추기는 노래방이자, 문화창조의 발상을 제공하는 이야기주머니가 바로 한국구비문학대계이다.

2013년 10월 4일

한국구비문학대계 개정·증보사업 현장조사단장 임재해

한국구비문학대계 개정·증보사업 참여자(참여자 명단은 가나다 순)

연구책임자

　　김병선

공동연구원

　　강등학　강진옥　김익두　김헌선　나경수　박경수　박경신　송진한　신동흔
　　이건식　이경엽　이인경　이창식　임재해　임철호　임치균　조현설　천혜숙
　　허남춘　황인덕　황루시

전임연구원

　　이균옥　최원오

박사급연구원

　　강정식　권은영　김구한　김기옥　김영희　김월덕　김형근　노영근　서해숙
　　유명희　이영식　이윤선　장노현　정규식　조정현　최명환　최자운　한미옥

연구보조원

　　강소전　구미진　권희주　김보라　김옥숙　김자현　김혜정　마소연　박선미
　　백민정　변진섭　송정희　이옥희　이홍우　이화영　편성철　한지현　한유진
　　허정주

주관 연구기관 : 한국학중앙연구원 어문생활사연구소
공동 연구기관 : 안동대학교 민속학연구소

일러두기

■ 『증편 한국구비문학대계』는 한국학중앙연구원과 안동대학교에서 3단계 10개년 계획으로 진행하는 "한국구비문학대계 개정·증보사업"의 조사 보고서이다.

■ 『증편 한국구비문학대계』는 시군별 조사자료를 각각 별권으로 간행하는 것을 원칙으로 한다. 서울 및 경기는 1-, 강원은 2-, 충북은 3-, 충남은 4-, 전북은 5-, 전남은 6-, 경북은 7-, 경남은 8-, 제주는 9-으로 고유번호를 정하고, -선 다음에는 1980년대 출판된 『한국구비문학대계』의 지역 번호를 이어서 일련번호를 붙인다. 이에 따라 『증편 한국구비문학대계』는 서울 및 경기는 1-10, 강원은 2-10, 충북은 3-5, 충남은 4-6, 전북은 5-8, 전남은 6-13, 경북은 7-19, 경남은 8-15, 제주는 9-4권부터 시작한다.

■ 각 권 서두에는 시군 개관을 수록해서, 해당 시·군의 역사적 유래, 사회·문화적 상황, 민속 및 구비 문학상의 특징 등을 제시한다.

■ 조사마을에 대한 설명은 읍면동 별로 모아서 가나다 순으로 수록한다. 행정상의 위치, 조사일시, 조사자 등을 밝힌 후, 마을의 역사적 유래, 사회·문화적 상황, 민속 및 구비문학상의 특징 등을 중심으로 설명하고, 마을 전경 사진을 첨부한다.

■ 제보자에 관한 설명은 읍면동 단위로 모아서 가나다 순으로 수록한다. 각 제보자의 성별, 태어난 해, 주소지, 제보일시, 조사자 등을 밝힌 후, 생애와 직업, 성격, 태도 등을 중심으로 서술하고, 제공 자료 목록과 사진을 함께 제시한다.

- 조사 자료는 읍면동 단위로 모은 후 설화(FOT), 현대 구전설화(MPN), 민요(FOS), 근현대 구전민요(MFS), 무가(SRS), 기타(ETC) 순으로 수록한다. 각 조사 자료는 제목, 자료코드, 조사장소, 조사일시, 조사자, 제보자, 구연상황, 줄거리(설화일 경우) 등을 먼저 밝히고, 본문을 제시한다. 자료코드는 대지역 번호, 소지역 번호, 자료 종류, 조사 연월일, 조사자 영문 이니셜, 제보자 영문 이니셜, 일련번호 등을 '_'로 구분하여 순서대로 나열한다.
- 자료 본문은 방언을 그대로 표기하되, 어려운 어휘나 구절은 ( ) 안에 풀이말을 넣고 복잡한 설명이 필요할 경우는 각주로 처리한다. 한자 병기나 조사자와 청중의 말 등도 ( ) 안에 기록한다.
- 구연이 시작된 다음에 일어난 상황 변화, 제보자의 동작과 태도, 억양 변화, 웃음 등은 [ ] 안에 기록하며, 무가의 경우는 굿의 장단을 ‖ ‖ 안에 표시한다.
- 잘 알아들을 수 없는 내용이 있을 경우, 청취 불능 음절수만큼 '○○○'와 같이 표시한다. 제보자의 이름 일부를 밝힐 수 없는 경우도 '홍길○'과 같이 표시한다.
- 『증편 한국구비문학대계』에 수록된 모든 자료는 웹(gubi.aks.ac.kr/web)과 모바일(mgubi.aks.ac.kr)에서 텍스트와 동기화된 실제 구연 음성파일을 들을 수 있다.

차례

제주시 동부지역 개관 ● 19

1. 동복리

▌조사마을
제주특별자치도 제주시 구좌읍 동복리 ······························ 27

▌제보자
강대원, 남, 1945년생 ··· 30
강치옥, 여, 1938년생 ··· 32
박영옥, 여, 1946년생 ··· 33
이문자, 여, 1953년생 ··· 34
정공철, 남, 1960년생 ··· 34

● 무가
동복리 본향당 신과세제 ····································· 강대원 36
동복리 본향당 신과세제 궷문열림 ···························· 강대원 37
동복리 본향당 신과세제 초감제 ····························· 강대원 38
동복리 본향당 신과세제 예명올림 ···························· 정공철 46
동복리 본향당 신과세제 시왕맞이 초감제 제청서립 ·········· 강대원 48
동복리 본향당 신과세제 시왕맞이 초감제 베포도업침 ········ 강대원 50
동복리 본향당 신과세제 시왕맞이 초감제 날과국섬김 ········ 강대원 52
동복리 본향당 신과세제 시왕맞이 초감제 연유닦음 ··········· 강대원 53
동복리 본향당 신과세제 시왕맞이 초감제 제청신도업 ········ 강대원 60
동복리 본향당 신과세제 시왕맞이 초감제 군문열림 ··········· 강대원 67
동복리 본향당 신과세제 시왕맞이 초감제 군문열림 분부사룀 강대원 85
동복리 본향당 신과세제 시왕맞이 초감제 새드림 ············· 박영옥 88
동복리 본향당 신과세제 시왕맞이 초감제 도레둘러뎀 ········ 박영옥 96
동복리 본향당 신과세제 시왕맞이 초감제 신청궤 ············· 강대원 103
동복리 본향당 신과세제 시왕맞이 역가바침 ················· 강대원 129

동복리 본향당 신과세제 시왕맞이 산받음 ·························· 강대원 135
동복리 본향당 신과세제 시왕맞이 엑멕이 ························· 강대원 140
동복리 본향당 신과세제 상당숙임 ································· 강대원 159
동복리 본향당 신과세제 파직 ······································ 강대원 162

2. 북촌리

▐ 조사마을

제주특별자치도 제주시 조천읍 북촌리 ······························· 167

▐ 제보자

고완순, 여, 1939년생 ·· 170
김래호, 여, 1921년생 ·· 171
윤삼례, 여, 1928년생 ·· 172
이원녀, 여, 1928년생 ·· 173
현덕선, 여, 1928년생 ·· 174

설화

양에목사 조상 ··· 고완순 176
김녕 강수남과 도체비 조상 ······························ 고완순 178
도체비 조상 ··· 고완순 184
토산 뱀 조상과 며느리 ····································· 고완순 185
남선비 ··· 윤삼례 188
불도할망 ··· 윤삼례 203
양이목사 ··· 윤삼례 211
구실할망 ··· 윤삼례 214

　　윤동지 영감과 미럭 조상 ································· 윤삼례 217

● 민요
　　꿩꿩장서방 ······································· 김래호 220
　　이어 방에 ······································· 김래호 221
　　혼다리 인다리 ··································· 김래호 221
　　새야 새야 ······································· 김래호 222
　　밧 볼리는 소리 ································· 윤삼례 222
　　아웨기소리 ····································· 윤삼례 223
　　フ레 フ는 소리 ································· 윤삼례 226
　　도리께질 소리 ································· 윤삼례 226
　　애기 훙그는 소리 ······························· 윤삼례 228
　　서우제소리 ····································· 윤삼례 229
　　서우제소리(배코사 소리) ······················· 윤삼례 233
　　행상소리 ··· 윤삼례 235
　　물질소리(이어도사나) ··························· 이원녀 237
　　애기 훙그는 소리(웡이자랑) ····················· 이원녀 239
　　꿩꿩장서방 ····································· 이원녀 240
　　행상소리(상여소리) ······························· 이원녀 241
　　물질소리(이어도사나) ··························· 현덕선 242
　　촐 비는 소리(홍에기소리) ······················· 현덕선 245
　　방에 소리 ······································· 현덕선 246
　　혼다리 인다리 ··································· 현덕선 248
　　말잇기 노래(미삐쟁이) ··························· 현덕선 250
　　달구소리 ··· 현덕선 251

3. 송당리

▌조사마을
　　제주특별자치도 제주시 구좌읍 송당리 ············· 255

▌제보자
　　고생열, 여, 1925년생 ····························· 258
　　고순선, 여, 1934년생 ····························· 258
　　김경수, 여, 1935년생 ····························· 259

김영옥, 남, 1937년생 ·················· 260
이계선, 여, 1927년생 ·················· 261
최계추, 여, 1928년생 ·················· 262
허정봉, 남, 1930년생 ·················· 263

설화

콩지 풋지 ························ 최계추 265
영리한 소금장시 ··················· 최계추 270
고씨 선조의 이묘 일화 ·············· 허정봉 272
벡조할망 좌정 유래 ················ 허정봉 274
벡조할망과 돗제 ·················· 허정봉 276

민요

다리세기 노래 ···················· 고생열 280
아웨기소리 ······················ 고순선 280
애기 홍그는 소리 ·················· 고순선 281
ᄀ레 ᄀ는 소리(1) ················ 고순선 외 283
도리께질 소리 ··················· 고순선 외 284
방아소리 ······················ 고순선 외 290
ᄀ레 ᄀ는 소리(2) ················ 고순선 외 292
서우제소리 ······················ 고순선 295
아웨기소리 ······················ 김경수 299
애기 홍그는 소리 ·················· 김경수 301
밧 볼리는 소리 ··················· 김경수 302
도리께질 소리 ···················· 김경수 303
ᄀ레 ᄀ는 소리 ·················· 김경수 외 304
검질 메는 소리 ··················· 김경수 307
행상소리 ························ 김영옥 308
달구질소리 ······················ 김영옥 310
하메할 때 소리 ··················· 김영옥 311
검질 메는 소리 ··················· 김영옥 312
ᄀ레 ᄀ는 소리(1) ················· 이계선 312
ᄀ레 ᄀ는 소리(2) ················ 이계선 외 314
밧 볼리는 소리 ··················· 이계선 316
검질 메는 소리 ··················· 이계선 317

방에소리 ··· 이계선 318

아기 흥그는 소리(1) ··· 이계선 319

아기 흥그는 소리(2) ··· 이계선 321

서우제소리 ··· 이계선 322

훈다리 인다리 ·· 이계선 323

ᄀ레 ᄀ는 소리(1) ·· 최계추 323

검질 메는 소리 ··· 최계추 325

마당질 소리 ·· 최계추 외 326

아기 흥그는 소리 ·· 최계추 330

훈다리 인다리 ·· 최계추 331

ᄀ레 ᄀ는 소리(2) ·· 최계추 외 331

밧 볼리는 소리(1) ··· 허정봉 333

ᄆ쉬 모는 소리 ··· 허정봉 334

마당질 소리 ·· 허정봉 335

방에놀레 ·· 허정봉 335

행상소리 ·· 허정봉 336

밧 볼리는 소리(2) ··· 허정봉 337

4. 신흥리

▌조사마을

제주특별자치도 제주시 조천읍 신흥리 ································ 341

▌제보자

김순아, 여, 1941년생 ··· 344

김순열, 여, 1950년생 ··· 347

문병교, 남, 1933년생 ··· 347

정공철, 남, 1960년생 ··· 349

● 무가

조천읍 신흥리 잠수굿 ··· 김순아 351

신흥리 잠수굿 삼석울림 ··· 정공철 352

신흥리 잠수굿 초감제 제청서립 ······························ 김순아 353

신흥리 잠수굿 초감제 말미 ···································· 김순아 354

신흥리 잠수굿 초감제 베포도업침 ··························· 김순아 362

신흥리 잠수굿 초감제 날과국섬김 ……………………… 김순아 363
신흥리 잠수굿 초감제 연유닦음 ………………………… 김순아 365
신흥리 잠수굿 초감제 새드림 …………………………… 정공철 369
신흥리 잠수굿 초감제 도레둘러뱀 ……………………… 정공철 381
신흥리 잠수굿 초감제 군문열림 ………………………… 김순아 387
신흥리 잠수굿 초감제 군문열림 분부사룀 …………… 김순아 401
신흥리 잠수굿 초감제 오리정 신청궤 ………………… 김순아 407
신흥리 잠수굿 초상계·추물공연 ……………………… 정공철 434
신흥리 잠수굿 나까시리놀림 …………………………… 정공철 469
신흥리 잠수굿 요왕맞이 요왕·선앙질침 …………… 김순아 492
신흥리 잠수굿 요왕맞이 요왕체서본풀이 …………… 문병교 524
신흥리 잠수굿 선앙풀이 ………………………………… 문병교 578
신흥리 잠수굿 선앙풀이 베방선 ……………………… 김영철 591
신흥리 잠수굿 상당숙임 ………………………………… 문병교 593
신흥리 잠수굿 조왕비념 ………………………………… 정공철 601
신흥리 잠수굿 엑멕이 …………………………………… 문병교 605
신흥리 잠수굿 씨점 ……………………………………… 김순아 619
신흥리 잠수굿 각산받음 ………………………………… 김순아 622
신흥리 잠수굿 가수리·뒤맞이 ………………………… 김순아 623
신흥리 잠수굿 도진 ……………………………………… 김순아 633
신흥리 잠수굿 본향비념 ………………………………… 김순아 638

제주시 동부지역 개관

제주시 동부지역은 조천읍, 구좌읍을 포함하는 곳이다. 이 곳은 과거 북제주군에 속하였다.

북제주군의 연혁은 곧 제주 전역의 역사적 흐름과 관련하여 이해할 수 있다. 제주는 삼국시대에 탐라국(耽羅國)으로서 한반도 및 그 주변 국가들과 교류하였던 곳이다. 백제나 신라 등의 한반도 고대국가와는 5세기 후반 경부터 속국의 형태로 관계를 맺기 시작하였고, 이것은 고려시대까지 지속되었다. 탐라는 고려 중기인 1105년(숙종 10)에 비로소 고려의 직할군인 탐라군이 되었다. 1300년(충렬왕 26)에는 제주를 동도와 서도로 나누고, 14개의 현촌(縣村)을 설치하였다. 북제주군에 해당하는 곳은 귀일(貴日), 고내(高內), 애월(涯月), 곽지(郭支), 귀덕(歸德), 명월(明月), 신촌(新村), 함덕(咸德), 김녕(金寧) 등이다.

조선시대 들어서는 1416년(태종 16)에 제주목(濟州牧), 정의현(旌義縣), 대정현(大靜縣)으로 행정체계를 갖추고 제주목사를 파견하였다. 이에 따르면 북제주군은 과거의 제주목에 속한다고 할 수 있다. 1680년(광해군 1)에는 제주목에 3면을 설치하였다. 나중에 1895년에는 제주부 제주군, 1896년에는 전라남도 제주목, 1906년에 다시 제주군이 되었다. 1915년에 도제(島制)로 바뀌면서 전라남도 소속 제주도(濟州島)로 바뀐다. 1946년에 비로소 전라남도에서 분리되고 도(道)로 승격되면서 북제주군과 남제주군이 설치되었다. 1955년에는 제주읍이 시로 승격되면서 분리되었다. 1990년대에는 지방자치제도가 실시되면서, 민선 군수와 군의원이 선출되어 군의 운영을 맡아 처리하였다. 그러나 최근 2006년 7월 1일에 제주도가 제주특별자치도로 위상이 바뀌면서 60년 동안 존속하던 북제주군은 폐지되고 제주시와 통합되었다.

북제주군의 행정구역 현황은 다음과 같다. 행정구역은 4읍 3면 체계로 구분되어 있으며, 이들은 옛 제주시 지역을 가운데 두고 양옆으로 서부와 동부지역으로 각각 나뉜다. 한림읍, 애월읍, 한경면, 추자면은 서부지역이고, 조천읍, 구좌읍, 우도면은 동부지역이다. 법정리는 84개이고, 행정리는 96개이다. 자연마을은 279개이고, 1,383반으로 구성되어 있다. 도서수는 60개소, 유인도는 6개소, 무인도는 54개소이다. 2005년 12월 현재 북제주군의 인구는 36,886가구에, 97,744명이다. 남자가 49,374명이고, 여자가 48,370명이다. 행정구역별로 살펴보면 한림읍이 20,615명, 애월읍이 26,341명, 한경면 8,884명, 추자면 2,890명, 조천읍 21,143명, 구좌읍 16,072명, 우도면 1,799명이다. 이를 보면 한림읍과 애월읍, 조천읍이 인구 2만 명을 넘는 비교적 규모가 큰 지역임을 알 수 있다.

북제주군은 그 면적이 722.31km²으로, 제주도 전체 면적의 약 39%를 차지한다. 제주도의 중심인 한라산의 북쪽 사면이 북제주군 지역이다. 화산활동으로 인해 용암평원이 광활하게 펼쳐져 있다. 기온은 대체적으로 온화한 편으로 연평균 기온은 16.1℃, 1월 평균 기온도 5.0℃이다. 연강수량은 1,449mm로 한라산 남쪽 지역에 비해서는 400mm 정도 적은 편이다. 서부지역은 겨울 계절풍이 강하고, 동부지역은 봄에서 여름에 걸쳐 오호츠크해에서 대한해협을 따라 들어오는 북동풍의 바람이 드세다.

북제주군은 경지가 218.41km², 임야가 336.3km², 기타가 167.7km²이다. 토질이 화산회토의 '뜬땅'이고 척박한 편이어서, 벼농사는 거의 없고

대부분 밭농사를 하는 전작지대라고 할 수 있다. 과거에는 보리와 조, 콩 등의 곡물을 중심으로 하였다면, 현재는 감귤과 감자, 마늘, 양파, 당근 등의 환금작물이 주를 이루고 있다. 한편 북제주군은 축산업이 활발한 편이다. 드넓은 초원지대로 인하여 목장의 형성이 가능하였기에, 도내의 규모 있는 목장은 모두 북제주군 지역에 있다. 더욱이 청정지역임을 활용하여 친환경축산업에 대한 열의가 높다. 수산업 역시 매우 중요한 소득원으로, 그 가운데서도 해녀의 물질 수입이 가장 중요하다. 2005년 12월 현재 현업에 종사하는 해녀가 2,881명이다. 그리고 1970년대부터 진흥된 관광업도 빼놓을 수 없다. 특별한 제조업이 없는 제주에서 관광산업은 경제도약의 기틀이 되었다. 북제주군 지역에 산재한 자연경관과 역사유적, 민속유적 등은 중요한 관광지가 되었다. 최근에는 천혜의 용암동굴과 오름 등의 화산지형이 그 가치를 인정받아 유네스코 세계자연유산으로 등록되었다.

북제주군의 교육이나 문화, 종교 등의 양상은 제주 전역의 그것과 전체적으로 다르지 않다. 다만 북제주군은 한라산 남쪽 지역에 비해 상대적으로 선진문물을 접하기 쉽다는 이점이 있고, 특히 도내의 정치·경제·행정·문화의 중심지인 옛 제주시와 인접하여 있기 때문에 교류가 보다 활발하였다고 볼 수 있다. 사정이 이러하니 교육기관이나 교육기회가 상대적으로 많고 지식인들이 꾸준히 양성될 수 있었다. 문화에 대한 인식도 일찍 싹터 지역의 자연·역사·민속적 자원을 발굴하고 보존하며, 축제를 개발하고 문화예술인 마을도 조성하는 등 힘을 기울이고 있다. 이 지역에서는 무속신앙을 바탕으로 한 민간신앙이 뿌리 깊고 사실상 보편적 신앙이라 할 만하나, 그래도 공인종교의 양상도 무시할 수는 없다. 특히 천주교가 한경면과 한림읍 일대에 교세를 확장하고 해당 지역의 교육이나 경제활동에 끼친 영향은 중요하다.

한편 북제주군의 전통문화 역시 제주 전역의 양상과 전체적으로 다르지 않다. 삶의 양식이 바뀌고 현대화되면서 많은 전통문화가 사라지고 있고, 따라서 전통문화의 중요성에 대한 인식과 보존이 소중한 일이다. 그래도 이 지역은 전통문화에 관심이 많은 편이다. 자연생태와 민속생활을 잘 정리하여 제주돌문화공원도 만들고, 들불축제 등을 개최하여 좋은 반응을 얻었다. 해녀박물관을 설립하여 제주 해녀의 생업과 기술, 민속문화를 소개하는 등 여러 방면에서 꾸준한 노력을 하였다.

또한 이 지역은 민속문화를 잘 유지하고 있기도 하다. 대표적인 것으로 유교식 마을제인 포제와 무속신앙을 들 수 있다. 물론 모든 마을이 전부 그러한 것은 아니나, 비교적 많은 마을과 주민들이 아직도 유지하고 있다. 특히 굿을 중심으로 하는 무속신앙은 신화(본풀이)를 동반하므로 매우 중요한 전통문화이다. 지역민들도 무척 신성하고 소중한 것으로 여전히 인식하고 있다. 이런 전통문화에서 파생되는 구비전승도 비교적 많은 것을 확인할 수 있다. 북제주군의 대표적 전통문화라 할 만한 것으로 문화재를 살펴본다면 국가지정이 90개, 도지정이 68개이다. 이 가운데 무형문화재는 북제주군뿐만 아니라 제주 전역의 전통민속문화라 해도 과언이 아니다. '해녀노래', '멸치 후리는 노래', '진사대소리' 등은 대표적인 제주의 민요이다. 물질과 밭농사의 생업문화를 가감 없이 드러내주는 노래이며, 비록 달라진 생업문화로 현재 더 이상 부르지 않는다 하더라도 아직까지 전승되고 있는 소중한 문화이다. 거기다 '송당리 마을제', '납읍리 마을제', '제주 큰굿', '영감놀이'는 제주의 민간신앙을 대표하는 것들이며, 현재까지 현장에서 면면히 이어지고 있어 더욱 그 가치가 귀하다. 이것이 북제주군 지역에서 행해지고 보존된다는 것은 이 지역의 자랑이 아닐 수 없다.

북제주군에 대한 조사는 2년에 걸쳐 이루어진다. 한국구비문학대계 조사사업 2차년도에 북제주군 동부 지역을 먼저 조사하였고, 서부 지역은 다음 해인 3차년도에 조사할 계획이다. 조사일정은 제주 지역 구비전승의 양상을 고려하여 정하는 것이 최선이다. 특히 이번 구비문학대계 조사사업에서 제주는 무가를 중심으로 구비전승을 채록하고 전사할 목적을 가지고 있기에 무속의례가 실제 벌어지는 일정을 중시할 수밖에 없다.

2009년 11월과 12월에는 1차적인 기초조사를 실시하였다. 우선 대상마을을 선정하기 위하여 동부 지역 전체의 구비전승에 대한 검토를 하였다. 일단 구비전승 가운데서도 무가를 중심으로 마을을 선정해야 하기 때문에, 구비문학대계 조사사업에 적절하다고 여겨지는 무속의례 유형을 추려내었다. 이때는 기존에 보고된 사례인지, 조사지역의 삶의 문화와 밀접한 관련이 있는지, 그리고 현실적으로 조사 및 보고가 가능한 것인지에 대한 검토를 거쳤다.

이렇게 해서 선정된 내용을 바탕으로 2010년 1월과 2월 초순에 해당 마을과 제보 예정자를 찾아가 조사취지를 설명하고 협조를 구하였다. 2010년 2월에 해당 무속의례 현장을 조사하여, 미리 조사대상으로 생각하여 둔 무가를 채록할 수 있었다. 이어 3월과 4월에는 2월에 채록한 무가와 관련하여 후속조사를 실시하였다. 이때 동시에 설화 및 민요의 채록을 위하여 본격적인 제보자 파악에 들어갔다. 그리고 5월에서 7월까지 실제 설화와 민요를 채록하였다. 이렇게 채록한 자료는 틈틈이 전사를 실시하였고, 7월에서 8월까지 최종 전사를 마쳤다. 전사를 마친 뒤에는 최종 검토를 통하여 구비문학대계 웹하드에 자료를 올렸다. 이번 북제주군 동부지역의 조사에 참여한 조사자는 허남춘(책임연구원), 강정식(박사급연구원), 강소전(박사과정 연구보조원), 송정희(석사과정 연구보조원)이다.

2차년도 조사지역의 범위는 조천읍과 구좌읍이다. 조천읍에는 신촌리, 조천리, 신흥리, 함덕리, 북촌리, 와흘리, 대흘리, 와산리, 선흘리, 교래리 등 모두 10개의 마을이 있다. 이 가운데서 신흥리와 북촌리를 조사하였다. 한편 구좌읍에는 동복리, 김녕리, 월정리, 행원리, 한동리, 평대리, 세화리, 상도리, 하도리, 종달리, 덕천리, 송당리 등 모두 12개의 마을이 있다. 이 가운데서 동복리와 송당리를 조사하였다.

　조사성과를 간략히 정리하면 다음과 같다. 우선 무가는 모두 기존에 보고되지 않은 자료라는 데 의의가 있다. 조천읍 신흥리의 경우 잠수굿이었는데, 기존에 보고된 영등굿과는 다른 의미에서 해녀들의 생업의례를 살펴볼 수 있는 이점이 있다. 더불어 포제와 본향당에 대한 제의가 어우러지는 양상도 드러나니 더욱 소중하다. 구좌읍 동복리의 경우는 본향당굿이었고 이러한 당굿에서 시왕맞이가 행해지는 양상을 확인할 수 있다는 소득이 있다. 과거에는 당굿을 할 때 시왕맞이를 겸해서 벌인 사례가 적지 않았다고 하니 오늘날 이런 사례를 확인하는 것은 적지 않은 의미가 있다고 본다.

　한편 설화와 민요의 경우에는 마을의 구비전승에서 많이 사라지고 있다는 사실을 절감하였다. 생업현장과 살림살이가 바뀌고 산업화와 현대화가 진행된 요즘에는 과거의 구비전승이 거의 끊겨 버렸다. 그나마 몇 되지 않는 제보자들도 과거의 기억을 되살리려 안간힘을 써야 하는 상황이다. 이런 현실 속에서도 귀중한 설화와 민요를 일부 들을 수 있어서 다행스럽다. 설화는 14편, 민요는 70여 편을 채록하였다.

1. 동복리

▌조사마을

제주특별자치도 제주시 구좌읍 동복리

조사일시 : 2010.2.20

조 사 자 : 허남춘, 강정식, 강소전, 송정희

　동복리(東福里)는 지난 한국구비문학대계 사업 당시 조사지역으로 선정되지 않았던 마을이다. 그래서 이 마을의 구비전승에 대한 자료가 사실 그다지 축적되지 못하였다. 따라서 이번 한국구비문학대계 조사사업에서 동복리의 구비전승 자료를 확인하는 것은 충분히 가치가 있다고 여긴다. 그 가운데서도 동복리 본향당의 당굿을 조사하여 보고하는 데에 보다 큰 의미를 부여하고자 한다.

동복리 본향당은 마을로 들어가는 입구 근처에 위치하고 있으며, 신앙민인 마을 주민들은 당의 보존과 유지에 많은 신경을 쓰고 있다. 당굿도 현재까지 비교적 전승이 잘 되고 있는 편이다. 당을 전속하여 맡은 '메인심방'과 단골들이 서로 합심하여 그동안 당굿을 유지시킨 결과이다. 동복본향당의 당굿은 매년 정월 초이렛날에 벌어진다. 이 당에서는 특별히 시왕맞이를 함께 벌인다. 이와 같은 사례는 찾아보기 어렵다. 그렇다고 해서 이와 같이 하는 것이 전혀 근거가 없는 것은 아닌 듯하다. 과거에는 당굿을 할 때 시왕맞이를 겸해서 벌인 사례가 적지 않았다고 한다. 그런데 동복본향당에서는 시왕을 청하여 역가(役價)를 바쳤을 뿐 '처서영맞이'를 하지는 않았다. 시왕맞이는 단지 '엑멕이'를 하기 위한 것인 셈이다. 이러한 동복본향당의 당굿을 조사하여 정리하는 일은 제주도 당굿의 다양한 양상을 이해하는 데 도움을 줄 수 있을 것으로 기대한다.

이번 동복리의 구비전승 조사는 동복본향당굿을 대상으로 하였기 때문에 그에 맞추어 조사일정을 잡았다. 우선 당굿이 정월 7일에 벌어지는 사정을 감안하여, 조사팀은 입춘이 지난 2월 초순에 마을과 당굿을 맡은 메인심방을 방문하여 조사취지를 설명하고 협조를 구하였다. 이어 현장에 대한 답사를 진행하고, 조사팀의 조사내용과 방법 등을 결정하였다. 그리고 당굿이 행해지는 2월 20일에 현장조사를 실시하였다. 그 뒤에는 3월까지 당굿에 참여한 심방에 대한 추가조사 등을 진행하였다.

동복리는 구좌읍의 첫 마을로, 가장 서쪽에 위치한다. 일주도로변을 중심으로 형성된 해안마을이다. 제주특별자치도로 통합되기 전에는 '북제주군'에 속해 있었으며, 옛 '제주시'를 기준으로 하면 동쪽으로 약 20km 정도 떨어져 있다. 이 마을에 대한 가장 이른 문헌기록은 1703년에 나온 이형상의 『탐라순력도』(한라장촉)이다. 마을 설촌에 대해 확인할 수 있는 기록을 살펴보면 적어도 18세기 초반 경부터 마을이 형성되어 있었던 것으로 생각할 수 있다. 민간에서 주로 쓰이는 이름은 'ᄀᆞᆺ막, 곰막, 굴막'이며,

'동복(東福)'이라는 명칭은 20세기 초반 경부터 쓰였다.

2007년 12월 현재 동복리의 인구는 250세대에 619명이다. 남녀의 비율은 비슷하다. 각성바지로 구성되어 있다. 동복리는 지난 '제주 4·3' 당시 큰 피해를 입었던 곳이기도 하다. 이 마을의 주요 산업은 농업과 어업이다. 마늘과 양파농사를 주된 농업으로 하며, 해녀들의 물질도 주요 수입원이다. 최근에는 관광체험어장이나 해녀촌 식당 등으로 관광객들의 방문이 꾸준히 늘고 있기도 하다. 교육이나 문화생활은 인근 마을인 김녕리나 옛 제주시 지역 등에서 이루어진다. 마을 내 종교생활은 당굿을 중심으로 무속신앙의 범주에서 행해지는 것이 보편적이다.

강대원, 남, 1945년생

주 소 지 : 제주특별자치도 제주시 용담2동 2706-18번지
제보일시 : 2010.2.20
조 사 자 : 허남춘, 강정식, 강소전, 송정희

　강대원은 제주시 애월읍 유수암리의 '거문데기'라는 동네에서 1945년에 태어났다. 2세부터는 애월읍 수산리에서 살았다. 초등학교를 마친 뒤에는 특별히 학교를 다니지 못하였다. 강대원은 조부 때부터 심방일을 해온 심방 집안 출신이기는 하지만, 어려서부터 굿을 배우지는 않았다. 오히려 나이가 든 뒤 집안일이나 사업이 잘 되지 않고, 특히 자녀를 유산하는 일이 많아지자 본격적으로 심방 일을 배우고 굿판에 나선 경우라고 할 수 있다.

　하지만 어려서부터 때때로 신기체험을 하거나 신병(身病)이 들었던 적은 있었다. 예를 들어 15세경에 '춘향아가씨'라는 놀이를 하던 중 혼례를 앞둔 신부의 옷가지를 훔쳐간 도둑이 언제 잡힐 지를 알아낸다거나, 21세에 트럭조수를 하며 화물을 나를 때 연물소리를 듣고 갑자기 힘이 솟아 혼자 힘으로 모든 화물을 내릴 수 있었다는 것이다. 또한 20세에 몸에 종기가 나서 도무지 아물지 않는 신병도 겪었다. 한편 강대원은 22세 때에 고춘선과 혼인하였는데, 그의 부인이 임신 중에 자주 아파서 점을 친 결과 심방일을 해야 한다는 점괘를 얻기도 하였다.

강대원은 젊었을 때부터 심방일을 하기는 하였으나, 운전 등의 사업도 병행하였다. 그러다가 점점 둘을 병행하는 것이 어려워지고 결국 사업도 망하자 할 수 없이 일본으로 건너갔고 그곳에서 홍수일 심방(별칭 도꼬야마)을 만나 본격적으로 굿을 배우기 시작하였다. 40대 초반에 일본에서 귀국한 뒤에도 자주 일본으로 가서 굿을 하곤 하였다. 도내에서 주로 활동한 지역은 제주시와 서부지역이나, 현재는 일이 있으면 특별히 지역을 가리지는 않는다. 강대원은 1987년부터 제주시 구좌읍 동복리의 본향을 맡고 있다. 예전에는 집안 대대로 맡아 하던 유수암리의 거문데기 본향굿을 하기도 했지만 지금 이 당굿은 사라졌다.

  첫 신굿은 22세에 벌였다. 종기로 인한 허물병을 치료하기 위해서 스승인 홍창삼과 양태옥 심방 등을 모시고 신굿을 하였다. 두 번째 신굿은 41세에 하였다. 아직 세 번째 신굿은 하지 않았으나, 그동안 역가를 바치는 굿은 몇 차례 벌였다. 강대원이 모시는 맹두는 모두 세 벌인데 백조부의 맹두와 거문데기 고씨 심방 맹두, 작은어머니 맹두이다. 그는 제주도 굿의 원리를 알고 정리하는 데 특히 관심이 많다. 굿의 사설이나 본풀이, 제차 등을 일일이 지속적으로 정리하는 데 매우 열심이다.

  한편 부인인 고춘선은 심방 집안 출신이기는 하나, 본격적으로 심방으로 나선 이는 아니다. 남편을 따라 굿의 심부름을 하고 연물을 치는 정도이다. 이들은 슬하에 모두 3남 1녀를 두었다. 자식 가운데 무업을 물려받은 이는 없다.

제공 자료 목록
10_00_SRS_20100220_HNC_KDW_0001_s01 궷문열림
10_00_SRS_20100220_HNC_KDW_0001_s02 초감제
10_00_SRS_20100220_HNC_KDW_0001_s04 시왕맞이 제청서립
10_00_SRS_20100220_HNC_KDW_0001_s05 시왕맞이 베포도업침
10_00_SRS_20100220_HNC_KDW_0001_s06 시왕맞이 날과국섬김
10_00_SRS_20100220_HNC_KDW_0001_s07 시왕맞이 연유닦음

10_00_SRS_20100220_HNC_KDW_0001_s08 시왕맞이 제청신도업
10_00_SRS_20100220_HNC_KDW_0001_s09 시왕맞이 군문열림
10_00_SRS_20100220_HNC_KDW_0001_s10 시왕맞이 분부사룀
10_00_SRS_20100220_HNC_KDW_0001_s13 시왕맞이 신청궤
10_00_SRS_20100220_HNC_KDW_0001_s15 시왕맞이 산받음
10_00_SRS_20100220_HNC_KDW_0001_s16 시왕맞이 엑멕이
10_00_SRS_20100220_HNC_KDW_0001_s17 상당숙임
10_00_SRS_20100220_HNC_KDW_0001_s18 파직

강치옥, 여, 1938년생

주 소 지 : 제주특별자치도 제주시 용담2동
제보일시 : 2010.2.20
조 사 자 : 허남춘, 강정식, 강소전, 송정희

강치옥은 제주시 연동에서 1938년에 태
어났다. 호적에는 1941년으로 올라갔다. 그
의 아버지는 연동에서 무업을 하던 강재길
심방이다. 아버지는 당대에 입무한 심방으
로, 집안에 무업을 하던 조상은 없었다고 한
다. 아버지는 심방인 여자와 결혼하면 아이
를 낳을 수 있다고 해서 결혼을 했는데 막
상 자식을 보지 못하였다. 그래서 아버지는
재혼을 하여 두 번째 부인에게서 2남 2녀를 얻었는데, 강치옥은 그 가운
데 큰딸이다. 10세 되던 해 '제주 4·3'이 일어나면서 마을이 소개되자
가족과 함께 제주 시내인 '묵은성'으로 이주하였다. 그 뒤 20세에 충청도
충주 사람과 중매를 통하여 결혼하였다. 그런데 임신 8개월이 되자 출산
을 위해 친정에 온 뒤로 남편과 연락이 끊겨버렸고 그 뒤로는 계속 제주
에서 살았다. 아들을 낳고 아이가 4세 때에 결국 이혼하였다. 그러다가

25세에 제주시 도두 출신 남편과 재혼하였고, 그 사이에서 3남 2녀를 두었다. 39세에 재혼한 남편이 사망하자 그 뒤로는 혼자 생활하고 있다.

강치옥은 남편과 사별한 뒤에 무업을 시작하였다. 아버지 '맹두'는 이미 다른 이에게 주어버린 상태였다. 그는 특별한 신병은 없었지만, 몸이 좋지는 않았었다고 한다. 무업을 시작하게 된 계기는 당시 심방이던 사촌 시누이가 9월 28일 심방제일에 '도그네 파마심방 박씨'네에 가면 여러 가지로 빌어주겠다고 한 것에서 비롯되었다. 그렇게 시누이를 따라갔는데 데양(징) 치는 것을 도와달라고 해서 굿판에서 밤새도록 데양을 쳤다고 한다. 소미일을 하게 되니 적지만 수고비를 받았고, 그러다보니 몸도 아프지 않고 기분도 좋아져 생활이 되겠다고 생각하게 되어 무업에 나서게 되었다는 것이다. 아버지 맹두는 나중에 되찾아 가지고 다닌다. 아버지가 맡았던 연동본향당을 이어 받아 약 25년 정도 매었다가, 6년 전에 몸이 아프게 되어서 그만두었다.

제공 자료 목록
*악사

박영옥, 여, 1946년생

주 소 지 : 제주특별자치도 제주시 건입동
제보일시 : 2010.2.20
조 사 자 : 허남춘, 강정식, 강소전, 송정희

제주시 이호동 동동네에서 태어났다. 애월읍 하귀리 이만송 심방이 남편이다. 그의 집안은 무업과 관련이 없다고 하며, 이만송을 만난 뒤 40대에 들어서 비로소

무업을 시작하였다고 한다. 멩두는 시집으로부터 물려받았다.

제공 자료 목록
10_00_SRS_20100220_HNC_KDW_0001_s11 시왕맞이 새ᄃ림
10_00_SRS_20100220_HNC_KDW_0001_s12 시왕맞이 도레둘러뷈

이문자, 여, 1953년생

주 소 지 : 제주특별자치도 제주시 이호2동
제보일시 : 2010.2.20
조 사 자 : 허남춘, 강정식, 강소전, 송정희

  서귀포시 중문 상예동에서 태어났
다. 집안에 무업을 한 이는 없었다.
40세에 보살로 나섰는데 나중에 제
주굿을 배워 심방이 되었다. 현재 제
주시 구좌읍 한동리의 본향당을 맡
고 있다. 52세경에 직전 메인심방이
던 문성오의 뒤를 이었다. 멩두 조상
은 한동본향당에서 전승되는 본향멩
두 한 벌을 모시고 있다.

제공 자료 목록
*악사

정공철, 남, 1960년생

주 소 지 : 제주특별자치도 제주시 조천읍 북촌리 1151-2번지
제보일시 : 2010.2.20
조 사 자 : 허남춘, 강정식, 강소전, 송정희

정공철은 서귀포시 대정읍 상모리에서 4
남 1녀 중 장남으로 태어났다. 제주대학교
국어교육학과를 졸업하였으니 소위 '학사심
방'인 셈이다. 집안에는 무업을 한 이가 전
혀 없었다. 정공철은 대학 입학 뒤 '수눌음'
이라는 단체에서 마당극을 하면서 제주굿을
접하였다. 그런데 어찌하다 보니 심방역을
하였고, 그 뒤에는 자신의 단골 배역이 되었
다 한다. 마당극 활동을 통해 제주굿을 꾸준히 접하고는 있었지만, 직접
적인 입무 계기는 1993년경에 제주칠머리당굿보존회 사무국장으로 일한
것이다. 아무래도 김윤수 회장을 따라 실질적으로 굿판을 접하게 되었고,
그러다가 1995년에 본격적으로 무업의 길에 들어서게 되었다. 무병을 경
험하지는 않았다. 하지만 예전에 가족 3명이 연달아 사망하는 일이 있어
서 마음의 방황이 심했던 적이 있었는데, 생각해 보면 나름대로 팔자를
그르칠 일이 있어서 그런가하고 느끼기도 한다. 김윤수 심방을 스승으로
모신다. 아직 멩두 조상을 모시지는 못하였다.

제공 자료 목록
10_00_SRS_20100220_HNC_KDW_0001_s03 예명올림
10_00_SRS_20100220_HNC_KDW_0001_s14 시왕맞이 역가바침(나까시리놀림)

동복리 본향당 신과세제

자료코드 : 10_00_SRS_20100220_HNC_KDW_0001
조사장소 : 제주특별자치도 제주시 구좌읍 동복리 1759번지(동복본향당)
조사일시 : 2010.2.20
조 사 자 : 허남춘, 강정식, 강소전, 송정희
제 보 자 : 강대원, 남, 66세 외 5인
구연상황 : 수심방 강대원을 필두로 하여 소미 박영옥, 정공철, 강치옥, 이문자, 고춘선
등이 참여하였다. 실제로 제차를 맡은 사람은 강대원, 박영옥, 정공철 등이다.
나머지는 열명, 산받음을 함께 하거나 연물 반주, 심부름 등의 일을 맡았다.
많은 단골이 지켜보는 가운데 굿이 진행되었다. 그러나 단골들은 그다지 굿을
집중해서 보지 않고 서로 대화를 하기를 즐겼다.
동복본향당은 매년 정월 초이렛날 당굿을 벌인다. 이 당에서는 특별히 시왕맞
이를 함께 벌인다. 이와 같은 사례는 찾아보기 어렵다. 그렇다고 해서 이와
같이 하는 것이 전혀 근거가 없는 것은 아닌 듯하다. 과거에는 당굿을 할 때
시왕맞이를 겸해서 벌인 사례가 적지 않았다고 한다.
궷문열림→초감제(말미→날과국섬김→연유닦음→신도업→공연→비념→열명)
→시왕맞이[초감제(제청서립→베포도업침→날과국섬김→연유닦음→제청신도
업→군문열림→새 드림→도레둘러뱀→신청궤→정데우→산받음→분부사룀)→역
가바침→액멕이→상당숙임]으로 짜인다.
단골들은 6시 20분경부터 모여들었다. 심방은 그보다 일찍 도착하였다. 7시
에 궷문열림을 하고 간단히 초감제를 하였다. 초감제를 마친 뒤에 열명올림을
하였다. 10시 5분부터 시왕맞이를 시작하여 13시 42분까지 신청궤를 하고 점
심식사를 하였다. 14시 10분에 역가바침을 시작으로 다시 시작하여 17시 59
분에 굿을 마쳤다.

동복리 본향당 신과세제 궷문열림

자료코드 : 10_00_SRS_20100220_HNC_KDW_0001_s01

조사장소 : 제주특별자치도 제주시 구좌읍 동복리 1759번지(동복본향당)

조사일시 : 2010.2.20

조 사 자 : 허남춘, 강정식, 강소전, 송정희

제 보 자 : 강대원, 남, 66세

구연상황 : 신의 거처로 인식되는 궤의 문을 열어 신에게 제의를 받으라고 하는 뜻에서
벌이는 제차이다. 먼저 궤를 덮고 있는 돌을 치운다. 그리고 대개 "상궷문도
열립서. 중궷문도 열립서. 하궷문도 열립서."와 같은 말명을 하는 것이 보통
이다. 그러나 동복본향당에서는 다만 평복 차림의 수심방이 데양(징)을 늦은
장단-중간 장단-빠른 장단 순으로 쳤을 뿐이다.

[강대원(평상복)][제단 아래쪽 구멍 위에 덮어둔 궷돌을 들어낸 다음,
아무런 말명 없이 데양을 여러 차례 친다.]

궷문열림

동복리 본향당 신과세제 초감제

자료코드 : 10_00_SRS_20100220_HNC_KDW_0001_s02
조사장소 : 제주특별자치도 제주시 구좌읍 동복리 1759번지(동복본향당)
조사일시 : 2010.2.20
조 사 자 : 허남춘, 강정식, 강소전, 송정희
제 보 자 : 강대원, 남, 66세
구연상황 : 초감제는 굿 하는 연유를 고하고 신을 제장으로 청해 모시는 제차이다. 어느
굿에서나 굿을 맡은 큰심방이 나서서 진행한다. 강대원 심방이 평상복 차림에
송낙을 쓰고 상여하르바님 제단 앞에 장구를 받아 앉아 진행하였다. 날과국섬
김→연유닦음→신도업→공연→비념→산받음 순서로 이어진다. 모두 앞인굿으
로 진행하였으며 군문열림, 새ᄃ림, 신청궤 등이 생략되었다. 그런가 하면 추
물공연을 바로 덧붙였다.

■ 초감제>제청신서립

[강대원(평상복, 송낙)][제단 앞에 신자리를 깔고 장구를 받아 앉는다.]
본향 대제일로 제청 신서립헙니다ᅳ.

■ 초감제>말미

[장구를 조금 친 뒤에 입담으로만 말명을 하기 시작한다.] 본향(本鄉)
대제일(大祭日)로 제청(祭廳) 신서립(-設立)허여사긴, 날은 어느 날 둘은
어느 둘, 올고금년, 이우다. 어느 국 도장, 엿 ᄆ을 세계각국중(世界各國中)
남선부주 데한민국 제주도, 제주시 동수문밧 신구좌읍(新舊左邑) 동복리
(東福里) 천하부촌(天下富村) 이런, 양촌이웨다. 에~ 부락 이장님 원○텍
씨 쉬흔넷님 게발위원장님 김○만 씨 쉬은넷님 또 이젠, 노인훼장님 고○
원 씨우다 이른에 ᄋ덥님~, 부녀훼장님은 고○옥 씨 마은아홉님, 청년훼
장은 윤○탁 씨, 쉬은 마흔넷 어촌게장님 김○선 씨 쉰다섯, 헤녀훼장님
은, 원○희 씨 마은다섯님 받아든, 신게원불 양력 이천십년도 구관(舊官)
상천(上天)~ 경인년(庚寅年) 예~ 입춘(立春) 상정월(上正月) 초일뤳날~

본향 대제일로 예- 축원원정(祝願願情) 올리저 헙네다. 상궤 중궤 하궷문
열려, 제네려 상검협서예-.

초감제

■ 초감제>공선가선
[장구를 치면서 말명을 한다.]
공시는 가신
공서웨다 제저남선
인부역 서가여레(釋迦如來) 세준불법(世尊佛法) 축원원정 말씀
헤년마다 드립니다.

■ 초감제>날과국섬김
국은 세계각국(世界各國) 중 남선부주 대한민국

남반국 호남(湖南) 들어 일제주(一濟州)
특별(特別)은 자치도(自治道) 제주시(濟州市)
동수문밧 신구좌읍 동복리 므을

■ 초감제＞연유닦음
■ 초감제＞연유닦음＞예명올림
토주지관(土主之官) 한짓님[1] 데제일(大祭日)로 부락(部落) 총책임자(總責任者)
예명(列名) 걸어 올립네다
이장님은
원○텍 씨
쉬은넷님 게발은 위원장님
김○만 씨 쉬은넷님 노인훼장 고○원 씨 이른에 ᄋ덥님 부녀훼장 고○옥 씨 마은아홉
청년훼장님
윤○탁 씨 마흔넷 어촌게장님 김○선 씨 쉰다섯 혜녀훼장
원○희 씨
마은에 다섯님 그 뒤우론
부락 간사
예-
임원님네 만허여 잇수다 영 허여 사옵신디

■ 초감제＞연유닦음＞연유닦음
양력(陽曆)은 이천십년 음력(陰曆)으론

---

1) 당신을 일컫는 말. 보통 '한집'이라고 함.

경인년 입춘 들어 상정월 초일뤳날 부락 토주지관

한짓님 대제일로

축원원정 올리저 헙니다 이 기도 후에 경인년 열두 둘 윤삭(閏朔)

에~ 에~

춘하추동 스시절(四時節)

삼벡육십오일

예- 각성친 주손덜

각 불턱2) 주손덜

오고 가는 길 귀인(貴人) 선인(善人) 상봉(相逢) 시겨줍서 상궷문 열려

상받읍서 중궷문 하궷문을 열려

상받읍서

또 이저는

브름웃도 상여하르바님 브름알도 상여할마님 소반상

상이화단(喪輿--)으로3)

이엣-

이 동복리 무을 서립(設立)뒈난

도올라

풍문조훼(風雲造化) 불러주어근

상을 받곡

허여오던 한집

축원원정 올리며

이에 부락에서

무음 성심 먹언

---

2) 해녀들이 물질 전후에 옷을 갈아입고 불을 쬐기도 할 목적으로 바닷가에 돌담을 둘러 만든 바람막이.
3) '화단'은 상여에 지붕 모양으로 꾸며 둘러치는 제구.

받아드는 지국정성(至極精誠)이우다.

■ 초감제>공연

이어- 또 이전은

이에-

저 올레로

군문기(軍門旗) 시왕맹감기(十王冥官旗)

천지월덕기⁴⁾

지극정성입고

본향 데드리⁵⁾ 양 어께⁶⁾우다

또 이전은 제청방(祭廳房) 도오르니

소지원정(所志願情) 저승

지전(紙錢) 인정 올렴수다.

이도 정성

벡시리⁷⁾

벡돌레⁸⁾

금탁 금보십쑬⁹⁾

또 이전

예- 밤 데추(大棗) 비저(榧子)

머리 곳인¹⁰⁾ 기제숙¹¹⁾

---

4) 굿마당에 높이 세우는 대. 흔히 '큰대'라고 함.
5) 천으로 큰대와 본향 제단을 연결한 것을 이름.
6) '데드리' 양쪽에 따로 천을 연결한 것.
7) 쌀로 만든 시루떡.
8) 쌀로 빚어 동글납작하게 만든 떡.
9) 보시기에 담아낸 쌀.
10) 온전한.
11) 제물용으로 마련한 말린 생선.

이여–

사과 능금 베 온주미깡12) 과일

지국정성

올렴수다

이도 정성 받읍서

천이 감동 신이

신중 발원

소원성추(所願成就)

시겨줍서.

■ 초감제>공연>비념

각서추물 응감(應感)허여

축원원정 발괄(白活)

원엑을

올려가며

또 이전

모다 들러 수만석 가볍고, 선조 조상

유전 풍습데로

발괄 원정

올렴수다.

이엣 이 부락 토주지관 한집에 에명(列名) 올리는 ㅈ순덜

천겁쌀(千劫煞)

젯쌀 천쌀 여허근

지쌀 여쌀 원쌀이여

---

12) 온주밀감(溫州蜜柑).

망신 장성쌀

이어 반아 역맛살(驛馬煞)

육궤 화궷살

일쌀(日煞) 월쌀(月煞) 일쌀 시쌀(時煞)

막아줍서

비헹기ㄱ찌 ᄂᆞᆫ ᄌᆞ동차덜 몰아앚엉 뎅기는 각성친(各姓親) ᄌᆞ손덜

산 이 경관체서

죽은 이 체서

노중복사체서(路中覆死差使)

또 이제는

육상(陸上) 헤상(海上)에서

혼나고 겁나고

넉날 일

부락 ᄆᆞ을 운동헐 일

나게 맙서.

타리(他里)에 타도(他道) 타국(他國)에 강

사는 ᄌᆞ손덜

축원원정

발괄을

올립네다.

올려가며

날역(日厄) 돌역(月厄) 월역(月厄) 시력손(時厄損)덜

관송(官訟) 입송(立訟) 한란상궁(患亂山窮)

도덕(盜賊) 적관(賊患) 실물수(失物數)

막아가며 부락 이장님 총책임자 이알로 게발위원장 이에 노인훼장님
부인훼장님 청년훼장 어촌게장 헤녀훼장님 논 드리

간사로

유지덜

무음 성심 먹는 냥

명과 복 고비첩첩 누울립서예-.

■ 초감제>산받음

드려가며~

[소미들에게 멩두를 달라고 한다. 장구 치기를 멈추고 다시 재촉한다.]

(강대원 : 거 얼른 산판 하나 주라보저.)

[소미를 나무란다.]

(강대원 : 거 뭐냐? 이거만 줄 거냐?)

[산판을 넘겨받고 산판점을 한다.] 영 허민~, 에허~근, 오널 당○○ 받앙 [산판점] 신수퍼 조상에서,

[소미 고춘선에게 말한다.]

(강대원 : 어머니 멩두 줘바.)

[산판점] ○○ 오다근 좋아전, 양도막음~, [산판점] 웨상잔, 데신왕 앞으로 각 성친 자손덜, [산판점] 액(厄) 막곡 부락~, 천오방액도, [산판점]

[다시 고춘선에게 말한다.]

(강대원 : 어머니 멩두 줘바.)

잘허곡, [산판점] 영 허쿠다. [고춘선이 산판을 건네준다. 심방은 쓰던 산판을 넘겨주고 건네받은 산판으로 산판점을 계속한다.] 또 이제는~, [점사를 확인하고 손을 모아 머리를 숙이며] 고맙수다에-.

■ 초감제>분부사룀

[단골들이 있는 곳을 돌아보면서 이장 부인을 찾는다. 이어 부인회장을 찾는다. 찾는 사람이 물건을 가지러 가서 없다고 하자 단골들에게 말한

다.] ᄒᆞᆷ 칠팔뤌(七八月) 조심허여사 뒈커라에. 알앙 허여. [단골들, 있다
가 이장 부인이 오거든 말하라고 한다.]

동복리 본향당 신과세제 예명올림

자료코드 : 10_00_SRS_20100220_HNC_KDW_0001_s03
조사장소 : 제주특별자치도 제주시 구좌읍 동복리 1759번지(동복본향당)
조사일시 : 2010.2.20
조 사 자 : 허남춘, 강정식, 강소전, 송정희
제 보 자 : 정공철, 남, 51세
구연상황 : 단골들이 차례로 나와 심방의 입을 빌어 집안 식구의 성과 나이를 고해 올린다.

예명올림

■ 초감제>예명올림

[정공철(평상복)][강대원 심방이 물러나면서 지시한 대로 같은 자리에

앉아 장구를 치면서 열명을 한다. 옆에서 단골이 가족의 성씨와 나이를
차례로 말한다.]

　예명 올립니다.

　강씨로 쉰흔아홉님과

　또 이제는

　으~음

　강씨로 쓰물여섯님과

　예명 올렴수다.

　강씨로 쓰물다섯

　강씨로

　서울 사는 아기

　마흔아홉

　예명 올렴수다.

　에 강씨 ᄌ손

　열다섯 예명 올렴수다.

　강씨로 쉰에 일곱

　홍씨로 쉰에 다섯

　예명 올렴수다.

　강씨로 쓰물아홉

　강씨로 쓰물일곱

　삼본향(三本鄕) 대제일로

　예명 올렴수다.

　에~ 이제는

[이와 같은 방식으로 단골들이 차례로 나와 가족사항을 말해주는 대로
심방은 예명 올림을 계속한다. 이하 예명 올림의 내용은 생략한다.]

동복리 본향당 신과세제 시왕맞이 초감제 제청서립

자료코드 : 10_00_SRS_20100220_HNC_KDW_0001_s04
조사장소 : 제주특별자치도 제주시 구좌읍 동복리 1759번지(동복본향당)
조사일시 : 2010.2.20
조 사 자 : 허남춘, 강정식, 강소전, 송정희
제 보 자 : 강대원, 남, 66세 외 5인
구연상황 : 제청서립은 굿을 하기 위하여 제청을 마련하였음을 고하는 한편 굿을 맡은
　　　　　심방이 각 신위에게 배례를 하는 제차이다. 당연히 큰심방이 나서서 진행
　　　　　한다.

[시왕맞이는 저승을 다스리는 시왕을 청하여 조상의 왕생극락을 기원
하는 의례이다. 규모를 갖추어 할 때는 조상의 저승길을 치워 닦고 호상
옷을 바쳐 위한다. 이를 위하여 차사를 모시고 저승길을 치워 닦는 처서
영맞이(질침)를 중히 여긴다. 그러나 동복본향당에서는 시왕을 청하여 역
가를 바쳤을 뿐 처서영맞이를 하지는 않았다. 시왕맞이는 단지 엑멕이를
하기 위한 것인 셈이다. 초감제(제청서립→베포도업침→날과국섬김→연유
닦음→제청신도업→군문열림→새 드림→도레둘러뱀→신청궤→정데우→산
받아분부)→역가바침→엑멕이→상당숙임 순서로 진행하였다.]

■ 시왕맞이>초감제>제청서립

[강대원(관디, 갓)][따로 마련한 제상을 향하여 서서 말명을 시작한다.]
본향 대제일로 제청, 대신(大神) 시왕연맞이 신서립헙니다―.
‖ 늦인석 ‖ [북(정공철), 설쒜(이문자), 데양(고춘선)][신칼치메를 흔들며 각
신위전으로 돌아서서 선 채로 허리 숙여 절한다.]

본향 데제일~, 날짜로근, 명부(冥府) 데신(大神) 시왕 연맞이 신서립허
고, 본향 데드리 예 양 어께 시왕 데드리 어간허여 양 어께, 기메전지 눌
메전지도, 예― 신서립이웨다.

‖ 늦인석 ‖ [좌우 신칼치메를 차례로 어께 위로 넘겼다가 동시에 내리

면서 허리 숙여 절하고, 왼쪽 신칼치메를 어깨 위로 넘겼다가 내리며 허
리를 편다.]

제청서립

신서립허며, 웬 어께로 신소미 앞벌여 상촉지권상(香燭之勸上) 지드타
근, [소미 박영옥이 왼손에 향로, 오른손에 요령을 들고 심방의 오른쪽에
서서 요령을 흔들고 허리 숙여 절을 하기를 반복한다.] 오른 어께 금제
비13) 예- 앞벌여 뒤벌이며, 열두 금시약국14) 위올리며, 에- 시왕 데전상
으로 열명 종섭네다-.

∥늦인석∥[엎드려 절한다. 소미도 함께 절하고 요령을 흔든다. 심방,
다시 일어서서 좌우 신칼치메를 차례로 어깨 위에 걸쳤다가 동시에 내리
며 허리 숙여 절한다. 이어 각방에 이와 같이 한다. 소미는 옆에서 함께

---

13) 악사.
14) 악사.

절을 하며 요령을 흔든다. 본향에 절한 뒤에 다시 제상 앞으로 가서 절을 한다. 소미는 향로와 요령을 공싯상에 내려놓는다. 절을 마치고 술잔을 올린다. 일어나 연물, 올레, 제상을 향하여 일배를 한다. 잠시 춤을 추다가 멈춘다.]

동복리 본향당 신과세제 시왕맞이 초감제 베포도업침

자료코드 : 10_00_SRS_20100220_HNC_KDW_0001_s05
조사장소 : 제주특별자치도 제주시 구좌읍 동복리 1759번지(동복본향당)
조사일시 : 2010.2.20
조 사 자 : 허남춘, 강정식, 강소전, 송정희
제 보 자 : 강대원, 남, 66세 외 5인
구연상황 : 베포도업침은 굿하는 내력을 풀이하기 위하여 먼저 세상이 생긴 내력을 풀이하는 제차이다. 관디 차림을 한 수심방이 말명을 하고 연물에 맞추어 춤을 춘다.

■ 시왕맞이>초감제>베포도업침

본향 데제일~, 축원 날짜로~, 명부지(冥府之), 데신 시왕, 삼신황(三十王), 연맞이로 열명 종서관 올려수다. 천지가 음과 양이, 합숙뒈어 옵네다~. 천지~ 혼합(混合)으로-.

‖늦인석‖[좌우 신칼치메를 어깨 위로 넘기며 한 걸음 나아가 신칼을 동시에 앞으로 내리며 허리 숙여 절하고 오른쪽 신칼치메를 어깨 위에 걸쳤다가 내린다.]

천지혼합~, 제이르난~, 자연히 천지가 게벽(開闢)이 뒈여근, 옵니다. 게벽시 도업 제일러 드리난 하늘 땅 곱이 납디다 천앙(天皇) 신베포 도업 제이릅네다. 지왕(地皇) 신베포 도업 제일러 드립니다. 일일 수성게문(水星開門) 도업, 일일은 동성(東星) 상경게문(三更開門) 도업 제일러, 드립네다. 선오성별, 도업, 제이릅니다근 또 이전으론, 예- 월일광(月日光) 신도업

헐 적, 본향 데제일 데신 시왕 연맞이로, 인왕(人皇) 베포 도업-.

‖늦인석‖[좌우 신칼치메를 어깨에 올렸다가 동시에 내리며 허리 숙여 절한다. 왼쪽부터 차례로 각 방위로 향하여 이와 같이 한다.]

인왕 베포~, 도업을~ 제이르난, 하늘 땅 사이 높은 건 명산(名山)입디다. 산도업 제이릅고, 얏인[15) 굴헝[16) 물이 고여살 적 예- 물베포 도업 제이릅네다. 초로연석 모다지여 국이 납디다 국베포 도업, 제이릅니다. 또 이

베포도업침

제는, 왕베포 도업 허실 떼에 각성친~, 이에~ 삼황(三皇) 이후에, 각 충신(忠臣) 성인(聖人) 춘추전국(春秋戰國) 신베포 신도업으로-.

‖늦인석‖[좌우 신칼치메를 어깨 위로 넘기며 한 걸음 나아가 신칼을 동시에 앞으로 내리며 허리 숙여 절하고 왼쪽 신칼치메를 어깨 위에 걸쳤다가 내린다.]

춘추전국~ 신베포 도업 후 공자(孔子) 성인 나난, 인생 살다 죽으면, 기일제서(忌日祭祀) 삼멩일(三名日) 유굣법(儒敎法) 마련허고 불 인도국, 노저(老子) 성인 탄성허난, 빌 원쩨(願字) 귀신 신쩨(神字) 마련허여 사난, 금번 이 마을 주당(主堂) 본향 데제일로근, 원~ 베포 도업 신베포 도업~, 전명부 데신 시왕 삼시왕 연맞이로 제청 도업 신이 부퍼 옵니다~. 제청 도업으로-.

‖중판‖[신칼치메를 흔들며 좌우로 번갈아 돌며 춤을 춘다. 신칼치메

15) 낮은.
16) 구렁.

를 어깨 위로 넘겼다가 내리어 허리 숙어 절하기도 한다. 신칼치메를 휘돌리며 신자리를 넓게 돌기도 하고, 나아갔다 물러서기도 한다.]

‖감장‖ [왼감장을 한번 돌고 신칼치메를 몇 차례 흔들다가 멈춘다.]

동복리 본향당 신과세제 시왕맞이 초감제 날과국섬김

자료코드 : 10_00_SRS_20100220_HNC_KDW_0001_s06
조사장소 : 제주특별자치도 제주시 구좌읍 동복리 1759번지(동복본향당)
조사일시 : 2010.2.20
조 사 자 : 허남춘, 강정식, 강소전, 송정희
제 보 자 : 강대원, 남, 66세
구연상황 : 날과국섬김은 굿하는 날짜와 장소에 대하여 풀이하는 제차이다. 심방은 요령을 들고 신자리에 서서 지극히 간단한 내용으로 마무리하고 만다.

■ 시왕맞이>초감제>날과국섬김

예- 본향 데제일(大祭日) 명부 데신 시왕, 삼신왕 연맞이로~, 제청 도업 제이르난~,

[공싯상에 두었던 요령을 집어든다. 잠시 굿을 멈추고 연물석에 앉은 강치옥 심방을 보면서 말한다.]

(강대원 : 요랑 어디 붑디가 누님. 하여간이, 늪어가민……)

[소미 강치옥, 요령을 찾아 소미 박

날과국섬김

영옥에게 넘겨준다. 박영옥은 요령을 한번 흔들고 공싯상에 내려놓는다.]

어느 고을 도장(道場), 면 무을 사는 [요령] 초로인셍(草露人生) 드는, 신게원불 영 협거들란, 국은 세계각국 중~ 예- 뒙네다 남선부주 데한민국,

남반국 호남 특별, 제주특별자치도 제주시 무을은 갈란, 동수문밧 신구좌
읍 동복리 천하부촌 이런 양촌(兩村)이우다에~. 각 성친 각 불턱 삽니다.
사시는디 또 이제는근,

[잠시 멈추고 소미 정공철에게 시왕당클 앞에 붙인 번에 제일을 써넣으
라고 한다.]

올리옵기는, 오널[17] 이거 본향(本鄕) 무을, 낳는 날 생산(生産) 추지, 죽
는 날은, 장적(帳籍) 추지, 인물(人物) 호적(戶籍) 추지허여근 헌, 한집[18]
이엣 데제일 날이우다.

동복리 본향당 신과세제 시왕맞이 초감제 연유닦음

자료코드 : 10_00_SRS_20100220_HNC_KDW_0001_s07
조사장소 : 제주특별자치도 제주시 구좌읍 동복리 1759번지(동복본향당)
조사일시 : 2010.2.20
조 사 자 : 허남춘, 강정식, 강소전, 송정희
제 보 자 : 강대원, 남, 66세
구연상황 : 연유닦음은 굿 하게 된 연유를 고하는 제차이다. 마을 대표들의 이름과 나이
를 고하여 올리고, 굿을 하게 된 사정을 비교적 상세하게 밝힌다.

■ 시왕맞이>초감제>연유닦음

부락(部落) 무을 췩임자(責任者)로근, 리장님(里長-)은, 원○택 씨, [시왕
제단에 붙여진 축원문[19]을 바라보며 말명을 한다.] 쉰흔넷 님 또 이전,[20]
게발위원장님(開發委員長-) 김○민 씨 쉰흔넷 님, 또 이전 노인훼장님(老
人會長-)은, 고 ○제 원쩨, 일흔여덥 님, 부녀훼장(婦女會長) 고○옥 씨 마

---

17) 오늘.
18) 본향당신.
19) 열명서.
20) 이젠.

흔아홉 님 청년훼장(靑年會長) 윤○탁 씨 쉬흔넷 님,

연유닦음

(소미 정공철 : 마흔넷게.)

아 마흔넷 님, 어촌게장님(漁村係長-) 김○선 씨 쉬흔다섯 님, 또 헤녀 훼장님(海女會長-)은, 원○희 씨 마흔에 다섯 님, [심방이 다시 신자리를 맴돌며 말명을 한다.] 받아든 공서, 축원입네다. 양력(陽曆)으론, 이천십년 (二千十年) [요령] 음력(陰曆)으론 구관(舊官) 상천(上天) 신관(新官) 도임(到任) 허엿십네다. 이에~ 어~ 근, 경인년(庚寅年) 입춘(立春), 상정월(上正月) 둘(月) 오널 날이우다. 초일뤳(初七日) 날, 헤년마다²¹⁾ 이 부락, 이엣 ᄆᆞ을 토주지관(土主之官), 데제일 날이우다. 부락 ᄆᆞ을 안네 굿인 데섯(大事) 일만 아니 나면은, 축원(祝願) 원정(願情) 올립네다. 부락 ᄆᆞ을, 굿어지

---

21) 매해마다.

면 열일뤠(十七日) 날로, 이엣 스무일뤠(二十七日) 날꼬지 헤여근, 데제일
올리곡 여리 삼월(三月), 이엣 열일뤠 날도 각성친(各姓親), ᄀ세문안(過歲
問安) 오월(五月)은 여름 한부중(-付種), 칠월(七月) 열일뤠 날, 구월(九月)
열일뤠 날, 혼 둘 이엣 ᄋ섯22) 일곱 번, 상을 받는 토주지관 데제일 날이
우다. 영 허온데 먹다 씨다23) 입다 남안24) 이 축원 굴복 원정 아닙네다.
업는25) 사름26) 빌어 얻어 옷과 밥이건만 영 허옵데~, 천이 감도(感動) 허
고, 신이 신중 발원(發願)헙서. 올 금년(今年)은 어떵 허난 이거 상정월 초
일뤠 날, 데제일 올려지엄수다. 어뜩허면은, 부락이 초로인셍(草露人生)이
명(命) 떨어져 죽어도 못 허곡, 이엣 타리(他里)에 사름덜27) 죽엉 성안(城
內)28)이나 본고향(本故鄉) 왓다리 갓다리29) 허여 가민, 부락 거리 ᄆ을 안
으로 이에 왓다 갓다 허는 때문에, 물려지곡 영 헙네다. 신이 신중 허여
삽서. 일심은 원영이정(元亨利貞) 천도지상(天道之常) 인의예지(仁義禮智)
강이ᄉ정 굴복을 올립네다. 부락 ᄆ을 토주지관 데제일날, 명부(冥府) 시
왕(十王) 삼시왕(三十王) 청허여, 이엣 원정 드는 부락 엇수다만은 이 부락
은, 명부 데신왕 삼시왕 청허영 각성친덜 집안에서, 안택(安宅) 원정 드는
목30) 헙네다. 원고 축원 말씀~, 그 옛날 옛적이우다. 이엣 이 부락에 서
립(設立) 뒈기 전이, 이엣 뒙네다. 저 김녕(金寧)31) 밀양(密陽) 박떽(朴宅)
하르바님이, 여름 ᄀ을 농ᄉ(農事)허젠, 이 동북 지경 멜막32)이엔 헌 디

---

22) 여섯.
23) 쓰다.
24) 남아서.
25) 없는.
26) 사람.
27) 사람들.
28) 제주성내.
29) '왓다리 갓다리'는 왔다갔다 거듭하는 모양.
30) 몫.
31) 제주시 구좌읍의 한 마을로, 동복리의 이웃마을.
32) 동복리에 있는 지명.

오란 듬북33) 허곡, 이엣 민른 건 지어단 밧디34) 놓곡 영 허멍 살 때에, 애가 큰큰35) 물라지어근,36) 물이 졸졸 흘럼시난, 물을 뜨언 손으로 뜨언 먹은 것이, 물맛 조앙37) 아이고 요 부근도 사름 살만헌, 부근이엔 영 허여, 그날 듬북 허연38) 가고, 또 뒷날 듬북 허레 오라근, 듬북 허단 애 몰라 물 떠 먹언 물맛 조난39) 사름 살만헌 곳이엔, 영 허여 밀양 박씨 김녕 밀양 박씨 하르바님이, 이 동네 오란 엄막40) 둘런 제일 먼저 살기 시작을 허는 게, 츠츠츠츠41) 김녕 민을에서영, 북촌(北村)42) 민을에서영, 또 타리에서영, 하나씩 둘씩 오란, 사는 게 제일 초담은43) 이 부락, 삼벡여(三百餘) 호(戶) 오르게44) 사름 살아 오랏수다. 글지45) 후에 문명(文明)이 영 발전(發展) 뒈여가난, 나이 든 어룬덜은 본 리에 살곡, [요령] 또 젊은 사름 덜은 타 곳 타도(他道) 타리(他里)에 간 살암수다. 견디46) 흐를날은,47) 이 민을에 그만 풍파(風波)가 일어난 농亽(農事)에도 손헤(損害) 헤상(海上)에도 손헤, 뒈여 간 필연곡절(必然曲折) 이상허덴 영 허영, 이엣 부락 리장, 이엣 통장(統長)이영, 이엣 통정데부(通政大夫) 가선데부(嘉善大夫) 이런 유지급(有志級)덜이 믄48) 모다49) 앚안,50) 이상허덴 헤연 구석구석 민을 구

---

33) 해조류의 하나.
34) 밭에.
35) 어떤 정도가 매우 심한 상태를 나타냄.
36) 말라서.
37) 좋아서.
38) 채취해서.
39) 좋으니.
40) 움막.
41) 차츰.
42) 제주시 조천읍의 한 마을로, 동복리의 이웃마을.
43) 처음은.
44) 가까이.
45) 그.
46) 그런데.
47) 하루는.
48) 모두.

석, 먼 촞단51) 베려보난52) 혜각(海角)으로~, 허여근 저 멜막 알로,53) 난
데 엇은54) 소방상(小方牀) 상어화단(喪輿--) 올라 오란 이게 조훼(造化)가
아닌간 혜연, 그 소방상 상이화단을 부락 ᄆ을 거리 안으로 앚단55) 놓아
분 후엔, 어느 누게 물 흔 적56) 아이57) 주난58) ᄄ로 부락 ᄆ을에 숭엄조
훼(凶險災害) 불러주언, 풍파(風波)가 나 가난, 상정월 초사흘 초일뤠 열사
흘 열일뤠, 스무사흘 스무일뤠 이엣 청명(清明) 꼿삼월도 초삼일 초일뤠,
십삼일(十三日) 십칠일(十七日), 이십삼일(二十三日) 이십칠일(二十七日), 이
엣 농ᄉ 농업에 바쁜 자손덜이 위망적선(威望積善) 허여근 가는 게, 부락
각성친 ᄌ손덜, 살기 편안(便安) 허여지고, 영 허연 삽데다 헌디, 그 옛날
한 일본(日本)이 한국(韓國)광 경술년(庚戌年)에 조약(條約) 맺어, ᄉ정(事
情)허단 버치난,59) 임진웨란(壬辰倭亂) 데동아(大東亞) 터진 후에는 일본
사름덜이 눌아 뎅기멍,60) 부락에 나라에 세금 바찌렝61) 허영, 당(堂)도 부
숨곡 절도 불천수웨62) 시겨사멍63) 헐 때우다. 김구장(金區長) 시절(時節)
인데, 에~, 임칩잇64) 할마님 신칩잇65) 할마님 강칩잇66) 할마님 삼성친(三

---

49) 모여.
50) 앉아.
51) 찾다가.
52) 살펴보니.
53) 아래로.
54) 없는.
55) 가져다.
56) 모금.
57) 아니.
58) 주니.
59) 부치니.
60) 다니면서.
61) 바치라고.
62) '천수'는 찬수(饡燧). '태운다'는 뜻.
63) 시키며.
64) 임씨 집의.
65) 신씨 집의.

姓親)이 걱정 뒈연 이떵 허민 조코,[67] 그때 부락 안네에, 본향 한집 서립(設立)헌 때는, 북촌리 고씨(高氏) 선셍(先生)이 이엣 거영허엿수다.[68] 거영허연 살단, 심방질 허지 말렌 헤연 나라에서, 통정데부 직함(職銜)을 주난 이엣 고씨 선셍님은, 심방질 설러불고[69] 당은 부숩게 뒈난 무을에서 걱정 뒈연, 고씨 선셍님 처가숙(妻家屬)은 홍씨(洪氏) 할마님인디, 이에 홍씨 할마님 앞이 간 이논(議論)허연 헌 것이, 뒈어지어 삽네다. 고씨 선셍님 데신 오란, 이엣 일로[70] 중산(衆散)허게[71] 뒈난, 신칩이[72] 신선달 하르바님 ㅈ순(子孫)은 오란, 울 둘르곡 신칩잇 할마님 임칩이, 이엣 강칩잇 할마님 삼성친은 앞산[73] 일로[74] 중산허여 오랏수다. 중산허연 오난 부락 무을에서 쓸 흔 줌썩, 돈 흔 푼썩 모두우멍,[75] 그때에 이엣, 하르바님을 위망적 선허곡 저 부락 안네에,[76] ㅂ름알도 상여할마님 잇인[77] 때에, 멜막으로 또 ㄱ을[78] 갈랏수다. 무산곤[79] 허난 어디 할마님은, 상이 할마님은 뎅기단 놈이 데서(大師) 집사(執事) 넘어가멍 먹은 간 씬 간 돗궤기돼지고기 숢는[80] 넴세사[81] 맞촤사신디[82] 먹어사신디, 모르쿠다만은 허뒈, 글로[83]

---

66) 강씨 집의.
67) 좋을까.
68) 거행하였습니다. '거행'은 한자로 '擧行'이며, 즉 고씨 선생이 본향당을 맡았다는 뜻.
69) 그만두고.
70) 이리로.
71) 다른 곳에 당을 따로 마련함을 이름.
72) 신씨 집의.
73) 앞장서서.
74) 이리로.
75) 모으며.
76) 안에.
77) 있는.
78) 경계를.
79) 왜냐.
80) 삶는.
81) 냄새야.
82) 맡았는지.

허여 궂 갈라전 뜨로 이엣 예~어근, 혜녀(海女) 어부(漁夫) 부락 궂 갈란 위망적선 허는 게, 할마님은 요왕(龍王)으로 각성친 ᄌ순 혜녀 어부덜 앞이 삼월 초여드렛날, 제일(祭日) 받곡 헐 때에근 일로 오라근, 또다시 뒈여지어 삽네다. 이엣 신청(神廳) ᄀ리메[84] 허다실피, 담을 ᄀ르[85] 다완,[86] ᄇ름웃도로 하르바님 ᄇ름알도론, 할마님을 위망적선, 허게 뒈곡 홍씨 선성님이, 도점(都占)[87]을 받고 보난 부락 안네 ᄆ을 청년덜 괴로움이 당헐 때 영 허여산 허옵시난에, 이젯날은~, 궤로움 당헐 듯 허난 큰일 낫젠 허연, 어떵 허민 조코 이논헌 것이, 이엣 명부 데신왕 삼시왕을 청허영, ᄇ름웃도 상여하르바님 ᄇ름알도 상여할마님 앞이는 앞이, 이엣 억만(億萬) 상궤 중궤 하궤 억만 육궤 도봉(都封) 묻곡, 또로 이엣 산질[88] 궂곡 헌 ᄌ손덜은, 명부 데신왕 삼시왕 앞으로 이엣 집안에서 안텍허듯이, 엑(厄)을 막아갑네다. 오널 이 기도로 이엣 축원 올리고 상궤 중궤 하궤 억막 육궤 묻곡, 명부 시왕 삼시왕 앞으로 엑 막아 가는 ᄌ순이나 아니나 예명 올린 ᄌ순덜, 모든 이력 가정(家庭) 가정 제수(財數) 데통(大通) 시겨줍서. 안평데길(安平大吉) 만수무강(萬壽無疆) 시겨줍서. 소원성추(所願成就) 귀인상봉(貴人相逢) 선인상봉(善人相逢) 시겨줍서. 이엣 원정 듭네다. 큰 나무 덕은 업수와도[89] 큰 어른이 덕은 잇는 법, 은왕성 그늘은 강동 팔십(八十) 리를 비추고, 그늘루는[90] 법 신이 조상(祖上) 덕은, 천덕(天德) 부모님 덕 호천망극(昊天罔極) 벡골난망(白骨難忘), 다 가플[91] 수 잇수가. 엇십네다근

---

83) 그렇게.
84) 백지나 창호지 등으로 가린 것.
85) 가로.
86) 쌓아.
87) 마을 전체의 운수를 살피기 위하여 보는 점.
88) 굿을 할 때 여러 종류의 점을 치게 되는데 그 점의 결과.
89) 없어도.
90) 보살피는.
91) 갚을.

비는 자에 욕 주곡 비는 자에 메를 칠 잇수가. 업십네다근, 인정 싯꺼[92) 데천바다 띄운 베[船], 폐(破)헙네까 유공지제물(有功之財物)일지라도 주인 모른 음식(飮食)은, 무언이 불식(不食)이라 허엿십네다. 지성(至誠)이엔 감천(感天) 유전가사깃법(有錢可使鬼法) 넘어드난, 모다 들러 수만(數萬) 석 가볍곡, 스절지(四折紙)도 느93) 귀 들어 바르는 법이우다.

동복리 본향당 신과세제 시왕맞이 초감제 제청신도업

자료코드 : 10_00_SRS_20100220_HNC_KDW_0001_s08
조사장소 : 제주특별자치도 제주시 구좌읍 동복리 1759번지(동복본향당)
조사일시 : 2010.2.20
조 사 자 : 허남춘, 강정식, 강소전, 송정희
제 보 자 : 강대원, 남, 66세 외 5인
구연상황 : 제청신도업은 굿청에 모실 신들을 차례대로 고하여 올리는 제차이다. 신들로 하여금 신의 세계에서 지상으로 강림할 준비를 하게 하는 뜻이 있다.

■ 시왕맞이>초감제>제청신도업

에~, 하늘 マ른94) 신공시로 어간허민, 오늘 본향 이거, 천지천왕데95) 가늠허곡 깃발 연발 가늠허곡 느립서.96)

[소미에게 말한다.]

(강대원 : 셍강차 혼 잔 허라.)

또 이전 느립서. 각 신우엄전(神位嚴前) 조상 하늘 추지 천지왕(天地王) 땅 추진 지부(地府) 스천왕(四天王), 산으로 산신데왕(山神大王), 물로 스혜

용신(四海龍神) 느립서. 삼월 초여드렛날은
또로 데제일로 원정 [요령] 들쿠다. 디려
가면~ 각성친 ㅈ순,

[차를 들고 가는 소미에게 말한다.]

(강대원 : 거 식은 거 이레 줘.)

[심방이 차를 마시고 컵을 공싯상에 내
려놓는다.]

제청신도업

각성친 각 불턱97) ㅈ손덜, 가지 번성(繁
盛) 꽃 번성 시겨주던 청룡산(靑龍山), 데
불법(大佛法) 할마님 어전국 데별상도 느
립서. 전싱(前生) 궂고 팔저(八字) 궂던 밧
초공 삼하늘, 밧당주 삼시왕 밧이공 밧삼공, 느립서 명부 데신 시왕, 감서
(監司) 도서 짐추염나(金緻閻羅), 테산데왕(泰山大王) 십전데왕(十轉大王)
불이본사(不違本誓) 진간(秦廣) 초강(初江) 송겨(宋帝) 오간(五官) 염라(閻羅)
번성(變成) 테산(泰山) 평등(平等) 도시(都市), 전륜데왕(轉輪大王) 느립서.
좌우도(左右頭) 판관(判官) 동ㅈ(童子) 췌판관(崔判官) 이엣 느립서. 이명교
주 지장왕(知藏王) 명부전, 셍불(生佛) 번성데왕(燮成大王) 여렛98) ㅅ제(使
者) 느립서. 이 ㅁ을 각성친 ㅈ손덜, 명복(命福) 제겨주던 천앙멩감(天皇冥
官) 지왕멩감(地皇冥官) 인왕멩감(人皇冥官) 느립서. 청멩감(靑冥官)은 청멩
감 뱃멩감(白冥官)은 흑멩감(黑冥官), 천지중앙(天地中央) 황신멩감(黃神冥
官) 느립서. 군눙일월(軍雄日月) 각 집안에 산신(山神) 제석(帝釋) 중산촌(中
山村) 제석일월(帝釋日月) 느립서. 헤각(海角)으로 요왕(龍王) 선왕일월(船
王日月) 느립서. 디려가면 또 이전, 어느 신이 조상 산신멩감(山神冥官) 중

97) '불턱'은 해녀들이 바다에서 물질을 할 때 언 몸을 녹이기 위하여 불을 피우던 장소
로, 여기서는 각 집안을 뜻함.
98) 열여섯.

산촌 제석 요왕 선앙멩감(船王冥官) ㄴ립서. 에~, ㅅ당(祠堂) 첵불멩감(冊佛冥官) ㄴ립 불도(佛道) 당주(堂主) 일흔여덥(七十八) 칠팔(七八) 도멩감(都冥官) 오널 시왕 뭇고[99] 네린 대명왕처서(大冥王差使)도 ㄴ립서. 천왕(天皇) 지왕(地皇) 인왕처서(人皇差使) 멩둣멩감(明圖冥官) 삼시왕 부림 처서(差使), 문세(文書) 츠지 췌판관(崔判官) 오이 옥항 저승 이승 신당(神堂) 본당(本堂) 처서님, 이~ 토주지관 한집 몸 받은 처서, 네려근 하다 이엣, 노중겍서(路中客死) 당헐 일, 나게 맙서. 이엣 여청(女丁)덜은 삼천(三千) 줌수(潛嫂)덜은 이엣 또다시, 세경 능무 테왁[100] 거느령 ㄴ리난, 이엣 데천 바다 요왕황제국(龍王皇帝國) 몸 받은 거북체서 든물 날물 썰간 놀던 처서 아끈여 한여 숨은여, 지방여 정쌀여 도랑여 독약처서(毒藥差使)덜, 들게 맙서. 드려가면, 이에 세경신중마누라 각 불턱 각성친 집안에 부군칠성(府君七星), 터신 성주(成造) 문전(門前) ㄴ립서. 조왕데신(竈王大神) ㄴ립서. 드려가면 이 ㅁ을 토주지관 한집 오널 데제일 날입네다. ○○이 브름웃도 소방상 상여화단, 에 상여하르바님 ㄴ리곡 브름알똔, 상여할마님 이에 ㄴ립서. 이엣 삼읍(三邑) 토주지관, 알손당[101]은 소천국[102] 웃손당은, 금벡조[103] 셋손당은 세명조[104] 큰아덜 덕천(德泉)[105] 거멀[106] 문국성[107] 둘쳇[108] 아덜,[109] 서낭당 시쳇[110] 아덜 과양당(廣壤堂) 한집, 늬쳇[111] 아덜

---

99) 모시고.
100) 해녀들의 물질도구.
101) 제주시 구좌읍 송당리의 아래 지경. '손당'은 송당.
102) 송당리 당신의 이름.
103) 송당본향당의 신.
104) 송당리 당신의 이름.
105) 제주시 구좌읍 덕천리.
106) 덕천리의 옛 이름.
107) 덕천본향당의 신.
108) 둘째.
109) 아들.
110) 셋째.
111) 넷째.

이 시네웻당 다섯쩬 ㄷ리[112] 산신 일뤠, 네려 ㅇ섯쩨[113] 삼양(三陽)[114] 시월도병서[115]광 동서벽(東西壁) 헷젠 허곡 일곱쳇[116] 아덜은 김녕(金寧) 궤노기 큰당 한집, 각 부락 토주지관 명부 데신왕 삼시왕, 이 동복리 ㅁ을, 토주지관 데제일로 ㄴ렴수다. 전송지데처 네립서 네리곡, 각 불턱 일월조상 산신 제석, 일월조상 요왕 선왕 일월조상, 이 ㅁ을 신선달 하르바님 일월이여, 다 ㄴ립서. 각성바지 이 본향이 예명 올려 명 보존혜영 살단 명과 녹(祿) 떨어지어 죽어 저승 간, 선성님 글선성 하늘 굴른 신공시, 불도선성(佛道先生), ㄴ립서. 곽곽(郭璞) 주약선성(周易先生) 이실푼(李淳風), 소강절(邵康節) 제갈공명(諸葛孔明), 데선성님 ㄴ립서. 또 이전 네려사민~, 어느 신이 선성 멩도선성(明圖先生) 이엣 ㄴ립서근, 소미선성(小巫先生) ㄴ립서. 심방선성 유씨 엄마 데선성(大先生), 자리선성 ㄴ립서. 당반선성 ㄴ립소서근, 디려가며,

[심방에게 건네 줄 약을 준비하는 소미에게 말한다.]

(강대원 : 또 훈 방울 흰 거 더 앗아불어사켜. 노란 것도 하나 더.)

에~, 디려가며근 알로 네려근 사옵시면, 이 당 앚던 고씨 선성 옛 홍씨 선성 ㄴ립서. 박씨 선성 ㄴ립서. 김씨 선성 ㄴ립서. 디려가면 김씨 선성 데투(代土)[117]로 오라근~, 신이 집ᄉ(執事) 이거 이엣 천구벡구십ᄉ 년도 서부떠는 당베 메여, 절베 메여 신베, 양단 어깨 감아비어 절어 맞아근 뒈여지어 삽네다. 혜로 십ᄉ(十四) 년 오르게,[118]

[심방이 소미가 건네주는 약을 물과 함께 먹는다.]

---

112) 제주시 조천읍 교래리의 옛 이름.
113) 여섯째.
114) 제주시 삼양동.
115) 삼양의 당신 이름.
116) 일곱째.
117) '대신(代身)'의 뜻으로 쓰임.
118) 넘게.

뎅겸수다. 또이전 헌디 넛하르바님 놓은 드리 김씨 선성, 어진 조상님
아 잘못헌 거, 숭광[119] 궤[120] 즈부감젤 헙서. 조상 부모 거울데 ᄀ찌,[121]
산 떼 ᄀ찌 헌 풍속(風俗)이 엇수다. 부모 말 굴앙[122] 조상 말 굴앙 거역
(拒逆)허는 세상이라부난, 호 잔 술 먹어 잘못헌 일, 하르바님 첵불 산신
수양(收養) 양제(養子), 고씨 선성 어진 조상 고씨 불도, 네려 아바지 산신
첵불 ᄂ립서. 김씨 어머님 ᄂ립서. 이엣 당주 멩둣 애기 거느령 뒤로 부씨
김씨 불도 조상 ᄂ립서. 설운 양씨 어머님, 고씨 형님 돌앙[123] ᄂ립서. 전
득(傳得) 존[124] 조상 업어 뎅겸수다. 송씨(宋氏) 차씨(車氏) 선성님 ᄂ립
서~. 디려두고 오촌(五寸) 데부(大父) 네웨(內外), 멩신아기 돌앙 ᄂ립서.
고모님네 ᄂ립서. 또 이전 처가 고씨 김씨 불도 현씨 고씨 불도, 또 이
전~ 고씨 양씨 불도 고씨, 김씨 윤씨 불도 김씨 설운 형님, 초역례(初役
禮) 바쪄주던 홍씨 선성, 약밥약술[125] 타 주던 양씨 선성 ᄂ립서. 이싱쩔
에 김씨 삼춘 양우(兩位) 조상, 예 약밥약술 타 주던 김씨 삼춘 ᄂ립서. 디
려두고, 궂인 역게(役價) 올려주던 어진 조상, 이 모을에도 호 번썩 가다
오다근 또이전 뎅기곡 헙네다 고씨 아지망[126] 몸 받은 조상, 디려가며 호
어께 오랏수다. 호 어께 놉네다 강씨(姜氏)로 무인셍(戊寅生)[127] 상신충(上
神充), 몸받은 양우 조상 전득 주던 선성, 또 이전~, 박씨(朴氏) 아지마님
병술셍(丙戌生),[128] 상신충이우다. 또 이전 몸 받은 양우 조상, 이엣 전득
주던 시부모 남편 시아주방, 멩둣아기근 돌앙 ᄂ리고, 이엣 뚜로 이씨(李

---

119) 숭광 : 흉과.
120) 궤 : 흉.
121) 같이.
122) 말하여.
123) 데리고.
124) 좋은.
125) 심방이 신굿을 할 때 먹는 것.
126) 아주머니.
127) 강치옥 심방을 이름.
128) 박영옥 심방을 이름.

氏) 아지망, 계亽셍(癸巳生)[129]이우다. 몸을 받은 신장(神將) 이엣 불도, 선여(仙女) 멩신 동亽(童子) 첵불(冊佛), 전득 받은 조상 강씨 강씨 선성, 성은 정씨(鄭氏) 동셍 경亽셍(更子生),[130] 웃엣 조상 첵불일월 상감님 느립서 허곡, 또 이전 신은 신질 물은 물질 놉네다. 죽어 선성 부도 데천명, 데선성 산 이 선성 몸 받은 조상님네, 이엣 디려가며 울랑국 범천왕 데제김 소제김 놀던 선성님네, 신메와 드립네다. 예 이 무을에 이거 리장님 원 ○째 태째 쉬흔넷 님, 亽지 중에 들엇수다. 게발위원장님 김 ○째 만쩨도 쉬흔넷 亽지 중에 든 몸, 노인훼장님 이거 나 알건이[131] 혼 혜로 십오(十五)년, 오르게 고 ○째 원쩨 일흔여덥 님, 에~ 헴수다 허곡, 쏘로 에 부인훼장은 고 ○째 옥째, 亽십구 세, 구싯게에 든 운, 청년훼장님은 윤○탁 씨우다. 亽서에 들어놓고 궂인 운이 당허엿수다. 어촌게장님 김 ○째 선쩨, 쉬흔 오십오(五十五) 세 오귀에 들어 또 이전 헤녀훼도 원○희 씨, 이엣 亽십오(四十五) 세 이엣, 고긴 하나 게는 일고[132] 여덥이[133] 츷어[134] 발기는 넉시 운밧덜인디, 경 아녀도 이거 무亽(戊子) 기축년(己丑年) 넘엉 경인년(庚寅年) 떼엔 그 옛날, 문 심어당절[135] 죽어불곡 독헌 시국(時局)이 일어난 떼곡, 영 허연 헌디, 하다에 올히도[136] 봄 삼삭(三朔) 여름 삼삭, ᄀ을 삼삭 겨울 삼삭, 뒈여지어근 삽네다. 춘하추동(春夏秋冬) 혼겁 상천(上天) 뒐 일, 막아줍서 이 당 앚아근, 애간장 썩던 선성, 수덕(手德) 영급(靈驗) 신력(神力) 좋던, 선성님 신이 집亽(執事) 혜로 십亽(十四) 년 오랏수다. 혼 어께 동참헌 신이 동간(同官), 예 몸받은 조상, 전싱 궂인 동간, 팔亽

---

129) 이문자 심방을 이름.
130) 정공철 심방을 이름.
131) 알게 된 것이.
132) 일곱.
133) 여덟이.
134) 찢어.
135) 붙잡아다가.
136) 올해도.

굿인 이엣 유학형제(幼學兄弟), 옛날은 혜도[137] 요즈금은[138] 믄[139] 돌아사
민 욕만덜 헙네다. 영 허여도 지금끄지, 이엣 좋은 소리 다 들어도 나쁜
소리 못허여 뎅겨 오랏수다. 하늘~ 굴룬, 신공시, 어간허며 동복리 므을,
토주지관, 데제일, 데신 시왕 연맞이로 제청, 신베포, 신도업헙서-.

‖중판‖[북(정공철), 설쉐(강치옥), 데양(이문자)][심방이 신칼을 잡은
양손을 들어 한번 휘돌린 후, 왼손을 어깨에 걸쳤다 내리면서 다시 휘돌
린다. 오른손도 들어 휘돌리어 내린다.]

‖감장‖[심방이 양손을 어깨 높이로 들고 왼감장, 오른감장을 돈다.]

‖중판‖[심방이 왼손을 어깨에 걸치고 오른손을 들어 휘돌리며 시왕
제단 앞으로 다가가서 양손을 함께 내리며 허리를 숙여 절한다. 양손을
바깥으로 휘돌리고는 연물석으로 몸을 돌려 오른손을 들어 휘돌려 내린
다. 다시 시왕제단으로 몸을 돌려 양손을 바깥으로 휘돌리고는 액맥이 제
단을 향하여 몸을 돌려 왼손을 들어 휘돌려 내린다. 연물석으로 몸을 돌
리며 양손을 바깥으로 휘돌리고는 이내 시왕제단을 향하여 오른손을 들
어 휘돌리어 내린다. 다시 양손을 바깥으로 휘돌리고는 오른손을 한번 들
어 내린다. 그리고 양손을 들어 흔들고 내린다. 양손을 다시 바깥으로 휘
돌리고는 오른손을 들었다 내리고, 왼손도 들었다 내린다. 신자리를 돌며
양손을 바깥으로 다시 휘돌리고 내리기를 네 차례 반복한다. 왼손을 어깨
에 걸치고 오른손을 휘돌리며 시왕제단을 향하여 나아가 양손을 함께 내
리며 허리를 숙여 절한다. 액맥이 제단을 향하여 몸을 돌려 왼손을 어깨
에 걸치고 오른손을 들어 휘돌리며 양손을 함께 내린다.] 날 보며 느립
서~. [신칼을 감아쥐며 들어 올려 양손을 함께 모으고 시왕제단을 향하
여 허리를 숙여 절한다. 말명을 하나 불분명하게 들린다. 약간 뒷걸음치

---

137) 해도.
138) 요즈음은.
139) 모두.

다가 왼손을 어깨에 걸치고 오른손을 휘돌리며 제단을 향하여 양손을 함께 내리며 허리를 숙여 절한다. 시왕제단을 향하여 잠깐 돌았다가, 왼손을 어깨에 걸치고 오른손을 들어 휘돌리며 이내 본향하르방 제단 방향으로 바꾸어 간다.] 무을 토주지관 한집님네도~, [양손을 들어 함께 내리며 허리를 숙여 절한다. 신칼을 감아쥐며 들어 올려 양손을 함께 모으며 살짝 뒷걸음치며 말명을 한다.] 소방상 브름웃도~, [고개를 숙인 채 양손을 내린다. 다시 왼손을 어깨에 걸치고 오른손을 들어 휘돌리며 본향하르방 제단으로 나아가 양손을 모아 함께 내린다.] 상여하르바님~, [몸을 돌려 왼손을 어깨에 걸치고 오른손을 들어 휘돌리며 본향할망 제단으로 가서 양손을 모아 함께 내리며 허리를 숙여 절한다.] 브름알도~ 상여할마님, [왼손을 들어 어깨에 올리고 오른손을 들어 휘돌리며 양손을 모아 함께 내리고는 이내 뒤돌아선다. 양손을 바깥으로 휘돌려 흔들고 오른손을 한 번 들었다 내린 뒤, 왼손을 들어 휘돌리며 내린다. 다시 양손을 들어 몇 번 휘돌린다.]

∥감장∥[양손을 어깨 높이로 들고 왼감장, 오른감장을 돈다.]

∥중판∥[왼손을 어깨에 걸치고 오른손을 들어 휘돌리며 중앙 제단을 향하여 양손을 모아 함께 내리며 허리를 숙여 절한다. 뒤돌아서서 오른손을 들어 소미들에게 연물을 멈추라고 신호를 보낸다.]

동복리 본향당 신과세제 시왕맞이 초감제 군문열림

자료코드 : 10_00_SRS_20100220_HNC_KDW_0001_s09
조사장소 : 제주특별자치도 제주시 구좌읍 동복리 1759번지(동복본향당)
조사일시 : 2010.2.20
조 사 자 : 허남춘, 강정식, 강소전, 송정희
제 보 자 : 강대원, 남, 66세 외 5인

구연상황 : 군문열림은 신의 세계에 있는 문을 여는 제차이다. 신도 인간과 마찬가지로
　　　　　이 문을 열어야 인간세계를 오갈 수 있게 된다고 한다. 심방이 신칼과 감상기
　　　　　를 들고 춤을 추면서 신자리와 당 입구 쪽을 오가며 문을 여는 모양을 한다.
　　　　　먼저 문마다 인정을 걸고, 허가가 떨어지면 차례로 문을 열고, 마지막으로 문
　　　　　이 제대로 열렸는지 점을 보아 확인한다. 거듭 산을 받아 신들의 뜻을 헤아리
　　　　　고, 따르는 하위신들에게도 일일이 술을 권한 뒤에, 산 받은 결과를 단골들에
　　　　　게 고한다.

군문열림

■ 시왕맞이>초감제>군문열림

■ 시왕맞이>초감제>군문열림>군문 돌아봄

제청(祭廳)으로~,

[심방이 소미에게 신자리를 잘 정리하라며 말한다.]

(강대원 : 이 펜드레140) 뚱 겨불어.141) 이 펜드레. 이레 둥겨.)

---

140) 편으로.

[심방이 신자리에서 말명을 한다.] 가운디 톡저부난,[142] 에~, 아니 좋구나. 신도업 허난, 인(人)이 왈(曰) 신(神)이우다. 신이 왈 인입네다근, 생사름[143]도 앚아, 이에 들고 나고 행(行)허젠 허민 문 열려 들고 나고 행헙네다~. 신이 조상인덜 이에 다를 깝냥 잇소리까. 저 군문, 시간 행이 바뻬, 이에 네려상 받아 명복 제겨 주저 허시는 길, 삼~ 도레 우심상, [소미가 당 입구 돌담에 걸쳐두었던 감상기를 꺼내어 입구 아래쪽에 놓는다.] 에 신수푸며근,[144] 동복리 본향 데제일로, [소미가 데령상을 당의 입구로 가져다 놓는다.] 상궤 중궤 하궤 억만 육궤 무르우곡 예 각성친, 즈손덜 본향 데제일 명부 데신 시왕 삼시왕 연맞이로델, 신수퍼 네리는 천왕 초군문, 지왕 이군문 삼서도군문 어찌 뒈며근, 동이[145] 청문(靑門) 남게[146] 적문(赤門) 서에 백문(白門) 북이[147] 흑문(黑門) 천지중앙(天地中央) 황신문(黃神門) 어찌 뒈며, 본향 데제일 명부 데신 시왕 느리는 문, 삼시왕 스제(使者) 멩감(冥官) 체서(差使) 느리는 문, 세경 칠성(七星) 문전(門前) 본향(本鄕) 각성친 집안 일월(日月) 각성친 집안, 불쌍헌 간 이 영신(靈神)~, 온 이 망혼(亡魂) 양사돈(兩査頓) 육마을 영혼님(靈魂-), 알로 네려근 사고 옵네다. 또 이전 이 당 앚던 선성님네 느려옵서. 이 무을 이에 급헌 일 나게 맙서. 일사칠구 삼제팔란(三災八難), 생남 데운(大運)에 든 즈순덜, 궂인 운 막아줍센 허고, 원정 들저 허는 디, 스에~ 팔방(四圍八方) 문도, 선신(現身)허며 돌아봐~.

∥중판∥[북(정공철), 설쒜(강치옥), 데양(이문자)][심방이 왼손을 어깨에

141) 당겨버려.
142) 턱지어버리니.
143) 생사람.
144) 내놓으면서.
145) 동(東)에.
146) 남(南)에.
147) 북(北)에.

걸쳤다 내리고 양손을 들어 바깥으로 휘돌렸다 시왕제단을 향하여 양손을 모아 함께 내리며 허리를 숙여 절한다. 액맥이 제단으로 몸을 돌려 왼손을 어깨에 걸치고 오른손을 휘돌리며 시왕제단을 향하여 양손을 모아 함께 내리며 허리를 숙여 절한다. 본향하르방 제단으로 몸을 돌려 오른손을 어깨에 걸치고 왼손을 휘돌리며 제단을 향하여 양손을 모아 함께 내리며 허리를 숙여 절한다. 본향할망 제단으로 몸을 돌려 오른손을 어깨에 걸치고 왼손을 휘돌리며 제단을 향하여 양손을 모아 함께 내리며 허리를 숙여 절한다. 왼손을 어깨에 걸치며 오른손을 휘돌리어 흔들며 몸을 돌려 당의 입구로 가서 양손을 모아 함께 내린다. 오른손을 좌우로 흔든 뒤에 왼손을 들어 흔든다. 양손을 들어 몇 번 흔들면서 뒷걸음치며 말명을 한다.] 동복리 천하부촌(天下富村)~, [왼손을 어깨에 걸치고 오른손을 들어 휘돌리면서 앞으로 조금 나아가 양손을 모아 함께 내린다.] 본향 무을 데 제일 데신 시왕, 맞이로~, [살짝 비켜서서 당 안쪽으로 양손을 흔든다. 왼손을 오른쪽 어깨에 걸치고 오른손을 들어 시왕제단을 향하여 몸을 돌리고는 양손을 모아 함께 내리며 허리를 숙여 절한다. 왼손을 어깨에 걸치고 오른손을 들어 휘돌리면서 양손을 모아 함께 내리며 허리를 숙여 절한다. 다시 왼손을 어깨에 걸치고 오른손을 들며 입구로 몸을 돌려 양손을 모아 함께 내리며 허리를 숙여 절한다.] ○○○○○○○ [고개를 숙인 채 뒷걸음질한다.] 선신허며, [왼손을 어깨에 걸치고 오른손을 들어 휘돌리며 양손을 모아 함께 내리며 허리를 숙여 절한다.] 올라옵네다. [왼손을 어깨에 걸치고 오른손을 들어 요령을 흔들며 시왕제단으로 다가와 양손을 모아 함께 내리며 허리를 숙여 절한다. 액맥이 제단으로 몸을 돌려 왼손을 어깨에 걸치고 오른손을 들어 휘돌리며 양손을 모아 함께 내리며 허리를 숙여 절한다. 왼손을 어깨에 걸치고 오른손을 들어 휘돌리며 본향하르방 제단으로 몸을 돌려 양손을 모아 함께 내리며 허리를 숙여 절한다. 왼손을 어깨에 걸치고 오른손을 들어 휘돌리며 본향할망 제단으로 몸을 돌려 양손을 모아 함께 내리며 허리를 숙여 절한다. 다시 시왕제단으로 몸을 돌려 양손을 바깥으로 휘돌리고는 오른손을 들어 내린다. 다시 양손을 들어 신자리를 돌며 몇 차례 흔든다. 왼손을 어깨에 걸치고 오른손을 들어 휘돌리며 시왕제단으로 나아가 양손을 모아 함께 내리며 허리를 숙여 절한다. 몸을 돌려 양손을 바깥으로 휘돌리며 왼손을 어깨에 걸치고 내린다.]

‖감장‖[심방이 양손을 어깨 높이로 들고 왼감장, 오른감장을 돈다.]

‖중판‖[심방이 시왕제단을 향하여 무릎을 꿇고 앉아 고개를 숙인다. 양손을 들어 몇 차례 안팎으로 흔든다. 양손의 신칼을 감아쥐고 얼굴 높이로 들고는 말명을 하나 연물소리에 묻혀 잘 들리지 않는다.] 동복리 천하데촌(天下大村) 일흔 양촌, 본향 데제일로 명부 데전 삼시왕님, ᄂ립서에~. [양손을 펼쳐 신자리를 짚고 고개를 숙여 절한다. 다시 고개를 들어 신칼을 어깨에 걸치며 오른손으로는 신칼치메를 잡는다.] 고씨 선성 ᄂ립서. 홍씨 선성, 영급 신력 언담(言談) 좋던, [양손으로 잡은 신칼을 좌우로 흔든다.] 고씨 선셍 김씨 선셍 ○○ ᄂ립서. [신칼을 모두어 신자리에 내려놓으며 점을 친다. 말명이 이어지나 연물소리에 묻혀 잘 들리지 않는다.][신칼점][신칼점][신칼점][신칼을 내려놓고 앉은 채로 양손을 들고 손바닥을 이리저리 뒤집으며 춤을 춘다. 춤이 끝나면 신칼을 양손에 나누어 잡고 오른손에는 요령을 들어 자리에서 일어난다. 왼손을 어깨에 걸치고 오른손을 들어 휘돌리며 양손을 모아 함께 내리며 허리를 숙여 절한다. 몸을 돌리며 왼손을 어깨에 걸쳤다 내리며 연물을 그치라는 신호를 보낸다.]

■ 시왕맞이>초감제>군문열림>군문에 인정

동복리~ 천하부촌 일흔 양촌, 이 ᄆ을 토주지관 본향 데제일, 데신 시왕 연맞이로근, 삼시왕연맞이로, 문민(門門)마다 ᄉ헤팔방문(四圍八方門)

천왕 초군문 지왕 이군문 삼서도군문, 이엣 동이 청문 남기 적문, 서에 벅
문 북이 흑문 천지중앙, 황신문이 명왕 삼시왕문, 수제 멩감 체서, 세경
칠성 문전 본향문, 일월 제석 영혼 이 당 설립허고 앚던 선성님네, 이 무
을 이엣 각성친 그눌루던 또 이전, 옛 선성님네 느리는 문, 이 무을 운수
(運數) 운방문(運方門)을 돌안 보난, 문민마다 문직데장(門直大將), 도레 감
찰관(監察官) 옥서나저(獄司羅將) 앉아 놓고, 인정(人情) 달라 수정(事情)
네여걸라 헙네다. 부락 총첵임자 받아든 리장님은 ○쩨 테쩨 오십스 세
게발위원장님 김 ○쩨 만쩨 오십스 세, 노인훼장님 고 ○쩨 원쩨 일흔으
덥 님, 부녀훼장님 고 ○쩨 옥쩨 수십구 세우다. 이엣 또 이전 청년훼장,
윤○탁 씨 수십스 세, 어촌게장님 김○선 씨우다. 이엣 오십오 세 헤녀훼
장님은, 원 ○케 희쩨우다 마흔다섯 님. 각성친 각 불턱에서 받아드는 질
에 맞은 질나자148)여 발에 맞인, 발나자149)로구나. 저승~ 지전(紙錢) 인
정 지화(紙貨) 금전(金錢), 청감지(靑甘酒), 즈소지(紫蘇酒)로, 문민마다 제
인정 걸레-.

∥중판∥[왼손을 어깨에 걸치고 오른손을 들어 휘돌리며 당 입구로 나
아가 양손을 모아 함께 내린다. 요령을 흔들며 말멩을 한다. 소미 박영옥
이 심방 옆에 쪼그려 앉아 데령상의 잔을 낸다.] 문민마다 에~ 제인정 걸
엄수다. 동복리 천하데촌 일흔 양촌, 본향 데제일 데신 시왕 연맞이광 삼
시왕, 이에 연맞이로어근~, 에 동이 청문 낭게,150) 적문 서이 벅문 북이
흑문 [요령] 천지중앙 황신문에 인정 걸어 드렴수다~. 명부 데신 시왕 삼
시왕 수제, 멩감 체서 세경 칠성 [요령] 문전 본향 일월, 영가(靈駕) 옛151)
선성 [신칼을 오른손에 모아 잡는다.] 무을 운수 운방문이 [소미 고씨가

---

148) 기원자의 키 길이를 다시 나이만큼 재어 마련한 피륙.
149) 기원자의 한 발 길이로 나이만큼 재어 마련한 피륙.
150) 남(南)에. 동음이의어 '남에'가 '나무에'의 뜻인데 이는 달리 '남게', '낭에'라고 하는
데 이끌린 잘못된 표현.
151) 옛[故]. '옛날'의 뜻과 함께 '작고(作故)한'의 뜻이 있음.

당 입구 옆의 액맥이 제단에 우봉지주잔을 가져다 놓는다.] 제 인정에~ [심방이 당 입구를 향하여 쪼그려 앉아 신칼점을 친다.][신칼점][신칼점] 걸어드렴수다. 이 군문에 인정 받앙 [신칼점] 조상님아, [신칼점] 어떵 협네까. [신칼점] 살려줍서. [신칼점][신칼점] 오고 가는 질, [심방이 고개를 숙여 절한다.] 경 허민, 이엣 무을 부락 안네 운수 운방~ [신칼점] 문이나~ [신칼점] 맞서~ [신칼점] 이 군문덜이 [신칼점] 상으로~ [신칼점] [신칼점] 중으로~, [신칼점] 하로~, 경 허민 올히 [신칼점] 경인년~, [신칼점] ○○ [고개를 숙여 절한다.] 알앗수다에~. [신칼을 다시 양손에 나누어 잡고 일어선다. 왼손을 어깨에 걸치고 오른손을 들어 휘돌리며 양손을 모아 함께 내리며 당 입구를 향하여 허리를 숙이며 절한다. 몸을 돌려 왼손을 어깨에 걸치고 오른손을 들어 휘돌리며 시왕제단을 향하여 양손을 모아 함께 내리며 허리를 숙여 절한다. 오른손을 살짝 들어 내리며 연물을 그치라는 신호를 보낸다.]

■ 시왕맞이>초감제>군문열림>군문열림

어~, [신자리로 가서 말명을 한다.] 동복리 천하부촌 일흔 양촌이우다. 무을 토주지관 데제일로, 에~ ㅂ름웃도 상여하르바님 ㅂ름알도 상여할마님이 억만 육궤,

[강대원 심방, 뒤늦게 와서 제물을 올리려는 단골에게 말한다.]

(강대원 : 예 올립서. 올립서.)

에 또 이전~ 이에, 억만 육궤 무어두곡 이엣 이거 또 이전 홍씨 선성님 셍존(生存) 떼에부떠, 시작허여 온 일이우다. 이에 명부 데신 시왕 삼시왕 연맞이로근 뒈여지어 삽네다. 이엣 천우방엑 올리저. 명 보전허저 복 보전허저.

[강대원 심방, 신자리를 정리하려는 소미에게 말한다.]

(강대원 : 흐끔152) 쑥 뗑겨붑서 그레. 더 더 더. 어.)

이엣 영 허저 허는디, 인정 거난 인정 과속허다. 스정이 절란허다 문 열려 가라 영이 납네다. 신이 아이 감냥[153])으로, 열릴 능력 잇수가 업십네다. 옛날 상교(鄕校) 상천문(鄕廳門)은, 열두(十二) 집서관(執事官)이 열렷젠[154]) 허곡, 신이 신전문(神殿門)은 신이 집스가 열린뎅[155]) 헙네다. 신이 집스 천상나기 굿을 헤여도, 신이 조상 느리는 문, 열릴 능력 감냥 엇수다. 이 당~ 설도허고 앚던 수덕 좋은 선성님네, 유전풍속(遺傳風俗) 신이 집스, 에 몸받은 당줏하님, 몸 받은 삼우 조상 영급 신력, 수덕 믿고 전득 좋은 조상 부모 유전풍속데로, 일문전(一門前) 신감상(神監床) 주지영기, 무루와다근, 이에 압송(押送)허며, 초군문 이군문, 삼서도군문, 본향 데제 일 명부, 데신왕, 삼신왕 각 신전 느리는 문, 무을 운수(運數) 운방문꺼지 열려-.

‖중판‖[신칼을 양손에 나누어 잡는다.]

‖감장‖[왼손을 어깨에 걸쳤다가 내린다. 양손을 어깨 높이로 들고 왼감장, 오른감장을 돈다.]

‖중판‖[왼손을 어깨에 걸치고 오른손을 들어 휘돌리며 시왕제단을 향하여 양손을 모아 함께 내리며 허리를 숙여 절한다. 액맥이 제단으로 몸을 돌려 왼손을 어깨에 걸치고 오른손을 들어 휘돌리며 양손을 모아 함께 내리며 허리를 숙여 절한다. 본향하르방 제단으로 몸을 돌려 오른손을 어깨에 걸치고 왼손을 들어 휘돌리며 양손을 모아 함께 내리며 허리를 숙여 절한다. 다시 본향할망 제단으로 몸을 돌리고는 오른손을 어깨에 올려 왼손을 들어 휘돌리며 양손을 모아 함께 내리며 허리를 숙여 절한다.] 열려 올립네다. [몸을 돌려 왼손을 어깨에 걸치고 오른손을 들어 휘돌리며

---

152) 조금.
153) 깜냥.
154) 열었다고.
155) 연다고.

요령을 흔들고 당 입구로 나아가 절하며 무릎을 꿇어앉는다.] 동복리~ 천하데촌~, [신칼을 잡아 쥐고 얼굴 높이로 올려 양손을 비비며 기도하는 모양을 한다.] 에~ 본향 데제일로, [양손을 펴서 바닥을 짚으며 고개를 숙여 절한다.] 경인년 상정월, 초일뤠날이우다. 브름웃도 상여하르바님 브름알도 상여할마님이 상궤 중궤 하궤 억만 육궤 뭇곡, 각성친 주순덜, 이거 혜로 이엣 칠팔십 년, 오르게 유전데로, 본향 데제일로에~, [고개를 들어 오른손에 요령을 잡고 흔들며 말명을 한다.] 명부 시왕 청허여, 집안 안텍(安宅) 올린 목, 천우방엑 올립네다에~. [오른손에는 요령을 들고 왼손에는 신칼을 든 상태에서 얼굴 높이로 모아들고 손을 비비며 기도를 한다.] ○○○○○○○○ [양손으로 바닥을 짚으며 고개를 숙여 절한다. 고개를 들고 앉은 채로 양손을 번갈아가며 흔든 뒤 양손을 모아 함께 내린다. 오른손의 요령을 흔들며 다시 말명을 이어간다.] 느립서에~. [요령을 내려놓고 왼손에 잡은 신칼을 오른쪽 어깨에 올리며 오른손으로 신칼치메를 모아 잡는다.] 아~ 아~, [양손에 신칼을 잡고 흔든다.] 어~ 어~, 신감상 천하 초군문 [양손을 모아 신칼과 신칼치메를 얼굴 높이에서 모아 잡는다.] 이군문 삼시도군문, [신칼을 잡은 양손을 바닥으로 내리며 고개를 숙여 절한다. 고개를 들어 신칼점을 치려 한다.] 네려~ 네립서. [신칼점] ○○○○○ 이군문에 오른 주부 [신칼점] 드리로~, [신칼점] 분간~, [신칼점] 협서~. [신칼점] 어~, [신칼점][고개를 숙여 절한다.] 어~ 이군문 삼시, [신칼점] 도군문, [신칼점] ○○○○ [앉은 채로 양손을 어깨 높이로 들고 손바닥을 뒤집으며 춤을 추다 양손을 마주 하여 비비며 기도한다.] 비나이다 천 시리 만 시리근~, [고개를 숙여 절한다.] 들고 올립네다에~. [신칼을 양손에 나누어 잡고 오른손에는 요령까지 든 채로 감상기 역시 양손에 나누어 잡고 몇 차례 흔든다. 심방이 일어서 고개를 숙여서 뒷걸음 하다가 고개를 들고 감상기도 높이 든다. 당 입구로 나아가 감상기를 모아 내리는 듯이 하며 몇 차례 흔든다.] ○○ 므을 데제일~, [당 입구에서 감상기를 든 채로 계속 흔들다가 당 입구를 향하여 양손을 모아 함께 내리며 허리를 숙여 절한다.] 에~ 에~, [심방이 살짝 비켜 서서 시왕제단을 향하여 감상기를 몇 차례 흔들어 신을 모시는 시늉을 한다. 왼손을 어깨에 걸치고 오른손을 든 상태로 시왕제단을 향하여 몸을 돌려 감상기를 몇 차례 흔들고는 고개를 숙이고 감상기를 세워 당 입구에서 한 바퀴 돌아 다시 당 입구를 향하여 서서 양손을 모아 내리며 말명을 한다.] 초군문 이군문 삼시도군문, 열려 줍서. [왼손을 어깨에 걸치고 오른손을 들어 양손으로 모아 함께 내리며 허리를 숙여 절한다.] 이 ○문~, [감상기를 어깨 높이로 양손에 들고는 몸을 돌려 시왕제단을 향하여 나아간다.]

∥감장∥[신자리로 가서 왼감장을 돈다.]

∥중판∥[시왕제단을 향하여 서서 양손을 모아 함께 내리고는, 오른손을 좌우로 흔든다.] 낭게[156] 적문(赤門), [왼손을 휘돌리며 다시 양손의 감상기를 몇 차례 흔든다. 왼손을 어깨에 걸치고 오른손을 들어 휘돌리며 시왕제단을 향하여 양손을 모아 함께 내리며 허리를 숙여 절한다. 엑멕이 제단으로 몸을 돌려 왼손을 어깨에 걸치고 오른손을 들어 휘돌리며 양손을 모아 함께 내리며 허리를 숙여 절한다.] 본향 천지월덕기 가늠허여~, 네리저, [왼손을 어깨에 거치고 오른손을 들어 휘돌리며 양손을 모아 함께 내리며 허리를 숙여 절한다. 본향하르방 제단으로 몸을 돌려 오른손을 어깨에 걸치고 왼손을 들어 휘돌리며 양손을 모아 함께 내리며 허리를 숙여 절한다.] 브름웃도 상여하르바님~, [본향할망 제단으로 몸을 돌려 오른손을 어깨에 걸치고 왼손을 들어 휘돌리며 양손을 모아 함께 내리며 허리를 숙여 절한다.] 브름알도 상여할마님~, [몸을 돌려 신자리에서 감상기를 흔들며 춤춘다.]

---

156) 남(南)에.

‖감장‖[감상기를 어깨 높이로 들고 왼감장, 오른감장을 돈다.]

‖중판‖[시왕제단을 향하여 무릎을 꿇고 앉아 감상기를 들고 흔든다.] 아~ 어~, [감상기를 앞쪽에 내려놓고 고개를 숙여 절한다. 신칼과 요령을 잡은 양손을 들고 몇 차례 흔들다가, 신칼을 내려놓고 요령만 한두 번 흔들고는 다시 양손을 얼굴 높이로 들어 모아 손을 마주 붙여 기도한다. 다시 양손을 펴서 내리며 바닥을 짚고 고개를 숙여 절한다. 신칼을 왼손에 모아 잡아 오른쪽 어깨에 걸치며 오른손으로는 신칼치메를 모아 잡고 몇 차례 흔든다. 다시 얼굴 높이로 신칼을 모아 잡는다.] 청문(靑門) 낭게 적문(赤門), 서이 벡문(白門), 북이 흑문(黑門) 천지중앙(天地中央) 황신문(黃神門), [신칼을 바닥에 내려놓으며 신칼점을 친다.] 에~, [신칼점][신칼을 내려놓고 양손을 들어 손바닥을 뒤집으며 춤을 추고는 양손을 모아 합장하듯이 한 뒤 고개를 숙여 절을 한다. 말명을 하고 있으나 연물소리에 묻혀 잘 들리지 않는다.][신칼점] 열려줍서에~. [양손을 모아 얼굴 높이에서 합장을 하며 기도한다. 고개를 숙여 절한다. 신칼을 양손에 나누어 잡고 오른손에는 요령을 든다. 감상기 역시 양손에 나누어 잡고 제단을 향하여 몇 번 흔든다. 일어서서 왼손을 어깨에 걸치고 오른손을 앞으로 모아 함께 내리며 허리를 숙여 절한다. 액맥이 제단으로 몸을 돌려 왼손을 어깨에 걸치고 오른손을 모아 함께 내리며 허리를 숙여 절한다. 본향하르방 제단을 향하여 몸을 돌려 오른손을 어깨에 걸치고 왼손을 모아 함께 내리며 허리를 숙여 절한다. 본향할망 제단으로 몸을 돌려 오른손을 어깨에 걸치고 왼손을 모아 함께 내리며 허리를 숙여 절한다. 다시 몸을 돌려 감상기를 어깨 높이로 들고 당 입구를 향하여 나아가 양손을 모아 함께 내리는 듯이 하며 오른손을 흔든다.] 열려~, 줍서. [당 입구에서 주위를 움직이며 양손의 감상기를 몇 번 흔든다. 왼손을 어깨에 걸치며 오른손을 모아 함께 내리며 감상기를 흔든다. 심방이 옆으로 살짝 비켜서서 시왕제단을 향하여 신을 청해 들이는 듯이 감상기를 흔든다. 왼손을 오른

쪽 어깨에 걸치고 오른손을 휘돌리고는 이내 양손의 감상기를 흔들며 한 바퀴 돌면서 양손을 모아 당 입구를 향하여 함께 내린다. 다시 양손을 어깨 높이로 들고 당 입구를 향하여 양손을 모아 함께 내리며 허리를 숙여 절한다.] 명왕 수제, 멩감~, [왼손을 어깨에 걸치고 오른손을 들었다 모아 함께 내리며 허리를 숙여 절한다. 뒤로 돌아 양손을 어깨 높이로 들고 신자리로 간다.]

∥중판∥[신자리로 가서 왼감장을 돈다. 시왕제단을 향하여 양손을 모아 함께 내리며 허리를 숙여 절한다.] 어~ 데신 시왕~, [엑멕이 제단으로 몸을 돌려 왼손을 어깨에 걸치고 오른손을 들어 모아 함께 내리며 허리를 숙여 절한다. 본향하르방 제단으로 몸을 돌려 오른손을 어깨에 걸치는 듯이 하며 이내 양손을 들고 모아 함께 내리며 허리를 숙여 절한다. 본향할망 제단으로 몸을 돌려 오른손을 어깨에 걸치는 듯이 하며 이내 양손을 들고 모아 함께 내리며 허리를 숙여 절한다. 다시 몸을 돌려 양손을 어깨 높이로 들고 감상기를 흔들며 신자리에서 춤을 춘다. 왼손을 어깨에 걸치고 오른손을 들어 모아 함께 내리며 중앙 제단을 향하여 허리를 숙여 절한다. 제단을 향하여 감상기를 좌우로 흔들며 신자리를 돌아다니며 춤을 춘다.]

∥중판∥[양손을 어깨 높이로 들고 왼감장, 오른감장을 돈다. 시왕제단을 향하여 고개를 숙이며 무릎을 꿇고 앉는다. 고개를 들고 감상기를 어깨 높이를 들어 몇 번 흔들고 고개를 숙이며 내려놓는다. 고개를 들어 신칼과 요령을 잡은 양손을 몇 번 흔들다가 신칼은 왼손에 모아 잡고 오른손으로 요령을 흔들며 말명을 한다. 말명은 연물소리에 묻혀 잘 들리지 않는다. 양손을 얼굴 높이로 들어 모아 잡고 기도하고, 다시 양손을 펴서 바닥을 짚으며 고개를 숙여 절한다. 왼손의 신칼을 들어 오른쪽 어깨에 걸치며 오른손으로는 신칼치메를 모아 잡는다. 신칼을 모아 잡고 좌우로 몇 번 흔들다가 얼굴 높이에서 양손을 합장하며 기도하듯이 하다가 신칼

을 바닥에 내려놓으며 점을 친다. 말명이 잘 들리지 않는다.] 하다 이~, [신칼점] 부락 무을인디~ [신칼점] ○○○○ [신칼점] 걱정~, [신칼점] 근심~, [신칼점] ○○○○ [신칼점] 나게 맙서~. [신칼점] ○○○ [신칼점] 느리멍, [신칼점] 네려~, [신칼점] 아~ [신칼점][신칼점] ○○○○ [신칼점] 시왕도군문 [신칼점] 열려줍서 본당문, [신칼점] 열려줍서근~. [고개를 숙이며 절한다.] 시왕○○○○ [신칼점] 데명 [신칼점] 체서문도 [신칼점] 주부드리157)로 [신칼점] ○○문 [신칼점] ○○○○ [신칼점] 에~ [신칼점][신칼을 내려놓고, 오른손을 들어 연물을 그치라는 신호를 보낸다.]

[오른손으로 요령을 집어 들고 흔들며 말명을 한다.] 아아아~ 디려가며, [양손을 모아 합장한다.] 동복리 천하데촌 일흔 양촌, 본향 데제일로~근 뒈여지어 [양손을 내려 앞으로 공손히 모으고 고개를 숙여 말명을 한다.] 사고옵네다. 사시는디 오널, 이 브름웃도 상여하르바님 할마님전, 상궤 중궤 하궤 억만 육궤, 도봉 무르와 잇십네다. 헌디 이거~ 저 북촌 [왼쪽 다리를 세운다.] 홍 고씨 선성 살아실 적, 이 무을 토주지관 위망허고, 거엉(擧行)허고, 또 이전에 일제시데(日帝時代)에, 중산은 허젠 허난, 홍씨 선성님이, 오라158) 상궤 중궤 중산허며, [합장한다.] 억만 육궤 뭇다 [고개를 숙여 절한다.] 이 본향 데제일로, 데신왕을 청허는 건 헤로 육칠십(六七十) 년, 이에 어근 팔십(八十) 년이 올라실 께우다. 건디 또 이전은, 신감상으로 초군문 이군문 삼서도군문 동이 청문(靑門), 낭게 적문(赤門) 서이 벡문(白門) 북이 흑문(黑門), 천지중앙 황신문(黃神門) 열려, 사단 보난 이 무을 명복, 제겨주저 데신 명부, 데신 시왕 삼시왕이, 앞에 선봉데장(先鋒隊長) 뒤에, 호봉데장(後鋒隊長) 영서명기,159) 거느리고 벌련(別輦)

---

157) 신칼점 점괘의 하나.
158) 와서.
159) 제주도 굿에서 쓰이는 기메의 일종.

독세(獨輪) 둘러타, 요디 저디 국이, 건당(近當)허여 옵네다. 신감상 ᄌ지영기 무루와, 압송(押送)허며 [신칼을 오른손에 잡는다.] 영서명기, 둘러 받으며 시왕도군문도ㅡ. [왼손에 감상기를 잡아 일어선다.]

∥줓인중판∥[심방이 신칼을 공싯상에 내려놓는다. 당 입구로 나아가 영기와 몸기를 가져 감상기와 함께 어깨 높이로 든다.] 어~ 동복리 천하데촌 본향 데제일로, [허리를 숙이며 절한다.] 명부 데신왕 삼신왕, [허리를 편다.] 에~ 수제, 천왕 지왕 인왕 삼멩감 [양손을 어깨 높이로 든다.] 시왕 몸 받은 데명왕(大冥王), 체섯문ᄁ지 열려드립네다. [허리를 숙여 절한다. 양손을 흔들며 이내 살짝 비켜서서 시왕제단을 향하여 신을 청하듯이 하며 계속 흔든다. 당 입구의 제자리에서 한 바퀴 돌며 계속 양손을 흔든다. 양손을 어깨 높이로 들고 다시 주위를 한 바퀴 돌며 당 입구를 향하여 양손을 모아 함께 내리며 허리를 숙여 절한다. 몸을 돌려 양손을 어깨 높이로 하고 시왕제단을 향하여 나아간다.]

∥감장∥[신자리로 가서 왼감장을 돈다.]

∥중판∥[시왕제단을 향하여 양손을 모아 함께 내리며 허리를 숙여 절한다. 엑멕이 제단으로 몸을 돌려 양손을 높이 들고는 모아 함께 내리며 허리를 숙여 절한다.] 어~ 본향 체서님 천앙 체서님도 ᄂ립서. [본향하르방 제단으로 몸을 돌려 역시 양손을 높이 들었다가 모아 함께 내리며 허리를 숙여 절한다.] 전송처(餞送處)로 ᄇ름웃도 ᄂ립서. [본향할망 제단으로 몸을 돌려 역시 양손을 높이 들었다가 모아 함께 내리며 허리를 숙여 절한다.] 전송처로 ᄇ름알또 ᄂ립서. [신자리를 돌아다니며 양손을 들고 춤춘다.]

∥감장∥[양손을 어깨 높이로 들고 왼감장, 오른감장을 돈다.]

∥중판∥[시왕제단을 향하여 고개를 숙이며 감상기와 영기, 몸기를 내려놓고 무릎을 꿇어앉는다. 소미에게 말한다.] (강대원 : 신칼. 신칼. 신칼.) [소미 박영옥이 영기와 몸기를 제단으로 가져간다. 심방이 왼손에 감상기

를 하나 들고 오른손으로 공싯상을 가리키며 소미에게 신칼을 달라고 말한다.] (강대원 : 신칼. 신칼. 신칼.) [소미 고씨가 신칼을 가져다준다. 심방이 바닥에 앉아 양손으로 신칼을 모아 잡고 오른손으로 신칼점을 친다.] [신칼점] 오른 주부로~, 고맙수다에~. [왼손에 잡은 감상기를 좌우로 한 번 흔든다. 연물이 그친다.]

시왕~ 도군문 [감상기 2개를 왼손에 모두 잡는다. 감상기를 얼굴 앞으로 세워 들고 말명을 한다.] 열렷수다. 수제문(使者門) 삼멩감문(三冥官門), 열렷수다. 시왕 뭇고160) 누리는 데명왕, 체섯문 열렷수다. 세경이여 칠성(七星)이여, 문전(門前)이여 [오른손으로 무복을 바로 잡는다.] 본향이여, 예 이 무을 소방상(小方牀) 상여하르바님 브름웃도, 상여할마님네영, 또 이전에, 알로 네려 일월제석(日月帝釋), 각성바지 이에 문서(文書) 낙루(落漏)뒌 영혼, 무을 궁리 안 운수 운방문, 알로 네려근, 사옵시면 이 당 앞던161) 선성님네 서던 선성님네, 앞질 발롸주저162) 누리는 문, 각항지방(各向之方) 일흔여덥 도군문, 신감상으로-. [세워 들었던 감상기를 좌우로 한 번 흔든다.]

‖중판‖ [요령을 왼손에 들고 오른손으로 신칼점을 친다.] 에헤~ 고맙수다에~. [고개를 숙이며 절한다. 앉은 채로 액맥이 제단으로 몸을 비튼다.] 디려가며~ [신칼점] ○○○ [신칼점] ○○○○ 주부드리로 네립서. [신칼점][신칼점] 무을 [신칼점] 도액(都厄) 잘 막으쿠다. [신칼점] 잘~ 허쿠다. [신칼점] ○○○○ [신칼점][몸을 비틀어 본향하르방 제단으로 방향을 바꾸어 신칼점을 친다.] 브름웃도 [신칼점] 상여하르바님, [신칼점] 주부드리 [신칼점][본향할망 제단을 향하여 신칼점을 친다.] 브름알도, 상여할마님, [시왕제단을 향하여 몸을 바로 한다.] 앞질 발롸주저 조상님네

---

160) 모시고.
161) 앉던.
162) 바르게 해주려고.

[신칼점][신칼과 감상기를 모두 바닥에 놓고 양손을 들어 합장하며 손을 비비며 기도한다.] 에~. [고개를 숙이며 절한다.]

‖ 줏인석 ‖ 어허~, [왼손에 감상기를 들고 오른손에 신칼과 요령을 잡았다. 왼손의 감상기를 좌우로 한 번 흔들고는 양손을 모두 몇 차례 흔들고는, 양손을 모아 내리며 고개를 숙이며 절한다. 일어서서 왼손을 어깨에 걸치고 오른손을 들어 휘돌리면서 시왕제단을 향하여 양손을 모아 함께 내리며 허리를 숙여 절한다. 이내 돌아서서 양손을 흔들며 신자리를 한 바퀴 돈다. 액맥이 제단을 향하여 왼손을 어깨에 걸치고 오른손을 들어 휘돌리면서 양손을 모아 함께 내리며 허리를 숙여 절한다. 이내 돌아서서 본향하르방 제단을 향하여 양손을 들었다 모아 함께 내리며 허리를 숙여 절한다. 본향할망 제단으로 몸을 돌려 오른손을 어깨에 걸치고 왼손을 들어 휘돌리면서 양손을 모아 함께 내리며 허리를 숙여 절한다. 다시 돌아서서 신자를 돌아다니면서 양손을 흔들며 계속 춤춘다.] 어허~, [연물석으로 다가가 양손을 들고 크게 한 번 뛰며 앉는다. 이내 일어서서 다시 신자리를 돌아다니면서 양손을 흔들며 계속 춤춘다.]

‖ 감장 ‖ [신자리에서 양손을 어깨 높이로 들고 왼감장, 오른감장을 돈다.]

‖ 중판 ‖ [왼손을 어깨에 걸치고 오른손을 들어 휘돌리면서 시왕제단을 향하여 나아가 양손을 모아 함께 내리면서 허리를 숙여 절한다. 요령을 한두 번 흔들고는 공싯상에 내려놓는다.]

■ 시왕맞이>초감제>군문열림>군문 열린 ᄀ뭇 알아봄

[강대원 심방은 공싯상에 두었던 물을 마시고 다시 말명을 시작한다.] 명사실 복사실 시겨주저. 명부(冥府) 데신(大神) 시왕(十王) 삼시왕(三十王), 수제 삼멩감 오이 멩감 에~ 칠팔 도멩감, 에~ 삼체소 우에 체소 네려는 모양, 금일 멩일 급한 체소문 열럿수다. 두루~, 데천문 둘러 받으며 문

열리며 그믓-.

∥중판∥[천문을 신자리에 던진다. 소미 박영옥과 소미 고씨가 천문을 주워 심방에게 준다.] 초군문 이군문 삼서도군문, 열려근, 열려 아~, [천문을 신자리에 던진다. 다시 소미 박영옥과 소미 고씨가 천문을 주어 심방에게 준다.] 영 허민, [천문을 신자리에 던진다. 소미 고씨가 천문을 주어 심방에게 준다. 다시 천문을 신자리에 던진다. 다시 소미 고씨가 천문을 주어 심방에게 준다. 다시 천문을 신자리에 던진다. 소미 고씨가 천문을 주어 심방에 준다. 다시 천문을 신자리에 던진다. 소미 고씨가 천문을 주어 소미 박영옥에게 준다. 여기서 계속 말명을 하지만 연물소리에 묻혀 들리지 않는다. 심방이 몸을 돌려 말명을 한다. 심방의 말명이 시작되면 연물은 멈춘다.]

초군문 이군문, 삼서 눈에 들고 목에도 드난, 이하근 좋긴 좋다. 네 난[163] 가위(家戶) 세고 불선[164] 가위 세는구나. 어 디려 가민 도 줍서 보저. 에, (강대원 : 큰맹두, 족은 어머니 꺼만 줍서. 두 개만.) [소미 고씨가 심방에게 천문을 준다.] 디려 가며 용왕문(龍王門) 열렷수다. 에 이 마을 각성바지, 에 사는 운수 운방문, 두루 데천문(大天文) 둘러 받으며,

∥중판∥[천문을 신자리에 던진다. 소미 박영옥과 소미 고씨가 천문을 주어 심방에게 건네준다.] 알앗수다. 영 허민, [천문을 신자리에 던진다. 소미 고씨가 천문을 줍는다. 심방은 신칼을 휘돌린 다음 쪼그려 앉는다.]

■ 시왕맞이＞초감제＞군문열림＞산받음

∥늦은석∥[신칼점을 두 번 본다. 정면을 향해 쪼그려 앉은 채 절을 한다. 소미 박영옥이 신칼을 공싯상에 놓는다. 심방이 시왕제단을 향해 양손 모아 빌고 허리 숙여 절한다. 액막이제단을 향해 양손 모아 허리 숙여

---

163) 연기 나는.
164) 불 밝힌.

절한다. 본향하르방 제단을 향해 양손 모아 허리 숙여 절한다. 몸을 한바 퀴 돌아 본향할망 제단을 향해 절을 한다. 시왕제단 앞으로 걸어가 쪼그려 앉아 절을 한다. 계속 말명을 하지만 연물소리에 묻혀 들리지 않는다.]

[공싯상 밑에 있는 수건을 들고 단골들이 있는 쪽을 향해 걸어가며 말명을 한다.] 동복리 본향 데제일로 데신 시왕 청허여 삽네다에. (강대원 : 어촌게장님 너미 웨민,165) 아주망 돌아 가렌 허크라이.)

■ 시왕맞이＞초감제＞군문열림＞주잔권잔

[당 입구를 향해 걸어가며 말명을 한다. 소미 박영옥이 데령상에 있는 술잔의 술을 댓잎으로 적셔가며 넘긴다.] 초군문 열린 디 이군문, 삼서도 군문 열린 디, 주잔입고, 에 청문 적문 백문 흑문, 황신문 용왕수제 삼멩 감 우에, 칠팔 일흔여듭 도멩감문, 삼체스 우에 체스 세경 각성바지 칠성 사는 문전문 이 본향 신당문(神堂門), 열린 디 아니 뒐 주잔권잔(酒盞勸盞) 입고, 브름웃도 상여하르바님 오늘 본향 데제일로, 이에 브름알도 상여할 마님네여, 아~근 에~, 각성친 각 불턱 조상 일월문(日月門) 열린 디, 이 마을 토주지 한집에, 예명 올려, 문서 낙루뒌 영혼님네, 데제일날이난 깃 발 연발 보며, [수건으로 얼굴을 닦으며 흐느낀다.] 나도 가저. 나도 가저. 독혼 시국(時局) 가던 영혼님네영. 믄딱166) 네립니다덜. 앞서멍 뒷서거니, 디려가멍167) 신공시로, 엣 선성문 열린 디, [수건으로 얼굴을 닦는다. 소미 박영옥이 일어나서 시왕제단 쪽으로 간다.] 이 마을 운수 운방문 열린 디, 주잔입고, [소미 박영옥이 삼주잔을 들고 다시 데령상으로 간다.]

---

165) 외치면.
166) 모두.
167) 드려가며.

동복리 본향당 신과세제 시왕맞이 초감제 군문열림 분부사룀

자료코드 : 10_00_SRS_20100220_HNC_KDW_0001_s10

조사장소 : 제주특별자치도 제주시 구좌읍 동복리 1759번지(동복본향당)

조사일시 : 2010.2.20

조 사 자 : 허남춘, 강정식, 강소전, 송정희

제 보 자 : 강대원, 남, 66세

구연상황 : 군문을 열고 처음으로 신의 뜻을 산 받아 그 결과를 단골들에게 고한다.

군문열림 중 분부사룀

■ 시왕맞이 > 초감제 > 군문열림 > 분부사룀

[몸을 돌려 단골들 있는 쪽을 향해 걸어가며 말명을 한다.] 마을이장님
아, 게발위원장님아, 노인훼장님아, 부녀훼장님, 청년훼장, 어촌계장, 해녀
훼장 문안을 여쭙네다. 신이 집소도 이제 이거, 김씨 삼촌으로 허영, 뎅기
건 디168) 올리끄지,169) 이젠 십사 년 오 년이 다 뒈곡, 십 년이민 강산도
변허는 게곡170) 영 허데, 올리 금년은 본향 데제일 헌덴 허난, 조상이 붉

혀신가 모르쿠다만은, 어젯날 오후부터 오늘, 아적 멘두롱 똣똣허난 좋아
지곡, 저 하늘에 구름 걷으난, 일광 빗 월광 빗을 비추멍, 좋기는 좋수다
만은 허데, 각성친 단골님네영 잘 들엉 동촉(洞燭)헙서. 난들 다 압네까만
은, 인칙에171) 궤문 열련 얼른 점사 받을 떼도, 에 이디 부훼장님한티 굴
으난 무사 나신디 굴암시니 나가 뭐시긴 허멍 헙디다만은, 어데 이거 각
성친덜 본향 브름웃도 브름알또 상여하르바님 할마님, 억만 육궤 무어두
고, 본향 데제일 데신왕맞이를 점사(占辭)를 받고 보난, 각성친 나 즈손덜
아. 문서 호적(戶籍) 비게 말라만은, 본향 한집 브름웃도 브름알또 걱정돼
곡, 이 당 이에 중산혜영 오랑 설련혜영, 이 데신왕연맞이 시작훈 북촌 고
씨 선성 두에 홍씨 선성이~, 중산허영 오라신디, 정칠월 중순 멩심허라.
벡로 팔월 초순~, 각성친 나 즈순덜 헤로 칠십 년 오르게 이거, 팔십 년
오르게, 이제꺼지 허여 오는 일인디, 조심허라. 멩심허라. 육상(陸上)이냐
헤상(海上)이냐, 영 허연 걱정돼염시난 멩심허라. 영 허근, 문안이나~, 점
사가 나왐시난에, 기영172) 알곡,173) 이에 이장님도, 어찌어찌 뒌간에 돈을
더 네놉서 술 담베 더 허여당 올립서 허는 말이 아니라, 에 이장님 아지
망님이나, 또 에전 게발위원장님네영, 에~ 노인훼장님네영, 부녀훼장님네
영, 성심허영 오랑 절 혼 번이라도 무음전 더 훙곡, 성심을 먹엄시민, 이
에 모르쿠다. 조상영 청허영, 부락 도액(都厄) 막아사곡, 영 허영 보쿠다.
그떼엔 확실헌 점사가 나질 꺼난, 어쩻든지 간에 고향산천 등에 지영 이
에 타리(他里)엘 갓던 타도(他道)엘 갓던 타국(他國)엘 갓던~, 영 헌 즈순
덜~. 멩심허영 조심허영. 직장에 뎅기는 디, 장사 영업허는 디, 가녜 가곡

---

168) '뎅기건 디'는 '다닌 지'의 뜻.
169) 올해까지.
170) 것이고.
171) 일찍이.
172) 그리.
173) 알고.

망허는 제격 숭엄조훼(凶險災害) 망허는 제격으로, 으~ 영 허영 조심허곡 나 주손덜. 나에게 예명 올령 일년 훈 번, 일년 두 번 과세 문안 뎅기는 주순덜. 멩심허라 멩심허며는 멩심덕을, 올테 모르난 기영 알렌 영 허영 점사보곡, 엣날도 무자(戊子) 기축년(己丑年) 넘고, 경인년(庚寅年)부떠 줴(罪) 엇이 심어당 문174) 죽여불곡, 각성바지 각 불턱 영혼님네도, 오멍덜175) 젊은 어른덜은 앞사고 늙어 망년든 어른덜 뒤사멍, 네리단 보난 독헌 체스여. 악헌 체스여. 엣날 우리 살아올 때 닮도 아니 허여근~, 요즘은 두시게 둔는 자동차 엇인 집이 엇이난, 멩심덜 허여근, 뎅기렌 허염시난 조심덜 서로 간에 허곡 허여봅서. 영 허연 데신맞이 문안을 여쭈왐수다. 설루왐시난176) 그리 알아 액 막을 어른덜랑 집으로 못허영도 일로 오랑덜177) 액도 막고, 체스에 스정덜 허여봅서. 시왕연맞이 문 열린 분부 문안 여쭙네다에.

[단골들에게 절을 하고 몸을 돌려 신자리를 향해 걸어간다.] 설루와~ 디려 가며, 시간 헹에 바쁜 조상님네에 신수퍼 하강허젠 허난 오널, 데신왕 삼신왕 스제 멩감 네리는 디~, 이에 흑구름은 흐나토 아이 보이고양, 벡구름도 아니 보여 불고 청구름 나부난, 뭐시렌 굴을 수 어수다. 허난 청구름 질도 남수다. 벡구름질이영, 흑구름질 갈메 월산 번구름질이영, 남시난 문짝덜178) 갈메 월산 번구름 둘러 가며, 이 동복리 천하부춘 본향 데신왕 데제일 연맞이 신수퍼 하강허저 허는디, 초로인셍 뎅기는 길, 천리 땅에 천리 길 만리 땅에 만리 길 부정이 삽네다. 서정이 사옵네다. 신소미 얼굴 굴며 늣 굴며 벡두(白土) 서정 드리 케고 네카여 올리쿠다. 신이 아이 흐끔만 목 잔질루앙 또로 엣 시왕 신전 조상 청허영 드리쿠다에-. [양

---

174) 모두.
175) 오면서.
176) 아뢰오니.
177) 와서들.
178) 모두들.

손 모아 시왕제단을 향해 허리 숙여 절을 한다.]

동복리 본향당 신과세제 시왕맞이 초감제 새ᄃ림

자료코드 : 10_00_SRS_20100220_HNC_KDW_0001_s11
조사장소 : 제주특별자치도 제주시 구좌읍 동복리 1759번지(동복본향당)
조사일시 : 2010.2.20
조 사 자 : 허남춘, 강정식, 강소전, 송정희
제 보 자 : 박영옥, 여, 65세 외 5인
구연상황 : 새ᄃ림은 제장의 부정을 씻어내는 제차이다. 어느 경우에나 소미가 나서서
진행한다. 물이 쓸 만한지 보이고 물로 부정을 씻어낸다. 단골들을 불러 앉혀
몸에 붙은 부정을 쫓아내는 것으로 마무리한다.

새ᄃ림

■ 시왕맞이>초감제>새ᄃ림

[박영옥(치마저고리, 물사발, 감상기)]

■ 시왕맞이>초감제>새ᄃ림>물감상

시왕연맞이로, 초군문 이군문, 삼서도군문, [재채기를 한다.] 삼서도군
문 열려잇습네다~. 원이 들민 사례법 잇십네다. 일만팔천 신우엄전(神位
嚴前) 조상님, 신수퍼 오시는데 [단골이 나와 시왕제단을 향해 절을 한다.]
물감상도 아레-.

‖중판‖[공싯상에 있는 신칼과 요령을 들고 요령을 한 번 흔든다. 신
자리로 돌아 나며 신칼을 양손에 나누어 잡고 요령을 오른손에 잡는다.
제단을 향해 요령을 한 번 흔든다. 왼쪽 신칼치메를 어깨에 걸치며 동시
에 오른쪽 신칼치메를 휘돌려 앞으로 걸어가 양손 같이 내리며 허리 숙여
절한다. 뒤로 물러난다. 다시 앞으로 가 시왕제단에 있는 물그릇을 들고
당 입구로 간다. 소미 고씨가 나와 물그릇을 받아들고 액막이제단 뒷편에
조금 물을 비운다. 심방이 공싯상에 신칼을 놓고 소미 고씨에게 심방이
물그릇을 받아들고 신자리로 간다. 왼손에 물그릇을 들고 오른손에 요령
을 잡는다. 요령을 흔들고 시왕제단을 향해 앞으로 가 요령치메를 휘돌려
허리 숙여 절한다. 몸을 왼쪽으로 돌려 요령을 흔들며 액막이제단을 향해
요령치메를 휘돌려 허리 숙여 절한다. 다시 몸을 왼쪽으로 돌려 걸어가며
요령을 흔들고 요령치메를 휘돌려 허리 숙여 절한다. 다시 몸을 왼쪽을
돌려 시왕제단을 향해 요령 흔들고 요령치메를 휘돌려 허리 숙여 절한다.
요령을 흔들며 요령치메를 안에 밖으로 밖에서 안으로 넘긴다. 요령을 흔
들고 시왕제단을 향해 허리 숙여 절한다.]

‖감장‖[요령을 흔들며 왼감장을 두 번 돈다. 요령치메를 어깨에 걸치
고 내리며 요령을 흔든면서 오른감장을 두 번 돈다.]

‖중판‖[시왕제단 앞으로 가 허리 숙여 절한다.]

[요령을 공싯상에 놓는다. 당 입구를 향해 걸어가며 말명을 한다.] 물감상, 아레오난 [액막이 제단에 놓여 있는 감상기를 들고 신자리를 돌며 말명을 한다.] 벡근(百斤)이 준준(準準)이 차다 영이 납네다. 오리 안, [재채기를 한다.] 오리 안도, 부정 십리 안 십리 밧겻, ᄆ을 근리 안도, 부정이 만헌 듯 허십네다. 일만팔천 신우엄전, 조상님 하감을 허는데, 부정이 만헌 듯허십네다. 오널은 본향 데제일로, 열명 오른, 아까운 아기 ᄌ손덜 각 성친덜, 오시는데 부정이 만헌 듯허십네다. 부정신 [재채기를 한다. 시왕 제단을 향해 서서 감상기를 세워 든다.] 신가일 수 잇입네까. 서정신을 나카일 수 잇십네까. 부정신 신가이고 서정신은 나카일 수 잇십네다. 하늘에 네리는 물 천덕수(天德水) 물입네다. 땅으로 솟아 오른 물은, 지덕수(地德水) 산으로 네린 물 울룽촐룽 네리는 물입네다. 우리 인간 ᄌ순덜 먹는 물은, 지금은 집집마다 수돗물을 허영 살암수다~. 이거 청뎃섭 우숙이며, [심방이 뒤로 돌아보다 단골이 절을 하러 신자리로 나오는 것을 보고 신자리 옆으로 비켜 선다. 단골은 제단에 봉투를 올리고 절을 한다.] 부정~ 서정이랑, 안으로 밧갓덜로179) 신가이고 나카이며-.

‖중판‖[시왕제단을 향해 허리 숙여 절한다. 몸을 오른쪽으로 돌려 액막이제단을 향해 감상기를 휘돌려 허리 숙여 절한다. 몸을 왼쪽으로 돌려 앞으로 가며 감상기를 휘돌려 허리 숙여 절한다. 단골들이 절을 마치고 일어나 신자리 밖으로 나간다. 심방은 감상기를 세워 들고 신자리로 간다. 감상기를 밖에서 안으로 넘기고 허리 숙여 절하듯이 한다.]

‖감장‖[왼감장 두 번, 오른감장 두 번을 돈다.]

‖중판‖[앞으로 걸어가 감상기를 밖에서 안으로 넘기고 허리 숙여 절한다. 감상기를 휘돌려 내린다.]

---

179) 바같으로.

■ 시왕맞이>초감제>새ᄃ림>새ᄃ림

부정 서정~, [물그릇을 신자리 바닥에 내려놓는다.] 신가이다 남은 물
나리고 버려, [제단으로 가며 말명을 한다. 소미 이문자가 나와 제단 근처
에 있는 장구를 들고 연물석으로 간다.] 땅너구리 마당 너구리, 방울방울
줏어 먹엉, 이거 본향 데제일이 뒈엿수다. 일만팔천 신우엄전, 열명으로
오른 ᄌ순덜 불러다 놓아, 용광180) 새랑 낫낫치 ᄃ리자. [단골들이 서로
신자리로 나오라고 손짓하며 서성거린다.]

새물로 새앙아
‖새ᄃ림‖[이문자(장구), 정공철(북)]
원물로 ᄃ리자.
원물로 새앙아
새물로 제기자.
어느야 물에사
용 아니 놉네까 [남자 단골 3명이 앞에 앉고 그 뒤에 여자 단골 3명이
앉는다.]
어느야 물에사
새 아니 놉네까.
용광 새라근
낫낫치 ᄃ리자. [감상기를 좌우로 흔든다.]
본향 데제일로
일만팔천 신전님전
신수퍼 우는데 [공싯상에 있는 쌀그릇을 신자리 바닥에 내려놓고 물그
릇도 함께 그 옆자리로 옮긴다.]

---

180) 용(龍)과.

새 둘라[181] 오는고

올라 사민 옥항상제(玉皇上帝)

지부(地府) ᄉ천데왕(四天大王)

산신데왕(山神大王) 다섯용궁(-龍宮) [감상기를 좌우로 흔든다.]

육한데서(六觀大師) 소명데서(四溟大師) [감상기를 좌우로 흔든다.]

초공 이공 삼공

본향 연드리로

신수퍼 오는데 [감상기를 양손에 나눠 잡고 좌우로 흔든다.]

새 둘라 오는고

시왕전 오는데 [감상기를 왼손에 모아 잡고 어깨에 걸치고 단골 뒤로 걸어간다.]

데명왕체ᄉ님(大冥王差使-) 오는데

새 둘라 오는고 [감상기를 좌우로 흔든다.]

십육 ᄉ제 관장님

삼멩감(三冥官) 삼체ᄉ(三差使)

군눙일월 조상님 [감상기를 계속 좌우로 흔든다.]

신수퍼 우는데

새 둘라 우는고

각성친임네덜

사는 일문전(一門前)으로

도살새 드리자

각서 오로 본향전

삼본향(三本鄕) 오는데

새 둘라 오는고

---

181) 따라.

집안 가정님네

상단골 중단골 하단골

갑장에 드는 새

요 새를 드리자

쌀 그린 새라근 [앞으로 가서 쌀그릇에 쌀을 집는다.]

쌀 주며 드리고

에 몰른 새라근

물주며 드리자. [단골들 머리 위로 감상기를 흔든다.]

주어라 훨쩍 [단골들 머리 위로 쌀을 뿌리고 감상기로 내려치듯이 한다.]

훨쭉 훨짱 [단골들이 모여 앉아 있는 곳까지 걸어가 머리 위에 쌀을 뿌리고 감상기를 좌우로 흔든다.]

짓눌아 가는고 [신자리로 돌아간다.]

요 새를 드리자

오널은 본향 데제일로

집안 각신님네

영혼 영신님네 [감상기를 왼손에 모아 잡고 어깨에 걸친다.]

신수퍼 우는데 [감상기를 계속 좌우로 흔든다.]

요왕국에 데서

인간 하직 데서

영혼 영신님네

신수퍼 우는데

새 둘라 우는고

요 새를 드리자

신공시 상으로

엿선성 오는데

새 돌라 오는고

당줏새 문주새

짓역은 당줏새

울랑국 범천왕

데제김 소제김

살이살성 주던 새

쏠 주며 물 주며 [쌀그릇에서 쌀을 집는다.]

신공시 상으로

다 잡아 드리자

주어라 훨쩍

훨쭉 훨짝 [단골들 머리 위로 쌀을 뿌린다.]

다 잡아 드리난

짓눌아 가는고

오널은 본향 연드리로

신전 조상님

신수퍼 우는데

새 돌라 우는고

요 새야 본초(本初)가

어데야 어딘고

문국성 본이여

서수왕 본이사

즈청비 본이여

문왕성 문도령

서수왕 서편에

막펜지 멕이난

지알에 즈청비

암창에 들던고

요새가 들어근

열두 숭엄 풍문

조훼를 주던 새

이거는 가정이 아닙네다

 을 본향 굿으로

원씨로

쉰에 넷님

게발위원장입네다

쉰에 넷님

노인훼장 일흔 덥

부녀훼장뒙네다.

고씨로 마흔아홉님

어촌게장뒙네다.

마흔에 쉰에 다섯

마흔다섯

상부 상업허영

뎅기는 순덜

마흔에 두 살님

신병(身病)을 주던 새

넉새 혼새

열두 숭엄(凶險) 풍문(風雲)

조훼(造化)를 주던 새

요 새를 드리자

드리다 남은 건

너울 너울

청너울로

■ 시왕맞이>초감제>새드림>벌풀이

‖벌풀이‖ [심방이 감상기를 당 입구 쪽 액막이 제단에 놓는다. 다시 시왕 제단으로 가서 신칼을 신칼치메 머리 쪽과 함께 잡고 단골들 몸 구석구석을 찌르는 시늉을 한다. 신칼치메로 단골들 머리를 내리친다. 신칼치메를 잡고 신칼점을 본다. 소미 고씨 건네주는 물그릇을 받는다. 소미 고씨가 단골들에게 물러서라는 손짓을 한다. 심방은 물사발의 물을 한 모금 머금은 뒤 단골들을 향하여 내뿜는다. 심방도 물을 한 모금 마신다.]

(박영옥 : 아이고 일어사지 못허건 네붑서게원.)

[신칼을 잡고 신자리로 나오며 말명을 한다.]

동복리 본향당 신과세제 시왕맞이 초감제 도레둘러뷈

자료코드 : 10_00_SRS_20100220_HNC_KDW_0001_s12
조사장소 : 제주특별자치도 제주시 구좌읍 동복리 1759번지(동복본향당)
조사일시 : 2010.2.20
조 사 자 : 허남춘, 강정식, 강소전, 송정희
제 보 자 : 박영옥, 여, 65세 외 5인
구연상황 : 도레둘러뷈은 새드림을 맡은 소미가 연이어 맡아 진행한다. 향로를 들고 춤을 추어 도레를 내고 떡 채롱을 놀리면서 도레를 놀린 뒤에 이를 연물석에 건네준다. 이어 수룩장단에 맞추어 신칼과 요령을 흔들다가 점을 보아 마무리한다.

■ 시왕맞이>초감제>도레둘러뷈

■ 시왕맞이>초감제>도레둘러뷈>도레나숨

삼본향 데제일로, 용광 새 낫낫치, 제출(除出)을 시겨수다. [신칼을 공싯상 위에 놓는다.] 용광지 새물주이잔, 지넹겨 드려가며, 너이 국 전례(典

例) 잇겟느냐. 우리 국 전례 잇십네다. 원이 들며~, 사례법 잇십네다. 신이 들민 도레법 잇십네다. 본향 데제일로, 시왕연맞이로, 천왕드레 신나수민, 천군님(天君-) 응헐 듯 허십네다. 그리 말고 등향상축(燈香香燭) 옥술발 둘러 받아, 천앙~ 드레도 신나수-.

도레둘러뷈

‖중판‖[소미 고씨가 소미 박영옥에게 바구니를 건네주니 박씨가 아니라고 손짓을 한다. 바구니에서 향로만 꺼내 든다. 공싯상에 있는 요령 네 개를 양손에 두 개씩 나누어 잡고 향로를 소미 고씨에게 준다. 소미 고씨가 향로에 향을 다시 피운다. 심방이 신자리를 돌며 앞으로 갔다가 다시 뒤로 가며 요령을 오른손에 모아 잡고 소미 고씨가 주는 향로를 받는다. 요령을 흔들며 신자리를 왼쪽으로 한 바퀴 돈다. 시왕제단을 향해 양손 모아 허리 숙여 절한다. 요령을 흔들며 당 입구로 가서 양손 모아

허리 숙여 절한다. 다시 시왕 제단으로 기서 요령을 흔들고 양손 모아 허리 숙여 절한다.]

‖감장‖[요령을 흔들며 왼감장을 세 번 돈다. 요령을 흔들며 오른감장을 세 번 돈다.]

‖중판‖[시왕제단으로 가서 양손 모아 허리 숙여 절한다.]

삼본향 데제일로, 천항도레 신나수난~, 천군님이, 응헐 듯허십네다. 청이실 잔 지넹겨 드려 가며, 지왕도레 신나수민, 지군님(地君-)이 응헐 듯허십네다. 인항도레 신나수민, 인앙 만군님이 응헐 듯허십네다~. 그리 말고, 등향상축 금정 옥술발 둘러 받아, 지왕도레 인왕~ 도레끄지, 신나수아ㅡ.

‖중판‖[시왕제단 앞으로 걸어가 요령을 흔들며 양손 모아 허리 숙여 절한다. 왼쪽으로 몸을 돌려 요령을 흔들며 당 입구로 가서 양손 모아 허리 숙여 절한다. 오른쪽으로 한 발 갔다가 다시 왼쪽으로 한 발 갔다가 하면서 요령끈을 휘돌리고 요령을 흔들며 몸을 왼쪽으로 돌려 본향 할마님 제단을 향해 걸어가 양손 모아 허리 숙여 절한다. 요령을 흔들며 시왕제단으로 걸어가 양손 모아 허리 숙여 절한다. 요령끈을 휘돌리고 향로를 좌우로 움직이며 발을 옮긴다.]

‖감장‖[요령을 흔들며 왼감장 두 번 돈다. 오른감장을 세 번 돈다.]

‖중판‖[요령을 흔들며 시왕제단 앞으로 걸어가 양손 모아 허리 숙여 절한다.]

[심방이 향로를 연물석 앞에 놓는다. 요령을 두 개 씩 양손에 나누어 잡는다. 이문자 심방이 향로를 연물 위로 돌린다.]

■ 시왕맞이>초감제>도레둘러뷈>도레놀림

천황도레 지황도레, 신나수난 지왕 만군님이, 응허영 네립네다. 벡이실 술잔 지넹겨 드려 가며, 인왕도레 신나수난, 인왕 만군님이 응허영 네립네다. [소미 고씨가 기메를 들고 당 입구로 간다.] 청이실 술잔 벡이실 술잔 지넹겨, 드려 가며, 상방 상도레 [양손에 나누어 잡고 있던 요령을 맞부딪치고 말명을 한다.] 중방 중도레, 하방 하도레여 헙네다. 안도레는 밧도레, 밧도레는 안도레, 뒙네다. 오널은~, 본향 데제일로 시왕연맞이로, [단골이 신자리로 나와 제단에 제물을 올리고 절을 한다.] 상방 상도레, 중방 중도레 하방 하도레, 안도레 밧도레, 불러 오는구나. 안도레랑 밧더레[182] 밧도레랑 안으로, 동실~ 동실 넘놀리고 뛰놀려-.

‖중판‖[심방이 공싯상 앞에 있던 바구니를 들고 요령을 흔들며 신자리를 한 바퀴 돌아 시왕제단 앞으로 가서 양손 모아 절한다. 요령을 흔들며 당 입구로 가서 양손 모아 절한다. 뒤로 물러나다가 뒤로 돌아 요령을 흔들며 시왕제단 앞으로 가서 양손 모아 절한다. 요령을 흔들며 본향 하르방 제단을 향해 가서 양손 모아 절한다. 요령을 흔들며 본향할망 제단으로 가서 양손 모아 절한다. 요령을 흔들며 시왕제단 앞으로 가서 양손 모아 절한다. 요령치메를 흔들며 좌우로 왔다갔다한다.]

‖감장‖[요령을 흔들며 왼감장 네 번, 오른감장 네 번을 돈다. 시왕제단 앞으로 가서 양손 모아 절한다. 요령과 바구니를 공싯상 앞에 놓는다.]

■ 시왕맞이>초감제>도레둘러뷈>인정 겂

(박영옥 : 여기 떡덜 다 어디 간?)

(소미 고씨 : 아 저기 무신 거 헤낭근에 허젠.)

(박영옥 : 이제이제 아니게 이제 인정 받으레 가게 뒈민게 다 네. 야. 아시야.)

(소미 고씨 : 다 인정받아 오라.)

(박영옥 : 다 인정받아야 뒐 거라. 떡 하나씩 다 달렌 헤.)

---

182) 바깥으로.

[다시 바구니를 들고 서서 소미 고씨를 보다가 단골들이 있는 곳으로 간다.]

(박영옥 : 메. 우리 돈 다 받아야 뒐 거.)

[이문자 심방이 바구니 뚜껑에 떡을 담아 박영옥의 뒤를 따른다.]

오널은~, 본향 연두리로, ᄌ순덜 펜안허게 시겨줍서. 아이고 오널은~, 몬딱 인정 역게 걸어시민, [단골들이 인정을 건다.]

(박영옥 : 게메 게난 주젠 헴주게. 아이고 어떵 헙네까. 아이고 게메 마씸게. 아이고 고맙수다. 게 떡은 잡사야 뒙네다. 에에.)

아이고 떡 하나민,

(단골 : 반착 갈라봅서.)

아멩이나 허여봅서. 오널은, 본향 연두리로, 친정 조상님 옵센 허연,

(박영옥 : 아이고 젊은 분이라도 떡이라도 반착이라도 먹어사. 복을 받는 거난, 에게. 아이고 저디 하영.)

[단골들이 떡을 달라고 한다.]

(박영옥 : 아니 없뎅 말 말아근 몬딱 가정 갑서게. 양. 언니. 떡 가정 옵서. 차롱에 거.)

아이고 경 허민, 반착이라도 갈르멍.

(박영옥 : 아니믄 맙서게. 거 무신. 아이고 천원 안 받아도 우리 좋수다. 그거 꼭 떡 하나 받아사만 헐 것이 아니라 당신네 그건. 엇인 거 달렌 허민 줘집네까게. 게민 나가 멘드라당 안네쿠다. 고만 십서. 에. 아이고에. 아니 먹어지메, 저 헙서. 우리 돈 천원 받앗뎅. 그거 무시것이 안 뒈는 거. 당신네 복 받주. 열 여든에 허는 일이주. 우리가. 무신 그추룩 말허민 뒙네까. 언니. 나도 안 헙니다게. 우리도 신경질 나민 안혜마씨게.)

[심방이 바구니를 공싯상 앞에 가져다 놓고 다시 돌아와 단골에게 말한다.]

(박영옥 : 아니 셍각을 헹 말혜봅서. 경 허지 안 허꽈? 언니.)

(단골 : 무사 무사?)

(박영옥 : 아니 나 안 허젠. 나도.)

[심방이 신자리로 간다.]

(박영옥 : 아니우다게. 응. 먹어. 이건 우리 떡이라. 먹어 먹어. 안 먹나난. 떡을 어떵 헹. 난이 이 떡을 안 먹젠.)

[단골이 심방에게로 가서 인정을 건다.]

(박영옥 : 줘도 좋고 안 줘도 좋고게. 당신네 복 받젠 허민 주는 거. 아맹 허젠 허민 안 줘도 뒈는 거. 그거 우리 돈 천 원 이천 원, 받아가근에 부제(富者)로 못살아. 무사게 솔직헌 말 아니꽈. 언니.)

[이문자 심방이 조사팀에게 떡을 주고 인정을 받는다.]

(박영옥 : 나 무신, 떡 아무거라도 네려당 안네불어. 아니 아니. 떡 드렌 허건 안네불라. 안네불라. 안네불라.)

[심방이 제단에 있는 떡을 내린다.]

(박영옥 : 자자. 강 앚다당 안네불라.)

[단골이 신자리로 나와 제단에 향해 절을 한다. 그리고 제상에 돈을 올린다.]

(박영옥 : 사람은 말을 헤, 말을 헤도, 그추룩 말은 허지 말아주게.)

[심방이 연물석을 가서 말을 한다.]

(박영옥 : 우리 무신 얻어 먹으러 온 거지덜이라. 씨발 돈 천원에, 아. 경 허지 안 허여. 아주망 셍각을 헤봐. 난이 아니믄 아니다 허그네. 아니 꼬아근에.)

[강대원 심방이 뭐라고 한다.]

(박영옥 : 아니 알아수다. 호꼼 쉽서게. 우리도 떡도 먹고게. 참 신경질 나게. 무신. 어 씨발 신경질난게.)

[심방이 당 입구로 가서 정리를 한다. 단골이 신자리로 나와 절을 한다.]

(박영옥 : 절헙서. 세 번.)

■ 시왕맞이>초감제>도레둘러뵘>젯북제맞이

본향 연맞이로, 상방 상도레 중방 중도레, 하방 하도레, [심방이 요령
네 개를 오른손에 잡는다.] 신수퍼 잇십네다. 오더레 어느 누가 주이전당,
굽어 신청허며, 너사미 너도령 아덜, [요령을 왼손으로 고쳐 잡는다.] 삼
형제 중인, 헤사 신구월 초오더레~, 신명두 살아올 덧, 열오더레 본명두
스무오더레, 살아살축 삼명도, 살아날 듯 허십네다. [다시 요령을 오른손
에 잡는다.] 오더레 너사민 너도령, 삼형제 주명, 헤산 신구월 근당(近當)
뒈민, 강씨 아지망님, 동서(東西)으로 먹을 연 입을 연 네세울 듯, 전싱 궂
던 우리 유학형제간(幼學兄弟間)덜, 먹을 연 입을 연 동서으로, 전세남 신
세남, 불도맞이 일월맞이, 성주풀이 몬딱183) 네세울 듯, 허십네다. 오더레
너사민 너도령 삼형제, 원~ 불당 원수룩, 젯북~ 제맞이 굿이웨다.

‖수룩‖ [심방이 요령끈을 오른손에 고쳐 잡는다. 공싯상에 있는 신칼
을 잡아 신칼치메를 요령끈과 함께 잡는다. 연물석을 향해 서서 요령과
신칼을 연물에 맞추어 위아래로 흔든다. 그리고 자리에 앉아 점을 본다.
신칼만 다시 잡고 신칼점을 본다. 무릎을 꿇어 앉아 고개 숙여 절한다. 몸
을 오른쪽으로 조금 옮겨 다시 요령끈과 신칼치메를 잡아 위아래로 흔들
고 점을 본다. 요령 하나만 잡고 다시 점을 본다. 고개 숙여 절한다. 몸을
왼쪽으로 옮겨 다시 점을 본다. 다시 신칼점을 본다. 고개 숙여 절한다.]
양씨 아지망님, 강씨 아지망님. [앉은 상태에서 시왕제단을 향해 몸을 돌
려 점을 본다. 심방이 말명을 하지만 연물소리에 묻혀 들리지 않는다. 신
칼만 잡고 다시 신칼점을 본다.] 고맙수다. [다시 신칼점을 본다. 좋은 점
사가 나올 때까지 신칼점을 계속 본다. 시왕제단을 향해 양손 합장하였다

---

183) 모두.

가 바닥에 가지런히 놓고 고개 숙여 두 번 절한다. 요령치메와 신칼치메를 잡고 일어서서 시왕제단을 향해 위아래로 흔든다. 연물석을 가면서 계속 흔든다. 소미 고씨가 당 입구에서 가서 데령상에 있는 삼주잔 술을 궤에 비운다.]

■ 시왕맞이>초감제>도레둘러뷈>주잔권잔

‖지사빔‖ 저먼정에 나사민 [요령과 신칼을 공싯상에 정리하며 놓는다. 소미 고씨가 삼주잔에 술을 따른다.] 불도 연맞이로 도레 마을잔, 얼어먹던 얼어 씨던 군졸덜, 많이 주잔협네다. [요령 두 개만 들고 당 입구로 간다. 소미 고씨가 주잔넘김을 하고 있다.] 어느 제랑, 동복마을입네다. [요령] 본향 데제일로, 얻어 먹저 얻어 씨저 허던 군졸덜, 많이 주잔협네다. 상데바지 중데바지 하데바지 임신덜. [요령] 엿~ 선성(先生) 두에, 얼어 먹저 얼어 씨저 허던 군졸덜, 많이 주잔협네다. 어는 제랑 이거 [요령] 마을굿으로, 본향굿으로 메 마을잔 얼어 먹저 얼어 씨저 군졸덜, 많이 주잔협네다. 상데바지 중데바지 하데바지 임신덜. [요령] ○○ 데천명 죽어가던 임신덜 엿선성 두에, 얼어 얼어 씨저 허던 군졸덜, 많이 주잔협네다. 어는 제랑 얼어 먹저 얼어 씨저 허던 시군졸, 많이 많이 열두 소잔(小盞)입네다. [시왕제단을 향해 걸어간다.] 소잔은 지넹겨 드려 가며 잔도 게수 게잔(改水改盞) 허영 불법전(佛法前) 우올려 [요령을 공싯상에 놓는다.] 드려 가며, 신이 신청궤도 목거리 잡식거리 허멍.

동복리 본향당 신과세제 시왕맞이 초감제 신청궤

자료코드 : 10_00_SRS_20100220_HNC_KDW_0001_s13
조사장소 : 제주특별자치도 제주시 구좌읍 동복리 1759번지(동복본향당)
조사일시 : 2010.2.20

조 사 자 : 허남춘, 강정식, 강소전, 송정희
제 보 자 : 강대원, 남, 66세 외 5인
구연상황 : 신청궤는 신역(神域)의 문을 나선 신들을 제장으로 불러들이는 제차이다. 다
시 큰심방이 나서서 진행한다. 신칼로 쌀을 떠 흩뿌리면서 신들을 청해 들인
다. 시왕과 본향, 군웅을 차례로 청한다. 시왕과 본향을 청한 뒤에는 각기 역
가를 바치고 소지를 태운다. 군웅을 청한 뒤에는 덕담과 서우제소리를 부르며
단골과 함께 신명나게 춤을 춘다. 이어지는 정데우는 제장에 청해 들인 신들
이 제자리를 찾아 앉게 하는 제차이다. 그 전에 금사진을 쳐서 신들이 제장을
벗어나지 못하게 해둔다. 정데우에 뒤이은 산받아분부는 산받음과 분부사룀
으로 이루어진다. 청해 모신 신들에게 산을 받아 이를 단골들에게 전달하는
것이다.

신청궤

- 시왕맞이>초감제>신청궤
- 시왕맞이>초감제>신청궤>삼공까지 청함

[강대원(홍포관디, 갓)][시왕 제단 앞에서 신칼을 잡고 서성이며 말명을

한다.] 동복리 천하데춘, 에~, 이레 양촌은 본향 데제일로, 명부 데신 시왕 경인년, 상정월 초일렛날, 어간돼엇수다. 이에 시왕연맞이 삼시왕 연맞이~, 어간허여근, 또 이제 저먼정 신이 조상님네, [심방은 기침을 하고, 소미 정공철은 북을 한 번 친다.] 이에 천지 월덕기, 가늠허영 느리저, 영 허영 ○○ 잇던 쏠정미 둘러 받아, 천지로 우알로 삼공안땅 주년국꼬지, 초펀 이펀 제삼펀으로 느리저-.

∥ 감장 ∥ [신칼을 양손에 나누어잡는다. 왼감장을 왼쪽 신칼치메를 어깨에 걸쳤다가 내리고 오른쪽 신칼치메를 휘돌려 두 번 돈다. 오른감장을 왼쪽 신칼치메를 어깨에 걸쳤다가 내리고 오른쪽 신칼치메를 휘돌려 두 번 돈다. 왼감장을 왼쪽 신칼치메를 어깨에 걸쳤다가 내리고 오른쪽 신칼치메를 휘돌려 한 번 돈다.]

∥ 중판 ∥ [시왕제단 앞으로 가면서 왼쪽 신칼치메를 어깨에 걸쳤다가 내리고 오른쪽 신칼치메를 휘돌려 제단 앞에서 양손 모아 절한다. 공싯상에 있는 쌀그릇을 오른손에 잡고 왼쪽 신칼치메를 어깨에 걸치고 당 입구로 간다. 당 입구에서 왼쪽 신칼치메를 내린다.] 용문에 천하데축 일레 양춘 [오른쪽 신칼치메를 휘돌린다.] 본향데제일~, 이에 데신왕연맞이로 [소미 박영옥이 기메를 내려 놓는다.] 에~ 신소미 앞가려 신감상 압송(押送)허며 [소미 박영옥이 데령상의 술을 비운다.] 영 허근 연찬물 둘러 받아 ○○○○ ○○○ [오른쪽 신칼로 쌀을 떠 당 입구에 뿌린다. 오른쪽 신칼치메를 두 번 휘돌린다. 양손 모아 절한다.] ○○○○ ○○○○ [왼쪽 신칼로 쌀을 떠 당 입구에 뿌린다. 신칼치메를 당 입구 쪽에서 신자리 쪽으로 흔든다.] (강대원 : 아 누님. 풀찌거리도 앚당 나둡서. 바랑이영.) [소미 박영옥이 고개를 끄덕거린다.] (소미 박영옥 : 알아서.) (강대원 : 바랑. 어, 어.) [왼쪽 신칼치메를 어깨에 걸쳤다가 내린다. 오른쪽 신칼치메를 휘돌린다.] 이에 네려사민 산으로 산신데왕(山神大王) [오른쪽 신칼로 쌀을 떠 당 입구로 뿌린다. 오른쪽 신칼치메를 휘돌려 양손 모아 절한다.]

네립서. [왼쪽 신칼로 쌀을 떠 당 입구에 뿌린다. 왼쪽 신칼치메를 어깨에 걸쳤다가 내린다. 몸을 왼쪽으로 돌려 신칼치메를 당 입구에서 신자리로 흔든다. 왼쪽 신칼치메를 오른쪽 팔에 걸쳤다가 내린다. 오른쪽 신칼치메도 따라 온다. 왼쪽 신칼치메를 어깨에 걸쳐 시왕제단 앞으로 걸어가 제단 앞에서 한 바퀴 돌고 왼쪽 신칼치메를 내리며 양손 모아 절한다.] 에~ 에~ 에~ [오른쪽 신칼로 쌀을 떠 시왕 제단을 향해 뿌린다. 오른쪽 신칼치메를 휘돌려 양손 모아 절한다. 왼쪽 신칼로 쌀을 떠 시왕제단을 향해 뿌린다. 왼쪽 신칼치메를 어깨에 걸쳤다가 내리며 양손 모아 절한다. 쌀그릇을 공싯상에 내려놓는다. 뒤로 물러나며 양손을 안에서 밖으로 휘돌린다. 오른쪽 신칼치메를 어깨에 걸쳤다가 내린다. 양손을 안에서 밖으로 휘돌린다. 앞으로 가며 왼쪽 신칼치메를 휘돌려 어깨에 걸치고 오른쪽 신칼치메를 휘돌린다. 양손 같이 내리며 모아 절한다. 소미 박영옥과 이문자가 풀찌거리를 정리한다.]

∥감장∥[몸을 오른쪽을 돌려 신칼을 왼손에 모아 잡고 신칼치메를 오른손에 잡고 오른쪽 어깨에 걸친다. 왼감장을 두 번 돈다. 신칼치메를 내리고 흔들며 오른감장을 한 번 돈다.]

∥중판∥[신칼을 휘돌려 앉으며 신칼점을 본다. 신칼점을 여러 번 본다. 양손 모아 절을 한다. 신칼을 양손에 나눠 잡고 신칼치메를 어깨에 걸쳤다가 내리며 일어난다. 시왕제단 앞으로 걸어가 왼쪽 신칼치메는 어깨에 걸쳤다가 내리고 오른쪽 신칼치메는 휘돌려 양손 모아 절한다. 공싯상에 있는 쌀그릇을 들고 왼쪽 신칼치메를 어깨에 걸치고 당 입구로 간다. 왼쪽 신칼치메를 내린다.] 인간 츠지 각성바지 각 불턱 ○○~ [오른쪽 신칼로 쌀을 떠서 당 입구로 뿌린다. 왼쪽 신칼로 쌀을 떠 당 입구로 뿌린다. 소미 박영옥이 기메를 들고 옆에 서서 쌀 그릇을 받아 든다. 왼쪽 신칼치메를 어깨에 걸쳤다가 내리며 오른쪽 신칼치메를 휘돌려 내린다. 신칼치메를 당 입구에서 안으로 넘긴다. 몸을 신자리로 돌려 왼쪽 신칼치메를

오른쪽 팔에 걸쳤다가 내리고 오른쪽 신칼치메를 앞으로 넘긴다. 왼쪽 신칼치메를 휘돌려 어깨에 걸치고 오른쪽 신칼치메를 휘돌려 시왕제단을 향해 걸어간다. 소미 박영옥이 기메를 들고 그 뒤를 따른다. 제단 앞에 나란히 서서 양손 모아 허리 숙여 절한다. 소미 박영옥이 쌀을 제단에 향해 뿌린다. 왼쪽 신칼치메를 어깨에 걸쳤다가 내리며 양손 모아 허리 숙여 절한다. (강대원 : 가게.) 왼쪽 신칼치메를 어깨에 걸치고 오른쪽 신칼치메를 휘돌려 당 입구로 간다. 소미 박영옥이 그 뒤를 따른다. 당 입구에서 양손을 내린다.] ○○○ ○○ ○○○ ○○○○○○○○○○○ ○○ [신칼치메를 위아래로 흔든다. 소미 박영옥이 당 입구를 향해 쌀을 뿌린다. 신칼치메를 위아래로 흔든다. 신칼치메를 당 입구에서 안으로 넘긴다. 몸을 신자리로 돌려 왼쪽 신칼치메를 오른쪽 팔에 걸쳤다가 내리고 오른쪽 신칼치메를 앞으로 넘긴다. 왼쪽 신칼치메를 휘돌려 어깨에 걸치고 오른쪽 신칼치메를 휘돌린다. 소미 박영옥이 그 옆을 나란히 선다. 같이 시왕제단을 향해 걸어간다. 오른쪽 신칼치메를 어깨에 걸쳤다가 내리며 양손 모아 허리 숙여 절한다. 소미 박영옥도 함께 절한다. 소미 박영옥이 시왕제단을 향해 쌀을 뿌린다. 심방은 신칼을 왼손에 모아 잡고 신칼치메을 오른손에 잡아 오른쪽 어깨에 걸친다. 뒤로 물러나다가 다시 앞으로 오면서 신칼치메를 흔든다. 시왕제단을 향해 양손 모아 절한다. 몸을 왼쪽으로 돌려 액맥이 제단을 향해 양손 모아 절한다. 본향 하르바님 제단을 향해 양손 모아 절한다. 몸을 한 바퀴 돌아 본향 할마님 제단을 향해 양손 모아 절한다. 소미 박영옥이 신자리를 돌며 쌀을 뿌린다.]

∥감장∥[신칼치메를 잡고 흔들며 왼감장을 세 번 돌고, 오른감장을 두 번 돈다. 신칼을 휘돌려 자리에 앉아 신칼점을 본다. 신칼점을 계속 본다. 양손 모아 절한다.]

∥중판∥[신칼을 왼손에 모아 잡고 공싯상에 있는 요령을 잡는다.]

∥줓인석∥[요령을 흔들며 신자리를 돈다.]

■ 시왕맞이>초감제>신청궤>시왕·멩감 등 청함

세계각국 중 남선부조(南贍部洲) 데한민국, 제주특별자치도 제주시, 동
수문밧 신구좌읍 동복리 천하부춘, 엣 일흔 양촌리(兩村里)웨다에~. 기축
년(己丑年)~ 이야. 경인년 상정월 초일렛날, 본향 데제일로, 명부 데신 시
왕 삼신왕 [요령을 흔들며 허리를 숙인다.] 신메웁니다~. ‖늦인석‖ 부림
스제도 신메와 드립네다. [소미 박영옥이 쌀그릇을 공싯상에 놓는다. 쌀을
집어 공중에 뿌린다.] 에~ 문세(文書) 추지 췌판관(崔判官) 신메웁네다.
쏠정미로에~, [요령] 불이본사(不違本誓) 제일(第一) 진간데왕(秦廣大王)
직본자심(植本慈心), 제이(第二) 초간데왕(初江大王) 수이왕셍(隨意往生),
[요령] 제삼본(第三-) 순결이데왕[184] 진양업빈(秤量業因) 데서(第四) 오간
데왕(五官大王), 당덕작본(當得作佛) 제다섯을, 염라데왕님(閻羅大王-)도,
[요령] 쏠정미 신메웁네다에~. [요령] ‖늦인석‖

어~. 오리정 신청궤로, 에~, 당분출룩(斷分出獄) 제육(第六) 번성데왕
(變成大王), ○○○○○○○○○ 평등데왕(平等大王), 단지멸뢰(彈指滅火)
제오 도시데왕(都市大王), 관세~ 불도 제십(第十) 오도전륜데왕님(五道轉
輪大王-)도 쏠정미, 오리정 신청궤로 ○○협네다. [요령] ‖늦인석‖

드려 가며근, ○○ 천항멩감(天皇冥官) 신메웁네다. 지왕멩감(地皇冥官)
[요령] 인왕(人皇) 삼멩감(三冥官)도, 신메와 드립네다에. [요령][단골이 신
자리로 나와 절을 한다.] 시왕~ 두이[185] 우이 멩감님, 갑을동방(甲乙東方)
청, [소미 박영옥이 뭐라고 말을 하니 심방이 대답한다.] (강대원 : 네불
어.) 청멩감(靑冥官) 병오남방(丙午南方) 적멩감(赤冥官) 정신서방(庚辛西方)
벡멩감(白冥官), (강대원 : 네붑서. 허고푼 양 허게.) 이에 임기북방(壬癸北
方) 흑멩감(黑冥官)도, [요령] 천제 중앙 황신멩감(黃神冥官)도, 데신왕 연
맞이 쏠정미, 오리정 신청궤 신메와 드립네다에~. [요령] 드려 가며, 군

---

184) 송제대왕(宋帝大王.)
185) 뒤에.

눙일월(軍雄日月) 제석멩감님(帝釋冥官-)이랑 ○○헤줍서. 에~ 십육 스제
영 신메우쿠다. 알로 네려근 오리정 이거, 동복리 천하부촌 이 일흔 양촌,
이 마을 각성친에 뒈어지어근 삽네다에-. 데제일날인디 이거, 헤로 칠팔
십 년이 뒈엇수다. 이 본향 중산허여다 놓안, 각성친이 상궤 중궤 하궤,
토주지관 억만 육궤 무우고, 마을 도제를 홍씨 선성님이 받앙 보난, 부락
청년훼 큰일 날 듯 헹 아멩헤도 아니 뒈켄 헤영 그떼에, 명부 데신 시왕
문세 추지 췌판관(崔判官) 십전데왕(十轉大王), 삼멩감(三冥官) 오이멩감을
청허영, 에- 등수(等訴) 들어난 듯이, 혼 헤 두 헤 허는 게, 지금 헷수로
칠팔십 년, 올랏수다에. 각성친덜 집안에서 안택(安宅) 축원 못허민, 일로
오랑 시왕 부림체서님이, 제인정 걸어 명사실 복사실 허여사 헙네다. [요
령] 이에, 명부 데신 시왕 십전데왕, 삼멩감 오이멩감 요디 국이 저디 국
이, 건당(近當)허영 신수퍼 옵네다. 초펀 이펀 제삼펀으로, 영서 명기 둘러
받아, 늦건 늦은 양 브르건 브른 양 좆건 좆인 데로, 초펀 이펀 제삼펀으
로 오리정-. [요령]

‖중판‖[요령을 공싯상에 올려놓으며 요령과 산판을 정리한다. 신칼을
왼손에 모아 잡고 신칼치메를 어깨에 걸쳐 오른손으로 잡는다. 신칼을 두
바퀴 휘돌려 쪼그려 앉으며 신칼점을 한다. 신칼점을 여러 번 보고 양손
을 바닥에 가지런히 놓고 고개 숙여 절한다. 다시 신칼점을 여러 번 보고
양손을 바닥에 가지런히 놓고 고개 숙여 절한다. 소미 박영옥은 기메를
들고 가서 당 입구에서 시왕기를 들고 있던 소미 이문자에게 건네준다.
심방이 신칼을 공싯상에 놓는다. 당 입구로 가서 이문자 심방에게서 시왕
기와 기메를 받아 당 입구를 향해 서서 양손에 나누어 든다.] 에-. 경인년
상정월 초일렛날, 세계각국 중 남선부조 데한민국 제주도~, 에~, 제주시
동문밧, 신구좌읍 동복리 브름웃도 본향 데제일로 명부 데신 시왕 십전데
왕 삼멩감 오이멩감 신메왐수다. [시왕기와 기메를 내리는 듯하다가 다시
양손을 모아 허리 숙여 절한다. 왼쪽으로 한 발 가서 허리 숙여 절하고

오른쪽으로 한 발 가서 허리 숙여 절한다. 허리 수인 체 몸을 신자리로 돌리며 시왕기와 기메를 크게 밖에서 안으로 두 번 흔든다.

∥감장∥[허리 숙여 신자리로 걸어가 한 바퀴 돈다.]

∥중판∥[시왕제단 앞에서 양손 모아 허리 숙여 절한다. 제단 왼쪽을 향해 허리 숙여 절하고 다시 오른쪽을 향해 허리 숙여 절한다. 몸을 돌려 액막이제단을 향해 허리 숙여 절한다. 몸을 왼쪽을 돌려 본향하르방 제단을 향해 허리 숙여 절한다. 시왕멩감기, 감상기를 함께 들고 올레 입구로 나아갔다가 깃발을 휘돌리며 신자리로 간다. 허리 숙여 절하고 다시 올레로 간다. 올레 바깥까지 나갔다가 뒷걸음으로 다시 제장 안으로 들어가 올레 앞에서 엎드려 절한다. 깃발로 신을 안으로 청하는 모양을 한다. 깃발을 세워 들고 신자리로 가서 한 바퀴 돈다. 제장 앞에서 여러 차례 엎드려 절한다. 일어서서 감장을 돈다. 깃발을 왼손에 모아 잡고 공싯상에 두었던 산판을 오른손으로 든다.]

∥감장∥[감장을 돈 뒤에 산판을 던진다.]

∥줒인석∥[깃발을 양손에 나누어 들고 휘돌리며 신자리를 이리 저리 돌아다니며 춤을 춘다.]

∥감장∥[깃발을 휘돌리며 왼감장, 오른감장을 차례로 돈다.]

∥늦인석∥[제상 앞에 엎드려 깃발을 내려놓는다. 소미 이문자가 시왕멩감기를 따로 모아 치운다. 심방은 감상기를 왼손에 모아 잡는다. 고춘선은 관디를 벗긴다.]

[오른손으로 신칼치메를 모아 잡고 신칼점을 한다.] 시왕 신메왓수다. [고춘선이 관디를 쉽게 벗기지 못하자 스스로 벗는다.] 신메와근~, [신칼점] 흔~, [신칼점][신칼점][신칼점], [점사를 확인하고 머리 조아려 절을 한다. 퀘지 차림이 되자 뒤늦게 퀘지띠를 둘러맨다. 목띠를 매고 옷매무새를 바로잡느라 잠시 지체된다.]

[왼손에 감상기와 신칼을 모아 잡고 오른손에 요령을 들고 일어선다.]

명부 데신 시왕~, 연맞이로~, 예- 십, 십전 데왕~, 또 이전 삼멩감 오이
멩감 신메왓수다. 신감상 무루와 압송(押送)허며 좌독셍명(左頭生命) 우독
셍명(右頭生命)도-.

‖중판‖[신칼치메와 요령을 두세 번 동시에 좌우로 크게 흔든다.]

여레~ 스제 왕도 시왕연맞이로-.

‖중판‖[요령을 흔든다.]

천왕 삼멩감 오일 멩감 뒤으론, 군눙 일월 제석, 산신 제석멩감 요왕
선앙멩감, 스당 책불멩감이여, 예- 또 이전, 불도 당주 칠팔 이른ㅇ답 도
멩감도-.

‖중판‖[쌀을 집어 제상 위로 여러 차례 뿌린다.]

[요령을 흔들고 서서 말명을 한다.] 아에~, 드려근 가옵시며, 아아
허~, 시왕 멩감 부린 천앙 지왕 인왕 체서, [요령] 전싱 궂인 삼시왕 부
린 체서는~, 멩돗멩감(明圖冥官)~ 아~ 아~, [요령] 삼체서 시관장님이
뒈여지어사고, 문세 츠지 췌판관 우에 체서는 옥황 저승 이승 신당 본당
체서님도, [요령] 쑬정미로, [쌀을 집어 제상 위로 네 번에 걸쳐 뿌린다.]
신메와 드럼수다에-.

‖늦인석‖[잠깐 연물이 울리는 동안 심방은 요령을 두어 번 흔든다.]

즈부일월 상세경 안으로 부군칠성ㄲ지도 신감상으로-.

‖중판‖[신칼치메와 요령을 두세 번 동시에 좌우로 크게 흔든다.]

[요령] 아헤~ 에~, 드려가며 이거 동복리 천하부촌 이른 양촌 이에 각
성바지 몸을 받은, 아~ 에~ 에~, 들 썩이도 일문전 날 썩이도 일문전,
안문전 여레둡 밧문전 뒤에둡 일루럽 데법천왕(大梵天王) 하늘님도, 본향
데제일로 오리정 신청궤 쑬정기-.

‖줓인석‖[요령을 흔들며 공싯상 앞으로 나아가 쌀을 집어 제상 위로
흩뿌린다.]

아허~, 낳는 날은 셍산(生産) 츠지 죽는 날은 장적(帳籍) 호적(戶籍), 예-

츳지허던 이 무을 토주지관, ᄇ름웃도우다. 예~ ᄉ신요왕(四神龍王)으로 소방상(小方牀)~, 상여화단(喪輿--)186) 올라온, ᄇ름웃도 상여하르바님도 신메웁네다에~.

‖늦인석‖[요령을 흔들며 허리 숙여 절한다.]

알로 네려사면 ᄇ름알또는 상여할머님, 신메와 드립네다에-.

‖늦인석‖[요령을 흔들며 허리 숙여 절한다.]

또 이전은~, 제주도 그 옛날 말로 삼읍(三邑) 토주지관이엥도 허곡, 원 불리는, 알손당 소천국, 웃손당은 벡조 마누라님, 셋손당은 세명도 강진애 기 도갈쳇 산신또 가지가지 벌겨187) 삽데다. 큰아덜 덕천(德泉), 문국성 ᄇ름웃도 신메왐수다에-.

‖늦인석‖[요령을 흔들며 허리 숙여 절한다.]

둘쩻 아덜님은 또 이제는 표선면(表善面) 성읍리(城邑里) ᄆ른밧 베둘린 선앙당한집 신메왐수다.

‖늦인석‖[요령을 흔들며 허리 숙여 절한다.]

셋쩨는 데정(大靜), 광정당(廣靜堂) 웃거문질188) 좌정(坐定) 그 옛날 허 여 폭낭189)도 이젠 ᄆ짝190) 덩퀘기 엇이 발ᄁ장 썩어빠젼 엇수다~. 예- 신메와드립니다. 닛쳇 아덜 제주시 시네윗당 신메와드립네다에-.

‖늦인석‖[요령을 흔들며 허리 숙여 절한다.]

다섯체는 두리191) 지금 데천동, 산신 일뤳도~ 신메와드리옵고, [요령] ᄋ섯쩨는 삼양(三陽) 시월도병서광 동서벽 헷젠, 예- 그 옛날 삼양 양씨 삼춘님 살아 셍존(生存) 떼에 ᄀ른 말이 잇수다 허고 일곱쩨~, 김녕(金寧)

---

186) '화단'은 상여에 지붕 모양으로 꾸며 둘러치는 제구.
187) 벌어져.
188) '거문질'은 서귀포시 안덕면 사계리의 옛 이름.
189) 팽나무.
190) 모두.
191) 제주시 구좌읍 교래리.

궤노기 큰당한집 신메와드립네다-.

‖ 늦인석 ‖ [요령을 흔들며 허리 숙여 절한다.]

가지가지 아덜아기 뚤아기 손지방상, 칠소송이 가지 갈라갑던 한집, 뒈여근 지여삽니다 오널 브름웃도꼬지 이거 경인년 정월 초일뤳날, 데한민국 제주특별자치도, 제주시 신구좌읍 동복리 천하부촌 각성친 몸받은 본향 데제일로 이거 칠팔십 년 뒌 역서(歷史)우다. 예- 홍씨 고씨 선성님은, 이 당을 거형신혜(擧行臣下)로 뎅기단 나라에서~, 예- 통정데부(通政大夫)를 주난 심방 설런,192) 예- 양반(兩班)이 행동을 헌디, 처가 가속은 홍씹니다. 홍씨 선성이 예 이 부락 어른덜 말을 듣고, 예- 저 거리 안네 잇엇던 한집이 일로 중산허여 오랏수다. 이리 허여 사옵시난, [요령] 예- 그떼예-, 상궤 중궤 하궤 억만 육궤 무으며 홍씨 선성이 무을 도지를 받안 보난, 젊은 청년덜이 민 씨멜족(-滅族)헐 듯 허여 큰일 날 듯 허난, 이야 데(代) 끊어질로구나 부락 안네, 영 허여 명부 데신왕 십전데왕~, 예 삼멩감 우이 멩감, 예- 시왕멩감 몸받은 삼체서(三差使) 청허여, 기돌 허곡 집안 각성친 즈손덜은 혜 넘어 철갈이 집안으로 못 허민 일로 오란에 천오방엑혜난 법이 지금꼬지 유전 풍속 뒈여옵니다. 예- 일문전 데법천왕 하늘님, 이 무을 토주지관 한집, 이예 전송지 제차로 신수퍼 네리저 브름웃도 삼읍 토주지관 느리저 헙니다. 천근 들이 벡근 쌀, 벡근 들이 천근 활 둘러받곡 웬풀에 석사 오치 범이 가죽 풀찌거리 집어메곡, 웬 어께에는 도메거리, 느단 어께 도메거리 집어메멍 쑬정기 천근 들이 벡근 쌀 벡근 들이 천근 쌀 들러받아 초펀 이펀 제삼펀 오리정, [소미 이문자, 고춘선이 심방의 어깨에 풀찌거리, 도메거리를 맨다. 심방은 잠시 굿을 멈춘다.] 초펀 이펀 제삼펀체로, 일문전 삼본향 오리정-.

‖ 줒인석 ‖ [요령을 흔들며 허리 숙여 절한다. 오른손으로 신칼치메를

---

192) 그만두고

모아잡고 쪼그려 앉아 신칼점을 한다. 절을 하고 일어서서 올레로 간다. 오른손으로 신칼치메를 모아잡고 쪼그려 앉아 신칼점을 여러 차례 한다. 소미 이문자가 옆에 서 있다가 쌀을 집어 올레쪽으로 흩뿌린다. 심방이 신칼점을 하면서 말명을 하지만 연물 소리에 묻혀 알아듣기 어렵다. 신자리 쪽으로 돌아앉아 신칼점을 한다. 올레 쪽으로 돌아앉아 신칼점을 한 뒤에 다시 신자리 쪽으로 반쯤 돌아앉아 신칼점을 한다. 소미 이문자에게 천문을 달라고 하여 쪼그려 앉은 채로 신자리로 던져 천문점을 한다. 소미 이문자가 떨어진 천문을 주워다가 심방에게 건넨다. 세 번을 거듭한 뒤에 신칼치메를 잡고 올레쪽으로 돌아앉아 신칼점을 두 차례 하고 절을 한다. 감상기와 신칼을 내려놓고 일어선다. 손짓하여 연물을 그치게 하고 신자리로 가면서 말명을 시작한다.]

일문전 삼본향, 신메와 싯고 신메와 사는디 이 무을 토지지관 한집 앞으로, 삼천 예- 벵멧도 뒤으로 예- 본당군뱅(本堂軍兵)이여 신당군뱅(神堂軍兵)이여 [올레 쪽으로 간다.] 베고파 시장 허기 버친 군뱅이로구나. [천으로 싸놓은 술병과 떡을 양손에 나누어 든다.] 떡 밥 술 궤기 허여다, [다시 제장 가운데로 돌아가서 천천히 돌아다닌다.] 잔잔 제달레곡, 예- 본당체서(本堂差使) 신당체서(神堂差使) 그늘루고 사 옵네다. 우봉지 전통 즈소지(紫蘇酒)에 잔잔-.

∥줒인석∥[술병과 떡을 좌우로 크게 흔들며 단골들의 머리 위로 넘긴다. 소미들이 앉아 있는 연물석은 물론 조사자들의 머리 위로도 넘긴다.]

∥감장∥[술병과 떡을 흔들며 왼감장, 오른감장을 차례로 돈다. 술병과 떡을 동시에 바깥으로 내던지는 모양으로 춤을 춘다. 다시 감장을 돈 다음 떡을 울타리 바깥으로 내던진다.]

∥줒인석∥[술병을 들고 춤을 추다가 다시 단골들에게 가서 머리 위로 넘긴다.]

∥감장∥[신자리로 가서 감장을 돈다. 껑충 뛰어올랐다 주저앉듯이 하

면서 술병으로 바닥을 찍는 듯이하고 일어서서 울타리 바깥으로 힘껏 내던진다.]

‖ 줒인석 ‖ [올레 쪽으로 가서 신칼을 받아들고 쪼그려 앉아 신칼점을 한다. 이때 말명을 하지만 연물 소리에 묻혀 알아듣기 어렵다. 소미로부터 감상기를 받아들고 안쪽으로 돌아앉아 신칼점을 한다. 올레 쪽으로 신칼점을 하고 신자리 쪽으로 비껴 앉아 신칼점을 여러 차례 한다. 다시 올레 쪽으로 돌아앉아 신칼점을 여러 차례 한다. 그러는 동안 소미 이문자는 쌀을 집어 올레 쪽으로 흩뿌린다. 심방은 절을 하고 감상기와 신칼을 모아 양손으로 잡는다. 올레 쪽으로 높이 들어 올리고 말명을 한다.] 어-삼본향 신메왐수다. [허리 숙여 절을 한다. 왼쪽으로 한 걸음 옮겨 절을 한다. 한 걸음 나아가 절을 한다. 왼쪽으로 뒤돌아 신자리로 간다. 신자리에서 한 바퀴 돌고 양손을 높이 들었다가 내리며 허리 숙여 절을 한다. 왼쪽으로 한 걸음 옮겨 절을 한다. 오른쪽으로 한 걸음 옮겨 절을 한다. 왼쪽 제단으로 돌아서서 절을 한다. 왼쪽으로 뒤돌아서서 본향 하르방 제단을 향하여 절을 한다. 왼쪽으로 돌아 본향 할망 제단을 향하여 절을 한다. 올레 앞으로 가서 말명을 한다.] 초편 신메왓수다. 일문전 삼본향~, [양손을 높이 들었다 내리며 허리 숙여 절을 한다. 이때 소미 이문자, 박영옥은 술을 머금었다가 내뿜는다. 심방은 왼쪽으로 한 걸음 옮겨 절을 하고, 오른쪽으로 한 걸음 옮겨 절을 한다. 이어 뒤로 돌아 신자리로 간다. 신자리에서 크게 한 바퀴 돌고 양손을 높이 들었다가 내리며 허리 숙여 절을 한다. 왼쪽으로 한 걸음 옮겨 절을 하고 다시 오른쪽으로 한 걸음 옮겨 절을 한다. 왼쪽 제단을 향하여 돌아서서 양손을 높이 들었다가 내리며 절을 한다. 왼쪽으로 뒤돌아서서 본향 하르방 제단을 향하여 양손을 높이 들었다가 내리며 절을 한다. 왼쪽으로 돌아 본향 할망 제단을 향하여 서서 양손을 높이 들었다가 내리며 절을 한다. 왼쪽으로 돌아 오레 바깥으로 나간다.] 어- 동복리 천하부촌 우른 양촌이우다. [양손을 높이

처들었다 내린다.] 낳는 날 셍산 츠지 ㅂ름웃도 상이 할마님 하르바님 ㅂ
름알또 상이 할마님 [양손을 높이 쳐들었다 내리며 허리 숙여 절한다.] 신
메왐수다 제저혈로 네립서-. [약간 왼쪽으로 돌아서서 양손을 높이 쳐들
었다 내리며 허리 숙여 절한다.] 시왕 예- 전송처로 네립서. [약간 오른쪽
으로 돌아서서 양손을 높이 쳐들었다 내리며 허리 숙여 절한다. 뒷걸음질
로 울타리 안으로 들어온다. 양손을 높이 들었다 내리며 엎드려 절을 한
다. 일어서서 "어허!" 하며 신칼을 잡은 왼손을 높이 쳐든다. 왼쪽으로 뒤
돌아선다. 이때 소미 이문자가 술을 머금었다가 내뿜는다. 심방은 "어허!"
소리 지르며 왼손으로 잡은 신칼의 끝을 휘돌리어 높이 쳐든다. 양손을
내리어 허리춤에 대고 신자리로 가서 크게 한 바퀴 돈다. 제상을 향하여
서서 양손을 높이 들었다가 내리며 쪼그려 앉아 절을 한다. 왼쪽으로 한
걸음, 다시 오른쪽으로 한 걸음 옮기어서도 이와 같이 한다. 왼쪽 제단,
본향하르방, 본향할망 제단을 향해서도 이와 같이 한다. 제단을 향하여
서서 "어허!" 소리치며 신칼 끝을 높이 쳐든다. 신칼 끝을 내렸다가 쳐올
리기를 반복한다. 감상기와 신칼치메를 휘돌리며 춤을 춘다.]

∥감장∥[왼감장, 오른감장을 돈다.]

∥늦인석∥[제상 앞에 쪼그려 앉으며 절을 하고 감상기와 신칼을 내려
놓는다.]

문직, 본향 신메왓구나-. ㅂ름웃도 삼천벵메, [풀찌거리를 벗는다. 고춘
선, 박영옥이 돕는다.] 요디 저디 국이, 근당허여근, 옵니다. 석자 오치 풀
찌거리, 동게거리 둘러, [풀찌거리를 양손으로 받들어 든다.] 받으며, 삼천
벵메 ㅂ름웃도도 오리정-.

∥줓인석∥[양손을 높이 들었다 내리며 허리 숙여 절한다. 왼쪽 제단,
본향 하르방, 본향 할망 제단으로 돌아서서도 이와 같이 한다. 올레 바깥
으로 나간다.] 동복리 천하부촌, 이런 양촌, ㅁ을 토주지관, 데제일로, ㅂ
름웃도, 삼천벵메, 신메왐수다-. [양손을 높이 쳐들었다 내리며 허리 숙여

절을 한다. 왼쪽, 오른쪽으로 조금 비껴 서서 이와 같이 한다. 다시 양손을 높이 쳐든다.] 어- 신메웁네다-. [뒷걸음질로 제장 안으로 들어온다. 소미 이문자가 옆에 서 있다가 술을 머금어 내뿜는다. 올레를 향하여 쪼그려 앉아 절을 한다. 일어서서 "어허!" 소리 하며 양손에 잡은 풀찌거리를 좌우로 흔든다. 신자리로 가서 크게 한 바퀴 돈다. 제상을 향하여 서서 양손을 높이 들었다가 내리며 쪼그려 앉아 절을 한다. 왼쪽, 오른쪽으로 옮겨 절을 한다. 왼쪽 제단, 본향 하르방, 본향 할망 제단을 향해서도 이와 같이 한다. 풀찌거리를 든 양손을 휘저으며 춤을 춘다.]

‖감장‖[신자리에서 왼감장, 오른감장을 차례로 돈다.]

■ 시왕맞이>초감제>신청궤>본향청함>풀찌거리 우올림

ᄇ름웃도 신메우며 석자 오치 범이 가죽 풀찌거리~, 동게거리랑, 부정 서정 신가이며, ᄇ름웃도 시왕전드레-.

‖줏인석‖[양손으로 잡은 풀찌거리를 휘돌리며 춤을 춘다.]

‖감장‖[왼감장, 오른감장을 돌고 풀찌거리를 제상 위쪽으로 내던진다.]

‖중판‖[소미 박영옥에게 풀찌거리를 내려 앞쪽에 걸어놓으라고 한다.]

‖늦인석‖[쪼그려 앉아 신칼점을 준비한다.]

■ 시왕맞이>초감제>신청궤>본향청함>산받음

[신칼점] 신메와, [신칼점] 잇습네다. [신칼점][점사를 확인하고, 두손 모아 비빈다.]

■ 시왕맞이>초감제>신청궤>본향청함>ᄌ손 역가바침·소지원정

[소미들은 역가상을 내놓는다. 고춘선이 마을 임원들을 부른다.]

샆본향 ㅂ름웃도 상여하르바님, [신칸을 공싯상에 올려놓고 무릎 꿇고 앉는다.] 상여할마님, 아~ 아. 에~ 에~. 또 이제는 즈손덜, [쾌지띠를 풀어낸다.] 불러다, 열명 종서, 예필춤(禮畢出), 허쿠다예-. [쌀알을 집어 제상 위쪽으로 흩뿌린다.] 천덕 지왕, 인왕 녹걸, [제비점] 혜~ 혜~, [단골 대표 3인이 나와 역사상에 인정 올린다.] 말에 뒷다근~, [쌀알을 헤아린다.] 다섯 열,

(강대원 : 아이고 예, 이장 사모님. 여레듭 방울이라.)

[이장 부인에게 쌀알을 준다. 이장 부인은 쌀알을 받아 입에 털어 놓는다. 이때 이장도 나와 인정을 올리고 함께 무릎을 꿇고 앉는다. 고춘선과 이문자가 역가상을 들고 단골들에게 가까이 하여 단골들이 양손으로 밀면 다시 소미들은 상을 신전에 바치는 모양을 하기를 세 차례에 걸쳐 반복한다. 소미들이 상을 내려놓으면 단골 대표들이 일어서서 3배를 한다.]

리장님 게발위원장님 어촌게장님, 노인훼장님~, 또 이저는 부녀훼장님, 예- 네려 청년훼장, 어촌게장님네 혜녀훼장님네, 야~ 아~ 아혜~, 불러 웨여, [소미 이문자, 단골 대표들에게 소지를 나누어준다.] 공문안 공소지 우다. 정문안 정소지우다. [단골 대표들, 소지를 받아들고 꿇어앉은 채로 허리를 숙여 절하고 소지를 바닥에 내려놓는다.] 불천지 데벽지, 네꼿 술아~ 제인정덜, [단골 대표들, 일어서서 3배 한다.] 걸엄수다에~. 제인정 걸어근 올려가며 본주지관 예필출 시기곡, ㄱ만이 십서보저 리장님이영, 부인훼장님이영, 욕이나 아니 들어근, [제비점] 예이~ 예이예~, [쌀알을 헤아린다.]

(소미 이문자 : 열 방울?)

(강대원 : 열한 방울. 리장 아주머니 안네불어.)

[이문자에게 쌀알을 건네준다.]

경 허민, 이거 어촌 저 게발위원장도 노인훼장도 못 오난 부녀훼장님이나~ 마씸~, [제비점] [쌀알을 헤아린다.]

(단골 : 게발위원장 각시 왔수다.)

(강대원 : 게민 게발위원장, 열두 방울.)

[쌀알을 이문자에게 넘겨준다. 이문자는 쌀알을 단골에게 건네준다. 심방은 고춘선에게 다른 쌀 양푼을 달라고 해서 넘겨 받는다.]

경 허민 또로이, 이허~ 근, 부녀훼장이나마씨~, [제비점] 이~ 이~.

(강대원 : 으섯.)

[쌀알을 이문자에게 건넨다. 이문자는 쌀알을 부녀회장에게 건네준다.]

(강대원 : 부녀훼장도 궨찬여우다만은이.)

예- 또 이젠, 청년훼장님이나, [제비점]

(소미 고춘선 : 어촌게장 사모님도 싯덴 허염수다.)

(강대원 : 서방이영 아이 갓젠?)

[쌀알을 헤아려 소미 이문자에게 준다.]

(강대원 : 아홉가 열가 모르켜~.)

(이문자 : 아홉.)

영 허민~, [제비점][쌀알을 헤아리는 것을 보고 이문자가 아홉이라고 말한다.] 이거 장년인 떼에 그만 허리 아판 못 전디난, [제비점] 수술 받고~, [쌀알 헤아리는 것을 보고 이문자가 여덟이라고 하고 쌀을을 받는다.] 영 허엿수다.

(강대원 : 어촌게장?)

예 허근~, 경 허민 헤녀훼장이나마씸, [제비점] 바당에서 욕 들 일 엇수과.

(강대원 : 열둘.)

[쌀알을 헤아려 이문자에게 준다.]

경 허민 부락, [제비점]

[소미 이문자, 받은 쌀알을 헤아려보고 말한다.]

(이문자 : 헤녀훼장 먼 길 갈 뗀 조심헤사뒈켜.)

[심방은 새로 집은 쌀알을 헤아려 이장에게 준다.]

(강대원 : 도제비랑, 예.)

(이장 : 아이고 고맙수다.)

(강대원 : ᄋ답 방울.)

(이장 : 이거 좋은 것과?)

(강대원 : 에.)

[단골 대표들 일어서서 물러난다.]

(강대원 : 저 어촌게장님허곡 헤녀훼장님 소지 술아.)

[단골 2인이 나와 꿇어 앉는다. 소미 고춘선과 이문자가 역가상을 들어 단골들에게 바치게 한다. 정공철이 단골에게 소지를 나누어 준다. 단골들 소지를 내려놓고 절을 한다. 심방 일어서서 제상을 향하여 선다. 두손을 비비어 허리 숙여 절을 한다.]

각 성친 ᄌ손덜토, 소지 원정 받아듭네다―.

[심방은 물러나고 단골들이 두서넛씩 차례로 나와 절을 한다. 인정 걸고 역가상 바치고 소지 받고 3배를 한 뒤 물러나는 식이다.]

■ 시왕맞이 > 초감제 > 신청궤 > 군웅청함

[강대원(퀘지, 송낙)][신칼과 요령을 들고 신자리에 서서 말명을 시작한다.]

본향 데제일로, 데신 시왕 연맞이 어간허여~, 예― 일문전 삼본향 한집 들어, [요령] 부락 리장님 예― 원 ○쩨 텍쩨 오십사 세 게발위원장님, 김○쩨 만쩨우다 오십사 세, 노인훼장님 고 ○쩨 원쩨 이른ᄋ듭님 부녀훼장 고○옥씨 ᄉ십구 세~, 청년훼장 윤○탁 사십사 세, 예― 어촌게장님 김○ 선씨 오십오 세, 헤녀훼장님 원○희씨~, 예― 뒤으로 각 성친덜, 살려줍서~. [요령] 원이 안전 원이 소지우다. 저싱 관가에~, [요령] 드는 소지 원정은 또 이전, 예―, 붉은 지(紙)에 흰 글빨 올렷수다 이승 관가(官家) 들을 소지, 흰 종이에 검은 글빨 붉은 은도장 마겨~, 예- 드립니다 신이 안전 신이 공서~, [요령] 백소지에 백난~ 백글 원정을, 올렷수다에-. [허리를 숙이며 요령을 흔든다.] 에~ 어허. 올려 또 이전, 예필출 시켯수다. 저면정 군눙일월 삼진제석이 요디 저디 국이 근당헙네다. [신칼과 요령을 공싯상에 내려놓는다.] 늦건 늦인 냥 봉을 건 봉은 데로~, 즈직즈직 쑬정미로 금바랑 옥바랑 전지로 오리정-. [쌀을 집어 제상 위로 흩뿌린다.]

‖중판‖[올레로 가서 쪼그려 앉아 여러 차례에 걸쳐 신칼점을 한다. 소미 이문자가 옆에 서서 쌀알을 집어 바깥쪽으로 흩뿌린다.] 아하~아~, 군문 허여근~, 살려 옵서~. 군문으로~ 제석 일월 각성바지 요왕 일월 삼진제석 어진 조상님네 신메웁네다에-. [신칼과 바랑을 양손에 나누어 잡는다. 바랑을 부딪치며 일어선다.]

‖좇인석‖[뒤로 돌아서서 바랑을 부딪치며 신자리로 간다. 각 신위전에 바랑을 높이 들어 부딪치고 허리 숙이어 절을 한다. 바랑을 부딪치며 신자리를 돈다. 바랑을 부딪치며 뒤로 물러선다.]

‖감장‖[왼감장, 오른감장을 차례로 돈다.]

‖좇인석‖[신자리 끝에서 바랑을 던져 점을 본다. 이어 신칼점을 한다. 신칼치메를 묶은 끈이 풀어져서 고쳐 맨다. 이문자가 신칼치메를 새로 맨다. 심방은 쪼그려 앉은 채로 바랑을 던져 점을 본다. 공싯상 앞으로 가서 바랑을 내려놓고 대신 산판을 들고 나와 휘돌리며 춤을 춘다.]

‖감장‖[왼감장, 오른감장을 차례로 돈다.]

‖좇인석‖[신자리에 쪼그려 앉아 산판점을 두 차례 한다.]

예쑤!

[정공철이 북을 치면서 노래를 한다.] 넉사로다 말이야 뒤야~ 어~.

[심방이 요령을 흔들고 말명을 한다. 정공철은 북을 치면서 “하고말고.” “그렇지.” “어!” 등의 추임새를 한다.] 야-, 지쳣구나. 다쳣구나. 보리떡에 쉬무쳣구나. 빵떡엔 앙꼬 놓고, 우동엔 다시 넛구나. 경인년, 상정월 초일

옛날, 어 세계각국 중 남선부주 데한민국, 제주도, 제주시 동수문밧, 신구좌읍 동복리, 각성친 츠지헌, 토주지관 한집, 본향 데제일, 로 상궤 중궤 하궤 억만 육궤, 도봉 뭇고, 예 각 성친 즈순덜, 이거 칠팔십년 오른 풍속이우다 이제꺼지 네렷수다. 영 허여산 헌디, 데신왕 연맞이로, [소미 강치옥이 함께 장구를 치기 시작한다.] 예 신이 조상덜 믄딱 신수퍼 사고 일월조상도 신수퍼 사고 경 헌디, 혼 무를 놀고 쉬자 헙네다. 혼번 놀아보자.

■ 시왕맞이 > 초감제 > 신청궤 > 군웅청함 > 덕담

‖ 덕담 ‖

어제 오널 오널은 오널이라 [요령][소미 고춘선, 단골들에게 나와서 춤추라고 한다.]

날도 좋아 오널이로구나

둘도 좋아서 오널이라

네일 장삼 어제 오널 오널이라

세계각국 중 남선부주 데한민국 제주특별

자치도 제주시

신구좌읍 동복리

무을 토주지관 데제일로

각 성친 각 불턱 츠지허던 [단골들이 나와서 춤추기 시작한다. 심방도 신이 나서 홍겹게 춤을 추면서 노래한다.]

군눙일뢸 삼진제석

어진 조상이 놀고 십서

갓친도 목목 쉐뿔도 각각

양반이 집에는 스당일뢸(祠堂日月)

정시193) 집인 첵불일뢸(冊佛日月)

네려, 올라 산으로는 산신일뤌(山神日月)

네려 중산촌(中山村)은 제석일뤌(帝釋日月)

알로 네려 헤각(海角)으론

요왕(龍王) 선왕일월(船王日月)

앚인 조상 놀고 가자

팔저(八字) 궂고 전승(前生) 궂은 집안

당주일뤌(堂主日月) 조상

어진 조상이 놀고 십서. [요령]

군눙이 본판을 셍겨보자

군눙 시조(始祖)를 셍겨보자

군눙이 하르바님 천왕제석(天皇帝釋) 천금대왕(天宮大王)

군눙 할마님 지왕제석(地皇帝釋)은 옥주부인(玉眞夫人)

군눙이 아바지 넉시 군눙 어머님 몸주

군눙이 아덜딜 삼성제(三兄第)가 솟아난

큰아덜은 왕사랑이 동이와당 츠지

둘쩻 아덜은 왕건이 서이와당 츠지

족은아덜 왕데연이 복력(福力) 〈주(四柱) 험악허여

줄줄 누벼라 저 바지에 [단골이 심방을 신자리 가운데로 끌어다 놓는
다. 함께 어울려 춤춘다.]

줄줄 누벼라 저 신발

줄줄 누벼라 저 바지에

귀드리 담쑥 굴송낙에

아강베포는 다 등에 지고

웬손에 금바랑 〈단 손에 옥바랑

---

193) 지관(地官).

천앙낙화194) 둘리잡아근

혼 번은 뚝딱 궁굴치난

강남 천저군웅(天子軍雄) 응허고 두 번을 뚝딱 궁굴닥다

궁굴치난 일본 소제군눙(小子軍雄) 삼식번 궁굴딱 뚝딱 둘러치니

우리나라 데왕데비 서데비 높은 족지평풍195)이며

○○을 ○○○난 ○○들어 ○○○○ 영서명끼 거느리고

초란광데196) 거느리고

옷광데197) 빗광데198)

놀레와치199) 풍레와치200) 거느려 놀고 오던

이 동복리 천하부촌

각성바지 거창실 떽에 신선달 하르바님이여

요왕 떽에는 요왕 선왕일월(船王日月)

선조데데(先祖代代) 제석일뤌(帝釋日月)

산신일뤌(山神日月) 놀고 가자

영 허는디 혼 ᄆ를랑은201) 높이 놀고

혼 ᄆ를라근 낮이 놀자

■ 시왕맞이＞초감제＞신청궤＞군웅청함＞서우제소리

‖ 서우제소리 ‖

어허야 두어야- 어야두야- 방아로다

---

194) 요령.
195) 쪽을 낸 병풍.
196) 초란이 광대.
197) 어릿광대. 흔히 '엇광데'라고 함.
198) 앞말에 운을 맞춘 것인 듯.
199) 노래꾼.
200) 풍류꾼.
201) 마루랑은.

아아아 아아양 어어어양 어어요 [소미, 단골들이 후렴을 한다.]

놀고 씌고 놀아보자 경인년은 상정월 초일뤳날

아아아 아아양 어허어양 어어요

이 동복리에 무을 본향 데제일은 데신왕 앞으로

아아아 아아양 어어어양 어어요

칠팔십년 오르게 유전풍속 뒈엿수다에-

아아아 아아양 어어어양 어어요

각성친 각 불턱 집안 묵고묽은 산신일뢸

아아아 아아양 어어어양 어어요

중산촌(中山村)에는 제석일뢸 알로 네려 삼천 줌수(潛嫂)

아아아 아아양 어어어양 어어요

일천 어부에 놀고 오던 선앙일월(船王日月)은 요왕일월(龍王日月)

아아아 아아양 어어어양 어어요

간장간장 무쳣구나 혼 무를라근 높이 놀고

아아아 아아양 어어어양 어어요

그 옛날엔 풍선이여 어작선은 감동선이

아아아 아아양 어어어양 어어요

서이와당은 네려사민 ○○가던 어진 조상

아아아 아아양 어어어양 어어요

아끈여 한여 숨은여에 지방여 정살여 놀던 선앙

아아아 아아양 어어어양 어어요 [단골이 나서서 선창을 하기 시작
한다.]

조상님아 조상님아 ○○○○

아아아 아아양 어어어양 어어요

조상님이 부르시난 주손님도 불러나 간다

아아아 아아양 어어어양 어어요

올리랑202) 앚앙 둘둘마다 새털마다 새털 구뜬 낡이라 주손덜만 펜안허
게 헙서

아아아 아아양 어어어양 어어요

훈번 가난 못 오는 인생 우리 인생만 펜안허게 헙서

아아아 아아양 어어어양 어어요

우리 인셍이 건강허고 조심허곡 올리라근 ○○○○

아아아 아아양 어어어양 어어요

사름마다 집집마다 펜안펜안 허게 허여 걱정 탄식을 허게 맙서

아아아 아아양 어어어양 어어요

늙어지난 몬 허쿠다 늙어지난 몬 허쿠다

아아아 아아양 어어어양 어어요

■ 시왕맞이＞초감제＞신청궤＞군웅청함＞놀판굿

[서우제소리를 그만 두고 노랫가락으로 바꾸어 부른다.]

놀저 놀저 훈 놈 놀앙 물에 가게

조상님이 놀아난 디는 우리 우리 주손덜도 조상 놀아난 디서 노십니다

잘 놀앗던 이나 못 놀앗던 이 데단이나 용서를 허여 줍서

우리 ○○○○ 못네인 셍이 살아질 데로 살아가는 이

올금년이랑 펜안 펜안허게 ○○○○

[단골들 "그만 허게양." 하면서 물러난다.]

■ 시왕맞이＞초감제＞신청궤＞군웅청함＞산받음

[심방은 바랑을 들고 나가 몇 번 부딪치고 신자리 끝에 쪼그려 앉아 신

---

202) 올해랑.

자리 안쪽으로 던진다.] 일월 어진 조상 신메왓수다. 금바랑 전지로~, 에 이에~, [바랑 하나를 다시 던진다.] 무친 간장, 신풀려근에, [다른 바랑 하나를 다시 던진다.]

■ 시왕맞이>초감제>신청궤(계속)

예에~ 에, [일어선다.] 드려가며 양서마을 영가(靈駕) 혼벽(魂魄)덜토 믄짝,203) [공싯상 앞으로 가서 쌀을 집어 제상 왼쪽 제단 위로 흩뿌린다.] 오리정 신청궤로, 쑬정미로 신메왐수다 하늘 굴른204) 신공시, 어진 조상 님네 이 당 설련허던 고씨 홍씨 박씨 김씨 우선, 선성님네도~, 이예 오리 정 신청궤, 신이 집서(執事) 당줏하님 몸받은 조상, 예- 각 혼 어께로 동 참헌, 신이 동관(同官) 몸받은 조상덜, 예 신메왐수다.

■ 시왕맞이>초감제>금사진침

신메우며 저먼정 어마 절진헌 조상, 금사진(金蛇陳) 치자.

■ 시왕맞이>초감제>정데우

금사진(金蛇陳) 치어 올리난 오는 신전 가는 듯 가는 신전 오는 듯 구 시월(九十月) 나무 잎사귀 떨어지듯헙네다. 천앙낙훼 신감상 들러받아, [소미 박영옥이 데령상 앞에 앉았다가 요령을 흔든다.] 오리정 정데위 왕 글왕글 싱글싱글, 신메와근 드려가며,

■ 시왕맞이>초감제>산받음

떨어지고 누락(漏落)뒈여근 [공싯상에 두었던 산판을 들고 신자리로 간 다.] 낙루(落漏)헌~, 조상 엇이, [산판점] 고맙수다. [절하고 일어선다.]

---

203) 모두.
204) 가린.

■ 시왕맞이＞초감제＞분부사룀

[심방, 단골들 앞으로 간다. 단골들이 대화하느라 소란스럽다. 단골 가운데 누군가 동료들에게 조용하라고 소리친다.]

이젠 이 말 쿨으민, 엑멕이엔 몬딱 가불 거고, 들은 숭²⁰⁵⁾ 만 숭 헐 게고, 이옛 이장 ᄉ모님이나 저, 부녀훼장님이나, 게발위원장님 아주머니네나 그자 들주, 똔 사름은 못 들 게고양, 어쩻든지간에, 쪼금 저 ᄉ월 칠팔 칠뤌 중순 팔월초에 쪼금 멩심헙서, 어쩻든지.

(단골 : 부락에?)

예. 예. 조심헙서야, 예. ᄉ월 중순허곡양 칠월 중순허곡 팔월초 쪼금 멩심헙서. 아이²⁰⁶⁾ 쿨아렝이랑²⁰⁷⁾ 말앙예. 겐디 올리양, 올리 이 엿날로 영 생각허여 바도이, 줴(罪) 엇이 무즈년(戊子年), 구시월 난에 와상와상 허단 기축년(己丑年)은 부숩단 경인년(庚寅年)에는 심어놘 테작허여난 헤우년이라예. 경 허난 그데로 알앙예 조심덜 허여근에 마 뎅입서예. 옛날 ᄀ찌룩²⁰⁸⁾ 미신 훈 집이 저 경운기(耕耘機) 호나씩 신²⁰⁹⁾ 세상도 아니고, 훈 집이 두 시게씩은 다 이젠 이녁만씩 쉐집덜 둥글어뎅여부난, 그것도 춘말 못헐 게고, 영 허난예 조심덜 허영양, 엑덜 잘 막곡 졈덜 받곡양.

[단골들에게 허리 숙여 절한다. 단골들 두손 모아 앉은 채로 머리 숙여 답례한다.]

■ 시왕맞이＞초감제＞제차넘김

드려가며 신이 아이, 신공시 옛선셍님 짓알르로 굽어 신청 하렴덜, 허여, 갑네다에-.

---

205) 듯.
206) 아니.
207) 말하더라고는.
208) 같이.
209) 있는.

동복리 본향당 신과세제 시왕맞이 역가바침

자료코드 : 10_00_SRS_20100220_HNC_KDW_0001_s14

조사장소 : 제주특별자치도 제주시 구좌읍 동복리 1759번지(동복본향당)

조사일시 : 2010.2.20

조 사 자 : 허남춘, 강정식, 강소전, 송정희

제 보 자 : 강대원, 남, 66세 외 5인

구연상황 : 역가바침은 청해 모신 신들에게 그 동안 보호해준 데 대한 감사의 뜻으로 역
가(役價)를 바치는 제차이다. 소미가 나서서 시루떡을 높이 던지면서 놀린다.
소미는 선주마다 해온 시루떡을 하나하나 차례로 놀린다. 이어 지장본풀이를
구연하고 군병들을 달랜다.

역가바침 중 나까시리놀림

■ 시왕맞이>역가바침

　[앞부분 15초 녹음되지 않음] 본향 데제일로~, 이 축원 원정 올리는
부락 총책임자 리장님은, 원○텍 씨 ᄉ십 오십ᄉ 세, 이엣 게발위원장님

김〇만 씨 오십사 세, 노인훼장님은 고〇원 씨, 칠십팔 세우다. 부녀훼장님은 고〇옥 씨, ᄉ십구 세우다. 청년훼장님 이에 윤〇탁 씨 ᄉ십ᄉ 세, 또 어촌게장님은 김〇선 씨 오십오 세, 헤녀훼장님은 김, 이에 원〇희 씨, ᄉ십오 세우다 그 두으로210) 각성바지덜 삽네다. 경인년 정월 초일뤠날, 올렴수다 헌디, 시왕전드레 에~ 역가상(役價床)도, 둘러 뷔고, 제드립네다 에~. ∥늦인석∥[심방이 역가상을 들고 신자리 가운데로 와서 각 방향의 제단을 향하여 허리를 숙여 절을 한다. 심방이 역가상을 제자리에 놓는다. 연물이 그친다.]

역가상(役價床) 둘러 뷔난 ᄌ순 정성 기뜩(奇特)허다. 이에 눈으로 보앙 눈으로 들곡 손이 씨여, 받고 씨여 가겟느냐. 이에 우리에게 받아든…….
[소미들이 일어나 제단에서 시리를 꺼내려 한다.] 받아드는 인정 우리에게 받아 올리라. 경 헙서. 이에 받아 들염수다. 이에 주석 상둥이 에룬미,
[강대원 심방이 소미에게 말한다.]

(강대원 : 돈 저 쏠덜토 네불어뒁 쏠덜토 거둡곡덜. 네불어뒁.)

(소미 고씨 : 게난 흥끔 싯당211) 쏠이영 몬딱212) 거둬뒁 허젠…….)

(강대원 : 허여살 꺼 아냐게.)

[단골들이 액맥이 제단으로 간다.]

(강대원 : 아니 아니 아니.)

[강대원 심방, 단골들에게 말한다.]

(강대원 : 잔덜 곱서. 잔덜 굴아.)

또 이전은 네려근 삽네다. 에~ 받아 들엿수다. 뵉근 장데 [소미 정공철이 대신시리를 꺼내 들어 상에 올려놓는다.] 에~ [심방이 공싯상에서 신칼을 집어 든다.] 참네까 아니 참네까. 어~ [심방이 신자리에 쭈그려 앉

---

210) 뒤로.
211) 있다가.
212) 모두.

으며 신칼점을 본다.] 아이구 고맙수다. [심방이 고개를 숙이며 절한다.]
‖ 늦인석 ‖

[소미 정공철이 신자리로 시리가 놓인 상을 가져온다. 심방이 일어서
서 말명을 한다.] 벡근 장데에 준준 차덴, 영이 나암수다. 이에 알로 네려
스제님 어간뒙네다. 츠츠이츠, 낮인 원불(願佛) 밤인 수룩(水陸)이우다. 낮
이 나께 밤이 중석(中食), 열 말 쓸 금시리 황구녁 데독판, 주순덜 나사
안느로 벳깃더레213) [소미 정공철이 감상기를 시루떡에 꽂는다.] 벳깃들
로 안터레, 옆 놀리고 뒤놀리레 가겟십네다에-. [심방이 허리를 숙여 절
한다. 신칼을 공싯상에 내려놓는다. 소미 정공철이 신칼을 다시 들어 시
리에 꽂아 놓는다. 단골들은 액맥이 제단으로 가서 각자 제반걸음을 한
다.] ‖ 늦인석 ‖

■ 시왕맞이＞역가바침＞나까시리놀림

[정공철(평상복)][시왕 제단을 향하여 서서 말명을 한다.][앞부분 녹음
불량] 또헌 정성 뭐일러냐. 열 말 쓸 데독판 세미금시리, 어 이전~ 원정,
신전에서 영이 납길 너에 국 전례(典例)가 잇것느냐. 잇습네다. 밤인 들러
중석(中食) 법이옵고, 낮인 들면 나까법 잇습네다. 열 말 쓸 데독판 세미
금시리, 둘러 뭬고 제 드리난 벡근(百斤)이 준준허다. 상구녁 똘롸다214)
삼천시아군병, 지사겨 드려가면, 몸짓 좋은 정남청 시녀청덜 불러, 양단
둑지215) 추켜들러, 열 말 쓸 데독판 세미 금시리로, 동~실 동실 넘 놀리
고 드리 놀리라~.

‖ 중판 ‖ [북(강치옥), 설쒜(이문자?), 데앙(고씨)][소미 정공철이 시리로
다가가 감상기와 신칼을 뺀다. 시리를 엎어 놓고 신칼로 시리의 가운데를

---

213) 바깥으로.
214) 뚫어다.
215) 어깨.

두 번 찌르며 떡을 조금 뜯어 구멍을 만든다. 이어 신칼을 왼손에 들고 신자리로 돌아가며 오른쪽 어깨에 걸치고 오른손으로 신칼치메를 잡는다. 신칼을 잡은 양손을 어깨 높이로 들고 신자리에서 맴돌며 제단을 향하여 춤춘다.]

‖감장‖ [신자리에서 왼감장, 오른감장을 돈다.]

‖중판‖ [시왕제단을 향하여 쪼그려 앉으며 신칼을 바닥에 내려놓으며 점을 친다. 고개를 숙여 절하고 이내 일어나 신칼을 공싯상에 가져가 내려놓는다. 다시 신자리로 돌아가 양손을 흔들며 춤춘다.]

‖감장‖ [신자리에서 왼감장, 오른감장을 돈다.]

‖중판‖ [시리로 다가가 조금 전 뜯어 두었던 떡 두 개를 양손에 나누어 잡고 신자리로 돌아와 양손을 흔들며 춤춘다. 강대원 심방이 시리 하나를 상에 더 가져다 놓는다. 춤을 조금 추다가 손에 잡았던 떡을 각각 당 밖으로 멀리 던진다. 다시 신자리를 돌아다니며 양손을 들고 춤춘다.]

‖감장‖ [신자리에서 왼감장, 오른감장을 돈다.]

‖중판‖ [시왕제단을 향하여 엎드려 무릎을 꿇고 양손을 벌려 어깨 높이로 들어 춤추다가 합장한다. 설쒜를 강대원 심방이 치기 시작한다. 정공철이 일어나 시리로 다가가 큰 시리를 들고 신자리로 돌아가 춤춘다. 소미 이문자가 나와 작은 시리를 들고 역시 신자리로 간다.]

‖감장‖ [소미들이 신자리에서 시리를 들고 왼감장, 오른감장을 돈다.]

‖중판‖ [춤을 조금 춘 뒤에 각각 시리를 하늘로 높이 던진 뒤에 다시 받기를 반복한다.]

‖감장‖ [소미들이 시리를 들고 왼감장, 오른감장을 잠깐 돈다.]

‖중판‖ [소미들이 각각 다시 시리를 던지고 받기를 반복한다. 소미들이 시리를 던져 점을 친다. 소미 이문자는 본향하르방 제단에 시리를 다시 가져다 놓는다. 강대원 심방이 대신 시리를 상에 올려놓는다. 소미 정공철은 액맥이 제단으로 가서 각각의 단골들이 마련해 온 시리를 하나씩

가져와서 놀리기를 반복한다. 마을 대표인 이장이 준비해 온 시리부터 차례로 하나씩 놀린다. 소미 이문자도 함께 단골들의 시리를 놀린다. 소미들이 서로 떡을 던지며 주고받기도 한다. 나까시리놀림이 모두 끝나자 연물이 그친다. 강대원 심방이 시리를 들고 단골들이 모여 있는 쪽으로 가서 인정을 받는다.]

■ 시왕맞이>역가바침>지장만보살

열 말 쏠 데독판 세미 금시리, 동실동실 넘놀리고, 지놀렷구나. [정공철 심방이 액맥이 준비를 하기 위해 신자리로 들어오는 단골들을 향해 말한다.] (정공철 : ᄒᆞᆷ끔 잇입서. 아직 다, ᄒᆞᆷ끔 잇당.) 넘놀렷구나 뛰놀리난, 상구녁 뚤롸단, 삼천군병 지사귀난, 벡근이 못네 찬다. 인정 역게(役價) 받아다, 위올리저 연당 만당, 각오각당 비엿구나. 어 이저 젓도전 갈라다가, 연당 만당 각오각당, ᄀᆞ득이다216) 남은 좌우도전 갈라다가, 본주지관 제민단궐, 각발분식 허난, [정공철 심방이 공싯상에서 요령을 집어 든다. 단골들이 액맥이를 하기 위해 신자리로 모여든다. 다른 소미들이 아직 굿 제차가 끝나지 않았다며 단골들에게 뒤로 물러가라고 한다. 하지만 단골들은 쉬이 물러나지 않고 계속 신자리 주위에서 서성이며 아랑곳하지 않고 액맥이 준비에 서두른다.] 본주지관님은, ᄆᆞ른 떡 먹어, 가슴이 ᄀᆞ웃ᄀᆞ웃217) 허여 온다. 지장만보살, 줴(罪) 만숑(免送) 시겨 드려가며,

■ 시왕맞이>역가바침>군병지사귐

일천 ᄀᆞ를 질은, 아주 절싹 [요령] 휘여 맞앗더니, 삼천시아 군병질이, 와각바각 일어온다. [요령] 어느 시절 울러오던, [요령] 어허허 어어~, 군병질이 [요령] 영 헙네까. 고구려(高句麗) 벡제(百濟) 신라(新羅), 삼국통일

---

216) 채우다.
217) 답답하여 막힐 듯한 모양.

(三國統一) 때에 [요령] 울러오던 군병(軍兵)이여, 김통정(金通精) 난리(亂離)에, 이태왕(李太王) [요령] 국이 등등헐 떼, [요령] 임진웨란(壬辰倭亂) 정유제란(丁酉再亂), 이제수(李在守) 난리에 강오벽(姜愚伯)이 [요령] 오데현(吳大鉉)이 난리에 짐통정(金通精) 난리에, 울러오던 [요령] 삼천 군병질이 와각바각 일어온다. [요령] 아아아~, [요령] 또 이전 데동아전쟁(大東亞戰爭)에 [요령] 울러오고, 우리 제주도 무자(戊子) 기축년(己丑年), [요령] 어~ 악마 ᄀ뜬218) 시절 만난, [요령] 절창에 죽창(竹槍)에 죽어 가고, 얼어 벗어 굶어 죽어가던, 군병이로구나, [요령] 육이오(六二五) 전쟁에 죽어가고 사일구(四一九) 오일육(五一六)에, 남양호 침몰 떼에 [요령] 죽어가던 군병이여, 오일팔(五一八) 십이십이(十二十二)에 죽어가던, 이런 삼천 군병질이로구나. [요령] 아아아~, 어느~, 비헹기 사고에 열차 사고 지하철, 여객선 침몰 떼에 죽어 가던 군병이여. [요령] 아~, 삼천군병 두이로, 청토칼에 청토실명 벡토칼에 벡토실명이로구나. [요령] 쉐219) 잡아 전물제(牷物祭)로, [요령] 받곡, 둑220) 잡아 훼양놀이 받아오던 요런, 삼천 군병질이, 아~ 실명질이 울러온다. 영실이 예춘이, 철복이 ᄀ뜬, [요령] 요런, 군병질이 와각바각 [요령] 일러온다. 요런 삼천 군병질랑, 떡 밥 궤기 술로 허영, 하영하영~, 지사겨 드려가며 오널, [소미 정공철이 요령을 공싯상에 내려놓고, 신칼을 집어든다.] 삼천 군병질랑덜, 곱게 상받앙, [시왕제단을 등지며 바깥쪽을 향하여 쪼그려 앉으며 신칼점을 본다.] 아이고 고맙수다. [일어선다. 신칼을 공싯상에 내려놓는다. 단골들이 신자리 주위로 모두 몰려들어 액맥이 준비를 한다.]

---

218) 같은.
219) 소.
220) 닭.

동복리 본향당 신과세제 시왕맞이 산받음

자료코드 : 10_00_SRS_20100220_HNC_KDW_0001_s15

조사장소 : 제주특별자치도 제주시 구좌읍 동복리 1759번지(동복본향당)

조사일시 : 2010.2.20

조 사 자 : 허남춘, 강정식, 강소전, 송정희

제 보 자 : 강대원, 남, 66세 외 5인

구연상황 : 필요로 하는 단골마다 개별적으로 간단히 액맥이를 하고 산을 받는다. 각산받음을 따로 하지 않기에 각산받음과 개별 액맥이를 함께 하는 것이라고 볼 수 있다.

산받음

■ 시왕맞이>산받음

[강대원(평상복)][심방이 제단을 향하여 앉아 요령을 흔들며 산받음을 진행한다. 이장의 산받음을 가장 먼저 시작하고, 이어 마을 대표들의 산받음도 차례로 한다. 그 뒤에는 일반 단골들의 산받음이 이어진다. 소미

들도 시로 나누어 앉이 단골들의 산받음을 해 준다.][요령] 눌고 오던 시왕, 뜨고 오던 시왕, 명부 데신 시왕 삼시왕 십전데왕, 앞으로 이거 동복리, 천하부촌, 이 므을 토주지관, 한집 데제일로 청하여 각성친, 집안 안텍 천우방엑 허는 목, 이에~ 이거 시왕 뭇고 내린 체서님 전에, 제인정 걸어 올리저 명사실 복사실 허저 헙네다. [요령] 제네려 ○○ 하강헙서. 날은 갈라 갑기는 어느 전, 날이오며 둘은 어느 둘, 이엣 영 허엽건, 예~ 올금넌 경인년 상정월 둘이우다. 초일뤠날 세계각국 중 남선부조 데한민국, 제주도~ 제주시 동소문밧, 나시민 예~ 신구좌읍 동복리, 이 므을 총책임자 뒈우다. 리장님이우다. 원○텍 씨우다. 쉬흔넷 님, 그와 부처 안성방은221) [이름이 적힌 시렁목을 걸어본다.] 윤 씨로 양 양○이, 예~, [시왕제단에 붙여진 축원문을 바라본다.] 저디 양, 윤, 양○이, 윤○탁인.

  [강대원 심방이 이장 부인에게 말한다.]

  (강대원 : 오라방?)

  (이장 부인 : 저 청년훼장.)

  (강대원 : 오라방?)

  (이장 부인 : 아니.)

  예 또 이전에~, 네려사민, 예~ 쉬흔훈 설 님광 또 이전 원○○이, 스물여덥[二十八] 설[歲], ○민 스물늬[二十四] 설, ○행 이엣 스물훈[二十一] 설, 들며 나며 사는 주당 이 므을 총책임자로도 잇곡, 영 허여 허난 오널 이거 집안 안텍 철갈이 원정, 드는 목이근, 뒈여지어 삽네다. [요령] 천우방엑 허저 시왕 뭇고 네린 삼체서, 시관장 맹도맹감 처서님 네립서. 문세 츳지 췌판관(崔判官), 오이 옥항 저승 이승 신당 본당처서(本堂差使) ㄴ립서. 이엣 이 집안, 이엣 제인정 걸어 올리옵거들랑, 에 인명 축 제명 낙루 뒐 일, 나게 맙서근 또 이전에, 모든 이력 귀인(貴人) 선인상봉(善人相逢)

---

221) 안사람은.

시겨줍서. 안평데길(安平大吉) 소원성추(所願成就) 만수무강(萬壽無疆)을 시겨줍서. 축원 원정 올립네다. 질에 맞은 질나자 발에 맞은, 발나자 벡분지 일 천분지 일 만분지 일 억분지 일이우다. 저승 지전 인정이우다. 알로 네려근 사옵시민 주석 ○○ 데벡미(大白米) 돈 천금 은 만량에 [요령] 제 인정 받아 드렴수다.

[강대원 심방이 이장 부인에게 말한다.]

(강대원 : 이거 인칙222) 상에 올려난 거?)

(이장부인 : 예.)

아~ 또 이전은 디려가며, [요령] 알로 네려, 예~ 봄 여름 가을 겨울 [심방이 양손을 모으며 고개를 숙인다.] 춘하추동 스시절, 안평데길 소원성추 만수무강을 시겨줍서. 일사칠구 삼제팔란(三災八難) 궂인 운 겁살(劫煞) 제살(災殺) 천살(天煞) 지살(地煞), 연살(年煞) 월살(月煞) 망신 장승 육여난, 역마살(驛馬煞)이나 육게 화게살이나 인살(人煞)이나 월역(月厄) 시력(時厄), 쌀덜 다 막아줍서. [요령] 막아가며 이 역가를, [요령을 공싯상에 놓고 산판을 집어든다.] 고이 받아근, 네립네까~. [산판점][산판점] 고이 받아근~ 이 군문이~,

[강대원 심방, 점을 치다가 멀리 튀어나간 산판을 주으며 말한다.]

(강대원 : 흐난 술 혼 잔 먹으난 곧 가부런.)

디려가며, [산판점] 일사칠구에 들고 네웨간(內外間)이 [산판점] 경 허민~ [산판점] 큰아덜.

(강대원 : 큰아덜 장게 가켄 안 헴수가?)

(이장부인 : 예?)

(강대원 : 큰아덜 장게 가켄 안 허멘? 아덜?) [산판점]

(이장부인 : 아직은 안 곧는디. 놀암수다게.)

---

222) 아까.

어~ [산판점] 기영 허민~, 정녕코~, [산판점] 봄 여름, [산판점] ᄀᆞ을 겨울이나~, [산판점] 조상 부모 놓은 ᄃᆞ리로, 그도 알곡, 영 허민~, [산판점] 고맙수다. 허건~ [쌀그릇을 쌀을 조금 집어 주위로 흩뿌린다.] 천덕 걸령 [제비점] 지왕 인왕 녹걸리로, [제비점을 본 쌀알을 이장부인에게 준다.][제비점] 에~, 쉬흔ᄒᆞᆫ 설이영 [쌀알을 이장부인에게 건네준다.][제비점] 스물여덥 설이영, [제비점] 스물여덥 설 지금 현제(現在)론, 직장도 엇곡 시름 걱정이 돼여지언 잇수다 허난, [쌀알을 이장부인에게 건네준다.][제비점] 몸은 편안허곡 스물늬 설이나 마씸~, [제비점] 아버지광 돌아온 동갑(同甲)이, 이 아기~ [쌀알을 건네준다.][제비점] 스물ᄒᆞᆫ 설은 어머님광 돌아온 동갑인디~, [제비점][제비점] 어~ ᄒᆞᆫ 여름 절기, [제비점][제비점]

(강대원 : 여름 ᄒᆞ끔 멩심헤사켜. 이 ᄄᆞᆯ, 족은 거.)

(이장부인 : 예?)

[제비점]

(강대원 : 족은 거.) [제비점]

(강대원 : 족은 것이 영 안 줩신게.)

[이장부인에게 쌀알을 건네주며 말한다.]

(강대원 : 족은 거 멩심헤여.)

(이장부인 : 예.)

(강대원 : 여름에. ᄀᆞᆯ아근에. 가벼이 돌아뎅기지 말아그네. 누게 ᄉᆞ나이라도 뭣이옝 ᄀᆞᆮ걸랑 거 주왁헤근에 ᄄᆞ라가지도 말고. 아이 좋은 게.)

[산판점] 경 허민 체서에서, [이장부인이 받아든 쌀알을 입안에 넣고 먹는다.]

(강대원 : 경 뭐 크게에, 뭣은 엇엄직은 헌디. 잇다근에 저 ᄆᆞ을 도제 도액(都厄) 막으멍, ᄄᆞ로 점 받을 거난예. 이장님은 올리[223] 연세로는 경 뒈도 좀 궨찬에여, 어.)

(이장부인 : 예. 감사합니다.)

(강대원 심방 : 올리…….)

(이장부인 : 아덜 직장 촟아지쿠가?)

(강대원 심방 : 응?)

(이장부인 : 아덜 직장 촟아지쿠가?)

(강대원 심방 : 음……. 지금 직장 엇수덴 영이 난디.)

[산판점] ○○○ [산판점] 구시월 [산판점] 팔구월~, ᄀ을 들엉 정녕코 [산판점] 말이우다~.

(강대원 : ᄒᆞᆷ 아방이 어디 걸어삼직허다.) [산판점]

(강대원 : 아방이 ᄒᆞᆷ 걸어. 아방이 걸어근에 뒈받아줴사주. 요셋 아이 덜 부모 말 안 들엄젱 헤도, 좀 아방이 걸어사 애가 빨리…….)

(이장부인 : 놈은 헤 줘도 이녁 아덜은 어디 강 걸지 못 허는 스타일이라부난.) [웃음]

(강대원 : 게메이.224) 게난 그건 어쩔 수가 엇주.)

(이장부인 : 맞수다.)

(강대원 : 예. 어쩔 수가 엇는 거고, 건 집이서가 알앙 헤사주. 우리가 알앙 할 일이 아니주.)

[이장부인이 다른 자식을 가리키며 말한다.]

(이장 부인 : 예. 야이 영 봅서.)

(강대원 : 누구? 스물닛도 아방이영 돌아온 동갑이라도 궨찮으곡, 저 족은 것이 여름 ᄒᆞᆫ 철 ᄒᆞᆷ 멩심헤여. 아니 ᄀᆞᆯ아렝……, 어.)

[이장부인이 합장을 한다.] 인정 받은 거 ᄉᆞ정 받은 거, [액막이용 시렁목과 지전 등을 말아서 집어든다.] 예~, 불천 데꼿으로 술아,225) 환부쩌,

---

223) 올해.

224) 글세.

225) 태워.

느럼수다에~. [심방이 액막이용 제물을 들고 제단을 향하여 고개를 숙인다. 비념이 끝나자 이장부인에게 건네준다. 이장부인이 일어선다.]

(강대원 : 자, 잔도 강 네불곡예.)

[잔과 술병을 건네주며 말한다.]

(강대원 : 요거 영 가정가그네.)

[이하 다른 단골들의 액막이는 생략]

동복리 본향당 신과세제 시왕맞이 엑멕이

자료코드 : 10_00_SRS_20100220_HNC_KDW_0001_s16
조사장소 : 제주특별자치도 제주시 구좌읍 동복리 1759번지(동복본향당)
조사일시 : 2010.2.20
조 사 자 : 허남춘, 강정식, 강소전, 송정희
제 보 자 : 강대원, 남, 66세
구연상황 : 엑멕이는 그 해의 액을 막는 제차이다. 큰심방이 따로 차린 방액상 앞에 서서 요령을 흔들며 진행한다. 마을 대표, 각 성씨 대표, 개인 순서로 진행한다. 끝으로 마을 전체에 대한 엑멕이를 한다. 연유를 말하고 엑멕이의 근거가 되는 사만이본풀이를 구연한 뒤에 대명대충으로 닭을 죽인다. 마지막으로 산을 받아 그 결과를 전한다.

■ 시왕맞이>엑멕이>도엑막음 준비

[강대원(평상복)][이장을 비롯한 마을 대표들이 절을 하기 위해 준비한다.] (강대원 : 그디 이장님 사곡226) 게, 게발위원장님허고 훼장님, 예 저 디 이레 옵서. ᄀ치 절헙서예.) [마을 대표들이 한 줄로 서서 제단을 향하여 절한다.] (강대원 : 절덜 헤지민 좋은 거난예.)

---

226) 서고.

엑멕이

■ 시왕맞이>엑멕이>도엑막음

[강대원(평상복)][심방이 공싯상에서 신칼과 요령, 산판을 들고 신자리로 가서 놓는다. 이어 요령을 다시 들고 서서 잠깐 흔들고는 시왕 제단을 향하여 절한다. 절을 마친 뒤에는 무릎을 꿇고 앉아 고개를 숙이고 두 손을 모은 채로 말명을 시작한다.][요령] 지(座)가 돌고 위(位)가 돌아갑네다. 이엣 본향 무을 데제일(大祭日)로, 이 부락 동복리, 각성친(各姓親) ㅂ름웃도, 상여하르바님 ㅂ름알도, 상여할마님전, 억만 육궤~, 도복(都封) 무르우고(마련하고) 혜로, 칠팔십 년 오른²²⁷⁾ 풍속, 유전(流轉)헤여, 저승 명부(冥府) 데신(大神) 시왕(十王) 삼시왕(三十王), 십전데왕(十轉大王) 문세(文書) 츳지, 췌판관(崔判官) 이 무을, 각성친 명복(命福), 제겨주던²²⁸⁾ 삼멩감(三冥官) 우이 멩감, [요령][마을 대표들이 심방 뒤에서 절을 한다. 절을

---

227) 넘는.
228) 쌓아주던.

마치고 난 뒤에는 무릎을 꿇고 합장한다.] 시왕 멩감 묒고[229] 느려, 데명왕(大明王) 체서관장님(差使官長-)전, 각성바지, 천우방엑 올려, 천왕기(天皇旗) 지드투고, 지왕기(地皇旗) 지하전, 인왕기(人皇旗) 우수리각기, 필부하전 때가 뒈여갑네다 헌디, 무을 부락 도제로, 축원 원정 발괄, 올리저 체서님에, 천우방엑상 출려 놓고, 무을 이장님 게발위원장님, 부녀훼장님~, [요령] 노인훼장 부녀훼장님, 청년훼장님 어촌게장, 헤녀훼장님, [요령] 이에 데신데납(代身代納)으로, 각성친이 나사 열명(列名), 예필줄(禮畢出) 시겟수다. 신이 집ᄉ(執事), 예~ 데신, 축원 원정 발괄, 올리저 영 허여~, [요령] 삽네다. 천우방엑, 상으로 제느려, 하강 협서예-.[요령]

공시는 가신공신, 제저 남선 은부역 서가여리(釋迦如來), 세존불법(世尊佛法) 축원 원정 말씀 원이 안전, 원이 공신은, [요령] 흰 종이에 검은 글발, 붉은 지 은대비, 이승 관(官)과 드는 소지우다. 저싱더레 드는 소지, 붉은 지 흰 글빨, 신이 안전 신이 공시, 벡소지에 벡문안, 벡근 원정 올립니다에~.[요령]

올리옵긴 날과 둘은, 어느 전 날과 둘이오며, 이엣 어느 국(國) 도장 면(面) 무을, 사는 초로인셍들이 드는 원정, 영 허옵건, [강대원 심방이 부인에게 말한다.] (강대원 : 그거 뗑 오라. 어머니.) 세계각국 중 남선부주 데한민국, (강대원 : 저 열명서.) 아~, 호남(湖南) 들어, 일제주(一濟州) 특별자치도(特別自治道) 제주시(濟州市)우다. [소미가 열명서를 가져다주자, 자신의 앞에 바로 놓는다.] 예~ 면은 갈라, 동(東) 십 리 신구좌읍(新舊左邑), 이엣 동복리(東福里) 천하부촌(天下富村) 일흔[230] 양촌(兩村), [요령]

이엣 각성바지 각 불턱, 거주건명(居住乾命) 허여근, 산 이웨다. 사는 이 무을, 이거 이엣 그 옛날은, 천신제(天神祭) 위망ᄒ고 또 이, 부락 이엣 토주지관 데제일로 원정을 드려 오랏수다만은 이젠, 천제(天祭) 본향제(本鄕

---

229) 모시고.
230) 이룬.

祭), 겸허여근, 원정 드는 발괄인데, 부락 총책임자 리장님, 이엣 원○텍 씨, 오십ᄉ 세우다. 정유생(丁酉生) 받아든 공ᄉ이옵고, 게발위원장님 김○만 씨, 오십ᄉ 세우다 정유생, [요령] 받아든 공ᄉ 축원 원정 올리며, 노인훼장님 고○원 씨 칠십팔 세 게유생(癸酉生), 받아든 공ᄉ 부녀훼장님 고○옥 씨우다. ᄉ십구 세 임인생(壬寅生)이고, 또 이전은 청년훼장은 윤○탁 씨, ᄉ십ᄉ 세는, 이엣 저 ○○ 받아든 공ᄉ, 축원 어촌게장 김○선 씨, 또 이전엔근 병신생(丙申生), 헤녀훼장님 원○회 씨, ᄉ십오 세는, [요령] 병오생(丙午生) 각성친 각 불턱, 거주건명 허여근, 사옵네다. 부락 총책임자로, 축원 올렴수다. 그 두에 간사 임원덜이, 만허우다마는 전부 올릴 수 업십네다. 받아 동촉(洞燭)헙서.

양력으로 이천(二千), 십(十) 음력으로는, 뒈여지어 삽네다. 경인년이우다. 입춘 상정월 초이[231]허고, 이엣 일뤳날 어떤 일롭서, 위만천신(威望千神) 공양만신(供養萬神) 축원, 옛 선조 조상, 유전 풍속 똘루와[232] 헤녀마다 이 기도, 축원 원정, [요령] 올리옵거든 각성바지, 먹다 씨다 입다 남아 제겨 연유 아니우다. 천이 감동 신이 신중 발원헙서. 큰 나무 덕은 업수와도 큰 어룬이 덕은, 잇는 법 은왕성 그늘은, 강동 팔십 리를 비추고 그늘루는 법 신이 조상 덕은, 천덕(天德)이우다. 부모덕, 호천망극(昊天罔極) 벡골난망(白骨難忘) 다 갚을 수 잇소리까. 비는 자, 욕 주고 비는 자, 메를 칠 수 잇십네까에~. [요령] 인정 싯꺼[233] 데천바다 띄운 베를, 이엣 파(破)하는 법 업십네다. 드리는 공ᄉ 폐허며 익은 음식 설라 헐 수 잇수가. 유공지제물(有功之財物)일지라도, 주인 모른 음식은, 무언이 불식(不食)이라 허엿수다. 오널 아적,[234] 묘시(卯時) 중에, 이 ᄆ을 토주지관 한집,

---

231) 초(初).
232) 따라서.
233) 실어.
234) 아침.

상궤 중궤 하궷문 열려 조식 이석, 삼석 울렷수다에∙-.235) 삼석 울려두고
또 이전, 이에 브름웃도 상여하르바님 브름알도, 상여할마님 몸상, 설련허
고 각성친덜, 상궤 중궤 하궤 억만 육궤 도봉~ 무엇수다. 어떤 일로 저싱
명부 데신 시왕, 이엣 삼시왕 문세 츠지 췌판관 십전데왕, 삼맹감 오이 맹
감을, 청허여, 굴복 원정이냐 영 헙거든 이거, 헤로 벡년(百年)이 넘은 일
이우다에~. [요령] 그 옛날 이 동복리 무인촌(無人村) 시절, 이엣 저 김녕
(金寧), 밀양 박떽(密陽朴宅)에 하르바님이, [소미 고씨가 꿇어 앉은 이장
에게 말한다.] (소미 고씨 : 펜안이 앚읍서. 이장님. 다리 저립니다예.) [이
장이 그 말을 듣고 자리를 고쳐서 앉는다.] 이엣 저 멸목~ 또 이전은, 뒈
여지어, [심방과 주위 사람들이 이장을 보고 웃는다.] (이장 : 줴인 같아
가지고예, 줴인 같아.) [강대원 심방, 이장에게 말한다.] (강대원 : 줴인이
라.) 이엣 또 이전, 뒈여지어근 삽네다. 이리허여, 사옵신디 밧디 밋거름
헐, 듬북을 허레 오랏단, 물맛 보아오라 산 것이, 이엣 [요령] 이거 각성
바지덜 이에 오란 살앗수다. 초담엔 삼백여 호 넘은, 인구엿수다만은 이
젠, 이벡여(二百餘) 호가 뒐똥 말똥헌, 호수(戶數)가 뒈여지어, 삿수다236)
이리 헌디, 이 무을에 육상(陸上)에 풍파(風波)가 들고. 헤상(海上)에도 풍
파가 뒈여. 부락 각성친이 걱정 근심 중, 이엣 부락 유지덜이 모다 앚고,
이논공론(議論公論)허여, 이엣 부락 겯에 전체 막 촞단 베려보난, 저 데천
바다 게맛237)으로 난데 엇은, 소방상(小方牀) 상여화단(喪輿--), 낙랑선
페도목이, 올라십데다. 그거 올란 허난, 부락 가운딜로, 이에 들러다 놓고,
부락 펜안허게 헤 주민 잘 허쿠뎬 굴아두언, 그만 그걸로 끗이난,238) 돈

---

235) '삼석울림'은 북, 설쒜, 데양 등의 무악기를 늦은 장단, 중간 장단, 빠른 장단 차례로
    울려 하늘에 굿을 시작하게 됨을 고하는 절차이다. 이번 굿에서는 삼석울림은 생략
    되었다.
236) 있습니다.
237) 갯가.
238) 끝이니.

데무심(頓大無心) 허엿수다 헌디, 또 부락에 풍파가 일어난 허난 그떼엔, 어쩔 수 엇이 북촌 사는, 고씨(高氏) 선성님[239] 네웨간(內外間) 홍씨(洪氏) 선성님, 불러 웨영 상정월 초일뤠 초사흘, 초일뤠로, 위망적선[240]을 허난, 살기 편안허여신디, 일본 한국 합방뒈여 절과 당을, 부수우렌 헐 적에 김구장(金區長) 시절입데다. 김구장 시절에 큰일 낫젠 헤연, 신칩잇[241] 할마님 강칩잇 할마님, 임칩잇 할마님, 삼성친이 앞을 사고, 이엣 이 본향을 중산허젠[242] 허고, 또 신칩이 거천, 신칩이 하르바님은 이 울담을, 그때에 둘러근, 사는 디 북촌 고씨 선성님 앞이 간 허난, 고씨 선성님은 양반(兩班) 뒈렌 헤연, 나라에서 통정데부(通政大夫) 직함(職銜)을 줘 부난, 심방 아니허고, 이엣 처가숙(妻家屬) 홍씨 선성님은, 아이고 어떵 허리, 홀 수 엇이 가장님 데투[243]로 중산허연, 일로 오란 모삿수다.[244] 모산 허연 그 떼에 상궤 중궤, 하궤 각성친이 모다 들어, 문짝[245] 모앗수다. 모삿수다 모산 허연 나중 홍씨 선성님이, 무을 도제를 받고 보난, 젊은 청년덜 큰일 나민, 이엣 이 무을 사름덜이 살 수가 엇언, 이리 허난 그때에, 살려줍센 헤연 앙망불급허게 부락에서 불각떼각[246] 이에 출리고 저싱 명부 데신 시왕~, [요령] 전셍 궂던 삼시왕 녹을 먹어 뎅기던 신녜(神女)난, 삼시왕을 어간허고 문세 츠지 췌판관, 십전데왕을 청허곡, 우리 인생에 명복 제겨 주던, 천앙 지왕 인왕, 삼멩감을 청허여 위망적선을 허난, 그떼에 부락 무을 궁리 안, 젊은 청춘덜 불 본 나비 늅뜨듯,[247] 꼿 본 나비 늅뜨듯 허던,

---

239) 선생(先生)님. 여기에서는 심방을 일컫는 말.
240) 여기에서는 굿을 뜻함.
241) 신댁(申宅)의.
242) '중산'은 기존의 당을 본따 새로운 당을 설립하는 일.
243) 대토(代土). 대신(代身)의 뜻.
244) 모셨습니다.
245) 모두.
246) 급히 움직이는 모양.
247) 날뛰듯.

이에 청년덜이 살아나지난, 글지 후로부떠는, 계속 이거 칠십 년 팔십 년
오르게, 이 기도법을 지금꺼지, 유전풍속 허여 오랏수다. 홍씨 선성님 살
다, 삼시왕에 하직허난, 이 ᄆᆞ을 살던, 박씨 선성님이 거영(擧行)허고, 박
씨 선성님이 나이 웬만뒈여 삼시왕, 이엣 하직허난, 또다시 박씨 선성님
몸받던 당줏하님 김씨로, 살아시민 임술셍(壬戌生)이우다. 이에 거엉허여,
못헐 일은 전승 궂인 신녜(神女) 불러 웨영, 안 거 골아주멍 모른 거 이논
(議論)허며, 이엣 [요령] 지금 현제꺼지 기도를 허다가, 혜로 이젠 십ᄉᆞ오
년이 뒈염수다. 이엣 신이 집ᄉᆞ 얼굴 알게 뒈연 허난, 오랑 허여도렌 혜연
오란, 이에 헌 지 후 뒷 혜는, 또다시 김씨 삼춘(三寸) 임술셍(壬戌生)은,
이엣 당베 절베 벗으며, 신베 벗으며 신이 아이 양단 어깨 감아비여 절어
맞아, 그 뒷 혜로부떠는 오꼿 김씨 선성님 임술셍은, 안멩(眼盲)도 멀어지
고, ᄆᆞ음데로 몸을 행동을 못 허게 뒈연 허난, 신이 집ᄉᆞ(執事)만, 이거 계
속 뎅겻수다. 영 허여 사는 디 올금년 영 허영 난 도레(道理)가 만허고, 정
일월 ᄇᆞ름쌀이라, 아니 추웁네까만은 오늘처럼 춥기는 처음이우다. 이레
[요령] 허영 오늘 각성친 ᄌᆞ순덜 안택(安宅) 겸허영, 시왕 ○○○ 처서님
전에 인정 많이 많이 걸엉 받져수다. 훈디 부락 ᄆᆞ을 이에 도액(都厄)으로
천우방액 올리저 헙네다.

　[요령-] 천왕체서(天皇差使) 네립서. 지왕체서(地皇差使) 네립서. 네립서.
멩두멩감(明圖冥官) 삼체서(三差使) 네립서. [-요령] 옥황(玉皇)에 옥황체서
(玉皇差使) 네립서. 저승 이원(二元) 이승 강림 신당 본당 문서 츠지 췌판
관 몸 받은 체서 네립서. 오늘 이거 족은 인정이라도 한 인정 바쩌붙어
질나자248) 발나자249) 네광 전필 칠석단 삼색 물색 이에 저승 지전 인정
주석 사니 에벡미(大白米) 돈 천금 은 만 냥으로 이에 제인정 걸어 올리저
헙네다. 등향상촉지권상(燈香上燭之勸上) 또 이전은 자소지(紫蘇酒) 전통으

---

248) 기원자의 키만큼의 길이를 나이만큼 재어 마련한 피륙.
249) 기원자의 한 발만큼의 길이를 나이만큼 재어 마련한 피륙.

로 이 날 이 시간에 살전 목숨 비고 뒈고 안고 가는 이에 둘고 가는 체서 님에 인정 걸저 헙네다. 이 마을 근리 안에 불휘 없는 ○○ 화덕 ○○ 체서 이에 날 일 막아줍서. 어리고 미혹(迷惑)한 우리 초로인셍 아니우꽈. 노중객사(路中客死) 비명(非命) 악헌 체서 비헹기ㄱ치 ᄂ는 자동차에 체고 갈 일 산 이 경환체서 각성바지 잡힐 일 나게 맙서. 도자 체서나 그 이전에 낭게[250] 전령체서(結項差使)나 또 한 가지 여쭐 말 잇수다. [심방이 두 손 모아 합장한다.] 알로 네려근 사옵시면 삼천 잠수전 일천 어부전 데천 바다 땅 삼고 저 하늘 지붕 삼아 일기 날씨 보며 시간 보며 세경○○○ 거느려 삼천 잠수전더렌 이에 업을 헤영 살고 일천 어부님네는 백발술에 홍낙시 거느려 [요령] 이에 아닙네다. 부락 이장님이나 게발위원장이나 노인훼장 부녀훼장 청년훼장 어촌게장 헤녀훼장님 집안 유지 어른덜 [심방이 시왕상을 향해 합장하여 절을 한다. 단골들도 이에 따라 절을 한다.] 진[251] 밧디[252] ᄌ른[253] 걸음 ᄌ른 밧디 진 걸음 걸을 일 나게 맙서. 그 뿐만이 아니우다. 부락에 사는 ᄌ순덜만 살민 뒙네까? 고향산천 등에 지어[254] 이에 부모형제 버령[255] 직장 똘라[256] 타리(他里)에 강 살던지 물 넘어 강 타도(他道)에 강 살던지 산 넘어 물 넘어 이에 타국(他國)에 강 사는 ᄌ순덜 영 헷져 정 헷져 ᄌ들[257] 일 나게 말아줍서.

- ■ 시왕맞이>엑멕이>도엑멕이>ᄉ만이본풀이

원정 들며 이 방엑(防厄)은 어느 누가 네인 법 네 인 식 영 헙거든 엣날

---

250) 나무에.
251) 긴[長].
252) 밭에.
253) 짧은.
254) '등지어'라고 할 것을 운을 맞추느라 늘인 것. '등지고'의 뜻.
255) 버리고.
256) 따라.
257) 근심할.

엣적에 주넌국 소사만이 부모 약속 빌엉 탄생허영 가난은 지리공스허여 살 수가 없어 허여 좋은 인연 만나 애기 열 낳안 살멍 좋은 가숙(家屬) 만나 좋은 가숙 부름씨로 이에 시장 보레 강 머리 두 곡지 팔고 나서난 베고픈 인생 밥 사 멕이고 옷 벗은 인생은 옷 사주엉 보네고 목 마라 술 기리와 물 그린 인생 물 술 사 멕영 보네고 신발 떨어진 인생은 신발 사주고 노비 없는 인생은 노비 주어 차비 주어 보네고 허단 보난 돈 석 냥 남은 거 그걸로 지레맞은258) 마세조총(馬上鳥銃) 사 앚어 집이 오난 각시 울어가난 각시 앞이 스정허영 이에 군량미(軍糧米)에 좋은 반찬 출령259) [요령] 신산곳 사냥 강 벅년 조상 만나 업어 앚어 집으로 오난 천하 거부제(巨富者)로 잘 사는 디 삼십 술은 나난 죽은 운명이 당헌디 벡년이 조상 말을 듣고 시간 바삐 안으로 스당클260) 밧겻들로261) 천지천황 저싱염랏데262) 신수푸엉 집이선263) 집이서데로 이에 궂 전승궂은 신네 빌어 기도 허곡 ○○○○ ○○ 좋은 삼도전 시커림264)으론 이에 스서만이 타는 말 구안장 세필 데령허곡 높은 펭풍치고 각서출물(各色出物)을 추려놓아 체서에 인정걸어 이에 숩 그 부락에 소필이란 놈은 죽고 스만이는 삼천 년 살아 잇다가 저승 염려왕 부린 강림체서에 잡혀 삼천 년만이도 죽엇덴 말 잇수다. [요령] 강태공(姜太公)이 여든 살아 죽기 억울허여근 체서님에 인정 거난 전 팔십 후 팔십 벡에순 살아지근 죽엇는지 살앗는지 알 수 없는 인력이우다.

---

258) 키만한.
259) 차려서.
260) '당클'은 굿을 할 때 벽에 걸어 제물을 차려 올릴 수 있게 만든 널빤지.
261) 바깥으로.
262) 큰대.
263) 집에서는.
264) 세거리.

■ 시왕맞이＞엑멕이＞도엑막음＞연유

이에 또에 우리 인간 죽일 줴인(罪人)도 인정 걸면 무줴석방(無罪釋放)
허는 법이우다. 무줴석방허는 법인디 이에 근본 경인년 상정월 초일뤳날
이에 부락 이장님 원○텍 씨로 놓은 다리우다. [단골들이 절을 한다.] 게
발위원장님 김○만이 놓은 다리우다. 노인훼장 고○원 씨 놓은 다리우다.
부녀훼장 고○옥 씨 놓은 다리우다. 이에 청년훼장은 윤○탁 씨 놓은 다
리우다. 어촌게장님은 김○선 씨 놓은 다리 헤녀훼장님은 원○희 씨 놓은
다리우다. 이 부락에 일사칠구에 든 조순덜 삼제팔란(三災八難)에 든 조순
덜 올리265) 경인년에 병신년 칠살을 먹어 잇수다. 이에 이런 칠아정명살
을 막아줍서. 겁살을 막아줍서. 직살 적살 천살 직살 연살 원살 망신 창선
연안 역막살 육게 화게살 인살 월살 일살 시살을 막아줍서. [심방 합장하
여 절을 하고 요령을 흔든다.]

■ 시왕맞이＞엑멕이＞도엑막음＞산받음

또이 절리 등장(等狀) 듭네다. 올리잇고266) 알로 네려 신이 조상덕 천덕
부모님덕 호천망극(昊天罔極) 백골남방(白骨難忘)일지라도 다 갚을 수가
잇수가. 응비에기 기롱철리 황게장독도 데령허엿수다. 목숨 깝에 목심 백
여 명 넘고 이백 여 명 가차운267) 인셍덜 명복을 제겨줍서. 이에 하다에
이거 작년(昨年)에 원～ 이장님 원○텍 씨 이에 이거 이에 정칠월에 안텍
허명 ᄀ실268) 들언 이에 이장 선거허영 신이 집사도 ᄒ끔 어중ᄀ랑헹269)
양 난 체얌이카부덴270) 넘은 경험 엇이카부덴 그자 경험삼아 허염시렌 허

---

265) 올해.
266) 올리옵고.
267) 가까운.
268) 가을.
269) 얼떨떨해서.
270) 처음인가해서.

단 뷔레보난 이에 신이 조상덕을 받앗수다. [심방이 합장하여 절을 한다.] 영 허연 하늘 높으고 땅 얖아운 줄 압네다. 신이 조상덕 천덕 부미덕 호천망극(昊天罔極) 벡골남방(白骨難忘)이라도 다 갚을 수 엇수다. 우리 인생 밥 먹어 배분 줄 알고 옷 입어 등 따순271) 줄 아는 인셍이우다. 천왕손 인왕손 지왕손 고뿔 헹불 염질(染疾) 토질(吐疾) 상한(傷寒) 절벽즈손덜 [심방이 요령을 바닥에 내려놓는다. 그리고 옆으로 비껴 앉는다.] 막아줍서.

[고씨 부인이 단골들을 향해 신자리로 나오라고 한다.

(강대원 : 이레 옵서. 이젠. 오세요.)

[단골들이 신자리로 나와 앉는다.]

(강대원 : 이 어촌계장 각신 네무려부런 가불어사? 어촌계장 각신 가부런? ○○○혜영 꿇립서.)

[고씨 부인이 액멕이상을 들고 단골들이 앉기를 기다린다.]

(고씨 부인 : 쑥 들어 앉앙 꿇립서. 손 닫고.)

[단골들이 신자리에 앉아 액맥이상에 손을 내밀어 올리듯이 한다. 같은 동작을 세 번 한다.]

(고씨 부인 : 절 세 번 헙서. 절 세 번 헙서.)

[단골들이 절을 한다.]

(강대원 : 술을 먹으민 입에 술네272) 낭273) 부어 오렌 헐 꺼고.)

(고씨 부인 : 게난.)

(강대원 : 목은 근질근질허고.)

(단골 : 혼 잔 드십서게.)

(강대원 : 아니 아니. 판편 어디 네불엇나? 판피린?)

---

271) 따뜻한.
272) 술냄새.
273) 나서.

(고씨 부인 : 혼저274) 헙서게. 어디.)

(강대원 : 저 가방에 엇나?)

(고씨 부인 : 가방 저디 강 가져와야.)

어~. 에 [심방이 요령을 소미 박영옥에게 준다.] 어~.

(강대원 : 멀리 가지 말앙 잇어, 요레.)

[심방이 신칼을 왼손에 잡으며 말명을 한다.] 이 방액을 시왕 먹고 네려온 데명왕체세사(大冥王差使)야 받넹 허건 [심방이 신칼치메를 오른손에 잡고 신칼을 휘돌려 신칼점을 본다.] 어~ 군문275) 주부다리276) 헙서. [심방이 신칼을 옆으로 밀쳐내고 산판을 잡는다. 단골들은 산판점을 하는 동안에 계속 절을 한다.] 고맙수다. 게민 정○○ ○○○ 맞앙 부락 안네에 큰일이 엇엉 타리에 주순덜 오랑 얼 먹는 건 홀 수가 엇수다게. 경 헌데 이 부락에 에명(列名) 올리고 오널 ○○○○ 상궤 중궤 하궤 억만 육궤 ○○ ○○가는 주순덜양 또 시왕 몿고 데명왕체서에 인정 걸어가는 주순덜에 [산판점] 거어야~ 초제비 이제비 삼제비로근 [산판점] 천게 막음도 고맙수다. 벡산만 말앙 웨상잔 잇인 군문 [산판점] ○○ 분간헙서. 보저. 경 허민 아멩277) 헤도 사월둘 [산판점] 칠팔월 [산판점] 상 받앙 반숭반게(半凶半吉)허건 웨상잔 막음 [산판점] 열두군문 ○~ 헙서. [산판점] 경 허민~ [산판점] 이~ [산판점] 이~ 답다. [합장하고 절을 한다.] 알앗수다. [단골들이 상에 인정을 건다.] 적은 거 한 거 ○○으로 받앙 갑서. 손이 시영278) 받앙가고 입이 시영 먹고 시어 갑네까 이장님도 일사칠구 게발위원장도 일사칠구에 들고 부녀훼장님도 ○○○에 청년훼장님도 이장님 게발위원장님도 7뜬 돌아온 동갑 어촌게장 헤녀훼장도 오귀에 든 몸이난

---

274) 어서.
275) 점사의 한 가지.
276) 점사의 한 가지.
277) 아무리.
278) 있어서.

울고 감을 일 나게 맙서. 멩년(明年) 상정월 초일뤳날 날은 좋은 날이우다. [산판점] 영 허난 그때난 또로 [산판점] ○○○○○○○○○ 허쿠다. [산판점] 조상에서 고맙수다. 영 허긴 [산판점] ○○○○○ 타리 즈순뎁네까 경 흐곡 이 부락엔 이 부락엔 [고씨 부인이 심방에게 작은 약병을 준다. 심방은 그 병을 받아 약을 마신다.] 정월 일물이 열일뤳날 스물일뤳날꼬지 또로 삼월 열일뤳날 오월 열일뤳날 칠월 상둘 열일뤳날 구월 상둘 열일뤳날 이에 각성친덜 본향에 오라근에 살려줍센 허는 [산판점] 부락이고 똔 디보단. 고맙수다. [심방이 신칼을 다시 잡는다.] 시왕데번지279)로 즈부두리, [신칼점] [심방이 절을 한다.] ○○○○.

　(강대원 : 이장님. 절허쪤 허민 돌아나 불고 이놈이 이장 큰일난. 이디 아지망280) 셔이.281) 아지망보다 더 곤282) 사람 엇어. 이레 옵서. 이레.)

　[이장이 심방 옆에 앉는다.]

　저양 뭐야. 흐끔 스월광 칠월광 팔월에 조끔 저기훈 산질은 남수다. 경 허데 크게는 아니고 혹이면은 타리에 즈손덜이 어떵 뎅기다가 이 뭔 일이 당허카 영 헌 걸랑그네 양 뭐 어쩔 수 엇수다게. 경 흐고 이거 정월 오늘이 초일뤠 초일뤠 열일뤠믄 열흘 열흐를 여드레 아흐레 열흘 어 열흘 이 열흘 또로 스무사흘 안네 게믄 흔 십일 십오일 안네라이 십오일 안네에 일로 동쪽이 이장님 어뗘서 급허게 갈 일이 생겨이. 급허게이 급허게 갈 일 생기걸랑 가서 아이고 늦어졍 좀 미안허우뎅 헤그네 스정혜불민 말고 군소리 듣걸랑 말고 에 그 참 넘엄시면은 공은 닦은 딜로 줴는 지은 딜로 군소리 헌 디는 줴가 ○○○쓰고 스정허는 사람은 복을 받는 거니깐 경 헹 넘엄시라. 경 헹 허면은 부모 논 드리 엑이 넘고 엑이 논 드리로 즈순

---

279) 신칼.
280) 아주머니.
281) 있어.
282) 고운.

넘는 체격으로 이장님 하나에 군소리 들어서 굽어 신천허면은 부락에 각 성친이 다 참 명복이 잇일런지 모르니깐 에 경 헹 넘으렌 헴수다.

[이장이 절을 하며 "네. 고맙수다."라고 대답한다. 단골들이 절을 한다.]

(고씨 부인 : ㅎ끔 뜨게 가렌 헌 말이우다. 어디 볼 일 급허게 갈 띠 ㅎ 끔 뜨게 가렌.)

(강대원 : 에. 에 무신 말인지 알암지양. 그디 가근에 ㅎ끔 군소리 뒈라 급ㅎ게 허지 말렌에에.)

[심방이 말을 마치고 신자리에 고쳐 앉는다. 고씨 부인이 쌀을 집어 상 을 향해 뿌리고 쌀그릇에 있던 인정을 정리한다.]

경 허영 천왕체서(天皇差使)도 ○○○○ 인왕체서(人皇差使) 지왕체서(地 皇差使) 소백미(小白米)도 데백미(大白米)도 ○○○○ 에미이 올라 시장 허 기 버친 체서덜 많이덜 제사겨 드리쿠다. 제사겨근 드려가며, [심방이 쌀 을 잡아 공중에 뿌린다.] 천덕 지왕 인왕 ○○ [제비점] 이~.

[심방이 몸을 돌려 제비를 주며 말한다.]

(강대원 : 자. 이장 각시 어디 갓나?)

[단골이 나와 받는다.]

(강대원 : 세봐봐. 멧 방울인지 나 모르켜.)

[제비점] 이 제비로 군문에 경 허민 정령코 [제비점] 큰 욕은 업습네까. 올리 이거에 엿날 무자 기축년 넘으난 올리 경인년은 에 심어단 믄 죽여 테작ㅎ [제비점] 헤우다. 녹을 줍서근 [심방이 제비를 단골에게 준다.] 조 심ㅎ곡 이 부락에 ㅈ순덜은 [제비점] 멩심허영 넘으쿠다. 육상(陸上)에영 [심방이 제비를 단골에게 준다.] [제비점] 헤상(海上)에영 ○○ 뎅기는 ㅈ 순덜이영 [심방이 제비를 단골에게 준다.] 또 한번만 더 주민 아니 [제비 점] 심으쿠다.283) 줍센284) 안 ㅎ쿠다. [제비점] 그~ 에~ [심방이 제비를

---

283) 잡겠습니다.
284) 주시라고.

단골에게 준다.] 지향에 불공덕텍 명사실 복사실 [제비점] 헌덴 말이우까. [심방이 제비를 단골에게 준다.] 삼화지 절체 고맙수다에-. [심방이 합장하여 절한다.]

(강대원 : 산판 줘봐.)

[고씨 부인이 산판을 준다.]

영 허민 막점사 [산판점][고씨 부인이 신자리 옆으로 쌀을 뿌린다.] 상막은 마 영 지나봅서. 지나봐. 어디 올리도 춤 아직도 굴앗주만은 경인년이라이. 아 어찌 헤오년 육십 년 전에 영 헷고 헷는디, 마 아까 이장님한티 곧다시피 영 헤근엔 허고, 만약에 또 게발위원장님이라도 어디 볼 일 잇어근에 시에라도 볼 일 잇엉 강 ᄒ끔 늦게 가정 뭐행 허든간에, 이 유지급덜 첵임자라근에 ᄒ끔에 영 혜근에, 아 미안허우다. 줴송헙니다. 네가 속이 ᄒ끔만 아파불민이 줴는 지은 딜로 헛소리 헌 딜로 엣날도 베염 죽은 딜로 헛놀레 잇다근에 아니 아니 헛놀레 잇다가 헛놀레 헌 사름이 줴 짓엉 죽엇고 테벡산디 간에 테벡산 바위 강 낭 끈엄시난 동네사름은 놀레 갓단 허 그디 오널 테벡산 뭐허젠 그 낭 끈으멍 닥닥헴서. 경 허난근에 테벡이 ○○○○○○○○○○ 그것에 입살에 입살에 오꼿 그 하르방은 줴 짓엉 오랑 집에 오랑 가 불멍 영 헷덴 말도 잇어에. 영 허니깐 그데로 알아가지고 부락에서라근에 아 아무데레 영 헹 궂덴 헨 게 나가 볼 일 잇어 영 갓단 영 혜점구나. 아이 나가 소정혜불주. 아이 미안허우다. 영 헹 넘으면은 그만한 덕은 오쿠다. [단골이 절을 한다.] 뭐 산질 마 뭐 똔 사름덜 ᄀ뜨민[285] 초잔은 ᄒ끔 버작헙디만은 어디 영 자꾸허단 보난 제비도 좋고 에 또 허여노난에 그데로 알고 뭐 타리 사름덜 뭐 허당 어디에 박아정 가는 건 건 뭐 이유뒐 수가 엇는 거고에에.

---

285) 같으면.

■ 시왕맞이>엑멕이>도엑막음>역가바침

[심방은 신자리에 있는 지전, 물색 등을 품에 안고 일어선다. 단골들이 절을 한다.] 드려가며 인정 받은 거 질나자 발나자 멩두멩감(明圖冥官) 삼체서(三差使) 삼시왕(三十王) 부림체서 이에 신이 집ᄉ 을유셍(乙酉生)이우다. ○○○○○○ 품 ᄀ득 안음 ᄀ득 받아들엄수다. ○○○○○○○○○○○○○○○○ ○○○○ 번 역가(役價)우다. 당줏ᄌ순(堂主子孫)덜 이에 ○○ 삼형제 역가우다. 흔 어께로 오랏수다. 성은 강씨로 무인셍(戊寅生)이에 번 역가우다. 이 부락에 오라 또 이젠 알로 네려근 사옵시면 황송ᄒ고이옵데,

(강대원 : 이쪽더레 와. 이 안터레 와. 저펜더레 가 저펜더레 가 잇어.)

또 이젠 알로 네려근 삽네다. 성은 이에 박씨로 병술셍(丙戌生) 받아든 역가우다. 이에 성은 이씨로 또 이에 이제근 뒈여지네근 삽네다. 게사셍(癸巳生) 성은 정씨(鄭氏)로 경자셍(庚子生) 받아든 인정이우다. 우선 삼시왕 부린 멩두멩감 삼처서에 [심방이 시왕상을 향해 고개 숙여 절을 한다.] 받아들며 이에 오널 이 부락에 ᄆ을 본향 제일 헌덴 허난 오랏수다. 성은 강씨로,

(강대원 : 이젠 쉰이냐 멧이냐. 에 마흔여듭 뒐 철이냐. 누구가 게민 김교수가 쉰이라 우이 김교수가? 응응.)

이에 또 이젠 이에 이거 갑진셍(甲辰生)이우다.

(강대원 : 또로 저 교수님은? 허교수님 어 쉰셋.)

또 이젠 성은 허씨로 이에 이거 뒙네다. 무술셍(戊戌生) 이에 받아든 인정이우다. 오고가는 길에 성은 강씨로 이에 신혜셍(辛亥生) 또로 성은,

(강대원 : 뭐이냐 게메 강씨로 거긴 신혜셍 우리 똘보다 ᄒ나 우난 나 안 잊어불어 송가라.)

송씨로 신혜셍이우다. 번 역가 멩두멩감체서에 위올리고 또로 저승명부 시왕 이에 삼처서 옥황 [고개를 흔든다.] 천황 인황 지황 체서 관장님전과

문세 츠지 췌판관 츠지헌 옥황 저승 이승 신당 본당 체서님전더레 이에
이 무을 이장님 원○택 씨우다. 또 이젠 정유셍(丁酉生) 게발위원장님은,

(강대원 : 김 무시거라? 이디 쓴 거 어디 가부런? 김○만.)

[고씨 부인이 역가 속에 있는 열명지를 꺼내 올려준다.]

이에 번 역가우다. 오십사 세 야 이디도 정유셍 노인췌장님은 고 ○자
원자우다. 게유셍(癸酉生) 번 역가우다. 부녀췌장님은 고○옥 씨 이에 또
이 임인셍(壬寅生) 이에 번 역가우다. 청년췌장님 윤○탁 씨 이거 이에 정
미셍(丁未生) 또 이젠으로는 어촌게장님은 김○선 씨우다.

(정공철 소미 : 병신셍.)

(강대원 : 어.)

(정공철 소미 : 병신셍.)

(강대원 : 어 어느 거?)

(정공철 소미 : 쉰다섯.)

(강대원 : 아 너 웨 나보다 먼저 봣나게.)

병신셍 받아든 인정이우다. 이에 또 혜녀췌장님은 원○희 씨우다. 병오
셍(丙午生)이우다. 데오에덜 든 주손덜 하다[286] 이 부락 총첵임자난 에 각
성바지 앞이 잘 헷느니 못헷느니 어 어쩌고 저쩌고 따따부타헌 말 들을
일 다 막아줍서. 이 날 이 시간에 ○○ 목숨 비고 달고 ○○ 가는 체서관
장님 급헌 노중(路中) 객서체서(客死差使) 이에 헹이 바쁜 체서 각성바지
몸 받은 체서 화덕진군 체서우다. 낭게[287] 정령(結項) 이에 봄여름 춘하추
동 수시절 요즘은 온갖 부업으로 모짝덜[288] 살암수다. 헌디 궂인 약도 칩
니다. 궂인 약에 추허여 독약체서(毒藥差使) 갈 일 막아줍서. 어 본향일 무
을 데제일 명부 데신왕 연맞이로 제인정 걸어 막읍네다.

---

286) 제발.
287) 나무에.
288) 모두들.

[심방이 역가를 정공철 소미에게 준다.]

(강대원 : 이걸랑 네불어.)

걸어 가게.

■ 시왕맞이>엑멕이>도엑막음>데명데충·천오방엑

또 이젠 주잔(酒盞)덜 네어가면 알로 네려근 삽네다. 어느 전 하오리까 목숨 값엔 목숨 데령(待令)허젠 헙네다. 이에 천황체서 두에 인황체서 두에 인황체서,

(강대원 : 이걸 뭘로 잡으코 이놈이 발콥데기²⁸⁹⁾ 나 모소완이.)²⁹⁰⁾

[심방이 신자리에 있던 닭을 붙잡는다.] 어~ 이에 뒙네다. 또 이전에 목숨 값에 목숨을 데령허저 헙네다. [심방이 닭을 고쳐 잡는다.] 이에 부락 이장님 원○텍 씨우다. 이에근 정유셍(丁酉生) 게발위원장님 김○만 씨어 정유셍 또 이전에 노인훼장님은 고 ○자 원자우다. 이에 게유셍(癸酉生)이우다. ○○○○○○ 또 이젠 넘어사면은 부녀훼장이우다. 고○옥 씨우다. 이에 ○○셍 또로 청년훼장은 윤○탁 씨 정미셍(丁未生)이우다. 어촌게장님은 김○선 씨 이에 병신셍(丙申生) 이에 헤녀훼장님 원○희 씨우다. 이에 ○○셍 [심방이 열명지를 고씨 부인에게 준다.] 이에 목심 깝에 목심 데령허젠 헴수다. [심방이 닭을 바닥에 놓고 고쳐 잡는다.] 이에 알로 네려 사옵시······.

(강대원 : 아이고 이거. 네불라게.)

[고쳐 잡아든다.]

이에, [심방이 닭을 위로 들었다가 내리며 말한다.]

(강대원 : 이디 므소운 발콥²⁹¹⁾ 잇어부난이, 몸.)

---

289) 발톱.
290) 무서워서.
291) 발톱.

[닭 날개를 잡는다.]

이에 이거 시왕전더레 시왕 뭇고 네린 데명왕체서님전 감네왐수다. [심방이 닭을 위로 올렸다가 내리며 고개 숙여 절한다. 몸을 왼쪽으로 돌려 하르방 제단을 향해 선다.] 알로 네려 이 ᄆᆞ을 토주지관 ᄇ름웃도 이에 상이 하르밧님전 감메왐수다. [심방이 닭을 위로 올렸다가 내리며 고개 숙여 절한다. 단골들도 따라 고개 숙여 절한다. 몸을 왼쪽으로 돌려 할망 제단을 향해 선다.] ᄇ름알또 할마님전 감메왐수다. [심방이 고개 숙여 절한다. 단골들도 따라 절한다.]

감메와 드려가며,

(강대원 : 그디 앚입서. 그디들 앚아.)

[심방이 단골들 있는 자리로 가면서 닭을 단골들 머리 위로 해서 좌우로 넘긴다. 그리고 당 입구로 가서 입구에 서서 말명을 한다.]

어 마을 토주지관 ○○○ 앞으로 몸 받은 문전 앞으로 이에 천오방엑허저 헙네다. 어 경인년 시 상정월 초일뤳날 이에 벡여 이벡여 오른292) 각성친 목심 깝에 목심 데령헴수다. 어 방엑 천우방엑 천우도살입네다.

[닭 목을 잡고 휘돌려 죽이고 당 밖으로 내간다. 강대원 심방이 단골들에게 말한다.]

(강대원 : 나가지 맙서.)

■ 시왕맞이>엑멕이>도엑막음>산받음

[신자리로 돌아가서 공싯상에 두었던 산판을 들고 산판점을 본다.]

(강대원 : 이 체서가이.)

[산판점을 다시 본다.]

(강대원 : 뒈서.)

---

292) 넘는.

■ 시왕맞이>엑멕이>도엑막음>분부사룀

[고씨 부인, 산판을 정리하며 단골들에게 말한다.]

(고씨 부인 : 훈 며칠 조심헙서양.)

[심방이 단골들 앞에서 서서 말한다.]

(강대원 : 나 흥끔 굴으크라. 이장님이. 열흘네 안네카²⁹³⁾ 스무사흘 나곧는 건 음력이라. 오널 양일 며칠인고 아니 양력?)

(단골 : 양력 이십. 이십.)

(강대원 : 이십. 이십이민 이 둘말 어 삼월, 삼월 경 허면은 십오 일 허젠 허면은 삼월 초일 초일뤳날꺼지 오널 이십일이나네 이십날이니깐 이십일부떠 여드레흐고 칠일 그사이라이. 에 경만 알앙 조심헤붑서.)

동복리 본향당 신과세제 상당숙임

자료코드 : 10_00_SRS_20100220_HNC_KDW_0001_s17
조사장소 : 제주특별자치도 제주시 구좌읍 동복리 1759번지(동복본향당)
조사일시 : 2010.2.20
조 사 자 : 허남춘, 강정식, 강소전, 송정희
제 보 자 : 강대원, 남, 66세
구연상황 : 상당숙임은 굿을 마무리하기에 앞서 신들에게 잔을 바치고 그 제물을 걷는 제차이다. 요령을 들고 흔들면서 말명을 한다. 신명을 차례로 말하면서 마지막 잔을 권한다. 끝으로 데양(징)을 치면서 말명을 하여 대를 지우고 굿을 마침을 고한다.

[심방이 신자리로 돌아가 공싯상에 있는 요령을 들고 흔든 뒤에 말명을 시작한다.] 천황기 지두트게 뒈엇수다. 지왕기 지하전 인왕기 오…….

(심방 : ○○○ ○○○○○○○○ 질러레 그레 그 앞더레 부쪄불라게.)

[고씨 부인이 술병을 던져 깨뜨린다.]

---

293) 안일지.

상당숙임

　이에 뒙네다. [요령] 또 이저 어~ 인왕기 오소리 각기 필부 하전떼 뒈엄수다. 이에 [심방이 합장한다.] 올라 옥황상저 데명전 네려사면은 하늘 츠지 천지왕 땅 츠지 지부왕 게랄안쥬(鷄卵按酒) 필부잔이우다. 네려근 사옵시면은 지부(地府) 스천(四天) 산신데왕(山神大王) 스혜용신(四海龍神) 이에 인간 츠지혜여 ○○○○○○ [요령] 또 이저 알로 네려근 삽네다. 초공 이공 삼공 시왕감서(十王監司) 도서 십전데왕 ○○○○ 삼멩감은 오이 멩감 칠팔 도멩감님 막끗잔이우다. 천왕(天皇) 지왕(地皇) 인황체서(人皇差使) 이에 막잔 받아 상천(上天)헙서. [소미 박영옥이 삼주잔의 술을 계란으로 적셔가며 넘긴다. 다른 소미들은 상을 정리한다.] 이에 멩두멩감체서 옥황 저승 이승 신당 본당체서 인정 걸엇수다. 인정받아 왕네노수(往來路需)허며 어서 상천헙서에-. [요령] 즈부일월 상세경이랑 시왕연맞이로 신도업 허여시난 각성바지 너르고 너른 세경땅덜을 다 오곡난 질 육곡번성(六畜

繁盛) 도업 이에 데통(大通)시겨 줍서. 원정 듭네다. [요령] 알로 네려근 사옵시면 각성바지 몸 받은 부군칠성 터신 성주 문전 이에 필부잔이에우다. 또 이젠 신이 조상덜 하오리까 영 허연 상여 옵건 알로 네려근 삽네다. 이에 브름웃도 상여하르밧님 필부잔 드리며 [하르바님 제단을 향해 간다.] 필부잔 드리며 몸상은 철변(撤邊) [요령] 철상(撤床)헙네다. 이에 또 이전에 [할망 제단을 향해 간다.] 브름알또 할마님 상에도 상궤 중궤 하궤 억만육궤 무으며 우철변 알잡식으로 이에 필부 파직(罷祭)이난 좌우점주(座位占住)헙서. 상궤 중궤 하궤 억만 육궤우다. 또 이전 알로 네려근 삽네다. 어느 신전 일월조상이영 영혼님네도 막잔 받으며 [기침] 상천헙서.

드려두고 또 이전 알로 네려삽네다. 하늘 쿨룬294) 신공시로 글선성 불도선성(佛道先生) 곽곽(郭璞) 주야선성(周易先生) 이 ○○○○○ 게랄안주(鷄卵按酒) 필부잔이우다. 알로 네려근 또 이전에 사옵네다. 어느 신이 조상 영 허여 삽네까 이리 하오웁거들랑 황송하고웁데, [요령] [소미 정공철은 월덕기와 제단을 연결한 다리를 걷어낸다.] 이에 명두선성 소미선성 심방선성 자리 당반 기메 보답 출물선성 신이 이에 아니우다. 이 당에 앞던 고씨 선성 홍씨 선성님 박씨 김씨 선성 [소미 박영옥이 공싯상에 있는 삼주잔의 술을 계란으로 적셔 넘긴다.] 이에 신이 집서 당줏 ○○ 몸 받은 어진 조상 천덕 주던 부모님네 앞질 발라주고295) 약밥약술 다 주고 궂인 도엑 축원헤주던 조상 혼 어께로 놀던 조상님네로 성은 강씨로 ○○○○ 받은 조상님 성은 박씨로 이에 병술생(丙戌生) 몸 받은 조상 성은 이씨로 게사생 성은 정씨로 이에 또 이전에 경자생이우다. 웃데 전근 책불일월(冊佛日月) 상감님네도 막잔 받으며 신갈림헙서. 죽어 선성 부도데천명 데선성 산 이 선성 몸 받은 조상덜 [합장하여 절한다.] 이에 신은 신질 물은 물질로난 도걸어 일부(一杯) 혼잔허며 신갈림헙서. [합장하여 절한다.]

---

294) 가린.
295) 바로하여 주고.

동복리 본향당 신과세제 파직

자료코드 : 10_00_SRS_20100220_HNC_KDW_0001_s18

조사장소 : 제주특별자치도 제주시 구좌읍 동복리 1759번지(동복본향당)

조사일시 : 2010.2.20

조 사 자 : 허남춘, 강정식, 강소전, 송정희

제 보 자 : 강대원, 남, 66세

구연상황 : 데양(징)을 치면서 말명을 하여 대를 지우고 굿을 마침을 고한다. 본향 제단
의 궤를 돌로 막는다. 이 대목에서 궤뭇음과 궷문더끔이 이루어지는 셈이다.

파직

철변(撤邊) 철상(撤床)이우다. 드려가며 이에 천지 본향 천지 월덱기도
지도틉네다. 이에 흑신기 지늦추며 ○○○○○○ 필부 파직(罷祭)이우다.
[액맥이상 쪽을 향하여 서서 합장하고 허리 숙여 절한다.]

[데양을 들고 신자리로 간다. 시왕상을 향해 서서 데양을 치며 말명을
한다.] 시왕연맞이 파직이우다. [액맥이상 쪽으로 돌아서서 말명을 한다.]

천왕기 지득투고 지왕기 지하전 오소리 각기 필부 하전이우다. [데양] [하르방 제단을 향하여 선다.] 에 부름웃도 상여하르밧님 좌우 점주헙서. [데양] 부름알또 할마님도 좌우점주헙서. [데양] [신자리로 가며 말명한다.] 어 본향 마을 데제일 필부 파직이우다. [데양] [월덕기를 내린다. 소미들과 함께 제상을 정리한다.]

2. 북촌리

▌조사마을

제주특별자치도 제주시 조천읍 북촌리

조사일시 : 2010.5.~2010.7.
조 사 자 : 허남춘, 강정식, 강소전, 송정희

북촌리(北村里)는 지난 한국구비문학대계 사업 당시 조사지역으로 선정
되지 않았던 마을이다. 그래서 이 마을의 구비전승에 대한 자료가 사실
그다지 축적되지 못하였다. 따라서 이번 한국구비문학대계 조사사업에서
북촌리의 구비전승 자료를 확인하는 것은 충분히 가치가 있다고 여긴다.
북촌리의 구비전승 조사대상은 설화와 민요이다. 이밖에 당굿과 영등굿에
서 살필 수 있는 무가 분야도 있었으나, 기존에 보고된 내용과 겹치는 사
항도 있어 이번 조사에서는 포함하지 않는다.

이번 북촌리의 구비전승 조사는 2010년 5월부터 7월 사이에 집중적으로 이루어졌다. 물론 그 전에도 몇 차례 마을을 방문하여 조사취지를 설명하고, 적절한 제보자를 선정하는 노력을 기울였다. 그리고 경로당을 방문하여 정식으로 조사를 시작하기 전에 친밀감을 형성하는 시간도 아울러 가졌다. 실제 조사에 들어가서는 우선 경로당에서 1차적인 조사를 진행하고 그 결과물의 양과 질, 녹음상태 등을 종합적으로 고려하여 필요할 경우 해당 제보자의 자택을 방문하여 재조사하는 경우도 있었다. 또한 민요의 경우 서로 선후창을 바꾼다거나, 같은 노래를 여러 제보자가 부르게 하는 등의 방법을 사용하여 그 다양성을 살펴보려 하였다.

북촌리는 조천읍의 가장 동쪽에 있는 해안마을이다. 제주시로 통합되기 전에는 '북제주군'에 속해 있었으며, 옛 '제주시'를 기준으로 하면 동쪽으로 약 18km 정도 떨어져 있다. 이 마을의 '고두기엉덕'이라는 곳에서 신석기시대 선사주거지 유적인 바위그늘집자리가 발굴된 것을 생각하면 매우 오래전부터 이 일대에 사람이 거주하였음을 알 수 있다. 민간에서 부르는 마을 이름은 '뒷개'이며, 문헌기록상 16세기의 『신증동국여지승람』을 비롯한 여러 문헌에도 마을명이 나타난다.

2007년 12월 현재 북촌리의 인구는 616세대에 1,597명이다. 남녀의 비율이 비슷하나, 남자가 약간 많다. 각성바지로 구성되어 있다. 북촌리 역시 지난 '제주 4·3' 당시 마을주민 대다수가 몰살당하는 큰 피해를 입었던 곳이기도 하다. 이를 기억하기 위하여 최근 '북촌리 너분숭이 4·3기념관'이 건립되어 역사교육현장으로 자리매김하고 있다. 이 마을의 주요 산업은 농업과 어업이다. 감귤과 마늘농사를 주된 농업으로 하며, 해녀들의 물질도 주요 수입원이다. 북촌리 앞바다에 있는 '다려도'를 중심으로 낚시도 많이 행해진다. 또 이웃 마을인 함덕리의 함덕해수욕장을 찾는 이들로 인해 최근에는 숙박업소도 점점 늘어나는 추세이다. 교육이나 문화생활은 조천리나 함덕리, 또는 옛 제주시 지역 등에서 이루어진다. 마을 내 종교생활은 당굿을 중심으로 무속신앙의 범주에서 행해지는 것이 보편적이다. 다만 일상적 종교생활이라고 할 수는 없으나 정월에 마을 차원에서 지내는 유교식 포제도 매우 중시하고 있다.

이번 조사에서 확인할 수 있는 구비전승 양상은 다음과 같다. 설화의 경우 우선 한 집안의 조상에 관한 이야기를 주로 들을 수 있었다. 또 제주도 무속의례에서 구연되는 서사무가(본풀이)의 내용을 설화로 구연하는 경우가 있었다. 한편 민요의 경우는 밭농사와 물질을 병행하는 마을생업의 양상이 드러나고 있다. 그리고 원래 제주 민요가 아닌 육지의 유희요도 일부 구연된다. 동요와 의식요도 확인할 수 있었다.

▌제보자

고완순, 여, 1939년생

주 소 지 : 제주특별자치도 제주시 조천읍 북촌리 1362번지
조사일시 : 2010.6.11
조 사 자 : 허남춘, 강정식, 강소전, 송정희

고완순은 북촌리에서 1939년에 출생하였
다. 당시 또래들과 견주면 비교적 학교교육
을 많이 받은 편이다. 북촌초등학교와 제주
여자중학교를 졸업하였다. 성격이 활달하고
야무진 편이었다고 한다. 육상도 매우 잘하
여 상품으로 공책 따위를 받아 학업에 보태
기도 하였다. 학업을 마친 뒤에는 육지 생활
을 동경하여 결국 18세에 육지로 나갔다.
마침 고완순의 언니가 강원도 속초에서 살고 있었는데 언니가 있는 곳으
로 가서 처녀시절을 속초에서 보냈다고 한다. 고완순은 강릉에서 다섯 살
연상의 이북 출신 남편을 만나 연애를 하여 29세에 결혼하였다. 남편은
공군으로 직업군인이었기 때문에 결혼한 뒤로는 전국 각지의 공군기지를
돌아다니며 살았다고 한다. 한편 제주를 떠난 지 36년이 지난 1984년에
다시 고향인 북촌리로 돌아왔고 그 뒤로는 계속 고향에서 살고 있다. 고
향에 돌아와서는 어머니를 모시고 살았는데, 특별히 농사를 짓거나 물질
을 하지는 않았다. 남편의 연금도 있었지만 보험회사 경력도 25년에 이를
정도로 나름대로 억척스럽게 사회생활을 하여 가정을 꾸렸다. 슬하에 자
식은 2녀를 두었다. 최근에는 북촌리 개발위원회 일을 맡아서 한 적도 있
다. 경로당 노인들의 일상을 챙기며 돌아보는 것도 특별한 즐거움으로 생

각하며 살고 있다. 증산도 신자이기도 하다.

고완순이 제보한 옛이야기는 주로 외할머니에게서 들은 것이라고 한다.

제공 자료 목록

10_00_FOT_20100611_HNC_KWS_0001 양에목사 조상
10_00_FOT_20100611_HNC_KWS_0002 김녕 강수남과 도체비 조상
10_00_FOT_20100611_HNC_KWS_0003 도체비 조상
10_00_FOT_20100611_HNC_KWS_0004 토산 뱀 조상과 며느리

김래호, 여, 1921년생

주 소 지 : 제주특별자치도 제주시 조천읍 북촌리 622번지
조사일시 : 2010.6.11
조 사 자 : 강정식, 강소전, 송정희

김래호는 조천읍 북촌리에서 출생하였다.
북촌리에서 시집가고 현재까지 살고 있다.
19세에 결혼을 하여 1남 4녀를 두었다. 주
로 해녀일을 하며 생활을 하였다고 한다. 지
금도 갯가의 얕은 바다에서 하는 '굿물질'
을 나간다고 한다.

노래를 어려서부터 농사일과 해녀일을 하
며 자연스럽게 배웠다고 한다.

제공 자료 목록

10_00_FOS_20100611_HNC_KLH_0001 꿩꿩장서방
10_00_FOS_20100611_HNC_KLH_0002 이어 방에
10_00_FOS_20100611_HNC_KLH_0003 혼다리 인다리
10_00_FOS_20100611_HNC_KLH_0004 새야 새야

윤삼례, 여, 1928년생

주 소 지 : 제주특별자치도 제주시 조천읍 북촌리 1276-1번지
조사일시 : 2010.6.11, 2010.6.18, 2010.7.21
조 사 자 : 허남춘, 강정식, 강소전, 송정희

윤삼례는 북촌리에서 1928년에 태어났다.
형제는 모두 6남매이다. 학교를 다녀본 적
이 없어 글을 몰랐지만, 나중에 나이 들어
스스로 글자를 깨우쳤다고 한다. 윤삼례는
17세에 두 살 연상의 같은 마을 사람을 만
나 결혼하였다. 남편은 '배목수'였다고 한
다. 결혼한 뒤 19세에 경상남도 마산으로
가서 지냈고, 37세에 다시 고향으로 돌아왔
다. 슬하에 3남 1녀를 두었다. 고향에 돌아온 뒤로는 농사와 물질을 하며
지냈다. 나중에 57세경에 일본 동경으로 건너가 약 10년을 살다가 다시
돌아오기도 하였다. 가정에 경제적으로 어려움이 있어서 이를 해결하려고
뒤늦게 돈을 벌기 위해 일본에 다녀왔다고 한다.

한편 윤삼례는 마을 안에서 간단한 무속비념을 하며 지낸다. '산신'이
나 '칠성', '불도'에 관련된 비념을 하는 것이다. 특히 아이가 몸이 괴로울
때 '불도할망'에게 빌어주러 가는 일이 많다. 본격적으로 무업을 하는 심
방은 아니고, 마을마다 있는 '삼승할망' 정도의 존재라 할 수 있다. 이런
일은 33세에 시작하였다고 한다. 원래 무업을 하던 집안은 아니었는데,
몸이 아프기 시작하면서 집안일도 잘 되지 않았다. 그러다가 49세에 자신
이 요령을 들고서 어떤 사람이 자신을 막을 수 있느냐며 자신을 막을 사
람은 아무도 없다는 꿈을 꾸었다고 한다. 비념을 하는 데 필요한 '말명'은
특별히 누구에게 본격적으로 배운 것은 아니라고 한다. 삼승할망 노릇을
하는 데에 한때는 주위의 시선 때문에 여러 가지 심적 부담을 느낀 적도

많았다.

윤삼례가 제보한 노래는 마을 사람들과 어울리며 자연히 배운 것이다. 그리고 설화는 집안에서 전해들은 것과, 비념을 하면서 익힌 내용이라고 할 수 있다.

제공 자료 목록

10_00_FOT_20100721_HNC_YSL_0001 남선비
10_00_FOT_20100721_HNC_YSL_0002 불도할망
10_00_FOT_20100721_HNC_YSL_0003 양이목사
10_00_FOT_20100721_HNC_YSL_0004 구실할망
10_00_FOT_20100721_HNC_YSL_0005 윤동지 영감과 미력 조상
10_00_FOS_20100611_HNC_YSL_0001 밧 볼리는 소리
10_00_FOS_20100611_HNC_YSL_0002 아웨기소리
10_00_FOS_20100611_HNC_YSL_0003 ᄀ레 ᄀ는 소리
10_00_FOS_20100611_HNC_YSL_0004 도리께질 소리
10_00_FOS_20100611_HNC_YSL_0005 애기 홍그는 소리
10_00_FOS_20100611_HNC_YSL_0006 서우제소리
10_00_FOS_20100611_HNC_YSL_0007 서우제소리(배코사 소리)
10_00_FOS_20100618_HNC_YSL_0001 행상소리

이원녀, 여, 1928년생

주 소 지 : 제주특별자치도 제주시 조천읍 북촌리 1281-1번지
조사일시 : 2010.6.11
조 사 자 : 강정식, 강소전, 송정희

이원녀는 북촌리에서 출생하였다. 일제강점기에 잠깐 공부를 하기도 하였다. 해방되기 전에 일본군이 들어와서 공부한 사람은 군인으로 나가야 한다는 말에 친정어머니가 월남 갔다 온 남자에게 시집을 보냈지만 살림은 살지 않았다. 당시 나이가 17세였다. 그 후에 부산으로 이주하였는데 해방이 되어서 제주로 돌아왔다. 제주에 돌아와 얼마 안 있어 4·3사건이

일어났다. 당시 북촌리에 사는 사람들이 대
부분 산에 심부름을 많이 했다고 한다. 산에
심부름을 다녔는데, 북촌리에 군인이 주둔
하면서 군인들 식사를 담당하게 되었다. 그
일로 산에서는 군인 편을 든다고 하니까 친
정어머니가 겁이 나서 부산에 사는 언니네
집으로 가라고 해 제주시로 배를 타러 갔지
만 이미 북촌리 사람들은 산을 도와준다는
이유로 수배명부에 올라 배를 탈 수가 없었다고 한다. 그러나 친척이 도
와줘서 부산으로 갈 수 있었다고 한다. 부산에 가자 다시 6·25가 생겨
무서워서 거제도로 이주하였다. 거제도에서 21세에 재혼을 하고 자식은
하나를 낳고 살았다. 농사짓고 물질하며 살다가 남편이 죽자 자식은 남편
집안에 맡기고 제주도로 다시 돌아온 것이 45세였다.

어릴 때부터 허벅장단을 치며 노래를 불렀다고 한다. 장구는 특별히 배
운 것은 아니지만 노래를 하면서 치게 되었다고 한다.

제공 자료 목록
10_00_FOS_20100611_HNC_LWY_0001 물질소리(이어도사나)
10_00_FOS_20100611_HNC_LWY_0002 애기 홍그는 소리(웡이자랑)
10_00_FOS_20100611_HNC_LWY_0003 펑펑장서방
10_00_FOS_20100611_HNC_LWY_0004 행상소리(상여소리)

현덕선, 여, 1928년생

주 소 지 : 제주특별자치도 제주시 조천읍 북촌리 513번지
조사일시 : 2010.6.11, 2010.6.18
조 사 자 : 강정식, 강소전, 송정희

현덕선은 조천읍 북촌리 '삼부락'에서 출생하였다. 1928년생으로 올해

82세이다. 어려서부터 농사와 물질을 하였
고 물질로 채취한 해산물을 제주시까지 가
서 팔았다고 한다. 공부는 하지 못했다. 17
세에 동갑인 남편과 결혼하여, 7남 3녀를
두었다. 딸 둘과 아들 하나는 태어난 지 1
년도 안 되어 죽었다. 남편은 중학교 교사로
직장생활을 하였다. 남편이 벌어온 월급은
도난을 피하기 위하여 '고팡(庫房)' 벽에 붙
여놓기도 하였다. 농사와 물질을 하면서 자식들을 키웠다. 당시 물질하여
미역을 채취하면 1년에 집 한 채를 샀다고 한다. 이렇게 하여 7남매 모두
대학까지 보냈다.

　노래는 어머니에게서 배웠다고 한다. 할머니는 노래를 할 줄 모르고,
친정어머니가 노래를 아주 잘했다고 한다.

제공 자료 목록
10_00_FOS_20100611_HNC_HDS_0001 물질소리(이어도사나)
10_00_FOS_20100611_HNC_HDS_0002 촐 비는 소리(홍에기소리)
10_00_FOS_20100611_HNC_HDS_0003 방에 소리
10_00_FOS_20100611_HNC_HDS_0004 흔다리 인다리
10_00_FOS_20100618_HNC_HDS_0001 말잇기 노래(미뻬쟁이)
10_00_FOS_20100618_HNC_HDS_0002 달구소리

양에목사 조상

자료코드 : 10_00_FOT_20100611_HNC_KWS_0001
조사장소 : 제주특별자치도 제주시 조천읍 북촌리 1362번지
조사일시 : 2010.6.11
조 사 자 : 강정식, 강소전, 송정희
제 보 자 : 고완순, 여, 72세
구연상황 : 북촌리의 1차 설화 녹음은 2010년 5월 27일에 이루어졌다. 당시 경로당에 여자 어르신들이 많이 있었고, 모두 흥겹게 놀이를 하고 있었다. 조사자들은 깨끗한 녹음을 위하여 나름대로 조용한 분위기로 유도하려 하였으나, 주위에 많은 어르신들이 서로 이야기하며 흥겹게 놀고 있었기에 결국 깨끗한 녹음 품질을 얻기 어려운 상황이 되고 말았다. 따라서 제보자에게 따로 조사 날짜를 잡아 다시 듣기를 청하기로 하였다. 그래서 2010년 6월 11일에 제보자의 자택을 방문하여 1차 녹음 당시 들려준 이야기를 다시 들었다. 제보자는 이때 1차 녹음 당시 미처 하지 못하였던 이야기를 하나 먼저 하겠다고 하면서 이야기를 시작하였다.
줄 거 리 : 옛날 양에목사가 어떤 잘못을 하여 유배를 가던 도중에 결국 제주 북촌리 근처의 바다에서 죽음을 맞이하였다. 그런데 북촌리에 사는 한 고씨 어부가 바다에서 고기를 잡고 있는데 마침 배 바닥에 구멍이 나면서 물이 들어차 죽을 위기를 당하게 되었다. 다급해진 고씨 어부는 죽은 양에목사에게 만약 자신의 집에 조상이라도 되려면 배를 막아주고 제발 살려달라고 도움을 청하였다. 그러자 구렁이가 나타가 배 구멍을 막아주었고 덕분에 고씨 어부는 목숨을 구할 수 있었다. 고씨 어부는 배를 끌고 마을로 돌아와 자신의 부인에게 양에목사를 조상으로 모셔야 한다고 말하였다. 고씨 부인은 치마폭을 벌려 조상을 청하고 집안의 광에 모셨다. 이 일로 인해 고씨 집안에는 고씨가 아닌 조상이 생기게 되었다.

그 나 하나가 이제 그 그때 못한 얘기부터 문저296) 헤주크라.

---

296) 먼저.

(보조 조사자 : 예, 예. 잠깐만예. 이것 좀 짜르고.)

웨냐면은 저희들은 고, 높을 고자(高字) 이제 고씨 집안인데, 우리 조상 대대로 이 ᄆᆞ을에서 살앗는데, 그 우리 할아버지 멧 대조(代祖) 할아버지는 어부였었나 봐요.

어부였었는데 그때 당시에는 이 제주도로, 이제 막 그 유배(流配)덜을 많이 왔잖아요. 유배덜은 많이 온데 그 양에목사라는 분도, 그 정, 그 시셋 말로 정치에 개입했다가 유배를 뒛는지 하여튼 뭐를 잘못혜 갖고 막 쫓기는 신세가 돼 갖고, 베를 타 갖고, 막 그 도망을 가다가 이 우리 북촌297) 그 앞바다 어디쭘에로 이제 왓는데, 막 그 뒤에서는 막 적덜이 막 그 쫓치는 사람덜이 와서 막 쏘고 허는데,

저가 얘기하는 거보다는, 그 저 장귀 두둘기고 허던 그 삼춘이298) 얘기 허는 거는 쪼끔 또 틀리더라고. 건데 더 구체적일 수가 잇더라고. 경 헌데 저가 그 조상한테 들은 얘기는, 그래서 막 쫓겨 오는데 하여튼,

총을 맞아서 저 뭐냐 활을 맞앗는지 좌우지간 그 분이 양에목사라는 분이 돌아가셧데요 바다에서. 이제 그 쫓기는 분덜안테 혜서 돌아갓는데, 우리 할아버지네가 어부로 혜서 고기를 막 잡는데, 갑자기 그 베가 물 구멍이 이만쿰 이제 베 바닥에 구멍이 뚧히면서,299) 물이 막 들어와 갖고, 이제 그 베에 막 물이 차서 다 죽게 셍겻데요.

그러니까 막 어떻게 할 줄 몰라서 인제 그 저 조상님을 부르면서,

"양에목사님 양에목사님, 이제 바다에서 이렇게 돌아가셨는데, 만에 만에 하나 저희 고칩에 조상이라도 뒐려면은, 저희들을 살려주십시오. 이 베를 틀어막아서 살려주십시오."

이레서 막 빌어가니까, 이런 큰 구렁이가 나타나 갖고, 그 베에 구멍

<hr />

297) 제주시 조천읍 북촌리.
298) 1차 조사당시 경로당에 함께 있었던 '윤삼례'를 가리킴.
299) 뚧리면서.

뚤린 것을 그 구렁이가 막아줫데요.

막아줘 갖고 이제 이 ᄆᆞᆯ 성창(船艙)으로 들어와서, 들어와 갖고 이제 우리 그 멧 대 할머니안테, 이제 아 이러 이렇게 햇으니까, 이 조상을 이제 우리가 받아들이게 뒈면 받아 들여야 뒌다 헤서, 이제 그렇게 얘길 하니까 우리 그 할머니가, 베치마를 입고, 그 벳머리 베에 나와 갖고,

"우리 양에목사님 양에목사님 우리 조상이 뒐레면은, 이 베치마폭으로, 이제 안주를 허라."고 들어와서,

그래서 허니까, 그 베 구렁이가 우리 할머니 치마폭으로 들어와 갖고, 그래서 이제 할머니가 그 뱀을 모셔 갖고 가서, 안고팡300)에 옛날 같으면 고팡, 거기다가 이제 잘 영 계십센 헨, 모셔논 것이, 우리 고칩에 조상이 뒈버렷답니다. [웃음]

그래서 어떨 때 옛날에301) 이렇게 좀 비는 일이 있으면은, 이제 그 무당 그 분들이, 굿을 헤 가민, 그 분이 꼭 나오더라고.

그래서 그런 그 우리 조상님이 고칩에 조상 아닌 분이 조상이 한 분 셍겻다는 얘기를 들은 거 잇는데 저가 그 얘기를 하니깐, 또 저 삼춘 얘기 허는 건 좀 더 구체적이더라고. 그거를 저 번에, 얘기를 못 헤드린 거고.

김녕 강수남과 도체비 조상

자료코드 : 10_00_FOT_20100611_HNC_KWS_0002
조사장소 : 제주특별자치도 제주시 조천읍 북촌리 1362번지
조사일시 : 2010.6.11
조 사 자 : 강정식, 강소전, 송정희
제 보 자 : 고완순, 여, 72세

---

300) 집안에서 곡식을 저장하여 두던 방.
301) 옛날에.

구연상황 : 지난 5월 27일 1차 녹음 당시 미처 하지 못하였던 이야기를 마치자, 조사자
          들이 당시 들려주었던 이야기를 다시 듣고 싶다고 청하였다. 이미 한 차례 했
          던 이야기라 다시 또 하는 것을 처음에 어색해 하다가 이내 들려주었다.
줄 거 리 : 옛날 김녕에 강수남이라고 하는 부자가 있었다. 하루는 비가 오는 날에 산에
          방목한 말과 소를 돌아보러 갔는데, 거기서 옷도 걸치지 않고 맨 몸으로 말과
          함께 놀고 있는 소년을 만나게 된다. 강수남은 이상하게 여겼지만 비 날씨가
          추우니 그 아이를 데리고 집에 돌아왔다. 그런데 아이는 집에 들어오자마자
          갑자기 천장 위 선반에 올라가면서, 자신이 누군지 아느냐면서 도체비 조상으
          로 좌정하였다. 이에 깜짝 놀란 강수남은 몰라보았다고 빌면서 부인에게 조상
          에게 바칠 옷 등을 장만하라 하여 제대로 입히고, 또 그 뒤로는 어떤 음식을
          하여도 조상에게 먼저 대접하여 잘 모셨다. 그런데 농사일에 바쁜 나머지 하
          루는 조상에게 먼저 대접하는 것을 깜박 잊어버렸고, 이를 뒤늦게 깨달아 부
          랴부랴 집으로 돌아와 사정을 빌며 대접하였다. 조금만 조상을 대접하는 일이
          소홀하여도 집안에 난리가 나니 강수남은 조상 모시는 것을 점점 부담스럽게
          생각하게 되었다. 그래서 강수남은 이 도체비 조상을 떼어내려고 꾀를 낸다.
          놀이를 가자며 이것저것 잘 차려 조상을 데리고 산으로 간 뒤 자신은 궁터를
          돌아보고 올 테니 잠깐 기다리고 있으라고 하고는 조상을 버리고 줄행랑을
          친 것이다. 이를 안 조상은 급하게 뒤쫓아 왔지만 이미 강수남은 말피와 말가
          죽으로 조상이 접근하는 것을 막는다. 도체비 조상은 속았다면서 괘씸해하였
          지만 강수남을 떠나 돌아간다고 하였다.

(보조 조사자 : 또 뭐 저번에 말씀하신 것도 좋고 또 뭐.)

뭐 또 헤여 헤난 거?

(보조 조사자 : 아니 또 헐 수도 잇주게. 저번에 쪼끔 다른 분들 계셔
가지고 녹음이.)

(보조 조사자 : 잘 안뒌.)

(보조 조사자 : 쪼끔 소리가.)

그니간 김녕[302]에, 우리 할머니가 월정[303] 분인데, 김녕에 이제 그 막
잘 사는 집에, 강수남이라는 분이 이제 저기 살앗는데 막 뭐 멧 칸 대궐

---

302) 제주시 구좌읍 김녕리.
303) 제주시 구좌읍 월정리.

(人闕) 막 그렇게 헤서 뭐, 이렇게 살고 몰 그 엣날에는 말 길르는 거를 ᄆ쉬304) ᄆ쉬엉 허주게 게난, ᄆ쉬 길롬덴305) 헨 막 많이 길르는데,

하루는 이제 산에다가 산전(山田)에다가 ᄆ쉬를 막 풀어놔 놓고, 이제 그 흐루에 ᄒ 번씩 ᄆ쉬 보레를 영 가는데, 비가 축축허게 오는 날 산에를 올라가니까, 옷 홀딱 벗은 아이가 이제 고추를 ᄃ랑ᄃ랑306) 메달아 갖고, 그 말허고 가서 막 장난을 치고 잇으니깐,

'아이고 이런 비 오는 날 이 산중에, 어떻게 헤서 저렇게 홀딱 벗인 아이가, 저 몰허고 저추룩307) 헨 놀암신고.'

그 어룬은 막 그렇게 셍각을 헤서 막, 그 비도 맞이니깐 추울 꺼 아닙니깡게 경 허니까 이제 집에 오면서 이제 그 아이를 테워 갖고 집에 이제 도착을 헤서 집 안으로 대문을 열고 이렇게 들어가는데 후닥닥 이제, 그 마루 안으로 뛰어 갓는데 엣날에는 이런 천장에 보면 웨, 영 정살308)처럼 낭 펭상(平床)도 올려 놓곡, 아 저 펭풍(屛風)도 올려 놓곡, 돗자리 제사자리도 막 올려 놓곡 허는 거 잇잖아예. 그 우터레309) 탁 올라가네 탁 앉안 이젠 그때는 "에헴." 허면서 막 이젠,

"음 나가 누군줄 아느냐?" 허멍,310)

이젠 막 그 호령을 막 헌 거라 이젠, 허니까, 아이고 그냥

"예 대감님 이거, 아이고 몰라붸서 막 줴송헙니다." 허멍,

엎드려서 이젠 손이 발이 뒈도록 싹싹 빌어가니, 빌어가면서 이제 자기 부인안테,

---

304) 말과 소. 마소.
305) 기른다고.
306) 무언가가 매달려 있는 모양.
307) 저렇게.
308) 집의 출입구인 '정낭'에 걸치는 긴 나무막대.
309) 위로.
310) 하면서.

"빨리 가서 이제 좋은 걸로, 도포(道袍)랑 옷이랑 이제 바지저고리랑 장만을 헤 와라."

겡311) 이제 그 막 명주로 헤 갖고 장만헤고, 도포도 명주로 헤 갖고 막 흔 불을312) 딱 입히곡 갓도 씌우고, 막 그레서 우에가313) 앉치여서 이제, 지나는데 집에서 하여튼 뭔 손님이 오든 뭐허든 음식을 허든 뭐허든 허면은, 항상 그 도체비 귀신 꺼부터 믄저 떠서, 갖다 상 차려다 바치고, 막 이렛는데 하루는 그냥 이, 엣날에는 조를 조 씨앗을 뿌리면 이 제주도가 화산이 터졌기 때문에, 땅이 막 건조헤서 막 잘 불려314) 브름에 막 뿌리도 일어나불곡, 헌덴 헙디다게 경 허니까, 조를 항상 뿌리면은 물 소 저 말을 막 멧 십 마리 들여놔서 막 그 물 노레 조 불리는315) 노레를 허멍 막 불려.316) 경 헹 그걸 다 밟아 줘. 경 아녀면 조가 심어노민 뿌리가 일어낭 안 자라버리니까, 게 막 그 조를 불리는 그 철이 뒈니까,

아마 그 동네마다, 조를 심으면은 놈의 것도 돈 받으명 강 불려줘야 뒈지 안엠수꽈 게난 이젠 막 어디 불리레사 가게 뒛는지 뭐 어떻게 뒈니까, 꼼막317) 잊어불어네 이제 밥 헤 논 거를, 그 믄저 데접을 못허고 그냥 먼저 가져가버렷나 밭에, 가져가네 밭에 가서 막 한참 일허다 생각허니까,

'아이구 이거 도체비 대감한테, 저 밥 이거 안 떠놔뒁 와졋져.' 헤네,

막 쫓아 완 둘음박질 헨 와네, [제보자가 기침을 한다.] 밥을 영 완 보니깐, 막 그 우리 할머니네 표현에 의하면 솟강알318)에 간, 불을 푸푸 불엄서렌 허는 거라.

---

311) 그래서.
312) 벌을.
313) 위에.
314) 날려.
315) 밟는.
316) 밟아.
317) 깜빡.
318) 걸어놓은 솥의 아래.

[제보자와 조사자가 모두 웃는다.]

불을 푸푸 불엄시난,

"아이고 이거 대감님, 우리 저 잘못헤시난 제발 좌정헤줍서 좌정헤줍서."

막 ᄉ정헨[319] 이젠 또 막 새 밥을 해서 막 그냥 손이 발이 뒈도록 빌고 허니까 이거는 도저 도대체 하인도 멧 십명 잇는데, 쪼끔만 그냥 그 도체비 귀신안테, 어긋난 일 헷뎅 허면 기냥 집안이 기냥 난리국이[320] 뒈싸지니까,[321] 이 강수넴이렌 헌 분이,

'아이고 이건 도저히 이레 갖고는 우리 집안이 이젠 안 뒈니까 이 저 도체비 귀신을 이제 쫓아낼 방법을 연구헤야 뒈겟다.' 헨,

이젠 ᄆᆞ음을 딱 먹고, 흐루는 물을 타고 탁 나와서 산전을, 다 돌아 돌아보레 왓는데 옛날에는, 그 어디에인가 궁터가 활 쏘는 궁터가 잇엇낫뎬 헙디다게. 경 허니까 이젠, 그 쭉 돌아봐 갖고 이젠, 가니깐,

"아 나 버려 놓고 이제 어디 가낫냐?"고 막,

그렇게 막 따져 가니깐,

"아이고 저 대감님, 내가 오늘 대감님을 모시고 놀이를 갈려고 미리 가서 어느 자 지경이 좋은가 가서 이제 답사하고 왓습니다." 영 헨,

"이제 우리 내일은 잘 그냥 음식을 장만헤 갖고 내일은 우리 이제 산으로 저 궁터에 가서, 저기 뭐냐 가서 놀이나 허다가 저 오시믄 안 뒈겟냐?"고,

그렇게 헤서 이제 안정을 시켜 놓고, 하인덜을 이제 모집을 헤 갖고, 내가 내일 이렇게 이렇게 해서 나가거든, 너네는 어떠 어떻게 해라 헤서 이제 다 미리 사전에 이젠 다, 저 모이작전(謀議作戰)을 헤 놓고, 이튿날은

---

319) 사정해서.
320) 난리가.
321) 일어나니.

부인안테 모든 음식이 잇는 대로 거나하게 출려라.

경 헹 그거를 출려 갖고 그 몰 등에다가 짊어지고, 대감님을 막 또 깨끗하게 헤서 모셔 갖고 이젠 그 산에 가서, 막 돌아다니면서 이제 그 장소를 촟으면서 헌디,

"아 저기 어디 활 쏘는 터가 잇엇는데, 저 사람덜이 와서 쏘는 지 안 쏘는 지 저가 확인을 허고 올 테니까, 여기 앉아서 이제 좀 기다렴십서." 헤네,

이젠 자리영 다 페와 놔둰, 음식이영 이제 다 네려놓고,

"나 흔번 여기 쑥 돌아봥오쿠다." 헨 이젠,

간 그 길로 기냥 걸음아 날 살려라 하고 몰을 체촉을³²²⁾ 헤 갖고, 막 집에 들어오니깐 아마 도깨비는 혼자 놔 두고 가서 안 오니까 기다리다가 쫒아 왓겟지, 게 대문 안네 들어오면서 막 하인덜안테 빨리 몰 잡아서 데기허든 거 몰피를 집 주위 삥 돌아가멍, 다 뿌려라 하고 몰가죽을 갖당 그냥 네 발을 열 십자(十字)처럼 대문에다가 착 붙여라 울타리에다가, 경 헹 이젠 방법을 닥 헨 딱 붙여 놧는데, 아니나다를까 도체비 대감이 기냥 바로 쫒아 오난, 몰피 뿌리고 막 경 헤노니까 집에는 못 들엉, 궤씸헌 놈 이제 속앗다 이 말이지, 궤씸헌 이제 넴세 역헤서, 나는 돌아간다 허면서,

겡 헤네 도체비 그 대감을 네쫓앗던 허는 얘기를 들어낫주마씨 우리 할머니안테. 게난 잊어먹기도 좀 헤실 거라 나가.

[제보자와 조사자 모두 웃는다.]

오레 뒈부난.

(보조 조사자 : 게난 그 집은 도깨비 귀신 나간 이후로는 어떵 안 헷덴 마씨?)

아우 어떵 안 헷덴마씨. 경 헨 도체비 귀신 네쫓아둰, 이제 살앗덴,

---

322) 재촉을.

(보조 조사자 : 망허거나 뭐 이런 건.)

게난 망헌 거까지는 나 못 들은 거 닮아뵈여.323)

도체비 조상

자료코드 : 10_00_FOT_20100611_HNC_KWS_0003
조사장소 : 제주특별자치도 제주시 조천읍 북촌리 1362번지
조사일시 : 2010.6.11
조 사 자 : 강정식, 강소전, 송정희
제 보 자 : 고완순, 여, 72세
구연상황 : 도체비 귀신이 나가버려서 그 집안에 안 좋은 일이 생겨 망하지는 않았느냐
는 물음에 마치 갑자기 생각난 듯 바로 이어서 들려주었다.
줄 거 리 : 도체비 조상을 잘 모시면 바다에 해산물을 채취하거나 고기를 낚는 것이 아
주 잘되고 재산이 많이 일어난다고 한다. 하지만 조상을 소홀하게 모시면 집
안이 망한다고 한다. 북촌 마을에도 그런 집안이 좀 있다고 한다.

겐디 도체비 귀신이 망허면은, 좀 망허겟지.

요 요 우리 주위에는예. 요 북촌도, 다 문씨(文氏) 집안이우다게. 뱅
뱅324) 돌아가멍 문씨 집안인데, 그 우리 할머니네 그 동네에서 이제 쑤근
데면서 듣는 얘기에 의하면은, 그 저 바릇325)을 간덴예. 바릇을 가는데
도체비 귀신을 위허니까, 완전 불 일어다나듯이, 막 재산이 막 일어낫는
데, 어떻게 허다가 이제, 소홀허게 돼서, 그 잘 섬기지 아니허는 바람에,
막 이런 손메디도326) 막 썩으면서 막 다 썩고 막 이러면서, 그 망헷덴 헙
디다게.

경 헌 집안덜이 여기에 좀 잇어 이 주위에. 게 그런 얘기들. 게난 도체

---

323) 같아.
324) 빙빙.
325) 해산물을 채취하거나 고기를 낚으러 가는 일.
326) 손마디도.

비 귀신은 잘 섬기지 않으민 집안 망 망허는 셍이라.[327) 경 곧더라고.[328)

토산 뱀 조상과 며느리

자료코드 : 10_00_FOT_20100611_HNC_KWS_0004
조사장소 : 제주특별자치도 제주시 조천읍 북촌리 1362번지
조사일시 : 2010.6.11
조 사 자 : 강정식, 강소전, 송정희
제 보 자 : 고완순, 여, 72세
구연상황 : 5월 27일 1차 녹음 당시 말했던 토산고을 며느리 이야기를 다시 들려주라고
청하자 재차 구연하였다.
줄 거 리 : 옛날 제주 성안에 권력 있고 잘 사는 집안의 어른이 있었다. 하루는 이 어른
이 도내를 시찰하다 토산마을에서 아주 마음에 드는 처녀를 발견하고는 며느
리로 들이고 싶었다. 하지만 토산 출신이라는 것이 마음이 걸려 계속 고민하
다가 처녀가 너무 마음에 드니 결국 토산에 찾아가 혼인하기로 결정하였다.
혼인 상견례를 하는 날 성안의 집안사람들이 대채롱을 가지고 새각시 집으로
가서 상견례를 할 때 아무도 모르게 그 채롱 뚜껑을 열어 상 밑에 놓아두었
다가 상견례 대접이 끝나니 채롱의 뚜껑을 닫아 돌아왔다. 그런 뒤로 며느리
도 시집 와서 잘 살고 집안도 편안하였다. 그런데 어느 날 토산마을에서 친정
아버지가 위독하여 딸을 만나고 싶다는 연락이 왔다. 성안 집안에서는 며느리
를 친정으로 보낸 뒤 그 채롱을 열어 보았더니 뱀이 바싹 말라 뼈만 앙상하
게 남아 있었다. 토산 며느리라고 걱정하였지만 결국 토산마을의 뱀을 성안
집안에 들이지 않을 수 있었고, 그 뒤로도 집안이 잘 살았다고 한다.

(보조 조사자 : 토산고을 메누리 새각시.)

어. [제보자가 웃는다.]

게난 그 옛날에는, 이제 그 제주시는 성안[城內]이라고 우리 클 때도
성안, 성안이렌 헷주게. 그니깐 옛날에 그 성을 싸서 그 문을 달아 갖고,

---

327) 모양이라.
328) 말하더라고.

성 밖에 성 안 이렇게 헤서 살아난 생이라 견디329) 그 성안에 잇는 그,
저 성씨는 모르고, 이제 그 잘 사는 집에 이 어룬이, 어디를 이렇게 뭐 제
주도를 영 어느 마을마다 이렇게, 뭐 이제쯤이면 뭐 도지사(道知事) 그런
뭔지, 읍장님 뭐 이런 뭐 권력을 이제 그런 뭐를 가졋는지, 영 돌아다니면
서 시찰(視察)을 다니다 보니까, 그 저 토산330) 땅에, 그 집안이 잘도 가
서 데접을 받게 됏는데,

딸이 너무너무 이제 무음에 드는 규수감이 잇어 갖고 왓는데 아들을
가졋는데 딱 메누리는 허고 싶은데 토산이라부니까, 그것을 막 걱정을 헤
갖고 이젠 돌아와 갖고 멧 날 메칠을 이제 연구 연구를 하다가, 도저히
이제 그 규수가 너무 무음에 드니까, 이제 연구를 해 갖고 거기다 이제
매파(媒婆)를 보네 갖고 똘을 이렇게 만나고 싶다. 저 메누리로 맞이헤오
고 싶다.

이래서 이제 거기를 촛아가게 됏는데 아마, 말허자믄 좀 이제 그, 아
그래서 이젠, 그 결혼을 시키게 됏다 헙니다. 결혼을 시키고 시키게 됏는
데 이제, 그 웨 사둔집에서 상객덜 이렇게 가잖아요. 그럴 때 그 고운 대
차롱,331) 차롱이옝 허믄 알아졉수가?

(보조 조사자 : 예, 예.)

뚜껑 닫앙 그 음식 허믄 담는 거이. 그거를 이제 잘 고이 이제 창호지
로 이제, 이렇게 깔아 갖고 불라갖고332) 갓는지는 모르겠어 하여튼, 몰
뒤에다가 이제 사투리로 말허자믄 할머니들 말에는 몰또꾸망에다333) 메
여네 이젠 그 집에 간,

사돈 이제 상견례를 해서, 저 허게 됏는데 그거를 탁자 밑에다가 뚜껑

---

329) 그런데.
330) 서귀포시 표선면 토산리.
331) 대나무로 얽어 만든 채롱.
332) 발라서.
333) 말 엉덩이에.

을 요렇게 열어 갖고, 거기다 탁 열어 놓고는 몰르게 놔 놓고 거기서, 그 사돈 접데를 다 받고 난 다음에, 아무도 몰르게 그 차롱을 덮어 갖고 또 물또꾸망에 실러 앚아네 집에 돌아완,

헤니까 메누리도 완전 와서 잘 살고 집이 완전 편안허게 지나는데, 훈얼마쯤 멧 달 멧 년을 지낫는지 좌우지간 지나니까, 그 저 엣날에는 걸어서 다니기 때문에 제주도도 굉장히 멀엇덴 헙디다예. 게 이제 막 정이고 을[334]에서 이젠 막 연락이 완,

'저 아버지가 이제 다 저 죽어가젠 아판 이제 막 유울단[335] 죽어가젠 헴시난, 이제 마주막으로 와그넹에 얼굴이라도 좀 똘 얼굴을 보여 줘라.'

이런 식으로 연락을 허니까, 이제 똘을 메누리를 데리고 경 행 이제 그레 저 보넷는데, 친정아부지 돌아가신덴 보넷는데 친정아부지는 돌아갓는데,

그 메누리를 보네놓고 나니깐 창호지 그 차롱을 열엉 보니까 뱀이, 다 거기서 다 몰라 갖고 녹아 갖고 가운데 뼈만, 앙상허게 남아 잇어서 그렇게 헤서 그 토산을 메누리가 메누리로 데려 와도 그 토산을 받아들이지 안 허고, 이제 그 토산 귀신을 없애버리고 좋은 메누리를 헤서 그 집안이 완전 번창허게 살앗다 허는 얘기,

그렇게 이제 얘기 든 거. 게난예 그 토산 뱀은 북촌도 우리 ᄆᆞ을에도, 좀 멧 집이 잇뎅 허는데 우리 어머니네 살아 계실 때 얘기허는 거 보믄예 토산 뱀은 존존허덴.[336] 크질 안허덴 막 쪼끔쪼끔헌 디, 막 여러 개가 영, 막 잇덴 헙디다게.

그 얘기 들어난 거고 그거 벳기 엇어 미처.

(보조 조사자 : 아니 이것도 막 재밋수다게.)

---

334) 조선시대 정의현 지역.
335) 시들어서.
336) 크기가 작다고 합니다.

남선비

자료코드 : 10_00_FOT_20100721_HNC_YSL_0001

조사장소 : 제주특별자치도 제주시 조천읍 북촌리 9길 25-3번지

조사일시 : 2010.7.21

조 사 자 : 강정식, 강소전, 송정희

제 보 자 : 윤삼례, 여, 83세

구연상황 : 북촌리의 1차 설화 녹음은 2010년 5월 27일에 있었다. 당시 경로당에 여자 어르신들이 많이 있었고, 모두 흥겹게 놀이를 하고 있었다. 조사자들은 깨끗한 녹음을 위하여 나름대로 조용한 분위기로 유도하려 하였으나, 주위에 많은 어르신들이 서로 이야기하며 흥겹게 놀고 있었기에 결국 깨끗한 녹음 품질을 얻기 어려운 상황이 되고 말았다. 따라서 제보자에게 따로 조사 날짜를 잡아 다시 듣기를 청하기로 하였다. 그래서 2010년 7월 21일에 제보자의 자택을 방문하여 1차 녹음 당시 들려준 이야기를 다시 들었다.

줄 거 리 : 남선고을 남선비와 여산고을 여산부인이 부부로 아들 일곱 형제를 낳고 살고 있었다. 하루는 남선비가 무역장사를 위해 나갔다가 오동나라 오동고을로 들어간다. 그런데 거기서 남선비는 메일저대년의 호탕에 들어 가산을 탕진하고 눈까지 멀어 겨우 연명하여 살게 되었다. 한편 여산부인은 돌아오지 않는 남편을 찾아 결국 오동고을까지 가게 되고 거기서 남편을 찾았으나 메일저대에게 속아 물에 빠져 죽는다. 메일저대는 여산부인으로 위장하고 남선비와 함께 고향으로 돌아온다. 이때 다른 아들들과 달리 막내인 녹디생인은 메일저대가 어머니로 위장하였음을 알아차린다. 이에 메일저대는 아들들을 죽이기 위해 거짓으로 병이 든 척 하며, 남편에게 병을 낫게 하기 위하여 문점하여 올 것을 부탁한다. 메일저데는 스스로 점쟁이로 변장하여 미리 가서 기다리고 문점하러 온 남편에게 아들 일곱 형제의 애를 내어 먹어야 낫는다고 말한다. 남선비는 할 수 없이 아들들을 죽여 부인을 살리려 하는데, 마침 이웃집 할머니가 이 사실을 알고 아들들에게 말해준다. 똑똑한 녹디생인은 산돼지의 애를 내고는 형제들의 것처럼 꾸민 뒤 메일저대에게 가져다준다. 메일저대가 거짓으로 애를 먹는 체 하고 마지막 녹디생인의 애를 내어줄 때가 되자, 녹디생인은 다른 형제들에게 달려들라고 외치고 메일저대의 소행을 밝힌다. 메일저대는 변소에 가서 죽고 온 몸은 해산물 등 여러 가지 것으로 변한다. 남선비는 정살신으로 들어선다. 형제들은 오동고을로 가서 물에 빠져 죽은 어머니를 살려내고, 살아난 어머니는 조왕으로 좌정한다. 형제들도 집안 곳곳을 지키는 신이 된다.

그냥 말ㄱ찌 굴앙 허크라이.

(보조 조사자 : 예, 예.)

웨박허듯이.[337]

에 남선ㄱ을 남선부인 여산ㄱ을 여산부인 양도부베가, 이제 유과허게 부과허게 애기는 일곱 성젤[338] 난 살앗는디,

ㅎ를은 우리 제주도 나는 시산지제물(所産之財物)이엔 헌 거는, 메역[339] ㄱ뜬 거 이제 모든 그 갯겻[340] 그 나는 해초(海草)를, 혼 베 전베독석(專船獨船) 엣날은 실러서, 이제 팔레 육지를 나간 거라.

팔레 육지를 나갓는데, 이 섬 중 가도 메역 시세가 엇다. 저 섬 중 가도 메역 시세가 엇다 허난 오동나라 오동ㄱ을을 들어가서 이제 그 메역을 폴레 간디, 그냥 그것이 메일ㅈ데 호탕에 들언 나오지도 못허고 그 사람 호탕에 들언 남데 육데 이제 몰르난,

ㅎ를 아덜 일곱 성제 중에서 똑똑헌 녹디셍이가 잇엇어. 녹디셍이가 잇엇는데 그 녹디셍이가 어머님 그 엣날은 초 초신, 짚데기 신이. 초신을 일곱 벨 삼아서 ㅎ를 안에도, 어멍이 그 초신을 어늣 동안 노를 다 네와서 당헐 수가 없어. 야 ㅎ를은[341] 어머니 가는 디 술짜기[342] 뒤좇아 가니까니, 어머니가 겡변(江邊) 가에 가서, 이 저 고기 나끄는 술이지이. 벡 발 술에 혼 걸 술을 꿰어서,

"남선비야 남선비야, 혼정(魂情) 잇건 머리컥이라도 이제 이 거시기에 올라 와라. 게민 죽은가 산 거를 알겟다." 헤서,

이제 어멍이 허여가니까, 아덜은 술짝 뒤로 물러져서 집이를 와서,

---

337) 미상.
338) 형제를.
339) 미역.
340) 갯가.
341) 하루는.
342) 살짝이.

"이머니기 어디 갓다 옵디가?" 영 허난,

"느네 아부지가 장시처로, 이제 육지를 나가서 연삼년 살아도, 이제 제 오질 아녀니까니 죽엇는가 살앗는가, 느네 아부지 혼정(魂精)이나 건지젠 나가 경 ᄒᆞ그렌."343) 허난,

"경 헐 거 잇수가 굴미굴산 아야산 꼭대기 올라가서 곧은 낭을 비여다가, 상선 중선 어께선을 빚어 이제 멘들아서, 아부지 촛앙 가기가 어찌 허오리까?" 영 허난,

"그것도 존344) 말이엔."

이젠 베를 지엇어. 베를 지어서, 이젠 그 신랑 촛으레 할망이 나갓지. 신랑 촛으레 나가니 이제 '어느 섬중을 가민 좋코?' 허난 오동나라 오동 ᄀᆞ을을 가야, 메역 시세가 좋다 영 허니까니,

이제 그딜 가서 이젠 벳주판을 딱 놔서 닷을345) 놔서, 이제 육로더레 ᄂᆞ리젠346) 허니까니 지장이 밧디347) 고운 애기씨가 앚아서,

"후어 저 새 후어 저 새, 밥주리348)도 욕은349) 깐에 그물 몟인 코에 들어서 남데 육데 ᄌᆞ죽데를 몰람더라. 남선비도 욕은 깐에 메일ᄌᆞ데 호탕에 들어, 데축나무 고까미 집에 웨돌처귀 웨문 돌아 체죽단지 욥이 난 남데 육데 ᄌᆞ죽데를 몰람더라." 영 허난,

그 할망이 이야 아가 이제 ᄀᆞ뜨면 아가씨옝 헐 거지게.

"아가씨야 그 말을 혼 번만 더 불러보라."

"이 어룬아 저 어룬아 가는 길이나 갑서. 놈 노레 부르는 거 웨 당신이

---

343) 했노라고.
344) 좋은.
345) 닻을.
346) 내리려고
347) 밭에.
348) 참새. 달리 '잠자리'를 뜻하기도 함.
349) 약은.

무시걸 헴수까?" 허난,

"아니 느가 저 소리가 조니까니 목청이 이제꺼지 조니까니, 그 소리를 나가 들을라고 헌다." 영 허난,

"훈 번만 더 허렌." 허난,

"후어 저 새 후어 저 새, 이제 밥주리도 욕은 깐에 그물 맺은 코에 들어서 남데 육데 즈죽데를 몰르고, 남선비도 욕은 깐에 메일즈데 호탕에 들어서, 데축나무 고까미 집에 웨돌처귀 웨문 둘아, 체죽단지 욮이 놔서 남데 육데 즈죽데를 몰람더라. 후어 저 새 후어 저 새." 허난,

"그 집은 어딜로 가믄 뒈느니?" 허난,

"요 자350) 넘곡 저 자 넘어서 가다가 보면은, 이제 데축나무 고까미 집에 웨돌처귀 웨문 둘아 이제 살고 잇이난 그 집을 춫앙 갑셴."

이젠 그 집을 춫안 간 이젠 헌디,

"주연(主人) 잇수껜?" 허난,

주연이 잇어. 잇어서 허는 말이,

"아이고 가다가 가다가 헤가 정그난351) 어디 갈 수가 없어서 이제 미안허주만은 여기 흐쏠352) 주연을 머쳐서 나가 밤자리라도 자고 가겟다." 허니,

"안 뒌다고 우리 집인 경 헐 집이 아니라고 안 뒌다."고 허니까니,

"이 어룬아 저 어룬아 벳깃디353) 나갈 적에 우리가 제산을 지영 뎅기는 법이 엇곡 집을 지영 뎅기멍 밧을 지영 뎅기멍, 제산을 지영 뎅길 수가 엇이니, 정짓 구석이라도 빌려줄디 방이 엇이믄 정짓 구석이라도 조난 정짓 구석을 빌려달라."

---

350) 재[嶺].
351) 저무니.
352) 조금.
353) 바깥에.

"게믄 어서 경 협서."

정짓 구석을 빌려준 거라. 정짓 구석을 빌려준디, 이제 주연이 임신더레 허는 말이,

"나가 베 고프고 시장허난 솟을 ᄒ쏠 빌려주면은, 밥을 지어서 내가 그저 밥을 먹기가 어떵 협네까?" 영 허난,

"어서 게민 기영 허렌."

솟을 올안 보니까 기냥 그 체죽 쑤언 먹어난 솟을 씻지 아녀부난 쉐똥 눌듯 그냥 막 눌엇거든. 앞밧디[354] 간 눌려들어 삼수세기 걷고, 뒷밧디[355] 가 눌려들어 삼수세기 걷어다가 아옵 불[356] 열 불, 이제 솟을 씻어서, 헤영영성 쏠을 놔서, 밥을 지엇어.

밥을 지어서 토용칠판(統營漆盤)에 밥을 이젠 들러 앚언 간,

"이 주연이 나광 이 밥을 ᄀ찌 먹읍센."

영 ᄒ는 것이 말을 주고 받고 헤여가지게. 경 허니까니 나도 남선비가 ᄒ는 말이,

"우리 집이 살 적에는 나도, 유과허게 부과허게 애기도 하고[357] 영 허난 살앗는데 나가 춤말로 나도 영 헨 토용칠판에 헤영영성 쏠을 놔서 먹던 거시긴디 나 이디 나오난 영 고셍헤여서, 이렇게 헤서 산다."고 영 허난,

"나가 당신 큰부인이 뒙네다."

영 허난 남선비 이젠 큰부인이 뒙네덴 허난, 이젠 주고받고 이젠,

"어떵 헨 나 이디 신[358] 중 알안 촞안 오라시넨?"

춤 이제 ᄀ뜨면 고셍헤서 살앗다 헤서 하간 만단정훼(萬端情話)를 허노

---

354) 앞밭에.
355) 뒷밭에.
356) 번.
357) 많고.
358) 있는.

렌 허니, 작은 그 메일ᄌ데년은, 욮집이 역 들레 가서 그 등게359) 흔 줌 빌어 뒌장 흔 숟가락 빌고 헤서, 이젠 욮으로 이 담으로 요거 왕 받아가라고 남선비 넴펜안터레 허여도 그 말은 대꾸도 아녀곡 막 방에서 오신도신 허니까니,

'아이고 나 엇어분 동안 어떤 훼양잡년을 돌아다가, 이제 히룡을 헤연 헴신고.'

그냥 돌아오란, 어떤 년 어떤 줄갈보년 오란 영 헤영영성을 이제 이렇게 히룡을 허느냐고 허니,

"아이고 이제 그냥 제주도서 우리 큰어머니가 날 춫아왓다."고 허난,

아이고 그땐

"설룬 성님 어떵 헤연, 영 헤연 알안 춫아 앚언 옵데가?" 허난,

"넴편네 둘앙 가젠 오고렌."360) 허난,

"게민 나도 가 ᄀ찌 가쿠다."

연사을361) 잇어가난 이젠 넴편네를 잘 출려서, 이제는 베더레 이젠 올려놓고,

"이젠 우리가 가 이제 주천강 연네못을 이제 강을 건너가젱 허민, 주천강 연네못디 강 목욕제비(沐浴齋戒)를 헤여야, 우리가 곱게 가 갑니다." 영 허난,

목욕제비를 이젠 허레 가서 이젠 옷을 다 벗어 큰어멍도 옷을 벗고 족은어멍도 옷을 벗엇는디, 이제 저 큰어멍 안터레 영 돌아앚이민 등을 밀어 네겟다고. 등을 밀어 네겟다고 허니까니,

"등을 밀면은 우이로362) 느리는363) 물이 발등더레 지는 건디, 이제 성

---

359) 정미소에서 보리를 도정할 때 나오는 찌꺼기.
360) 왔노라고.
361) 연사흘.
362) 위로.
363) 내리는.

님 그 등을 밀어둬사 나 등을 말쩨랑 밀쿠다." 영 허난,

"어서 기영 허렌." 허난,

큰어멍 등 미는 체 허단에 그냥 물러레 가락 거리밀려부난[364] 큰어멍
은 죽엇거든. 죽으니까니 큰어멍 입어난 옷을 이젠 다 이제 줏어 입언 오
란 남선비안티 완,

"나 그 메일ᄌ데년 족은각시 물러레 빠주아부난 죽엇젠."

이젠, 거짓말 헌 거라 이제. 그 메일ᄌ데년이 큰어멍을 죽여뒌. 경 허난
이젠,

"아이 나가 그 년 덕분에 이제도록 영 살안 고셍헨 눈도 다 어둑어불고
영 헨 헌디, 저 잘헷젠."

경 헨 이제 베가 이젠 밤바당 제주절도(濟州絶島) 와 가니 아기 일곱 성
제가 이젠 나삿어. 큰 거는 나처럼 ᄒ쏠[365] 머리빡이 멍청헷던ᄀ라,[366]

"저디 베 오는 거 우리 아바지도 왐져 어머니도 왐져." 허니, 족은아시
가,[367]

"우리 어머님이 아니우다. 오건 봅셍."

"아이고 어머님 아바지 막 저 베에 다 왐젠." 경 헤서,

"설룬 성님 집이 가서 어멍이 이디 와서 개맛디 다 은돈지 금돈지에 와
서 데여서, 개맛 안터레 들어 왕 집이 촛앙 강, 밥을 헤 놓을 적에는 밥그
릇을 선하도척(先後倒錯) 시겨가건, 우리 어멍 아닌 중 압서."

영 이젠 들어오난, 큰아덜은 갓을 벗어 ᄃ릴[368] 놧어이. 큰아덜은 갓을
벗어 ᄃ릴 놓고 두 번찻 아덜은 이젠, 저 두루메길 벗어 ᄃ릴 놔서 세 번
쩻 아덜은 이젠 저고릴 벗어 ᄃ릴 놔서, 넷찻 아덜은 바질 벗어 ᄃ릴 놔

---

364) 떠밀어버리니.
365) 조금.
366) 멍청했었는지.
367) 작은동생이.
368) 다리를.

서 다섯찻 아덜은 이제 보선을 벗어 드릴 놔서. 이젠 ㅇ섯찻 아덜은 이젠 신을 벗어 드릴 놔서.

게난 일곱차 똑똑헌 녹디셍인 이젠,

"어머니 혼저 느려옵서. 느려와그네 가게."

혜영 혼저 앞서 가난, 이디레 강 주왁 저디 강 주왁,

"아이 어머님 그동안 웨 집을 못 촟아 이녁 집을 못 촟아 갑니까? 어머니."

"아이구 얘야 그 말 말라. 바당 베를 안 타다가 오레만이 베 타난 멀미 허연 집을 못 촟아가켜." 허난,

"어서 나 앞으로 오저 나 뒤에서 따라옵서." 혜연 이젠,

남선비네 집을 들어왔다. 들어오니까니 어머님이 이젠,

"베 고프난 시장허난 밥이나 헙센."

밥을 혜연 앗아오는 거 보난 문딱 선하도착(先後倒錯) 시긴 거라. 이젠 큰성님안터레 족은아시가 허는 말이 녹디셍이가 허는 말이,

"저거 봅서 우리 어멍 아니우다."

경 허연 헷는데, 야 ㅎ를은 삼천서당 스천서당 일곱 아기가 성제(兄弟)가 이젠 공불 허레 갓어. 공불 허레 가니까니 이젠, 어떤 망고할망이 엣날은 술캇불도369) 네곡 그 불을 성냥이 엇인 때지. 불을 네연 이제, 불을 담으레 이젠 그 집엘 간 거라.

"불이나 잇건 ㅎ쑬370) 도라."

"우리 솟강알에371) 강 디병 봅서. 불은 엇수다."

불은 엇덴 허난에, 게난 남선비가 칼을 박박 굴암시난,

"거 칼은 무시거 쓰젱 굴암서?" 허난,

---

369) 솔불도.
370) 조금.
371) 솥 밑. 아궁이.

"아유 우리집에 안부인이 아판 다 죽어가난, 세 밧디[372] 가 점을 허난 훈 말에 지난, 아덜 일곱 성제 애를 내어 먹어야 이제 벵이 조켄 허난, 아덜 일곱 성제 애 네여 먹젠, 애 네어당 병을 각시 병을 아긴 나민 애기고 이젠 허젠 헴수덴."

영 허연, 그치룩[373] 허니까니,

'아이고 요런 시상(世上)이 어디 시린.'[374]

경 혜여서 이젠 경 허다가 또 이젠 동더레 탈탈 저 서더레 탈탈 이젠 둥글멍,[375] 이젠 점을 이젠 훈 번 쳇 번은 이젠,

"올레동산 저 굴동산에 가 봅서. 맥[376] 저 맥 써 앚인 점젱이가 시우다."

이젠 뒷담으로 넘어간 거라 메일ᄌ대년은, 그 넴편네 눈 어둑언 더듬더듬 올레로 가는 동안. 겡 간 점을 허난에,

"아덜 일곱 성제 애 네 먹어사 허쿠덴." 허난,

"경 헤사 병 좋구덴." 허난,

"아이구 나민 애기주만은 어떵 이녁 난 아길 경 헐 수가 잇수가?"

"게도 애기 애 네 먹어사 좋구덴." 허난,

이젠 그냥 또 둥글둥글 저 그냥 투닥투닥 걸어오는 동안은, 또 담질 헨 또 오란,

"이제 아야 베여 아야 베여 자라 베여 아야 베여." 헤 가난,

"가난 아덜 일곱 성제 이제 애 네 먹어사 벵 조켄 헴젠." 허난,

"아이구 경 혜도 어떵 이녁 난 애길 잡앙 애 넹 먹을 수가 잇이꽈. 벵을 좋덴 헤도, 요디 세밋동산 강 봅서. 이제 구덕 씨연 앚인 점젱이가 시

---

372) 군데.
373) 그처럼.
374) 있으리.
375) 뒹굴면서.
376) 먹서리.

난 그 디 강 물어보민."

아 이젠 또 그레 더듬엉 가노렌 허난 또 뒷담질 헨 또 간 또 이젠 간 춤 구덕을 썬 앚인 거라. 경 헨 이젠 앚안 이젠 허연 점을 허난,

"아덜 일곱 성제 애 네 먹어사 이젠 병 조켄." 허난 이젠,

그 아덜 일곱 성제를 이젠,

'아이고 경 헤도 애기 혼 베에 세 개씩 두 번 나민 ᄋᆞ섯 개, 하나만 더 나민 세 번만 나민 일곱 성제 날거건 만은, 게민 어떵 허민 조리.'

또 걸어오노렌 또 그냥 또 넘어 튀언 또 오란,

"아야 베여 자라 베여." ᄒᆞ는 거라.

아야 베여 자라 베여 ᄒᆞ난에 이젠 그냥,

'어떵 허민 좋으리.'

"이제라그넹에 올렛동산 강 보민, 그디 저 굴체377) 써 앚인 점젱이가 시난, 가그넹에 점을 강 헤 앗엉 오렌."

가난 그디도 가난,

"일곱 아기 일곱 개 애 네먹어사 조켄." 헴젠.

아덜 일곱 성제 이젠 나민 아기고 이젠 벵을 사름 살리젱 허민 아덜 일곱 성제 에를 넨다. 아 이젠 또 두글두글 오는 동안 또 그냥 서방 몰르게시리, 그냥 또 오란,

"아이구 베여 아이구 베여." 헤여 가난 이젠,

아 춤 칼을 굴앙 이젠, 아덜 일곱 성제 애를 네젠 허는디, 그 망고할망이 불 담으레 갓단,

"거 무시거 허젱 굴암시니?"

"아덜 일곱 성제 애 네여그네 먹어사 우리 집이 사람 벵 조켄 헴수덴." 허난,

---

377) 삼태기.

"아유 경 허녠?"

영 헨 그 할망은 나완, 남선비 아덜덜 일곱 성제가 이제 어딜 가시니 혼저 나오라 헤연 삼천서당 스천서당 간,

"너네 집이 간 보난 너네 아방 느네 일곱 성제 잡앙 애 네젠 칼을 굴암더라." 허난,

이젠 그냥 일곱 성제가 다 나오란, 똑똑헌 녹디셍이가 허는 말이,

" 섯378) 성제는 다 올레 벳깃디로 사십서. 나가 어떤 수단을 부려도 아버지 칼을 빼여 앚어 오쿠다."

영 허난 이젠 칼을 간 이제 춤 수다,

"아바지 잘 하는 짓이우다만은 아바지 손으로 어떵 아덜 일곱 성제 앨 네쿠과?"

나 칼을 나 족은아덜이 헌 말이,

"칼을 나주면은 나 손으로 일곱 성제 저   섯 성제 애 네당 어머님만 살아나민, 이제 날라그네 아바지 손으로 날 잡앙 어멍 멕영 살립서." 경 허난,

"아이고 경 허렌."

헤영 칼을 네여줘서. 이젠   섯 성제 일곱 성제가 굴미굴산 아야산으로 올란 산으로 가단가단 지치난, 웅그낭 그늘에 이젠 일곱 성제가 무정 눈에 좀이 든 거라. 무정눈에 좀을 드난에, 산신이 나완 꿈에 선몽(現夢) 시긴 거라.

"설룬 애기덜아 이제 저 사심이.379) 노리380) 깡녹(角鹿) 그 사심 오는 거는 산신(山神)이여. 걸랑 건드리지 말라. 이제 산톳381) 일곱 마리가 느

---

378) 여섯.
379) 사슴이.
380) 노루.
381) 산돼지.

리왐시니까니382) ᄋ섯 마리 씨전중 헐 거 하나만 넹겨뒁, ᄋ섯 마리라그넹에 잡앙 앗앙 강 보민 알아볼 도레가 잇어진다." 허난 이젠,

경 헨 깨난383) 보난, 사심은 왐시난 건 산신이난 네불고 이젠 그냥 첨 산톳 일곱 개 이젠 느려왐시난, 하나 씨전중 헐 거 네비뒌 ᄋ섯 성제 이젠 ᄋ섯 갠 앨 잡안, 네여 앗언 오란,

"성님네 다 울성(鬱盛) 뱃겻더레 그냥 ᄆᆞᆫ 집중행 상, 일곱 성제 혼정 잇건 왈칵 눌려듭서 헐 때라그넹에 왈칵 눌려듭센."

겡 이젠 그 똑똑헌 첨 녹디셍이가 이젠 그냥 무신 들어가네 이젠,

"어머님 애 네언 ᄋ섯 개 애 네언 성제간 꺼 애 네연 와시메 혼저 어머님 이거 먹엉 살아납센." 허난,

"아이고 애야 설룬 아가 느 앞 느 방 안에 놔그넹에 나가 그 앨 먹어지느냐. 저 거서기 뱃깃데384) 강 느가 시민 나가 나 먹으켜." 경 허난,

"어서 게민 경 헙서."

뱃깃디 나오란에 이젠 손꾸락에 춤385) 발란 문구냥을 똑기 뚫븐 거라. 뚫번 보거들랑 입바우더레 피만 묻히는 체 허멍, ᄆᆞᆫ딱 이젠 자리 알러레 묻어논거라. 이젠 다 먹을만 허난 눌려들언,

"이젠 어머님아, 어떵 헙데가?"

"그거 먹으난 아유 애야 눈이 베지근헌 게 살아지켜." 영 허난,

"게민 어머님 저 나 자난 방을 치와뒹그넹에, 날랑 아바지 손으로 애 네당 어머님을 안네건 먹엉 살아납서." 경 허난,

"기여 경 허켜. 영 헌디 중벵(重病) 든 디 방 치운덴 말을 누게가 허여니. 안 뒌다. 저 중벵이 든 디 방은 못 치웁나." 허난,

---

382) 내려오니.
383) 깨어나서.
384) 바깥에.
385) 침.

"게민 어머님 나 동무릅더레386) 눕서 어머님 머리에 늬라도 잡아뒹 강나 하직으로, 아바지 이제 애 네당 안네건 어머니 먹읍센."

"어서 게민 경 허라."

동무릅에 이젠 눈 것이 훌근387) 이는 이젠 지동을388) 삼고 줌진 니는 오독독 죽여가는 체 허연, 혜 가난 무정눈에 줌이 들언 스르륵허게 줌 들어가난,

"ᄋᆞ섯 성제 혼정 잇건 왈칵 눌려듭센."

허난 그냥 왈칵 눌려든 거라. 왈칵 눌려드난 이젠 그냥 메일즈대년은 그냥 엉겁질에 그냥 벳깃더레 뛰언 나온 것이, 이제 벤주389) 이제는 이 벤주주만은 그 옛날은 지들냥390) 잇인 벤주 아니라게. 경 허난 지들낭네 강 머리 퍼주완 ᄀᆞ루391) 걸어전 죽엇어. 죽으난에 이젠 춤 이 어멍을 이젠 어떵 허린 이젠, 그냥 머린392) 비여다가 머린 비여다가 물러레 데껴부난 페머리, 물에 가민 페 닮은 거 등글등글 영 허는 거 잇지. 머리○○에 페머리가 뒈고, 이젠 또시 눈은 이제 드가린393) 둘롸다가394) 이제 돗도고린395) 마련허고, 눈은 둘롸다가 천리통을 마련허고, 이젠 이 코는 침통을 마련허고, 입은 방송국을 마련허고, 귀는 전화국 전화 마련허고, 좃통은396) 둘롸다가 데껴부니까니 훼섬(海蔘)으로 마련허고, 훼섬 물에 바당에 훼섬, 이제 여즈(女子) 거난 여즈 가음은 둘롸다가 물러레 데껴부니 암천

---

386) 무릎에.
387) 굵은.
388) 기둥을.
389) '변소'를 뜻함.
390) 사람이 변을 볼 때 양발을 디디도록 되어 있는 재래식변소의 발판나무.
391) 가로.
392) 머리카락은.
393) 대가리는.
394) 도려내어.
395) 돼지 밥그릇을. '돗도고리'는 돼지에게 먹이를 주기 위해 돌로 만든 그릇.
396) 젖통은.

복[397] 숫천복이[398] 뒈고 이제 또 또꼬냥은[399] 둘롸단 데껴부난 물문주리[400] 물에 강 영 저 불룩허게 나온 거 영 건들민 쭉허게 그냥 건 물문주리 말이엔 허고, 이젠 손은 풀은 이젠 끈차다가 데껴부니 이젠 쉐시렁[401] 은가지가 뒈고, 이젠 이 허벅다린 끈차단 데껴부난에 이젠 저 지들낭 마련허고, 이젠 다리는 이젠 요거는 끈차다가 이젠 물러레 데껴부니까니 이제 그거는 이젠 저 거시기 곰베[402] 옛날 곰베이, 저 그런 거 잇주게. 겨난 곰베 마련허기 곰벨 마련헤연 남은 거 각각이 ○○○ ○○○ 뎅기단,

아바지를 죽이젠 허난 아바진 나난 아바지라도 죽이젠 허난, 정살낭[403] 에 둔단[404] 걸어정 죽으난, 남선비는 어구를[405] 직허여서, 어구장군으로 앚아서 그 집이, 이 운 엇인 때 뭣을 고쩌 뎅기민 동티 불러주기 마련 동티이. 동티 불러주기 마련헨 허난 이젠, 경 헨 이젠 마련 시겨 뒌,

이젠 서천꽃밧 들어가 은꽃 금꽃 어미 환생꽃을, 술 올를 꽃 이제 뻬살아날 꽃 술 올를 꽃 올를 꽃 피 올를 꽃, 이제 말 굴을 꽃 웃임 웃일 꽃 이제 몬 거꺼 놘에 이젠 서천꽃밧 들어간 거꺼 놔서 이젠 상선 중선 어게선을 타 앗언, 이젠 아방 이젠 어멍 춫으레 간 거 아니. 어멍 춫으레 이젠 저 동경국 버물왕 땅은 거시 이제 메역시세가 이제 좋다 허난, 저 거시기 이젠 오동나라 오동フ을을 간 거라.

오동나라 오동フ을을 간 이젠, 영 이레 저레 뎅기노렌 허난에, 그 물이 이젠 물통에 간 그 어멍은 죽여부난, 물통에 시난, 이젠 들어가서 이젠 은

---

397) 암전복.
398) 숫전복이.
399) 항문은.
400) 말미잘.
401) 쇠스랑.
402) 곰방메.
403) 정낭에 걸치는 나무막대.
404) 달리다가.
405) 어귀를.

봉체로 금봉체로 삼시 번 네후리난 혼정으로 ○○ 허는 거주 물은 ㅂ짝 붓따서.[406] 어멍 뼤떼기가[407] 슬그랑[408] 잇이난 ㅈ근ㅈ근 줏어 놔서 피 올를 꼿 술 올를 꼿 살아날 꼿 말 ᄀᆯ을 꼿, 웃임 웃을 꼿을 노안 삼시 번 후리난 와들렝이 일어난,

"설룬 아가 봄줌이라 너미[409] 자졋져."

이제 어멍이 살아난 거라. 어멍이 살아나난 '어멍 누워난 흑인들 무사[410] 네어불리.' 이 흑을 담아다가 옛날은 이 심방덜 빌어당 막 큰굿 허민 그 애기 나젠 불도맞일[411] 허거든. 게난 족은굿에는 이제 그 일월맞이[412] 굿 허는 디는, 이제 일곱 방울, 애기 나는 불도맞이 헤여그네 이제 그 동글동글 헌 떡을 헤연 데막뎅이로 꿰여그네 영 헹 싱거놓고, 또 이젠 큰굿은 허젠 허민 열네 방울, 이제 경 헹 그 떡을 멘들앙 허기 마련헤연 허난 이젠, 그 흑을 이젠 남은 흑은 이젠 저 담아다가 뭘 허느냐 허면은, 어멍 나 누워난 흑을[413] 족헌[414] 흑을 네불랴 담아다가, 큰성님은 가운데 고냥을 떠서. 시리, 시리 뚤롸, 또 이젠 그 중간 이젠 아시덜은[415] 이젠 다 돌아가멍 이젠 벵벵허난 그 시리 고냥이 가운디 것만 크지, 그거 너미 간 뚤롸분 거라. 게난 이젠 일곱 그 고냥이 이젠 셍기지 아녀서.

경 헨 이젠 헤 나난,

"어머님은 너미 오래 사난, 어머님은 조왕으로 앚아그넹에 불추멍[416]

---

406) 말라서.
407) 뼈가.
408) 고스란히.
409) 너무.
410) 왜.
411) 불도맞이를. '불도맞이'는 기자와 산육을 위한 무속의례.
412) 일월조상을 청하여 기원하는 무속의례.
413) 흙을.
414) 아까운.
415) 동생들은.
416) 불을 쬐며.

얻어먹기 마련헙서."

경 허난 팔만ᄉ천 제조왕 할마님 이제 남선ᄀ을 남선부인 조왕할마님
이 이 집 안에서는 왕이우다. 경 헨 이제 법지법(法之法)을 마련허고, 그
추룩 혜연 이제 허연 허난 큰성님은 이젠 어딜 ᄎ질 허냐 일문전(一門前)
에라도 안느로, 앞문전 ᄎ질 허고, 녹디셍인은 밧문전을 ᄎ지헌 거라. 똑
똑헌 녹디셍이는, ᄎ질허고 남은 성젠 갑을동방(甲乙東方) 청제장군(靑大
將軍) 경진서방(庚辰西方) 벡제장군(白大將軍) 벵오남방(丙午南方) 적제장군
(赤大將軍) 임계북방(壬癸北方) 북제장군(北大將軍), 야 하나 ᄋ섯 성제에서
하나 남은 건 대장군으로 간 앚아서. 이 집이 울성 장안에 대장군이 삿
젠417) 아녀게. 대장군 방에 간 무시거 대장군으로 이제 사서 이제 춤 얻
어 먹기 마련허엿젠 경 혜영 이제 말명을 허젱 허면 각항지방(各向之方)
오방신장(五方神將), 제오방(諸五方) 제토신(諸土神) 지신(地神) 가신(家臣)
목신(木神), 이거 책 보는 사람도 다 이 말은 만주백관(滿朝百官) 주문천신
이, 다 이제 응혜어서 이 상을 받읍서 혜영 책법(冊法)으로도 말행 이 문
전제(門前祭) 허젱 허민 경 허주게.

게난 이거는 이젠 요걸로 이젠 끗나는 거.

(보조 조사자 : 예.) [보조 조사자가 웃는다.]

경 알앙.

불도할망

자료코드 : 10_00_FOT_20100721_HNC_YSL_0002
조사장소 : 제주특별자치도 제주시 조천읍 북촌리 9길 25-3번지
조사일시 : 2010.7.21
조 사 자 : 강정식, 강소전, 송정희

---

417) 서 있다고.

제 보 자 : 윤삼례, 여, 83세

구연상황 : 제보자는 정식 심방은 아니나, 거주하는 마을에서 간단한 무속 비념을 하며 지낸다. 특히 아이의 산육과 관련하여 '할망비념'을 자주 한다고 한다. 그래서 불도할망에 대한 내력이 어떻게 되느냐고 물어보니 불도할망의 내력을 구연하였다.

줄 거 리 : 불도할망은 인간 세상에 아기를 점지하고 해산을 시키며 열다섯 살이 될 때까지 보살펴주는 신이다. 그런데 하루는 마마를 불러주는 홍진국대별상 마누라가 행차하는데 이런 불도할망과 만나게 된다. 서로 어떠한 존재라고 확인한 뒤 불도할망은 홍진국 대별상에게 자신의 며느리인 늦인덕이 정하님이 낳은 아기의 얼굴을 얽게 하지 말고 곱게 만들어달라고 부탁한다. 그러나 인간 세상에 다녀온 불도할망은 뒤늦게 자신의 자손이 얼굴이 얽게 된 것을 보고, 홍진국 대별상에 대해 매우 화가 난다. 밥도 먹지 않고 분하게 생각하던 불도할망은 늦인덕이 정하님의 말에 따라 홍진국 대별상의 부인이 해산할 수 없도록 만들어버렸다. 홍진국의 부인은 해산을 하지 못하자 죽을 사정을 당하고, 이에 홍진국은 불도할망에게 잘못 했다고 빌고 정성을 들여야 한다는 조언을 듣는다. 홍진국 대별상이 할 수 없이 불도할망에게 와서 사정을 하며 빌자, 불도할망은 노여움을 풀어 해산을 시켜준다. 막상 해산이 되자 홍진국은 다시 자신이 잘 나서 그렇다고 거만해졌고, 이에 불도할망은 또 아기에 흠험을 준다. 그러자 홍진국은 자신의 잘못을 다시 깨닫고 불도할망이 자신보다 높은 존재임을 결국 인정한다.

(보조 조사자 : 애기 빌어줄 때 그 삼싱할망 뭐, 멩 불도할망 그 전설 애기.)

아, 그거는 그거는 아기 빌 때는, 천앙불도(天皇佛道) 지왕불도(地皇佛道) 인왕불도(人皇佛道) 삼신산(三神山) 서카여리(釋迦如來) 여리불법(如來佛法), 청룡산(靑龍山) 이레승진 안테중 멩진국할마님. 할마님 이제 경 혜서, 할망이 이거는 이제 빌 때 숭광 빌 때 걷는 말이라이.

할마님은 금천땅 노깃땅에서 일즉 삼월 초사흘날, 앞이멩에[418] 혜를 받고 뒷이멩에 둘을 받아 양단 어께 둑지에 금셍세별 오송송이 둘러받아, 삼신산 올라 여리불법 서립허고 동청목도 서립 남청목 북화수 마련혜여,

---

418) 앞이마에.

할마님 권제삼문(勸齊三文) 받기 마련해서 서천꽃밧을 들어가서, 은꼿 금꼿 주수리남동이[419]에 수숨 드투멍 앗앙[420] 네려사서, 인간 없는 자는 인간을 환싱(還生)허영 인간 환싱을 시겨주저. 이제 영 허난 할마님은 이제 경 헤여서 이제, 그 산천은 좋은 집인 가믄 ○○살이 처급허여 주곡, 아방 몸에 뼤를 빌고 어멍 몸에 피를 빌어 석 둘이 뒈민 감은[421] 피 앗기 마련, 다서 ○섯 둘이 뒈면 ○○ ○○○ ○○룹기 마련, 아옵 둘 열 둘 주년 만석(滿朔)이 차면은, 고운 얼굴 고운 기상을 막 할마님이 그 벳 속에서 다 기려서 은붓으로 금붓으로 기린 듯 기령 네여놓앙, 할마님은 이제 인간 환싱을 시겨서 이제 할망은 허노렌 허난,

이제 그거 막 수두엔 헌 거 이제 막 하간디[422] 헤염젠 요전에도 테레비[423] 나왕 게, 그거는 옛날엔 큰마누라가 싯고[424] 족은마누라가 서.[425]

족은마누라는 어떵 허냐 허면은, 이제 데국서[426] 들어온 은준지(銀眞珠) 일본서 들어온 금준지(金眞珠) 서제옥저 옥준지(玉眞珠) 앗앙 네려상, 홍진국 데별상 마누라님은, 이제 인간에 꽃을 졍 얻어 먹젠 왈랑 실랑, 이제 ○○ 물을 탄 느려 오노렌 허난, 느려오다가 보니 그 어떤 여인네를 만나 할망 할망을 만난 거지.

"절로 오는 저 여인네, ㅂ름 알로 지네여 가라. 눌핏네가[427] 탕천헌다."

"게민 물 하메를 시기라. 어떤 도령이냐 나신더레 호켱(呼聲)○○ 어떤 도령이냐. 물 하메를 시기라." 허난,

---

419) 나무로 만든 동이의 일종.
420) 가지고.
421) 검은.
422) 여기저기.
423) 텔레비전.
424) 있고.
425) 있어.
426) 대국에서.
427) 생피 냄새가.

몰 하메를 시기니까니,

"인간에 뎅기멍 이 즈손에 얼굴에 저 올레에 금줄 홍줄 둘러서 사을 뒈민 부른실에 부른메 받기 마련, 닷세 엿세 뒈민 도심실에 도심메 받기 마련, 아흐레 열흘 열흘를 뒈면은 상선 중선 어께선 감동선 처각선을 지어 놓아, 영기 몽기 파랑당돌기를 둘아 놓고, 장 실르고 물 실르고 쏠 실르고, 우미 천초 메역을 실러서, 이제 그 아기안티 역가(役價)를 받아서 애기 몸에 신벵(身病) 다 걷곡, 할마님광도 하직허고 애기 구덕광도 하직허고 곽 늬 구석 춤 곽 늬 구석, 마당 늬 구석을 하직헤여서, 튼428) 방 우정429) 고사리단풍 테역단풍430) 좋은 딜로 강 앚앗당, 상 받기 마련허는 즈순이옌." 허난,

"웨 내 네운 즈순에 뎅기멍 얻어 먹기 마련허멍, 너가 나신더레 호켱은 웬 호켱이냐?"

"이 당신은 어떤 여인입네까?"

"나는 아방 몸에는 뻬를 빌고 어멍 몸에 피를 빌어 춤 곧고 곧다실피,431) 석 둘이 뒈민 감은 피 앚기 마련, 다서 여섯 둘이 뒈민 ○○ ○○ ○ ○○○○ 마련 아옵 둘 열 둘 주년 가망이, 만석 차면은 고운 메치 고운 화상 고운 얼굴을, 은붓으로 금붓으로 기린 듯 기렁 네여놓, 좋은 시간을 이제 택헤서 애기를 헤복(解腹)을 시긴다." 말이지.

시경 네여놓, 엣날은 애기 나젱 허민 북덕자리엔 헌 건 보리찍432) 낄아 놔이. 아기 나젱 허민,

"보리직 북덕자리 거적자리 끈 디, 애길 눅져 놔서 뱃또롱줄433) 끈창,

---

428) 터진.
429) 우전, 즉 웃돈.
430) 금잔디.
431) 말하다시피.
432) 보릿짚.
433) 탯줄.

은실 금실로 졸라 메여서, 이젠 저 거시기 애기 모욕(沐浴) 시경 이제 그 북덕자리 거적자리 ㄴ 디 눕져 노면은,

초사흘은 초일뤠 열사흘은 열일뤠 스무사흘 이제 스무일뤠 혼 둘 죽장 ㅇ섯 번 나는 상 받는 할망이 뒌다. 나신더레 호켱은 웬 호켱이냐. 너신더레 호켱 나신더레 호켱 지를는 건 홀 땐 생각허니 궤씸허지만은, 우리 집이 강 보면은 늦인덱이 정하님, 이제 네와 논 애기가 시난, 나 ㅈ순이 시난, 그 애기에랑 강 억게도434) 말곡 곱닥허게435) 얼굴을 멘들앙, 이제 역가를 받앙 나오라."

영 헤뒌 할마님은 인간 환싱 시기레 이젠 가 불지 아녀서. 가부런 오란 원 할마님 ㅈ순은 코도 비틀아지고 눈도 비틀아지고 억고 씨고, 비고 틀게 허게 허여뒌 상을 받안 이젠, 나가불지 아녀서. 겨난 나가부난 이젠 그냥 할망은 이젠 막 어이칙량436) 엇언,

늦인덕이 정하님이 진지상을 들런 메누 늦인덕이 정하님이엔 헌 건 메누리지. 진지상을 들러 와서 밥을 식사를 협센 헤도, 아이 먹는 거라 할망이. 아이 먹언,

"아이 영 밥 안 먹엉 어떵 허젠 헴수겐? 이제 진지상을 들러 와도 이제 식사를 아녕 어떵 허젠 헴수겐?" 허난에,

"암만 곰곰이 생각헤도 내 네운 ㅈ순에 뎅기멍 얻어 먹기 마련 홍진국 데별상 마누라 궤씸허다고. 저거를 어떵 허민 좋으리?" 영 허난,

늦인덕이 정하님 허는 말이,

"넬 모리 홍진국 데별상 마누라가 혼서(婚事)가 뒈염수다. 가멧 부출437)로 가서 이제 꼿을 주어서, 스물넉 둘 아길 못 나게 멘들아붑서. 그 수 벳

---

434) 얽게도.
435) 곱게.
436) 어이가.
437) 들것, 덫 따위의 앞뒤로 길게 양옆에 대어진 나무.

긴[438] 엇수다."

"게민 경 허저."

경 허난 그 법으로 이 엣날은 시집 장게 가는 날 우선 할망상더레 엣날은 밥 문여[439] 궤 우터레 따놔 나서 메 세 개. 경 허난 이젠 경 허연 간 꼿을 주난, 이젠 스물넉 둘 아길 못 나난, 베는 둥둥베가 뒈엿지. 눈은 곰방눈이 뒈엿지 손도 동동손 발도 동동손, 아기 어멍이 죽을 스경 근당허난 벨 할망이 왕 다, 그 아길 네웁젠 헤도 못 네웁는 거라. 이젠 흐를은 혼 할망이 말을 허뒈,

"동게남은 은중절, 서게남 무왕절 북하상상 공동절 미왕절로 올라가서, 단수육갑(單數六甲)……."

이거 단수육갑, 이 점쟁이딜 영 짚으는 거 이거 짚으는 거, 다 그 절간서 네운 거여 이거. 게난 "단수육갑 오용팔괘(五行八卦)을 짚으라. 짚어 보민 알아볼 도레가 잇다."

겡 간 지프니까니 할마님이 노실(老失)이 뒌다.

"벡 보 올레에 벡 보 벳깃디서, 이제 할마님이 마흔대 자 상청드리 서른대 자 중청드리, 스물대 자 하청드리, 일곱 자 오 치 걸렛베 석 자 오 치 바랑끈, 둘러 받아 막 할마님, 이제 나 잘못헷수뎅 막 굽어 신청 헤여 가민 알아볼 도레가 잇져."

하도 완 경 빌어가난,

"저 올레 완 옹장옹장 허는 자가 누게냐. 듣기도 싫다 보기도 싫다 나 가렌 허렌." 허난,

홍진국 데별상 마누라가 완 경 하도 빌어가난, 할마님은 마음이 이제 경 악독허게 먹엇당도 마음이 좋은 할망이니까니, 비는 인셍 앞이는 지는 법이라,

---

438) 밖에는.
439) 먼저.

"게민 예라 강 보저."

간 보난 애기 어멍이 죽을 ᄉ경(死境) 근당허니 할마님이 들어가서, 은찔 ᄀ뜬 손으로 이제는 병원장(病院長) 싯주만은 그때는 병원장 엇어. 은찔 ᄀ뜬 손으로 금찔 ᄀ뜬 손으로 아기 어멍 베 삼시 번 씨름서늉,[440] 귀남으 귀동ᄌ(貴童子) 떨어전 나와가난에, 창문 벳깃디 삿단,

"할마님 재주가 좋은 게 아니라 내 재주가 좋으니까니, 귀남이 귀동ᄌ 솟아낫젠."

"○○로 탁 그냥 궤씸허다."

종이붓으로 또 얼굴러레 씌와뒨, 할망은 지붕상상 ᄌ추ᄆ르에 강 앚안 ᄀ만이 거동, 암만헤도 그 아기 굽을[441] 못 찾이거든. 이젠 그때는 따시 홍진국 대별상 마누라님이 허는 말이,

"할마님 천앙불도 지왕불도 인왕불도 삼신산 서카여리 여리불법 청룡산 이리승전 안테중 멩진국할마님, 인간 사는 주당(住堂)을 둘러봅서. 무쒜솟디엔 헌 건 솟 쒜솟, 무쒜솟디 화식(火食)을 지어눵 쒜솟으로 밥을 떠먹는 인간 벡성, 밥 먹으민 베 부른 중 벳기 몰라지고 옷 입으민 등 ᄃ신[442] 중 벳기 모르난, 내 ○○ 내 ○○ 보멍 내 숭[443] 볼 수 잇습네까. 할마님 과연 잘못 헤여시메, 이번 ᄒ 번만 저 아기 고운 메치[444] 고운 화상 곤 얼굴을 네와 주렌."

하도 빌어가난 이젠 할마님이 이젠 또 네려사네 이젠

"은실 금실 앗아들라 은ᄀ세도[445] 앗아들라."

종이붓을 끈차뒨 벳또롱줄 끈찬 이젠 은실 금실로 줄라메연, 애기 모욕

---

440) 쓸어내리는 시늉.
441) 구분을.
442) 따뜻한.
443) 흉.
444) 맵시.
445) 은가위도.

시견 복더자리 끈 디 거저자리에 눅져 노난, 이젠 고마운 사례(謝禮)로 할
마님 안터레 이젠 동살장은 이제 궤 우터레지. 궤 우터레 이젠 메 삼 모
시 혜단 올리고, 찬물 떠다 놓고, 실 혼 가름 사다 놓고, 소지 삼소지 거
꺼 놓고, 이젠 최 촛불 한 쌍 키어 놓고 혜연, 할마님 이젠 울령도(鬱陵島)
즈금상(紫金香) 네[446] 건건드레 피와난,

"할마님 막 이젠 고맙수다. 그때는 나는 홍진국 데별상 마누라님은 나
는 이젠 나자운[447] 사름이라. 나는 나자운 사름인디, 할마님이 나 보단도
더 그렇게 높은 중은 몰랏수다. 할마님 고맙수덴." 헌 게,

두루막을 저 갓을 씨는 게, 헹경(行纏)을 둘러써 드가리에,[448]

[제보자가 웃는다.]

헹경을 둘러씨고, 두루막은 입는 게 혼 짝 소멘 드물리고 혼 짝 소멘
아이 드물량 ○○○○○. 이젠 바진 알을 퍼주안 경 헨 이젠, 절을 허난
할마님이,

"어이칙량 엇어지다."

이제 이제 ᄀ뜨민, 나가 저런 걸 갈보느니 나가 잘못이로구나 헌 뜻으
로 할마님이 허는 말이,

"어이칙량 엇어지다. 인간에 법지법(法之法)이나 한 가지 마련혜뒹 올라
가켜. 이제 인간이 하직허건 부모 조상이 인간 하직허거들랑, 이제 통두
건 법을 마련허라. 헹경 법을 마련허라. 혼 짝 소미 드물립지 말앙, 이제
그 성복(成服) 전이라그넹에 두루메기 입기 마련허라."

할마님이 네운 법이웨다. 경 혜영 이 애기 좃을 안 무나 어떵 허민, 그
본 강 싹 풀엉 경 혜영 막 잘못 헷수뎅 헤여그넹에, 빌민 애기가 그냥 풀
어져. 경 혜영 이것이 이제 할마님 본이주. 애기 빌레 뎅기는 거는. 이것

---

446) 냄새.
447) 낮은.
448) 머리에.

이 할마님.

양이목사

자료코드 : 10_00_FOT_20100721_HNC_YSL_0003
조사장소 : 제주특별자치도 제주시 조천읍 북촌리 9길 25-3번지
조사일시 : 2010.7.21
조 사 자 : 강정식, 강소전, 송정희
제 보 자 : 윤삼례, 여, 83세
구연상황 : 북촌리의 1차 설화 녹음은 2010년 5월 27일에 있었다. 당시 경로당에 여자
　　　　　어르신들이 많이 있었고, 모두 흥겹게 놀이를 하고 있었다. 조사자들은 깨끗
　　　　　한 녹음을 위하여 나름대로 조용한 분위기로 유도하려 하였으나, 주위에 많은
　　　　　어르신들이 서로 이야기하며 흥겹게 놀고 있었기에 결국 깨끗한 녹음 품질을
　　　　　얻기 어려운 상황이 되고 말았다. 따라서 제보자에게 따로 조사 날짜를 잡아
　　　　　다시 듣기를 청하기로 하였다. 그래서 2010년 7월 21일에 제보자의 자택을
　　　　　방문하여 1차 녹음 당시 들려준 이야기를 다시 들었다.
줄 거 리 : 옛날 조정에서 제주 백성들에게 너무 과도한 역을 부과하자, 백성들이 견딜
　　　　　수 없어 등장을 올렸다. 이에 죽을 사정이 된 양이목사는 피난을 가기 위해
　　　　　북촌마을에 들어와서 배를 부리던 고동지 영감을 찾아가 부탁하였다. 고동지
　　　　　영감은 양이목사를 배에 태우고 피난을 도와준다. 그런데 사산목이라고 하는
　　　　　곳을 지나가는데, 마침 서울에서 자객을 태우고 오는 배와 마주치게 되었다.
　　　　　자객은 고동지 영감에게 양이목사를 내어주면 목숨은 살려주겠다고 하였다.
　　　　　고동지 영감은 처음에 양이목사를 태우지 않았다고 하였지만 위기를 느끼자
　　　　　어쩔 수 없이 실토하여 양이목사를 내어주고 말았다. 자객은 양이목사를 죽여
　　　　　그 목은 서울 상시관에 보내고 몸은 바다에 던져버렸다. 그 뒤에 고동지 영감
　　　　　의 배가 풍파를 만나 배 바닥에 구멍이 나서 죽을 사정이 되었다. 이때 영감
　　　　　이 배 바닥에서 머리 없는 뱀이 돌아다니는 것을 보고, 양이목사가 뱀으로 환
　　　　　생하였다면 우리 배를 살려달라고 빌었다. 영감은 만약 살려주면 잘 대우하여
　　　　　모시겠다는 약속을 하였다. 그러자 뱀이 배 바닥의 구멍을 막아 목숨을 건질
　　　　　수 있었다. 고동지 영감은 집으로 돌아와 부인에게 양이목사 조상을 받아들이
　　　　　라고 말한다. 부인이 치마폭을 벌려 조상을 맞아들이니, 조상은 안고팡으로
　　　　　가서 좌정하였다.

양이목ᄉ가, 이제 인간 이 제주도 양이목습주게.

인간에 인피(人皮) 가죽을 삼벡 장을 벳겨오라. 이 막 하간 거 허단도 버치난 이젠 삼벡 장을 이젠 벳겨 오렌 허난, 이젠 이 인간덜이 이제 나라에 등장(等狀)을 든 거라. 나라에 등장을 드난 이젠,

이 양이목ᄉ는 이젠 그냥 죽지 말젠 이젠 피란(避難)을 가젠 헷어. 이 북촌마을 들어와서, 저 요요 당파렌 헌 동네에 고동지 영감이 엣날에 베를 부렷어. 고동이 고동지 영감이 베를 부리난, 이 밤 저 밤 ᄉ서삼경(四時三更) 지픈 밤에 그 집을 들어와서,

"어 고동지 영감 누워서 ᄌᆞᆷ을 잡니까, 일어나서 나를 아무 인간 아이449) 사는 섬에 피란을 시겨줍서."

경 헤서 실런 나가노렌 허니까니, 실런 나간 사산목450)이엔 헌 딜 들어가니까니, 사산목이엔 헌 딜 다 들어가난, 서울에서 용두(龍頭)에 거 목 쫄르레, 이제 그냥 ᄌᆞᆨ(刺客) 놈을 네여난, 나완 허는 디 그 베광 그 베가 맞 마주쳐서,

"이 베에 뭐 실럿느냐. 양이목ᄉ 실럿건 바른 대로 네여놔라." 허난,

"양이목사 아이 실럿수다." 허난,

"양이목사 이 베에 올라서 양이목사를 춫이민 너네 다 죽여분다. 야 경 헌디 아이 죽인 때에 바른 말 허민 너희덜은 살려준다."

경 허난 그땐,

"양이목ᄉ를 올렷수다." 허연,

사산목이엔 허여 심방 말명허는451) 거 보민, 사산목에서 그냥 이제 목을 쫄란 용두에 돌안 서울 상시관(上試官)에 올라가고 몸천은 바당더레 띄와부난, 그것이 머리 업는 베염이452) 뒌 거라.

---

449) 아니.
450) 지명.
451) 굿에서 말하는.

흔쏠 시난[453] 그냥 고동지 영감네 그 올른 베가, 완전히 그냥 막 풍파가 막 물집 다 터지고 막 죽을 스경을 근당헌디, 베 선주가 베 파닥에 보니까니, 머리 엇인 부군이 베염이 실실 돌암시난,[454]

"양이목亽님이 목을 줄라서 이제 그 머리빡은 서울 상시관으로 올라갓지만은, 이제 몸천은 부군으로 환싱을 헤시면은, 우리 베에 올라와서 물집을 막앙 우리 은돈지 금돈지, 이제 글로 오라그넹에 이제 들어가게 헤여주면, 당신 이제 우데(優待)헤영 막 좋게 잘 헤네쿠다."

영 허난 베더레 들어완 거 물집을 막앗다 헤여. 막으난에 이젠 그냥, 이젠 춤 고동지 영감 안부인이 이젠 춤 영감이 오람젠 허난,

'아이고 고양 어떵 궂인 일이나 엇이 왐신가.' 허연,

춤 치메 풀 적인 치메 입어 앚언 느려가니, 거 영감이 허는 말이 안부인안터레,[455]

"이디 피라곡절헌 게 잇이난 치메폭을 받으라고."

게난 치메폭을 받안,

"나에게 테운[456] 조상이건 이 치메폭 속에 듭서." 허난,

치메폭에 드난 그 고동지 영감네 올레에 오란,

"우리에 테운 조상이건 조상님 앚일 자리로 들어갑서." 영 허난,

들어가난 그 안고팡더레 그냥 그 머리 엇인 뱀이 술술 들어가더레. 경 허난 이젠 그거 그 조상이, 이 집안이 막 부껴가민 그 집이 굿을, 큰심방 빌어그넹에 막 시왕굿[457]을 흔 일주일썩 엣날은, 경 헤영 굿을 허메게.

경 헤난디 이제는 안 헤 이제는. 이제는 아니 헤서 그냥 허영 허민 그

---

453) 있으니.
452) 뱀이.
453) 있으니.
454) 돌아 다니니.
455) 부인에게.
456) '오는' 정도의 뜻.
457) 시왕을 청하여 기원하는 무속의례.

집이 이제 이 북촌마을 고동지 영감네 집인 그 구신이 잇주 그 구신. 그 부군이라 부군.

구실할망

자료코드 : 10_00_FOT_20100721_HNC_YSL_0004
조사장소 : 제주특별자치도 제주시 조천읍 북촌리 9길 25-3번지
조사일시 : 2010.7.21
조 사 자 : 강정식, 강소전, 송정희
제 보 자 : 윤삼례, 여, 83세
구연상황 : 북촌리의 1차 설화 녹음은 2010년 5월 27일에 있었다. 당시 경로당에 여자 어르신들이 많이 있었고, 모두 흥겹게 놀이를 하고 있었다. 조사자들은 깨끗한 녹음을 위하여 나름대로 조용한 분위기로 유도하려 하였으나, 주위에 많은 어르신들이 서로 이야기하며 흥겹게 놀고 있었기에 결국 깨끗한 녹음 품질을 얻기 어려운 상황이 되고 말았다. 따라서 제보자에게 따로 조사 날짜를 잡아 다시 듣기를 청하기로 하였다. 그래서 2010년 7월 21일에 제보자의 자택을 방문하여 1차 녹음 당시 들려준 이야기를 다시 들었다.
줄 거 리 : 옛날 제주도 김동지 영감이 미역을 싣고 육지에 장사를 나갔다가, 고운 아기 씨가 보이자 그 아기씨를 몰래 숨겨 데리고 제주로 함께 돌아온다. 그런데 제주로 들어오는 도중에 바다에서 숨비질소리가 나자 아기씨는 무슨 소리냐고 묻는다. 이에 김동지 영감은 제주도 여자들이 물질하는 소리라고 답한다. 아기씨는 자신도 역시 물질을 하겠다고 말한다. 김동지가 물질도구를 갖추어주자, 아기씨는 물질을 배웠는데 매우 뛰어난 실력을 보여 진주도 많이 채취할 수 있었다. 진주를 많이 캐자 아기씨는 나라에 진상을 하였고, 나라에서는 이를 칭찬하여 상을 내렸다. 이 아기씨는 나중에 나이가 들어 죽을 때가 되자 자신에게는 제사를 지내지 말고 고팡에 모시다가 굿을 하게 되면 위해 달라고 말한다. 이 아기씨가 경주 김씨 집안의 구실할망이며, 굿을 하면서 자신을 잘 대접하면 큰 복을 내려주는 조상이다.

구실할망은.

(보조 조사자 : 예.)

구실할망은 옛날에이, 우리 집칩이,[458] 구실할망 이건 이 제주도 전적에 그 구실할망은 다 잇어.

하르방이 장시처로 메역을 실러서, 무곡(貿穀) 바꾸레 가서. 무곡 바꾸레 가네 이젠 춤 연석둘을 살아 앚언 오젠 허노렌 허난, 춤 그런 고운 아기씨가 봐 지난 연엘, 이제 ᄀ뜨면 게 연엘 헌 게, 어딜로 그 애기 가는 발자춤 좇앙 가서, 어찌 하르방이 어떵 헤분 셍이라.

게난 그때는 제줏 여ᄌ가 육지 못 가고, 육짓 여ᄌ가 이디 우리나라에 못 들어오고, 경 허게 헤엿는데, 이제 그 우리 구실할망은 그냥 그 김동지 영감이, 이 도폭 그런 큰옷 소곱에[459] 곱져[460] 앚언, 자게 그 사공덜ᄀ라,

"이제 베 제기 주판을 놔ᄀ넹에, 나 올르건 확 베를 띄와라. 베를 띄우렌." 허난,

그 애길 곱져 앚언 오는데, 에 제주 절도 밤바당을 들어오라 가니, 숨비질소리[461]가 막 나거든.

경 허니까니 그 애기씨가 허는 말이,

"김동지 영감님 저거 무신 소리우꽈?" 영 허니까니,

"우리 제주 절도에 사는 사람은, 열다섯 십오 세 뒈여가면은 저 바당에 아끈[462] 빗창[463] 한[464] 걸망 고분쉐[465] 웨망사리 헤서, 대천바당 물질을 베와서, 이제 우리 세상은 살아가는 세상이다." 영 허니,

"게건 나도 가건, 아끈 빗창 네여줍서 한 걸망 네여줍서 고봉쉐 웨망사

---

458) 김씨 집안에.
459) 속에.
460) 숨겨.
461) 숨비소리. '숨비소리'는 물질할 때 물 속에서 참은 숨을 수면 위로 올라와 뿜어내는 소리.
462) 작은.
463) 전복을 채취하는 물질도구.
464) 큰.
465) 꼬부라진 쇠. '굴겡이'나 '호미' 따위를 달리 일컫는 말.

리 네여줍서."

네여주니까니, 이젠 그 할망이 저디 신춘[466) 잇주이, 신춘 큰물[467) 알로 들면은, 저 소섬(牛島)[468) 진질깍[469)으로 가 나, 진질깍에서 들면은 또 큰물 신춘 큰물 알로 나.

경 허니 그때 시절에는 이제는 준지(眞珠)혜도 저 이제 오른 준지가 아니여. 엣날은 셍복(生鰒)에, 셍복에 담아진 준지가, 그것이 아주 것이 헌거주. 그런 그 셍복을 하영[470) 떼어서 그 할망이 허연 보니까니 준지가 닷 말 닷 뒈 칠 세 오 리를[471) 혜진 거라.

"이 준지를 어떵 허민 좋곤." 허니,

"나라에 진상을 바쩌라."

나라에 진상을 바찌니 나라에서가,

"이렇게 영리허고 똑똑헌 제주도도 요런 똑똑헌 여성이 잇엇느냐. 우리나라에서 바쪗지만은 우리도 그냥 아무 걸 주어도 이걸 주어서 상품을 주어서 이제 フ뜨민, 이제 이걸 먹어야지 이거를 우리 공으로 나라에서도 못 먹나." 헤어서,

은비네도[472) 네여준다 금비네도[473) 네여준다 은가락지 금가락지 네여준다. 구실둥이 짝저구리 구실둥이 짝치메도 네여준다.

이젠 또 저 경 헨 네여주난 이젠, 그것이 이젠 날랑 죽거들랑 그 할망이 흐는 말이,

"싯게[474) 흐지 말고, 싯게 흐지 말곡 큰 고팡에 메 한 기 떠놔서 허다

---

466) 제주시 조천읍 신촌리.
467) 신촌리의 지명.
468) 제주시 우도면.
469) 우도면의 지명.
470) 많이.
471) 세, 리 모두 단위.
472) 은비녀도.
473) 금비녀도.

가, 우리 소리 좋은 심방 헤여서 굿을 허게 뒈건, 나 간장을 다 풀라도라. 경 허민 너네덜, 큰굿 허민 큰밧 사게 허고 족은굿 허민 족은밧 사게, 그렇게 마련을 헤 준다."

경 헤서 이 제주도 전적에 이제 경주(慶州) 김칩이는, 경주서 이디 김칩이 즈순 거시기 헌 디는, 다 어디라도 이 구실할망 잇어. 게난 이 구실할망은 옛날은, 잘만 데접허민 집안이 펜안허여. 펜안허는디 이제는, 그치룩 못허지 이제는 경 헤서,

그 할망본은 요거라. 그 할망 거시기는 조상덜은 이거라.

윤동지 영감과 미럭 조상

자료코드 : 10_00_FOT_20100721_HNC_YSL_0005
조사장소 : 제주특별자치도 제주시 조천읍 북촌리 9길 25-3번지
조사일시 : 2010.7.21
조 사 자 : 강정식, 강소전, 송정희
제 보 자 : 윤삼례, 여, 83세
구연상황 : 북촌리의 1차 설화 녹음은 2010년 5월 27일에 있었다. 당시 경로당에 여자 어르신들이 많이 있었고, 모두 흥겹게 놀이를 하고 있었다. 조사자들은 깨끗한 녹음을 위하여 나름대로 조용한 분위기로 유도하려 하였으나, 주위에 많은 어르신들이 서로 이야기하며 흥겹게 놀고 있었기에 결국 깨끗한 녹음 품질을 얻기 어려운 상황이 되고 말았다. 따라서 제보자에게 따로 조사 날짜를 잡아 다시 듣기를 청하기로 하였다. 그래서 2010년 7월 21일에 제보자의 자택을 방문하여 1차 녹음 당시 들려준 이야기를 다시 들었다.
줄 거 리 : 옛날 윤동지 영감이 바다에 고기를 낚으러 갔는데, 낚시질을 할 때마다 이상하게도 자꾸 미럭이 올라왔다. 윤동지는 할 수 없이 그 미럭을 선창에 가져와 놓아두었다. 그런데 동네 아이들이 그 미럭에 올라가서 장난도 하고 오줌도 싸 버리고 해서 보기가 좋지 않으니, 윤동지는 다시 그 미럭을 바다에 던져버렸다. 그 뒤로 윤동지가 아파서 다 죽어가게 되었고, 문점을 한 결과 물에 던

---

474) 제사.

저버린 미륵을 찾아내어 모시고 위로를 해야 한다는 말을 듣는다. 윤동지는 해녀들을 동원하여 미륵을 찾아내어 옷을 만들어 입히고 조상으로 잘 모셨다.

(보조 조사자 : 윤동지 하르방 헌 거예.)

아 윤동지, 윤동지 하르버지는, 이제 옛날에, 바당에이, 고기 낚으레 가니까니, 아이 막 아주 지픈 대천바당엘 가서, 막 낚시를 주엉 놔 두면, 막 무거운 거 올라오면 이제 큰 궤기가 올라왐신가,

옛날은 거 어우네기475) ᄀ뜬 거 많이 낚으지이, 상이궤기.476) 그런 거 많이 낚은디, 아이 올령 보면은 그것만 올라 오라 그 미럭 하르방이, 올라오난 이젠 빤에477) 이젠 바덩더레 데껴두고,478) 이젠 먼 데로 이젠 또 띄왔서. 먼더레 자릴 이젠 벤경(變更)을 시겨서 간 띄완, 또 이젠 그 낚싯델 데끼니까니 따시 그 미럭이 또 올라온 거라.

미럭이 올라 오난 그 미럭을 어디 신곤479) 허면은, 신촌480)에 어디 삼양481) 어디 싯다 허는 거라. 이제 그 조상을 앞세완 뎅기단 할망이 죽엇어. 윤씨 할망인디, 경 헤서 그, 옷을 입져 낫다 헤여 그 미럭을.

경 허난 윤씨 하르방이 이젠 그거를 이젠 성창(船艙)에 이젠 홀 수 엇이 이젠 막번은482) 앚어다가483) 성창엘 푸언 네 부니, 아으덜484) 올라가서 자파리도485) 허고, 벨 거 오줌도 싸고 막, 영 헤 가니 이젠 그냥 흐를은 이젠 그놈을 앚다가 또 이제 성창 벳깃더레 또 데끼분 모냥이라.

---

475) 상어의 일종.
476) 상어고기.
477) 빼어서.
478) 던져두고.
479) 있느냐.
480) 제주시 조천읍 신촌리.
481) 제주시 삼양동.
482) 마지막에는.
483) 가져다가.
484) 아이들.
485) 장난질도.

또 데껴부니까니 그냥 그 윤씨 하르방이 막 막 다 죽어간, 벨 심방이 와도 못 살린디 어떤 문점(問占)헤여서, 이제 점젱이한티 간 들으니까니,

"너네 이제 윤칩이 피라곡절(必有曲折) 헌 게 엇이냐. 이 하르방을 살릴라 허면은 이 미럭 하르방을 춫아네라. 웨간 물러레 데껴비엇느냐. 춫아네서 우로(慰勞)를 헤여라."

영 헤연 허난 이젠 막 헤녀(海女)덜, 헤녀덜 막 네여난 그 미럭을 건졌다 헤여. 건져다네 어디 또 당ᄀᄍ486) 이제 헌 디 간 어디 간, 허여난 그 옷을 다 입졋다 허여 창호지론가 뭣으로,

그 허여네 그 사람 앞세완 뎅기단 그 할망이 신촌서 죽엇어. 그 할망이, 경 헨 허난 이젠, 그 윤동지 하르방은 거느리젱 허민, 벡 발 술에 혼 골 술에 올라오던 윤동지 이제 하르바님은 미럭 하르방 미럭 보살 미럭 하르바님 경 헤.

윤대정원(尹大靜員)은 베실살이 직함살이 홍베누리 후베누리, 대정원 베실살이 헤여오던 하르버지, 경 헹 우리, 윤칩이는 그것 벳긴 없어.

경 헤여도 우리 윤칩이는 그 조상 나서 뭐, 나쁜 행동을 허거나 거시기 헌 하나토 없어.

게난 그거주 그거.

---

486) 당(堂)처럼.

꿩꿩장서방

자료코드 : 10_00_FOS_20100611_HNC_KLH_0001
조사장소 : 제주특별자치도 제주시 조천읍 북촌리 1271번지(경로당)
조사일시 : 2010.6.11
조 사 자 : 강정식, 강소전, 송정희
제 보 자 : 김래호, 여, 90세
구연상황 : 조사자가 전래동요에 대하여 요청하니 모두 김래호를 추천하였다.

꿩아꿩아 어찌사나
내가내가 못사나
알롱베기 저고리에
청세오세 짓을돌아
즈지멩지 고물돌아
벡지멩지 동전돌아
이만허민 어떵 허리
삼각산이나 올라보저
삼각산엔 올르난
먼문먼문 발에데문이여
데문발에 뒷문이여
뒷물발라 장황이여
장황발라 데왓이여
데왓발라 벡담이여
벡담속에 아들랑낳건 공부쟁이
뚤낳건 방아쟁이

에라 ○○○○○

이어 방에

자료코드 : 10_00_FOS_20100611_HNC_KLH_0002
조사장소 : 제주특별자치도 제주시 조천읍 북촌리 1271번지(경로당)
조사일시 : 2010.6.11
조 사 자 : 강정식, 강소전, 송정희
제 보 자 : 김래호, 여, 90세
구연상황 : '펑펑장서방'에 이어 구연하였다.

　　이어방에 고들베기라
　　본디저녁 어둑은집이
　　오늘이나 붉으더냐

흔다리 인다리

자료코드 : 10_00_FOS_20100611_HNC_KLH_0003
조사장소 : 제주특별자치도 제주시 조천읍 북촌리 1271번지(경로당)
조사일시 : 2010.6.11
조 사 자 : 강정식, 강소전, 송정희
제 보 자 : 김래호, 여, 90세
구연상황 : '이어 방에'에 이어 구연하였다.

　　흔다리 인다리 거청게
　　시나노자 버문게
　　어어장장 곤나곤
　　워력 다력 돌깜 세끈

새야 새야

자료코드 : 10_00_FOS_20100611_HNC_KLH_0004
조사장소 : 제주특별자치도 제주시 조천읍 북촌리 1271번지(경로당)
조사일시 : 2010.6.11
조 사 자 : 강정식, 강소전, 송정희
제 보 자 : 김래호, 여, 90세
구연상황 : '혼다리 인다리'에 이어 구연하였다. 김래호는 구연을 하고나서 "녹두꽃이 다
떨어지면 전봇대 위에서만 산다."는 말이라고 가사내용을 설명하였다.

새야새야 파랑새야

녹디밧에 앚지말라

녹디밧 녹디꽂이 떨어지면

전봇대 장시바끼 못산

(제보자 : 전봇대 장시바끼 못산다는 말이여 그말이.)

밧 블리는 소리

자료코드 : 10_00_FOS_20100611_HNC_YSL_0001
조사장소 : 제주특별자치도 제주시 조천읍 북촌리 1271번지(경로당)
조사일시 : 2010.6.11
조 사 자 : 강정식, 강소전, 송정희
제 보 자 : 윤삼례, 여, 83세
구연상황 : 조사자의 요청에 의해 구연하였다.

월월 월~월 워러러에- 월월~ 월월~

이몰덜아~487) 저몰덜아 혼저488)명에로 고개돌려~ 어서하데

---

487) 말들아.
488) 어서.

월월 월~월 월~월월러러 월러러러에~ 월월허민~ 돌아나산
다489)

이물덜아~ 저물덜아 어서 고개숙여 어서허자

월~ 월월 와~ 와와라라 어러러러러~

(제보자 : 이제 요거490) 혼마딘 박고.)

아웨기소리

자료코드 : 10_00_FOS_20100611_HNC_YSL_0002
조사장소 : 제주특별자치도 제주시 조천읍 북촌리 1271번지(경로당)
조사일시 : 2010.6.11
조 사 자 : 강정식, 강소전, 송정희
제 보 자 : 윤삼례, 여, 83세
구연상황 : '밧 볼리는 소리'에 이어 바로 구연하였다. 현덕선, 이원녀가 받는 소리를 하
였다. 하지만 처음에는 받는 소리가 맞지 않았다. 받는 소리가 맞아가면서 박
수를 치며 구연하였다.

검질짓고491) 골너른밧듸492)

사데로다 우겨도ᄒᆞ야

어서~ 압멍에야 들어나오라

어어어양 어허허요

[웃는다]

어서메영493) 어서나가게

---

489) 선다.
490) 이것.
491) 김이 무성하고.
492) 밭에.

어어어양 어허허양 어허허요

먼데사롬494) 보기나좋게

어어어양 어허허양 어허허요

보든데495)사름496) 귀경도497)좋게

어어어양 어허허양 어허허요

소리로나 우경도가자

어어어양 어허허양 어허허요

오널498)아기 즈순(子孫)덜준덜

어어어양 어허허양 어허허요

○○○○○○○○

어어어양 어허허양 어허허요

벵(病)든남편을 살려주게

어어어양 어허허양 어허허요

박박메영 어서나가자

어어어양 어허허양 어허허요

압멍에랑 들어나오라

어어어양 어허허양 어허허요

뒷멍에랑 저자나사라

어어어양 어허허양 어허허요

사데소리로 우경가자

어어어양 어허허양 어허허요

---

493) 매어서.
494) 사람.
495) 가까운 곳에.
496) 사람.
497) 구경도.
498) 오늘.

혼저499)메영강500) 밥이나도혜영501)먹게

어어어양 어허허양 어허허요

오널ᄌ순 조석(朝夕)을준덜

어어어양 어허허양 어허허요

벵든가정 짝을준덜

어어어양 어허허양 어허허요

소리네고 목메영베자

어어어양 어허허양 어허허요

우리부모 날날적에

어어어양 어허허양 어허허요

골갱호미심엉502) 일을허렌503)나를낳나504)

어어어양 어허허양 어허허요

날만505)못헌 헤녀(海女)도살고

어어어양 어허허양 어허허요

날만못헌 정녜도살고

어어어양 어허허양 어허허요

박박메영 욕심을내라

어어어양 어허허양 어허허요

혼저메영 어서나가자

어어어양 어허허양 어허허요

---

499) 어서.
500) 가서.
501) '지어서'의 뜻.
502) 잡아서.
503) 하라고.
504) 낳았나.
505) 나만큼.

ᄀᆞ레 ᄀᆞ는 소리

자료코드 : 10_00_FOS_20100611_HNC_YSL_0003
조사장소 : 제주특별자치도 제주시 조천읍 북촌리 1271번지(경로당)
조사일시 : 2010.6.11
조 사 자 : 강정식, 강소전, 송정희
제 보 자 : 윤삼례, 여, 83세
구연상황 : '아웨기소리'에 이어 구연하였다.

이어~이~ 어형 이어 이여~도 ᄀᆞ레
ᄒᆞᆫ저~ 어서 힘네영506) 어서 ᄀᆞᆯ게507)
요거 ᄀᆞ레로 어서나 ᄀᆞᆯ자
이어~ ᄀᆞ레~ 이여~도 ᄒᆞ라

도리깨질 소리

자료코드 : 10_00_FOS_20100611_HNC_YSL_0004
조사장소 : 제주특별자치도 제주시 조천읍 북촌리 1271번지(경로당)
조사일시 : 2010.6.11
조 사 자 : 강정식, 강소전, 송정희
제 보 자 : 윤삼례, 여, 83세
구연상황 : 현덕선이 힘이 없어서 소리를 못하겠다고 하니 조사자가 좀 쉬었다고 하라고
하면서 윤삼례에게 구연 요청을 하였다. 윤삼례가 무엇을 할까 하다가 이원녀
의 권유로 '도리깨질 소리'를 구연하였다. 구연을 하고나서 이런 노래는 여럿
이 받는 소리를 불러야 힘이 난다고 설명을 하였다.

어야홍아~ 어기야홍아~
어야도홍아 헛

---

506) 힘을 내어서.
507) 갈게.

친국보멍~ 두드령가게 헛

어야홍아~ 어야도홍아

어야홍아~ 어야도홍아 헛

요진국ᄇ레멍~ 도께를508)노라~

어야도홍아 어잇 어야홍아 힛

어야홍아~ 어야도홍아 힛

어야홍아~ 힛

요마당질을~ 흔저해영~

점심을먹게 힛

요레바레멍~ 어서나두드리라~

어야홍아 허잇

어기야홍아~ 어야도홍아

세경ᄇ레지말아 진국더레~

ᄇ레영그네 힛

도께질509)허라~ 어야도홍아 힛

어야홍아 떼려 힛

진국이여 어잇 어야홍아 허잇

어기야홍 어야홍아

어기야요거 부제리늘려들라

어기야홍아 어야홍아~

어기야홍아 힛

---

508) 도리깨를.
509) '도리깨로 하는 농사일' 정도의 뜻.

애기 홍그는 소리

자료코드 : 10_00_FOS_20100611_HNC_YSL_0005
조사장소 : 제주특별자치도 제주시 조천읍 북촌리 1271번지(경로당)
조사일시 : 2010.6.11
조 사 자 : 강정식, 강소전, 송정희
제 보 자 : 윤삼례, 여, 83세
구연상황 : '도리깨질 소리'에 이어 조사자의 요청으로 구연하였다. 노래가 끝나고 현덕
선이 '윙이자랑'에 대하여 설명을 하였다. 이 노래는 원래 '윙이자랑'이 아니
고 '왕이자랑'이라고 설명하는데 윤삼례가 그냥 입에서 나오는 대로 하는 것
이라고 하였다. 그러자 현덕선이 예전에 셋방살이 할 때 구십 세가 넘은 주인
집 할머니가 들려준 이야기라고 하면서 설명하였다. 왜 '왕이자랑'이냐면 이
아기가 커서 왕이 되라고 '왕이자랑'이라고 한다고 설명하였다.

윙이자랑 자랑자랑

윙이자랑 자랑자랑자랑

윙이자랑

우리아기 돈밥돈물멕영

돈줌을자게 헤영줍서

할마님ᄌ순 자랑자랑

윙이자랑

자랑자랑 ᄒᆞ저누웡

어서자랑 윙이자랑

윙이자랑

자랑자랑 자랑자랑

윙이자랑 자랑자랑

우리애기 잘도잔다

자는것도 줌이로다

노는것도 놂이로다

자랑자랑 윙이자랑

혼저누웡 어서자라

서우제소리

자료코드 : 10_00_FOS_20100611_HNC_YSL_0006

조사장소 : 제주특별자치도 제주시 조천읍 북촌리 1271번지(경로당)

조사일시 : 2010.6.11

조 사 자 : 강정식, 강소전, 송정희

제 보 자 : 윤삼례, 여, 83세

구연상황 : 윤삼례가 조사자에게 또 무슨 소리를 하냐고 물어보다가 음료수 하나를 마
시고 '서우제소리'를 구연하였다. 현덕선, 이원녀가 받는 소리를 하였다. 소리
가 끝나고 나서 윤삼례가 가사내용에 대하여 선흘리 안씨 집안의 내력에 관
한 것이라고 설명하였다.

어~양어~양 어야어기로 놀고가저

아아아양 어허허양 어허허요

무정세월(無情歲月) 잘도나간다

아아아양 어허허양 어허허요

이팔청춘(二八靑春) 소년(少年)뒈라

아아아양 어허허양 어허허요

백발(白髮)보고 괴로워말라

아아아양 어허허양 어허허요

나도어젠 청춘인디

아아아양 어허허양 어허허요

청춘늙은게 백발이로다

아아아양 어허허양 어허허요

오널오날 놀고나가자

아아아양 어허허양 어허허요
요소리로 네놀멍놀게
아아아양 어허허양 어허허요
한로영산 물장오리
아아아양 어허허양 어허허요
여장군쎄영 물명정주하옵던
아아아양 어허허양 어허허요
드리놓앙 설명주할망
아아아양 어허허양 어허허요
○○마다 물장오리
아아아양 어허허양 어허허요
신력(神力)이쎄도 여자라도
아아아양 어허허양 어허허요
여장군신력 우리나라
아아아양 어허허양 어허허요
제주도 한라산으로
아아아양 어허허양 어허허요
신력이쎄니 우리가산다
아아아양 어허허양 어허허요
물장올 테역장오리
아아아양 어허허양 어허허요
○○○○○○○ 신력이쎄여나
아아아양 어허허양 어허허요
○○○○○○○
아아아양 어허허양 어허허요
원당봉 ○○○○○○○

아아아양 어허허양 어허허요

어서도리송당 ○○○○○○

아아아양 어허허양 어허허요

산신데왕 산신벡관이쎄여지난

아아아양 어허허양 어허허요

우리ᄌ순덜 힘을네고사는구나

아아아양 어허허양 어허허요

어서펑사농510) 메사농도511)허레가자

아아아양 어허허양 어허허요

오날날은 사리바른마사총으로

아아아양 어허허양 어허허요

ᄇ리민혜영탕맞치믄 데깡목에소깡목에

아아아양 어허허양 어허허요

○○○○○○○○○

아아아양 어허허양 어허허요

받아오던신력으로 어서나놀자

아아아양 어허허양 어허허요

웃선흘은 들어나가네

아아아양 어허허양 어허허요

안팟밧512)놀던○○○ 들어나가자

아아아양 어허허양 어허허요

헤헤헤칭칭 약도리감아진다

아아아양 어허허양 어허허요

---

510) 펑사냥.
511) 매사냥도.
512) 안팎 밭.

어서선흘현씨할마님 살앗구나

아아아양 어허허양 어허허요

○○○○○○○○

아아아양 어허허양 어허허요

사농을허레가도 꿩도메도못눆긴다

아아아양 어허허양 어허허요

선흘이데기ᄆ을 어서나제지네레

아아아양 어허허양 어허허요

○○○○○ ○○○○

아아아양 어허허양 어허허요

산신제(山神祭)를 지네레[513]가네

아아아양 어허허양 어허허요

삼형제가 제지네두엉자드렌허난[514]

아아아양 어허허양 어허허요

○○○○○ ○○○○

아아아양 어허허양 어허허요

○○○○○ 석자라오치

아아아양 어허허양 어허허요

큰성님이 말을ᄒ데

아아아양 어허허양 어허허요

눈을ᄒ번번뜩치니 이덱이ᄆ을더레

아아아양 어허허양 어허허요

○○○○○ ○○○○○○

아아아양 어허허양 어허허요

---

513) 지내러.
514) 제사 지내두고 자달라고 하니.

큰성님이 말을ㅎ데

아아아양 어허허양 어허허요

서우제소리(배코사 소리)

자료코드 : 10_00_FOS_20100611_HNC_YSL_0007
조사장소 : 제주특별자치도 제주시 조천읍 북촌리 1271번지(경로당)
조사일시 : 2010.6.11
조 사 자 : 강정식, 강소전, 송정희
제 보 자 : 윤삼례, 여, 83세
구연상황 : 윤삼례가 배를 새로 만들면 고사를 지내며 부르는 소리라고 하면서 구연하
였다. 현덕선, 이원녀가 받는 소리를 하였다. 소리가 끝나고 조사자가 '멜 후
리는 소리'는 없냐고 물으니 현덕선이 이 노래가 '멜 후리는 소리'라고 하였
다. 하지만 다시 윤삼례가 이 소리는 심방이 배에서 고사를 지내면 배가 만선
이 되기를 기원하며 부르는 소리라고 하였다.

이물받던 선왕님아 고물받던 선왕님아

아아아양 에에에양 에헤헤요

허릿강 놀던선왕

아아아양 어어어양 어허허요

짓장아래 놀던선왕

아아아양 어어어양 어허허요

이물가네 놀던선왕

아아아양 어어어양 어허허요

저바당엔 가고들라

아아아양 어어어양 어허허요

그물코에 베레코마다

아아아양 어어어양 어허허요

만선기둘앙 ○○○에
아아아양 어어어양 어허허요
동이와당서이왕당 놀던궤기라그네
아아아양 어어어양 어허허요
어서이베들에 만선기둘게
아아아양 어어어양 어허허요
○○○○○○ ○○○○○○
아아아양 어어어양 어허허요
어서만선뒈영 어서가게
아아아양 어어어양 어허허요
그물코가 ○○○코라도
아아아양 어어어양 어허허요
베릿베가 수장로다
아아아양 어어어양 어허허요
어서만선뒈영 어서나가자
아아아양 어어어양 어허허요
이물받앗던 앞사공
아아아양 어어어양 어허허요
뒷에랑 고사공아
아아아양 어어어양 어허허요
허릿강 이사공아
아아아양 어어어양 어허허요
허릿대밑에 훼양훼양아
아아아양 어어어양 어허허요
이어른덜토가거들랑 가는손님도불러주고
아아아양 어어어양 어허허요

오는손님 불러그네

아아아양 어어어양 어허허요

천만금을 벌게나헙서

아아아양 어어어양 어허허요

물질마다 ○○○○

아아아양 어어어양 어허허요

어서어서 베질헤영

아아아양 어어어양 어허허요

가마포구덜에 어서나들어나옵서

아아아양 어어어양 어허허요

행상소리

자료코드 : 10_00_FOS_20100618_HNC_YSL_0001
조사장소 : 제주특별자치도 제주시 조천읍 북촌리 높은물 근처 야외
조사일시 : 2010.6.18
조 사 자 : 허남춘, 강정식, 강소전, 송정희
제 보 자 : 윤삼례, 여, 83세
구연상황 : 조사자가 '행상소리'를 요청하니 '행상소리'는 집안에서 하지 않는다고 하여 밖으로 나가 구연하였다. 현덕선, 이원녀가 받는 소리를 하였다.

불쌍허신 혼(魂)~ 오늘~랑 어서나가자

아에~어어야 어어잉어어야 얼럴럴거리고 염불로놀자

(제보자 : 크게 크게 불러불라.)

아불쌍ᄒ신 혼 ○○○○○○○ 거느령

아에~어어야 어어잉어어야 얼럴럴거려 염불로놀자

소리좋~은살장귀 앞~을세왕 가심을절령 어서나가게

아에·-어어야 어어잉어어야 얼럴럴거리고 놀이니보자
불쌍흔혼 부모형제놓아두웡 이별헤영 어서나가자
아에~어어야 어어잉어어야 얼럴럴거리고 염물로놀자
울멍○○ 애기도놓아두웡 이별헤영 어서나가자
아에~ 어어야 어어잉 어어야 얼럴럴거리고 염불로놀자
아우리인생 흔번을하면 인자가면 언자나오나
아에~어어야 어어잉어어야 얼럴럴거리고 염불로놀자
아우리인셍 가는길은 토란잎에 이실이로다515)
아에~어어야 어어잉어어야 얼럴럴거리고 염불로놀자
아우리인셍 가는길은 토란잎에 이실이로다
아에~어어야 어어잉어어야 얼럴럴거려서 염불로놀자
아○○○○ 압세와놓고 초군문을 들어사네
아에~어어야 어어잉어어야 얼럴럴거리고 염불로놀자
아인제달랑 에원을헌들 바렘척도 아니나허네
아에~어어야 어어잉어어야 얼럴럴거려서 염불로놀자
아우리인생 저싱덜에가는길에 천년엄토여 만년에짐토
아에~어어야 어어잉어어야 얼럴럴거려서 염불로놀자
○○○○○○○○○○○○○○
아에~어어야 어어잉어어야 얼럴럴거려서 놀고나가자
천년짐토 만년짐토 흔번을가면 따시는못오는길일세
아에~어어야 어어잉어어야 얼럴럴거리고 염불로놀자
아불쌍흔신 혼~ 가련하신 혼이로다
아에~어어야 어어잉어어야 얼럴럴거려서 염불로놀자
아인자가면 언자나오나 멩년(明年)○○○ 춘삼월이뒈면

---

515) 이슬이로다.

아에~어어야 어어잉어어야 얼럴럴거리고 염불로놀자

아꽃이페나 돌아나올까 잎이나피면 돌아나올까

아에~어어야 어어잉어어야 얼럴럴거리고 염불로놀자

아저싱가니 따시나올줄몰르 불쌍훈인생 가련도흐다

아에~어어야 어어잉어어야 얼럴럴거리고 염불로놀자

아언자가면은 부모형제를만나 만단정훼를 허고나살게

아에~어어야 어어잉어어야 얼럴럴거리고 염불로놀자

아우리인셍은 훈번가면 따시돌아올줄은 영원히도몰르네

아에~어어야 어어잉어어야 얼럴럴거리고 염불로놀자

아삼월삼진 꽃이나피면 그떼나이면 돌아나올까

아에~어어야 어어잉어어야 얼럴럴거리고 놀고나가세

아스월초파일날 절이민절마다 촛불훈쌍키워놓고 멩과복을빌떼에

아에~어어야 어어잉어어야 얼럴럴거리고 염불로놀자

그떼나면 돌아나올까 가고보니 못올길로다

아에~어어야 어어잉어어야 얼럴럴거리고 염불로놀자

아강남갓던 제비세도 짝을지와서 훨훨날아오는데

아에~어어야 어어잉어어야 얼럴럴거리고 염불로놀자

아우리야낭군은 어디를가서 소풍가자말도나 아니나허나

아에~어어야 어어잉어어야 얼럴럴거리고 염불로놀자

아우리가가면은 따시나아니오나 길제스헐떼엔 돌아나온다

아에~어어야 어어잉어어야 얼럴럴거리고 염불로놀자

물질소리(이어도사나)

자료코드 : 10_00_FOS_20100611_HNC_LWY_0001

조사장소 : 제주특별자치도 제주시 조천읍 북촌리 1271번지(경로당)
조사일시 : 2010.6.11
조 사 자 : 강정식, 강소전, 송정희
제 보 자 : 이원녀, 여, 83세
구연상황 : 현덕선의 권유에 따라 구연하였다.

이여사나~ 이여도사나~

어기여라~ 이여싸

내가내가~ 어머님전에~ 기어날 때~

이물질허레 기어나

아침일찍 바다에들어강

흐룰516)저물랑 번것은

셍각허면 기가멕히네517) 눈물이나네

이여싸허 이여사나

요네젓엉 어딜가리

울독바당 한가운디

젓엉가자 이어사나

요네착이 부러지면

어느산천 아니라

데마도산천 아사네가 없을쏘냐

요네줄이 끊어나지면

부산항구 녹구줄이 없을쏘냐

이어도 쳐라쳐라 쳐

이여도사나 저라베겨

이여싸 이여사나

---

516) 하루.
517) 막히네.

그만허쿠다 헤여봐야

늠도해난소리

애기 홍그는 소리(웡이자랑)

자료코드 : 10_00_FOS_20100611_HNC_LWY_0002
조사장소 : 제주특별자치도 제주시 조천읍 북촌리 1271번지(경로당)
조사일시 : 2010.6.11
조 사 자 : 강정식, 강소전, 송정희
제 보 자 : 이원녀, 여, 83세
구연상황 : '물질소리'에 이어 구연하였다.

자랑자랑 자랑자랑 자랑자랑

웡이자랑 웡이자랑

우리애기 좀도잘자라

이좀을자사 어멍이 돈벌거아니가

자랑자랑 웡이자랑 웡이자랑

이애기 베에시껑강 바닥에놓아두엉

물알에 들어가민

물알에 들어가민 떨어지카부덴 애먹고허멍

그돈벌어당 이애기덜 공부시키젠

그물질헤영 허다보난

몸은늙어지고 돈은다어디레 가불고

웡이자랑 자랑자랑 자랑자랑 웡이자랑

애기야 좀자드라 나일이나 흥끔허게

자랑자랑 자랑웡이자랑

어떵 허난 기십이영 들어가벰신지사518)

(제보자 : 못허크라.)

꿩꿩장서방

자료코드 : 10_00_FOS_20100611_HNC_LWY_0003
조사장소 : 제주특별자치도 제주시 조천읍 북촌리 1271번지(경로당)
조사일시 : 2010.6.11
조 사 자 : 강정식, 강소전, 송정희
제 보 자 : 이원녀, 여, 83세
구연상황 : 조사자의 요청에 응해 구연하였다.

꿩꿩장서방 어찌어찌살아요

내가내가 못살아

알롱베기 저고리에

청세옥세 짓을달아

ᄌ지멩지 고물을달아

힌벡지519) 동전달아

절로오는 저놈으ᄌ식

날잡으러 오는ᄌ식

훈착520)눈이랑 젱기렁521)가멍

훈착눈이랑 보영가멍

이만허민 어떵 허리

삼각산이나 올라보져

삼각산이 올르난

---

518) '들어가 버리고 있는 것인지' 정도의 뜻임.
519) 흰 백지(白紙).
520) 한쪽.
521) 찡그려.

(제보자 : 거꺼지522) 잊어부런.)

행상소리(상여소리)

자료코드 : 10_00_FOS_20100611_HNC_LWY_0004
조사장소 : 제주특별자치도 제주시 조천읍 북촌리 1271번지(경로당)
조사일시 : 2010.6.11
조 사 자 : 강정식, 강소전, 송정희
제 보 자 : 이원녀, 여, 83세
구연상황 : 이원녀 제보자 조사가 끝나고 나서 예전에는 '행상소리'도 잘했다고 하면서
　　　　　구연하였다. 현덕선이 받는 소리를 하였다.

　　　　아헤-어허이 어허이이어허야 얼럴럴거리고 노래나부르자 허민
　　　　아헤-어허이 어허이이어허야 얼럴럴거리고 놀고나가자
　　　　아헤-올라 옥을켜니 이름이좋아 산옥이라
　　　　아헤-어허야 어허잉어허야 얼럴럴거리고 놀고나가세
　　　　아헤-어허잉 어허잉어허야 얼럴럴거리고 산넘어가자
　　　　아헤-어허야 어허잉어허야 얼럴럴거리고 염불로가자

　　(제보자 : 아이고 다 잊어부런.)

　　　　공동모지야 말물어보자 님그려죽은무덤 멧멧이뒈느냐
　　　　아헤-어허잉 어허잉어허야 얼럴럴거리고 염불로놀자
　　　　우리가살면은 멧벽년사느냐 칠팔십년뒈면은 공동묘지갈꺼다
　　　　아헤-어허잉 어허잉어허야 얼럴럴거려 공동묘지나갈까

　　(제보자 : 그만허게이.)

---

522) 거기까지.

물질소리(이어도사나)

자료코드 : 10_00_FOS_20100611_HNC_HDS_0001
조사장소 : 제주특별자치도 제주시 조천읍 북촌리 1271번지(경로당)
조사일시 : 2010.6.11
조 사 자 : 강정식, 강소전, 송정희
제 보 자 : 현덕선, 여, 83세
구연상황 : 윤삼례가 이제 다른 사람도 소리를 하라고 해서 서로 이야기 하다가 윤삼례
가 먼저 '물질소리'를 시작하였다. 이원녀가 받는 소리를 하는데 현덕선이 이
소리는 홋소리가 없어야 한다고 하고, 현덕선 혼자서 구연하였다.

  이어도사나~ 이이도사나 힛 이어사나 힛

  어기여라~ 어기여라~

  요넬523)젓고 어딜가나 힛

  진도바당 힛 한골로간다 힛

  이어사나~ 이어사나~

  이어사나 힛 이어사나 핫

  무정세월(無情歲月)

  (제보자 : 이거 잡소리 뒝 안뒈여. 나가 가는디.)

  이어사나 힛 이어사나 핫

  무정세월~ 가지말아~

  청춘늙어~ 백발이여 힛

  이어도사나 힛

  훈무룰랑~ 젓엉가고~

  훈무룰랑~ 놀고간다 힛

  이어사나 힛

---

523) 이 노를.

무정세월~ 가지말라 힛

청춘늙어 힛 백발(白髮)이여 힛

물로펭펭~524) 돌아진섬에~

삼시(三時)굶어~ 물질하야 힛

혼푼두푼~ 모여둔금전 힛

정든님 술잔에 힛 다녹아간다 힛

우리베에~525) 선도사고~

뱃머럭만~ 숙여줘서 힛

적거리로 힛 베올라간다 힛

이여이여~ 이여도사나 힛

우리베에~ 선왕님아 힛

메역526)좋은~ 여끗으로527) 힛

인도나협서 힛

이목저목~ 화량도에~

좁은목아~ 이여도사나 헛

요세상에~ 불쌍헌거 힛

헤녀벳끼~528) 또없도다 힛

혼착손에 힛 두렁박들고 힛

혼착손에~ 비창들러 헛

혼질두질~ 들어강보니 힛

저싱도가529) 힛 건당헌다530) 힛

---

524) 빙빙.

525) 우리 배에.

526) 미역.

527) 끝으로.

528) 해녀(海女)밖에.

529) 저승 문턱이.

어기야쳐라 헛 쳐라쳐라~

요물531)알에~532) 은과나금은 헛

높은낭에533) 헛 열매로다 헛

요네착은~534) 부러진덜~

선흘꼿이~ 가시나민 헛

없을쏘냐 헛

노방에가~ 끊어질덜~

부산항구 헛 녹두공장 헛

없을쏘냐 헛 어기야쳐라 헛

요목저목~ 화량도에~

좁을목가 헛

어기야쳐라 헛 쳐라쳐라 헛

우리인셍(人生)~ 불쌍하다~

불쌍하다 하

벡년(百年)못살 헛 초로인셍(草露人生) 헛

시건마련~535) 아니나하네~

어기야쳐라 헛 꽁꽁젓엉 헛

집이가서 헛 우는ᄌ식 헛

젓을주자 헛

물로펭펭~ 돌아진섬에~

삼시굶엉 헛 물질헤영헤영

---

530) '가깝구나'정도의 뜻.

531) 이 물.

532) 아래.

533) 나무에.

534) 이 노는.

535) '셀 것인데' 정도의 뜻.

한푼두푼 힛 모여둔금전 힛

술먹는금전에~ 정떨어진다~

이여사나 힛 이여사나 힛

베똥알에~536) ㄱ심이야~

놈을준덜 힛

요네상척 힛 놈을주나 힛

처라처라~ 어기야 처라

힘이엇엉~ 다떨어진다

히야 처라

촐 비는 소리(홍에기소리)

자료코드 : 10_00_FOS_20100611_HNC_HDS_0002
조사장소 : 제주특별자치도 제주시 조천읍 북촌리 1271번지(경로당)
조사일시 : 2010.6.11
조 사 자 : 강정식, 강소전, 송정희
제 보 자 : 현덕선, 여, 83세
구연상황 : 조사자가 '촐 비는 소리'를 불러 달라고 요청하니 옛날에는 친정어머니가 목
이 좋아 잘 불렀다고 하면서 지금은 잊어버려 기억이 나지 않는다고 하며 부
르기를 꺼려하다가 윤삼례의 권유에 따라 현덕선이 구연하였다.

어기야디야허허- 홍에기~소리

내소리야~ 웬소리~든다

요밧디537)촐을538)못비여~ 홍에기~소리

서산열락에~ 헤떨어~지고

월출동경에~ 달솟아~온다

우리나친구덜~ 근실헌친구

내소리야~ 산넘어~가라

내소리야~ 물넘고~가라

물도산도~ 넘지나말고

요집똘에~ 지넘고~가라

방에 소리

자료코드 : 10_00_FOS_20100611_HNC_HDS_0003
조사장소 : 제주특별자치도 제주시 조천읍 북촌리 1271번지(경로당)
조사일시 : 2010.6.11
조 사 자 : 강정식, 강소전, 송정희
제 보 자 : 현덕선, 여, 83세
구연상황 : 조사자의 요청과 윤삼례의 권유에 따라 구연하였다.

이여도방에-

이여도방에 콩콩지라

이여도방에 힛

도리송당 힛

큰애기덜은 피방에가 올파가듯 힛

이어도방에

콩콩지영~ 쏠이나고~

콩콩지면~ 물이나라

열두신뼈~ 신랑거령

방에꼴을 힛

지어바라~ 쏠이나고~

물이난다~ 이어도방에 힛
소리돈당539)~ 피방에지듯
소리돈당
(제보자 : 이거 ○○○○.)
도리송당~ 큰애기들은~
각당밧디~ 올파가듯
피방에를~ 지는구나
이어방에~ 지어지라
혼적지엉~ 쏠이나면
우리자식덜~ 밥헹멕영
혼적커건~ 공부허여
삼팔선을 돌파한다~
이어도방에 힛
요방에가~ 지여보면
쏠이나면~ 어린ᄌ석
검은솟디~540) 콩섞어놓고
밥을헤영~ 멕여서
키와노민541)~ 전장터로
우리나라~ 지커레간다
이어도방에 콩콩지어
콩콩지어라
열두신뼈 신랑거령
콩콩지어라

---

539) '드리송당'을 잘못 밝음한 듯.
540) 솥에.
541) 키워 놓으면.

잊어부런 엮으지못헹

[가사를 잊어버린 것은 가사에 넣어 부르니 다른 제보자들이 웃는다.]

노망들언 칠팔십이
지나부난~ 방에꼴도~
번쳐가고~ 방에소리도~
잊어비언
넬날은~ 저싱도가
건당하네
요놈으방에 콩콩지엉
쓸도나고~ 이팔청춘~
소년덜아~ 나를보고
웃지말라
어제청춘~ 오널백발~
요렇게뒐줄 꿈에나알앗지~
정말몰라
콩콩지라 설마진정
요방에꼴을 남을주라
콩콩지어라 잘도진다

흔다리 인다리

자료코드 : 10_00_FOS_20100611_HNC_HDS_0004
조사장소 : 제주특별자치도 제주시 조천읍 북촌리 1271번지(경로당)
조사일시 : 2010.6.11
조 사 자 : 강정식, 강소전, 송정희

제 보 자 : 현덕선, 여, 83세

구연상황 : 조사자가 어릴 때 불렀던 노래를 요청하니 윤삼례가 현덕선에게 '혼다리 인
다리'를 부르라고 하였다. 현덕선은 주변에 사람들에게 다리를 뻗어 앉으라고
하고 실제로 동작을 보여주면서 구연하였다. 노래를 부르며 일등을 잡으면 무
엇을 하는지 조사자가 물으니 현덕선은 매를 맞기도 한다고 하였다.

[현덕선과 청중 서너 명이 다리를 뻗어 앉아서 구연하였다.]

　　　혼다리 인다리 거청게
　　　시나 노자 벙벙게
　　　어 장장 고노고
　　　어력 도력 돌깜 세끈

(제보자 : 요것이 대장이여.)

　　　혼다리 인다리 거청게
　　　시나 노자 벙벙게
　　　어 장장 고노고
　　　어력 도력 돌깜 세끈

(제보자 : 아이고 이거 어떵 허난 어 죽 이거 뭄대로 안 뒈여.)

　　　혼다리 인다리 거청게
　　　시나 노자 벙벙게
　　　어 장장 고노고
　　　어력 도력 돌깜 세끈

(제보자 : 나가 대장이다.)

말잇기 노래(미뻬쟁이)

자료코드 : 10_00_FOS_20100618_HNC_HDS_0001
조사장소 : 제주특별자치도 제주시 조천읍 북촌리 높은물 근처 야외
조사일시 : 2010.6.18
조 사 자 : 허남춘, 강정식, 강소전, 송정희
제 보 자 : 현덕선, 여, 83세
구연상황 : 조사자가 요청하여 구연하였다. 제보자가 아홉 살에 할머니에게서 들었던 기
억이 있다고 하면서 구연하였다.

저산에 꼬박꼬박 허는거 뭐꼬

미뻬쟁이여

미뻬쟁인 힌다

히민 하르방이여

하르방은 등굽나

등굽으민 쉐질메

쉐질 네이난다

네고망나민 시리여

시린 검나

검으민 가마귀여

가마귄 눕뜬다

눕뜨민 심방이여

심방은 춘다

(제보자 : 꿋.542))

---

542) 끝.

달구소리

자료코드 : 10_00_FOS_20100618_HNC_HDS_0002
조사장소 : 제주특별자치도 제주시 조천읍 북촌리 높은물 근처 야외
조사일시 : 2010.6.18
조 사 자 : 허남춘, 강정식, 강소전, 송정희
제 보 자 : 현덕선, 여, 83세
구연상황 : 조사자가 요청하여 구연하였다. 제보자가 나뭇가지를 짚고 서서 부르던 것이
라고 하면서 나뭇가지 대신 주변에 있는 술병을 짚고 서서 구연하였다. 윤삼
례, 이원녀가 받는 소리를 하였다. 달구소리의 받는 소리는 아웨기소리라고
하였다.

어허허야달구

아아아양 허허허양 허허요

달구짓는 소리에 봉본이나 잘싸보자

아아아양 허허허양 허허요

달구짓는 소리에는 웬소리 든가

아아아양 허허허양 허허요

달구짓면 봉분이나 곱게나 싸주시요

아아아양 허허허양 허허요

설룬자식덜 다두워두고 북망산천으로 나는가오

아아아양 허허허양 허허요

달구소리 지면은 봉분이나 다이고가네

아아아양 허허허양 허허요

천년만년 살을찌고 극낙세계로 제붙져가오

아아아양 허허허양 허허요

어린자석 두워두고 북망산천에 나는왓소

아아아양 허허허양 허허요

3. 송당리

▌조사마을

제주특별자치도 제주시 구좌읍 송당리

조사일시 : 2010.5.~2010.7.
조 사 자 : 허남춘, 강정식, 강소전, 송정희

송당리(松堂里)는 지난 한국구비문학대계 사업 당시 조사지역으로 선정되지 않았던 마을이다. 그래서 이 마을의 구비전승에 대한 자료가 사실 그다지 축적되지 못하였다. 따라서 이번 한국구비문학대계 조사사업에서 송당리의 구비전승 자료를 확인하는 것은 충분히 가치가 있다고 여긴다. 송당리의 구비전승 조사대상은 설화와 민요이다. 이밖에 송당본향당의 당굿에서 살필 수 있는 무가 분야도 있었으나, 기존에 보고된 내용과 겹치는 사항도 있어 이번 조사에서는 포함하지 않는다. 송당리는 제주도 무속신앙의 전체적인 양상으로 이해하는 데 매우 중요한 마을일뿐만 아니라, 대표적인 중산간마을이기도 하여 중산간의 생업문화에 따른 구비전승을 이해하는 데 소중하다.

이번 송당리의 구비전승 조사는 2010년 5월부터 7월까지의 사이에 집중적으로 이루어졌다. 물론 그 전에도 몇 차례 마을을 방문하여 조사취지를 설명하고, 적절한 제보자를 선정하는 노력을 기울였다. 그리고 경로당을 방문하여 정식으로 조사를 시작하기 전에 친밀감을 형성하는 시간도 아울러 가졌다. 실제 조사에 들어가서는 우선 경로당에서 1차적인 조사를 진행하고 그 결과물의 양과 질, 녹음상태 등을 종합적으로 고려하여 필요할 경우 해당 제보자의 자택을 방문하여 재조사하는 경우도 있었다. 또한 민요의 경우 서로 선창자와 후창자를 바꾼다거나, 같은 노래를 여러 제보자가 부르게 하는 등의 방법을 사용하여 그 다양성을 살펴보려 하였다.

송당리는 구좌읍의 대표적인 중산간마을이다. 제주시로 통합되기 전에는 '북제주군'에 속해 있었으며, 옛 '제주시'를 기준으로 하면 일주도로를 따라 동쪽으로 약 43km, 동부 중산간도로를 따라 약 35km 떨어진 곳에 위치한다. 약 900여 년 전쯤에 설촌이 이루어진 것으로 보인다. 민간에서 널리 불리는 이름은 '손당, 소남당'이며, 마을을 다시 구분하여 '웃손당, 셋손당, 알손당'이라고 한다. 『탐라순력도』에도 마을명이 나타난다.

2007년 12월 현재 송당리의 인구는 374세대에 1,050명이다. 남녀의 비율이 비슷하다. 각성바지로 구성되어 있는데, 그 가운데서도 광산 김씨의 세력이 큰 편이다. 송당리는 중산간마을이기 때문에 지난 '제주 4·3' 당시 마을주민 대다수가 해안지역으로 소개되는 등 큰 고초를 겪었다. 이 마을의 주요 산업은 농업과 축산업이다. 더덕과 감자, 콩 등을 주된 농업으로 하며, 중산간의 넓은 목장지대를 바탕으로 한 육우 등의 축산업도 주요 소득원이다. 최근에는 오름트레킹을 비롯한 생태관광에 대한 관심도 점차 높아지고 있다. 예전에는 교통여건이 좋지 않아 왕래가 불편한 오지로 인식되었으나, 현재는 도로사정이 개선되어 동부지역 어디로나 쉽게 오갈 수 있는 곳으로 바뀌었다. 교육이나 문화생활은 구좌읍 소재지인 세화리나 옛 제주시 지역 등에서 이루어진다. 마을 내 종교생활은 당굿을 중심으로 무속신앙의 범주에서 행해지는 것이 보편적이다. 특히 송당본향당은 제주도 당신앙의 '뿌리'라고 일컬어지는 곳이다. 현재 그 당굿이 '제주도 무형문화재 제5호'로, 당은 '민속자료 제9-1호'로 지정되어 있다.

이번 조사에서 확인할 수 있는 구비전승 양상은 다음과 같다. 설화의 경우 본향당신과 관련한 내용과 풍수 일화, 민담 등이 있었다. 한편 민요의 경우는 밭농사와 관련된 노래를 중심으로, 동요와 의식요도 확인할 수 있었다.

▌제보자

고생열, 여, 1925년생

주 소 지 : 제주특별자치도 제주시 구좌읍 송당리 1512-3번지
제보일시 : 2010.6.18
조 사 자 : 허남춘, 송정희

고생열은 송당리에서 태어나고 자랐으며,
송당리에서 결혼하여 현재까지 살고 있다.
노래는 어려서 배웠다고 한다.

제공 자료 목록
10_00_FOS_20100618_HNC_KSY_0001
　　다리세기 노래

고순선, 여, 1934년생

주 소 지 : 제주특별자치도 제주시 구좌읍 송당리 1381번지
제보일시 : 2010.6.18, 2010.6.25
조 사 자 : 허남춘, 강정식, 강소전, 송정희

고순선은 구좌읍 송당리 '섯동'에서 출생
하였다. 1934년생으로 올해 77세이다. 20세
에 결혼하여 6남 3녀를 두었다. 9남매 중
아들 하나가 죽었다고 한다.
　　노래는 외할아버지가 잘 불렀다고 한다.
십대와 이십대 때에는 부끄러워서 노래를
부르지 않았는데 조금 나이가 든 다음에는
부르기 시작하였다고 한다.

제공 자료 목록

10_00_FOS_20100618_HNC_KSS_0001 아웨기소리

10_00_FOS_20100618_HNC_KSS_0002 애기 흥그는 소리

10_00_FOS_20100618_HNC_KSS_0003 ᄀᆞ레 ᄀᆞ는 소리(1)

10_00_FOS_20100618_HNC_KSS_0004 도리께질 소리

10_00_FOS_20100618_HNC_KSS_0005 방아소리

10_00_FOS_20100625_HNC_KSS_0001 ᄀᆞ레 ᄀᆞ는 소리(2)

10_00_FOS_20100625_HNC_KSS_0002 서우제소리

김경수, 여, 1935년생

주 소 지 : 제주특별자치도 제주시 구좌읍 송당리 1370-4번지

제보일시 : 2010.6.18, 2010.6.25

조 사 자 : 허남춘, 강정식, 강소전, 송정희

김경수는 송당리 '중동'에서 출생하였다. 1935년생으로 올해 76세이다. 21세에 결혼하여 2남을 두었다. 형제로는 1남 1녀라고 한다. 4·3 당시 14세였는데 아버지가 구장이라는 이유로 폭도에 의해 어머니가 총 맞아 죽고 집도 불타버렸다. 아버지는 그 일로 다음해에 화병으로 죽었다. 어머니가 여자라는 이유로 보상을 받지 못했다.

제공 자료 목록

10_00_FOS_20100618_HNC_KKS_0001 아웨기소리

10_00_FOS_20100618_HNC_KKS_0002 애기 흥그는 소리

10_00_FOS_20100618_HNC_KKS_0003 밧 볼리는 소리

10_00_FOS_20100618_HNC_KKS_0004 도리께질 소리

10_00_FOS_20100625_HNC_KKS_0001 ᄀᆞ레 ᄀᆞ는 소리

10_00_FOS_20100625_HNC_KKS_0002 검질 메는 소리

김영옥, 남, 1937년생

주 소 지 : 제주특별자치도 제주시 구좌읍 송당리 1669번지
제보일시 : 2010.7.16
조 사 자 : 허남춘, 강정식, 강소전, 송정희

　김영옥은 구좌읍 송당리 '상동'에서 8남
매의 둘째로 태어났다. 현재는 형제 중 한
명이 죽어 7남매라고 한다. 일제강점기에
초등학교 3학년까지 다니고 4·3 당시 소개
되어 내려가는 바람에 졸업을 하지 못하였
다고 한다. 24세에 당시 22세이던 부인과
혼인하여 3남 3녀를 낳았다. 허정봉의 집안
으로 장가를 갔는데, 허정봉은 김영옥 집안
의 사위이기도 하다. 이는 부락내혼의 결과였다. 제주도 방위 1기생으로
입대하여 군복무를 마쳤다. 20대 후반에서 30대쯤에 농한기에는 석공으
로 제주시에 일하러는 다녔지만 송당을 떠나 살아본 적은 없다. 오곡농사
를 다 했고 지금은 주로 콩 농사를 한다. 반착소로 시작하여 지금은 20두
이상 키우고 있다고 한다. 반착소는 주인이 따로 있는 소를 키워주면서
새끼를 낳으면 받는 것을 말한다고 한다. 노래는 어릴 때부터 밭일 하면
서 자연스럽게 배웠다고 한다.

제공 자료 목록

10_00_FOS_20100716_HNC_KYO_0001 행상소리
10_00_FOS_20100716_HNC_KYO_0002 달구질소리
10_00_FOS_20100716_HNC_KYO_0003 하메할 때 소리
10_00_FOS_20100716_HNC_KYO_0004 검질 메는 소리

이계선, 여, 1927년생

주 소 지 : 제주특별자치도 제주시 구좌읍 송당리 1640번지
제보일시 : 2010.6.18
조 사 자 : 허남춘, 강정식, 강소전, 송정희

이계선은 송당리 '셋손당' 지경의 '대물 동네'에서 1927년에 태어났다. 집안은 약 6 대조부터 송당리에 살았다고 한다. 이계선은 그래도 나름대로 부잣집에 태어났지만, 부잣집에 일거리가 많아 오히려 어릴 때부터 일을 많이 하였다고 한다. 또한 7세 때에 어머니가 돌아가시자 계모와 할머니 밑에서 성장하였다. 당시 대부분의 사람들이 그러한 것처럼, 이계선 역시 학교를 다니지 못하였다. 여자가 학교 다니는 것을 못마땅하게 여기던 관습 때문이었다. 나중에 30대가 넘어 아들의 국어책으로 한글을 배워 이름 정도 쓰는 법은 깨우쳤다고 한다. 20세에 같은 마을 셋손당 출신 남자를 만나 혼인하였지만, 실제 살림으로 이어지지는 않았다고 한다. 그러다가 20대 중반에 경찰관이던 두 번째 남편을 만나 아들 하나를 낳았다. 이계선은 송당리에서 계속 농사를 지으며 살았다. 현재 아들이 마을에서 함께 살고 있다.

제공 자료 목록
10_00_FOS_20100618_HNC_LKS_0001 ᄀᆞ레 ᄀᆞ는 소리(1)
10_00_FOS_20100618_HNC_LKS_0002 ᄀᆞ레 ᄀᆞ는 소리(2)
10_00_FOS_20100618_HNC_LKS_0003 밧 볼리는 소리
10_00_FOS_20100618_HNC_LKS_0004 검질 메는 소리
10_00_FOS_20100618_HNC_LKS_0005 방에소리
10_00_FOS_20100618_HNC_LKS_0006 아기 흥그는 소리(1)
10_00_FOS_20100618_HNC_LKS_0007 아기 흥그는 소리(2)

10_00_FOS_20100618_HNC_LKS_0008 서우젯소리
10_00_FOS_20100618_HNC_LKS_0009 혼다리 인다리

최계추, 여, 1928년생

주 소 지 : 제주특별자치도 제주시 구좌읍 송당리 1481번지
제보일시 : 2010.6.18
조 사 자 : 허남춘, 강정식, 강소전, 송정희

최계추는 송당리 '가시남동' 지경에서 1928
년에 태어났다. 형제는 7남 3녀이다. 당시
또래들이 모두 그렇듯이 학교는 다녀본 적
이 없다. 그래도 오빠는 여자라도 학교를 보
내야 한다고 말해주었지만 부모의 반대로
배우지 못하였다. 나중에 성장하여 오빠가
글자는 가르쳐 주었기 때문에 이름을 쓰는
것 정도는 배울 수 있었다. 최계추는 20세에

같은 마을 '알손당' 출신으로 한 살 연하의 남편을 만나 결혼하였다. 슬하
에 자식은 4남 3녀를 두었다. 고향에서 농사를 지으며 이제껏 지내오고 있
다. 현재 송당리 노인회에서 여자 노인회장을 맡아 활동하고 있다.

제공 자료 목록
10_00_FOT_20100618_HNC_CKC_0001 콩지 풋지
10_00_FOT_20100618_HNC_CKC_0002 영리한 소금장시
10_00_FOS_20100618_HNC_CKC_0001 ᄀ레 ᄀ는 소리(1)
10_00_FOS_20100618_HNC_CKC_0002 검질 메는 소리
10_00_FOS_20100618_HNC_CKC_0003 마당질 소리
10_00_FOS_20100618_HNC_CKC_0004 아기 흥그는 소리
10_00_FOS_20100618_HNC_CKC_0005 혼다리 인다리
10_00_FOS_20100625_HNC_CKC_0001 ᄀ레 ᄀ는 소리(2)

허정봉, 남, 1930년생

주 소 지 : 제주특별자치도 제주시 구좌읍 송당리 1513번지
제보일시 : 2010.5.28, 2010.7.26
조 사 자 : 허남춘, 강정식, 강소전, 송정희

허정봉은 구좌읍 송당리의 '셋손당' 지역
에서 1930년에 태어났다. 6형제 가운데 장
남이었다. 해방되기 전에 2년제 간이학교를
졸업한 뒤에 더 이상은 학교를 다닐 형편이
되지 않았다. 4·3 시기에는 송당리가 군경
의 '소개작전'으로 불타 버리자, 마을 주민
들은 같은 구좌읍 관내인 세화리나 평대리,
김녕리 등으로 이주를 하였다. 이때 집에서
기르던 우마를 많이 잃어버렸고 나중에 5~6마리 정도만 찾을 수 있었다
고 한다. 허정봉은 1950년 육군에 입대하여 1953년 정전 후에 제대를 하
였다. 정전 직전에 부상을 당하기도 하였다. 이 당시 군복무를 한 것을 빼
고는 계속 고향에서 농사를 짓고 우마도 기르며 살았다. 1952년 24세에
같은 고향 '웃손당' 출신의 부인을 만나 혼인하였다. 부인은 세 살 연하이
며, 슬하에 자녀는 4남 4녀를 두었다. 옛이야기와 노래는 주로 부모에게
듣거나 주위 사람들과 어울리며 들어서 익혔다고 한다. 허정봉의 집안은
약 5대조부터 송당리에 거주하였다고 한다.

제공 자료 목록
10_00_FOT_20100528_HNC_HJB_0001 고씨 선조의 이묘 일화
10_00_FOT_20100528_HNC_HJB_0002 벡조할망 좌정 유래
10_00_FOT_20100528_HNC_HJB_0003 벡조할망과 돗제
10_00_FOS_20100528_HNC_HJB_0001 밧 볼리는 소리(1)
10_00_FOS_20100528_HNC_HJB_0002 무쉬 모는 소리
10_00_FOS_20100528_HNC_HJB_0003 마당질 소리

10_00_FOS_20100528_HNC_HJB_0004 방에놀레
10_00_FOS_20100716_HNC_HJB_0001 행상소리
10_00_FOS_20100716_HNC_HJB_0002 밧 볼리는 소리(2)

콩지 풋지

자료코드 : 10_00_FOT_20100618_HNC_CKC_0001
조사장소 : 제주특별자치도 제주시 구좌읍 송당리 1481번지
조사일시 : 2010.6.18
조 사 자 : 강정식, 강소전
제 보 자 : 최계추, 여, 83세
구연상황 : 조사자가 옛말을 들려주기를 청하자 최계추가 문득 생각났는지 '콩쥐 팥쥐'에
대한 이야기를 꺼냈다. 조사자가 그 이야기를 들려달라고 하자, 처음에는 어
색한지 좀 머뭇거리다가 재차 청하니 구연하였다.
줄 거 리 : 콩지 아버지가 본처와 사별하자 풋데기라는 여자와 결혼하여 풋지를 낳았다.
풋지 어머니는 자신의 딸인 풋지만을 돌보고 전처 소생인 콩지는 차별하여
잘 돌보지 않았다. 하지만 구박을 받으며 사는 콩지가 더 인물이 좋았다. 하
루는 마을에 고관들이 행차하여 놀이가 벌어지자 풋지 어머니는 풋지만을 데
리고 가기 위해 콩지에게는 일부러 도저히 혼자서는 처리할 수 없는 일을 하
라고 시켰다. 그러나 이웃 할망과 주위 동물들의 도움을 받아 콩지는 문제를
해결하고 뒤늦게 놀이에 가게 된다. 그런데 콩지가 가는 도중에 신발 하나를
잃어버렸는데 마침 고관들은 행차 도중에 그 신발을 줍게 되고 신발주인을
찾으면 부인으로 삼겠다고 말한다. 풋지는 자신이 신발주인인 행세를 하지만
실패하고, 결국 콩지가 마지막에 신발을 신어 주인임이 밝혀지자 고관의 부인
이 된다.

콩지 풋지도 헤여나고.

(조사자 : 콩지 풋지 그런 거 헤 줍서.)

콩지 풋지도 무신, 그 콩지 풋지 아방이[543] 무신.

(청중 : 걸랑 지[544] 헤여, 걸랑 지 헤봐.)

---

543) 아버지가.
544) 네가.

아니, 나 아녀쿠다.

(조사자 : 거 헤 줍서.)

(보조 조사자 : 무사마씨.)

(조사자 : 잊어부런마씨?)

에에.

(청중 : ᄒ나만 지 허곡, ᄒ나만 지 허곡 나 ᄒ나만 허곡.)

[최계추가 이야기하지 않겠다고 하자, 이계선이 서로 하나씩 하자고 하면서 말해주라고 한다. 조사자도 이야기를 해달라고 청한다.]

에에 나 못 허메.

(보조 조사자 : ᄒ나씩.)

(청중 : 콩지 풋지 헤봐.)

콩지 풋지 아방이양 무신 저, 무신 데감이나 무신 거 헤나지 아녀수까게. 무신 막……

(청중 : 알아진 거만이라도, 내용을…….)

경 ᄒ난, 그 사람이 이제 본처가 아메도545) 죽어분 모냥이라. 딸 하나 콩지 나둰 죽어부니까 이제, 풋데기엔 헌 어멍을 헤다가 풋데기를 난 거라. 나니까 지 뚤은 엣날도 다슴어멍546) 오죽 ᄒ여, 지 뚤은 풋 맞존 거니까 풋만 숢안547) 멕이고, 놈이 어멍 그 죽어분 어멍에 큰뚤은, 콩만 멕이니까 큰뚤 콩주는 막, 천하일색(天下一色) 곱곡 막 얼랑얼랑 좋고, 풋주는 풋만 먹으난, 막 그자 양지가548) 비작비작헌 게 졸바로549) 곱지도 아년디,

아마도 이제 ᄀ뜨민550) 무신 어디 과거놀이 허는 딜 이제 그, 저 장급

---

545) 아마도.
546) 계모.
547) 삶아서.
548) 얼굴이.
549) 제대로.
550) 같으면.

덜이 온덴 허니까, 게엥 처녀 아기씰 돌앙551) 나오렌 헌 모냥이우다게 ○
○○,

게난 그 콩주 폿주 어멍이 둘이가, 지네 폿데기는 돌앙 가고 이제 콩주
ᄀ라는552) 이제, 저 터진 항 열두 밧디553) 터진 항이옌 헤서양.

(청중 : 굽 터진 항에 물 질어……)

물 질어554) ᄂᆞ뒹 오곡, 지장555) 닷 뒈 조 닷 뒈, 지엉 방에556) ᄂᆞ뒹 오
렌 시겨뒌.

(청중 : 방에 전 쏠 믄.)557)

지렌558) 허니까 그 아이는 이제, 터진 항에 물 질어다 노민 ᄀᆞ득지
도559) 아녀곡 못 오게 허는 겁주 그 어멍이 못 오게 허는 건디, 그 이웃
할 가마귀가 와네 "구렁지라 구렁지라." 막 ᄒᆞ난 이젠, ᄌᆞ꿋닷560) 할망보
곡,561)

"저 가마귄 오란 '구렁지라 구렁지라.' 헴수다." 허난,

"아이고 요 설룬 아기야 터져부난 그거 아이가."

저 소낭에562) 송진 혜다가 이제 그 항을, 그 할망이 막아준 거라양. 막
아주난, 물을 져당 놩 소부렉기563) ᄀᆞ득고, 지장 닷 뒈 조 닷 뒈는 멍석에
노니까, 하늘 오르고 참새가 ᄂᆞ려와가지고, 오망삭삭이564) 앚이난 믄 먹

---

551) 데리고.
552) 콩주에게는.
553) 군데.
554) 길어.
555) 기장.
556) 방아.
557) 모두.
558) 지으라고.
559) 가득차지도.
560) 가까운 데에. 옆에 있는.
561) 할머니에게.
562) 소나무에.
563) 가득찬 모양을 나타냄.

어비엄시키부덴 허니까 믄딱565) 오글오글 까네, 팻닥허게 다올려부난566) 믄 쑬 까젼

이젠 그거 헨 드려놔두고 이젠, 출려네 이젠, 아메도 옛날도 가막창신 신고 믈 탄 갓젠 그디 완 저, 아멩혜도567) 높은 사람 뚤이니까 게헨, 가단에 그냥 믈 알더레568) 그 가막창신 훈 착이 빠져부런. 노념놀이 허는 딜 막 간 보난, 혜시난 이젠 마주막에 간 앚이난, 다 잊어부런.

게난 이제 그 왕스띠덜은569) 이제 가단 그 가막창신 훈날570) 봉간571) 가고, 간 보난 막 천하일섹 고우니까, 이제 이, 이 신발에 맞인 사람은 이제 지네, 이제 각시론가 메누리론가 흐켄 이제 흔난 이제 그 풋데기는, 지가 나바루또572) 거꾸로 신엉 나바루또 ᄂ다573) 신엉 나바루똑 허니 제일 마주막에 이제 콩데기가 신으난, 훈 착 일러먹고 허난 꼭 맞이니까 이젠 콩데기가 그 나라 사띠574) 각시로 갓젠 마씀 겨니까,

다슴어멍 경 박데혜도, 올바르게 곱게만 크곡 허면은, [제보자가 웃는다.] 경 헹 막 잘 놀앙 그런 ○○각시로 강 잘 살고 그, 놈이 어멍은 그렇게 다슴텔575) 허니까 소리 말도, 저 고랑좁쑬 니 웃이멍 다심어멍 말 엇이 살게.

경 허고 춤 다슴어멍 날 베리긴 뭐, 눗인576) 나무 찻가지여, [제보자가

---

564) 사람이나 물건 등이 많이 모여 있는 모양을 나타냄.
565) 모두.
566) 급히 몰아서 쫓아내니.
567) 아무래도.
568) 아래로.
569) 왕사또들은.
570) 하나를.
571) 주워서.
572) 미상.
573) 오른쪽.
574) 사또.
575) 의붓자식을 학대해서 차별하는 태도.
576) 낮은.

웃는다.] 우리 어멍 날 바레긴 높은 나무 상가지여 허니까 다슴어멍이 엿날은 뒈게 막 궂인 첼 헤난 모냥이라마씀게.

게난 시집살이가 심허덴 허고예. 시집살이, 시집살이 심허는 말도 게 시어멍은 무신, [제보자가 웃는다.] 헤난 엣날 시어멍 노레 헤가민 춤, 씨어멍은 무신 전복 넉시 나를 보민 모지직허고,577) 씨아방은 구젱기578) 넉시 나를 보면 꼭 헤여나서양. 거 구젱기 꺼풀 들깍허니까. 저 쉐579) 들깍허고 뭐 씨 씨 씨누이년은 코젱이580) 넉시 날 보믄 호르륵허고 뭐 동서년은 씨앗 넉시, 나를 보면 심통만 부리곡 무신 서방은 이제 뭉게581) 넉시 나를 보면, [제보자가 웃는다.] 엉구 안젱582) 허곡, 경 헤서 씨아지방은 장독583) 넉시 울렛흐곡 헌덴, 그렇게 씨집살이 허면서 막 칭원헨 씨집살일 헷젠마씀.

(청중 : 겐디 잘 알암져이. 난 원 ㅎ나토……)

그거 우리 옛날 막 옛말 굴아난 거 아니꽈.

(청중 : 겐디 옛말 굴아낫주만은 몰라 몰라.)

(조사자 : 건 누게안티 처음 들어난 거 담수가?)

우리 어멍 부모네한티 할망 하르방 어머니네안티.

(청중 : 옛날 할망덜 몬 대게 부모 조상한티 몬 들은 거주. 이제 우리사 춤……) [웃는다.]

---

577) '모지직'은 한 번 먹은 마음이나 뜻을 굳게 다잡는 성질이 있다는 뜻.
578) 소라.
579) 소.
580) 코 끝이 뾰족한 부분. 작살의 끝부분.
581) 문어.
582) 안으려고.
583) 수탉.

영리한 소금장시

자료코드 : 10_00_FOT_20100618_HNC_CKC_0002
조사장소 : 제주특별자치도 제주시 구좌읍 송당리 1481번지
조사일시 : 2010.6.18
조 사 자 : 강정식, 강소전
제 보 자 : 최계추, 여, 83세

구연상황 : 알고 있는 옛날이야기를 들려 달라고 하자 이제는 모두 잊어버렸다고 하다가, 문득 생각이 났는지 같은 구좌읍 관내 마을인 종달리의 영리한 소금장수 이야기를 들려주었다.

줄 거 리 : 옛날 종달리 소금장수를 천하게 여기던 풍습이 있어 만약 사돈을 맺어도 역시 소금장수를 무시하였다. 그런데 한 영리한 소금장수가 있어 하루는 사돈을 청해 밥을 대접하면서 소금을 놓지 않고 만들었다. 사돈이 밥이 너무 싱거워 못 먹겠다고 하자, 소금장수는 자신을 무시하는데 어떻게 밥에 소금을 넣을 수 있겠느냐며 핀잔을 주었다. 그러자 사돈은 잘못을 인정하며 무시하지 않게 되었다. 한편 소금장수는 장사를 나가서도 매우 영리하였다. 하루는 장사를 나가 남의 집에 기거하게 되었는데 밤중에 집의 주인대감이 동네의 과붓집으로 바람을 피러 나가는 것을 보았다. 그 뒤를 쫓아 대감이 벗어놓은 옷을 주워 입고 원래 기거하던 집으로 돌아오자 대감부인은 소금장수를 남편으로 착각하고 하룻밤을 함께 보낸다. 대감부인은 나중에 남편이 아니라 소금장수와 동침했다는 사실을 깨닫자 당황하게 되고, 남편이 이를 알기 전에 소금장수에게 재물을 주어 빨리 마을을 벗어나 달라고 사정하였다. 이렇게 소금장수는 어디를 가나 영리하였다고 한다.

(청중 : 엿날 혜 난게 뭐, 춤 엿날 혜 난 거 튼네민584) 기가 멕힙주만은, 문딱 잊어불고. 엣날은. 나이 하고.)

양반 쌍놈 굴리곡.585)

(청중 : 게.)

(조사자 : 게난양.)

종다리586) 소금장실 막 천허게 네겨서양.587) 소금장시영 사둔허민, ㅂ

---

584) 잊어버렸던 것을 생각해 내면.
585) 가리고.

름 알러레 앚이렌 허곡 막 허니까 소금장시가 막 영리헌 모냥이라마씸. 지네 집일 사둔을 청헤서 이제 밥상을 출리는디 사둔 나시는588) 원 든 쩐 걸 안 놔네 심심허게 헤단 주곡 지넨 짠 거 먹넨.

"어이구 이거 싱거완 못 먹켄." 허난,

"염장시 네무리는디589) 그걸 놀 수가 잇수겐?" 허난,

"아이구 사둔님 우터레590) 앚읍센." [제보자가 웃는다.]

우터레 앚젓젠, 게난 소금장시가 언제나 영리헷젠 헙디다게. 엣날 소금 풀레591) 강도592) 그자, 막 그냥 헤 먹엉 오고.

엣날 소금장시 우리 어머니네 엣말 곧는 거 보민 어디 정이(旌義)593) 사나 소금 풀레 간 흐난 이문간594) 빌리렌 헨 빌언 누난, 그디 대감이 이제 이제 그 방립 쓰고 무신 그 요새 나민 큰옷 입고 ○○○ 이젠 밤중 이제 이녁 각시 네불어둬네 홀어멍595) 첩이 이젠, ○○ 가젤 나가부난, 그 사름이 소금장시라. [제보자가 웃는다.]

그 옷을 그 홀어멍 첩이 둘랑 간 벗언 놔뒨 기여드난 그걸 주근주근596) 줏어입어네 오란 주왁주왁597) 거릴 막 그 집 ○○ 오란 주왁주왁 헴시난, 그 이제 주연 멎은 각시 대감각신 나와네, 이 놈으 주속 또시 아무 홀어 멍 첩이 가젠 헴구넨 막 ○○○ 오라네 이젠 구들러레 기여드난, 그자 어

---

586) 제주시 구좌읍 종달리.
587) 여겨서요.
588) 몫으로는.
589) 무시하는데.
590) 위쪽에.
591) 팔러.
592) 가도.
593) 정의현.
594) 집의 입구에 대문 곁에 있는 집채.
595) 과부.
596) 차근차근.
597) 기웃기웃.

리둥절허게 그 각시 노릇 서방 노릇 혜연 보난, 놈의 서방 소금장시난,

'아이구 이만 허민 어떵 흐리.'

막 스정혜 가난, 아니 날 ○○젠 허질 안 허난 안 나갓덴 허난, [제보자가 웃는다.]

하간 거 감은 암쉐

(청중 : ○○○○에 미녕 혼 필에.)

감은 암쉐 무시거 막 시껀 혼저598) 서방 오기 전이 가줍센 허난, 가름599) 밧깃디 나가멍 어리렁 떠리렁 뭐 이제.

(청중 : 나 주지 복이 아니민 감은 암쉔 어딜로 나멍. ○○○○은 어딜로 나멍.)

[불청] 허멍 막 헨 가 부난,

소금장시가 언제나 영리헹 경, 어디 풀레 가도 영리허게 헹 먹엇수덴.

고씨 선조의 이묘 일화

자료코드 : 10_00_FOT_20100528_HNC_HJB_0001
조사장소 : 제주특별자치도 제주시 구좌읍 송당리 1513번지
조사일시 : 2010.5.28
조 사 자 : 강정식, 강소전, 송정희
제 보 자 : 허정봉, 남, 81세
구연상황 : 송당리에 전해 오는 옛날이야기를 말해 달라고 하자, 처음에는 송당리의 지명 유래를 좀 말하는 것으로 시작하였다. 그 뒤에 조사자가 어느 집안이 묘를 잘 써서 그 뒤로 집안이 잘 되었다는 이야기를 알고 있느냐고 물으니 고씨 집안의 이묘(移墓)에 대한 이야기를 들을 수 있었다.
줄 거 리 : 옛날 고씨 집안에 글을 좀 읽을 줄 알았던 이가 벼슬을 얻으려고 육지에서 온 대가의 집을 찾아가 살고 있었다. 그런데 이 사람이 하루는 돌아가신 자신

---

598) 빨리.
599) 한 마을 안에서 사람들이 많이 모여 사는 구역.

의 할아버지가 다른 이에게 곤장을 맞고 있는 꿈을 꾸었다. 사정을 따져 보니 자신의 할아버지 묘를 한씨 집안 조상의 묘 옆으로 가서 묻었는데, 그 한씨 조상이 자신의 할아버지를 못 살게 굴고 있었던 것이다. 이에 고씨 자손은 함께 지내던 육지 대가에게 그 방지책을 물었다. 육지 대가는 그럴 수 있다면서 괴석을 세우라고 가르쳐주었고, 대가의 말에 따라 고씨 자손은 자신의 할아버지 묘 주위에 고양이 모양의 괴석을 세웠다. 그러자 이 자손의 꿈에 할아버지가 다시 나타나 이제는 그런 괴로움이 사라져 살만 하다고 하였다.

(조사자 : 어느 집안에 경600) 산 잘 써가지고 부자가 뒛다 허는 건 잇입니까 여기는?)

부자가 뒛다 아이 대충 거 묘 써서 그 집안이 즈손이 잇다는 건 뭐 통미로나601) 뭐 대충 다 곧고602) 이렇게 혼 그, 요 고씨 집안에, 그디 그 집안에 그 정시도603) 잇고 옛날 좀 공불헌 양반이 잇엇어.

그 베슬604) 자국을 버을라고605) 그래서 육지, 그 데가의 집일 갓는디, 가서 그 저 올후 월후락606)이라고 헌 딜로 족금 저 편드레 가면은, 이제 세미오름607)이라 그래서 잇는데, 그디 묘를 썻는지 조부장(祖父丈)을 거기다가 모셧는데, 그 전에 한칫608) 산이609) 저쪽에 잇고, 이제 욥에는 고칫610) 산이 가서 이묘(移墓)헤다 묻엇는디, 밤에는 어떵 그 한칫 산에서, 그 이제 고칫 분을 데려다 놓고 곤장(棍杖) 때리고 막, 이렇게 흐는 그 꿈을 꿔엇어. 꿈을 꿔는디, 경 가 보면은, 옛날은 세왓이라고,

---

600) 그렇게.
601) 미상.
602) 말하고.
603) 지관(地官)도.
604) 벼슬.
605) 벌려고, 얻으려고.
606) 지명.
607) 지명.
608) 한씨 집안의.
609) 묘(墓)가.
610) 고씨 집안의.

(조사자 : 예.)

그 근처는 띠 요즘은 띠밧이라 그러는데, 옛날은 세왓딜로 바로, 신이 다니는 길끄지 나낫다 이렇게 전설이 뒈는데, 게 옆집 육지 베슬 보레, 이제 가서 사는디 그, 이제 고칫 하르버지가, 그 주인보고,

"어 사실은 선은 영 허고 후는 이렇게 헤서, 우리 조부장 모신 디서, 한 칫 산에서, 뭐 구신(鬼神)으로 그렇게 우리 조부장을 못견디게[611] 구니, 마 이러헌 것은 어떻게 헤서 방지를 헙네까?" 허니까,

"음~ 그거 경 헐 때가 잇어. 궤석을 헤영 세와." 경 헤연,

게 돌로 궤석 돌로 이제 고넹이[612] 형국을 멘들아서 이제 돌하르방 모냥으로 헤서 요쪽에 세우고 요쪽에 세워서,

혼 다음에는 아 "이젠 느네들 따문에 나도 살게 뒈었다."

꿈을 경 꿧다. 이렇게 그 걷는 예가 우리 들어나십주.

(조사자 : 것도 재미 잇는 말씀이다예.)

벡조할망 좌정 유래

자료코드 : 10_00_FOT_20100528_HNC_HJB_0002

조사장소 : 제주특별자치도 제주시 구좌읍 송당리 1513번지

조사일시 : 2010.5.28

조 사 자 : 강정식, 강소전, 송정희

제 보 자 : 허정봉, 남, 81세

구연상황 : 송당리 본향당과 관련하여 당신인 벡주할망에 대한 이야기가 있느냐고 묻자 들을 수 있었다.

줄 거 리 : 송당리 본향당신인 벡조할망과 그 남편이 함께 살고 있었는데, 하루는 밭을 갈러 간 남편이 배가 고파서 소를 잡아먹었다. 점심을 차려서 밭에 간 벡조할

---

611) 못견디게.
612) 고양이.

망은 소도 없이 밭을 가는 남편을 보자 남편에게서 더러운 냄새가 난다고 하면서 따로 좌정할 것을 요구하였다. 이에 벡조할망은 바람 위인 당오름에 좌정하고, 부정한 남편은 바람 아래로 숨어서 고부니물에 좌정하였다고 한다.

(조사자 : 이디 저 본향에,613) 벡조할망614)이 어떵 헷다 헌 말덜도…….)

예 그런 얘기도 그런 얘기도 잇수다.

벡조할망, 게니까 여기 그, 벡조할망이라고 헤서, 할망네가 저 이제 알손당615) 저편이 잇엇는디, 알손당이라 혼 디 저기가 잇엇는디, 그 하르버지하고 부체간(夫妻間)이 살다가, 드투와서616) 싸움을 헤서, 이제 할망은 ᄇ름 우로 온다, 이제 하르방은 어, 야단 혜부니까 곱아서617) 고부니물,618) 그런 얘기가 잇는디,

겨니 오봉이굴왓619)이라고 그 당시에네가620) 두 부체가 살면서, 오봉이굴왓이라고 그란 딜, 이제 밧 갈렐 남편을 밧 갈레 보네니까, 아 그 정심621) 시간이 족금 늦어서 이러니 아이, 이제 베 고파서,

(조사자 : 예.)

베 고파서 밧 가는 쉐를622) 잡안 불에 꾸워 먹고 그냥 젱기로만 뱃데기로623) 밀려갓다 밀려왓다 허면서, 그 밧 가는 형국 춤 밧 가는 것을 그렇게 ᄒ고 잇으니까, 할머니는 정심 넹 간 보니까, 이제 이렇게 소는 잡아 먹어두고 그렇게 허니까,

---

613) 본향(本鄉)은 이 마을 송당리의 본향당을 이름.
614) 구좌읍 송당리 본향당신.
615) 송당리의 아랫동네. 송당리는 웃손당, 셋손당, 알손당 마을로 이루어짐.
616) 다퉈서.
617) 숨어서.
618) 송당리의 지명.
619) 송당리의 지명.
620) 당시에.
621) 점심.
622) 소를.
623) 배로.

하르방 보, 하르바지 보고 치사히디고 드럽다고, 닌 곱네624) 맡 맡으기 싫곡, 으 이러니 떠나라고이. 경 이제 떠나볼 디가 엇으니까 이젠 그 하르버지가 또로 가서 사는 사는 디가 고부니물, 곱아서 또로 산다.

(조사자 : 아.)

그리고 할마니 할마니는 ㅂ름 우로, 그 곱 넘세 나지 아녀는 딜로, 당오름625)을 올라 왓다.

(조사자 : 예.)

그런 얘기가 잇엇죠.

(조사자 : 예.)

벡조할망과 돗제

자료코드 : 10_00_FOT_20100528_HNC_HJB_0003
조사장소 : 제주특별자치도 제주시 구좌읍 송당리 1513번지
조사일시 : 2010.5.28
조 사 자 : 강정식, 강소전, 송정희
제 보 자 : 허정봉, 남, 81세
구연상황 : 송당리 본향당의 당신 벡조할망에 대한 이야기를 마치고, 곧바로 돗제(豚祭)626)의 유래에 대한 이야기를 말하였다.
줄 거 리 : 벡조할망이 육지에서 제주도로 내려와 교래리를 거쳐 세화리에 사는 천제또 할아버지를 찾아가려 하였다. 그런데 가는 도중에 벡조할망이 목이 말라 교래리에서 한 아가씨를 만나 물을 얻어먹게 되었다. 그러자 벡조할망은 앞으로 다른 사람과 시비가 붙거나 했을 때 돗제를 지내면 모든 것을 해결할 수가 있다고 말해주었고, 돗제는 그로 인해 처음 시작되었다고 한다. 한편 벡조할망은 돗제를 하라고 가르쳐주고는 다시 천제또를 찾아간다. 그런데 벡조할망이 비자림을 지날 때에 근처에서 사냥하던 이의 우두머리가 예쁜 벡조할망에

---

624) 쇠기름 내.
625) 송당리에 있는 오름으로, '당오름' 자락에 본향당이 있음.
626) 돼지 한 마리를 바쳐서 기원하는 무속의례.

게 반하여 희롱을 하면서 천제또 집까지 따라온다. 사냥꾼이 천제또에게 손녀와 혼인하고 싶다고 하자, 천제또는 사냥꾼의 식성을 물었고 이에 사냥꾼은 고기를 먹는다고 하였다. 천제또는 그 식성을 포기하면 손녀를 준다고 하였으나, 사냥꾼은 처음에는 식성을 바꾸지 못하여 포기하려 하였다. 하지만 나중에 벡조할망의 권유로 육식을 금하겠다고 하였고 결국 원하던 대로 벡조할망을 얻을 수 있었다.

돗제라는 그 제 모시는 돗제라고 혼 것이 잇어요, 또.

(조사자 : 예.)

그것이 에, 벡조할망이 그레 처음에 그렇게 헷다 하는 그런 예도 잇엇어요.

(조사자 : 음.)

그레 이젠 육지서 제주도를 네려 와서,

(조사자 : 예.)

저 드리627)라고 교래, 드리 와서 어디 저 망동산ㄱ루628) 영 네련 웨하르버지가, 천젯도라고 헤서 세와리629) 살앗다고 그럽니다이. 천젯도 하르방 이렇게, 네려 오다가 보니까 이젠 하도 목도 므르고630), 어 이러니, 저 드리서 옛날은 물허벅631) 허벅 지어서 물을 셈통에 가서 질어 오는디,

"아이 아가씨 거 물이나 혼 직632) 얻어먹을 수 엇냐?"고 허니까,

이제 바가지로 이제, 물 떠다 주면서, 이렇게 헤서 질 안네를 헤 드리니,

"너네덜 당신네덜랑 어떠헌 시비를 멀허건633) 가니, 놉광634) 다투거

----

627) 제주시 조천읍 교래리의 옛 이름.
628) 교래리의 지명.
629) 제주시 구좌읍 세화리.
630) 마르고.
631) 물동이.
632) 모금, 숟갈 등으로 가리키는 단위.
633) 무엇을 하든.
634) 다른 사람과.

나 어떤 시비조건이 일어나면은, 어 돗제만 허면은, 이제 잊일635) 수가 잇다."

어 이레서 경 ᄀ리켜 줘두고, 저 망동산ᄀ루636) 일루 네려가면 저 비즈림(榧子林)이라고 잇어요. 거기 가니까 저 다랑쉬637)에서 사냥ᄒ는 분덜이, 아 거기서 오야붕638)으로, 두목이나 우두머리 정도의 뜻이, 그 할머니 보니 할머니가 예쁘고 이렇게 ᄒ니까, 할머니를 춤 요즘 말로, 뭐 것ᄀ라639) 뭐렝 허나 요즘 말로 그 여ᄌ와 히롱허는, 그와 ᄀ치 ᄒ니까, 따라오지 말라고 허면서도, 그 할머니는 천젯도 웨하르방네 집일 갓는디,

"어 게난 어쩨서 와졋느냐?"

이렇게 이제 웨하르방이 ᄒ니까,

"아 그 뭐 다니레 왓다가 왓습니다." 이렇게 헤서,

ᄒ 다음에 그 사냥꾼 그 양반이 ᄀ찌 ᄯ라 들어간 하도 애걸복걸 그 하르버지도,

"손지사위로 내가 들테니, 똘을 허락헤 주십쇼." 이렇게 허니까,

"아 이제 게믄 자네는 음식을 뭐 먹고 사는가." 이렇게 물어봣더니,

"아 그저 닥치면 닥치는 대로 소고기도 먹고 물코기도 먹고 그자 사냥 나가서 노리640) 고기도 잡아먹고 이렇게 헙니다."고 허니까,

"으 모든 걸 설러불 설르겠다고641) 약속을 허면은, 내가 손지를 줄 것이고 영 허다."고 허니까,

아 그거 설르켄 말을 못헤서, 아 헤어젼 나오는디, 아 그 벡조할망이라

---

635) 잊을.
636) 지명.
637) 세화리에 있는 오름.
638) 일본어 親分(おやぶん).
639) 그것을 두고.
640) 노루.
641) 그만두겠다고.

는 그 할망이, 아 그렇게 직접 데고 이렇게 허니까, 시집도 남저덜은 얼굴도 좋고 이렇게 허니,

"아이 그걸 요즘 말로 술 담베 끄치고 뭐 다 이렇게 허겟십니다고 헤서 굽어들엇데면은, 이제 허락을 헤 줄 것이 아니랏느냐." 이렇게 허니,

아 재차 들어가서 하르버지한티 그자 꿇엎드려 꿇려서,

"절대 앞으론 사냥도 아녈 것이고 술 담베도 안 먹겟다."

영 헤서 그 벡조할망을 얻어 갓다 영 헌 설도 우리가 좀 들은 예는 있어요.

(조사자 : 예. 그 지금 하신 말씀은 누구한티 들어난 거 담수가?[642])

우리 조부장 우리 조부장님안티서 들었어요.

(조사자 : 아.)

하르버지.

(조사자 : 그 분네는 쭉 이 송당에 사신 분이꽈?)

예. 에, 나끄지 혼 오대나 됩니다.

(조사자 : 아.)

○○○○ 네네 영 욜로[643] 들어가면 저 안네 집이.

(조사자 : 예.)

---

642) 같아요?
643) 여기로, 이리로.

다리세기 노래

자료코드 : 10_00_FOS_20100618_HNC_KSY_0001
조사장소 : 제주특별자치도 제주시 구좌읍 송당리 1351-5번지(경로당)
조사일시 : 2010.6.18
조 사 자 : 허남춘, 송정희
제 보 자 : 고생열, 여, 86세
구연상황 : 조사자 요청에 의해 구연하였다. '다리세기' 놀이를 할 때 '혼다리 인다리'도
하지만 이 노래도 부른다고 하였다.

콩하나 팥하나 엥기쟁기 가락씨 섭씨 벌께통

아웨기소리

자료코드 : 10_00_FOS_20100618_HNC_KSS_0001
조사장소 : 제주특별자치도 제주시 구좌읍 송당리 1351-5번지(경로당)
조사일시 : 2010.6.18
조 사 자 : 허남춘, 송정희
제 보 자 : 고순선, 여, 77세
구연상황 : 김경수와 함께 경로당으로 가서 조사를 하였다. 김경수의 권유로 고순선이 구
연하였다.

아아아양 아헤헤양 어허허요
어양~도야 멍에로군
아아아양 아헤헤양 어허허요
앞-멍에~랑 들어나오라
아아아양 아헤헤양 어허허요

뒷멍에~랑 나고나가저

아아아양 아헤헤양 어허허요

검질~짓고 골너른밧듸644)

아아아양 아헤헤양 어허허요

어용어기 방에로다

아아아양 아헤헤양 어허허요

검질짓고 골너른밧듸

아아아양 아헤헤양 어허허요

애기 홍그는 소리

자료코드 : 10_00_FOS_20100618_HNC_KSS_0002
조사장소 : 제주특별자치도 제주시 구좌읍 송당리 1351-5번지(경로당)
조사일시 : 2010.6.18
조 사 자 : 허남춘, 송정희
제 보 자 : 고순선, 여, 77세
구연상황 : 조사자 요청에 의해 구연하였다. 고순선이 '애기 홍그는 소리'를 하려면 무언
가를 잡고 해야 한다고 하자 조사자가 바구니를 가져다주었다. 빈 바구니를
흔들면서 구연하였다.

자랑자랑 웡이자랑 웡이자랑

우리애기 자는소리

눔이애기 노는소리

웡이웡이 웡이자랑

웡이자랑 자랑자랑

어질끄뜬 할마님ᄌ순

---

644) 밭에.

돈밥멕영645) 돈줌제와줍서646)

윙이자랑 윙이자랑 윙이자랑

할마님이 네온ᄌ순

할마님이 그늘롸줍서

윙이윙이 윙이자랑 윙이자랑

윙이윙이 윙이자랑

금씰ᄀ뜬손으로 쓸어줍서

금씰ᄀ뜬손으로 쓸어불

돈밥돈물멕영 돈줌재와줍서

윙이윙이 윙이자랑

"흔적647) 자불라648) 흔적 자비사649) 굴묵 짓고 저냑하고 헤살 거
아니가."

윙이윙이 윙이자랑 윙이자랑

우리애기 자는소리

눔이애기 노는소리

윙이자랑 윙이자랑

할마님이 네운ᄌ순 아닙니까

할마님이 돈밥돈물멕영 제와줍서

윙이자랑 윙이자랑 자랑

---

645) 먹여서.
646) 재워주세요.
647) 어서.
648) 자버려라.
649) 자버려야.

ᄀᆞ레 ᄀᆞ는 소리(1)

자료코드 : 10_00_FOS_20100618_HNC_KSS_0003
조사장소 : 제주특별자치도 제주시 구좌읍 송당리 1351-5번지(경로당)
조사일시 : 2010.6.18
조 사 자 : 허남춘, 송정희
제보자 1 : 고순선, 여, 77세
제보자 2 : 김경수, 여, 76세
구연상황 : 조사자 요청에 의해 구연하였다. 고순선과 김경수가 원기둥처럼 생긴 종이막
대기를 마주 잡고 구연하였다.

제보자 1 이어~ 이어도ᄒᆞ라

제보자 2 이어도ᄀᆞ레650) 뱅뱅굴아 저녁이나 붉은떼허저

제보자 1 이어~이어~ 이어도ᄒᆞ라

제보자 2 이어ᄀᆞ레 뱅뱅도는ᄀᆞ레 이여도ᄀᆞ레여

제보자 1 요ᄀᆞ레를 붉은떼굴아

제보자 2 이어이어 이어도ᄒᆞ라

제보자 1 저녁에랑~ 붉은떼허저

제보자 2 이어이어 이어도ᄒᆞ라

제보자 1 이어~ 이어도ᄒᆞ라

제보자 2 이어ᄀᆞ레 이어이어이여도ᄒᆞ라

제보자 1 소리에~ 허젠하난

---

650) 맷돌.

제보자 2 자리나먹젠 신중에가나

제보자 1 주리정단에 끗정단주리

제보자 2 이정단~ 세정단두레 팔을걸려 울엄서라

제보자 1 ○○○○○ ○○○○

제보자 2 산엔가난 살장귀소리여

제보자 1 어디간 놀안헌다

제보자 2 물엔들언 물솜비 소리여

제보자 1 이여이여 이여도ᄒ라

제보자 2 ○○들언 우김세소리여

제보자 1 산천초목에 ○○

제보자 2 가름에들언 됀ᄀ레소리여

　　(제보자 1 : 아이고 그만 허자.)

도리께질 소리

자료코드 : 10_00_FOS_20100618_HNC_KSS_0004
조사장소 : 제주특별자치도 제주시 구좌읍 송당리 1351-5번지(경로당)
조사일시 : 2010.6.18
조 사 자 : 허남춘, 송정희
제보자 1 : 고순선, 여, 77세
제보자 2 : 김경수, 여, 76세

구연상황: 조사자 요청에 의해 구연하였다. 고순선이 조사자에게 파리채를 달라고 하여
파리채로 방바닥을 치며 구연하였다. 김경수가 받는 소리를 하였다.

제보자 1 어유하야

제보자 2 어야홍

제보자 1 어가홍아

제보자 2 어기야홍아

제보자 1 욜로651)요레652)

제보자 2 어가홍아

제보자 1 설운653)정녜

제보자 2 어기야홍

제보자 1 앞이로구나

제보자 2 요걸보라

제보자 1 쫏차들멍654)

제보자 2 누게앚고

제보자 1 떼려보자

제보자 2 설룬정녜

---

651) 여기로.
652) 여기로.
653) 서러운.
654) 쫓아 들어가면서.

제보자 1 어유하야

제보자 2 앞이로다

제보자 1 어가홍

제보자 2 셍복동산

제보자 1 어유하야

제보자 2 좀이나자는구나

제보자 1 어유홍

제보자 2 들어사멍

제보자 1 어가홍아

제보자 2 나사멍

제보자 1 욜로요레

제보자 2 떼리고가자

제보자 1 설운정녜

제보자 2 어유하야

제보자 1 앞이로구나

제보자 2 지쳤구나

제보자 1 에유하야

제보자 2 다첫구나

제보자 1 높이들렁

제보자 2 우리떡에랑

제보자 1 떼려보자

제보자 2 쉬미쳣구나

제보자 1 어유하야

제보자 2 어가홍

제보자 1 요거보라

제보자 2 어가홍

제보자 1 어기앚고

제보자 2 어유하야

제보자 1 어유하야

제보자 2 먼디사람

제보자 1 설운정네

제보자 2 듣기나좋게

제보자 1 앞이로다

제보자 2 가까운디사람

제보자 1 어유하아

제보자 2 보기나좋게

제보자 1 어유하야

제보자 2 어가홍

제보자 1 어유하야

제보자 2 어가홍

제보자 1 어유하야

제보자 2 어야홍

제보자 1 욜로요레

제보자 2 어야홍

제보자 1 설운정녜

제보자 2 일어사멍

제보자 1 앞이로다

제보자 2 나사멍

제보자 1 에유하야

제보자 2 셍복동산

제보자 1 에유홍

제보자 2 떼리고가자

제보자 1 어가홍아

제보자 2 어가홍

제보자 1 요거저거

제보자 2 어가홍

제보자 1 요걸보라

제보자 2 어유하야

제보자 1 누게앚고

제보자 2 어야홍

제보자 1 설운정네

제보자 2 해는지고

제보자 1 앞이로다

제보자 2 다저문날에

제보자 1 에유하야

제보자 2 복장헹불

제보자 1 어유하야

제보자 2 ○○○○

제보자 1 어가홍

제보자 2 ○○○○

제보자 1 어유하야

제보자 2 ○○○○

제보자 1 어가홍

제보자 2 아니떼리지

제보자 1 잘도헌다

제보자 2 ○○로구나

방아소리

자료코드 : 10_00_FOS_20100618_HNC_KSS_0005
조사장소 : 제주특별자치도 제주시 구좌읍 송당리 1351-5번지(경로당)
조사일시 : 2010.6.18
조 사 자 : 허남춘, 송정희
제보자 1 : 고순선, 여, 77세
제보자 2 : 김경수, 여, 76세
구연상황 : 조사자 요청에 의해 구연하였다. 고순선과 김경수가 절구공이 대신할 것을 각
         자 잡고 방바닥을 치면서 구연하였다. 구연이 끝나고 방아를 찧는 방법을 설
         명하였다. 절구공이 잡은 손을 바꿀 때는 방아 테두리를 치며 손을 바꾼다고
         하였다.

제보자 1 이여이여 이여도호라

제보자 2 이여이여 이여도호라

제보자 1 이여 방에

제보자 2 이여 방에

제보자 1 고들베 지엉

제보자 2 고들베 지엉

제보자 1 저냑이나 붉은떼허라

제보자 2 이여이여 이여도ᄒ라

제보자 1 이여이여 이여도ᄒ라

제보자 2 가시오름 강당당칩이

제보자 1 세콜방에로 세글럼서라

제보자 2 전싱궂인 이내몸가난

제보자 1 다섯콜도 세맞아간다

제보자 2 여섯콜도 세맞아간다

제보자 1 이여이여 이여도ᄒ라

　(제보자 1 : 이거 안 뒈커라.)

제보자 2 이여이여 이여도ᄒ라

　[웃는다.]
　(제보자 1 : 이거 헤난 적 어느제라.655))

---

655) ‘이것을 했던 적이 어느 때인가’ 정도의 뜻임.

제보자 1 이여이여 이여도호라

　　　　가시오름 강당당칩이

　　　　세콜방에 세글럼서라

　　　　전승궂인 이내몸가난

　　　　다섯콜도 세맞아간다

　　　　이여이여 이여도호라

　　　　요놈이방에 붉은떼지여

　　　　저녁이나 붉은떼허자

　　　　이여도 호라

　　　　이여이여

ᄀ레 ᄀ는 소리(2)

자료코드 : 10_00_FOS_20100625_HNC_KSS_0001
조사장소 : 제주특별자치도 제주시 구좌읍 송당리 1351-5번지(경로당)
조사일시 : 2010.6.25
조 사 자 : 강정식, 강소전
제보자 1 : 고순선, 여, 77세
제보자 2 : 김경수, 여, 76세
구연상황 : 조사자가 요청하여 구연하였다. 김경수가 받는 소리를 하였다.

제보자 1 이여이여 이여도호라

제보자 2 이여이여 이여도호라

제보자 1 이여ᄀ레 고들베콜아

제보자 2 이여ᄀ레 고들베콜아

제보자 1 저녁이나 붉은떼허라

제보자 2 저녁이나 붉은떼허라

제보자 1 본데저녁 어덕언집에

제보자 2 본데저녁 어두운집에

제보자 1 오널이 붉아야헌다

제보자 2 오널이 붉아야헌다

제보자 1 간간놀젠 늡이첩들언

제보자 2 간간놀젠 늡이첩들언

제보자 1 어디간간 놀아니헌다

제보자 2 어디간간 놀아니헌다

제보자 1 늡이첩광 스낭에ㅂ롬

제보자 2 늡이첩광 스낭에ㅂ롬

제보자 1 소리인나도 살으베엇다

제보자 2 소리인나도 살으메언나

제보자 1 골앙좁쏠 늬어시먹엉

제보자 2 골앙좁쏠 늬어서먹엉

제보자 1 다슴어멍656) 말엇이657)살라

제보자 2 다슴이멍 말엇이살라

제보자 1 이어이어 이어도ᄒ라

제보자 2 이어이어 이어도ᄒ라

제보자 1 이어ᄀ레 고들베굴앙

제보자 2 이언ᄀ레 고들베굴앙

제보자 1 어떤년은 팔ᄌ좋아

제보자 2 어떤사름 팔ᄌ나좋아

제보자 1 고대광실 높은집에

제보자 2 고대광실 높은집에

제보자 1 늬귀들 풍경을돌아

제보자 2 늬귀들 풍경을돌아

제보자 1 왕광징광 살아나간다

제보자 2 이여이여 이여도ᄀ레

제보자 1 울라다보아라 ○○○○

제보자 2 올러다보아라 ○○○○

제보자 1 내려다보아라 각전장판

제보자 2 내려다보아라 각전장판

---

656) 나를 낳아준 친어머니가 아니고 키워 준 어머니.
657) 말 없이.

제보자 1 우둘려라658) 한세펭풍

제보자 2 우둘려라 한세펭풍

제보자 1 알둘려라659) 쪽지펭풍

제보자 2 알둘려라 쪽지펭풍

제보자 1 공공단이불은 쏙자쳐놓고

서우제소리

자료코드 : 10_00_FOS_20100625_HNC_KSS_0002
조사장소 : 제주특별자치도 제주시 구좌읍 송당리 1351-5번지(경로당)
조사일시 : 2010.6.25
조 사 자 : 강정식, 강소전
제 보 자 : 고순선, 여, 77세
구연상황 : 조사자가 요청하여 구연하였다. 이계선, 김경수가 함께 받는 소리를 하였다.

어유허기 방아로다
아아아양 어허허양 어허허요
어유허기 산이로구나
아아아양 어허허양 어허허요
물이들면 여놀고
아아아양 어허허양 어허허요
물이싸면 강변놀고
아아아양 어허허양 어허허요

---

658) 위로 둘러라.
659) 아래로 둘러라.

이물에랑 이사공아
아아아양 어허허양 어허허요
고물에랑 고사공놀고
아아아양 어허허양 어허허요
어야두이야 벙에로구나
아아아양 어허허양 어허허요
이여차소리에 베올려멘다
아아아양 어허허양 어허허요
아까○○○ 떤베는
아아아양 어허허양 어허허요
이물실코 가실베여
아아아양 어허허양 어허허요
뒷간에나 떠신베는
아아아양 어허허양 어허허요
나를실코 가실베여
아아아양 어허허양 어허허요
가면가고 말면은말지
아아아양 어허허양 어허허요
초신을신고야 시집을가랴
아아아양 어허허양 어허허요
요놈시집은 못살면은말지
아아아양 어허허양 어허허요
술담배춤고야660) 내가어이사나
아아아양 어허허양 어허허요

---

660) 참고서.

술을 먹고 장귀를 떼려도
아아아양 어허허양 어허허요
절데로부량잔 아닙니다
아아아양 어허허양 어허허요
소리를허고 춤을추워도
아아아양 어허허양 어허허요
절데기셍은 아닙니다
아아아양 어허허양 어허허요
이팔청춘 소년덜아
아아아양 어허허양 어허허요
벡발을661)보고서 헤롱을662)말어
아아아양 어허허양 어허허요
어제날은 청춘이건만은
아아아양 어허허양 어허허요
오널날은 벡발이뒈엇네
아아아양 어허허양 어허허요
어야도야 방에로구나
아아아양 어허허양 어허허요
어용어기 산이로구나
아아아양 어허허양 어허허요
언제노자는 청춘이더냐
아아아양 어허허양 어허허요
언제쓰자허는 금전이더냐
아아아양 어허허양 어허허요

661) 벡발(白髮)을.
662) 희롱(戲弄)을.

젊은때쓰자허는 금전이로다
아아아양 어허허양 어허허요
젊은때노자허는 청춘이로다
아아아양 어허허양 어허허요
이팔청춘 소년덜아
아아아양 어허허양 어허허요
벡발보고 헤롱을말어
아아아양 어허허양 어허허요
할로산이663) 금전이라도
아아아양 어허허양 어허허요
부량자없으면 소용이없네
아아아양 어허허양 어허허요
한강수가 술이라도
아아아양 어허허양 어허허요
먹을놈없으면 소용이없네
아아아양 어허허양 어허허요
오널날은 청춘이건만은
아아아양 어허허양 어허허요
내일은 벡발이됀다
아아아양 어허허양 어허허요
어야차소리에 베올려메고
아아아양 어허허양 어허허요
아까항에든베는 님실코갈베
아아아양 어허허양 어허허요

---

663) 한라산이.

뒷까항에드는베는 나를실코갈베

아아아양 어허허양 어허허요

산천초목은 젊아만지고

아아아양 어허허양 어허허요

우리청춘 늙어만진다

아아아양 어허허양 어허허요

이팔청춘이 어데로간나

아아아양 어허허양 어허허요

(제보자 : 그만허게.) [웃는다.]

아웨기소리

자료코드 : 10_00_FOS_20100618_HNC_KKS_0001

조사장소 : 제주특별자치도 제주시 구좌읍 송당리 김경수 댁(송당리 1370-4번지)

조사일시 : 2010.6.18

조 사 자 : 허남춘, 송정희

제 보 자 : 김경수, 여, 76세

구연상황 : 조사자 요청에 의해 구연하였다. 혼자하기가 어렵다고 하였다.

아~아아양 에~양 어허허요

검질 메

(제보자 : 아이고 틀렸다.) [웃는다.]

(조사자 : 괜찮수다.)

검질짓고 골너른밧디

아~아아양 에~양 어허허요

앞멍~에~야 들어나오라

아~아아양 에~양 어허허요

뒷멍~에~랑 나고나가라

아~아아양 에~양 어허허요

선소~리~ 두줌반석

아~아아양 에~양 어허허요

훗소~리~ 서녁줌만석

아~아아양 에~양 어허허요

선에○○ 설정비소리

아~아아양 에~양 어허허요

물에~드나 솜비졸소리664)

아~아아양 에~양 어허허요

○○보난 ○○○소리

아~아아양 에~양 어허허요

갈멜들난 젱버리소리

아~아아양 에~양 어허허요

○○○○○ ○○○○

아~ 아아양 에~양 어허허요

먼디사름 듣기나좋게

아~아아양 에~양 어허허요

곁에사름 보기나좋게

아~아아양 에~양 어허허요

헤는지고 다저믄날에

아~아아양 에~양 어허허요

---

664) '숨비소리'는 물질할 때 숨을 내뱉는 소리.

○○○○○ ○○○○○
아~아아양 에~양 어허허요

애기 훙그는 소리

자료코드 : 10_00_FOS_20100618_HNC_KKS_0002
조사장소 : 제주특별자치도 제주시 구좌읍 송당리 김경수 댁(송당리 1370-4번지)
조사일시 : 2010.6.18
조 사 자 : 허남춘, 송정희
제 보 자 : 김경수, 여, 76세
구연상황 : 조사자 요청에 의해 구연하였다.

웡이자랑 웡이자랑
어질 ᄀᆞ뜬 할마님ᄌᆞ순 자랑허자
우리애기 자는소리 좀소리요 노는소리 놂소리요
웡이자랑 웡이웡이 웡이자랑 웡이자랑
애기 고양고양 좀자라
나라에랑 충성동이 자랑허저
부모에랑 효심동이 자랑허저
동네에랑 인심동이 자랑허저
방상에랑 화목동이 자랑허저
웡이자랑 웡이자랑
어서도 자랑허저
자랑자랑 자랑자랑
초사흘은 초일뤠
열사흘은 열일뤠
스물사흘은 스물일뤠

어질고뜬 할마님주순 자랑허저

자랑허저

어질고뜬 할마님이 이주순을

물아래랑 솟에그늘은 그늘롸줍서

윙이자랑 윙이자랑

우리애기 잘도잔다

순동이도 자랑허저

어진이도 자랑허저

밧 볼리는 소리

자료코드 : 10_00_FOS_20100618_HNC_KKS_0003

조사장소 : 제주특별자치도 제주시 구좌읍 송당리 김경수 댁(송당리 1370-4번지)

조사일시 : 2010.6.18

조 사 자 : 허남춘, 송정희

제 보 자 : 김경수, 여, 76세

구연상황 : 조사자 요청에 의해 구연하였다. 이 소리는 이십대쯤에 했다고 한다.

월러~ 월러~ 워러 월러

이몰덜665) 저몰덜아 워~ 워~러러러러러

욜로666)뱅뱅 절로667)뱅뱅 주근주근 볼라나668) 가게

워러러 월러 워러러러러러 월러 워러러

월러 어~ 월월 워러러 워~ 어~

욜로뱅뱅 절로뱅뱅 씨나골로로 술술놓아 말잘들엉 뱅뱅돌고 돌아

---

665) 말들.

666) 여기로.

667) 저기로.

668) 밟아.

즈근즈근 볼르게

워러러 월러리여 월월 월러러러 어~~ 허아 월로리야

도리께질 소리

자료코드 : 10_00_FOS_20100618_HNC_KKS_0004
조사장소 : 제주특별자치도 제주시 구좌읍 송당리 김경수 댁(송당리 1370-4번지)
조사일시 : 2010.6.18
조 사 자 : 허남춘, 송정희
제 보 자 : 김경수, 여, 76세
구연상황 : 조사자 요청에 의해 구연하였다.

어가홍 어야홍
어유하야 어유하야

(제보자 : 이건 마주 해야 뒈는디에.)

(조사자 : 예. 예.)

어가홍 어가홍
어야홍아 어유하야
요거보라 누구앞곳 셍곳동산 줌잠구나
어가홍아 어유하야
어야홍 어가홍
어유하야 어야홍
요걸보라 누구앞곳
셍곳동산 떼리고가자
어야홍 어야홍
어유하야 어유하야

먼디사람 듣기나좋게

가까운디사람 보기나좋게

어야홍 어유하야

어야홍아 어유하야

어야홍 어가홍

어유하야 어야도하야

자리나보젠 어야홍

산중에가난 어야홍

발을벌려 어야홍

○○서라 어야홍

어기야 홍아

어야홍아 어기야홍아

어야홍

ᄀ레 ᄀ는 소리

자료코드 : 10_00_FOS_20100625_HNC_KKS_0001

조사장소 : 제주특별자치도 제주시 구좌읍 송당리 1351-5번지(경로당)

조사일시 : 2010.6.25

조 사 자 : 강정식, 강소전

제보자 1 : 김경수, 여, 76세

제보자 2 : 고순선, 여, 77세

구연상황 : 조사자가 요청하여 구연하였다. 고순선이 받는 소리를 하였다.

제보자 1 이여이여 이여도ᄀ레669)

제보자 2 이여이여 이여도ᄀ레

---

669) 'ᄀ레'는 맷돌.

제보자 1 이연ᄀ레 고들베ᄀ랑

제보자 2 이여이여 이여도ᄀ레

제보자 1 저낙이나 붉은떼허저

제보자 2 저녁이나 붉은떼허저

제보자 1 본데저녁 어둔집이

제보자 2 본데저녁 어두운집이

제보자 1 오널이 붉을쏘냐

제보자 2 오널이 붉을쏘냐

제보자 1 ○○○○ ○○○○○

제보자 2 ○○○○ ○○○○○

제보자 1 둥글다도 사르메난다

제보자 2 둥글러도 사르메난다

제보자 1 놉이첩과 솔나무바람

제보자 2 놉이첩과 ᄉ낭에ᄇ롬

제보자 1 소린나도 사르메엇나

제보자 2 소린나도 사르메엇나

제보자 1 간간놀젠 놉이첩두나

제보자 2 간간놀젠 눕이첩두나

제보자 1 어디강간 놀암서니

제보자 2 어디강간 놀암서니

제보자 1 애만써고 욕만먹나

제보자 2 애만씨고 욕만먹나

제보자 1 니랑ᄌ식 첩들지말라

제보자 2 너랑ᄌ식 첩들지말라

제보자 1 ○○○○ ○○○○○○

제보자 2 ○○○○ ○○○○○○

제보자 1 이여이여 이여도ᄀ레

제보자 2 이여이여 이여도ᄀ레

제보자 1 이연ᄀ레 깡보리쿨앙

제보자 2 이여ᄀ레 꽝보리쿨앙

제보자 1 조반밥이나 일찍이하영670)

제보자 2 조반밥이나 일찍이허라

제보자 1 시어머니 말엇이671)살게

_____

670) 일찍 해서.
671) 없이.

제보자 2 시어머니 말엇이살게

제보자 1 이여이여 이여도フ레

검질 메는 소리

자료코드 : 10_00_FOS_20100625_HNC_KKS_0002
조사장소 : 제주특별자치도 제주시 구좌읍 송당리 1351-5번지(경로당)
조사일시 : 2010.6.25
조 사 자 : 강정식, 강소전
제 보 자 : 김경수, 여, 76세
구연상황 : 조사자가 요청하여 구연하였다. 이계선, 고순선이 받는 소리를 하였다.

 검질짓고 골너른밧듸
 아아아양 에혜혜양 어허허요
 압멍에야 들어나오라
 아아아양 에혜혜양 어허허요
 뒷멍에랑 너고나가라
 아아아양 에혜혜양 어허허요
 선소리랑 두줌반석
 아아아양 에혜혜양 어허허요
 훗소리랑 서너줌반석
 아아아양 에혜혜양 어허허요
 어야차소리에 배올려메져
 아아아양 에혜혜양 어허허요
 혜는지고 다저문날에
 아아아양 에혜혜양 어허허요

○○○○ ○○○○

아아아양 에헤헤양 어허허요

○○○○ ○○○○

아아아양 에헤헤양 어허허요

아니나베지도 못헐로구나

아아아양 에헤헤양 어허허요

훈ᄆ루랑 쉬고가저

아아아양 에헤헤양 어허허요

훈ᄆ루랑 메고가저

아아아양 에헤헤양 어허허요

지첫구나 다첫구나

아아아양 에헤헤양 어허허요

보레떡이랑 수미쳣구나

아아아양 에헤헤양 어허허요

헤는지고 다저문날에

아아아양 에헤헤양 어허허요

○○○○○ 집으로간다

아아아양 에헤헤양 어허허요

우리님도 집으로가게

아아아양 에헤헤양 어허허요

행상소리

자료코드 : 10_00_FOS_20100716_HNC_KYO_0001

조사장소 : 제주특별자치도 제주시 구좌읍 송당리 야외

조사일시 : 2010.7.16

조 사 자 : 강정식, 강소전, 송정희
제 보 자 : 김영옥, 남, 74세
구연상황 : 조사자가 요청하여 구연하였다. 허정봉이 받는 소리를 하였다.

어어렁창에 어허로다
어어렁창 어허로다
가자가자 공동묘로
어어렁창 어허로다
공동묘지를 ○○○하며
어어렁창 어허로다
○○○○○○○○○○○○
어어렁창에 어허로다
인셍길은 ○○헌길이여
어어렁창 어허로다
한번가면 따시못올길이여
어어렁창 어허로다
어어렁창에 기우를삼아
어어렁창 어허로다
일가친척 다이별하며
어어렁창 어허로다
인셍길이 요다지도나멀까
어어렁창 어허로다
천년만년 살길을 찾아
어어렁창 어허로다

달구질소리

자료코드 : 10_00_FOS_20100716_HNC_KYO_0002
조사장소 : 제주특별자치도 제주시 구좌읍 송당리 야외
조사일시 : 2010.7.16
조 사 자 : 강정식, 강소전, 송정희
제 보 자 : 김영옥, 남, 74세
구연상황 : 조사자가 요청하여 구연하였다. 허정봉이 받는 소리를 하였다. 구연이 끝나
고 나서 "가사가 삼달구하면 노래가 끝나는 것"이라고 설명하였다.

(제보자 : 저 상제덜 이레덜 다 와그네 달구질 헐 때는 잘 다려줘사 요
어른이 펭펭허게 잘 갈꺼난 달구질소리 허크메 이레덜 상제덜 다 이레덜
저 옵서덜.)

(허정봉 : 예. 상제덜 다 오랏수다.)

어허 허지가

(제보자 : 아이고 이거 다 잊어비져. 잠깐 잠깐. [웃는다.] ᄀᆞ사 ᄀᆞ젠 허
난 뒈부런.)

어허 달구
어허랑 달구
이차삼차 석과지로 다려나지라
어허랑 달구
석과지로나 다려나지라
어허랑 달구
○○청용 이백호에
어허랑 달구
혼전질은 무건질로구나
어허랑 달구

천년만년 살길에왓으니

어허랑 달구

어허 삼달구야

어허랑 달구

하메할 때 소리

자료코드 : 10_00_FOS_20100716_HNC_KYO_0003
조사장소 : 제주특별자치도 제주시 구좌읍 송당리 야외
조사일시 : 2010.7.16
조 사 자 : 강정식, 강소전, 송정희
제 보 자 : 김영옥, 남, 74세
구연상황 : 조사자가 요청하여 구연하였다. 상여를 매고 가다가 조상묘 앞을 지날 때 하는 소리라고 설명하였다. 허정봉이 받는 소리를 하였다.

어허렁창에 어허로다

어허렁창 어허로다

여기길은 초상길모신길이오

어허렁창 어허로다

초상앞에 안전을하여

어허롱창 어허로다

잠시동안 쉬어나가자

어허렁창 어허로다

인제가면 언제나오나

어허렁창 어허로다

검질 메는 소리

자료코드 : 10_00_FOS_20100716_HNC_KYO_0004
조사장소 : 제주특별자치도 제주시 구좌읍 송당리 야외
조사일시 : 2010.7.16
조 사 자 : 강정식, 강소전, 송정희
제 보 자 : 김영옥, 남, 74세
구연상황 : 조사자가 요청하여 구연하였다. 허정봉이 받는 소리를 하였다.

압멍에야 들어나오라

(제보자 : 거 다 잊어부런.)

(허정봉 : 또, 또.) [웃음]
[조사자도 웃는다.]

아아아양 어허허양 어허허요
뒷멍에랑 나고나가라
아아아양 어허허양 어허허요
헌적메라 아덜덜 저디가면 맛좋건주마
아아아양 어허허양 어허허요
요거넹경동가면 닐랑따시오기가 궂나 헌적덜 아이덜아 메여드라
아아아양 어허허양 어허허요

ᄀ레 ᄀ는 소리(1)

자료코드 : 10_00_FOS_20100618_HNC_LKS_0001
조사장소 : 제주특별자치도 제주시 구좌읍 송당리 1351-5번지(경로당)
조사일시 : 2010.6.18
조 사 자 : 강정식, 강소전
제 보 자 : 이계선, 여, 84세

구연상황 : 조사자의 요청에 응해 구연하였다.

이여이여 이여도ㄱ레[672]

이여ㄱ레 고들베ᄀ랑

저녁이나 붉은데허져

전싱궂인 구월에나난

구월꽂이 네꼿이더라[673]

우리어멍 날무사나근[674]

이저고셍 바시게허는고

우리어멍 날베리기는

가를밧듸 메맞고보듯

놈이어멍 날베리기는

검은○○ ○○○○○○

힌○으로만 날베렴서라

이여이여 이여도ᄒ라

우리어멍 무덤에가난

방베추가 어랑어랑

놈이어멍 산엔간보난

벳ᄂ물만 베당베당

이여ㄱ레 누구게ᄀ람신고

저승팔ᄌ 궂어노난

유월밤에도 좀아니자근

ㄱ레ᄀ젠허밍 꽝보리쏠이여

이여이여 이여도ㄱ레

---

672) 맷돌.

673) 내 꽃이더라.

674) 낳아서.

ᄀᆞ레 ᄀᆞ는 소리(2)

자료코드 : 10_00_FOS_20100618_HNC_LKS_0002
조사장소 : 제주특별자치도 제주시 구좌읍 송당리 1351-5번지(경로당)
조사일시 : 2010.6.18
조 사 자 : 강정식, 강소전
제보자 1 : 이계선, 여, 84세
제보자 2 : 최계추, 여, 83세
구연상황 : 조사자의 요청에 의해 이계선, 최계추가 함께 구연하였다.

제보자1 이여이여 이여도ᄀᆞ레

제보자2 이연ᄀᆞ레 두번씩ᄀᆞᆯ앙

제보자1 늡이첩광 소낭귀ᄇᆞ름

제보자2 저냑이여 붉은떼허저

제보자1 ○○○○ 사르메엇나

　[웃는다.]

제보자1 이여이여 이여도ᄀᆞ레

　(제보자 2 : 둘이 허젠 허난 세맞이 못헹 못허켜.675))

제보자1 무슨일은 잘헌덴허민
　　　　 늡이여펜 날보네드라

제보자2 이여이여 이여도ᄀᆞ레

제보자1 가시오름 강당당칩이

---

675) '둘이서 하려고 하니 사이가 맞지 않아 못하겠다'는 정도의 뜻.

제보자 2 세콜방에 세글럼더라

제보자 1 저싱궂인 이네몸가난

제보자 2 다섯여섯콜도 세맞아간다

제보자 1 이여이여 이여도ᄒ라

제보자 2 ○○○○○ ○○○○

제보자 1 허리지당 베지당말라

제보자 2 ○○○○○ ○○○○

제보자 1 요초럼것도이제 우리낫세난사름덜벳끼[676]
　　　　　낭중에그런사름덜은 못몰로구나

제보자 2 ○○○○ 놀고나간데

제보자 1 저승팔ᄌ 좋아낫으면[677]

제보자 2 ○○○○○ ○○○○

제보자 1 놈이운덜 내무사울리

제보자 2 ○○○○○ ○○○○

제보자 1 굴앙좁쏠을 ○○먹엉

제보자 2 깃이빠져 흔적남나

---

676) 사람들밖에.
677) 좋았으면.

제보자 1 눕이678)어멍 말엇이679)살라

제보자 2 ○○○○○ ○○○○○○

밧 불리는 소리

자료코드 : 10_00_FOS_20100618_HNC_LKS_0003
조사장소 : 제주특별자치도 제주시 구좌읍 송당리 1351-5번지(경로당)
조사일시 : 2010.6.18
조 사 자 : 강정식, 강소전
제 보 자 : 이계선, 여, 84세
구연상황 : 제보자가 자청하여 구연하였다.

아아헤~ 월월~ 소리에~ 돌아나 오라-

(최계추 : 난 밧 불리는 소리 곱 고비 못 꺾어.)
(제보자 : 고비 못 꺾어.)

이젠이젠 우리송당소리는 이처룩680) 걸비허고
헤벤더레681) 가민그냥 월월벵벵 월월벵벵 돌아나오라 어~어와
어-하량
이몰덜아 간디가고 온디오라
헤는 일락서산에 다지어가는디
늘짝늘짝 가지말고 붓을붓을 걸아나드라
에이이어와 월월월월월

---

678) 남의.
679) 없이.
680) 이처럼.
681) 해안가로.

(최계추 : 앞사름 선소리 ○○ 조름에 사름.)

일락~서산에 헤가지나 둘이지나 이몰덜아
이밧을 다불려사 나가주 그냥 나가지카부덴 헤염시냐 월월 호오
하량
아아헤 가면가고 말면은말지 초신을신엉 시집을가나 어어허 호아
월- 하량

검질 메는 소리

자료코드 : 10_00_FOS_20100618_HNC_LKS_0004
조사장소 : 제주특별자치도 제주시 구좌읍 송당리 1351-5번지(경로당)
조사일시 : 2010.6.18
조 사 자 : 강정식, 강소전
제 보 자 : 이계선, 여, 84세
구연상황 : 제보자가 자청하여 구연하였다. 최계추가 부른 '검질 메는 소리'는 늦은 소리
이고 이 소리는 조금 빠른 것이라고 설명하였다. '검질 메는 소리'를 다른 이
름으로 '사데소리'라고도 한다고 하였다. 처음에 늦게 부르다가 점점 빠르게
부르고 마지막에는 아주 빠르게 부른다고 하였다. 이계선이 혼자 선소리와 받
는 소리를 모두 불렀다.

아하어기 산이로구나
아아아양 어허허양 어허허요
노세노세 젊아노세 늙어지면 못노느니
아아아양 어허허양 어허허요
젊아청춘에 헤낫주만은[682] 늙어지난 못노키여
아아아양 어허허양 어허허요

---

682) 했었지만.

어떤 사름은 팔ᄌ도 좋아

아아아양 어허허양 어허허요

고데광실 높은집에 남답북답 너른밧에

아아아양 어허허양 어허허요

유기전답 몰ᄆ쉬에 테평호별로 사건만은

아아아양 어허허양 어허허요

늄난날에 나도낫으면 늄광ᄀ치683) 잘살아볼껄

아아아양 어허허양 어허허요

원천강에 팔ᄌ로다 원천강에 사주로구나

아아아양 어허허양 어허허요

어느누구가 날울리나 날전싱날팔ᄌ 날울린다

아아아양 어허허양 어허허요

가면가고 말면말고 초신을신어 시집을가나

아아아양 어허허양 어허허요

요만허민 그만썩하민 하영하여도 나오지아넘네다

아아아양 어허허양 어허허요

방에소리

자료코드 : 10_00_FOS_20100618_HNC_LKS_0005
조사장소 : 제주특별자치도 제주시 구좌읍 송당리 1351-5번지(경로당)
조사일시 : 2010.6.18
조 사 자 : 강정식, 강소전
제 보 자 : 이계선, 여, 84세
구연상황 : 조사자의 요청에 의해 구연하였다.

---

683) 남과 같이.

이여이여 이여도ᄒ라

이여방에 고들베지엉

저녁이나 붉은떼허라

음음음 음음음

ᄀᆞᆯ앙좁쌀 ○○먹엉

눕이어멍 말엇이살라

음음음 음음음

미신일을 잘헌덴허민

○○○○○○○○

음음음 음음음

가시오름 강당당칩이

세콜방에 세글럼서라

전싱궂인 이내몸가난

다섯콜도 세맞암서라

음음음

무신일을 잘헌덴허민

눕이○○ 날보네ᄃ라

음음음 음음음

아기 홍그는 소리(1)

자료코드 : 10_00_FOS_20100618_HNC_LKS_0006

조사장소 : 제주특별자치도 제주시 구좌읍 송당리 1351-5번지(경로당)

조사일시 : 2010.6.18

조 사 자 : 강정식, 강소전

제 보 자 : 이계선, 여, 84세

구연상황 : 조사자의 요청에 의해 구연하였다.

자랑자랑 자랑자랑 혼저자라 어서자라
혼저자사 놉덜헤영[684] 저녁헤영 멕여사허죽
너만홍그럼시민 헤는다지엄시네
자랑자랑 자랑자랑
은ㅈ동아 줌을자라
금ㅈ동아 줌을자라
할마님ㅈ순 할마님이 애기머리 줍으메
들어상 할마님이 홍그러주국 키와주국 헤여사허죽
아기○○ 꼬딱꼬딱 홍그럼시민 젯군덜오랑 저녁먹을껄
붉은떼저녁헤사헐껄
어서 자라 자라 자랑 자랑 자랑 자랑 자랑 자랑 자랑 자랑
윙이자랑 윙이자랑
천왕불도 할마님
지왕불도 할마님아
○○○○ 삼불도할마님
애기머리 줍으메
들어상 키와줍서
자랑자랑 자랑자랑
어서자랑
은ㅈ동아 자랑자랑
금ㅈ동아 자랑자랑

---

684) '일을 하여서' 정도의 뜻임.

아기 훙그는 소리(2)

자료코드 : 10_00_FOS_20100618_HNC_LKS_0007
조사장소 : 제주특별자치도 제주시 구좌읍 송당리 1351-5번지(경로당)
조사일시 : 2010.6.18
조 사 자 : 강정식, 강소전
제 보 자 : 이계선, 여, 84세
구연상황 : 조사자의 요청에 의해 구연하였다.

자랑자랑 자랑자랑
웡이자랑 웡이자랑
어서자라 느만685)홍글엄시민686)
무시걸687) 헤여지느니688)
어서 자라 자랑 자랑 자랑
은즈동아 줌을자랑
근즈동아 줌을자라
나라에랑 충신동아
부모에랑 효심동아
어서자라 어서자라
믄딱잊어부난 자랑자랑

(최계추 : 은똘 금똘.)

은똘 금똘 자랑 자랑
서우제 옥똘

---

685) 너만.
686) 흔들고 있으면.
687) 무엇을.
688) 할 수 있느냐.

서우제소리

자료코드 : 10_00_FOS_20100618_HNC_LKS_0008
조사장소 : 제주특별자치도 제주시 구좌읍 송당리 1351-5번지(경로당)
조사일시 : 2010.6.18
조 사 자 : 강정식, 강소전
제 보 자 : 이계선, 여, 84세
구연상황 : 조사자의 요청에 의해 구연하였다. '검질 메는 소리'와 비슷하다고 하였다.
이계선 혼자 선소리와 받는 소리를 모두 불렀다.

에양어어야 어양어기 방아로구나
아아아양 어허허양 어허허요
얼싸좋다 만판놀자 아니놀아 무엇을허나
아아아양 어허허양 어허허요
젊아청춘에 놀아보자 늙어지면 못노느니
아아아양 어허허양 어허허요
놀기좋은 이십스물 살기좋은 삼십살은
아아아양 어허허양 어허허요
명사십리 헤당화야 꽃이진다고 서러워말라
아아아양 어허허양 어허허요
네년(來年)봄 춘삼월나면 너는다시 피건만은
아아아양 어허허양 어허허요
우리인생 훈번가면 또다시못오는 사람이여
아아아양 어허허양 어허허요
우리가사면 몃만년사나 막상살아사 단팔십인디
아아아양 어허허양 어허허요
병든날짜 좀든시간 걱정근심 다제허민
아아아양 어허허양 어허허요

단 수십(四十)도 몬 사는 인생

아아아양 어허허양 어허허요

얼씨구나 절씨구나 아니노지 못허리라

아아아양 어허허양 어허허요

흔다리 인다리

자료코드 : 10_00_FOS_20100618_HNC_LKS_0009
조사장소 : 제주특별자치도 제주시 구좌읍 송당리 1351-5번지(경로당)
조사일시 : 2010.6.18
조 사 자 : 강정식, 강소전
제 보 자 : 이계선, 여, 84세
구연상황 : 조사자의 요청에 의해 구연하였다.

흔다리 인다리 거청게

신나노자 버문게

어리렁 떨리렁 세끔 돌깍

ᄀ레 ᄀ는 소리(1)

자료코드 : 10_00_FOS_20100618_HNC_CKC_0001
조사장소 : 제주특별자치도 제주시 구좌읍 송당리 1351-5번지(경로당)
조사일시 : 2010.6.18
조 사 자 : 강정식, 강소전
제 보 자 : 최계추, 여, 83세
구연상황 : 조사자의 요청에 의해 구연하였다.

이여이여~ 이여도ᄀ레689)

(제보자 : 게민 ᄀ레 영 마주 앚앙 굴민.)

　　우리인셍~ 에궂게나난
　　깡보리밥도~ 그리돈시절
　　이여이여 구들베쿨앙
　　져나기나 붉은데허져
　　본데저녁 어둔집이
　　오널이엔 붉을쏘냐
　　○○○○○ ○○○○○
　　둥글메○○ 사르메난다
　　늄이첩과 소나무바람
　　소린나도 사르메엇나
　　간간놀젠 늄이첩드나
　　어디간간 놀암서니
　　에만쓰고 욕만먹나
　　니랑ᄌ식 첩들지말어
　　산메몷이라도 이슬로살라
　　니여니여 이여도ᄀ레

(제보자 : 경690) 영 헤영691) 눈물나게 칭원헤 이녁 ᄌ탄가니깐.)692)

---

689) 맷돌.
690) 그렇게.
691) 이렇게 하여서.
692) 자탄가(自歎歌).

검질 메는 소리

자료코드 : 10_00_FOS_20100618_HNC_CKC_0002
조사장소 : 제주특별자치도 제주시 구좌읍 송당리 1351-5번지(경로당)
조사일시 : 2010.6.18
조 사 자 : 강정식, 강소전
제 보 자 : 최계추, 여, 83세
구연상황 : 제보자가 자청하여 구연하였다. 이계선이 받는 소리를 하였다.

아아아야 아헤헤헤양 어허허요

검질짓고 골넓은밧듸(693)

아아아야 아헤헤헤양 어허허요

요검질메영(694) 저멍네(695)가자

아아아야 아헤헤헤양 어허허요

압멍에아(696) 들어나오라

아아아야 아헤헤헤양 어허허요

뒷멍에랑(697) 나구나가라

아아아야 아헤헤헤양 어허허요

선소리랑 궂이만정

아아아야 아헤헤헤양 어허허요

훗소리랑 커찡커찡

아아아야 아헤헤헤양 어허허요

선소리훈번에 두줌반씩

아아아야 아헤헤헤양 어허허요

---

693) 밭에.
694) 매어서.
695) 저 이랑에.
696) '앞의 이랑은' 정도의 뜻임.
697) '뒷의 이랑은' 정도의 뜻임.

홋소리혼번이랑 서녁줌반씩

아아아야 아헤헤헤양 어허허요

○○○○○○○○

아아아야 아헤헤헤양 어허허요

먼데사람 구경도나좋게

아아아야 아헤헤헤양 어허허요

곁기사람도 듣기나좋게

(제보자 : 그만 허죽. 아이고 막 것도 오레 막 오레도록 막치도 허는 건데, 이디서는 막 멀리 메어가도록 선소리 불러야죽 막 그추룩 막 오래 불러사 선소리 시작허민.)

아아아야 아헤헤헤양 어허허요

마당질 소리

자료코드 : 10_00_FOS_20100618_HNC_CKC_0003
조사장소 : 제주특별자치도 제주시 구좌읍 송당리 1351-5번지(경로당)
조사일시 : 2010.6.18
조 사 자 : 강정식, 강소전
제보자 1 : 최계추, 여, 83세
제보자 2 : 이계선, 여, 84세
구연상황 : 조사자의 요청에 의해 구연하였다.

제보자 1 어유하야

제보자 2 어유하야

제보자 1 어야홍

제보자 2 어가홍아

제보자 1 요걸698)보라

제보자 2 요거보라

제보자 1 셍복이여

제보자 2 셍복이여

제보자 1 셍복동산

제보자 2 셍복동산

제보자 1 떼리고가자

제보자 2 줌을잔다

제보자 1 어유하야

제보자 2 요거누게

제보자 1 어유하야

제보자 2 압에려니

제보자 1 설룬699)정녜

제보자 2 설룬정녜

제보자 1 압이로구나700)

---

698) 이것을.
699) 서러운.

제보자 2 압이로다

제보자 1 떼리고떼리자

제보자 2 어유하양

제보자 1 어야홍

제보자 2 ○○○○

제보자 1 어야홍

제보자 2 ○○○○

제보자 1 요걸보라

제보자 2 혼번떼령

제보자 1 누게앚고

제보자 2 믄착믄착

제보자 1 설룬정녜

제보자 2 그착이게

제보자 1 압이로다

제보자 2 서로기운네영701)

제보자 1 어유하야

---

700) 앞이로구나.
701) 기운을 내어서.

제보자 2 에유하야

제보자 1 어야홍

제보자 2 누게오데

제보자 1 물러사멍

제보자 2 ○○○○○

제보자 1 저저사멍

제보자 2 ○○○○

제보자 1 믄촉믄촉

제보자 2 ○○○○○

제보자 1 떼리고가자

제보자 2 어유하야

제보자 1 어유하야

제보자 2 어가홍아

제보자 1 사공놈이

제보자 2 어유하야

제보자 1 춤을춘다

제보자 2 어유하야

제보자 1 어야홍

제보자 2 어유하야

제보자 1 어가홍아

제보자 2 어가홍아

아기 홍그는 소리

자료코드 : 10_00_FOS_20100618_HNC_CKC_0004
조사장소 : 제주특별자치도 제주시 구좌읍 송당리 1351-5번지(경로당)
조사일시 : 2010.6.18
조 사 자 : 강정식, 강소전
제 보 자 : 최계추, 여, 83세
구연상황 : 조사자의 요청에 의해 구연하였다.

　　자랑자랑 자랑자랑

　　우리애기 자는소리

　　단밥먹엉 자는소리

　　눕이애기 우는소린

　　ᄀ치702)먹엉 우는소리

　　우리애기 자는소리

　　물ᄆ쉬도703) 제운소리

　　우리애기 자는소린

　　유기제물 제운소리

　　웡이자랑 자랑 자랑 자라 자라 자라

---

702) 같이.
703) 마소도.

윙이 윙이 윙이 누윙 자라

어서자라

윙이자랑 자랑자랑

훈다리 인다리

자료코드 : 10_00_FOS_20100618_HNC_CKC_0005
조사장소 : 제주특별자치도 제주시 구좌읍 송당리 1351-5번지(경로당)
조사일시 : 2010.6.18
조 사 자 : 강정식, 강소전
제 보 자 : 최계추, 여, 83세
구연상황 : 조사자의 요청에 의해 구연하였다.

훈다리 인다리 거청게

신나노자 버문게

어리렁 떨리렁 솔깜 세끔

ᄀ레 ᄀ는 소리(2)

자료코드 : 10_00_FOS_20100625_HNC_CKC_0001
조사장소 : 제주특별자치도 제주시 구좌읍 송당리 1351-5번지(경로당)
조사일시 : 2010.6.25
조 사 자 : 강정식, 강소전
제보자 1 : 최계추, 여, 83세
제보자 2 : 고순선, 여, 77세
구연상황 : 조사자의 요청에 따라 구연하였다. 이때 청중이 5명 있었다.

제보자 1 이여이여 이여도ᄒ라

제보자 2 이여이여 이여도ᄒᆞ라

제보자 1 요ᄀ레굴앙 저녁이나

제보자 2 요ᄀ레굴앙 저녁이나

제보자 1 붉은떼허저 본데저냑 어두운집에

제보자 2 본데저냑 어두운집에

제보자 1 오늘이 붉아냐헌다

제보자 2 오늘이 붉아냐헌다

제보자 1 자리나먹젠 산중에올라

제보자 2 잘먹젠 산중에올라

제보자 1 나이정당 세정당줄에 발이걸려서

제보자 2 나정당 세정당줄에

제보자 1 산에가난 살장귀소리

제보자 2 산에가난 살장귀소리

제보자 1 고진드난 우김세소리

제보자 2 고진드난 우김세소리

제보자 1 물엔드난 솜비절소리

제보자 2 물엔가난 숨비절소리

제보자 1 걸음에들언 젱ㄱ레소리

제보자 2 걸음에드난 정ㄱ레소리

제보자 1 귀에젱젱 다올럼구나

제보자 2 귀에젱젱 울리는구나

제보자 1 가면가고 말면은말앗지

제보자 2 가면가고 말면은말지

제보자 1 초신을신고서 시집을가랴

제보자 2 초신을신어 시집을가랴

제보자 1 이여이여 이여도ᄒ라

제보자 2 이여이여 이여도ᄒ라

　(제보자 1 : 그만.)

밧 불리는 소리(1)

자료코드 : 10_00_FOS_20100528_HNC_HJB_0001
조사장소 : 제주특별자치도 제주시 구좌읍 송당리 1513번지
조사일시 : 2010.5.28
조 사 자 : 강정식, 강소전
제 보 자 : 허정봉, 남, 81세
구연상황 : 조사자가 요청하여 구연하였다.

　　어러러러-

이몰덜아 간딘704)가고 돈딘705)오라

어러러러~ 어러러 월월월

이몰저몰 지동그는 몰덜

어러러러 소리에 돌아나온다

어려려려려려려 월월

무쉬 모는 소리

자료코드 : 10_00_FOS_20100528_HNC_HJB_0002
조사장소 : 제주특별자치도 제주시 구좌읍 송당리 1513번지
조사일시 : 2010.5.28
조 사 자 : 강정식, 강소전
제 보 자 : 허정봉, 남, 81세
구연상황 : 조사자가 '촐 비는 소리'를 할 수 있느냐고 물으니, 그것은 그 일을 잘 하지 않아 못한다고 하였다. 조사자가 '무쉬 모는 소리'에 대하여 물으니 '밧 볼리는 소리'와 비슷하게 부른다고 하면서 구연하였다.

어러러러러러려려려려려~ 어러러~

어러러 소리에

어려려려 웬더레706)가고

ᄂ단쪽더레707) 올라

어려려려려려려려

(제보자 : 영 혜영.)

---

704) 간 데는.
705) 돈 데는.
706) 왼쪽으로.
707) 오른쪽으로.

마당질 소리

자료코드 : 10_00_FOS_20100528_HNC_HJB_0003
조사장소 : 제주특별자치도 제주시 구좌읍 송당리 1513번지
조사일시 : 2010.5.28
조 사 자 : 강정식, 강소전
제 보 자 : 허정봉, 남, 81세
구연상황 : 조사자가 '검질 메는 소리'에 대하여 물으니 그 소리는 받는 소리와 선소리가
있어서 혼자는 못한다고 하고, '마당질 소리'를 구연하였다.

어유하양

어유하양

요것으랑

뒷터레708) 자치고

요것으랑

압더레709) 몰리라

어가홍아

어유하양

하야도하양

방에놀레

자료코드 : 10_00_FOS_20100528_HNC_HJB_0004
조사장소 : 제주특별자치도 제주시 구좌읍 송당리 1513번지
조사일시 : 2010.5.28
조 사 자 : 강정식, 강소전
제 보 자 : 허정봉, 남, 81세

---

708) 뒤로.
709) 앞으로.

구연상황: 제보자가 자청하여 구연하였다. 구연이 끝나고 나서 '방에놀래'에 대하여 설명하였다. 제주도에 이어도가 있는데 거기에서 방아가 처음 나왔다고 하였다. 민요 가사의 '굴구리' 나무에 대해서는 잎은 넓고 줄기는 마음같이 속이 푸석푸석하게 되어 있어서 이런 노래가 나왔다고 하였다.

이어
이어도방에
이어도방에

(제보자 : 영710) 허면서 응.)

(조사자 : 예.)

이이도방에
굴그렁나무
너분지널령
속꺼랑나 나몸フ치711)
속은구련
어야도하양
이여도방에

행상소리

자료코드 : 10_00_FOS_20100716_HNC_HJB_0001
조사장소 : 제주특별자치도 제주시 구좌읍 송당리 야외
조사일시 : 2010.7.16
조 사 자 : 강정식, 강소전, 송정희
제 보 자 : 허정봉, 남, 81세

---

710) 이렇게.
711) 내 몸같이.

구연상황 : 조사자가 요청하여 구연하였다. 김영옥이 받는 소리를 하였다.

어어 롱창 어허로다

어어 렁창 어허로다

인생만년 내살을[712] 집이여

어어 렁창 어허로다

인제 가면 언제 오나

어어 렁창 어허로다

어렁창 소리에 뒤넘어간다

어어 렁창 어허로다

밧 볼리는 소리(2)

자료코드 : 10_00_FOS_20100716_HNC_HJB_0002
조사장소 : 제주특별자치도 제주시 구좌읍 송당리 야외
조사일시 : 2010.7.16
조 사 자 : 강정식, 강소전, 송정희
제 보 자 : 허정봉, 남, 81세
구연상황 : 조사자가 요청하여 구연하였다. 김영옥이 받는 소리를 하였다.

아아아 워러러러러러러러 월월

어려려려~ 이몰덜아 간데가고 온데오라 어려려려 어~

어려려려려려 월- 월월

일락서산에 헤떨어지고 월출동경 둘솟아온다

이 덜아 월월소리에 돌아나오라 월 월월

월월 워려려려 어려려려령 허야 월월월 위~~ 위~ 하라

---

712) 내가 살.

4. 신흥리

▌조사마을

제주특별자치도 제주시 조천읍 신흥리

조사일시 : 2010.2.26
조 사 자 : 허남춘, 강정식, 강소전, 송정희

　신흥리(新興里)는 지난 한국구비문학대계 사업 당시 조사지역으로 선정
되지 않았던 마을이다. 그래서 이 마을의 구비전승에 대한 자료가 사실
그다지 축적되지 못하였다. 따라서 이번 한국구비문학대계 조사사업에서
신흥리의 구비전승 자료를 확인하는 것은 충분히 가치가 있다고 여긴다.
그 가운데서도 신흥리의 어촌계가 주관하여 해녀들이 벌이는 잠수굿을
조사하여 보고하는 데에 보다 큰 의미를 부여하고자 한다. 해녀들과 관련
한 무속의례로는 기존에 영등굿에 대한 보고가 있었지만, 영등굿과는 다

른 의미의 해녀 관련 무속의례를 살펴보는 것도 중요한 일이다.

신흥리에서는 매년 정월 포제를 지낸 뒤에 바로 잠수굿을 벌인다. 자시에 포제를 지내고 아침이 밝으면 굿을 하는 셈이다. 포제를 지낼 때도 따로 해신제를 지낸다. 그럼에도 불구하고 무속의례로 굿을 벌이는 전통을 지속하고 있다. 잠수굿을 벌일 때는 본향당에 가서 고하는데, 이때 포제를 하면서 마련한 제물을 가지고 가서 올린다. 포제와 잠수굿, 그리고 본향당에 대한 제의가 유기적인 연관 속에서 이루어지는 것이다.

이번 신흥리의 구비전승 조사는 어촌계가 주관하는 잠수굿을 대상으로 하였기 때문에 그에 맞추어 조사일정을 잡았다. 우선 잠수굿이 마을 포제일에 벌어지는 사정을 감안하여, 조사팀은 입춘이 지난 2월 초순에 마을과 어촌계(잠수회), 잠수굿을 맡은 심방을 방문하여 조사취지를 설명하고 협조를 구하였다. 이어 굿당으로 쓰이는 어촌계 창고와 신흥리 본향당 등 관련 현장에 대한 답사를 진행하고, 조사팀의 조사내용과 방법 등을 결정하였다. 그리고 잠수굿이 행해지는 2월 26일에 현장조사를 실시하였다. 그 뒤에는 5월까지 잠수굿에 참여한 심방에 대한 추가조사 등을 진행하였다.

신흥리는 조천읍의 해안마을로, 조천리와 함덕리 사이에 위치한다. 제주특별자치도로 통합되기 전에는 '북제주군'에 속해 있었으며, 옛 '제주시'를 기준으로 하면 동쪽으로 약 14km 정도 떨어져 있다. 이 마을은 '왯개'라는 포구를 중심으로 하여 형성된 마을로, 민간에서는 '왯개, 옛개'로 불렀다. 『탐라순력도』에도 옛 마을명이 나타난다. 다만 행정구역으로 따지자면 예전에는 인근 조천리와 함덕리에 속해 있었다. 그런데 1914년에 왯개 일대를 중심으로 조천리와 함덕리의 일부를 분리하여 통합하니 비로소 신흥리라는 행정구역이 새로 만들어졌다.

2007년 12월 현재 신흥리의 인구는 235세대에 577명이다. 남녀의 비율은 비슷하다. 각성바지로 이루어져 있다. 반농반어 마을로 감귤과 마늘

등의 농업이 기반이 되며, 이와 더불어 해산물을 채취하는 어촌계 활동도 주요 소득원이다. 해안도로가 개설되면서 최근에는 관광객들의 방문도 점차 늘어나는 추세이다. 교육이나 문화생활은 인근의 큰 마을인 조천리나 함덕리, 또는 옛 제주시 지역에서 이루어진다. 종교생활은 본향당신앙을 비롯하여 무속신앙이 보편적이다. 신흥본향당은 남성의 출입을 금지하는 특별한 유래를 가지고 있는 당이다. 다만 일상적 종교생활이라고 할 수는 없으나 정월에 마을 차원에서 지내는 유교식 포제도 매우 중시하고 있다. 한편 이 마을에는 본향당이 있는 쪽의 앞바다에 방사탑 4기가 있다. 그 민속적 가치가 높아 제주도 무형문화재로 지정되어 있다.

▌제보자

김순아, 여, 1941년생

주 소 지 : 제주특별자치도 제주시 조천읍 함덕리 1296-1번지
제보일시 : 2010.2.26
조 사 자 : 허남춘, 강정식, 강소전, 송정희

김순아는 조천읍 신촌리에서 1941년에
태어났다. 신촌에서 계속 살다가 24세 때에
한 살 연하인 함덕리 출신 김상원과 결혼하
였다. 그런데 결혼한 지 6년 만에 몸이 좋
지 않았던 남편이 사망하였고, 그 뒤로는 혼
자 생활하고 있다. 슬하에는 2남 1녀를 두
었다. 시집온 뒤로 현재까지 계속 함덕리에
거주하고 있다. 남편인 김상원은 당시 3대

째 무업을 전승하고 있던 심방 집안이었다. 아버지는 김두병 심방이고,
할아버지가 김성원 심방이었다. 아버지의 형제들인 김국화, 김명월, 김만
보 등도 이름난 심방이었다. 반면에 김순아의 친정 집안은 무업과 관련이
없다고 한다. 친정 할아버지인 김은봉이 '책불'로 산통을 이용해 점을 치
는 정도였다.

김순아는 결혼할 당시에는 남편 집안이 무업을 하고 있는지 몰랐었다
고 한다. 결혼을 한 뒤에 남편을 따라 굿판에 전혀 다니지 않았다. 그러다
가 남편이 사망하자 생계를 잇기 위해 35세경부터 무업을 하게 되었다.
당시 굿에 대해서 아무 것도 모르는 상태에서 작은시아버지인 김만보 심
방을 따라다녔다고 한다. 약 3년 정도 김만보를 따라다니다가, 그 뒤로는
남을 따라가지 않고 스스로 무업활동을 하기 시작하였다. 함덕리의 단골

들이 자신을 가엾게 여기기도 하여 여러 굿과 비념을 의뢰하였다고 한다. 당시 함덕리에는 당을 맨 심방이 없기도 하였고, 이미 함덕리에 함께 살고 있던 터라 단골들이 자신에게 부탁하였다는 것이다. 이때부터 함덕리를 중심으로 활동하였고, 가끔 일본에도 굿을 하러 다녀왔다. 단골에게서 굿을 부탁받으면 친인척 관계였던 정주병이나 안사인 심방 등 '큰심방'들을 조직하여 굿을 하였다. 김순아는 42세경에 안사인 심방에게 부탁하여 첫 신굿을 하였다.

김순아가 조상으로 모시고 있는 멩두는 2벌이다. 하나는 시아버지인 김두병의 멩두이다. 김두병은 '정의 넷끼 물동산 최씨 선생 양씨 선생'의 멩두를 본메로 삼아 자신의 멩두를 만들었다고 한다. 그런데 김두병이 4·3 사건에 몸이 아파 일찍 사망하자, 아버지인 김성원이 아들의 멩두를 모시고 다녔다. 나중에 김성원이 사망하게 되자 멩두는 다시 김만보에게로 넘겨지고, 김만보가 일본에 가게 되니 김순아에게 멩두를 물려주었다. 다른 하나는 시어머니인 고씨가 모시던 멩두이다. 김순아는 큰굿을 가면 멩두 2벌을 모두 모시고 가고, 작은굿에 갈 때는 시아버지 멩두만을 모시고 간다. 멩두는 나중에 김순아의 큰아들인 김영철에게 물려줄 생각이라고 한다. 김영철은 40대 후반으로 여러 해 전부터 무업으로 들어서서 현재 열심히 굿을 배우고 있는 중이다. 아들이 신굿을 하게 되면 시아버지 멩두를 물려주고, 자신은 시어머니 멩두를 사용할 생각이다.

한편 김순아는 멩두 조상을 위한 '당주제'를 아직까지 크게 지내고 있다. 과거에는 모든 심방이 당주제일을[713] 크게 지냈으나, 현재는 거의 대부분의 심방들이 제물을 올리고 잔을 드리는 정도로 간단히 지내고 있는 형편이다. 이런 사정을 생각하면 김순아는 당주제를 아직까지 유지하고 있는 셈이다. 당주제일에는 단골인 동네 주민들도 상당수 찾아오며 간단

---

713) 음력 9월 8일, 18일, 28일이 당주제일로, 이 가운데 28일에 크게 지낸다.

한 넋들임이나 푸다시 등도 하여주기 때문에 하루 종일 북적이는 편이다.

김순아는 현재 조천읍 일대 함덕리와 조천리의 영등굿, 신흥리의 잠수굿을 맡고 있다. 함덕리 영등굿은 김만보 심방의 부인으로부터 이어받아 약 15년 전부터 맡고 있다. 조천리의 영등굿은 안사인 심방의 뒤를 이어 이어 약 20여 년 전부터 하고 있다. 신흥리의 잠수굿은 김윤수 심방의 뒤를 맡아 약 15년 전부터 시작하였다. 한편 역시 조천읍 선흘리의 '알당 본향'과 '탈남밧 일뤠당'도 맡고 있다. 약 25년 전쯤부터 고씨 심방 후임으로 당을 맡았다.

김순아는 주로 조천읍 일대에서 활동하나 단골의 부탁이 있으면 간혹 제주시내나 제주 서부 지역으로 다닐 때도 있다. 과거에는 일본에도 다녔으나 단골들의 만류로 약 10년 전부터 다니지 않는다. 현재 김순아는 약 30여 년 전부터 함께 다닌 오랜 동료인 문병교 심방을 비롯하여 강연일, 정공철 심방 등과 주로 무업을 함께 한다. 여기에 동생 김순열과 아들 김영철도 대동하고 다닌다.

제공 자료 목록

10_00_SRS_20100226_HNC_KSA_0001_s02 제청서립
10_00_SRS_20100226_HNC_KSA_0001_s03 말미
10_00_SRS_20100226_HNC_KSA_0001_s04 베포도업침
10_00_SRS_20100226_HNC_KSA_0001_s05 날과국섬김
10_00_SRS_20100226_HNC_KSA_0001_s06 연유닦음
10_00_SRS_20100226_HNC_KSA_0001_s09 군문열림
10_00_SRS_20100226_HNC_KSA_0001_s10 군문열림_분부사룀
10_00_SRS_20100226_HNC_KSA_0001_s11 오리정 신청궤
10_00_SRS_20100226_HNC_KSA_0001_s14 요왕·선앙질침
10_00_SRS_20100226_HNC_KSA_0001_s16 선앙풀이
10_00_SRS_20100226_HNC_KSA_0001_s17 베방선
10_00_SRS_20100226_HNC_KSA_0001_s21 씨점
10_00_SRS_20100226_HNC_KSA_0001_s22 각산받음

10_00_SRS_20100226_HNC_KSA_0001_s23 가수리 · 뒤맞이

10_00_SRS_20100226_HNC_KSA_0001_s24 도진

10_00_SRS_20100226_HNC_KSA_0001_s25 본향비념

김순열, 여, 1950년생

주 소 지 : 제주특별자치도 제주시 조천읍 조천리 2258-8번지

제보일시 : 2010.2.26

조 사 자 : 허남춘, 강정식, 강소전, 송정희

김순열은 조천읍 신촌리에서 1950년에 태어났다. 김순아 심방의 동생이다. 12세에 육지로 나가 육지 사람과 결혼도 하여 계속 살다가, 11년 전에 고향으로 돌아왔다. 현재는 조천읍 조천리에 거주한다.

김순열은 약 5~6년 전부터 언니인 김순아 심방을 따라다니며 굿판에서 심부름을 한다. 특별히 무업을 익힌 것은 아니며, 굿판의 여러 심부름을 도맡아 하는데 필요한 경우에는 연물 가운데 설쒜를 치는 정도이다.

문병교, 남, 1933년생

주 소 지 : 제주특별자치도 제주시 화북동

제보일시 : 2010.2.26

조 사 자 : 허남춘, 강정식, 강소전, 송정희

문병교는 1933년 제주시 용강동에서 태어났다.[714] 4 · 3사건이 나자 외

714) 호적에는 1935년으로 되어 있음.

가가 살고 있던 제주시 남문통으로 옮겼다. 18세에 해병대에 지원하여 6년 정도 근무한 뒤 제대하였고, 26세에 2살 연하의 부인과 혼인하였다.

문병교의 집안에는 무업을 한 이가 전혀 없다. 원래 심방 집안이 아니었다. 젊었을 때 풍류를 즐겨 놀기 좋아했다고는 한다. 32세에 굿을 구경 간 것이 무업에 들어서게 된 계기가 되었다. 당시 남수각에 살던 교래리715) 출신 고만일 심방이 '추는굿'을 하는 장소에 구경을 갔는데, 거기서 그의 권유에 의해 갑자기 연물인 데양을 치게 된 것이다. 그 뒤에 다시 연락이 와서 성주풀이에 목수로 함께 가자고 해서 아무 것도 모르는 상태에서도 굿하러 갔다. 그러다 보니 주위 사람들이 자기보고 심방이라고 수군거렸다. 기분이 좋지 않았지만 어차피 들어선 김에 무업을 하자고 생각하였고, 33세에 제주시 용강동 권씨 집의 사당클굿에서 처음으로 '석시'716)를 하였다.

특별한 신병은 없었으나, 가정에 어려움은 많았다고 한다. 무업은 집안에서 자신 혼자만으로 끝내고자 하기 때문에, 맹두도 모시지 않았다. 고만일과 고오생 심방이 스승이라 할 수 있고, 현재는 제주시 조천읍 함덕리의 김순아 심방과 주로 함께 다닌다.

제공 자료 목록
10_00_SRS_20100226_HNC_KSA_0001_s15 요왕체서본풀이
10_00_SRS_20100226_HNC_KSA_0001_s18 상당숙임
10_00_SRS_20100226_HNC_KSA_0001_s20 엑멕이

---

715) 제주시 조천읍에 속한 마을.
716) 제주도 굿의 한 제차.

정공철, 남, 1960년생

주 소 지 : 제주특별자치도 제주시 조천읍 북촌리 1151-2번지
제보일시 : 2010.2.26
조 사 자 : 허남춘, 강정식, 강소전, 송정희

　정공철은 서귀포시 대정
읍 상모리에서 4남1녀 중
장남으로 태어났다. 제주대
학교 국어교육과를 졸업하
였으니 소위 '학사심방'인
셈이다.

　정공철의 집안에는 무업
을 한 이가 전혀 없었다. 정공철은 대학 입학 뒤 '수눌음'이라는 단체에서
마당극을 하면서 제주굿을 접하였다. 그런데 어찌하다 보니 심방역을 하
였고, 그 뒤에는 자신의 단골 배역이 되었다 한다.

　정공철이 입무하게 된 직접적인 계기는 1993년경에 칠머리당굿보존회
사무국장으로 일하게 되면서 마련되었다. 아무래도 김윤수 회장을 따라
실질적으로 자주 굿판을 접하게 되었고, 그러다 보니 1995년에는 본격적
으로 무업의 길에 들어선 것이다. 무병을 경험하지는 않았다. 하지만 예
전에 가족 3명이 연달아 사망하는 일이 있어서 마음의 방황이 심했던 적
이 있었는데, 생각해 보면 나름대로 팔자를 그르칠 일이 있어서 그런가하
고 느끼기도 한다. 김윤수 심방을 스승으로 모신다. 아직 멩두 조상을 모
시지는 못하고 있다.

제공 자료 목록

10_00_SRS_20100226_HNC_KSA_0001_s01 삼석울림
10_00_SRS_20100226_HNC_KSA_0001_s07 새ᄃᆞ림
10_00_SRS_20100226_HNC_KSA_0001_s08 도레둘러뷈

10_00_SRS_20100226_HNC_KSA_0001_s12 초상계·추물공연
10_00_SRS_20100226_HNC_KSA_0001_s13 나까시리놀림
10_00_SRS_20100226_HNC_KSA_0001_s19 조왕비념

조천읍 신흥리 잠수굿

자료코드 : 10_00_SRS_20100226_HNC_KSA_0001
조사장소 : 제주특별자치도 제주시 조천읍 신흥리 539-1번지(어촌계창고)
조사일시 : 2010.2.26
조 사 자 : 허남춘, 강정식, 강소전, 송정희
제 보 자 : 김순아, 여, 70세 외 3인
구연상황 : 수심방 김순아가 소미 문병교, 정공철, 김순열 등의 도움을 받아 굿을 하였다. 이 가운데 주요 제차는 김순아, 문병교, 정공철이 맡았다. 김순열은 정데우를 도왔을 뿐 집사노릇과 연물 연주 등 한정된 구실을 하였다. 단골 대표와 몇몇 단골만 제장에서 굿을 보았다. 대부분의 단골은 2층에서 지냈다.

신흥리에서는 매년 정월 포제를 지낸 뒤에 바로 잠수굿을 벌인다. 자시에 포제를 지내고 아침이 밝으면 굿을 하는 셈이다. 포제를 지낼 때도 따로 해신제를 지낸다. 그럼에도 불구하고 무속의례로 굿을 벌이는 전통을 지속하고 있다. 잠수굿을 벌일 때는 본향당에 가서 고하는데, 이때 포제를 하면서 마련한 제물을 가지고 가서 올린다. 포제와 잠수굿, 그리고 본향당에 대한 제의가 유기적인 연관 속에서 이루어지는 것이다.

삼석울림-초감제(각당배례-말미-베포도업침-날과국섬김-연유닦음-새드림-도레둘러뷈-군문열림→오리정 신청궤→팔만금세진침·정데우→ᄌ손역가·소지원정)→초상계·공연→역가바침→요왕맞이(요왕질침→요왕체서본풀이)→선앙풀이(베방선)→상당숙임→엑멕이→씨점→각산받음→가수리·뒤맞이→도진)으로 짜인다.

단골들은 6시 20분경부터 모여들었다. 심방은 그보다 일찍 도착하였다. 7시에 궷문열림을 하고 간단히 초감제를 하였다. 초감제를 마친 뒤에 열명올림을 하였다. 10시 5분부터 시왕맞이를 시작하여 13시 42분까지 신청궤를 하고 점심식사를 하였다. 14시 10분에 역가바침을 시작으로 다시 시작하여 17시 59분에 굿을 마쳤다.

신흥리 잠수굿 삼석울림

자료코드 : 10_00_SRS_20100226_HNC_KSA_0001_s01
조사장소 : 제주특별자치도 제주시 조천읍 신흥리 539-1번지(어촌계창고)
조사일시 : 2010.2.26
조 사 자 : 허남춘, 강정식, 강소전, 송정희
제 보 자 : 정공철, 남, 51세 외 2인
구연상황 : 무악기를 울려 굿을 시작하게 되었음을 신들에게 알리는 제차이다. 북, 설쒜,
　　　　　데양 등 기본 연물을 늦은 장단, 중간 장단, 빠른 장단 순서로 울린다. 정공철
　　　　　이 북, 김순아가 데양, 김순열이 설쒜를 맡았다.

　[북(정공철), 데양(김순아), 설쒜(김순열)][제물 진설을 대강 마치고, 정
해진 시간이 되자 삼석울림을 한다.] ‖ 늦인석 ‖ — ‖ 중판 ‖ — ‖ 좃인석 ‖ —
‖ 늦인석 ‖

삼석울림

신흥리 잠수굿 초감제 제청서립

자료코드 : 10_00_SRS_20100226_HNC_KSA_0001_s02
조사장소 : 제주특별자치도 제주시 조천읍 신흥리 539-1번지(어촌계창고)
조사일시 : 2010.2.26
조 사 자 : 허남춘, 강정식, 강소전, 송정희
제 보 자 : 김순아, 여, 70세 외 3인
구연상황 : 제청서립은 소미가 연물을 울리는 가운데 심방이 각 신위에 대하여 절을 하
며 제청 준비가 마무리되어 자신이 굿을 주재하여 진행하게 되었음을 고하는
제차이다.

■ 초감제

[김순아(관디, 송낙, 이멍걸이)]

[초감제는 굿하는 연유를 고하고 신을 제장으로 청해 모시는 제차이다.
어느 굿에서나 굿을 맡은 큰심방이 나서서 진행한다. 김순아 심방이 홍포
관대에 송낙을 쓰고 나서서 배례를 한 다음 앉아 말미를 하고, 이어 장구
를 치면서 베포도업침→날과국섬김→연유닦음 등을 진행한다. 이어 소미
가 나서서 새드림, 도레둘러뷈을 하고 물러난다. 다시 김순아 심방이 나
서서 군문열림→오리정 신청궤를 하고, 소미와 함께 팔만금세진침→정데
우→ᄌ손역가·소지원정 등의 제차를 진행한다.]

■ 초감제>제청서립

‖늦인석‖[북(정공철), 설쒜(김순열), 데양(문병교)][심방은 신칼과 요령
을 들고 신자리에 나선다. 신칼과 요령을 왼손에 모아잡고 오른손으로 쌀
알을 집어 각위에게 흩뿌린다. 신칼과 요령을 양손에 나누어 잡고 가끔
요령을 흔들며 천천히 춤을 춘다. 허리를 숙이고 신칼치메를 위로 올렸다
가 앞으로 내리는 정도이다. 신칼을 내려놓고 요령을 흔들고 두 손을 모
아 비빈 다음 엎드려 큰절을 한다. 이와 같이 춤을 추면서 방향을 바꾸어
가며 각 신위와 연물 앞에 절을 한다. 춤을 시작하고 마칠 때는 왼쪽 신

칼치메를 어깨에 걸치고 요령을 흔든 뒤에 양손을 함께 모아 내린다. 방향을 바꿀 때는 왼쪽 신칼치메를 오른팔에 걸치고 왼쪽으로 천천히 돈다. 마지막으로 제상을 향하여 절을 하고 신칼을 공시상에 내려놓는다.]

제청서립

신흥리 잠수굿 초감제 말미

자료코드 : 10_00_SRS_20100226_HNC_KSA_0001_s03
조사장소 : 제주특별자치도 제주시 조천읍 신흥리 539-1번지(어촌계창고)
조사일시 : 2010.2.26
조 사 자 : 허남춘, 강정식, 강소전, 송정희
제 보 자 : 김순아, 여, 70세
구연상황 : 심방은 신자리에 앉아 요령을 흔들며 굿을 하게 된 사정을 길게 풀어낸다. 열
　　　　　명지를 보면서 기원자들을 하나하나 고해 올린다. 이어 굿을 하게 된 연유를
　　　　　고한다.

[장구를 앞에 놓고 신자리에 앉는다. 요령을 흔들고 말명을 시작한다. 연물이 그친다.] 연양탁상 좌우접상으로, 제청 설류협긴~, [요령] 일만 팔천 신우엄전님네 옵서 청협기는, 영등제 혜신제~, [요령] 무을제로 올고 금년 혜는 보난, 이천십 년도에~, [요령] 경이년(庚寅年) 나는 혜에 삼진 초정월 둘, 오널 열사흘~, [요령] 어느 ᄀ을 어떤 ᄌ순(子孫)이 받은 공서를 여쭙기는 국은 갈라 갑기는 강남 들언, 천저지국(天子之國) 일본 들언, 주년국 우리나라 데한민국 입곡~, [요령] 일제주(一濟州)는 이거저(二巨濟) 삼진도(三珍島)는 ᄉ남혜(四南海), 오강원땅(五江華-) 육한도(六莞島)

말미

마련협던, 요 섬중 올습네다 저 산 앞은 당 오벽(五百), 이 산 앞은 절 오벽이, 어시성은 단골머리, 흔 골 엇엉 왕도 금도 원도 신도, 못네 나던 을축 삼월 열사흘날, [요령] 고령부(高良夫) 삼형친(三姓親) 솟아나던, 물로 바위717) 뱅뱅 돌은,718) 제주 섬중 입고, 동서지 문 밧은,719) 서른으덥 데 도장네(大道場內)옵고, 서소지 문 밧은 마흔으덥 소도지 장넵네다. 정이(旌義) 정당 데영기 주(州)이 모관720) 성네읍중(城內邑中) 도성(都城) 든 건, 이서당 면도장(面道場)은 가릅기는, 면은 갈라 제주특별자치도, 제주시는~, [요령] 조천읍(朝天邑)은 신흥리(新興里) 됍니다. 구역 가릅기는, 섯가름 동네에~, [요령] ᄆᆞ을 안네 헤신제(海神祭) 영등제로 ᄆᆞ을제로~, [요령] 이 신흥 ᄆᆞ을 안네에, 거주허여 삽니다. [제상 위에 걸어놓은 열명지를 보면서 말명을 이어간다.] ᄆᆞ을 유지 기장, 훼장님 김○선이 예순두 설 받은 공서옵고, 이장 됍네다 김씨로, 쉰일곱 설 받은 공섭네다. 잠수훼장(潛嫂會長) 됍니다 성은 강씨로, 예순셋 받은 공서옵고, 그 뒤으로 감사 됍네다. 문씨로, 쉰에 네 설 받은 공섭네다 감사 됍네다. 김씨로 ᄀᆞ디 ᄎᆞ721) 쉰 받은 공서옵고, ᄆᆞ을 총무 됍니다 성은 이씨로, 쉰다섯 설 받은 공섭네다. 공보 됍네다 이씨로, 쉰에 네 설 받은 공서옵고, [요령] 그 뒤으로 김씨로 예순네 설 받은 공섭네다. 총데(總代) 됍네다 김씨로, 이른다섯님 받은 공서옵고 강씨로, 이른네 설 받은 공섭네다. 김씨로 예순둘님 받은 공서옵고 박씨로, 예순혼 설 받은 공섭네다 윤씨로 예순하나 받은 공서옵고, 현씨로 쉰다섯, 받은 공섭네다 양씨로, 쉰세 설 받은 공서옵고, 오씨로 쉰두 설 받은 공섭네다. 고씨로 쉰두 설 받은 공섭네다. 잠수 됍니다 성은 김씨로, ᄋᆞ든ᄋᆞ섯님 받은 공서옵고 한씨로 ᄋᆞ든넷님 받은 공섭네다. 이씨로 ᄋᆞ든네 설 받은 공서옵고, 손씨로 ᄋᆞ든둘님 받은 공섭네다. 이씨로 이른아홉님 받은 공서옵고, 손씨로 ᄀᆞ디 이른ᄋᆞ덥 받은 공섭니다 오씨로 이른일곱 받은 공서옵고 고씨로 이른일곱 받은 공섭니다 이씨로 이

---

717) 주위.
718) 두른.
719) 밖은.
720) 목(牧) 안.
721) 갓.

른ᄋ섯, 받은 공서옵고 김씨로 이른ᄋ섯, 받은 공섭네다 김씨로 이른셋님 받은 공서옵고 안씨로 이른흔 설 받은 공섭네다. 김씨로 이른하나 받은 공서옵고, 김씨로 ᄋ든 예순ᄋ둡 받은 공섭네다. 현씨로 예순일곱 받은 공서옵고 한씨로 예순ᄋ섯, 받은 공섭네다 손씨로 ᄀ디 예순ᄋ섯 받은 공서옵고 현씨로 예순다섯 받은 공섭네다. 김씨로 예순다섯 받은 공섭네다. 야~ 신씨로 쉰다섯, 받은 공서옵고 강씨로 쉰세 설, 받은 공섭네다 이씨로 쉰두 설, 받은 공서옵고 김씨로 ᄀ디 ᄀ 쉰, 받은 공섭네다. 게원덜 뒈옵네다. 김씨로 ᄋ든일곱님 받은 공서옵고, 강씨로 ᄋ든일곱님 받은 공섭네다. 임씨로 ᄀ디 ᄋ든다섯님 받은 공섭네다. 오씨로 ᄋ든둘님 받은 공서옵고, 문씨로 이른아홉님 받은 공섭니다. 이씨로 이른ᄋ둡님 받은 공서, 한씨로 이른일곱님 받은 공섭네다. 한씨로 이른일곱님 받은 공서옵고, 양씨로 예순아홉님 받은 공섭네다. 김씨로 예순ᄋ섯님 받은 공서, 김씨로 예순흔 설 받은 공섭네다. 김씨로 쉰두 설, 받은 공섭네다 서기뒙네다. 성은 설우시던 ᄀ디 마흔아홉 설 받은 공서옵고, 총훼장(總會長), 야 뒙니다. 초헌관님 김씨로 ᄌ ᄋ든 받은 공섭니다. 이헌관님722) 뒙네다 강씨로 이른ᄋ둡, 받은 공섭네다 초현관,723) ᄀ디 성은 김씨로, 이른셋님 받은 공섭네다. [요령] 이 ᄆ을에 사는 각성바지 ᄌ순덜~, [요령] 이 ᄆ을 안네 살곡 이 땅에 살고 이 땅에 물을 먹고 행궁발신(行窮發身)허는, 각성바지 ᄌ순덜~, [요령] 어룬 아이 늑신네 엇이, 모다 받은 공섭네다.

오널 혜신제로~, [요령] 영등제로 ᄆ을제로 이 공서를 여쭙기는, 밥이 먹다 부족헌덜, 밥을 줍셍724) 허여근 이 공서도 아닙니다. 옷이 입다가 부족헌들, 옷을 줍셍 허여근 이 축원도 아닙네다만은 허뒈, 옷광 밥은 그날 그 시 없다가도, 빌어서도 밥이옵고 얻어서도 옷입니다만은, 천지지간(天

722) '이헌관'은 이헌관(二獻官)이니 곧 아헌관(亞獻官)을 이름.
723) '종헌관'의 잘못.
724) 주시라고.

地之間) 만물 기중헌 건, 사람입고 중헌 건 인간 목숨 아닙니까. 춘추(春草)는 열련주(年年綠)나 왕손(王孫)은 귀불귀(歸不歸)라. 저 산천에 풀입새도, 구시월은 설한풍(雪寒風)이 당허면은, 열년마다 낙엽단풍 [요령] 지엇당도, 멩년(明年)이라 춘삼월, 따뜻한 봄철에, 승하시(勝花時)가 돌아오면, 잎은 돋아 청산 돼고, 꽃은 피어근 화산 돼영, 청산 화산 제몸 자랑 허건만은, 초록(草露) ᄀ뜬 우리 인셍덜은, 서가여레(釋迦如來) 공덕으로, 아바님 전 뼈를 빌고, [요령] 어머님 전 살을 얻곡 칠성단(七星壇)에 멩(命)을 빌곡 제석님전 복을 얻엉, 금세상에 탄셍헐(誕生할) 떼엔, 빈주먹을 볼끈725) 줴영,726) 부모 혈속 솟아나민, [요령] 좁든 날 좁든 시간 병든 날 병든 시간, 수심 근심 다 제면은,727) 단 사십도 못 사는 건, 초로인셍덜 아닙네까. 토란잎에 이슬 ᄀ뜬 인셍덜, 한경판에 그려 부찐 인셍덜, 짚은 물에 굴메 ᄀ뜬728) 인셍덜, ᄇ름 분 날 비온 날 촛불 ᄀ뜬 우리 인셍덜 아닙네까.

　다른 원정 아닙네다. 이거 이 ᄆ을에 사는, 각성바지 즈순덜~, [요령] 어느 ᄆ을인덜 인간백성 아니 사는 ᄆ을이 어디 십니까만은, ᄆ을마다 세게마다, 면마다, 그 ᄆ을에 사는 즈순덜은, [요령] 부모 혈속에 탄셍헐 떼부떠, 어느 농업 테운729) 즈순, 사업 테운 즈순덜이나, 어느 직장 테운 즈순덜~, 어느 것, 축산 테운 즈순덜, 어느 거 일만 헤녀(海女) 어부덜(漁夫들)~, 베 안네서 베왕730) 나옵네까만은 허뒈, 인간 탄셍헐 떼부떠, 모든 직업을 테왕 나근, 너는 인간에 탄셍허건, 무신 직업 허영 살곡, 널라근엥에 직장셍활허곡, 오곡농사 수만 곡석이나~, 어느, 헤녀나 경 아니면, 어

725) 볼끈.
726) 쥐어서.
727) 제하면은.
728) 그림자 같은.
729) 타고난.
730) 배워서.

부 태운 조순덜은~, 베를 타곡, 좀수 헤녀 태운 조순덜은 열다섯 십오세 안네부떠,731) 물질 베웁기 헤녀 베와근, [요령] 물질헤여근 벌어먹기, 볼써732) 탄셩헐 떼부떠, 팔제에 테왕 솟아나근, [요령] 요왕질에 테운 조순 덜은 요왕질에 뎅기곡733) 농업에 테운 조순덜은, 농업허여 먹엉 살곡~, [요령] 사옵(事業) 태운 조순덜은 사옵을 허영 살곡, [요령] 웨국(外國) 나 라에 테운 조순덜은 웨국 나라에 나가근, 어느 장서허고 사옵허여 살곡 영 허난, 이 신흥무을 안네도 무을은 크지 아니나 허뒈, 각성바지 조순덜 아닙네까. 엿날 엿적부떠라도, 시네물은 흘러도 여을은 여을 데로 잇는 체격이라, 시국도 발전이 뒈곡 무을도 발전이 뒈어갈 수록, 으지(依支) 엇 인 일이 어디 잇입네까~. 낭은734) 돌 으지 돌은 낭 으지, 영 허난 조순덜 은, 웬 무을에서 타리거셩(他離居生)허여근 신흥 무을에 오랑, 헤녀질 허 멍 살곡, 어부덜토 오라근 엿날은 신흥 무을에 들어오라근, 어느 그물베 여 주낫베여 멜베여,735) 어느 거 자릿베여~,736) 어부덜토 허영 거주허영 살곡, 어느 농서지는 조순덜, 사옵허는 조순덜, 과수원허는 조순덜, 축산 허는 조순덜, 차 사옵허는 조순덜, 영업허는 조순덜, 오곡농사 수만 곡석 지영 사는 조순덜 아닙네까 영 허난, 어느 벌어먹은 역게(役價), 나만 먹 저 나만 쓰저 아니 허여근, 벌어먹은 역게는 일년에 혼 번썩, 무을제로 헤 신제, 영등제로, 헤녀덜은 바당에 강 벌어먹은 역게, 어부덜토 어느 바당 에 강, 어느 그물베에 멜베여 주낫베여, 자릿베여 거니령737) 바당에 강, 벌어먹은 역게 무른 딜론, 오곡 농사 수만 곡석 지영 벌어먹은 역게, 과수

---

731) 안부터.
732) 벌써.
733) 다니고.
734) 나무는.
735) 멸치배여.
736) 자리돔배여.
737) 거느려서.

원허영 벌어먹은 역게, 축산헤여근 벌어먹은 역게, 오곡 농사 수만 곡석 부업헤영, 장서허고 영업허영, 벌어먹은 역게랑 우으로 덜헤영 낮다근, 일년 혼 번 삼진 초정월둘 돌아오면, 이제 옛날은, 쳇돗날 돌아오면은 ᄆᆞ을 네예, ᄆᆞ을 포제(酺祭) 끗데는738) 영등굿 헤신제 ᄆᆞ을제로 허여근, [요령] 요왕도 멕이곡 산신도 멕이곡, 일만팔천 신우엄전임(神位嚴前-)네 멕이곡, ᄆᆞ을 본향한집도 멕이곡 허염시면은, 헤 그물엉739) 열두 둘 삼백육십오일 ᄆᆞ을 펜안허게 허여줍센 허곡, 어부덜 헤녀덜은 요왕 선왕질덜 발롸줍센740) 허곡, 오곡 농사 수만 곡석, 잘 뒈게 허여 줍센 허여근, 엿날은~ [요령] 헤신제 영등제 거니리곡 [요령] ᄆᆞ을제로 허여근, [요령] 열년마다 벌어먹은 역게를 밧제허영, 글이랑 전득(傳得)허곡 활이랑 유전(遺傳)헙니까만은 허뒈, 발이 벋곡 줄이 벋어저~, 이거 시네물은 흘러도 야 여을은 여을 데로 잇는 체격으로 옛 법이야 어디 갑네까. 시국도 발전이 뒈곡 ᄆᆞ을도 발전이 뒈여도, 터신 모른 일이 어디 시명741) ᄆᆞ을제 모른 일이 어디 십니까742) 영 허난, 올고금년도 헤는 보난, 이천십년도에 [요령] 경인년(庚寅年) 나는 헤에, 삼진 초정월둘 오널 열사흘날, 구신(鬼神)엔 하강일(下降日) 셍인(生人)엔 셍기복닥(生氣福德), 제맞인 날 굴리743) 잡아근, [요령] 붉은 텍일(擇日) 거두잡아근, 원전싱(元前生) 팔저(八字) 궂고 ᄉᆞ주(四柱) 궂은 신이 아이 셩은 김씨로, 억만 도신헤(都臣下) 상하신충(上下神充), 이 ᄆᆞ을 엿날부떠 상단골로 뎅깁네다. 중단골 하단골로 수만단골 아이단골로 뎅깁네다. [요령] 의논공론(議論公論)헤여근 요왕제(龍王祭) 헤영 헤신제 영등제로~ ᄆᆞ을제로 에~, [요령] 어느 금년도~, 요왕질 발롸줍센

---

738) 끝에는.
739) 그물어서.
740) 바르게하여 주시라고.
741) 있으며.
742) 있습니까.
743) 가려.

덜 허곡 헤녀덜 뎅기는744) 길에라도, 이거 다른 무을 영등 이월둘 당혜영 영등하르방 [요령] 영등할망 들어오랑 영등제 지네면은, 영등하르방 할마 님 나갈 떼엔 오곡씨 뻬여둥745) 나가건만은, 안직은746) 신흥 무을에는 삼 진 초정월이랑, 안직은 영등제 못네 드리난 허뒈, [요령] 오널 무을제~, [요령] 영등제 헤신제 헤여근, 바당길도 펜안허게 헤여줍서 무른 딜로나, 영등하르방 영등할마님 오랑 나갈 떼랑, 신흥 바당에도 오곡씨 뻬여주엉, [요령] 어느 전복씨나 소라씨, 오분제기씨나, 문어씨 뿌려두엉 갑서. 어느 거 톨씨나 우미씨나 메역씨, 몸씨747) 뿌려두어근, 금년이라근 신흥 바당 에 무흠 골에 알앙알앙, 야- [요령] 숭년(凶年) 들게 말아근 풍년 들게 허 여근, 먹을 만 씰 만 헤여 헤녀덜 바당에 들지라도, 하다 섭섭허게 말아근 바당에서 제물(財物) 번성, [요령] 금전 번성 나수와줍센748) 허영 오널 헤 신제로덜, 저 제청(祭廳) 설류허여근,749) 유황(龍王) 선왕제(船王祭)로 헤신 제로, [요령] 초감제(初監祭)로덜 일만팔천 신우엄전임네덜 옵서 청허저 허여근, [요령] 원전성 팔저 궂고 수주 궂인, 신이 아이 성은 김씨로 억만 도신혜, 상하신충 몸받은 연양 당줏문(堂主門) 열려근, 상안체는 짓오르고 중안첸, 하안체 궁전궁납750) 일만제기(一萬祭器), 삼만기덕(三萬旗纛) 거늬 리곡, 어진 조상님 산범フ찌 모상,751) [요령] 팔제 궂인 유학성제간(幼學 兄弟間)덜 설운 아지바님, 설운 조케, 서룬 동생, [요령] 훈반 일반 아침 인묘시(寅卯時)로 오라근, 이거, 제청 설류허여근,

---

744) 다니는.
745) 뿌려두고.
746) 아직은.
747) 모자반씨.
748) 이루게 해 주시라고.
749) 차려서.
750) 무악기를 일컫는 말.
751) 모시고.

신흥리 잠수굿 초감제 베포도업침

자료코드 : 10_00_SRS_20100226_HNC_KSA_0001_s04
조사장소 : 제주특별자치도 제주시 조천읍 신흥리 539-1번지(어촌계창고)
조사일시 : 2010.2.26
조 사 자 : 허남춘, 강정식, 강소전, 송정희
제 보 자 : 김순아, 여, 70세 외 3인
구연상황 : 베포도업침은 축약해서 간단히 진행하고 만다. 심방이 앉은 채로 천왕베포도
업, 지왕베포도업부터 제청베포도업까지 말명을 하면 소미들이 잠깐 연물을
울리어 화답한다.

요왕 혜신제로 영등제로, 초감제로 제청 설류허여 신공시 우심상 어간
헤여, 신이 아이 연주단벌(剪爪斷髮)허고 신이멩문(身襲白茆), 홍포관데(紅
袍冠帶) 조심띠752) 둘러메여근, 열두 가막세753) ㅇ섯 부전754) 삼동벡
이755) 설운 장기756) 둘러받아근 ㄴ단손757)에 차758)를 받고 웬손엔 궁을
받아근, 혜신제로 영등제로, ᄆ을제로 초감제로털, 천왕베포 도업이웨다-.
‖ 늦인석 ‖

천왕베포 도업으로 제이리난, 지왕베포 도업 인왕베포, 왕베포나 국베
포 산베포 물베포, 원베포 신베포, 도업으로 제이리난, 제청베포 도업이
뒈여옵네다. 영등제로 혜신제로 ᄆ을제로 초감제로 울선장안 네웨(內外)
제청베포 도업이웨다-. [요령] ‖ 늦인석 ‖

---

752) 관복을 입을 때 허리에 두르는 띠.
753) '가막세'는 '가막쉐'로, 장구의 양쪽 가죽에 끼워 줄을 맬 수 있게 하는 쇠고리.
754) 장구 양면의 가죽을 당기는 줄에 끼워 조임을 조정하는 가죽 조각.
755) 나뉜 세 부분을 조립하여 쓰는 장구. 흔히 '삼동멕이'라고 함.
756) 장구.
757) 오른손.
758) 채.

베포도업침

신흥리 잠수굿 초감제 날과국섬김

자료코드 : 10_00_SRS_20100226_HNC_KSA_0001_s05

조사장소 : 제주특별자치도 제주시 조천읍 신흥리 539-1번지(어촌계창고)

조사일시 : 2010.2.26

조 사 자 : 허남춘, 강정식, 강소전, 송정희

제 보 자 : 김순아, 여, 70세

구연상황 : 장구를 치면서 굿하는 날짜, 굿하는 장소의 내력을 풀어낸다. 본래 굿하는 장소에 이르기까지 길게 사설이 이어지는 것이지만 대폭 줄여 간단히 처리한다.

　[장구를 치면서 말명을 한다.]

　제청베포 도업으로, 제이리난, 왕이 나야, 국이 나고, 국이 나야, 왕이 나옵네다.

날과국섬김

　국은 갈라, 갑기는, 강남(江南)은, 천저국(天子國), 일본은, 주년국, 우리 나라, 데한민국(大韓民國)입고 일제주(一濟州)는 이거저(二巨濟), 삼진돈(三珍島), 스남혜(四南海), 오강완땅(五江華一), 육한도(六莞島), 마련헙던, 요섬중, 올습네다 저 산 앞은, 당 오벽(五百), 이 산 앞은, 절 오벽, 어시성은 당골머리, 혼 골 엇엉,759) 왕도 금도, 원도 신도, 못네 나던, 을축삼월(乙丑三月), 열사흘날, 고량부(高良夫), 삼형친(三姓親), 솟아나던, 물로 바위,760) 뱅뱅 도른,761) 제주 섬중입고,

　동소지문(東小之門) 밧(外)은, 서른으듭, 데도지(大都之), 장네(場內)웁고, 서소지(西小之), 문 밧은, 마흔으덥, 소도지(小都之), 장넵네다. 정의(旌義) 정당(政堂), 데역리, 주(州)이 모관[牧內], 성네읍중(城內邑中), 도성(都城)

---

759) 없어서.
760) 가장자리.
761) 두른.

든 건, 이서당, 면도장(面道場), 가릅기는,

　면은 갈라갑기는, 제주도, 특별, 자치도, 제주시는,

　조천, 읍이옵고, 무을지면, 신흥(新興) 무을입고,

　구역은 가릅기는

　섯가름 동네예 뒙네다 각성바지 주순덜 사는 무을 안네

　천성친(千姓親) 만성친(萬姓親)

　사는 무을 안네에 이녁 불턱만썩762) 지어근 사는 무을 안넵네다.

신흥리 잠수굿 초감제 연유닦음

자료코드 : 10_00_SRS_20100226_HNC_KSA_0001_s06
조사장소 : 제주특별자치도 제주시 조천읍 신흥리 539-1번지(어촌계창고)
조사일시 : 2010.2.26
조 사 자 : 허남춘, 강정식, 강소전, 송정희
제 보 자 : 김순아, 여, 70세
구연상황 : 자세를 바꾸지 않고 그대로 앉아 장구를 치면서 굿하는 연유를 풀이한다.

　동카름 중동네 섯 섯동네에

　사는 주순덜 열년(年年)마다

　일 년에 혼 번썩 삼진 초정월(初正月) 당허면 무을에 포제(酺祭) 지네곡
　초상(祖上) 엇인763) 일이 어디 시명764) 으지(依支) 엇인 일이 어디 잇입
네까. 낭은 돌 으지 돌은 낭 으지 아닙네까. 으지 엇인 일이 어디 잇입네
까. 인간 살젱765) 허면은

---

762) '불턱'은 바닷가에 바람을 대충 가릴 정도로 둘러놓고 해녀들이 물질을 할 때 옷을
　　갈아입고 언 몸을 녹이기도 하는 곳. '만썩'은 만씩.

763) 없는.

764) 있으며.

765) 살려고.

연유닦음

　어느 초상이 덕이곡 어느 요왕(龍王)이 덕이곡, 본향(本鄕)이 덕으로, 눈으로 못 보곡 손으로 쥉지766) 못 허난, 초상이 어디 시리 허곡, 구신(鬼神)이 어디 시린 영 허여도, 옛 산과 옛 물은 그냥 잇는 법 아닙네까. 어느 오곡 농사 지어근 사는 ᄌᆞ순덜, 축산 헤영 사는 ᄌᆞ순덜 과수원 헤여근 사는 ᄌᆞ순덜

　어느 거 혜각(海角)으로, 어느 거 영업허젠 허민, 어부 허영 사는 ᄌᆞ순덜, 여자덜은, 부모 혈속 솟아나근엥에,767) 열다섯 십오세가 넘어가면은, 물질 베와근,768) 아근769) 망사리 한 망사리 아끈 빗창770) 한 빗창 둘러 짚어근

---

766) 쥐지.
767) 솟아나서.
768) 배워서.
769) 작은.
770) 전복을 캐어내는 데 쓰는 쇠붙이로 된 길쭉한 도구.

든물 숨에 난물 숨에, 동으로 들엉 서으로 나곡 서으로 들엉 동으로 나곡

물속에 들어근, 물질 베와근엥에 벌어먹기 헹궁발신(行窮發身) 헤여근에 영 허는 법이라 엿 산과 엿 물은 그냥 잇는 법 아닙네까. 벌어먹은 역게(役價)랑

어느 사업허는 ᄌ순덜, 사업 장서허는 ᄌ순덜, 차사업 허는 ᄌ순덜

영업허는 ᄌ순덜이라도, 야 살젱 허면은, 밤좀 아니 자곡 낮좀 아니 자멍, 멧 싱(生)이나 살젱 허곡, 멧 철년(千年) 멧 말년(萬年)이나, 돌아보멍 살젱 허여근

사름 일이 몰라지어근 그 날 운수에 멧긴⁷⁷¹⁾ 일 아닙네까 영 허난

살 떼꺼지라도, 펜안허게 헤여 줍셍 허영, ᄌ순덜 이거 벌어먹은 역게, 일 년에 훈 번썩, 일 년 구물엉,⁷⁷²⁾ 초정월 당허면은, 걱정 시루와근 빈찻물을 떵 올릴지라도 정성 디려근

ᄌ순덜 모다, 복복 필이 모다 놓아근, ᄆ을 펜안허게 헤여줍서 어느 바당질 펜안허게, 헤여줍셍 허곡, 어느 차사업 허는 이나 영업허는 이나 어느 과수원 어느 오곡 농사, 수만 곡석 지는 ᄌ순덜,

어느 축산허는 ᄌ순덜이라도 펜안허게 헤여줍셍 허영, 하다 ᄆ을에 궂인 일 닥치지 맙셴 허영, ᄆ음 정성 드령, 일 년 열두 둘, 일 년 구물엉, 초정월 돌아오면 정성 디려근 ᄆ을 포제 허곡,

포제 끗데는⁷⁷³⁾ 헤신제 ᄆ을제 영등제로, 헤녀 어른덜, 어부 어른덜, ᄆ을 어른덜, 훈 푼 두 푼 다 모다놔근⁷⁷⁴⁾ 초상에 역게 바찌젱⁷⁷⁵⁾ 허여근, 엿날로부떠, 헤신제 디립네다. 영등제, 디립네다. ᄆ을제 디립네다.

---

771) 맡긴.
772) 저물어서.
773) 끝에는.
774) 모아놓아.
775) 바치려고.

올고금년도, 이천십년도, 경인년 나는 혜에, 이거 초정월둘, 오널 열사 흘날, 구신엔 하강일(下降日), 셍인에는 셍기복덕(生氣福德), 제맞인 날 골리 잡아근, 붉은 텍일(擇日)을, 거두 잡아근,

원전셍 팔저 궂고 ᄉ주 궂인 신이 아이 셩은 김씨로 억만 도신혜 상하신충, 그전 전서(前事)에부떠라도, 이 ᄆ을에, 상단골로 뎅깁네다.

몸을 받은, 연양 당줏문 열려근, 상안체는 짓오루고, 중안체는, 짓알로, 궁기궁납776) 일만제기(一萬祭器) 삼만기덕(三萬旗纛) 거느리곡 어진 조상 영급 잇고 신력 잇고 수덕 좋은, 조상님네, 산범ㄱ찌 모사근,777) 팔제 궂은 유학형제간(幼學兄弟間)덜 야 설운 아지바님, 설운 조케, 형제간덜, 흔반 일반 오라근, 아침 인묘시(寅卯時)로 제청 설류허여근, 삼석 실러근,778)

야 초감제로, 야 헤신제로, 영등제로, 야 초감제로, [장구 치기를 멈춘다.] 겸허여근, 일만팔천 신우엄전임네, 신수퍼 사저 허영, [장구채를 장구의 조임줄에 끼운다.] ᄆ을 궁리 안 오리 안도 부정이여, 오리 벳겻779) 부정이여. 십리 안은 십리 벳겻~, [장구를 앞으로 굴려 밀어낸다.] 제청 안은 제청 벳겻, 부정이 탕천(撐天)허여 옵네다. 기메전지 눌메전지, 술전이에도 부정이여. 각서추물에도 부정이 탕천허여 옵네다. 본주제관(本主祭官) 앞장에나, 신이 셩방덜 앞장에도, 부정이 탕천허여 옵네다. 부정 ᄉ정은780) 신가이고781) 나카일 수 잇겟느냐. 신가이고 나카일 수, 잇십네다. 하늘로 네린 물 천덕수(天德水)여, 지하로 솟은 물 은덕수(恩德水)여. [일어선다.] 이 물 저 물 다 버려두곡 동이와당 은하(銀河), 정하숫물(井華水-) 굽이 넙은, ᄎ데접 떠들러 저 산 올라, 청뎃섭782) 꽂놀리멍783) 부정 ᄉ

<hr>

776) 무악기를 일컫는 말. 흔히 '궁전궁납'이라고 함.
777) 모셔서.
778) 실어서. '삼석울림'을 해서.
779) 바깥.
780) 'ᄉ정'은 '부정'에 운을 맞추기 위한 것.
781) 개고.

정은 신가이고 나카입네다.

신흥리 잠수굿 초감제 새ᄃ림

자료코드 : 10_00_SRS_20100226_HNC_KSA_0001_s07
조사장소 : 제주특별자치도 제주시 조천읍 신흥리 539-1번지(어촌계창고)
조사일시 : 2010.2.26
조 사 자 : 허남춘, 강정식, 강소전, 송정희
제 보 자 : 정공철, 남, 51세 외 3인
구연상황 : 새ᄃ림은 제장의 부정을 정화하는 제차이다. 소미 정공철이 맡았다. 물감상,
         부정가임을 간단히 하고 바로 새ᄃ림으로 넘어간다. 단골 4명이 나와 앉아 새
         ᄃ림으로 몸의 부정을 씻어 낸다.

새ᄃ림

---

782) 푸른 댓잎.
783) 놀리면서. 흔들면서.

■ 초감제>새ᄃ림

[정공철(평상복)]

■ 초감제>새ᄃ림>부정가임

‖중판‖ ‖감장‖

‖중판‖[감상기를 들고 제상 앞으로 가서 물그릇을 들고 다시 신자리로 돌아간다.]

‖감장‖[양손을 가슴 높이로 들고 왼감장, 오른감장을 돈다.]

‖중판‖[제상을 향하여 다가가 허리를 숙이며 양손을 앞으로 함께 모으다가 이내 뒤로 돌아서 입구 쪽으로 나아간다. 허리를 숙여 앞으로 절한 뒤, 감상기 끝의 댓잎으로 물그릇의 물을 적셔 앞으로 흩뿌리는 행동을 몇 차례 반복하여 한다. 오른손에 든 감상기를 어깨에 걸쳤다가 허리를 숙이며 앞으로 내리고, 뒤돌아 다시 감상기를 어깨에 걸치고 신자리로 돌아간다. 감상기 끝의 댓잎을 물그릇에 적셔 제상 쪽으로 흩뿌리는 행동을 몇 차례 한다. 신자리 주위를 한 바퀴 돌며 같은 동작을 계속 한다. 제상을 향해 서서 감상기를 어깨에 걸쳤다가 앞으로 내리며 뒤로 돈다.]

‖감장‖[양손을 가슴 높이로 들고 왼감장, 오른감장을 돈다.]

‖중판‖[감상기를 어깨에 걸쳤다가 허리를 숙여 절하며 앞으로 내리고 뒤로 돌듯이 하다가 멈추고 다시 제상을 향하여 바로 선다.]

■ 초감제>새ᄃ림>새ᄃ림

부정 서정~, [감상기를 다시 어깨에 걸친다.] 신가이고 나카이난, 요 물은 알에[784] 버려, 마당너구리 땅너구리 줏어[785] 먹어, [물그릇을 신자리에 내려놓는다.] 줴(罪)가 질 듯허여 온다. 그리 말고 요 물랑, 줌줌히(點

---

784) 아래에.
785) 주위.

點이) 줏어다가, [감상기를 입구 쪽에 가져가 놓는다.] 지붕상상, 잇고상량
(立柱上樑) 위올려 드려가며, 어느 물엔 용(龍)이 아니 놀고, [공싯상에서
신칼을 집어 들고 신자리로 돌아간다.] 어느 물에 새가 아니 놉니……

[해녀들에게 신자리로 나오라고 하며 말한다.]

(정공철 : 이레들 다 옵서.)

요 물은, 큰물엔 용이 놀고, 얕은 물에 새 앚아786) 옵네다. 용과 새랑
낫낫치787) 드리자.788)

[해녀 대표들이 일어서서 신자리로 나가 앉는다.]

‖ 새ᄃ림 ‖ [장구(김순열), 북(문병교)][심방이 노래를 부르면 연물을 치
는 소미가 따라 한다. 해녀대표들이 신자리에 가서 절한다.]

천앙새(天皇-) 드리자.

지왕새(地皇-) 드리자.

인왕새(人皇-) 드리자.

옥항(玉皇)엔 부엉새

땅 알엔 도닥새

준지새 마늘새 [해녀대표들이 절을 끝내고 신자리에 무릎을 꿇고 앉
는다.]

영락엔 호박새

안당(內堂)엔 노념새 [해녀대표들에게 말한다.] (김순아 : 앞더레 앚입서.
앞더레.) [해녀들이 몸을 움직여 조금 앞으로 가서 앉는다. 심방은 해녀들
의 뒤로 가서 선다.]

밧당(外堂)에 시념새

---

786) 앉아.
787) 낱낱이.
788) 쫓아 버리자.

밥주리 욕은새789) [심방이 신칼을 양손에 나누어 잡고, 해녀들의 머리 위로 양손을 번갈아 가며 신칼치메를 좌우로 흔든다.]

입 족은 속새여

말 좋아 앵무새

짓 좋아 궁적새790) [심방이 해녀들의 머리 위로 양손을 번갈아 가며 신칼치메를 좌우로 흔든다.]

물 기린791) 새라근

물 주멍 드리고

쏠 기린 새라근

쏠 주멍 드리자. [심방이 해녀들의 머리 위로 양손을 번갈아 가며 신칼치메를 좌우로 흔든다.]

주어라 횔~쭉 [심방이 양손을 들어 해녀들의 머리 위로 신칼치메를 내리치며 쓸어내린다.]

오널 초감제(初監祭)로

요왕(龍王) 선앙제(船王祭)

무을제 헤신제(海神祭)로 [심방이 해녀들의 머리 위로 양손을 번갈아 가며 신칼치메를 좌우로 흔든다.]

초감제 연드리로

일만팔천(一萬八千)

신우엄전(神位嚴前)님네 [심방이 해녀들의 머리 위로 양손을 번갈아 가며 신칼치메를 좌우로 흔든다.]

신수퍼 오는데

새 앚아 오는고

---

789) 약은새.
790) 공작새.
791) 먹고 싶은.

올라 옥항상저(玉皇上帝)

ᄂ려792) 지부(地府) ᄉ천대왕(四天大王)

산신대왕(山神大王) [심방이 해녀들의 머리 위로 양손을 번갈아 가며 신칼치메를 좌우로 흔든다.]

다서용궁(--龍宮)님

신수퍼 오는데

새 앚아 오는고 [심방이 해녀들의 머리 위로 양손을 번갈아 가며 신칼치메를 좌우로 흔든다.]

절 ᄎ지 서산대서(西山大師)

인간불도(人間佛道) 할마님

초공(初宮) 이공(二宮) 삼공(三宮)

시왕(十王) 십육ᄉ제(十六使者) [심방이 해녀들의 머리 위로 양손을 번갈아 가며 신칼치메를 좌우로 흔든다.]

삼멩감(三冥官) 삼처서(三差使)

세경793) 군눙일뤌(軍雄日月)

삼본항(三本鄕) 한집님

신수퍼 오는데

새 앚아 오는고 [심방이 해녀들의 머리 위로 양손을 번갈아 가며 신칼치메를 좌우로 흔든다.]

영혼(靈魂) 영신(靈神)님네

신공시 엿794) 선성(先生)님네

신수퍼 오는데 [심방이 해녀들의 머리 위로 양손을 번갈아 가며 신칼치메를 좌우로 흔든다.]

---

792) 내려.
793) 농경신(農耕神).
794) 옛.

새 앚아 오는고

요 새를 드리저.

물 기린 새라근

물 주멍 드리고 [심방이 해녀들의 머리 위로 양손을 번갈아 가며 신칼
치메를 좌우로 흔든다.]

쏠 기린 새라근

쏠 주멍 드리저.

주어라 훨~쭉 [심방이 양손을 들어 해녀들의 머리 위로 신칼치메를 내
리치며 쏠어내린다.]

훨쭉 훨짱

동서남북(東西南北)더레

프르릉 프르릉

짓눌아 나는고

요 새야 본초(本初)가

어디야 샐란고

엿날 엿적에 [심방이 해녀들의 머리 위로 양손을 번갈아 가며 신칼치메
를 좌우로 흔든다.]

하늘은 옥항에

문왕성 문도령

금시상(今世上) 즈청비

문수야 덕(宅)으로

암창게795) 들던고

서수왕 뚤아기

문수에 덕으로 [심방이 해녀들의 머리 위로 양손을 번갈아 가며 신칼치

---

795) 신랑이 데려가지 않고 신부가 시댁을 찾아가는 혼인.

메를 좌우로 흔든다.]

씨녁을796) 못 가니

에열에 바쩌서

문 궂인797) 방 안네

문 잡아 눅는고

석 둘 열흘 벡일만이 [심방이 해녀들의 머리 위로 양손을 번갈아 가며
신칼치메를 좌우로 흔든다.]

문 율안798) 보시니

새 몸에 가는고

온갖 새 나더라. [심방이 해녀들의 머리 위로 양손을 번갈아 가며 신칼
치메를 좌우로 흔든다.]

머리론 두통새여

눈으론 곰방새

목으론 꼬롱새

가슴엔 에열새여 [심방이 해녀들의 머리 위로 양손을 번갈아 가며 신칼
치메를 좌우로 흔든다.]

오금엔 조작새

요 새가 들어

남ᄌ의 꿈에는

남ᄌ로 시꾸고799) [심방이 해녀들의 머리 위로 양손을 번갈아 가며 신
칼치메를 좌우로 흔든다.]

여ᄌ의 꿈에는

---

796) 시집을.
797) 잠근.
798) 열어서.
799) 꿈에 나타나고.

남ᄌ로 시꾼다

남자엔 곰방새 [심방이 해녀들의 머리 위로 양손을 번갈아 가며 신칼치
메를 좌우로 흔든다.]

여ᄌ엔 헤말림800)

다 불러 주는 새

요 새가 들어 [앞에 걸린 축원문을 보면서 노래한다.]

계장(係長)님 예순둘님

이장(里長)님 쉰에 일곱

줌수훼장(潛嫂會長) 예순셋님

감사(監事)는 어~ [말이 잠깐 막힌다.]

감사 ᄀᆞᆫ 쉰

총무(總務)는 쉰에 다섯

고문(顧問) 쉰에 네 예순네 설

총대(總代) 쉰에 일흔다섯

줌수덜 앞장에 [심방이 해녀들의 머리 위로 양손을 번갈아 가며 신칼치
메를 좌우로 흔든다.]

계원덜 앞장에

서기(書記)는 마흔아홉

○○○ 일흔여덥님 [심방이 해녀들의 머리 위로 양손을 번갈아 가며 신
칼치메를 좌우로 흔든다.]

일흔에 셋님

만민(萬民) ᄌᆞ순(子孫)덜

앞장에 들어서

열두야 풍문조훼(風雲災害)를

---

800) 부부살림 따위 일을 분산시킴.

불러야 주는 새 [심방이 해녀들의 머리 위로 양손을 번갈아 가며 신칼
치메를 좌우로 흔든다.]

신병(身病)을 불러 주고

본병(本病)을 주던 새

넉801) 네와 주던 새여

혼(魂) 네와 주던 새 [심방이 해녀들의 머리 위로 양손을 번갈아 가며
신칼치메를 좌우로 흔든다.]

금전(金錢) 손해(損害) 뒈여

재물(財物)에 손해여

저 바당 물질 가건

물숨802) 먹게 허고 [심방이 해녀들의 머리 위로 양손을 번갈아 가며 신
칼치메를 좌우로 흔든다.]

모진 풍파(風波) 만나

넉나게 허던 새

열두야 풍문조훼 [심방이 해녀들의 머리 위로 양손을 번갈아 가며 신칼
치메를 좌우로 흔든다.]

숭엄(凶險)을 주던 새

물 기린 새라근

물 주멍 드리고 [심방이 해녀들의 머리 위로 양손을 번갈아 가며 신칼
치메를 좌우로 흔든다.]

쏠 기린 새라근

쏠 주멍 드리저

주어라 훨~쭉 [심방이 양손을 들어 해녀들의 머리 위로 신칼치메를 내
리치며 쓸어내린다.]

---

801) 넋.
802) 해녀들이 자맥질해서 해산물을 캐는 동안 참는 숨.

휠쭉 휠짱

신공시 도ᄂᆞ리며803)

김씨 어머님 [심방이 해녀들의 머리 위로 양손을 번갈아 가며 신칼치메를 좌우로 흔든다.]

몸 받은 당주전(堂主前)으로

당주ᄉᆞ록804)이여

몸주ᄉᆞ록이여

당주엣 아기덜

당줏 ᄌᆞ손덜 [심방이 해녀들의 머리 위로 양손을 번갈아 가며 신칼치메를 좌우로 흔든다.]

앞장에 들어서

숭엄을 주던 새

상단궐 중단궐

하단궐 앞장에 [심방이 해녀들의 머리 위로 양손을 번갈아 가며 신칼치메를 좌우로 흔든다.]

숭엄을 주던 새

울랑국범천왕805)에

대제김806) 소제김807)에

살(煞)이야 살성(煞性)을

불러야 주던 새

물 기린 새라근

물 주멍 드리고

---

803) 내리며.
804) '스록'은 일을 그르치게 하는 사기(邪氣).
805) '울랑국범천왕'은 북을 달리 이르는 말.
806) 북, 장구, 데양 등을 말함.
807) 설쒜를 말함.

쏠 기린 새라근

쏠 주멍 드리저

주어라 휠~쭉 [심방이 양손을 들어 해녀들의 머리 위로 신칼치메를 내리치며 쏠어내린다.]

휠쭉 휠짱

새 끗덴808) 메(魅)로다

메 끗덴 새로구나

천앙메(天皇魅) 지왕메(地皇魅) 인왕메(人皇魅)

산신 요왕 선앙메(船王魅)

동이 청메(靑魅)여

서이는 벡메(白魅)여 [심방이 해녀들의 머리 위로 양손을 번갈아 가며 신칼치메를 좌우로 흔든다.]

남이 적메(赤魅)

북이 흑메(黑魅)

중○, [말이 막힌다.] ○○메 [중앙황신메라고 해야 할 대목이다.]

정월(正月)은 상상메(上朔魅)

이월(二月) 영등메여 [심방이 해녀들의 머리 위로 양손을 번갈아 가며 신칼치메를 좌우로 흔든다.]

삼월(三月)은 삼짓메

ᄉ월(四月)은 파일메(八日魅)

오월(五月) 단오메(端午魅)여

유월(六月) 유두(流頭) [심방이 해녀들의 머리 위로 양손을 번갈아 가며 신칼치메를 좌우로 흔든다.]

칠월(七月)은 칠석메(七夕魅)

---

808) 끝엔.

팔월(八月) 추석메(秋夕魅)여

구월(九月)은 멩둣메809)

시월(十月) 단풍(丹楓)

오동지 육섯둘

자리 알에

낄 린810) 메여

자리 우에

더끈811) 메여 [심방이 해녀들의 머리 위로 양손을 번갈아 가며 신칼치
메를 좌우로 흔든다.]

처나반에812)

죽ㅂ름에813)

묻어지던

용광 멧질랑

시왕데번지814)로 [신칼과 신칼치메를 함께 잡는다.]

나살으멍 나살으멍 어어~.

‖ 줏인석 ‖ [데양(김순열), 북·설쒜(문병교)][심방이 해녀들의 뒤에서
“어어~.” 하고 소리치며, 신칼로 몸을 찌르는 듯이 하면서 쓸어내린다. 해
녀들 앞으로 나아가서 같은 동작을 한다. 이어 신칼을 왼손에 모아잡고
신칼치메는 오른쪽 어깨에 걸친 채 해녀들의 뒤로 다가간다. 신칼치메 끝
자락을 오른손에 모아잡고 해녀들의 머리 위로 신칼을 한 차례 빙 휘두른
뒤, 역시 한쪽 구석에 앉아 있는 다른 해녀들에게도 다가가 머리 위로 신

---

809) ‘멩두’는 무구로, 심방의 조상.
810) 깔린.
811) 덮은.
812) ‘처나반’은 방이나 마루의 반자를 꾸미거나 꾸미지 않은 그대로의 천장.
813) ‘죽ㅂ름’은 ‘축ㅂ름’으로 흙 따위를 겉으로 발라 막은 방의 칸막이.
814) ‘시왕데번지’는 신칼을 이르는 표현.

칼을 휘두른다. 신자리로 돌아와 신칼점을 친다. 신칼점을 여섯 차례나 이어서 계속 한다. 신자리 앞으로 가서 미리 놓아둔 물그릇을 들어 입에 물을 한 모금 물고는, 해녀들에게 일어나라고 손짓으로 신호를 보내 해녀들이 일어날 때 허공을 향하여 물을 내뿜는다. 연물이 그친다.] 헛쒸이~.

■ 초감제>새ᄃ림>주잔넘김

헛쒸 헛쒸이~, [물그릇을 제상에 내려놓는다.] 새는 낫낫치 ᄃ럿습네다. 새물 제주잇잔, 지넹겨 드려가며, [신칼을 공싯상에 놓는다. 소미 김순열이 입구 쪽으로 가서 잔을 낸다.]

신흥리 잠수굿 초감제 도레둘러뷈

자료코드 : 10_00_SRS_20100226_HNC_KSA_0001_s08
조사장소 : 제주특별자치도 제주시 조천읍 신흥리 539-1번지(어촌계창고)
조사일시 : 2010.2.26
조 사 자 : 허남춘, 강정식, 강소전, 송정희
제 보 자 : 정공철, 남, 51세 외 3인
구연상황 : 정공철 심방이 그대로 이어 맡았다. 도레둘러뷈과 젯북제맞이로 이루어진다. 도레둘러뷈은 도레나숨과 도레놀림으로 진행된다. 도레나숨은 향로와 요령을 들고 문전을 오가며 춤추고, 도레놀림은 도레채롱을 들고 춤춘 뒤에 단골들에게 인정받는다. 젯북제맞이는 수룩장단에 맞추어 신칼과 요령을 모아잡고 흔들다가 그것으로 점을 본다. 지사빔 장단에 맞추어 주잔넘김을 하고, 다음 제차로 넘긴다.

■ 초감제>도레둘러뷈

■ 초감제>도레둘러뷈>도레나숨

신전 조상님에서, 영(令)이 납긴, 너에 국에, [심방이 입구 쪽의 데령상으로 다가간다.] 전레(典例)가 잇것느냐. 잇습네다.

도레둘러뵘

[데령상에 놓인 향로를 든다. 향로에 불이 잘 붙어 있는지 살펴본다. 소
미 김순열이 잔을 내면서 심방에게 말한다.]

(소미 김순열 : 도레 둘러 뱁 거?)

(정공철 : 응.)

[심방은 향로를 살펴본 뒤 왼손에 향로를 들고 신자리로 돌아간다. 소
미 김순열은 주잔넘김이 끝나자 잔을 다시 채워 데령상에 놓는다.] 원은
들면, 사례법이 잇곡, 신은 들면 도레법이 잇십네다. [공싯상에서 요령을
들어 오른손에 잡는다.] 천앙도레 신나수면, 천군님(天君-)이 응허실 듯,
[심방이 향로와 요령을 들고 제상을 향하여 바로 선다.] 지왕도레 신나수
면, 지군님(地君-)이 응허실 듯, 인왕 삼도레~, 신나수면, 인왕 만민 군ᄉ
(軍士)가 응헐 듯, 허여 옵네다. 그리 말고, 초미 연당상, 이미 ᄌ단상(紫檀
香), 삼이 삼선향(三上香)~, 건드렁케815) 피와 올려, 금정옥술발816) 둘러

받아, 천앙~ 초도레도 신나수와-.

‖감장‖[요령을 흔들며 신자리에서 윈감장, 오른감장을 돈다.]

‖중판‖[양손을 어깨 높이로 들고 제상을 향하여 조금 나아가 허리를 숙이며 양손을 함께 모아 절하고, 뒤로 돌아서 요령을 흔들며 입구 쪽으로 나아가 역시 허리를 숙이며 양손을 함께 모아 절한다. 양손을 어깨 높이로 들고 요령을 흔들며 춤을 추다, 다시 허리를 숙이며 양손을 앞으로 함께 모아 절한다. 뒤로 돌아서 양손을 어깨 높이로 들고 요령을 흔들면서 신자리로 돌아와 한 바퀴 돌고는 제상을 향하여 허리를 숙이며 양손을 함께 모아 절한다. 양손을 어깨 높이로 들고 요령을 흔들며 신자리에서 춤을 추다, 제상을 향하여 다시 허리를 숙이며 양손을 함께 모아 절한다.]

‖감장‖[양손을 어깨 높이로 들고 윈감장, 오른감장을 돈다.]

‖중판‖[제상을 향하여 허리를 숙이며 양손을 함께 모아 절한다.]

천앙 초도레~, 신나수난, 천군님이 응허여 옵네다. 청이실잔 지넹겨 드립네다. 지왕도레 신나수난, 지군님이, 응허여 오는 듯 헙네다. 금정~ 삼이 삼선향, 둘러받아 인왕~ 삼도레도 신나수와-.

‖감장‖[요령을 흔들며 신자리에서 윈감장, 오른감장을 돈다.]

‖중판‖[양손을 어깨 높이로 들고 제상을 향하여 조금 나아가 허리를 숙이며 양손을 함께 모아 절한다.]

■ 초감제>도레둘러뷈>도레놀림

인왕 삼도레~, 신나수난, 인왕 만민(萬民) 군亽(軍士)가, [연물석으로 다가가 향로를 앞에 놓고, 요령은 오른손에 잡은 채로 신자리로 돌아가 제상을 향하여 서서 말명을 잇는다.] 응허여 옵네다. 벡이실 잔 지넹겨 드립네다. 지넹겨 드리난, 그 두으로 상방 상도레~, 중방 중도레, 하방 하도레

---

815) 향이 잘 타는 모양을 나타냄.
816) 요령의 이칭.

가, 울러 옵네다. 제청방, 제청 도레가 울러온다. 그리 말고 [신자리 앞에
놓인 쟁반을 가슴 높이로 든다.] 안도레랑 밧더레,817) 밧도레랑 안터
레,818) 동~실 동실 넘놀려-.

‖감장‖[쟁반을 들고 신자리에서 왼감장, 오른감장을 돈다.]

‖중판‖[쟁반을 가슴 높이로 들고 제상을 향하여 조금 나아가 허리를
숙이며 절하고, 뒤로 돌아서 입구 쪽으로 나아가 역시 허리를 숙이며 절
한다. 쟁반을 가슴 높이로 들고 춤을 추다, 다시 허리를 숙이며 절한다.
뒤로 돌아서 쟁반을 가슴 높이로 들고 신자리로 돌아가 한 바퀴 돌고는
제상을 향하여 허리를 숙이며 절한다. 쟁반을 가슴 높이로 들고 신자리에
서 춤을 추다가 제상을 향하여 다시 허리를 숙이며 절한다.]

‖감장‖[쟁반을 가슴 높이로 들고 왼감장, 오른감장을 돈다.]

‖중판‖[제상을 향하여 허리를 숙이며 절한다.]

■ 초감제>도레둘러뷈>도레에 인정

안도레 밧도레~, 넘 놀리고 디리 놀리난, 요 도렌 벡근(百斤)이 못네
찬 도렙네다. [해녀들이 앉아 있는 곳을 향하여 돌아서서 말명을 한다.]
제민단궐 ㅈ순덜이, 인정 역가(役價) 받아당 벡근건량(斤量), [해녀들에게
가까이 다가간다.] 요레 단궐님네야, 요레, 인정이나, 걸어붑서. 하도819)
인정, 족아도820) 인정 아닙네까. [해녀들이 하나씩 인정을 건다.] 이 ᄆᆞ을
줌수 헤녀 ㅈ순덜, ᄆᆞ을 각성친 각성바지덜, 어촌게 훼원 일동덜, 다, 인
정 걸엄수다 요 인정 걸건, 올 금년 경인년(庚寅年), 열두 둘 ㅈ순덜, 펜안
(便安)허게, 시겨줍센 허영, [심방이 신자리로 돌아가려다, 조사자들도 인

---

817) 바깥으로.
818) 안으로.
819) 많아도.
820) 적어도.

정을 걸겠다고 하니 인정을 받으러 다가온다.] 인정 역가 아이고 우리 강
○전이도 인정 걸고, 강○식이도 인정 걸엄수다. [신자리로 간다.]

■ 초감제>도레둘러뷈>젯북제맞이굿

뎅기는 질 펜안허게 시겨줍센 허영, 인정 역개 받아다 위올리난, 공든
자를 촛아주라. 지든 자를 촛아주라. 어느 누가 공이 들고 제가 든 도렙네
까. 본주지관(本主祭官) 주장허뒈, 공은 들고 제가 못네 든 도레웨다. [쟁
반을 연물석 앞에 내려놓고, 신자리로 간다.] 신이 성방덜 주장허뒈, 공은
들뒈 제는 못네 든 도레웨다. 연당 알을 굽어보난, 너사무너도령,[821] 울어
간다 울어온다. 공이 들고 제가 들엇구나. [공싯상에서 신칼을 집어 왼손
에 들고 신자리로 간다.] 요 도레 신나수면, 에산 신구월, [소미 김순열이
쟁반에 놓인 제물을 조금씩 나누어 각 연물에 놓는다.] 초여드레(初八日)
본명두, 여레드레(十八日) 신명두, 스무여드레(二十八日), 살아살축, 삼멩두
가 살아왕, 오널 이 ᄆᆞ을제 혜신제, 영등제로, 역가 올리는 ᄌᆞ순덜, [신칼
과 요령을 오른손에 함께 모아 잡는다.] 일년 열두 둘, 앞질 발롸주고,[822]
김씨 어머님, 초공전에서, [소미 김순열이 자리에서 일어나 향로를 들어
각 연물 위로 휘두르며 넘긴다.] 먹을 연 입을 연, 나수와 줄 듯 헌, 도레
웨다. 원불수룩(願佛水陸)이나, 올려보라. 낮엔 원불, 밤엔 수룩, 젯~북제
맞이 굿이웨다-.

∥수룩∥[데양(김순열), 북·설쒜(문병교)][심방이 연물석 앞에서 양손으
로 신칼과 요령을 모아 잡고 위아래로 흔들기를 몇 차례 한다. 이어 쪼그
려 앉아 신칼과 요령을 함께 바닥에 내려놓으며 신칼점을 친다. 점괘가
나온 듯 고개를 숙였다가, 방향을 오른쪽으로 바꾸어 다시 신칼점을 친다.
점괘가 나온 듯 고개를 숙였다가, 방향을 정면으로 바꾸어 다시 신칼점을

---

821) 젯부기 삼형제와 형제를 맺어, 무악기를 맡은 신.
822) 바르게 하여 주고.

친다. 점괘가 나오니 고개를 숙였다가 일어선다. 신칼과 요령을 모아 잡은 채 함께 흔들며 신자리로 와서, 제상을 향해 신칼과 요령을 함께 바닥에 내려놓으며 신칼점을 친다. 점괘가 나오니 고개를 숙였다가 일어서서 신칼치메와 요령치메를 모아 잡고 위아래로 다시 흔든다.]

■ 초감제＞도레둘러뷈＞주잔넘김

‖ 지사빔 ‖ [말명을 하는 동안 소미 문병교가 북을 친다.] 도레마을, 주잔덜랑, 저먼정, 네여다가, [심방이 신칼과 요령을 공싯상에 내려놓는다. 소미 김순열은 주잔넘김을 하기 위하여 입구 쪽으로 간다. 심방도 입구 쪽으로 간다.] 옛날 선성(先生), 옛날 황수(行首)님, 주잔권잔(酒盞勸盞) 드립네다. 북 선성은, 조막손이, 장구 선성 명철광대, 데양 선성 와렝이, 설쉐 선성 느저나저, 천문 선성, 상잔 선성, 신칼 선성 시왕데번지, 당반(堂盤) 선성님, 기메 선성 눌메 선성님, 제물(祭物) 선성 보답 선성님도, 주잔 협네다. 그 두으로 어시럭이 멩둿발,823) 더시럭 멩둿발, 고부랑살축 멩둿발, 게염824) 투기(妬忌)허고, 울랑국825)에 범천왕,826) 대제김827) 소제김,828) 살이살성(煞氣煞性) 불러주던 이런, 멩둿발, 에～ 도레마을 주잔덜 많이 권권(勸勸)이웨다에-. [심방이 허리를 숙여 절한다. 북이 그친다. 심방이 신자리로 돌아오며 말명을 한다.]

■ 초감제＞도레둘러뷈＞제차넘김

도레마을 주잔～, 많이 권권 지녱겨829) 드려가며, 오널, 무을 혜신(海神)

---

823) '어시럭 멩둿발'은 뒤의 '더시럭 멩둿발'과 함께 몰래 다니며 무업을 하는 이들을 말함.
824) 개염.
825) 북.
826) 징.
827) 북, 장구, 징을 함께 이르는 말.
828) 설쉐를 이르는 말.

요왕(龍王) 선앙제(船王祭)로, 일만 팔천 신우엄전님 신수퍼 사는, 초군문(初軍門) 이군문(二軍門), 삼서도군문드레, 제돌아 점주헙서예-.

[심방이 신자리에서 제상을 향하여 허리를 숙여 절한다. 심방이 해녀들을 향하여 허리를 숙여 절하며 말한다.]

(정공철 : 예. 새 드렷수다.)

(해녀들 : 속앗수다.)

신흥리 잠수굿 초감제 군문열림

자료코드 : 10_00_SRS_20100226_HNC_KSA_0001_s09
조사장소 : 제주특별자치도 제주시 조천읍 신흥리 539-1번지(어촌계창고)
조사일시 : 2010.2.26
조 사 자 : 허남춘, 강정식, 강소전, 송정희
제 보 자 : 김순아, 여, 70세 외 3인
구연상황 : 군문열림은 신역의 문을 여는 제차이다. 다시 김순아 심방이 나서서 진행한다. 군문 돌아봄→군문에 인정→군문열림→군문 열린 그믓 알아봄→산받음→분부사룀→주잔넘김→제차넘김 등의 순서로 진행된다. 편의상 분부사룀을 따로 분리하여 제시한다. 군문돌아봄, 군문에 인정은 신칼과 요령을 가지고 문전을 오가며 진행하고, 군문열림은 감상기를 함께 들고 문전을 오가며 문을 열어 맞는 모양을 한다. 군문 열린 그믓 알아봄은 천문을 던져 군문이 제대로 열렸는지 알아보는 것이다. 산받음은 군문을 연 뒤에 신의 뜻을 알아보는 것이다.

■ 초감제>군문열림

[김순아(관디, 송낙)]

---

829) 넘겨.

군문열림

■ 초감제>군문열림>군문 돌아봄

[공싯상에서 신칼과 요령을 집어 들고 신자리로 간다.] 새는 낫낫치 드
려 잇십네다. 동방 새물 주잔, 서방에 주잇잔, 도레 마을잔 지넹겨 드려가
멍, 초감제로덜, ᄆᆞ을 혜신제로, 영등제로, 야~, 초감제로덜, 일만 팔천
신우엄전님네, 신수퍼 사저 허여, 천앙 초군문이 어찌 뒈며, 지왕 시군문
이 어찌 뒈며, 삼서도군문이, 어찌 뒈며 몰라옵네다. 본당 신당문덜, 요왕
선앙문(船王門)이 어찌 뒈며, 영혼 처섯문(差使門)이 어찌 뒈며, 올고금년,
이천십년도에, 저희 데한민국은, 제주도는 제주특별자치도, 조천읍(朝天邑)
은 신흥리(新興里), 야 ○○건, 신흥ᄆᆞ을에 혜신제로, 야~ 영등제로덜, ᄆᆞ
을 궁기 안 올고금년, 열두 둘 금년, 운수문(運數門)이 어찌 뒈며 몰라옵
네다. 그리 말고 하늘 옥항, 금정옥술발 즈지영기, 신감상 둘러받아, 천앙
초군문 지왕 시군문, 삼~서, 도군문ᄁᆞ지 돌아-.

‖중판‖[데양(문병교), 설쒜(김순열), 북(정공철)][신자리에서 한 바퀴 돌면서 신칼을 양손에 나누어 잡는다. 왼쪽 신칼치메를 어깨에 걸쳤다가 이내 휘돌리어 내린다.]

‖감장‖[양손을 가슴 높이로 들고 왼감장, 오른감장을 돈다.]

‖중판‖[왼손 신칼치메를 어깨에 걸치고 오른손을 휘돌리며 양손을 모아 함께 내리며 합장하고 허리를 숙여 절한다. 뒤로 약간 물러서며 오른손의 요령을 흔든다. 다시 앞으로 조금 나아가면서 왼손 신칼치메를 어깨에 걸치고 오른손을 휘돌리며 양손을 모아 함께 내리며 합장하고 허리를 숙여 절하며 한 바퀴 돈다. 왼손 신칼치메를 오른팔에 걸치면서 오른손을 휘돌리며 들고 요령을 흔들면서 입구 쪽으로 나아가 데령상 앞에서 양손을 펼쳐 앞으로 함께 내린다.] 아~, 아~, 천앙~, 초군문이여~, 어찌 돼며, [왼손 신칼치메를 어깨에 걸치고 오른손을 휘돌리며 양손을 함께 모으면서 내린다. 뒤로 돌아서서 왼손 신칼치메를 오른팔에 걸치고 오른팔을 들어 요령을 흔들면서 신자리로 돌아와, 제상을 향하여 양손을 들어 함께 모으며 내리면서 합장하고 허리를 숙여 절한다. 요령을 흔든다. 왼손 신칼치메를 어깨에 걸치고 오른손을 휘돌리며 양손을 들어 함께 모아 내리면서 합장하고 허리를 숙여 절한다. 양팔을 번갈아 가며 들면서 신칼치메를 흔든다. 왼손 신칼치메를 어깨에 걸치고 오른손을 휘돌리며 양손을 들어 함께 모아 내리면서 합장하고 뒤로 돌아선다. 왼손 신칼치메를 오른팔에 걸치면서 오른손을 휘돌리며 들고 요령을 흔들면서 입구 쪽으로 나아가 데령상 앞에서 양손을 펼쳐 앞으로 함께 내린다.] 아~, 아~, 천앙~ 초군문~, 지왕, 시군문, 삼서~, 도군문, [왼손 신칼치메를 어깨에 걸치고 오른손을 휘돌리며 양손을 들어 함께 모아 내리면서 합장하고 뒤 돌아선다. 왼손 신칼치메를 오른팔에 걸치고 오른팔을 들어 요령을 흔들면서 신자리로 돌아가, 제상을 향하여 양손을 들어 함께 모아 내리면서 합장하고 허리를 숙여 절한다. 요령을 흔든다. 왼손 신칼치메를 어깨에

걸치고 오른손을 휘돌리며 양손을 들어 함께 모아 내리면서 합장하고 허리를 숙여 절하면서 한 바퀴 돈다. 왼손 신칼치메를 오른팔에 걸치면서 오른손을 휘돌리며 들고 요령을 흔들면서 입구 쪽으로 나아가 데령상 앞에서 양손을 펼쳐 앞으로 함께 내린다.] 아~, 아~, 본당~ 신당문, 영혼~ 처섯문, 어찌 돼며. [왼손 신칼치메를 어깨에 걸치고 오른손을 휘돌리며 양손을 들어 함께 모아 내리면서 합장하고 뒤돌아선다. 왼손 신칼치메를 오른팔에 걸치고 오른팔을 들어 요령을 흔들면서 신자리로 돌아와, 제상을 향하여 양손을 들어 함께 모아 내리면서 합장하고 허리를 숙여 절한다. 왼손 신칼치메를 어깨에 걸치고 오른손을 휘돌리며 양손을 들어 함께 모아 내리면서 합장하고 허리를 숙여 절한다. 다시 왼손 신칼치메를 어깨에 걸치고 오른손을 휘돌리며 양손을 들어 함께 모아 내리면서 허리를 숙여 절한다. 또 왼손 신칼치메를 어깨에 걸치고 오른손을 휘돌리며 양손을 들어 함께 모아 내리면서 허리를 숙여 절한다. 왼손 신칼치메를 어깨에 걸치고 오른손을 휘돌리며 양손을 들어 함께 모아 내리면서 허리를 숙여 절한다.]

‖감장‖[양손을 가슴 높이로 들고 왼감장, 오른감장을 돈다.]

‖중판‖[왼손 신칼치메를 어깨에 걸치고 오른손을 휘돌리며 양손을 들어 함께 모아 내리면서 합장하고 허리를 숙여 절한 뒤, 오른손 신칼치메를 들어 어깨에 걸쳤다가 내리면서 연물을 그치라는 신호를 보낸다. 신자리에서 제상을 향하여 말명을 한다.]

■ 초감제>군문열림>군문에 인정

천앙 초군문~, 지왕 시군문, 삼서, 도군문, 돌앙 잇입네다. 옥항 도성문, 돌앙 잇입네다. 본당 신당문, 돌앙 잇십네다. 영혼 처섯문을, 돌앙 잇십네다. 올고금년 이천십년도에, 경이년(庚寅年) 나는 헤에, 일 년 열두 둘, 날로 삼백육십오일, ᄆ을 운숫문, 돌아봐 잇십네다. 돌안 보난, 문문마

다, 감옥성방(監獄刑房) 앚아830) 놓고, 인정 달라 험네다. 수정 달라 험네
다. 이여 설우시던, [제상 앞에 걸린 축원문을 바라본다.] 이천십년도에,
야 경이년 나는 헤에, 이거 데한민국, 제주도는 제주특별자치도, 조천읍은
신흥리, 오삼구(五三九) 다시 일번지(一番地)에, 신흥어촌게, 헤신제 뎁네
다. 야~, 어촌게 훼장, 게장님은 김○선, ᄀ디 예순둘님, 벌어먹은 역겝네
다. 그 뒤으로 이장님 뎁네다. 김○섭 쉬헌일곱, 받은 역겝네다 잠수훼장
뎁네다. 강○애 예순셋님, 받은 역겝네다 감사, 문○옥이 ᄀ디 쉬헌네 설,
감사(監事) 뎁네…….김○복이, ᄀ디 곧 쉰 받은 역겝네다. 총무 뎁네다
이○자, ○자 뎁네다 쉬헌다섯, 받은 역겝네다 고~문, 이○석이 쉬헌네
설, 받은 역겝네다 고~문(顧問), 야 김○자 ᄀ디 예순넷님, 받은 역겝네다
총데 뎁네다. 김○자 일흔다섯, 받은 역겝네다 강○훈 일흔네 설, 받은 역
겝네다 김○자 예순둘님, 받은 역겝네다 박○희, 쉬 예순혼 설 받은 역게
이옵고, 윤○숙이 예순혼 설, 받은 역겝네다 현○옥이, 쉬헌다섯 설 받은
역겝네다. 양○자 쉬헌세 설, 받은 역겝네다 오○임, 쉬헌두 설 받은 역겝
네다. 고○숙이 쉬헌두 설, 받은 역겝네다 그 뒤으로, 잠수회장 뎁네다.
잠수덜 뎁네다. 김○수 ᄀ디, ᄋ든ᄋ섯님 받은 역겝네다. 한○경이 ᄀ디
쉰 ᄋ든네 설, 받은 역겝네다 이○복이, ᄋ든네 설 받은 역겝네다. 손○셍
이 ᄋ든두 설, 받은 역겝네다 이○, 수 뎁네다 일흔아옵, 받은 역겝네다
손○옥이, 일흔ᄋ덥 설 받은 역겝네다. 윤○배 뎁네다 일흔일곱, 받은 역
겝네다 고○숙이, 일흔일곱 받은 역겝네다. 이○옥이 ᄀ디, 일흔ᄋ섯 받은
역겝네다. 김○옥이 일흔ᄋ섯, 받은 역겝네다 김○희, 일흔세 설 받은 역
겝네다. 야~ 안○셍이, 일흔혼 설 받은 역겝네다. 김○숙이 일흔혼 설, 받
은 역겝네다 김○자 예순ᄋ덥, 받은 역겝네다. 현○자 예순일곱, 받은 역
겝네다. 한○자 예순ᄋ섯, 받은 역겝네다. 손○희 예순ᄋ섯, 받은 역겝네

---

830) 앚아.

다. 현○자 예순다섯, 받은 역겝네다 김○석이, 예순둘님 받은 역겝네다. 야~ 신○자, 쉬힌다섯 받은 역겝네다. 강○자 쉬힌세 설, 받은 역겝네다 이○숙이, 쉬힌두 설 받은 역겝네다. 김○애 ᄀ디 ᄀ 쉰, 받은 역겝네다. 게원(契員)덜 뒙네다 김○선이, ᄀ디 으든일곱 받은 역겝네다. 강○선 ○ 옥이 ᄀ디 으든일곱, 받은 역겝네다 임○비, 야 으든다섯 받은 역겝네다. 우○영이 ᄀ디 으든두 설, 받은 역겝네다 문○금이, 일흔아홉 받은 역겝네다. 이○숙이 오 일흔으덥, 받은 역겝네다. 한○셍이 일흔일곱, 받은 역겝네다 한○식, 일흔일곱 받은 역겝네다. 양○자 예순아홉 설 받은 역겝네다. 김○자 예순으섯, 받은 역겝네다. 김○자 예순흔 설, 받은 역겝네다 김○숙이, 야 예수 쉬힌두 설, 받은 역겝네다. 서기 뒙네다 김○숙이, 마흔아홉 받은 역겝네다. 초헌관이 김○문이, 야 ᄀ 으든 받은 역겝네다. 아헌관님 뒙네다. 강○문이 일흔으덥, 받은 역겝네다. ○○이, ᄀ디에 김○운, 운이 일흔셋님, 받은 역겝네다. [축원문의 열명이 끝나자, 신자리로 돌아가 입구 쪽을 바라보며 말명을 한다.] 일 년 열두 둘 해녀질 헤영, 벌어먹은 역겝네다. 어부질 헤영 벌어먹은 역겝네다. 사업헤영 벌어먹은 역겝네다. 장서 사업허고, 오곡농사 수만 곡석 지영, 과수원 허는 어룬덜은, 과수원 헤영 벌어먹은 역겝네다. 어느 사업허는 어룬덜은, 사업허영 벌어먹은 역겝네다. 어느 웨국(外國) 나라에 강 사는 ᄌ순덜, 웨국 강 살명 벌어먹은 역겝네다.

■ 초감제>군문열림>군문열림

ᄆ음 정성 헤여근 모든 ᄌ순덜, 만민 ᄌ순덜 제인정(諸人情) 다과(多過)히, 발에 맞인 발네저[831] 지레[832] 맞인 질네저,[833] 저싱돈은 헌페지전(獻

---

831) 기원자의 한 발 길이를 다시 나이의 수만큼 잰 피륙.
832) 키.
833) 기원자의 키만 한 길이를 다시 나이의 수만큼 잰 피륙.

幣之錢), 이성돈은 황금도금 돈으로 천금(千金), 은으로 만금(萬金) 제인정
걸어가난, 인정이 과숙(過熟)허다 영이 납네다~. 천앙 초군문도, 열려 가
라 지왕 시군문, 삼서도군문도, 열려 가라. 옥항 도성문 열려 가라. 본당
신당문 영혼 처섯문덜, 요왕 선앙문덜, 열려 가라 영이 납네다. 신이 성방
가망으로, 열릴 수가 잇십네까. 하늘 옥항 도성문, 열려 옵던 신감상 즈절
영끼, 압송(押送)허고 삼도리데전상,834) 일문전 신수푸명, 천앙 초군문 지
왕 시군문, 삼~서, 도군문끄지 열려~.

∥중판∥ [왼손 신칼치메를 어깨에 걸쳤다가 내린다.]

∥감장∥ [양손을 가슴 높이로 들어 왼감장, 오른감장을 돈다.]

∥중판∥ [왼손 신칼치메를 어깨에 걸치고 오른손을 휘돌리며 양손을
모아 함께 내리면서 합장하고 허리를 숙여 절하고 뒤로 돌아선다. 왼손
신칼치메를 오른팔에 걸치면서 오른손을 휘돌리며 들고 요령을 흔들면서
입구 쪽으로 나아가 데령상 앞에서 양손을 펼쳐 앞으로 함께 내린다.]
아~, 아~, 천앙~, 초군문이~, [왼손 신칼치메를 어깨에 걸치고 오른손
을 휘돌리며 들어 양손을 모아 함께 내리면서 합장하고 허리를 숙여 절하
고 뒤로 돌아선다. 신칼을 왼손에 모아잡고, 오른손의 요령을 흔들며 다
시 데령상 쪽으로 돌아서서 계속 흔든다. 요령을 바닥에 내려놓는다. 신
칼치메를 오른쪽 어깨에 걸쳤다가 오른손으로 신칼치메를 잡으며 얼굴
앞에서 신칼과 신칼치메를 모아 잡고 허리를 숙여 절하고 뒤돌아선다. 양
손으로 모아 잡은 신칼과 신칼치메를 얼굴 높이로 들어 올렸다가 내리기
를 몇 차례 한 뒤, 얼굴 높이에서 다시 모아 잡아 합장하며 빌다가 쪼그
려 앉아 신칼점을 친다. 신칼 가운데 한 벌을 들어 다시 신칼점을 한두
차례 친다.] 천앙~, 초군문~, [점괘가 나오자 고개를 숙여 절한 뒤, 신칼
가운데 한 벌을 정리하여 데령상 위에 놓는다. 나머지 신칼 한 벌은 양손

---

834) '데령상'의 이칭.

에 나누어 잡는다. 오른손에는 요령을 든다. 감상기도 양손에 나누어 잡는다. 오른손의 요령을 흔든다.] 천앙~, 초군문~, 어찌 돼며~, [자리에서 일어나 요령을 흔든다. 양손을 모아 감상기를 앞으로 내린 뒤, 양손의 감상기를 번갈아 위아래로 흔든다. 돌아서서 제상을 바라보며 감상기를 번갈아 위아래로 흔든다. 입구 쪽으로 돌아서서 감상기를 높이 들고 요령을 흔든다. 감상기를 모아 내리며 허리를 숙여 절하고, 다시 감상기를 들고 요령을 흔들며 뒷걸음질하다가 앞으로 조금 나아가며 뒤로 돌아선다. 감상기를 높이 들고 요령을 흔들며 신자리로 간다. 제상을 바라보며 감상기를 앞으로 모아 내리며 허리를 숙여 절한다. 다시 감상기를 들어 요령을 흔들고 뒤돌아서, 양손을 번갈아 감상기를 흔들며 신자리를 돈다. 요령을 흔들며 양손의 감상기를 들고 제상을 바라보며 앞으로 모아 함께 내리며 허리를 숙여 절하고 뒤돌아서 양손을 번갈아 감상기를 흔들며 주위를 돈다.]

‖감장‖[양손의 감상기를 들고 왼감장, 오른감장을 돈다.]

‖중판‖[신자리에 무릎을 꿇고 앉아 고개를 숙이고 감상기를 양 옆으로 세운다. 고개를 들어 양손을 번갈아 감상기를 좌우로 흔든다. 양손의 감상기를 어깨 높이로 들었다가 바닥에 내려놓는다. 양손에 잡은 신칼도 번갈아 좌우로 흔든다, 어깨 뒤로 넘겼다가 앞으로 내리며 왼손에 모아 잡는다. 오른손의 요령을 좌우로 흔들다가, 요령을 머리 높이로 던져 바닥에 떨어뜨린다. 신칼을 오른쪽 어깨에 걸쳤다가 오른손으로 신칼치메를 잡고 얼굴 높이에서 신칼과 신칼치메를 모아 잡고 좌우로 흔든다. 다시 얼굴 높이로 모아들었다가 바닥에 내려놓으며 신칼점을 친다. 점괘가 나오자 고개를 숙여 절한다. 신칼을 내려놓고 양손을 얼굴 높이로 들어 합장하며 기원한다. 다시 고개를 숙여 절한 뒤 신칼을 양손에 나누어 잡는다. 요령도 오른손에 잡는다. 감상기도 양손에 나누어 잡고 요령을 흔들며 일어선다. 요령을 흔들며 감상기를 들고 제상으로 조금 나아가 앞으로

모아 함께 내리며 허리를 숙여 절하고 뒤돌아서 양손을 번갈아 감상기를 흔들며 주위를 돈다. 제상을 향하여 요령을 흔들며 감상기를 들었다가 앞으로 모아 함께 내리며 허리를 숙여 절하고 뒤돌아서 양손을 번갈아 감상기를 흔들며 주위를 돈다.]

‖감장‖[감상기를 들고 왼감장, 오른감장을 돈다.]

‖중판‖[왼손 감상기를 오른팔에 걸치고 오른손을 들어 요령을 흔들면서 입구 쪽으로 나아가 데령상 앞에서 감상기를 내리고 양손을 번갈아 위아래로 흔든다. 감상기를 다시 들고 뒷걸음치다가 앞으로 나아가며 뒤로 돌아 요령을 흔들며 신자리로 돌아가 제상을 바라보며 허리를 숙이며 양손을 모아 함께 내린다. 감상기를 들고 요령을 흔들며 허리를 숙여 앞으로 모아 함께 내리며 뒤돌아 양손을 번갈아 감상기를 흔들며 주위를 돈다. 감상기를 들고 요령을 흔들며 제상을 바라보면서 허리를 숙여 앞으로 모아 함께 내리고 뒤돌아 양손을 번갈아 감상기를 흔들며 주위를 돈다.]

‖감장‖[감상기를 들고 왼감장, 오른감장을 돈다.]

‖중판‖[신자리에 무릎을 꿇고 앉아 고개를 숙이고 감상기를 양 옆으로 세운다. 고개를 들어 양손을 번갈아 감상기를 좌우로 흔든다. 양손의 감상기를 어깨 높이로 들었다가 바닥에 내려놓는다. 양손에 잡은 신칼도 번갈아 좌우로 흔들다, 어깨 뒤로 넘겼다가 앞으로 내리며 왼손에 모아 잡는다. 오른손의 요령을 좌우로 흔들다가 요령을 머리 높이로 던져 바닥에 떨어뜨린다. 신칼을 오른쪽 어깨에 걸쳤다가 오른손으로 신칼치메를 잡고 얼굴 높이에서 신칼과 신칼치메를 모아 잡고 좌우로 흔든다. 다시 얼굴 높이로 모아들었다가 바닥에 내려놓으며 신칼점을 친다. 점괘가 나오자 고개를 숙여 절한다. 신칼을 내려놓고 양손을 얼굴 높이로 들어 합장하며 기원한다. 다시 고개를 숙여 절한 뒤 신칼을 양손에 나누어 잡는다. 요령도 오른손에 잡는다. 감상기도 양손에 나누어 잡고 요령을 흔들며 일어선다. 요령을 흔들며 감상기를 들고 제상으로 조금 나아가 앞으로

모아 함께 내리며 허리를 숙여 절하고 뒤돌아서 양손을 번갈아 감상기를 흔들며 주위를 돈다.]

‖감장‖[감상기를 들고 왼감장, 오른감장을 돈다.]

‖중판‖[왼손 감상기를 오른팔에 걸치고 오른손을 들어 요령을 흔들면서 입구 쪽으로 나아가 데령상 앞에서 감상기를 내리고 양손을 번갈아 위아래로 흔든다.] 삼서~, 도군문~, 옥항 도성문, 본당 신당문 열려줍서~. [감상기를 다시 들고 뒷걸음치다가 앞으로 나아가며 뒤로 돌아 요령을 흔들며 신자리로 돌아가 제상을 바라보며 허리를 숙이며 양손을 모아 함께 내린다. 감상기를 들고 요령을 흔들며 허리를 숙여 앞으로 모아 함께 내린다. 뒤돌아 다시 감상기를 들고 요령을 흔들며 제상을 바라보면서 허리를 숙여 앞으로 모아 함께 내린다. 다시 뒤돌아 감상기를 들고 요령을 흔들며 제상을 바라보면서 허리를 숙여 앞으로 모아 함께 내린다. 또 뒤돌아 다시 감상기를 들고 요령을 흔들며 제상을 바라보면서 허리를 숙여 앞으로 모아 함께 내리고 뒤돌아서 양손을 번갈아 감상기를 흔들며 주위를 돈다.]

‖감장‖[감상기를 들고 왼감장, 오른감장을 돈다.]

‖중판‖[신자리에 무릎을 꿇고 앉아 고개를 숙이고 감상기를 양 옆으로 세운다. 고개를 들어 양손을 번갈아 감상기를 좌우로 흔든다. 양손의 감상기를 어깨 높이로 들어 좌우로 흔들다가, 바닥에 내려놓는다. 고개를 뒤로 돌려 주위 사람에게 데령상에 놓아두었던 신칼을 가져다달라고 요청한다. 주위에 있던 이가 신칼을 건네주자, 가지고 있던 신칼과 함께 손에 잡는다. 양손에 잡은 신칼도 번갈아 좌우와 앞뒤로 흔들다, 어깨 뒤로 남겼다가 앞으로 내리며 왼손에 모아 잡는다. 오른손의 요령을 좌우로 흔들다가 요령을 머리 높이로 던져 바닥에 떨어뜨린다. 요령을 집어 다시 한 번 던진다. 신칼을 오른쪽 어깨에 걸쳤다가 오른손으로 신칼치메를 잡고 얼굴 높이에서 신칼과 신칼치메를 모아 잡고 좌우로 흔든다. 다시 얼

굴 높이로 모아들었다가 바닥에 내려놓으며 신칼점을 친다. 신칼 한 벌을 따로 들고 다시 신칼점을 몇 차례 친다. 점괘가 나오자 고개를 숙여 절한다. 신칼을 내려놓고 양손을 얼굴 높이로 들어 합장하며 기원한다. 다시 고개를 숙여 절한 뒤 신칼을 모두 든다.] 천앙멩감(天皇冥官)~, [신칼점을 친다. 신칼 가운데 한 벌을 들고 다시 신칼점을 두 번 친다.] 열려~, [방향을 바꾸어 연물석을 향하여 모든 신칼의 치메를 잡고 흔든다.] 선앙일월문(船王日月門)~, [신칼점을 친다.] 열려~ 줍서~. [신칼 가운데 한 벌을 들고 다시 신칼점을 몇 차례 친다.] 선앙일월문, 열려근~, [신칼을 모두 잡아들고 오른쪽으로 방향을 바꾼다] 영혼 처섯문~, [다시 신칼점을 친다. 신칼 가운데 한 벌을 들고 다시 신칼점을 몇 차례 친다.] 열려 줍서~. ○○○○ [신칼을 모두 들고 뒤로 돌아 앉는다.] 시군문 벳겻들로,835) 나사면, 본당군줄이여, 신당군줄이여, [신칼점] 고맙수다~. [다시 제상을 향하여 돌아앉는다.] 신공시 엿 선성덜, [신칼점] ○○ [신칼 가운데 한 벌을 들고 다시 신칼점을 친다.] ○○, [신칼점] 열려 주어근, [신칼점][신칼점][점괘가 나오자 고개를 숙여 절한다. 신칼을 내려 놓고 오른손으로 요령을 집어 든다.]

‖ 줒인석 ‖ [요령을 좌우로 몇 차례 흔들다, 멀리 던진다. 왼손에 감상기를, 오른손에 신칼을 잡는다.] 허어~, 허~, 허~, [연물을 빠르게 치기를 독려한다. 감상기와 신칼을 잡고 좌우로 몇 차례 흔든 뒤 일어난다. 왼손을 어깨에 걸치고 오른손을 휘돌리며 양손을 모아 앞으로 함께 내린다. 뒤돌아 왼손 감상기를 오른쪽 어깨에 걸치고 오른손을 휘돌리며 제상을 향하여 양손을 모아 앞으로 함께 내린다. 뒤돌아 왼손 감상기를 어깨에 걸치고 오른손을 휘돌리며 제상을 향하여 양손을 모아 앞으로 함께 내린다. 연물을 빠르게 치기를 계속 독려한다. 뒤돌아 왼손 감상기를 오른쪽

---

835) 바깥으로.

어깨에 걸치고 오른손을 휘돌리며 양손을 모아 제상을 향하여 앞으로 함
께 내린다. 오른손 신칼치메를 어깨에 걸친 뒤 내리려다가 송낙이 벗겨질
듯하자 송낙을 바로 쓰기 위해 잠시 멈추니 연물도 따라서 멈춘다.]

■ 초감제>군문열림>군문 열린 그뭇 알아봄

에허~, [송낙을 바르게 쓴다. 신자리 주위를 맴돌며 말명을 한다.] 천
앙 초군문을, [감상기를 제상 옆에 내려놓는다.] 열려 잇십네다. 지왕 시
군문, [소미 김순열이 일어나서 감상기를 정리한다.] 삼서도군문을, 열려
잇십네다. [신칼을 왼손으로 옮겨 잡는다.] 옥항 도성문을, 열려 잇십네다.
요왕 멩감문을, 열려 잇십네다. [입구 쪽을 바라보며 말명을 한다.] 요왕
선앙문을, 열려 잇십네다. 영등대왕 영등부인, 야 혜신제로, 영등제로 무
을제로, [소미 김순열이 건네준 수건을 받아들고 땀을 닦는다.] 신수푸저
허어어근, 문을 열려 잇십네다. 본당 신당문을, 열려 잇십네다. 영혼 처섯
문을, 열려 잇십네다. 무을 궁기 안네, [제상을 향하여 돌아선다.] 올금년
운숫문꼬지, 열려 잇십네다. [소미 김순열에게서 천문을 건네받는다.] 열
려 주며 아니 열려 주며, 몰라 옵네다. [입구 쪽을 바라본다.] 원전성 팔
저(八字) 궂고 수주 궂인, 신이 아이 성은 김씨로, 억만 도신네(都臣下), 상
하신충,836) 년년마다 헤년마다 이거, 이거 상단골로 뎅깁네다.837) 몸 받은
일월조상님, 아방 주던 게천문,838) 어멍 주던 게상잔,839) 안여 밧여 시리
데천겁, 둘러 받아근 일로 곱게, 문을 열려 준다 허옵건, 가문공서840) 허
고, 열려 주기가 난감허다근, 삼섯문-.

∥중판∥ [제상을 향하여 돌아서서 천문을 던진다.]

---

836) 심방의 위계.
837) 다닙니다.
838) '천문'은 무구인 멩두의 하나.
839) '상잔'은 무구인 멩두의 하나.
840) 점괘의 하나.

‖ 늦인석 ‖ [소미 김순열이 천문을 주워 심방에게 준다.] 열려근~, 일로 혜여근 [다시 천문을 던진다.] 곱게~, 문을~, [소미 김순열이 천문을 주워 심방에게 준다.] 열려 준다 허옵거든-. [연물이 그친다.]

아이아~, [소미 김순열이 천문을 주워 심방에게 준다.] 천앙 초군문은, 열린 그믓 알앙 잇입네다. 지왕 시군문, 삼서도군문은, 열린 그믓 알앙 잇입네다. 옥항 도성문을, 열린 그믓 알앙 잇입네다. 본당 신당문, 영혼 처 섯문은, 열린 그믓, 알앙 잇입네다. 무을 궁기 안, 올금년 운숫문, 곱게 열 려 준다 허옵건, 가문공서 허고, 열려 사기가, 난감허여 무을 안네, 엑헐 일 당헌다건, 삼섯문-.

‖ 늦인석 ‖ [심방이 천문을 던진다. 소미에게 천문을 달라고 하고, 소미 가 천문을 주워 준다.] 경 허민~, 일로 혜여근, [다시 천문을 던진다.] 무 을 안네, 급헌 처서가, [소미 김순열이 천문을 주워 심방에게 준다.] 기메 발동 허는 일인가마씀. [다시 천문을 던진다.] 어느 요왕질에~, 요왕처서 가~, [소미 김순열이 천문을 주워 심방에게 준다. 다시 천문을 던진다.] 기메발동 헐, 허는 일인가, 요왕처서가~, [소미에게서 천문을 건네받고 다시 던진다.] 느려산다(내려선다). 금년 이거 삼진 초정월 둘, 이월둘인 가, 멩심허영, 오널 요왕맞이 잘 허곡, 요왕질 잘 치곡, 각 도에 비념 잘 허곡, 요왕처서에 엑 잘 막고 허민, 궂인 일을 막아준덴 말입네까마씀, [심방이 수건으로 얼굴을 닦는다. 소미 김순열이 천문을 줍는다.]

‖ 감장 ‖ [심방이 신칼치메를 오른쪽 어깨에 걸치고 왼감장, 오른감장을 돈다.]

‖ 늦인석 ‖ [신자리에 쪼그려 앉아 신칼점을 본다. 신칼 두 벌 중 한 벌 만 잡고 신칼점을 본다. 쪼그려 앉은 상태에서 제상을 향해 절을 한다. 일 어나서 제상을 향해 나아가 허리 숙여 절을 한다. 소미 김순열이 신칼을 정리한다.] (김순아 : 야!) [소미 김순열이 물그릇과 수건을 심방에게 준 다.] (김순아 : 정신 어디 강 두어그넹에.) [심방이 물을 마시고 그릇을 다

시 소미에게 준다.] (김순아 : 부체 도라. 부체 도라.) [소미 김순열이 부채를 가지러 간다. 심방이 문전을 향해 걸어가며 말명을 한다.]

■ 초감제>군문열림>주잔넘김

천앙 초군문, 열린 디841)도, 제인정 주잔입네다. 시왕 시군문, 열린 디도, [정공철 심방이 데령상 옆으로 가서 쪼그려 앉아 주잔 넘김을 한다. 소미 김순열이 심방에게 부채를 건네준다.] 제인정 주잔입네다. 삼서도군문 열린 디도, 제인정 주잔 잇고, 옥항도성문(玉皇都城門), 열린 디도,

[김순아 심방이 단골들을 향해 말한다.]

(김순아 : 흥끔842) 조용덜 헤십서양. 무시 것들 헴수과? 요 굿 헴수가 무시 거 헴수가? 노리게덜 헴수과? 이거 ᄆ을 일 아니꽈게. 굿 허는 심방 애가 시게 굿을 허는 거 보멍, 그냥 ᄉ못.)

삼서도군문, 열린 디도, 제인정 주잔입네다.

[심방이 문전 밖에 단골을 향해 말한다.]

(김순아 : 들어옵서.)

옥항도성문, 열린 디도, 제인정 주잔입네다. 요왕 선왕문, 열린 디도, 제인정 주잔입고, 본당 신당문, 열린 디도, 제인정 주잔입네다. 영혼 처서문, 열린 디도, 제인정 주잔입네다. 올금년, 이천십년도에, 정헤년843) 나는 헤에, 조천읍은 신홍리~, ᄆ을 헤신제로 영등제로, ᄆ을제로, 이거 삼진 초정월둘, 열사흘날, 영등제로, 일 년 열두 둘 이거 걱정허고 ᄌ들고,844) ᄆ을에 펜안허게 헤여줍센 허고, 요왕질에 펜안허게, 허여줍센 허고 베 타는 ᄌ순덜은 어부덜 펜안허게 협센 허고, 사업허는 ᄌ순덜 직장 생활허는

---

841) 데.
842) 조금.
843) 경인년의 잘못.
844) 근심하고.

ᄌ순덜, 어느 과수원허는 ᄌ순덜 농업허는 ᄌ순덜 직장 생활허는 ᄌ순덜, 이거 혼 가정집이 일이 아니라 ᄆ을 안네 일이라 각성바지 사는 ᄌ순덜, 물 ○○○○ 몸덜 아닙네까. 돈은 벌민 돈이고 제산(財産)도 벌민 제산이고, 첫쩨는 몸이 건강허고 ᄆ을이 펜안허고, 동네가 펜안헤여사, ᄌ순덜 사는 맛이 나고, 사는 거 아니꽈845) 영 허난, 금년 경인년(庚寅年) 나는 헤에 일 년 열두 둘 날로 삼백육십오일, ᄆ을 안네 운숫문(運數門) 열린 디도, 제인정 주잔입네다. 주잔덜랑 네여다가 문짓데장(門直大將) 감옥성방(監獄刑房), 감철관 도데장, 주잔으로덜 권권드립네다.

신흥리 잠수굿 초감제 군문열림 분부사룀

자료코드 : 10_00_SRS_20100226_HNC_KSA_0001_s10
조사장소 : 제주특별자치도 제주시 조천읍 신흥리 539-1번지(어촌계창고)
조사일시 : 2010.2.26
조 사 자 : 허남춘, 강정식, 강소전, 송정희
제 보 자 : 김순아, 여, 70세
구연상황 : 분부사룀은 산받음의 결과 그 점사를 단골들에게 전달하는 것이다. 하위신들에게 주잔을 넘겨 대접하고 다음 제차로 넘긴다.

■ 초감제>군문열림>분부사룀

[김순아 심방이 단골을 향해 돌아서며 말명을 한다.] 잔은 게수게잔(改水改盞) 신굴아 위올려 드려가멍, 들어사멍846) 나사멍,847) 분붑(分付ㅂ)네다. 마흔ᄋ덥 상단골, 서른ᄋ덥 중단골, 스물ᄋ덥 하단골, 이 신흥 ᄆ을 안네 사는, 각성바지 옛 성친 가지덜, 얼마나 살젱 허고, 멧 셍이나 살젠

---

845) 아닙니까.
846) 들어서면서.
847) 나서면서.

허고, 멧 철년 멧 만년이나 돌아오멍 살쟁 헤영, 아구악심 헤영 허는 일 아니라, 그날 그 시간에 살드라 헤여도 ᄆᆞ음 펜안허고 집안 펜안허곡 동 네 펜안허곡, 허여사 헐 일 아닙네까 영 허난, 이거 ᄒᆞᆫ 헤 두 헤만 뎅기 는848) 일도 아니고 허는 일도 아니라, 메헤에 오라강 앚아난 자리 펜안헴 신가 말암신가 헤여근 신이 성방덜토, 그 헤 그 물 들어근 앚앙 ᄌᆞ들고 상849) ᄌᆞ들고, 오랑 덩덩 헹 굿 허영 돈 벌엉 가민 끗인 중 앎이꽈850) 이 어른덜아, 소미덜은 오랑 북 두드려뒁 벌엉 가불민 끗이주만은,851) 큰심 방 오랑 앚아나민 그 헤 그물도록 앚앙 ᄌᆞ들고 상 ᄌᆞ들고, ᄆᆞ을이 펜안허 고 동네가 펜안헷젠 허민 ᄆᆞ음도 펜안헤주 ᄆᆞᆷ이 상퀘헤영 뎅이는 법이라, 오늘 ᄆᆞ을 헤신제에 영등제로, 이거, 천앙 초군문은 열린 그믓, 알안 보난 에, 뱅메가 어른 길입데만은 허뒈, 삼시왕에 군문으로 곱게 열려줍네다 분부이옵고, [단골들이 김순아 심방을 향해 절을 한다.] 지왕 시군문 삼서 도군문, 옥항도성문은 열린 그믓 알안 보난, 삼시왕에 군문입데다만은 허 뒈, 눈으로 못 보난, 구신이 어디 시리852) 허고 조상이 어디 시리 허고, 손으로 쒜지853) 못허난, 조상이 어디 시리 영 허여도, 내 ᄌᆞ순덜 내 숭854) 을 볼 수가 잇겟느냐. ᄒᆞᆫ녁으로855) 섭섭허고 애돌롭고856) 칭원허고, ᄒᆞᆫ녁 으로는 섭섭허더라만은 허뒈, 내 ᄌᆞ순 내 숭을 볼 수가 잇겟느냐. 가문공 서로 곱게 문을 열려줍네다 분부이옵고, [단골들이 심방을 향해 절을 한 다.] 오널 요왕연맞이 헤신제로, 잘 들읍서 오널 굿 허면은, 일 년 열두

---

848) 다니는.
849) 서서.
850) 압니까.
851) 끝이지만은.
852) 있으리.
853) 쥐지.
854) 흉.
855) 한편으로.
856) 애닯고.

둘 아닙네까 새혜 이떼 뒈어사,857) 따시858) 헐 일 아닙네까 영 허난, 덩덩
허민 굿인가 허고, 허질 말앙 잘 들읍서. 신이 성방은 굴을859) 떼뿐이고,
췌척에도 못허는 법이라, 본가(本家)덜이 잘 들어사 헐 일이주. 신이 성방
인덜 다 알 수가 잇입네까. 조상에서 분부 여쭈는 데로 분부는 설루와860)
드리쿠다만은861) 허뒈, ᄆ을 안네나 바당에나, 요왕질에라도, 쪼금 멩심헙
서 금년은, 요왕질이 쪼금 좋지 않을 일이, 엑헐 일이 두시862) 번은 실 듯
허메 메양덜 멩 멩심헙서. 이월이민 보름이 뒈카.863) 쳉명(淸明) 삼월 둘
이민 초싱 고비가 뒈카. 어떵 허난 요왕질에~, 궂인 일이 쪼금 당헐 듯허
커메 멩심허영, 아니 굴아렝864) 말아근 말제랑865) 요왕맞이 잘 허고, 요
왕질 잘 치고, 말제랑 요왕처서에~, 엑이나 잘 막읍서. 선왕풀이 헤영 요
왕으로 베방송866) 잘 노고,867) 끗868) 조종 잘 허면은, 이번 첨 ᄆ음 정성
허영, 요 궂헌 보람이 돌아올 듯헙네다 영 허영, 곱게 문을 열려줍네다 영
허여 분부이옵고, 혼 가정 집인 일 ᄀ뜨민 허주만은, 이거 ᄆ을 안네라 각
성바지 일이랑, 잘 들읍서. 계장님, 예순둘님도, 조꼼 멩심헙서. 칠팔뤌이
뒈어지카, 구시월이 뒈카 영 허면은, 어떵 허난 잘 헤난 일은 몰르고, 못
헤난 일로 영 놈한티 조꼼 입 역게 헐 일이 잇일 듯 허메, 메양 멩심허면
은, 아니 들을 소리 들을 소리 다 들으멍 조끔 속이 상헐 일이, 잇일 듯허

---

857) 되어야.
858) 다시.
859) 말할.
860) 사뢰어.
861) 드리겠습니다만은.
862) 두세.
863) 될까.
864) 말하더라고.
865) 마지막에는.
866) 선왕풀이를 하고 난 뒤에 모형배를 만들어 제물을 싣고 바다에 띄워보내는 제차.
867) 놓고.
868) 끝.

메 메양 멩심헤영, 잘 지네고 보면은, 엑헐 일은 막아줄 듯허고, 멩심 멩심허고, 그 뒤으로 이장님 뒈고 김씨로, 예순~ 쉰일곱 술도 금년, 조끔 소소헌 일덜사 엇입네까만은, 쉰일곱이라근, 어떵 허난에, 삼스월이 뒈카, 찻질에 멩심허고, 어느 출 출장 뎅길 떼가 뒈어지카, 놈으 손임을 만날 떼가 뒈카, 영 허민 조끔 입 역게 헐 일이 실듯 허며서 멩심허면, 멩심덕이 잇어실 듯 헙네다 영 허여 분부이옵고, 그 뒤으로 설우시던, 잠수훼장(潛嫂會長) 잠수, 야 훼장, 뒙네다 설우시던, 잠수훼장 강씨로, 예순셋님은, 바당에 조끔 멩심 멩심헙서. 어떵 허난 바당에 갓당, 이월이면은 초닷세 초열흘 고비가 뒈어지카. 먼 바당에 나가지 맙서. 돈도 돈이주만은 어디 쪼끔 욕심 욕심부려 뎅기당,869) 먼 바당에 나갓다근,870) 엑헐 일이 당헐 듯 허니 메양 멩심허영, 아니 굴아렌 맙센 헤영, 멩심허민 멩심덕이 잇어질 듯 헙네다 분부이옵고, 그 뒤으로, 야~, 설우시던 감서(監事), 야 잠수 뒙네다. 무○수, 김○수뒙네다 오든오섯님은, 어떵 허난 부디 바당에 뎅겸신디871) 말암신디, 모르쿠다만은 허뒈 부디 어떵 허난, ᄀᆞ디872)에서도 멩심헙서. 뎅기당 ᄀᆞᆺ 우이 뎅기다근,873) 씨러질 일이 나면은 쪼끔 일나헌 운수가 ○○○○, 멩심허면은 멩심덕이 잇어질 듯 헙네다 영 허여 분부이옵고, 그 뒤으로 설우시던, 야 김○희, 일흔셋님도 금년은, 육섯둘에 멩심헙서. 멩심 아니허면은, 엑 드리메서874) 멩심 멩심헙서. 경 아니면은 차에 조끔 몸을 다치나 몸을 아파근 급헌 걸음, 어느 초상(初喪)난 디 뎅기지875) 맙서.876) 초상난 디 뎅기멍 저 처서길에 걸릴 일이 당허면, ᄉᆞᄉᆞ헹

---

869) 다니다가.
870) 나갔다가.
871) 다니는지.
872) 갯가.
873) 다니다가.
874) 물리치면서.
875) 다니지.
876) 마소.

처 바쁜 걸음 걸을 일이 실 듯헙네다 영 허여 분부이옵고, 그 뒤으로, 강
○자뤱네다. 쉰세살도 금년은, 어떵 허난 바당에 쪼금 멩심허고, 야 이수,
이○숙이도, 쉰두 설도 조꼼 주들아질877) 일이 당헐로구나만은 허뒈 엑헐
일은 엇일 듯허고, 양○자 쉰 예순아홉 설도, 어떵 허난 팔뤌 고비랑 부디
멩심헙서. 팔뤌 고비엔 어떵 허난 집안이, 불휘없는 염녀꼿 화덕수제가
느릴 일이 시카. 동네에서 넉날 일이 시카. 혼접이 상천헐 일이 실 듯허
메, 메양 멩심허민 큰 걱정은 엇일 듯허고, 어떵 허난 무을에도 조꼼 좋지
않을 일이 시어건,878) 법에 걸어질 일이 시카 경 아니면은, 무을에서 ㄱ
뜬 친구가 뒈게 뒈어, 아침 저냑 ㄱ찌 놀곡 자고 ㄱ찌 벗허고 허던 사름
덜이, 싸움헐 일이 나면은, 무을이 조꼼 주들아질 일이 시커메,879) 멩심
멩심허면은, 말제랑~ 돌고880) 간, 요왕처서 엑이나 잘 막고 끗 조정 잘허
곡 허면은, 잘 들읍서 영 허영 무을 안네 일헤낭, 오일 닷세 칠일 일뤠 집
안 정성덜 드리고 무을 정성 드려건, 일뤠 전에랑 물에 들레덜 가지 말곡,
정성 잘 드리곡 허면은, 추추이추 요왕황제국에서, 올금년은 요왕에서도,
섭섭치 않을 일이 실듯허메서, 그중 압서 영 허여, 곱게 문을 열려줍네다.
영 허여 분부문안이웨다에-.

[심방이 단골들을 향해 말한다.]

(김순아 : 잘 알아들엇주덜양. 어따 넘은헤881)보다 금년은, 바당질이 섭
섭친 아녀쿠다. 게난 영영 잘 멩 멩심덜 헤영에. 멩심허면은 ○○○ 아녀
고, 경 아녀민 무을에 좀 궂인 일이 섬직 헤예. 멩심······.)

[문전을 향해 걸어가며 다시 단골에게 말한다.]

(김순아 : 절헤. 절.)

---

877) 걱정할.
878) 있어서.
879) 있을 것이니.
880) 데리고.
881) 지난해.

군문열림 중 분부사룀

■ 초감제>군문열림>분부사룀>주잔권잔

　주잔덜랑 저먼정 네여다가, 수원미(水元味) 청감주(淸甘酒)로다 요왕에
서 죽엉 간 영혼덜이여. 물질헤영 허건882) 살젠 헤영~ 바당질에 죽엉 간
영혼덜. [소미 김순열이 삼주잔을 들고 문전 앞에서 문전 밖으로 잔을 낸
다.] 어느 김씨 영가 혼신이여 박씨 영가 혼신이여 이씨 영가 혼신이여.
한씨 영가 혼신덜이여. 많이 주잔입네다. 그 두으로덜, 청춘에 죽은 영혼
덜, 아이떼 죽은 영혼덜 주잔입고, 어느 말명 입질에 떨어지고, 혼겁이 상
천헐 떼 떨어지던 영혼덜, 주잔입고, 얼어 벗어 굶어 허기 버쳐근, 교통사
고 당허영 죽엉 가던, 영가 혼신님 물에 들레 갓당 죽엉 간 영혼덜, 쫀물
먹엉 돈물 먹저 허던 영가 혼신님네덜, 많이 주잔입네다. 어느 남즈 죽은
영혼이나, 어느 일만 어부덜 헤녀 어른덜 발자추에 뚤라오고, 아끈 망사

---

882) 어떻게든.

리 한 망사리 아끈 빗창 한 빗창에, 둘라오던 이런 임신덜이영, 꿈에 선몽
허고 낭게 일몽 비몽서몽(非夢似夢) 불러주던 이런 임신덜이영, 어느제랑
오널 삼진 초정월 둘 열사흘날, 헤신제 허고 요왕제 헤영, 어느 영등제 헐
때랑 오랑, 부르건 들저 웨건 들저 허는 임신덜이영, 시군문 벳깃디 앚아
근 기다리던 임신덜이영, 얻어 먹저 얻어 씨저 허던 열두 풍문조훼(風雲災
害) 불러주던 임신덜, 주잔으로덜 실턴 가슴덜 잔질룹서. 수원미로덜 실턴
가슴덜 잔질룹서. 청감주로덜 실턴 가슴덜 잔질룹서. 요왕질에 줌 자는
영신 혼벽님네도, 수원미로덜 저 실턴 가슴덜 잔질룹서. 말명 입질에 떨
어지던 이런, 임신덜~ 많이 주잔으로, 권권 디려가멍~,

■ 초감제>군문열림>제차넘김

[제상 앞으로 걸어가며 말명을 한다.] 쪼꼼만 지체허여십서. 신이 아이
도 목이 단절허난 물이라도 흔 직883) 먹엉, 츳츳이츳, 오리정 신청궤더레
신메와 드립네다에-.

[제상 앞에서 고개 숙여 절을 한다.]

신흥리 잠수굿 초감제 오리정 신청궤

자료코드 : 10_00_SRS_20100226_HNC_KSA_0001_s11
조사장소 : 제주특별자치도 제주시 조천읍 신흥리 539-1번지(어촌계창고)
조사일시 : 2010.2.26
조 사 자 : 허남춘, 강정식, 강소전, 송정희
제 보 자 : 김순아, 여, 70세 외 3인
구연상황 : 오리정까지 나아가 신을 맞아들이는 제차이다. 역시 김순아 심방이 맡았다.
관디를 벗고 퀘지 차림으로 진행한다. 신의 위계 차례로 신명을 말하고 청하
는 말명을 하면 연물이 잠시 울린다. 본향신을 청하는 본향듦에서는 풀쩌거

---

883) 모금.

리, 동저친 등을 팔과 어깨에 매고 본향신이 들어오는 모양을 실감나게 연출한다. 군웅을 청할 때는 군웅치메를 두르고 바랑춤을 추고 선왕기를 들고 춤을 춘 뒤에 덕담, 서우제소리 등을 부른다. 영신, 공시, 옛선생 등에 대하여 쌀을 흩뿌리며 청하여 마무리한다. 신청궤가 마무리되면 팔만금세진침, 정데우를 이어서 하고, 다시 준손역가·소지원정을 덧붙여서 행한다. 팔만금세진침은 신들이 좌정한 제장의 안팎 공간을 차단하는 뜻의 제차이다. 김순열을 내세워 감상기를 들고 춤추게 한다. 정데우는 신들을 위계에 맞게 자리를 조정하는 의미의 제차이다. 준손역가는 신을 청해 모셨으니 자손들이 그동안 신의 덕으로 벌어놓은 재물을 감사의 뜻으로 바치는 것이다. 소미들이 역가상을 들고 단골들로 하여금 바치는 모양을 하게 한다. 소지원정은 신에게 바라는 바를 소지를 불살라 고하는 뜻의 제차이다. 단골들에게 소지를 나누어준 다음 불태운다.

신청궤

■ 초감제>신청궤

[김순아(관디, 송낙)]

[신칼을 왼손에 잡고 신자리를 돌며 말명을 한다.] 삼본향 연두리로, 부

르건 들저 웨건 들저, 허시는디, 철년(千年) 먹고 말년(萬年) 살을, 금강머들 술정미 둘러받아 오리정 신청궤웨다-.

∥감장∥[북(정공철), 설쉐(김순열), 데양(문병교)][왼손의 신칼치메를 어깨에 걸쳤다가 내리며 왼감장을 돌고 이어 오른감장을 돈다.]

∥중판∥[제상 앞에서 왼쪽 신칼치메를 어깨에 걸쳤다가 양손을 함께 내리며 절하듯이 한다. 오른쪽 신칼치메를 왼쪽 팔에 걸치고 문전으로 걸어간다. 문전에서 양손을 함께 내린다.] 어허~ 아~. [양손 다시 한번 더 올렸다가 내린다. 데령상에 있는 쌀그릇을 집어 든다.] 삼본향(三本鄉)~ 연두리로, [신칼로 쌀을 떠 문전 밖으로 흩뿌린다.] 살려옵서~. 올라사면 천지옥항(天地玉皇) [신칼로 쌀을 떠 문전 밖으로 흩뿌린다.] 데명전(大明殿) 살려옵서. [신칼로 쌀을 떠 문전 밖으로 흩뿌린다.] 네려사면 지부(地府) 스천데왕(四天大王), [신칼로 쌀을 떠 문전 밖으로 흩뿌린다.] 산 츠지는 산신데왕(山神大王), 물 츠지는 데서용궁(다섯龍宮), [신칼로 쌀을 떠 문전 밖으로 던진다.] 절 츠지는 서산데서(西山大師) 육한데서(六觀大師) 살려옵서. [신칼로 쌀을 떠 문전 밖으로 던진다. 말명이 연물에 묻혀 들리지 않는다. 오른쪽 신칼치메를 어깨에 걸쳤다 내리며 절하듯이 한다. 몸을 돌려 오른쪽 신칼치메을 왼쪽 팔에 걸쳐 제상 쪽으로 걸어간다. 오른쪽 신칼치메를 내린다. 왼쪽 신칼치메를 어깨에 걸쳤다 내린다. 쌀그릇에서 쌀을 신칼로 떠 제상 위로 던진다. 말명을 하며 몇 번 반복한다. 말명은 연물소리에 묻혀 들리지 않는다. 왼쪽 신칼치메를 어깨에 걸쳤다가 내린다.]

∥감장∥[왼감장, 오른감장을 돈다.]

∥중판∥[신자리에 앉는다. 쌀그릇을 바닥에 내려놓고 신칼에 왼손에 모아 잡아 신칼치메를 어깨에 걸친다. 신칼과 신칼치메를 모아 잡아 비비다가 신칼점을 본다.] 살려옵서. [쌀을 제상을 향해 뿌리고 신칼점을 여러 번 본다. 양손 모아 고개 숙여 절을 한다. 신칼을 양손에 나누어 잡고 쌀

그릇을 왼손에 들고 일어서서 왼쪽 신칼치메를 어깨에 걸쳤다가 내린다. 몸을 돌려 왼쪽 신칼치메를 오른쪽 팔에 걸치고 문전을 향해 걸어간다. 문전 앞에서 왼쪽 신칼치메를 내린다.] 삼본향, 한집님도, [신칼로 쌀을 떠 문전 밖으로 던진다. 말명을 하며 같은 행동을 반복한다.] 살려살려. 이 무을은 낳는 날 생산(生産)허고 죽는 날 물고(物故), 장적(帳籍) 호적(戶籍)……. [말명이 연물소리에 묻혀 들리지 않는다. 오른쪽 신칼치메를 올렸다가 내리며 몸을 돌려 제상을 향한다. 왼쪽 신칼치메를 오른쪽 팔에 걸쳐 제상으로 걸어간다. 오른쪽 신칼치메를 내린다. 왼쪽 신칼치메를 어깨에 걸쳤다 내린다. 쌀그릇에서 쌀을 신칼로 떠 제상 위로 던진다.] 살려옵서. [말명을 하며 몇 번 반복한다. 말명이 연물에 묻혀 들리지 않는다. 오른쪽 신칼치메를 어깨에 걸쳤다가 내린다.]

∥감장∥[왼감장, 오른감장을 돈다.]

∥중판∥[신자리에 앉는다. 쌀그릇을 바닥에 내려놓고 신칼을 왼손에 모아 잡아 신칼치메를 어깨에 걸친다. 신칼과 신칼치메를 모아 잡아 비비다가 신칼점을 본다. 제상을 향해 고개 숙여 절을 한다. 신칼을 양손에 나누어 잡고 쌀그릇을 왼손에 들고 일어서서 오른쪽 신칼치메를 어깨에 걸쳤다가 내린다. 몸을 돌려 왼쪽 신칼치메를 오른쪽 팔에 걸쳐 문전으로 걸어간다. 문전 앞에서 왼쪽 신칼치메를 내린다.] 삼멩감(三冥官) 삼처서(三差使), [신칼로 쌀을 떠 문전 밖으로 던진다. 말명을 하며 같은 행동을 반복한다.] 살려옵서. 살려옵서. [쌀그릇과 신칼을 데령상에 놓는다.]

∥중판∥[송낙을 고쳐 쓰고 제상을 향해 걸어간다. 공싯상에 있는 요령을 들고 크게 흔든다.]

∥감장∥[왼감장, 오른감장을 돈다.]

[제상을 향해 서서 요령을 상하로 크게 흔들며 말명을 한다.] 어허 어허~. 요왕 혜신제로 영등제로, [요령] 무을제로 일만 팔천 신우엄, [심방이 소미 김순열을 보며 말한다.] (김순아 : 이거 왕 벳기고. 정신 바짝 출

령.) [소미 김순열이 나와 심방의 옷(관디)을 벗긴다.] 요왕 혜신제로 영등제로, 일만팔천 신우 엄전임네덜, 옵서 [요령] 청허여근, 오리정 신청궤로, 신메와 드립네다. [요령] 부르건 들저 웨건 들저 [요령] 허시는데, 어~ 무을 궁리 안네, 올라사면 천지옥항, [요령] 데명전도 부르건 들저 [요령] 웨건 들저, 오리정 신청궤로, [요령] 신메와 드립네다. [데양] 네려사면 지부 스천데왕, [요령] 산 츠지는 산신데왕, 물 츠지는 다서용궁 [요령] 절 츠지는, 서산데서 육한데서님도, [요령] 혜신제로 [요령] 영등제로, 무을제로 부르건 [요령] 들저 웨건 들저, 철년 먹고 [요령] 말년 살을, 금강머들 술정미로, [요령] 오리정 신청궵네다에~.

‖늦인석‖[심방이 요령을 흔들며 제상을 향해 고개 숙여 절을 한다.]

인간불도(人間佛道) 멩진국 할마님, [요령] 혼합천지 뷀금상 마누라님, [요령] 초공 이공 삼공 시왕전도, [요령] 오리정 신청궤로, 신메와 [요령] [데양] 드립네다. 삼멩감 하나님진 [요령] 천앙(天皇) 가민 열두 멩감(冥官) 지왕(地皇) 가민 열한 멩감, [요령] 인항(人皇) 가민 아홉 멩감, [요령] 동이 청멩감(靑冥官) 서이 벡멩감(白冥官) [요령] 남이 적멩감(赤冥官), 북이 벡멩감(白冥官) 중앙 황신멩감(黃神冥官), [요령] 산으론 산신멩감(山神冥官) 물론 가민 요왕멩감(龍王冥官) 베론 가민 [요령] 선왕멩감(船王冥官), 양반에 집에 스당우풍멩감(祠堂位品冥官) 정시칩이884) 책불멩감(冊佛冥官), [요령] 불도집인 불돗멩감(佛道冥官), [요령] 심방칩인 당줏멩감(堂主冥官), 농부한(農夫漢)이 집인 세경멩감, [요령] 쉐테우리집인885) 제석멩감(帝釋冥官), 일흔으더 도멩감(都冥官) 하나님도, [요령] 요왕 혜신제로, 부르건 들저 웨건 들저, [요령] 철년 먹고 말년 살을 금강머들 술정미로, [요령] 오리정 신청궵네다에~. [심방이 요령을 흔들며 제상을 향해 고개 숙여 절을 한다. 연물석에서 늦인석 연물을 잠깐 친다.]

---

884) 지관집에.
885) 목동집에는.

멩감 끝에는 처섭네다. [요령] 천왕처서(天皇差使) 지왕처서(地皇差使) 인왕처서(人皇差使), 어금바(義禁府)나 도서나자(都事羅將) 눈이 붉어, 황서제(黃使者)나 코이 붉어 적서제(赤使者)나 입이 붉어 모람수제, [요령] 옥황처서(玉皇差使) 박나저, 저싱처서 이원수제(二元使者) 이승 강림수제, 본당 신당처수님네, 낭게886) 걸량(結項) 물에 엄서(渰死) 부명처서(非命差使) 시관장님, [요령] 아이 둘고 가던 처서 도령처서(道令差使) 멩두멩감(明圖冥官) [요령] 삼처서, 시관장님 네관 구관 신관, 처서님네 질에 객서처서님(客死差使-)네, 노정복서처서님(路中覆死差使-)네, [요령] 부원국(府院國) 삼처서 거북처서, [요령] 요왕처서님네도, [요령] 요왕 헤신제로, [요령] 부르건 들저 웨건 들저 허시는디, [요령] 철년 먹고 말년 살을, 금강머들 술정미로, [요령] 오리정 신청궵네다에~.

∥늦인석∥[심방이 요령을 흔들며 제상을 향해 고개 숙여 절을 한다.]

[요령] ᄌᆞ부일월 상세경 신주마누라님, [요령] 먹은 이도 세경이 덕, 입은 이도 세경이 덕 행궁발신허기도 세경이 덕 아닙네까. 과수원 허기도 세경이 덕 축산 허기도 세경이 덕, 부업 허기도 세경이 덕, 물질 허기도 세경이 덕 아닙네까. [요령] 어부 허기도 세경이 덕, 사읍(事業) 허기도 세경이 덕, 직장생활 허기도 세경이 덕 [요령] 아닙네까. 세경 하르바님 든물 선간, 세경 할마님은 난물 선간, [요령] 세경 아바지는 짐진국 데감님과, [요령] 세경 어머님은 ᄌᆞ지국 부인님, [요령] 상세경은 문앙성 문도령 중세경은, [요령] ᄌᆞ청비 하세경은, 정이 없는 정수넴이 칠뤌(七月) 열나흘 날, [요령] 벡중(百中) 데제일(大祭日) 받아옵던 세경신주마누라님도, 요왕 헤신제로, [요령] 부르건 들저 웨건 들저 허시는데, [요령] 철년 먹고 말년 살을, [요령] 금강머들 술정미로, [요령] 오리정 신청궵네다에~.

∥늦인석∥[심방이 요령을 흔들며 제상을 향해 고개 숙여 절을 한다.]

---

886) 나무에.

군눙일월 넉신몸주 제왕제석님도, 오리정 신청궵네다에~. 이거 혼 가
정 일집 ㄱ뜨민 혼 가정 일이민 집안 ㄱ뜨민, 초상(祖上)덜 거느리곡 허건
만은, ㅁ을일이라 이거 요왕 혜신제로, [요령] 묵고 묽은, 선왕일월님네덜,
[요령] 동이와당 광덕황(廣德皇)에, 서이 화당 광신요왕 남이와당 청요왕
님(靑龍王-), 북이와당 흑요왕(黑龍王) 중앙 황신요왕님(黃神龍王-) 게금상
도 요왕국, [요령] 적굼상도 요왕국, 동경국 데왕님 세경국에 부인님, [요
령] 부원 요왕데신 선왕데신님에, 요왕 혜신제로 부르건 들저 웨건 들저
허시는디, [요령] 철년 먹고 말년 살을, [요령] 금강머들 술정미로 오리정
신청궵네다-.

‖늦인석‖[심방이 요령을 흔들며 제상을 향해 고개 숙여 절을 한다.]

삼본향 한집이웨다 이 ㅁ을은, 낳는 날 셍산(生産) 잡고 죽는 날은 물고
(物故) 추지, 장저(帳籍) 호적(戶籍) 문세(文書) 잡던 ㅁ을 토지지관님(土地
之官-)과, [요령] 밋볼레낭887) 각시할마님 일뤠할마님도, [요령] 오늘 혜
신제로 부르건 들저, [요령] 웨건 들저 허시는데, 철년 먹고 말년 살을 금
강머들 술정미로, [요령] 오리정 신청궤 신메웁네다에-.

‖늦인석‖[심방이 요령을 흔들며 제상을 향해 고개 숙여 절을 한다.]

저 조천(朝天) 가면은 정중에미 정중도령, 세콧할마님 일뤠할마님도, 오
리정 신청궤 신메우멍, [요령] 저 신촌(新村) 가면 큰물머리 김동지 영감
님 일뤠할마님도, 오리정 신청궤 신메와 드립네다. [요령] 저 삼양(三陽)
가면은 어느 알당 일뤠 웃당 ㅇ드렛도할마님도, 오리정 신청궤 신메와 드
립네다. [요령] 화북(禾北) 가면 큰당 한지님네, [요령] 시월도병서 일뤠할
마님도 오리정 신청궤 신메와 드립네다. 제주시에 가면은 ㄱ시락당 문짓
당 시네 네왓당 칠머릿당 한지님도, [요령] 오리정 신청궤 신메와 드립네
다. [요령] ㅁ를 넘어갑네다 제 넘어갑네다. 웃손당은 금벡주 셋손당은 세

---

887) 보리장나무.

명주 메알손당 소로소천국 아들애기 예례덥 뚤애기는 스물여덥, 손지 방상 삼벡이른ᄋ덥 가지 갈라옵던 웃손당 금벡주 할마님도, [요령] 요왕 혜신제로 부르건 들고 웨건 들젱 허여 [요령] 오리정 신청궤 신메와 드립네다. [요령] 야~ 거믈888) 문국성 한집님과, 정의(旌義)라 시선당 한집님 데정(大靜)이라 [요령] 광정당(廣靜堂) 한집님도, 오리정 신청궤 신메와 드립네다. [요령] ᄃ릿본향889) 한집님네덜, 야 신메와 드립네다. [요령] 야 사라우 삼본향 한집님도 신메와 드립네다. 그 뒤으로 물동산 일뤠할마님도 신메와 드립네다에. 그 뒤으로 눈미890) 고장남밧, 베락장군 베락ᄉ제 베락 올레장군 올레ᄉ제님네, [요령] 미륵보살님네덜 [요령] 오리정 신청궤 신메와 드립네다. 올레장군 올레ᄉ제님네도 [요령] 신메와 드립네다. [요령] 저 데흘(大屹) 가면은 ᄋ드렛도 할마님도, 신메와 드립네다 와흘(臥屹) 가면은, [요령] 천년 폭낭 만년 폭낭 알로 좌정허던, 일뤠할마님도 신메와 드립네다. [요령] 그 뒤으로 웃선흘은 탈남밧할마님, 일뤠할마님도 신메와 드립네다. [요령] 알선흘은 토지지관 하르바님, 삼천벵멧도 일만 초기연발 거리질도제 받아 옵던 토지지관 하르바님, [요령] 신메와 드립네다 산신또도 신메와 드립네다. [요령] 그 뒤으로 이 함덕(咸德) 들어사면은, [요령] 알가름은 동편 금석 서편 황석, 서울이야 먹자골 알우물서 솟아나던 서믈 하르바님 서믈 할마님네 김동지 영감님, 그 당 서렵(設立)허던 한씨 하르바님도, [요령] 혜신 요왕 혜신제로 신메와 드립네다. 소지무루 ᄋ드렛도 할마님도 신메와 드립네다. 덧남하르바님 덧남할마님네도 신메와 드립네다. [요령] 벅세기도덕 일뤠한지님 ᄋ드렛도 한지님도 신메와 드립네다. 산신또도 신메와 드립네다. 토산한집님도 신메와 드립네다. [요령] 수낭굴은 일뤠할마님도, 신메와 드립네다. [요령] 그 뒤으로 야 고망하르바

---

888) 구좌읍 덕천리의 고유 이름.
889) 'ᄃ리'는 조천읍 교래리.
890) 조천읍 와산리.

님 고망할마님네도 신메와 드립네다. 각서 오본향 한지님네덜, [요령] 오
리정 신청궤 신메와 드립네다. [요령] 그 뒤으로 이 ᄆ을은, 각서 오본향
한지님네, [요령] 요왕 헤신제로~, 부르건 들저 웨건 들저~, 허시는디,
야~ 본향 두으로, 일천군병질덜랑, 떡이여 밥이여, 우봉지주잔으로, 지사
과 드려가멍~, 석자 오치 풀찌거리, 일곱자 동지거리, 둘러메멍, 일천군
병질덜랑 떡 밥 술궤기, 지사과 드려가멍, [소미 김순열이 시령목을 심방
몸에 둘러 매려고 한다.] (김순아 : ᄀ만 잇이라. ᄀ만 잇이라.) [김순열이
다른 소미들에게 말한다.] (김순열 : 거 봐.) [소미 김순열이 문전 앞에서
잠시 기다린다.] 삼본향 연드리로 오리정 신청궤우다-. [요령]

‖ 좃인석 ‖ [요령을 흔들며 문전으로 가서 요령을 데령상에 놓는다. 소
미 김순열이 심방에게 풀찌거리를 매어 준다. 심방은 김순열에게 얼른 연
물석으로 돌아가라고 손짓한다. 김순열, 연물석으로 돌아가 설쉐를 친다.
잠시 연물이 느려진다.] (김순아 : 야!) [심방이 소미 김순열을 보면서 소
리친다. 연물이 다시 좃인석으로 빨라진다. 심방이 데령상에 놓여 있던
떡을 양손에 나누어 잡고 팔을 흔들며 신자리로 간다.]

‖ 감장 ‖ [왼감장, 오른감장을 돈다.]

‖ 좃인석 ‖ [제자리에서 높이 뛰어올랐다가 내려앉으며 떡으로 바닥을
친다.] 어! [팔을 휘돌리며 신자리를 크게 돈다.]

‖ 감장 ‖ [왼감장, 오른감장을 돈다.]

‖ 좃인석 ‖ [제자리에서 높이 뛰어올랐다가 내려앉으며 떡으로 바닥을
친다. 일어서서 문전을 향해 걸어간다. 문전에 서서 떡을 밖으로 던진다.
데령상에 있는 우봉지주잔을 들고 제상을 향해 서서 팔을 위아래로 흔든
다.] 어허! [팔을 휘돌리며 신자리를 크게 돈다.]

‖ 감장 ‖ [왼감장, 오른감장을 돈다.]

‖ 좃인석 ‖ [제자리에서 높이 뛰어올랐다가 내려앉으며 우봉지주잔으로
바닥을 친다. 앉아서 연물석을 향해 소리친다. 신자리를 크게 돈다.]

‖감장‖[왼감장, 오른감장을 돈다.]

‖줒인석‖[제자리에 앉으며 우봉지주잔으로 바닥을 친다. 문전을 향해 걸어간다. 우봉지주잔을 문전 밖으로 내던진다. 감상기를 들고 데령상에 있는 신칼을 잡는다. 연물석을 향해 소리친다. 천문을 잡고 주잔의 술을 한 모금 물고 제상을 향해 서서 내뿜는다. 신자리에 천문을 던져 천문점을 본다. 조사자 강소전을 향해 손짓하자 강소전이 천문을 주워 심방에게 준다. 다시 천문점을 본다. 양손에 신칼과 감상기를 모아 잡고 아주 천천히 한쪽 무릎을 세우고 자리에 앉는다. 팔을 쭉 뻗어 신칼과 감상기를 제상을 향해 들어 올린다. 감상기 끝이 부르르 떨린다. 신칼과 감상기를 바닥에 탁 내려놓는다. 다시 천천히 팔을 쭉 뻗어 신칼과 감상기를 제상을 향해 들어 올린다. 감상기 끝이 부르르 떨린다. 신칼과 감상기를 바닥에 탁 내려놓는다. 다시 천천히 팔을 쭉 뻗어 신칼과 감상기를 제상을 향해 들어 올린다. 일어서서 제상을 향해 걸어간다. 신자리에서 껑충 뛰어 바닥을 치며 앉는다. 팔을 쭉 뻗어 높이 든다. 다시 바닥을 친다. 천천히 일어서서 제상을 향해 걸어가 껑충 뛰어 바닥을 치며 앉는다. 팔을 쭉 뻗어 높이 든다. 다시 받을 친다. 천천히 일어서서 신자리에서 껑충 뛰어 바닥을 치며 앉는다. 다시 받을 친다. 천천히 일어서서 제상을 향해 껑충 뛰어 바닥을 치며 앉는다. 바닥을 여러 번 친다. 감상기와 신칼을 나누어 잡고 일어서서 신자리를 돈다. 왼쪽 감상기를 어깨에 걸쳤다가 내리면서 신자리를 돈다. 감상기를 제상 옆으로 던져 놓고 신칼을 고쳐 잡는다.]

‖감장‖[왼감장, 오른감장을 돈다.]

‖늦인석‖[신칼점을 본다. 자리에 앉는다. 단골들이 고개 숙여 절을 한다.] 삼본향 연두리로, 신메와 잇십니다. [심방이 말명을 하지만 연물에 묻혀 들리지 않는다. 단골들이 신자리에 나와 앉는다. 소미 김순열이 역가상을 들어 제상을 향해 올린다. 단골들이 손을 내밀어 함께 올린다. 단골들이 절을 한다.] 오널은, 요왕 혜신제로, 신메와 잇십네다. [소미 김순

열이 역가상을 심방 앞에 놓는다. 심방이 풀찌거리를 풀어 상에 올려놓는다. 소미 김순열이 역가상을 들고 제상을 향해 올리는데 심방이 손을 내밀어 함께 올린다.] 철년(千年) 우른 역겝네다. 말년(萬年) 우른 역겝네다. [김순열에게 말한다.] (김순아 : 일로 도라. 상차 이레 둥겨노라.) 일로 게민, 삼본향 연드리로……. [제비점] 일로 곱게 신수퍼 상 고맙수다 고맙수다. [제비점] 만약에 요왕질광, 무을 아따 궨찮음직 허우다에. [제비점] 삼본향 한집에도 곱게 신수퍼 사건 고맙수다. 엑이나 말제랑 잘 막읍서양. (단골들 : 예.)

어허~. (김순아 : 절 세 번 협서.) [단골들이 절을 한다. 심방이 일어서며 말명을 한다. 소미 김순열이 역가상을 제자리에 놓는다.] 삼본향 연드리, 신메와 잇입네다. [심방이 몸에 맸던 시렁목을 풀며 말명을 한다. 소미 김순열이 옆에서 도와준다. 소미 김순열이 시렁목을 받아 역가상에 놓는다.] 석자 오치 풀찌거리, 일곱자 동지거리 벗어다, 삼본향님전 위올려드려가멍, 다시 제처(再次) 짓알로 도느리며, 요왕 황제국님광 간 이 영신 온 이 망혼임에도 오리정 신청궤우다~.

‖중판‖ [심방이 연물석을 바라보며 서서 소미 김순열에게 말한다.] (김순아 : 설랑설랑.) [줓인석 연물이 중판 연물로 바뀐다. 신칼을 양손에 나누어 잡고 문전으로 가면서 왼쪽 신칼치메를 어깨에 걸쳤다가 내린다. 신칼을 데령상에 내려놓고 요령을 잡는다.] 아이고 나 팔자야. [요령을 흔들며 제상을 향해 걸어간다.]

‖감장‖ [왼감장, 오른감장을 돈다. 연물이 감장을 줓인석으로 쳐서 심방이 잠시 서 있다가 그냥 진행한다.]

■ 초감제>신청궤>군웅청함

어허 어~. [요령] 삼본향 한집은, [요령] 오리정 신청궤 신메와 잇입네다. [요령] 선왕일월임, [요령] 동이와당 광덕황이 [요령] 서이와당 광신요왕 [요왕] 남이와당 적요왕, 북이와당 흑요왕 중앙 황신요왕, [요령] 게금 상도 요왕국 적금산도 요왕국 요왕국 동경국데대왕임 세경국에, [요령] 부인임, [요령] 요왕데신(龍王大神) 선왕데신임(船王大神-)네, [요령] 요왕 황제국님광, [요령] 몸받은 선왕일월님(船王日月), [요령] 부르건 들저 웨건 들저 허시는디, [요령] 주야주야 장삼 없는 중이 어디 잇겟느냐. 혼 침 질룬 굴송낙, 두 침 질은 비랑장삼, 금바랑 옥바랑, 둘러데멍 오리정 신청궵네다.

∥ 줓인석 ∥ [심방이 요령을 흔들며 문전으로 향해 간다. 요령을 데령상에 놓고 데령상 앞에 놓여 있던 장삼(치마)을 집어 들어 고쳐 잡고 자리에 쪼그려 앉는다. 좌우로 흔들다가 일어나서 신자리로 가며 팔을 흔든다.]

∥ 감장 ∥ [왼감장, 오른감장을 돈다.]

∥ 줓인석 ∥ [자리에서 껑충 뛰어 앉으며 바닥을 친다. 일어서서 신자리를 돌며 장삼을 입는다. 문전을 향해 간다. 데령상 옆에 있던 깃발(선왕기)을 들고 휘돌린다. 신자리로 걸어간다. 깃발을 휘돌리며 신자리를 크게 돈다.]

∥ 감장 ∥ [왼감장, 오른감장을 돈다. 자리에 앉았다 일어선다. 깃발을 제상 옆에 세운다. 문전으로 가서 데령상에 있는 요령과 신칼, 그리고 바랑을 집어 든다.]

∥ 줓인석 ∥ [양손에 신칼과 바랑, 요령을 나누어 잡고 바랑을 치며 신자리로 걸어간다. 바랑을 치며 신자리를 돈다.]

∥ 감장 ∥ [왼감장, 오른감장을 돈다.]

∥ 수룩 ∥ [양손 모아 제상을 향해 허리 숙여 절을 한다. 바랑으로 수룩장단을 치며 신자리를 돈다.]

∥ 감장 ∥ [바랑을 치며 왼감장, 오른감장을 돈다.]

∥ 줓인석 ∥ [바랑을 치며 제상을 등지고 쪼그려 앉아 바랑을 뒤로 던지며 바랑점을 본다.]

‖중판‖[제상을 향해 돌아 앉아 요령을 흔든다. 신칼점을 본다. 제상을 향해 고개 숙여 절을 한다.]

■ 초감제＞신청궤＞군웅청함＞덕담

[북(정공철), 장구(문병교)][심방이 송낙을 벗은 뒤에 이멍걸이를 풀어 다시 머리에 고쳐 묶는다. 이때 소미 정공철과 문병교가 소리를 한다. "어 어~ 넉사로다. 말이야 뒈야. 어~ 산 넘어간다. 물 넘어간다. 어~ 산 넘어간다. 물 넘어간다."]

(김순아 : 잘덜 헴져.)

[소미 김순열이 웃는다. 심방도 웃는다.]

(김순아 : 그거 무신 아니 남즈 목청덜이 득신득신 게염지⁸⁹¹⁾ 죽어가는 소리 フ추룩, 원 세상에.)

[소미들, 심방의 소리에 맞추어 북, 장구를 친다.]

어리소-. 아이고 지치고 다쳣구나. [심방이 송낙을 다시 쓴다.] 보리떡에 시미쳣구나. 야 광대(廣大)도 지쳣구나. 울랑국⁸⁹²⁾도 지쳣구나. 야 범천왕⁸⁹³⁾도 지쳣구나. 팔제 궂인 유학형제간(幼學兄弟間)에 설우시던 아지바님네 설운 나 조케 나 형제간, 오널 아침 이거 다섯 시에 오랑 오널 두드리젠 허난, 지쳣구나. 야- 본주(本主) 단골님네는 일 년 열두 둘 ㅁ음 정성 드려 오널 영, 요왕 헤신제 허영 올 금년 열두 둘, 집안이나 펜안(便安)허고 ㅁ을이나 펜안허곡 요왕 선왕질이나 펜안헤줄 건가 허영, ㅁ음 성심 허영 오랑 기다리고 앚앙(앉아) 보곡 사서 기데련, 야 단골님네도 보젠 허난 지쳣구나. 신이 아이도 이거 들러키구정⁸⁹⁴⁾ 허영 들러킨⁸⁹⁵⁾ 게 아니라,

---

891) 개미.
892) 북.
893) 징.
894) 날뛰고자.
895) 날뛴.

조상에 덕으로 신력으로 이거 간장간장 ᄆ친 간장 풀리젠 허난, 신이 아이도 들러키젠 허난 지쳣구나. 야 이거 요왕도 놀저 선왕도 놀저허는구나. 야 요왕 황제국님도 놀저허는구나. 이거 영등데왕 영등부인 이거, 삼진 초정월이라 안직은 영등할망 영등하르방 들어오진 아녓수다만은 헤도, 야 요왕 혜신제로구나. 간장간장 ᄆ친 간장 ᄆ친 시름이랑, 어서 풀려 놀저 허는구나. 베에 사름은 날이 좋아도 넬 넬허고 비가 오라도 넬 넬 허건만은, 우리 원전싱 팔제(八字) 궂고 ᄉ제(四柱) 궂인 신이 성방덜은, 날이 좋아도 어제 오널로 놀고, 비가 오라도, 어제 오널로 어서 놀자허는구나.

‖덕담‖[심방이 소리를 하면 소미들이 "좋다."라고 추임새를 넣는다.]
어제 오널 오널이라
날도나 좋아라 오널이라
돌도 좋아라 오널이라
날도나만은 가실쏘냐
구름산도 놀고 가저
ᄇ름산도 놀고 가저. [자리에서 일어나서 춤을 춘다.]
앞밧데는 남서당 놀고
뒷밧데는 여서당 놀고
월메(月梅)나 ᄯᆞᆯ 춘향(春香)이도
이도령 쿰(품)에서 놀건만은
이네 ᄀᆞ뜬 ᄉ줄러라
이네 ᄀᆞ뜬 팔절러라
셍겨나드리자 호설러라
셍겨나드리자 호설러라
군눙일월 넉신몸주
제왕제석
강남 가면 황저군눙

일본 가면 스저군눙

우리나라 데웅데비 서데비

놀던 조상 일천 간장 풀령 놉서.

일천 시름 풀령 놉서. [이때 마을 포제의 삼헌관이 와서 제상에 절을
한다.]

셍겨나 드리자 호설러라.

셍겨나 드리자 호설러라.

군눙하르바님 천앙제석

군눙할마님 지왕제석

군눙아바지 악수게남

군눙어머님 헤수게남

아덜이사 낳는 것이

하나 두 개 삼형제 솟아난다.

큰아덜은 낳아다가

동이와당 진도 밧지

둘찻 아덜은 낳아다가

서이와당 진도 밧지

족은아덜 혼녁 궂인 팔잘러라.

혼녁 궂인 스줄러라.

혼침 질른 굴송낙에

두침 지른 비랑장삼

줄줄 누벼라 상록바지

줄줄 누벼라 상록저구리

혼 착 손에는 금바랑을

손에 들렁

혼 번을 뚝딱 치면 강남 가면 황저군눙

일본은 가면 ᄉ저군능
우리나라 데웅데비 서데비에
놀던 조상
일천 간장 풀령 놉서.
일천 시름 풀령 놉서.
ᄆ친 간장 풀령 놉서.
[신칼점]

아이고 고맙수다.
[연물이 그친다. 심방은 앉은 채로 단골들을 돌아보며 말한다.] 오만 간
장이 쯔ᄂᄂᄂᄂᄂ허게 ○○. [단골들, "고맙수다." 하고 두 손을 모은 뒤에
절한다. 단골 몇몇이 춤 한 번 추겠다고 하자 심방이 그러라고 한다.]
야 이거 요왕 헤신제로구나. [요령][북(정공철), 장구(문병교)][북, 장구
를 잠깐 친다.]
이거 혼 가정일 ᄀ뜨민896) 이거 그 집이 초상도 거니리곡897) 초상 간
장도 풀리곡 허주만은, 이건 ᄆ을일이고, [요령] 각성바지 ᄌ순덜 요왕 선
왕질이로구나-. [요령][북, 장구]
야 이거 요왕 황제국님에서 이거, 헤녀 어룬덜 어부덜 일년 열두 둘 벌
어먹은 역게라, ᄌ순덜 이거 펜안허게 헤여줍서 ᄌ순 요왕 선왕질덜 발
롸줍센 허고, 제물 번성 금전 번성 나수와 줍서. 영 허여근에 [요령-] 그
자 오널 헤신제로, 간장간장 ᄆ친 간장을 설설이 풀려 놀라고 허는구나-.
[-요령][북, 장구]
야 요왕 선왕님네도 간장간장 ᄆ친 간장이랑, 설설이 풀령 놉서-. [요
령][북, 장구]

896) 같으면.
897) 언급하고.

‖ 덕담 ‖ [북(정공철), 장구(문병교)]

셍겨나 드리자 호설러라.

셍겨나 드리자 호설러라.

묵고묽은 선앙일월

동이와당 광덕황에 놀던 선앙

서이와당 광신요왕 놀던 선앙

남이와당 청요왕에 놀던 선앙

북이와당 흑요왕 놀던 선앙

게금산도 요왕국님

적금상도 요왕국님

동경국에 데왕님광

세경국에 부인임도

요왕데신 선앙데신

ᄆ친 간장 풀령 놉서.

[신칼점]

ᄆ친 시름

[노래를 그친다.] 아이고 고맙수다. 선앙일월님네도 네 ᄌ순 네 숭[898]을 볼 수가 잇겟느냐. 이제 영급 잇고 신력 잇고 이제, 눈이 묽은 선앙이라 귀가 묽은 선앙이라 입이 묽은 선앙이라 영급 잇던 선앙임네도, 간장간장 ᄆ친 간장도 설설이 풀려 놀라 허는구나. [북, 장구]

선앙이 덕으로 만만 ᄌ순덜 행궁발신(行窮發身)허는 ᄌ순이라 금년은 이거 이천십년도 나는 헤에, 야 정혜년[899]이로구나. [북, 장구]

이거 일 년 열두 둘 삼벡육십오일 아닙네까 어느 혜각(海角)에서 사는

---

898) 흉.

899) '경인년(庚寅年)'의 잘못.

사름덜은 헤각에서 벌어먹곡, 어느 산에서 벌어먹는 즈순덜은 산에서 벌어먹곡 영 허는 즈순덜이라, [북, 장구]

야 헤녀 어룬덜이로구낭-. [북, 장구]

아끈 망사리 한 망사리 아끈 빗창 한 빗창 들러짚엉 저 바당에 들어가면은, 야 동으로 들엉 서으로 나곡 서으로 들엉 동으로 나곡 든물 섬에 난물 섬에 벌어먹은 역게덜, 야 금년이라근에 그자 바당 곡석(穀食)이라도 그자, 만사 풍년 시겨줍서-. [북, 장구]

그자 모두 그자 영등하르 영등데왕 영등부인임에서 그자, 씨랑 오랑 갈 떼랑 그자, 정월 그뭄날 오라근엥에, 보름날 나갈 떼라근에 그자 구젱이900) 씨도 뿌려주곡 전복씨도 뿌려주곡 그자 모도 오분제기씨도 뿌려주곡 소라씨도 뿌려두곡 그자, 메역씨여 정곡쎄여, 야 이제 톨씨여, 야 우미씨도 다 뿌려동 돌아삽서-. [북, 장구]

갈 떼랑 ᄆᆞ을에 부자 팔명 시겨두곡 허영 만섬 곡석 야 바당 곡석 그자 풍성 시겨 줍서-. [북, 장구]

[신칼점] 그자 이 군문 안느로(안으로) 그자 금년이랑 [신칼점] 아이고 고맙수다. [북, 장구]

그자 요왕데신 선앙데신임네도 간장간장 ᄆᆞ친 간장이랑 설설이 풀려근엥에, 이거 만민즈순덜 아닙네가. 게장님 이거, 김씨로 예순둘님 몸받은 선앙이로구나. 야 ᄆᆞ을 이장이로구나 성은 김씨로, 야 ᄀᆞ디에 이거 쉰은 일곱 몸받은 선앙임, 야 잠수훼장이로구나 강씨로, 야 예순세 설 몸받은 선앙이로구나. [북, 장구]

선앙은 다 똑 ᄀᆞ뜬 선앙이난 그자, 야 성은, 야 강씨로 ᄀᆞ디에 서른, 야, 잠수훼장님네영 몸받은 선앙임네영, 야 감사원입네다 김씨로 ᄀᆞ디 ᄀᆞᆯ 쉰은 몸받은 선앙님네광, 야 총무로구나 이씨로 쉰다섯 설광, 야 문씨로 ᄀᆞ

900) 소라.

디 이씨로 ▽디 쉰네 설광 ▽디에, 야 설으시던 김씨로 ▽디 예순넷님광 김씨로, 야 이른다섯 설광 ▽디, 야 강씨로 이른다섯 이른넷님 ▽디, 김씨로 예순둘님광 박씨로 예순하나 윤씨로 예순훈 설이영 현씨로 쉰다섯, 야 양씨로 예순 쉰셋님광, 오씨로 ▽디 쉰두 설 몸받은 선앙이로구나. [북, 장구]

야- 고씨로 쉬은두 설광, 야- 설우시던, 야- 줌수훼 윤씨로 ▽디에-, 김○수 ᄋ든ᄋ섯 몸받은 선앙이로구낭-. [북, 장구]

한씨로 한○주 야 ᄋ든넷 몸받은 선앙이로구나 이씨로 ᄋ든넷 몸받은 선앙이로구나. 손씨로 ▽디 ᄋ순두 설 몸받은 선앙이로구나. 야 이씨로 이른에 이른아홉 몸받은 선앙이로구나. 야 손씨로 ▽디 이른ᄋ듭 몸받은 선앙, 야 우씨로 이른일곱광, 고씨로 이른일곱 몸받은 선앙이로구나. [북, 장구]

야 이씨로 이른ᄋ섯 몸받은 선앙이로구나. 야 김씨로 이른ᄋ섯 몸받은 선앙 김씨로, 이른셋 몸받은 선앙이로구나. 야 한씨로 이른하나 몸받은 선앙 예- 김씨로 이른하나 몸받은 선앙이로구나. 예 김씨로 예순ᄋ듭 몸받은 선앙, 예 현씨로 예순일곱 몸받은 선앙이로구낭-. [북, 장구]

야- 한씨로 ▽디 예순ᄋ섯 몸받은 선앙, 손씨로 예순ᄋ섯 몸받은 선앙 현씨로, 예순다섯 몸받은 선앙이로구나 김씨로, 예순둘 몸받은 선앙이로, 간장간장 ᄆ친 간장 설설이 풀령 놉서. [신칼점][북, 장구]

이 군문길 일천 간장 다 풀령 놉서. [신칼점][신칼점][북, 장구]

야 이 시름 단골님 다 멘송(免送)시겨근에 [신칼점] 군문 안네, [신칼점] 야 고맙수다-. 야 성은 이씨로 ▽디 쉬은두 설 몸받은 선앙, 김씨로 ▽디 ᄀᆮ 쉬은 몸받은 선앙님광, 야 계원(契員)덜 뒙네다 김씨로 ᄋ든일곱님광 강씨로 ᄋ든일곱님광 ▽디에, 야 임씨로 ᄋ든다섯 몸받은 선앙님광 우씨로 ᄋ든둘님 몸받은 선앙님광, 야-, 문씨로 ▽디에 이른 이른아홉 몸받은 선앙님광 이씨로 이른ᄋ듭, 몸받은 선앙님광 성은 한씨로 이른일곱님광

한씨로 이른일곱, 몸받은 선앙이로구낭-. [북, 장구]

야 양씨로 예순아홉 몸받은 선앙님광 김씨로 예순ᄋ섯님 몸받은 선앙 김씨로, 예순하나 몸받은 선앙님광, 야 김씨로 쉬은, 쉬은두 설 몸받은 선 앙이로구낭-. [북, 장구]

야- 서기(書記)로구나 서기, 야 성은 정씨로 ᄀ디 김씨로, 야 마은아홉 몸받은 선앙이로구낭-. [북]

야 ᄀᆮ ᄋ든 이른일곱, 이른ᄋ듭님과 이른셋 몸받은, 선앙님네도 간장간 장 ᄆ친 간장이랑 설설이 풀령 놉서-. [신칼점][북, 장구]

■ 초감제>신청궤>군웅청함>서우제소리

아이고 고맙수다-. 초상 간장 풀렴시면은 ᄌ순 간장 풀리는 법 아닙네 까. ᄌ순 간장 풀렴시민 조상 간장도 풀리는 법 아닙네까. 몸받은 선앙 일 월님네랑, 간장간장 ᄆ친 간장이랑 어기여차 닷감기소리로 일천 간장 설 설이 풀령 놉서-. [북, 장구]

‖ 서우제 ‖

어어양 어어어양 어야도야 놀고나 가자. [소미 김순열, 심방이 어깨에 걸친 군웅치메를 풀어낸다.]

아아아 아아하양 어허어양 어허어요 [심방, 일어서서 노래한다.]

놀고 가자 놀고 가자 일천 간장을 풀령 놀자 [요령]

아아아 아아하양 어허어양 어허어요 [단골들은 앉아서 후렴을 따라 부 르다가 한 둘씩 나와 춤을 추기 시작한다.]

초상 간장 풀렴시민 ᄌ순 간장도 풀립네다

아아아 아아하양 어허어양 어허어요

놀고 가자 놀고 가자 오널날로 놀고 가자

아아아 아아하양 어허어양 어허어요

몸을 받은 신주선앙 일천 간장을 풀령 놉서

아아아 아아하양 어허어양 어허어요

요 장단에 춤 못 추면 어떤 장단에 춤을 추리

아아아 아아하양 어허어양 어허어요

요 때는 못 놀면은 어떤 때를 놀아나 보리

아아아 아아하양 어허어양 어허어요

선앙이 본초(本初)가 어델런고 요왕에 본초가 어델런고

아아아 아아하양 어허어양 어허어요

서울이라 허정싱(許政丞)이 유정싱(柳政丞)도 사옵데다

아아아 아아하양 어허어양 어허어요

아덜이사 낳는 것이 하나 두 개 일곱 성제 솟아난다.

아아아 아아하양 어허어양 어허어요

큰 아덜은 낳아다가 서울이라 삼각산(三角山) 츠지

아아아 아아하양 어허어양 어허어요

둘찻 아덜은 낳아다가 충청도라 게룡산(鷄龍山) 츠지

아아아 아아하양 어허어양 어허어요

셋찻 아덜은 낳아다가 강안도(江原道)라 금강산(金剛山) 츠지

아아아 아아하양 어허어양 어허어요

다섯차는 낳아다가 우리나라 동보산 츠질러라

아아아 아아하양 어허어양 어허어요

오섯차는 낳아다가 목포나 유달산(儒達山) 츠질헌다.

아아아 아아하양 어허어양 어허어요

일곱차는 낳아다가 오소리 잡놈이 뒈엿구나.

아아아 아아하양 어허어양 어허어요

망만 부뜬901) 데페렝이 짓만 부뜬 베 도폭(道袍)에

---

901) 붙은.

아아아 아아하양 어허어양 어허어요

혼 뿜902) 못헌 씹감초만 모든 일에 피왓구나.

아아아 아아하양 어허어양 어허어요

일곱 동서(同壻) 거니려근 구경 좋다 제주 와당

아아아 아아하양 어허어양 어허어요

할로산(漢拏山)은 장군선앙(將軍船王) 뒈밋곳은903) 도령선앙(道令船王)

아아아 아아하양 어허어양 어허어요

정윗곳은 도령선앙 데정꼿은 각시선앙

아아아 아아하양 어허어양 어허어요

선을꼿은904) 아기씨 선앙 일천 간장 풀령 놉서.

아아아 아아하양 어허어양 어허어요

요 궁둥이 놓앗다근 밧을 사카 집을 사카

아아아 아아하양 어허어양 어허어요

초상 간장 풀럼시면 즈순 간장도 풀립네다.

아아아 아아하양 어허어양 어허어요

ᄆ를ᄆ를 ᄆ를이여 혼 ᄆ를라건 장단에 놀자.

∥줓인석∥[북(정공철), 설쉐(김순열), 데양(문병교)][장단이 빨라지자 심
방은 노래를 중단하고 "으싸으싸", 혹은 "허허" 하면서 춤을 춘다. 단골들
도 빠른 장단에 맞추어 춤을 춘다. 한참을 이와 같이 하고 난 뒤에 심방
은 단골들에게 절하라고 한다. 단골들 절하고 물러난다.]

∥늦인석∥ 초상에서~, [신칼점] 아이고 고맙수다~.

[앉은 채로 단골들에게 말한다.]

---

902) 뿜.
903) '뒈밋곳'은 남원읍 위미리 일대의 깊은 숲.
904) '선을꼿'은 조천읍 선흘리 일대의 깊은 숲.

(김순아 : 초상에서 막 풀어졈수다. 만족허덴.)
[잠시, 심방과 단골들 사이에 대화가 오간다.]

■ 초감제>신청궤(계속)

요왕 선앙~, 헤신제로~, 오리정 신청궤 신메와 잇십네다~. 짓알로 도
느리며~, [일어선다.] 시왕 삼처서 시관장님, 간 이 영신 온 이 마을, 신
공시 옛선셍님꼬지 오리정 신청게웨다~.

‖중판‖[공싯상에 두었던 신칼을 들고 되돌아서서 왼쪽 신칼치메를
어깨에 올렸다 양손 모아 내리며 문전으로 간다. 문전에 이르러 데령상
위에 놓인 쌀사발을 들고 "아헤 어어~." 소리하며 신칼로 쌀을 떠서 바
깥으로 흩뿌리기를 몇 차례 반복한다. 오른쪽 신칼치메를 어깨 위로 올렸
다가 내려 왼쪽 신칼치메를 오른팔에 걸치고 오른쪽으로 뒤돌아서서 안
으로 들어간다.] 신청게로딜~, 살려옵서. [제상 앞에 이르러 왼쪽 신칼치
메를 내리고 오른쪽 신칼로 쌀을 떠서 제상 위로 흩뿌린다. 연물과 신자
리에도 이와 같이 한다. 그동안에도 말명을 하지만 연물소리에 묻혀 알아
듣기 어렵다. 쌀사발을 공싯상에 내려놓고 신자리에 쪼그려 앉아 신칼점
을 시작한다.]

‖늦인석‖[북·설쒜(정공철), 데양(문병교)][신칼점을 계속한다.] 야~
간 이 영신 온 이 마을~, 모다덜(모두들), 떨어진 신전 엇이덜, 신공시 옛
선셍님네도, 울랑국 시름 시끄던 선셍님네, 고맙수다. [신칼점을 멈추고
일어선다.] 자리 비게 놀던 선셍님딜, 모다, ○○○○허던 선셍님딜 오리
정~, 신청게 신메와 잇십네다.

■ 초감제>팔만금세진침

가던 신전임이 오는 듯, 오는 신전임이 가는 듯, 남정중여화중905) 몰라
옵니다~. 앞이 올 신전임은 두이 오저 두이 올 신전임은, 앞이 오저 선후

도착(先後倒錯) 만만헙네다~. 팔만진(八萬陣)도 치라 구만진(九萬陣) 허믄 그리 말고~, 하늘옥황 금정 옥술발 ᄌ절영끼 신감상 둘러받아, 팔만진 구만진도 치레 갑네다─.

‖중판‖[김순열(평상복)][김순아 심방, 요령을 김순열에게 넘겨준다. 김순열은 감상기를 양손에 나누어 잡고 오른손에는 요령을 든다. 문전에서 감상기로 신을 안으로 청하여 들이는 모양을 한다.]

‖감장‖[감상기를 세워 들고 요령을 흔들며 신자리로 간다. 신자리에서 한 바퀴 돈다.]

‖중판‖[제상 앞에서 감상기를 좌우로 몇 차례 흔든 다음 한 걸음 물러나 허리 숙여 절하고 물러난다.]

■ 초감제>정데우

팔만진~, 구만진 억만진 쳤더니만은, [김순열이 감상기를 가지고 문전으로 가려고 하자 제상을 가리키자 김순열이 다시 감상기를 제상 앞으로 가지고 간다.] 오고 보난~, [김순열, 감상기를 메에 꽂고 물러난다.] 앚을906) 제 살 제 몰라옵네다. 우(位) 골르고 좌(座) 골르난 오고 보난 앚일 제 살 제 몰라옵네다. 철년 먹고 말년 살을…….

[김순열에게 말한다.]

(김순아 : 저거 또 시리레907) 강 찔르지 웨 밥드레 강 찔르느냐?)

[단골들 웃는다. 김순열, 문전에 있던 데령상을 공싯상 옆으로 옮겨놓고 감상기를 다시 시루떡에 꽂아놓는다. 심방은 다시 김순열에게 말한다.]

(김순아 : 잘 보멍. 와리지908) 말앙. 촌촌허게 허영. 저 불 멩심허곡.)

---

905) 남정중화정여(南正重火正黎).
906) 앉을.
907) 시루떡에.
908) 덤비지.

우 골르고 좌 골르고 오고 보난, 앞일 제 살 몰라 옵네다. 철년 먹고 말 년 살을 금강머들 쏠정기 들러, [소미 김순열, 쌀알을 집어 제상 위로 흩 뿌린다.] 우 앞지고 자 앞지난 오고 보난 부정이 만만허고 스정이 만만헙 네다. [김순열, 향로를 들어 제상 위에서 휘돌린다.]

[심방, 단골들에게 말한다.]

(김순아 : 절덜 오랑 헙서. 서이썩 오랑양.)

부정 스정은 신가이고 나카이난~, 묵고 청랑헐 듯헙네다.

■ 초감제>ᄌ순역가·소지원정

이거 ᄌ순덜 일년 열두 둘, [김순열, 역가상을 신자리로 내놓는다. 단골 넷이 함께 나와 1배 한다. 김순열이 역가상을 가까이 들면 단골들이 손을 모아 바치는 모양으로 살짝 밀어내기를 세 차례 한다.]

(소미 김순열 : 세 번만 절헙서.)

[단골들 다시 3배를 한다.]

원정 축원 올려 잇십니다.

[김순열에게 말한다.]

(김순아 : 소지 석 장만 드려. 넉 장.)

ᄌ순덜 불러앚져근, 소지 원정입네다. 이 소지는~, [김순열, 단골들에 게 소지를 나누어 준다.] 에와909) 들저 허뒈 에울 성방 엇고 고갈허저910) 허뒈 고갈 성방 엇십네다. 하늘 옥항 연주문 지부찌건, 멩(命) 제긴 잔 멩 도 제겨줍서 복도 제겨줍센 혜여근,

[김순열에게 말한다.]

(김순아 : 산판이나 이레 도라.)

[단골들에게 말한다.]

---

909) 외워.
910) 고하고자.

(김순아 : 영 절덜 허여근에 소지덜이랑 알드레 놔도근엥에911)…….)

영 허민~,

[단골들 소지를 내려놓는다. 심방이 단골들에게 말한다.]

(김순아 : 절덜 허여동.)

[단골들 일어서서 절한다.]

(김순아 : 앞드레 놔근~.)

[산판점] 고맙수다 게민~,

[단골들 소지를 다시 집어 들고 문전으로 가서 소지를 한곳에 모아두고 물러난다. 심방이 단골들에게 말한다.]

(김순아 : 절덜 헙서, 이제랑.)

[김순열이 단골들에게 손짓하며 말한다.]

(김순열 : 이레덜 옵서.)

[신칼점] 영 허민 허여근, 오널 요왕 혜신제로 옵센 청혜영 이거 금년, [다시 단골들이 차례로 짝을 지어 나와 역가상을 바치고 절한 다음 소지를 들고 물러난다.] 이천십년도, 정혜년 나는 헤 일년 열두 둘, 날로 삼백육십오일 바당질 스망 일러준다 허건, [산판점] 고맙수다 고맙수다. [신칼점][신칼점] 동네도 펜안허고, [신칼점] 무을에도 펜안이나 허곡……. [신칼점]

[단골들을 돌아보며 말한다.] 영 떨어진 초상 엇이 믄 오노렌912) 헴수다양. 게난, 그자 물로 이른 몸덜이라 소소헌 일덜이야 엇입니까만은 그자, 일 년 열두 둘 날로 삼백육십오일 브름 아이913) 불어도 못 사는 거고양. 이제 비가 아니 오라도 못 사는 거고 게난, 비 올 떼도 잇곡 날 졸 떼도 잇곡 브름 부는 날도 잇고 이제 브름 아이 부는 날도 잇고 허난 무을

---

911) 놔두고는.
912) 오노라고.
913) 아니.

안네 미신 소소헌 일덜사 엇입니까만은 그자, 바당질이나 ᄆ을이나 펜안 허건 그자 초상이 덕인가 영 협서예. 큰 굿인 일은 엇엄직허우다914) 영 모든 게 초상안틴915) 비는 인간안틴 지는 법이난 그자, 말제랑 무신 돈을 하영916) 올립센 허는 것도 아니고 떡 밥을 하영 올립센 허는 거 아니난, ᄆ음 성심이 빈 찬물을 혼 그릇을 떵 올려도 이, 굿을 ᄆ끌(마칠) 떼ᄁ지 라도 정성을 드립서. 무신 돈 하영 올렷다고 복을 주는 거 아니우다. 돈을 아니 올려도, 정성을 드려야. 이 비록에, 빈 찬물을 혼 그릇 떵 올려도 정 성만 드리민 그게 복을 주는 거난 ᄆ끌 떼ᄁ지라도 막 정성 드령 ᄆ음 먹 엉 혜주민 동네도 펜안헐 거고 이제, 이녁이 펜안헴시민 동네도 펜안허고 동네가 펜안헴시민 이녁 집안도 펜안허고 영 허난 모든 것이 다 펜안헴직 허우다 올리는,917) 바당질에도 섭섭친 아녀쿠다양. 넘언헤918) 담지 아녀 쿠다. 게난 잘 허영 정성 드려봅서 말제랑 엑이나 잘 요왕질이나 잘 치곡, 이제 엑이나 잘 막곡, 선앙풀이 혜근엥에,919) 바당으로 베 잘 놓곡 끗조 종 잘 허곡, 이 굿 ᄆ깡920) 오일 닷세 칠일 일뤠 그자 ᄆ을 정성만 잘 드 립서. ᄆ을 정성만 드리면은, 큰 우환이나 무슨 울고 ᄀ물고 엑헐 일은 엇 엄직 허우다양. 잘 허영 초상에서 잘 이제 신수퍼사노렌921) 헴수다.

[제상 쪽으로 돌아앉아 말명을 한다.] 불법(佛法)은 우주(爲主)웨다. 불 법이랑, 츠츠이츠, 이거 초감제에 오리정 신청궤에, 떨어진 신전임네랑 초 상계 연드리, 천하 금공서, 설운 원정드레, 도올려 드립네다에-.

[다시 단골들을 돌아보며 말한다.]

---

914) 없을 듯합니다.
915) 조상한텐.
916) 많이.
917) 올해는.
918) 지난해.
919) 해서.
920) 마쳐서.
921) 내려선다고.

이젠 요왕맞이 허연 이젠 이거 본향까지 들어서양. 영 허난 이제, 영 허영 권메장[922] 허곡, 이제 나께시리 도전 놀리곡 헤 나민 이제 요왕질 치곡, 이제 추레추레 ᄀ랑니 잡아가듯 ᄌᄀᆫᄌᄀᆫ ᄌᄀᆫᄌᄀᆫ 헐 거난 와리지덜랑[923] 맙서양.

(단골들 : 예.)

심방ᄀ라 굿 제게 아념져. 이제 영 허지 말앙 ᄀ만이 나두민 나가 다 알아근엥에, 소미덜 시길 건 소미덜 시기곡 나 데로 헐 굿은 나 데로 허곡 허영 이거 이거 어떵 헌 일이꽈. 놈은 간단헤 베여도양[924] 일년 열두 둘 정성을 드령 허는 일인디, 다 심방도 정성 드령 헤여줘살 거 영 허난, 그데로 알앙 헙서 게민 관찬염직[925] 허우다.

[심방 일어나 물러나 무복을 벗는다. 이때쯤에야 단골들 역가 바치고 소지원정 올리기가 끝난다.]

신흥리 잠수굿 초상계·추물공연

자료코드 : 10_00_SRS_20100226_HNC_KSA_0001_s12
조사장소 : 제주특별자치도 제주시 조천읍 신흥리 539-1번지(어촌계창고)
조사일시 : 2010.2.26
조 사 자 : 허남춘, 강정식, 강소전, 송정희
제 보 자 : 정공철, 남, 51세
구연상황 : 초상계는 초감제에 떨어진 신을 재차 청하는 의례이다. 추물공연은 제장에 모신 신들에게 차려놓은 정성을 받으라고 권하는 의례이다. 초상계와 추물공연은 별도의 의례이지만 한 심방이 맡아 중복되는 제차를 생략하며 진행한다. 이를 두고 흔히 '얼러' 한다고들 한다. 정공철이 평상복 차림으로 진행하였다.

---

922) 추물공연. 신에게 차린 제물을 권하는 의례.
923) 서두르지는.
924) 보여도.
925) 괜찮음직.

초상계는 신자리에 앉아 반주 없이 말미를 한 뒤에 장구를 치면서 베포도업침→날과국섬김→연유닦음→군문열림→살려옵서→금세진침→정데우→제차넘김 등의 순서로 진행하였다. 추물공연은 초상계에서 이미 날과국섬김, 연유닦음 등을 했으므로 이를 생략하고 바로 공연으로 들어갔다. 이어 비념을 하고, 주잔넘김, 제차넘김을 하여 마무리하였다.

초상계·추물공연

■ 초상계·추물공연

[정공철(평상복)]

■ 초상계·추물공연>초상계>말미

[신자리에 장구를 앞에 두고 앉아 몇 번 치고 말명을 시작한다.] 오늘 마을제 혜신제 요왕 선앙제로에~, 초감제 연드리로, 옵서옵서 청헌 신전임~, 우(位) 앞지고 좌(座) 앚져 잇습네다~. 초감제에 연드리, 옵서 옵서 청허난 떨어지고 낙루(落漏)헌 신전임은~, 초상계 연드리로 옵서 청허저

협네다~. 금동 탈 임신 금동 탑서. 옥동 탈 임신 옥동 탑서. 마니 연등 쌍도로기, 호성메 둘러타멍, 초상계 연두리로, 호호 허며 제청드레, 살려 덜 오넙소서~.

■ 초상계·추물공연>초상계>베포도업침
[장구를 치기 시작한다.]
천지로다~.
천지가 혼합이 뒈엿구나~.
천지혼합 제이르니 천지가 게벽(開闢)이 뒈여온다.
요 하늘엔 밤도 왁왁926) 일무꿍927) 낮도 왁왁 일무꿍 뒈여올 떼~
상갑자원년(上甲子元年)
갑자월 갑자일 갑자시에~
하늘 머리 지두투고 을축년은 을축월 을축일 을축시에~
땅이 머리 지모두고 지느릴 떼~
하늘론 청이실 네립데다~
땅으로는 흑이실 솟아나니 천지중앙으론
황이실이 네리니 하늘광 땅 세에928) 떡징ᄀ치929) 곱이 난다~.
갑을동방(甲乙東方)으로
늬엄930) 들렁931) 경진서방(庚辰西方)으론
야게932) 들르고

---

926) 깜깜한 모양.
927) 한 묶음.
928) 사이에.
929) '떡징'은 시루떡을 찔 때 소를 넣어 뗄 수 있게 한 층계.
930) 잇몸.
931) 들어서.
932) 목.

벵오남방(丙午南方) 놀겔 치고 헤저북방(亥子北方)으론~

활겔 치니~

동성게문(東星開門) 도업

서성게문(西星開門) 초경 이경 삼경이 게문허니~

요 하늘 데명천지 붉읍데다~.

잉언933) 이도 삼하늘 드든934) 이도 삼하늘 삼십삼천 서른세 하늘 도업을 제이르니~

갑을동방으론

천오성(牽牛星)이 뜨고

에저(亥子) 경진서방으론

직녀성(織女星)이 뜬다.

남방으론 노인성(老人星) 북방으론~

테금성 삼테육성(三台六星)~

일곱 칠원성군님 도업을 제이르니~

천지왕도 도업

지부왕도 도업

정허영은

총명부인 서수암이

데별왕 소별왕 도업을 제이르니~

요 하늘은 헤도 둘이 뜨고

둘도 둘이 뜨고 오니~

낮잇 벡성 어~ 줏아 죽고

밤잇 벡성 얼어 곳아 죽어갈 떼

데별왕 천근 활에 벡근 살 원이 둥둥 저울영

---

933) 인[戴].
934) 디딘.

앞에 오는 일광

생겨 두고 뒤에 오는 일광은 마쳐다가~

동이와당 진도 밧젤 허고

소별왕 천근 활에 벡근 살 원이 둥둥 저울영

앞에 오는 월광

생겨두고

뒤에 오는 월광은 마쳐다가

서에와당 진도 밧젤 허니

요 하늘에

헤도 ᄒ나 둘도 ᄒ나 뜨고 온다.

셍인(生人) 불러 귀신 데답허고

귀신 불러 셍인 데답허고

산천초목 들짐승 오조조조 말을 허여 오니

데별왕은 소별왕 송피ᄀ를935)을

서말 서리 허여

동서남북 허트니 인간 ᄌ손 말을 허고

산천초목 들짐승 세가936) 절어 말 못 ᄀ게 허던

남정중화정려(南正重火正黎) 도업을 제이르니~

천앙씨도 도업

지왕씨도 도업

인왕씨 은왕성탕(殷王成湯) 주문왕(周武王) 풍성(風姓) 강성(姜姓) 이성(姬姓)

열다섯 십오성인 도업을 제이르니~

천앙베포 도업

---

935) 송피(松皮) 가루.
936) 혀가.

지왕베포 도업

인왕베포 도업을 제이르니~

산베포 물베포 왕베포는 국베포 신베포 원베포 제청신도업 제이르자.

■ 초상계·추물공연＞초상계＞날과국섬김

날이웨다

날은 갈라 어느 날 둘은 갈라 어느 전 둘입네까

올금년 헤론 갈릅기는

이천십년도

경인년 상정월둘

오널은 열사을날

마을 헤신제 요황 선앙제로

제청을 서립허기는

어느 ᄀ을 어떵 헌 ᄌᆞ손덜이

이런 공섯말씀 올리느냐 영 헙기는

국은 갈라 갑네다 헤턴 국도 국이요 둘튼 국도 국이웨다

동양삼국

서양각국 주리팔만 십이지제국인데

강남 들어 천자국 일본 들어 주년국 우리나라~

천하헤동은 데한민국인데

여~ 첫서울 송도(松都) 게판허고

둘차는 시님 서울

싯찬937) 게성(開城) 서울

닛차는938) 동경(東京) 서울 다섯차는

---

937) 셋째는.

938) 넷째는.

우리나라 이태왕(李太王) 국이 덩덩헐 때

즈부 올라 상서울 안동 밧골 자동 밧골

먹자골은 수밧골 모시정골

불탄데궐 마련허니

경상도는

칠십칠관이고

전라돈 오십삼관 충청도 삼십삼관인데

일제주(一濟州)는 이거제(二巨濟) 삼남혜(三南海) 스진도(四珍島) 오강화
(五江華) 육환도(六莞島) 중에

그중 제일 큰 섬 탐라(耽羅) 제주웨다.

어~ 산은 보니 영주(瀛洲) 한라산(漢拏山)

물은 보니 황혜수(黃海水) 땅은 보니~

금천지 노고짓땅입고

장광척수(長廣尺數) 스벽(四百) 리 물로 바위 벵벵 도른(두른) 섬이웨다.

이 산 압은 당 오벽 저 산 압은 절 오벽 오벽장군 오벽선성

어싱셍(御乘生)[939] 단골머리~[940]

아흔아홉 골머리 혼 골 부족허여

곰도 왕도 범도나 못네 나던 섬이웨다.

영평(永平) 팔년~

을축 삼월 열사을날

즈시(子時)에는 고을나(高乙那) 축시(丑時)에는 양을나(良乙那) 인시(寅時)
에는 부을나(夫乙那)

고량부(高良夫) 삼성친(三姓親) 남문(南門) 밧겻[941] 모흔골(毛興穴)[942] 도

---

939) 제주시 해안동 지경에 있는 오름.
940) 어승생 옆에 있는 오름. 골머리봉.
941) 바깥.

업허던 국이웨다.

 어~ 항파두리(缸坡頭里) 짐통정(金通精) 만리토성(萬里土城) 둘르고

 어~ 영천(永川) 이형상(李衡祥) 목사 시절 근당허니

 음사(淫祠)라 허영

 당도 오벽(五百) 불천수943) 절도 오벽 불천수 파궤(破壞) 파산허당944)

 당 중에 산천 영기 스럼당 절 중에는~

 미영 올라 한동절 남아근 유레전득(流來傳得) 뒈엿수다.

 면도장(面道場) 갈릅기는

 도장 갈라 삼도장(三道場)을 서련허니

 정의(旌義) 원님 살고~

 데정(大靜) 현감(縣監) 살고

 멩월(明月) 만호(萬戶) 각진(各陣)에 조방장(助防將)

 주(州) 목안(牧안) 판관(判官) 살이 허영

 삼 고을에 스 관장(官長) 마련헌 셈이웨다.

 데정 일격(一郭)은 이십칠도웨다

 정의 정당(專當) 삼십팔리웨다

 주 목안 팔십여 리

 도이전으로945)

 동수문 밧은 나사면 서른ㅇ답 ㅁ을

 좌도장네웨다

 서수문 밧은 나사면 마흔ㅇ답 ㅁ을

 우도장네웨다

---

942) 지금의 삼성혈.
943) 불사름.
944) 파산(破散)하다가.
945) '또 이제는' 정도의 말이 잘못 발화된 것.

영네읍중(營內邑中) 삼문(三門) 안 이서당 서련허고
이 제청 서류협기는
동수문밧 나사면 제주시는 조천읍이웨다.
어~ 신흥리 헤녀 어촌게(漁村契) 창고로 허영
제청 신서립허긴

■ 초상계·추물공연>초상계>연유닦음
■ 초상계·추물공연>초상계>연유닦음>열명
어~ 이전으로
게장님 김씨로 예순둘님과
이장님은 김씨로 쉰에 일곱
줌수훼장님 강씨 예순셋님광
감사는 문씨로 쉰에 다섯과
감사 김씨로 ㄱ디 쉰님
총무는 이씨로 쉰에 다섯님과
고문은 이씨로 쉰에 넷님
고문 다시 김씨로 예순넷님과
총데원(總代員)
김씨로 이른다섯님과
강씨로 이른넷님 김씨로 예순둘 박씨 예순하나
윤씨로 예순하나
현씨로 쉰에 다섯 양씨 쉰에 셋님
오씨로 쉰에 둘 오씨 쉰에 둘님
받은 공서웨다.
줌수(潛嫂)웨다 김씨로 ㅇ든ㅇ섯님과
하씨로 ㅇ든넷 이씨 여든넷님

손씨로 여든둘 이씨 이른아홉

손씨로 여든일곱 고씨 이른일곱

어~ 고씨로 이른일곱님과

이씨로 이른여섯 김씨 이른여섯

김씨로 이른셋 안씨 이른하나

김씨 이른하나 김씨로 예순ᄋ답님과

현씨 예순일곱

한씨 예순여섯

손씨로 예순여섯 현씨 예순다섯

김씨로 예순둘 신씨 쉰에 다섯

강씨 쉰에 셋 현씨로 쉰에 둘 김씨 ᄀ디 쉰님

받은 공서웨다.

어~ 게원(契員)이웨다 김씨로 여든일곱 강씨 여든일곱

임씨로 여든다섯 고씨 여든둘

문씨로 이른에 아홉님광 이씨 이른여덥

한씨로 이른일곱 한씨 이른일곱

양씨로 예순아홉 임씨 예순여섯

김씨 예순하나 김씨로 쉰에 둘 받은 공서웨다.

서기는 김씨로 마은아홉과

초헌관 김씨로 어 ᄀ디 여든님

아헌관은 강씨로 이른여덥님과

종헌관 김씨로 이른셋님

이 ᄆ을 각성친 각성바지딜

받은 공서웨다.

들며 나며 여라 명 사는 ᄆ을 안네

어떤 따문 이

상정월 각항 물깍 모듬허곡 시국 초년 헌 떼

이런 상정월에

이런 제청 설유허고

신전임전 기도말씀 올리느냐 영 헙기는

밥이 없어 밥 줍서 옷이 없어 옷 줍서 허는 공서 아니웨다.

옷광 밥은

사름이 살암시면은

빌어도 옷 주곡 얻어서도 밥을 주건만은

천지지간 만물 중 유인최구(唯人最貴)허니

하늘광 땅 세에 가장 귀헌 거

초로(草露) ᄀ뜬 우리덜 인간 목숨 아닙네까.

춘추(春草)는 연련록(年年綠)이고

왕이 손(孫)이라도 귀불귓법(歸不歸法)이라

저 산천 만물 푸십세

금년 오랏당946) 구시월 오동지 육섯둘 낙엽단풍 지엇당이라도947)

명년이라 춘삼월 호시절이 근당허면은

죽엇던 낭에도 가지마다 송이송이 나곡

송이 난 딘 입948) 돋고 꼿도 피어근

입은 돋아 청산(靑山)이 뒈곡

꼿은 피엉 화산(花山)이 뒈영 각기 제 몸덜 자랑 허건만은

---

946) 왔다가.
947) 졌다가도.
948) 잎.

우리 인간덜은

금시상 탄생헐 때에

서카여레(釋迦如來) 공덕으로 아바님전 뼈 빌곡 어머님전 술을 빌곡~

칠성단(七星壇)에 명 빌곡 제석님전 복을 빌어 앚엉

아호 열덜 ᄀ만 준삭(準朔) 체왕[949]

빈 주먹 불끈 쥐엉 금시상을 탄생허면은

ᄒᆞᆫ 두 설은 철 몰랑 부모 은공 못네 갚아지고

이십 쓰물 삼십은 서른이 근당허여근

철 분시(分數)가 들어가면은

하늘님 꽁(功)은 천덕(天德)

지에님(地下-) 꽁은 은덕(恩德)

부모 초상 은공은 호천망극(昊天罔極)이랑

부모 초상 은공 다 못네 갚아근

그날 운수가 불길허영 어차 ᄒᆞᆫ 번 ᄉᆞ불류가 뒈면

일곱 ᄆᆞ작 열두 메 ᄎᆞ근ᄎᆞ근 무껑

서른둘 유데권(留待-)[950] 쉬은ᄋᆞ답 역꾼(役軍) 빌어앚엉

어~ 상여(喪輿) 화단[951] 싣고

절베[952] 설베[953] 메영

어기넝창 염불 불렁 저 세경땅 무지공지(無主空地) 너른 땅에 강

ᄒᆞᆫ 질 못헌 땅을 팡 엄토감장(掩土勘葬) 뒈여불면은

그날부떠 좋은 얼굴 술은 다 썩엉 물이 뒈여불고

좋은 뼈는 썩어근 진토(塵土)가 뒈여불면은

---

949) 채워서.
950) 상여꾼.
951) 상여의 관을 덮는 부분.
952) 뒤의 '설베'에 운을 맞춘 것.
953) 상여의 앞에 매어 끄는 줄.

몃 벅년이 지나도 어~

그날부떠~

두견새를 벗삼고 낙락장송 집 삼고 고사리 청일산(靑日傘)

테역단풍 으질허여(依支하여) 천추말년(千秋萬年) 살 땅 들어가면

어~ 몃 벅년이 지나도 다시는 인간으로 살아 도환싱

못 허는 게 초로 그뜬 우리덜 인간 목숨 아닙네까~.

우리 인간덜은

인셍은 칠십 고레희(古來稀)요

팔십이 정멩(定命)이라 영 허였어도

병든 날광 병든 시 줌든 날과 줌든 시 근심걱정 다 젤허고 보면

단 사십도 못 살앙 가는 인셍덜

토란입에(土卵잎에) 이슬 그뜬 인셍덜 아닙니깡

이간954) 군문 안네

불쌍허고 칭원헌 원정 말씀 올립기는

이거 신흥리 어촌게 헤신제 마을제 요왕 선왕제로

이 신흥리 사는 즈순덜

각성친 각성바지 즈순덜

저 요왕이955) 강은956)

물질허영 사는 즈순덜 요왕에서 넉날 일 혼날 일을 나게 말아줍고

요왕에서 먹을 연 입을 연 나수와줍센 허고

베 부리는 즈순덜라근

어~ 허영

영 몸받은 선왕에서 궤기957) 만선(滿船)을 허영

---

954) 이 가내(家內).
955) 바다에.
956) 가서는.

좋은 금전 벌게 시겨 줍서.

농업농서허는 ᄌ순덜랑 육곡(六穀) 번성허곡

축산허는 ᄌ순덜 어~

축산으로

육축(六畜) 번성 시겨줍센 허고

장서허는 ᄌ순덜 직장 뎅기는 ᄌ순덜 만소망 일게 헙센 허곡

올금년 이천십년도 경인년 열두 둘 삼백육십오일

어- 궂인 엑년덜

뎅기당958) 넉나곡 혼날 일덜 인명 축허곡 제명 부족허영

발 벋어 앚앙 데성통곡헐 일덜 어느 저 요왕에서

물숨 먹을 일덜

삼성제(三兄弟) 절고게959)에 넉나고 혼날 일덜이여

어디 뎅기당 교통사고 얻어 만날 일 불리960) 없는 염네꼿961) 만날 일덜

이런 궂인 수액을 다 막아줍셍 허영

오널 ᄆ을제

헤신 요왕 선왕님 초감제 연드리로

옵서 청허저

어- 붉은 날 붉은 텍일 받아

이전으로

김씨 어머님 어- 몸받은 연양 당줏문

몸줏문을 열령

---

957) 고기.
958) 다니다가.
959) 파도.
960) 뿌리.
961) 불꽃.

상안체는 짓우로 중안체는 짓알로 하안체 거느리고

팔제 궂인 유학성제간덜

압을 세와 이 신흥리 ᄆ을리 어촌게 창고로 오랑

제청서립허영 아적날 인묘간(寅卯間)으로

옥항(玉皇)에 줴북소리 올려

초감제(初監祭) 연ᄃ리로

천상천하(天上天下) 무변대웨(無邊大野) 영실당(靈室堂) 노는 신전님네

다 옵서 청허연, 시군문 올려

오리정신청궤, 우(位) 앚지고, 좌(座) 앚젓수다.

■ 초상계 · 추물공연 > 초상계 > 군문열림

초감제에 떨어지던 신전

초상계 연ᄃ리로, 옵서 청허저

오시는, 초군문(初軍門)이 어찌 뒈며 이군문(二軍門), 삼시도군문(三─都軍門)이

어찌 뒈며 요왕(龍王) 선앙문(船王門)

ᄌ순덜, 일 년, 운숫문(運數門) 신숫문(身數門) 처서(差使) 영갓문(靈駕門)

신공시 엿 선성(先生)님네

오는 시군문이, 어찌 뒈며 모릅네다.

신이 와(曰) 인이 법 아닙네까, 셍인(生人)도 문을 올려야

들고 나는 법이웨다 신전님도, 문을 올려야

들고나는 법이웨다 오란 보니

어느 문은

감옥성방(監獄刑房) 옥서나졸(獄司羅將) 문직대장(門直大將) 엇입네까.

문문마다 잡아놓고, 인정(人情)을 달라

ᄉ정(事情) 달라 영 헙네다.

이 ᄌᆞ순덜 벌은 역개(役價), 제인정 네여거니

인정 과숙허다.

문을 올려가라 영이 납데, 어~

신이 성방이

가망으로 올릴 수 잇입네까. 옛날 주석 삼문은

열두 집ᄉᆞ관(執事官)이 영기(令旗) 몽기(命旗), 술발962)로 올렷뎐963) 말

잇고

신전님 오는 문은, 신이 성방(刑房)이

올린뎐964) 말 잇입네다.

본도 영기

신감상 압송(押送)허며 하늘 옥항 도성문

올려 오던 천앙낙훼965) 둘러 받아, 초군문

이군문 삼서도군문

열렷습네다.

요왕 선앙문도 열렷수다 ᄌᆞ순덜, 운숫문 신숫문, 처서영겟문

신공시 엿 선성님네 오널, 일흔여덥 도군문

열렷수다.

■ 초상계·추물공연>초상계>살려옵서

초감제에 떨어지던 신전

초상계 연드리로 옵서 청허시저

금동966) 탈 임신

---

962) 요령.
963) 열었다는.
964) 연다는.
965) 요령.
966) 금덩. 금으로 호화롭게 장식한 가마. 공주와 옹주가 타던 것으로 '덕응(德應)'으로 기록

금동 탑서 옥동967) 탈 임신

옥동덜 삽서.

만이(鸞輿) 연동968) 쌍도로기969) 호성메, 갈메 월산

둘러 타멍

첫째 잔은 오리정잔(五里亭盞) 제이잔(第二盞)은 제인정잔(-人情盞)입
네다.

제삼잔(第三盞), 몰 부려 하메주잔덜(下馬酒盞들)

권권 드려가며

호~호~호~

호호허며

제청더레 살려덜 옵서.

임신 중에는

올라 사민 옥항상저(玉皇上帝) 대명전(大明殿), ᄂ려사면은

땅 츠지는 지부(地府) ᄉ천대왕(四天大王)

산 츠지 산신대왕(山神大王) 물 츠지, 다서용궁(-龍宮)

절 츠지 서산대사(西山大師) ᄉ명당(四溟堂)

육한대서(六觀大師)님네

인간불도(人間佛道) 할마님, 명진국 할마님도

금동 탑서 옥동 탑서 마니 연등 쌍도로기에도

둘러타멍

호~호~호~

호호허며

제청더레 살려덜 옵서.

---

967) ‘금동’에 운을 맞춘 것.
968) 연(輦)과 덩.
969) 쌍교(雙轎).

그 두으로는

어~ 짚은 궁은 앑은 궁, 시님 초공(初宮)은

임진국 상시당 하늘님

초공 성진(姓親) 땅은 황금산이웨다.

웨진(外親) 땅은 즉금산이웨다.

어~

또 이전은, [장구채를 내려놓고 겉옷을 벗으려 한다.] 초공 불법 임정국 상시당 하늘님, 초공, 성하르바님 성할마님네, 웨하르바님 웨할마님네, 또 이전은~, [겉옷을 벗는다.] 초공아바지 황금산 도단땅, 주접선성님

어머님은 이 산줄 번고 저 산줄 번어, 왕대월산 금하늘

노가단풍 ㅈ지명왕 아기씨

궁에 아덜 삼형제웨다. 에산 신구월 둘

초여드레 본명두, 여레드레 신명두, 스무여드레 살아살축 삼명두

너사무너도령광, 어머님, 물멩지(水禾紬) 단속곳, 발아들고 발아나멍

육항렬 무엇수다.

초상계, 연드리로, 호호허며 살려덜 옵서.

초공은 신뿔리웨다. 이공(二宮)은 꽃뿔리웨다. 어~ 이공 서천도산국

청게왕(靑帝王) 상시당(上試堂), 벡게왕(白帝王)도 상시당

김진국 상시당 원진국 상시당

사라도령 사라대왕 월강아미 월강부인

신산만산 한락궁이, 꽃감관 꽃셍인, 황세곤간 도세곤간님도

정남청 시녀청덜 거느리멍, 초상계 연드리로

호~호~호~

호호허며

제청더레 살려덜 옵서.

어 삼공(三宮) 안당은, 주년국이웨다.

글허기 전상970)

활허기도 전상

장서971) 사업(事業)허고, 농업(農業) 농亽(農事)허고, 이 亽순덜

요왕에 강 물질허영 사는 것도, 전상 추지웨다.

베 부려 구명도식(求命徒食) 허는 것도, 전상 추지웨다.

웃상실 강이영성이서불, 알상실은

홍은서천녀설부인, 은장아기 놋장아기, 감은장아기

큰마퉁 셋마퉁, 족은마퉁 월메마퉁 신선비

어~ 거느리멍

어~ 모질곡 독헌 전상덜랑, 천지왕 골목더레 네놀리곡

이 亽순덜 먹을 연 입을 연 나수와주고, 좋은 금전 벌게 허는, 이런, 어

질고 착헌 전상덜랑

지극성 하전(下殿)헙서. 초상계 연드리로

호호허며 살려덜 옵서.

목숨 추지 시왕전(十王前)이웨다.

시왕감서(十王監司) 신병서(新兵使), 원앙감서(元王監司) 원병서(元兵使)

짐추염녜(金緻閻羅) 테선대왕(泰山大王) 범 ㄱ뜬 亽천대왕(四天大王)

초제(初第) 진강대왕(秦廣大王)

이제(二第) 초간대왕(初江大王)

제삼(第三)은 송제대왕(宋帝大王) 제네(第四) 오간대왕(五官大王)

다섯 염녜(閻羅) 여섯 번,972) 일곱 테선대왕(泰山大王)

ㅇ답은(여덟은) 평등대왕(平等大王) 아옵(아홉) 도시대왕(都市大王), 열

올라 오도전륜대왕(五道轉輪大王)

---

970) 어떤 일이나 행동을 하거나 하고자 하는 마음.
971) 장사.
972) '번성데왕(變成大王)'이라고 할 대목이나 발화가 완결되지 않음.

열하나 지장대왕(地藏大王) 열둘은 셍불대왕(生佛大王), 열셋 좌두(左頭)

열넷 우두(右頭), 열다섯 십오(十五) 동즈판관(童子判官)

여레섯 십육(十六) 스제관장(使者官長)님네도, 어~

말 부려 호멧주잔 권권 드려가며

호~호~호~

호호허며

제청더레 살려덜 옵서.

그 두으로 천앙 열두 멩감(冥官)

지왕 열혼 멩감

인왕은 아옵 멩감 동이 청멩감(靑冥官) 서이 벡멩감(白冥官), 남이 적멩감(赤冥官) 북이 흑멩감(黑冥官), 천지 중앙 황신멩감(黃神冥官)

어~ 산으로 가면 산신메(山神冥官), 물론 요왕 베론 선앙멩감(船王冥官)

양반칩인 스당멩감(祠堂冥官) 농부아비(農夫漢) 칩인

세경멩감

물 부리는 집인 제석멩감(帝釋冥官), 심방 집이 당줏멩감(堂主冥官)

일흔여덥 도멩감(都冥官)님네도

초상계 연드리로

호~호~호~

호호허며

제청더레 살려덜 옵서.

디려두고

처서관장(差使官長)님네

천앙처서(天皇差使) 월직스제(月直使者) 지왕체서(地皇差使) 일직스제(日直使者)웨다.

인왕처선(人皇差使) 어금베(御禁府) 도서나자(都事羅將). 옥항처서(玉皇差使) 방나자, 저싱 이원스제

이싱은 강님ᄉ제(姜林使者)

눈이 붉어 황ᄉ제(黃使者), 코이 붉어 적ᄉ제(赤使者), 입이 붉은 악심ᄉ제(惡心使者)님네

어~

비명체서(悲鳴差使) 절량체서(結項差使) 물엔 엄,973) 돈물974) 용궁체서(龍宮差使)

요왕은 거북체서웨다 부원국(府院國), 삼체서관장(三差使官長)

어~ 노중객서체서(路中客死差使)

화덕체서(火-差使) 베락체서 ᄉ약독약체서(死藥毒藥差使)

올라 구관체서(舊官差使)

ᄂ려 신관체서(新官差使)

신당체서(神堂差使) 본당체서(本堂差使), 멩도멩감(明圖冥官) 삼처서관장

영혼 안동(眼同)허던

눌신왕 삼처서

일곱 신앙 아옵 귀양 놀던 체서님네

초상계 연드리로

호~호~호~

호호허며

제청더레 살려덜 옵서.

디려두고

그 두으로는

어~ 세경신중마누라님~

먹은 이도 세경에 덕, 입은 이도 세경에 덕, 헹공발신(行窮發身) 허고 죽어 엄토감장(掩土勘葬)도 세경땅에 힙네다. 어~

---

973) 엄사(淹死). 발화가 완결되지 않음.

974) 담수(淡水). 민물.

하늘 옥항 문도령 중세경 즈청비, 하세경은

정이어신 정수냄이

열다섯 십오 소장 놀던, 테우리청덜

거느리멍 초상계 연드리로

호호허며 살려덜 옵서.

디려두고 그 두으로는

군눙(軍雄)이여

제석일뤌(帝釋日月) 조상님네

요왕일뤌(龍王日月) 선왕일뤌(船王日月) 산신일뤌(山神日月)

어~

호호허며 살려덜 옵서.

들적 문전

날적 문전

안문전 여레덥[十八], 밧문전 스물여덥

천지동방(天地東方) 일뤌은

대법천왕(大法天王) 하늘님도 호호허며 살려덜 옵서.

이 므을 삼본항(三本鄉) 한집님은

저~ 밋볼레낭975) 알

좌정헌 박씨 할마님도

살려덜 옵서.

저 조천976)은

정중아미977) 정중도령978) 세콧하르방979) 세콧할마님980)네

---

975) 보리장나무.
976) 제주시 조천읍 조천리.
977) 조천본향당의 당신.
978) 조천본향당의 당신.
979) 조천 새콧당의 당신.

저 신촌981)

큰물머리982)

솟아나던

김동지 송동지 윤동지 영감

날이여 돌이여 벨983)이여

오금상또한집

살려덜 옵서.

저 함덕984)은

훈 물 두 물 서물할마님네

황서한간은

덧남하르바님

덧남할마님네

어~ 사라우 삼본향 한집

저 넉산985)

어~ 할마님네

살려덜 옵서.

디려두고 올라사면

어~ 저 선흘986)

탈남밧한집

알선흘 산신대왕(山神大王) 산신벡관(山神百官)

---

980) 조천 새콧당의 당신.
981) 제주시 조천읍 신촌리.
982) 신촌리 바닷가 지명.
983) 별.
984) 제주시 조천읍 함덕리.
985) 무속의례 가운데 하나인 '넋들임'을 하는 묘.
986) 제주시 조천읍 선흘리.

저 눈미987) 와산988)

제석불도할망

어~

벼락장군 벼락ᄉ제 울레장군 울레ᄉ제

살려덜 옵서.

디려두고 저 대흘989)은

산신벡관

살려덜 옵서.

저 논흘990)은

만년 폭낭991) 알

좌정헌 산신대왕

산신벡관 서정승 또님아기도

살려덜 옵서.

또 이전 ᄆᆞ를992) 넘던 한집

웃손당 금벡조 셋손당 세명주, 메알손당은

소로소천국

아덜 애기 열여덥 똘애기 스물여덥, 손지방상

일흔여덥 질소셍 가질 갈라오던

삼본향 한집님도

초상계 연ᄃᆞ리로

살려덜 옵서.

---

987) 제주시 조천읍 와산리의 옛 이름.
988) 제주시 조천읍 와산리.
989) 제주시 조천읍 대흘리.
990) 제주시 조천읍 와흘리의 옛 이름.
991) 팽나무.
992) 마루.

디려두고

상청 상마을 중청 중마을, 하청 하마을

영혼님네

아이고 이 저~

헤신제 허염젠 허면 살아시면, 나도 가저 나도 가저 허컬

인간 떠나부난 못 오라, 영혼찔로

옵네~다.

불쌍헌 영혼영신님네도, 초상계 연드리로

살려덜 옵서.

신공시 도느리면은993)

김씨 어머님 몸을 받은 신공시, 엿 선성님네

엿날 황수(行首)님네

글선셍은 공즈(孔子)웨다 활선셍은 거저(擧子)

불도선성 불도 느저님(老子-)

심방선성은 남천문밧, 유씨 대선성님

살려덜 옵서.

몸 받은 조상님네

일월삼명두 어진 조상님네

시부모 조상님네

어~

설우시던 김씨, 만보삼춘님네영994)

살려덜 옵서 설운 남인(男人) 가장

살려덜 옵서.

디려나두고

---

993) 내리면.
994) '만보삼춘'은 김만보 심방.

친정부모 조상덜 살려옵서 또이전으로

김씨 동생 머릿점에 은동헌 조상

살려옵서 문씨 삼춘

몸 받은 일월삼명두 산신첵불(山神冊佛), 어진 조상님네

김씨 이모님 몸 받은, 산신첵불 어진 조상님네도

신공시로덜, 혼 반 일반 협서.

신이 아이 성은 정씨(鄭氏)로 경자셍(更子生) 어느 부모 조상, 심방 전싱
(前生) 아니웨다만은

좋은 전싱 그르쳤수다 몸 받은 조상 형제간, 어~

살려덜 옵서.

디려두고

이 모을에 앚던 선성 사던 선성님네

당베 절베 메여오던 엿 선성님네

굿 잘 허고 언담(言談) 좋고 수덕(手德) 영덕(靈德) 좋던

정이(旌義)[995] 가도, 천조 금조 대선성

대정(大靜)[996] 가도 천조 금조 대선성

이 목안[997]도, 천조 금조 대선성

면공원(面公員) 면황수(面行首) 도공원(都公員)에 도황수(都行首)

입춘춘경(立春春耕) 메구월일석[998] 뿔려오던, 선성님네

살려덜 옵서.

엿 선성님 두이로,[999] 어시럭 맹두 더시럭 맹두 꼬부랑 맹둣발[1000]덜

---

995) 조선시대 정의현 지역.
996) 조선시대 대정현 지역.
997) 목(牧)의 안[內]. 조선시대 제주목.
998) 섣달그믐에 동헌 앞에서 하던 굿.
999) 뒤로.
1000) 제대로 심방이 되지 못한 사람.

게염1001) 투기(妬忌)허곡, 어~ 울랑국범천왕 대제김 소제김에, 살이살
성 불러주던, 이런 부정허던 멩둣발덜랑

저 올레로 절진(結陣)허여십서.

막꿋델랑 시걸명 잡식으로덜, 만상데우 헤여 안네쿠다. ○○○○
디려두고

초흐루 초덕 이틀 이덕 사흘 삼덕, 팔만 스천 제네 조왕대신(竈王大神)
살려옵서. 어촌계 토신 헤신 물로 내웨(內外) 오방신장(五方神將)님네

제오방 제토신님네덜 다, 떨어지고, 낙루(落漏)헌 신전 없이

초상계 연드리로

호~호~호~

호호허며

제청더레 살려덜 옵서.

■ 초상계·추물공연＞초상계＞팔만금사진침

디려두고

어~ 오고 보니, 옵서 옵서 청허난, 저 먼정 팔만진(八門陣) 금스진(金蛇
陣) 헌다.

팔만진 금스진을 허난

■ 초상계·추물공연＞초상계＞정데우

나뭇섭 떨어지듯 갈산 질산 허엿구나. 정데우 허저

뒐 듯 헌다.

오리정 정데우 허라.

오고 보니 앚을 자리 모릅네다 살 자리 모릅네다. 베슬1002) 공명(功名)

1001) 개염.
1002) 벼슬.

직함(職銜) 제 ㅊ례로, 우(位) 골르고 좌(座) 골라 드려가며

어~ 주순딜 일룬 정성이랑, 맛이 좋은 금공서, 설운 원정 두에 제돌아 점주헙서-.

■ 초상계·추물공연>추물공연>공연

어떤 것이 일룬 정성이냐

영 헙거든

강남서 온 대척력(大冊曆) 일본서 온 소척력(小冊曆)

우리나라 만세력(萬歲曆) 초장(初張) 걷어 초파일(初破日), 이장(二張) 걷어 이파일(二破日), 삼장(三張) 걷어 삼파일(三破日)

멸망일(滅亡日) 화요일(禍害日), 고추일(枯焦日)은 다 접어두고

신전에는 하강일(下降日) 셍인에, 셍기복덕(生氣福德) 제 맞인 날로

곯리잡앗수다.

메칠1003) 앞서

저 올레로 금줄 왕줄(黃-) 메고

금마답1004)에 옥토(玉土) 왕도(黃土)

끌 앗수다.

메칠 앞서 일뢧 정성 닷세 정성, 사흘 정성 넘어들엇수다.

연당 알을 굽어나 봅서.

기메전지 눌메전지 받읍서.

모람장 빗골장 지게살장 받읍서.

어~

술전지로 받읍서.

송낙지 가사지로 받읍서.

1003) 며칠.
1004) 마당.

삼색(三色) 물색(物色) 황에 물색 선왕기(船王旗)도 받읍서.

요왕기(龍王旗)도 받읍서.

디려두고

웃상 알상

좌우접상 받읍서.

어~ 울 둘러 한서펭풍 알 둘러 족지펭풍1005)

알에 끌아 능무화문석(綾毛花紋席) 자리

왕골 대초 자리

이도 정성 받읍서.

디려두고

어~

상벡미(上白米) 중벡미(中白米) 하벡미(下白米)로 받읍서.

언메1006) 단메1007)

노기당산메1008)여

무남제1009)로 받읍서.

벡돌레 벡시리 구름 ᄀ뜬 정성

얼음 ᄀ치 받읍서.

어~ 디려두고

연찬물 받읍서.

프릿프릿 미나리, 두 손 납작 콩ᄂ물

싁[三] 손 벌려 고와리체1010) 받읍서.

1005) 쪽을 낸 병풍.
1006) 멧밥을 아름답게 표현한 것. '언'은 은(銀).
1007) 따뜻한 멧밥. 즉 맛좋은 멧밥.
1008) 놋그릇에 물과 쌀을 넣어 김으로만 찐 메.
1009) 향나무 가지를 잘게 깨어 젓가락처럼 메에 꽂은 것.
1010) 고사리채소.

디려두고 계알안주(鷄卵按酒) 머리 곶인 기제숙덜 받읍서.

건어(乾魚) 맹테(明太) 오징어 받아삽서.

과일 정성은

사과 배

밀감(蜜柑)으로

삼종(三種) 과일입네다.

밤 대추 곳감 비자(榧子) 칠종(七種) 과일 받읍서.

디려두고

문어(文魚)로 받읍서 어~

해삼(海蔘) 전복(全鰒)을 받아나 삽서.

첫째 잔은 청감주(淸甘酒), 둘쳇 잔은 즈청주(-淸酒), 제삼 잔은 즈수지(紫蘇酒)웨다.

삼주잔덜 받읍서.

초미 연단상(-檀香)

이미 즈단상(紫檀香)

삼이 삼선향

벡 가지로

좀지롱이1011) 벌러다가1012) 싀 발 돋은 주융화반1013)에

맹게낭1014) 잉단 숫불 허여당

이글이글 피왓수다 이도 정성 받읍서.

어~

천보답 만보답 받아나 삽서.

1011) 아주 잘게.
1012) 쪼개다가.
1013) 향로.
1014) 청미레덩굴.

또 이전으로

마흔대 자 상청ᄃ리 서른대 자 중청ᄃ리, 스물대 자 하청ᄃ리웨다. [해녀 한 명이 신자리 옆으로 와서 절한다.]

어~ 물명지 강명지 ᄃ리

요왕대ᄃ리

받아삽서.

삼색 물색 황에 물색 받읍서.

명에 맞인 명실이나 복에 맞인 복실덜 받아나 삽서.

어~

저싱돈

헌페지전(獻幣之錢)

이싱 돈은 황금지화(黃金之貨) 절간 돈 다라니(陀羅尼) 지전(紙錢)

눈물수건이여

뚬수건덜 받읍서.

어이전~

공문안 공소지 정문안 정소지웨다.

소지원정 받읍서.

어~ 금바랑

옥바랑

이도 정성 받읍서.

■ 초상계·추물공연>추물공연>비념

어느 건 허젠 허난

공이 아니 들고

지가 아니 들엇수가.

공든 답(塔)을 제겨줍서 지든 답을 제겨줍서.

어~

공든 탑이

무너질 리 잇고

인정 싯끈[1015] 베가, 파(破)헐 리 잇입네까.

지성(至誠)이면 감천(感天)이고 유전(有錢)이면 가사깃법(可使鬼法)이라.

인장지덕(人長之德)

목장지폐(木長之弊)요

큰 낭엔 덕 엇어도 큰 어룬엔 덕 잇는 법이난

새가 놀고 간 디

짓을 두고 가고

찌가 놀고 간 디는 이슬 두고 가고

청룡 황룡 놀아난 딘 비늘을 두고 가고

삼천 선비덜

놀앙 간 딘 천장판에 글발 두고 가고

신전 조상님네 오랑 간 딘, 주순덜에 소원성, 들어줘동 가는 법 아닙
네까.

이 주순덜

명이 단단 절란이 뒈건

천하산에 명을 제겨줍서.

복이 단단 절란이 뒈건

지하산에 복을 제겨줍서.

어 몸 받은 요왕 선앙에서영 다, 먹을 연 입을 연도 나숩서.

어~

디려나두고

1015) 실은.

없는 금전(金錢) 제물(財物) 네수와

부제(富者) 팔명 시겨나줍서.

어 인정 축(縮)허고 제명(財命) 부족허여

발 벋어 앚앙 대성통곡(大聲痛哭) 헐 일

대천한간1016)으로

질날 운수 나게 맙서.

오는 엑년덜랑

갑을동방 경진서방 병오남방, 혜저북방으로

막아줍서.

천앙손(天皇損) 지왕손(地皇損) 인왕손(人皇損)덜 막읍서.

고뿔(감기) 헹불(고뿔) 염질(染疾) 토질(吐疾)이나

각기(脚氣) 열병(熱病)이나

염(炎)이여 암(癌)이여 성인병(成人病)이여, 어~

혜녀병(海女病)이여 허영, 궂인 신병(身病) 얻어 만날 일덜

나게도 맙서.

어~

이번 올금년 어~, 범띠여 용띠여 쥐띠여

들삼제(入三災)에 드는 즈순덜

삼재팔란(三災八難) 운수에

걸어질 일 나게도 맙서.

금전에 손해 날 일 제물 손헤 날 일

저 요왕에 갓당 물숨 먹을 일이나

베 탕 나갓당 삼성질1017) 절1018) 고개에

1016) 대청간(大廳間).
1017) 삼형제(三兄弟). 연이어 세 번이나 몰아치는 물결을 두고 '삼성제절'이라고 말함.
1018) 파도.

넉날 일 기관(機關) 고장나 표류(漂流)헐 일덜
나게 맙서.
디려나두고
어느 경관(警官)에 걸어질 일이나
눔으 입질에 날 일
관제수(官財數)에 걸어질 일덜
나게도 맙서.
불휘 없는 염녜꼿, 강적(江賊) 수적(水賊) 얻어 만날 일덜
나게 맙서 차 몰앙 뎅기고
오도바이덜 탕 뎅기곡 영 헙네다.
어느 대롯질에서
소롯질에서
교통사고 얻어 만날 일덜
나게도 맙서.
어~
디려두고 날로 가면 날역(日厄)
둘로 가면 둘역(月厄)
일역 시력(時厄) 다 막아줍서.
받다 씨다 남은 멩광 복이랑, 즈순덜 금동퀘상(金銅机床)더레 앚진동 밧진동 고비첩첩 다 제겨줍서~.

■ 초상계·추물공연>추물공연>주잔넘김

[장구 치는 것을 멈추고 장구채를 장구에 끼운다.] 금공서 설운 원정 올렷습네다. 상당이 받다 남은 건 중당이 받읍네다. 중당이 받다 남은 건 하당이 받읍네다. 하당이 받다 남은 주잔덜일랑 저먼정 네여다가, 초공전에 군줄(軍卒)이여 이공전에 군줄, 삼공 시왕(十王) 십육스제(十六使者) 삼

멩감(三冥官) 삼처서(三差使) 뒤에, 영기지기 몽기지기 파랑당돌 영서멩기 지기덜, 몰 이꺼1019) 오던 이나 가메1020) 지어 오던 이덜, 주잔권권 드립네다. 산으론 가면 산신에 군줄이여 물로 가면 요왕군줄(龍王軍卒) 베론 선앙군줄(船王軍卒)덜, 신당에 군줄 본당에 군줄덜 주잔권권 드립네다. 영혼 두이로도, 아이고 살아시민 나도 가저 나도 가저 허영 이젠 죽어부난 영혼으로덜 옵네다. 영혼 두이로 나도 강, 흔잔 술을 얻어먹어 보저 허연, 똘롸들던1021) 이런, 간 이 영신 온 이 마을덜 주잔권권 드립네다. 어느~, 요왕에 뎅길1022) 떼에 얼굴 좋다 마음씨 좋다. 메치1023)가 좋다 허여 침노(侵撈)가 뒈여 열두 풍문조훼(風雲災害) 불러주고, 에~ 어느 베에 선, 고물에 놀던 선앙이여, 이물에 놀던 기관방에 선장실에 놀던, 이런 군줄덜 주잔권권 드립네다. 얼어 벗어 굶어 죽어가던, 이 신흥리 갯것1024)마다 연변마다, 낮엔 연불 밤에 신불로 허여근 영감(슈監)인 듯 참봉(參奉)인 듯 야첸1025) 듯허영, ○○ 놀아오던, 이런, 군졸덜, 말명에 입질에 언담에 젯 드리에 떨어지던 이런 임신, 에~ 주잔으로덜 많이 권권이웨다.

[소미 김순열이 주잔넘김을 마친 뒤, 데령상으로 가서 개잔개수를 한다.]

■ 초상계·추물공연>제차넘김

주잔은 많이 권권 지넹겨 드려가며, [소미 김순열이 장구를 치운다.] 상당 불법전이랑, 요왕연맞이더레, 제돌아 점주헙서. 신이 아이, 신공시 이

알로 굽어 하전이웨다.

　[앉은 상태에서 허리를 숙여 절한다.]

　(해녀들 : 아이고 속아라.)

　[심방은 주위에 있는 해녀들을 향해 고개를 숙이며 말한다.]

　(정공철 : 예. 영 굿허엿수다.)

　(해녀들 : 속앗수다.)

신흥리 잠수굿 나까시리놀림

자료코드 : 10_00_SRS_20100226_HNC_KSA_0001_s13

조사장소 : 제주특별자치도 제주시 조천읍 신흥리 539-1번지(어촌계창고)

조사일시 : 2010.2.26

조 사 자 : 허남춘, 강정식, 강소전, 송정희

제 보 자 : 정공철, 남, 51세 외 3인

구연상황 : 그동안 신의 도움으로 생업을 영위할 수 있었다고 믿고 그에 대한 보답을
　　　　　하는 제차이다. 나까시리라고 하는 시루떡을 놀리어 신에게 바치고, 따르는
　　　　　모든 하위신에게도 풀어먹인 다음 지장본풀이를 구연하여 달랜다. 정공철 심
　　　　　방이 평상복 차림에 송낙을 쓰고 나서서 진행하였다. 지장본풀이는 소미들의
　　　　　북, 장구로 반주에 맞추어 서서 노래하였다. 이어 군벵질침을 하고 제차넘김
　　　　　을 하여 마무리하였다.

■ 나까시리놀림

　[정공철(평상복, 송낙)]

■ 나까시리놀림＞말미

　[선 채로 말명을 한다.] 일만 팔천 신우엄전 조상님네 궤궤잔잔, 신이
굽허 옵네다. 석살려 신메웁네다에-.

　‖늦인석‖[데양(김순열), 북·설쒜(문병교)][제상의 각 방위를 향하여

합장하고 허리를 숙여 절한다.]

■ 나까시리놀림>날과국섬김

석살려 신메우난에~, 날은 갈라 어
느 날 둘은 갈라, 어느 전~ 둘입네까.
올금년 헤론 갈라, 이천십년도 경인
년~, 둘은 갈릅긴 상정월 둘, 오늘 열
사흘 날입네다. 어느 ᄀᆞ을 어떠헌 ᄌ
순덜이~, 이런 공섯 말씀~, 올리느냐
영 헙긴 국은 갈라 갑기는, 강남 들어
천저지국, 일본은 주년국 우리나라,
천하헤동 대한민국 제주특별자치도~,
이거 동수문밧 나사~, 제주시 조천
읍~, 신흥리 오벡삼십구 다시, 일번
지 신흥어촌게~, 창고로 허영 제청
서립(設立)허긴,

나까시리놀림

■ 나까시리놀림>연유닦음

계장님은 김씨로 예순둘님~, 이장님 김씨로 쉰에 일곱님과 줌수훼장
님, 강씨로 예순셋님, 감사 문씨로 쉰에 넷님과 감사 김씨로~, ᄀᆞ데 쉰님
총무는 이씨로 쉰에 다섯, 고문 이씨로 쉰에 넷님 고문 김씨로~, 예순넷
님광, 총대이원(總代議員) 김씨로, 일흔다섯님 강씨 일흔님 김씨로 예순
둘, 박씨로 예순하나 윤씨 예순하나, 현씨로 쉰에 다섯 양씨 쉰에 셋, 오
씨로 쉰에 둘 고씨 쉰에 둘님, 받은 공서웨다 줌수덜, 김씨로 여든여섯님
과 한씨로 여든넷님, 이씨로 여든넷님 손씨 여든둘, 이씨로 일흔아홉님광
손씨 일흔ᄋᆞ덥 우씨로, 일흔일곱 고씨 일흔일곱, 이씨 일흔여섯, 김씨로

일흔여섯님광 김씨 일흔셋, 안씨로 일흔하나 김씨 일흔하나, 김씨 예순ㅇ
답 현씨 예순일곱, 한씨로~ 예순여섯 손씨 예순여섯, 현씨로 예순다섯 김
씨 예순둘, 신씨로 쉰에 다섯, 강씨 쉰에 셋 이씨로 쉰에 둘 김씨로~, ㄱ
데 쉰님과 계원(契員)이웨다. 김씨로 여든일곱님 강씨 여든일곱, 임씨로
여든다섯 우씨 여든둘 문씨로 일흔아홉, 이씨 일흔여덥 한씨로 일흔일곱,
한씨 일흔일곱 양씨로~ 예순아홉님광, 김씨 예순여섯 김씨 예순하나, 김
씨 쉰에 둘 받은 공서, 서기(書記)웨다. 김씨로 마흔아홉, 이 ㅁ을 삼제관
(三祭官)이웨다~. 초헌관(初獻官)은 김씨로 ㄷ 여든님과, 아헌관(亞獻官)~
은, 강씨로 일흔에 ㅇ답님, 종헌관(終獻官)~, 김씨로 일흔셋님 이 ㅁ을 사
는, 각성친 각성바지 만민 ㅈ순덜, 받아든 공서이온데, 어떤 따문 이런 공
섯 말씸 올리느냐 영 협기~는, 초감제(初監祭)로부떠 여짜오던 연유말씸
인데, 오널은~ ㅁ을 헤신제, 요왕 선앙제로 허영 이 ㅁ을 사는, 열명 올
른 ㅈ순덜 올금년~, 경인년, 이거 열두 둘 날로 삼백육십오 일, 다 펜안
허게 허여 줍센 허곡, 어느 저 요왕에서나 베로나 어디, 뎅기당~ 넉나고
혼날 일, 올금년 궂인 엑년, 들 일덜 다, 막아주엉 이 ㅁ을 열명 올른 ㅈ
순덜, 앞질 발롸근1026) 불썬 붉은 질 나수와주고, 먹을 연 입을 연을 나수
와 줍센 허영,

■ 나까시리놀림>역가바침

오널, ㅁ을제 헤신제 요왕 선앙제로, 일만 팔천 신우엄전 조상님, 옵서
청허영 ㅈ순덜, 일룬 역게(役價)를~, 바찌저 영 헙네다. 어떤 게 일룬, 정
성이냐 영 헙긴, 천년 오른 천보답 만년 오른 만보답~, 강멩지1027) 드리
웨다 물멩지(水禾紬) 드리웨다. 마흔대 자 상청드리 서른대 자 중청드리
스물대 자, 하청드리웨다 요왕대드리 선앙드리웨다. 혼 일곱 자여 걸렛

1026) 바르게해서.
1027) 명주(明紬).

베~,1028) 석 자 오 치 바랑친,1029) 삼석 물색 황혜 물색 위올립네다. 저 싱돈 헌페지전(獻幣之錢), 이싱돈 황금지화(黃金之貨), 절간돈 다라니(陁羅尼) 지전(紙錢), 위올립네다. 상백미(上白米) 중백미(中白米) 하백미(下白米), 낭푼1030) ᄀ득 올렷수다. 어이전~ 금바랑 옥바랑, 명에 맞인 명실이나 복에 맞인 복실, 정문안 정소지 공문안 공소지, 소지원정끄지 ᄌ순덜, 일룬 역게상(役價床)이랑, 웃상 알상, 좌우접상 신공시, 엿 선성님이, 둘러붸고~ 제 드립네다에-.

‖ 늦인석 ‖ [신자리에서 앞으로 나아가 역가상을 들고, 제상의 각 방향을 향하여 허리를 숙여 절한다. 절한 뒤에 다시 상을 내려놓는다. 연물이 그친다.]

■ 나까시리놀림>나까시리놀림

둘러붸고 제 드리난~, [소미 김순열이 데양을 내려놓고 일어나 역가상으로 다가와, 쌀이 수북이 놓인 양푼그릇을 들어 ᄉ제상에 가져다 놓는다.] ᄌ순덜 일룬 역게가 기특허다. 일룬 역게랑~ 웃상 알상, 좌우접상 [소미 김순열이 역개상을 정리한다.] 신공시, 엿 선성님에 위올려 드려가며, 또헌 정성이 뭐일러냐, 영 헙기~는, 열 말 쏠~ 데독판, 세미금시리~, [소미 김순열이 ᄉ제상에서 시루떡을 들고 와서 신자리 앞에 빈 상 위에 놓는다.] 허여다가 본도신감상, 조절영기 어간허고, [소미 김순열이 시루떡에 꽂혀 있는 감상기를 뺐었다가 다시 꽂는다.] 어이전~ 디려가며, 어이전~ 시왕데번지 어간허영, [소미 김순열이 공싯상에서 신칼을 가져와 시루떡에 꽂는다.] 열 말 쏠, 데독판 세미금시리도, 웃상 알상 좌우접상, 신공시 엿 선성님에, 둘러붸고~ 제 드립네다에-.

1028) 아기를 업는 멜빵.
1029) 바라의 끈.
1030) 양푼.

‖늦인석‖[심방이 시루떡이 놓여 있는 상을 들고, 제상의 각 방향을 향하여 허리를 숙이고 절한다. 절한 뒤에는 상을 내려놓는다. 연물이 그 친다.]

둘러붸고 제 드리난~, [심방이 시루떡에 꽂힌 감상기를 뽑아내 소미 김순열에게 건네준다.] 열말 쏠 데독판 세미금시리~, [심방이 시루떡에서 신칼도 뽑아낸다.] 둘러붸고 제 드리난, [심방이 시루떡을 엎어 놓는다.] 너에 국 전례(典例)가 잇것느냐~. 잇습네다. [심방이 시루떡 한가운데에 신칼을 찔러 떡을 조금 떼어낸다.] 밤인 들면 중석법이 잇곡, 낮인 들면 나까법 잇습네다. [심방이 신칼을 들고 오른손에 모아 잡는다.] 열 말 쏠~ 데독판 세미금시리, 상구녁1031) 뚤롸다,1032) 삼천 지아군병 지사겨 드려가며, 몸짓 좋은 정남청 시녀청덜 불러랑, 양단 둑지1033) 추켜들러, 안느로 바껏, 바껏딜로 안터레, 동~실 동실 넘놀려-.

‖중판‖[신칼을 왼손으로 옮겨 잡는다.]

‖감장‖[왼손의 신칼치메를 오른쪽 어깨에 걸치고 왼감장을 돌고, 이어 왼손을 어깨에서 내려 오른손으로 함께 신칼을 가슴 높이로 떠받치듯이 하여 오른감장을 돈다.]

‖중판‖[감장을 돈 뒤에 신자리에 쪼그려 앉아 신칼점을 친다. 점괘가 잘 나오자 허리를 숙여 절한다. 그리고 신자리에서 일어나 신칼을 공싯상에 가져가 놓는다. 시루떡이 놓인 상으로 다가가 시루떡 윗부분에 조금 떠 놓았던 떡 조각 2개를 들어 양손에 잡는다. 양손을 어깨 높이로 들고 춤추며 신자리로 돌아간다.]

‖감장‖[떡을 쥔 양손을 어깨 높이로 들고 왼감장, 오른감장을 돈다.]

‖중판‖[제상을 향하여 양손을 합장하며 허리를 숙여 절한다. 뒤돌아

1031) 윗구멍.
1032) 뚫어다가.
1033) 어깨.

입구를 향하여 나아가서 떡을 던진다. 다시 신자리로 돌아가서 합장하며 허리를 숙여 절한다. 돌아서서 양손을 어깨 높이로 들고 춤춘다.]

∥감장∥[양손을 어깨 높이로 들고 왼감장, 오른감장을 돈다.]

∥중판∥[감장을 돈 뒤 신자리에 무릎을 꿇고 앉아 양손을 좌우로 흔들며 춤춘다. 양손을 모아 합장한 뒤, 일어서 상 위에 놓인 시루떡을 집어든다. 상은 옆으로 치운다. 시루떡을 양손으로 받쳐 들고 신자리 쪽으로 간다. 춤추는 데 불편하여 신자리도 스스로 치운다. 양손으로 떡을 얼굴 높이로 받쳐 들고 제상을 향하여 조금 나아가 허리를 숙여 절하고 뒤돌아간다. 같은 동작을 몇 차례 더 한다.]

∥감장∥[떡을 든 채로 왼감장, 오른감장을 돈다.]

∥중판∥[감장을 돈 뒤 제상을 향하여 마주 보며 서서, 시루떡을 높이 던져 받는다. 송낙이 던지는 동작에 불편하니 벗는다. 이어 떡을 높이 던져 받는 것을 계속 한다. 입구 쪽으로 돌아서서도 떡을 높이 던져 받는다. 심방이 아는 이들이 굿을 보러 와 있어, 심방이 그 가운데 한 이에게 떡을 던져 주니 그가 시루떡을 높이 던져 받는다. 이어 다른 이도 함께 나서서 몇 차례 서로 떡을 던지며 주고받고는, 나중에 심방에게 떡을 건네준다.]

∥감장∥[심방이 양손으로 떡을 어깨 높이로 들고 왼감장, 오른감장을 돈다.]

∥중판∥[심방이 제상을 등진 상태에서 떡을 뒤로 던진다. 굴러간 떡을 가져다가 다시 한 번 떡을 던진다. 떡이 엎어지지 않고 계속 구르자, 심방이 떡을 살짝 건드려 엎어지게 한다. 연물이 그친다. 소미 김순열이 앉아 있는 해녀들을 향하여 떡에 인정을 걸라고 한다. 심방이 떡을 들고 해녀들을 바라보며 말명을 한다.]

아이고 아이고, 열 말 쏠, 데독판 세미금시리, 넘 놀리고, 디리 놀리난, [심방이 해녀들 쪽으로 점점 다가간다.] 아이고 단골님네야 요거 봅서. 오꼿 상구냥 똘롸단, 삼천군병 지사겨부난, 벡 근이 못내 차다 영 헙네다. 요레 요 상구냥 메왕 인정 걸엉, 벡 근이나 체와 옵서. [심방이 해녀들에게 더 다가간다.] 인정 인정 인정은 하도 인정, 족아도 인정 아닙네까. [해녀들이 돈을 꺼내려고 한다.] 오널, 이 혜신제로, [소미 김순열이 심방에게 쟁반을 들고 가서 떡을 쟁반에 놓게 한다. 심방이 떡이 놓인 쟁반을 든다.] 오널 요왕 선앙제로 오랑, 요레 인정 걸면, 요왕 선앙에서, [해녀들이 인정을 걸기 시작한다.] 흔 푼 걸민 두 푼을 나수와 주고, 먹을 연 입을 연을 나수와, 올금년 열두 둘, 삼벡육십오일 다, 펜안허게 허고, 물질 허영 요왕 덕에 먹고 입고, 행공발신 허는 ᄌ순덜 요왕에서, 먹을 연 입을 연 나수와, [심방이 자리를 옮겨 다니며 해녀들로부터 인정을 받는다.] 구제기1034)여 생복(生鰒)이여.

[한 해녀가 쟁반에 돈을 놓으며 말한다.]

(해녀 : 날랑 그자 ᄀᆞᆺ더레 올라 옵서.)

(정공철 : 응.)

[모두 함께 웃는다.]

하영 올라오게 허영, 물망시리 ᄀᆞ득게 허영.

[또 한 해녀가 심방에게 말한다.]

(해녀 : 이칭에1035) 올라 갑서.)

없는 금전 제물을 나수와 주곡 베 부리는……. [해녀들이 심방에게 이층으로 올라가라고 한다. 소미 김순열이 심방에게 다가가서 쟁반에 놓인 돈을 정리하여 시루떡 밑에 깔아 놓는다. 심방이 이층으로 가기 전에 조사자와 구경하러 온 이들에게도 다가가 인정을 받는다.] 아이고, 풍물페 신나락이영, 또, 공부허는 ᄌ순덜, 다 인정 걸엄수다. [심방은 쟁반을 든 채로 밖으로 나가 이층으로 올라간다. 소미 김순열도 함께 따른다.]

1034) 소라.
1035) 2층(二層)에.

[소미 김순열이 이층으로 들어가며 말한다.]

(김순열 : 여기덜 다 앉아신게.)

(정공철 : 나 오지 말젠 허난양, 알에 잇인 어룬덜이 우이 강 인정 받앙 오렌 막 보냅디다게.)

(해녀 : 인정 인정 보네면 떡도 끊엉에 우리 주어뒁 가사주게. 경 허믄 뒈여? 기냥 인정 받앙 가쿠가?)

[해녀들이 인정을 걸기 위해 돈을 꺼낸다.]

인정이나~, 오널 인정 걸민 이 저 올 금년 다, 경인년 열두 둘 삼백육십오일 다, 펜안허게 시겨주곡, [해녀들이 인정을 건다.] 요왕 선앙에서도 다, 먹을 연 입을 연 나수와주곡 농ᄉᆞ허는 ᄌᆞ순덜랑, 그자 미깡[1036]허는 ᄌᆞ순덜이영 미깡값 하영 받게 허곡, 농ᄉᆞ허는 ᄌᆞ순덜랑, 육곡풍성 오곡풍성을 시겨줍센 허곡, 바당에 뎅기는 ᄌᆞ순덜, 구제기여 셍복이여 그자, 뭉게[1037]여, 물망시리 ᄀᆞ득이 허영, 요왕 선왕에서 먹을 연, 입을 연을 나수와 줍센 허영, 하도[1038] 인정 족아도[1039] 인정, 아닙네까.

[소미 김순열이 돈을 힘들게 꺼내는 해녀를 보고 농담으로 말한다.]

(김순열 : 돈 나오기가 힘들다.)

[심방과 소미가 웃는다.]

(정공철 : 고망이 ᄋᆞ라, ᄋᆞ라 게라노난.)

인정 역게, 하영 하영 걸엄수다.

[소미 김순열이 이층의 안쪽 공간으로 더 들어가며 심방에게 따라오라는 의미에서 말한다.]

(김순열 : 일로.)

1036) 귤. '미깡'은 일본어로 'みかん'.
1037) 문어.
1038) 많아도.
1039) 적어도.

이 무을 다, 신흥릿 무을도 올금년이랑 하다, ᄌ순덜 뎅기는 질에 요레 인정이나 ᄒ쏠 걸어붑서. 넉나고 혼날 일덜, 더군다다 헤녀 어룬덜, 오도바이 탕 뎅기는 어룬덜이여, [손님접대를 위하여 일하고 있던 해녀들이 다가가 인정을 건다.] 차 몰앙 뎅기는 어룬덜, 뎅기당 교통사고 날 일,

(해녀들 : 다 막아줍서.)

막아주고, 인명 축허고 제명 부족허영, 발 벋어 앚앙 대성통곡 헐 일덜을,

(정공철 : 다 받안······.)

[소미 김순열이 부엌 안쪽을 가리키며 말한다.]

(김순열 : 저기, 저기도. 설거지 허는 사람 잇네.)

(정공철 : 에 설거지 허는 어룬덜은······.)

[설거지를 하고 있던 주위 해녀들이 돈을 꺼내기 곤란한 상황이라는 말을 한다.]

(정공철 : 에, 봐 주고. 봐 주고. 일허는 어룬덜은 봐 주고.)

[그래도 설거지 하던 해녀들을 대신해 다른 해녀가 인정을 걸어준다.]

(소미 김순열 : 응 다 허연.)

[심방과 소미가 다시 1층으로 내려 가기 위해 2층 입구를 나서려 한다. 정공철 심방이 바람에 돈이 날리려 하자 놀라며 말한다.]

(정공철 : 어어어. 이거 불려불엄져.)

[뒤따라오던 소미 김순열에게 말한다.]

(정공철 : 이거 잘 정리해붑서. 딱 지들롸붑서.)

[심방이 2층에서 나와 1층으로 내려가는데, 마침 2층으로 들어가려던 해녀와 마주친다. 해녀가 바지주머니에서 돈을 꺼내려 한다.]

(정공철 : 인정 걸쿠과?)

[해녀가 웃으며 인정을 건다.]

(소미 김순열 : 다 놓네. 복 받읍서.)

(정공철 : 고맙수다.)

[2층에서 내려가 1층 입구로 간다. 지나가던 해녀가 심방에게 말을 건넨다.]

(해녀 : 돈 받읍디가? 하영?)

(정공철 : 예.)

[1층 입구문을 들어설 때 다른 해녀도 심방에게 말을 건넨다. 해녀가 쟁반을 바라보며 말한다.]

(해녀 : 많이 벌언 왓구나.)

(정공철 : 예.)

(소미 김순열 : 야 많이 벌언 왐수다.)

[제장으로 들어가자 해녀들이 돈 많이 벌었느냐고 말한다. 심방이 제상 앞으로 다가가 쟁반을 바닥에 내려놓고 말명을 한다. 심방이 말명을 하는 동안 소미 김순열이 쟁반의 돈을 정리한다.]

인정 역게는 받아다가~, 웃상 알상 좌우접상, 돌아보난, 연당 만당 각 오각당이 비엿구나. 젓도전 갈라다가, 연당 만당, ᄀ득이라.

■ 나까시리놀림>지장본풀이
■ 나까시리놀림>지장본풀이>들어가는 말미

ᄀ득이다 남은 좌우도전은 갈라다가, [정공철 심방이 송낙을 가리키며 소미 김순열에게 말한다.] (정공철 : 거 줍서, 송낙.) 옆도전 갈라다가, [심방이 머리에 송낙을 쓴다.] 제민단궐 본주지관님이, 각반분식(各盤分食) 허난, [소미 김순열이 쟁반을 한쪽 옆으로 가져와서, 시루떡을 썬다.] 아이고 본주지관님은, ᄆᆞ른 떡 먹엉, 가슴이 ᄀᆞ웃ᄀᆞ웃[1040] 허여 온다. 청감주(淸甘酒)나 주저 허뒈, 베가 포만(飽滿)헐 듯허여 오고, ᄌᆞ수지(紫蘇酒)

1040) 몹시 애타는 상태.

주저 허뒈, 가슴이 절 일어올 듯 헌다. 어찌 허민 좋으리요. 그리말고 스
주 궂고 팔제 궂던, 지장만보살, 신풀어 올리면, [소미 김순열이 자른 시
루떡을 제상에 올린다.] 애산 신가슴 존질루와[1041] 줄 듯 헌다. 도전에 풀
이로, 지장만보살 신풀어 올리자.

■ 나까시리놀림>지장본풀이>본풀이
[북(문병교)][심방이 노래를 부르기 시작한다. 소미도 따라 부른다.]
지장아 지장아
지장에 본이여
남산국 본이여
여산국 본이여
강남은 천저국
일본은 주년국
서천은 서약국
대한은 민국이
청하늘 청도전
벡하늘 벡도전
도전에 풀이로
신가심 열립서
남산과 여산이
자식이 없어서
호탄식 허는고
어느야 절에서
영급이 좋던고

1041) 가라앉혀.

어느야 당에서

수덕이 좋던고

동게남 상저절

서게남 금법당

남게남 노강절

북하상상 동중절

영급이 좋더라

수덕이 좋더라

상벡미 중벡미

하벡미 일천석

송낙지 구만장

가삿베 구만장

벡 근을 체와서

원수룩 가는고

원수룩 올리시니

세양주 땅으로

지장의 아기씨

소르릉 소르릉

솟을아 나는고

혼 설이 나는 혜에

어머님 무릅에

연조셀 허는고

두 설이 나는 혜에

아바님 무릎에

연조셀 허더라

세 설에 네 설에

할마님 하르바님 [소미 김순열이 장구를 가지고 북 옆으로 가더니 함께
앉아 장구를 치기 시작한다.]
무릅에 앉아서
노념을 허는고
♀섯 술 나는 혜에
어머님 죽더라.
일곱 술 나는 혜에
아바님 죽는고
♀답 술 나는 혜에
할마님 죽는고
아홉 술 나는 혜에
하르바님 죽더라
어딜로 가리요
동네야 금방상
웨삼춘 댁으로
수양을 가시나
가는 날 저냑에
개 먹단 접시에
술랍을 달렌다
죽으라 허시고
네여도 가는고
삼도전 거리여
亽도전 거리로
나아도 가더라
옥항에 부엉새
땅 알엔 도닥새

혼 눌갠 끌리고

혼 눌갠 더꺼서

하늘이 밥 주고

지에가 옷 주멍

키와도 가는고

이렁셩 저렁셩

열다섯 십오세

왕구녁 차시니

착허덴 소문이사

동서로 나더라

문수야 댁에서

문혼장 오는고

허급을 허시니

막펜지 가더라

신랑이 오는고

신부가 가더라

가는 날 저냑에

좋은 일 허엿져

좋은 일 허시니 [목을 가다듬는다. 기침이 나온다.]

셍남자 허는고 [기침 뒤에 목이 잠겼다.]

착험도 착허다

출림도 출럿져

유기(鍮器)야 전답(田畓)에

물 무쉬아올라[1042]

1042) 마소마저.

다 불려 가던고
여레섯 나는 헤에
시아방 죽더라
열일곱 나는 헤에
시어멍 죽는고
여레답 나는 헤에
남인(男人) 가장 죽느라
열아홉 나는 헤
셍남자(生男子) 아올라
오독독 죽는고
나년에 팔저여
나년에 스주여
어딜로 가리요
시누이 방으로
혼 지방 넘으난
시누이 나 뚤년
잡을 말 허는고
두 지방 넘으니
죽일 말 허더라
시누이 나시는
베룩1043)이 닷 뒈여
쉬가 닷 뒈여
어딜로 가리요
열다섯 십오세꼬지

1043) 벼룩.

입던 입성 들런

주천강 연못데

연서답 가는고

조그만 아기씨광

예숙을 제끼난1044)

지어도 가더라

물멩지 단속곳을

다 벗어 주고서

동으로 오는 건

대서(大師)가 오더라

서으로 오는 건

소서(小師)가 오는고

대서님 소서님

나 팔젤 굴립서

나 스줄 굴립서

원천강(袁天綱) 화주역(四柱易)에

오용팔궬1045)

다 네여 놓고서

스주를 굴린다

팔제를 굴린다

전분(前分)은 좋으나

후분(後分)은 궂수다

후분은 궂이나

말분(末分)은 낫수다

1044) '예숙 제끼다'함은 '수수께끼 내기를 하다'의 뜻.
1045) 오행팔괘(五行八卦)를.

원어멍 원아방
시아방 시어멍
남인 가장에
셍남자 아올라
전새남 허십서
후새남 허십서
허시던 연서덥
다 걷어 설러두고
주천강 연드리
웨나무 웨지둥
신전집 무어두고
주천강 연드리
연뽕낭 싱근다
싱근 날 잎 돋나
연뽕잎 튼어다가
누에를 멕여서
누에 줌 제운다
누에씰 빠는고
왈각잘각
초공전 드리여
이공전 드리여
삼공 시왕드리
처서 영겟드리
눈물수건이여
뚬수건이여
허시다 남은 건

열대 자 아강베포1046)

혼 일곱 자

흐룸줌치에1047)

석 자 오 치

직부잘리1048) 허영

데공단 고깔로

머리를 가끈다

혼 침 질러라

굴송낙이

두 침 질러

비령잠삼이여

목에 염주

손에 단줄1049) 거느려

은주랑 철쭉대 짚어

시권제 받으레

동으로 들어서

서으로 나는고

서으로 들어서

동으로 나더라

홉으로 줄 디는

뒈 마련 허여 주고

뒈로 줄 디는

1046) 중이 재미(齋米)를 얻으러 다닐 때 멜빵으로 등에 지는 보자기 비슷한 것.
1047) '흐룸줌치'는 중이 재미(齋米)를 얻으러 다닐 때 쌀을 넣어 지게 된 주머니 비슷한 것인 듯.
1048) 재미를 넣는 자루.
1049) 단주(短珠)를.

말로야 주는고
시권제 받아다가
○○○ 가더라
동네야 금방상
청비발 아기씨덜
빌어다가
이여 방에 이여 방에
가시오름
강당장집에
세콜방에가
세 글럼서라.
원전싱 궂인
요 네 몸 말앙
늬콜방에로
세 맞아 가더라.
이여 방에
이여 방에
다 허여 놓고서
체할망 불르라.
쳇바퀴 탁허게 치난
체 알에 ᄀ를은
좀질고 좀질다.
체 우엣 ᄀ를은
훍음도 훍으다.
체 알엣 ᄀ를은 네려단
주는펜1050) 송펜1051) ○펜

돌레1052) 월변이여

다 허여 놓고서

체 우엣 ᄀ를은 허여단

강남서 온

조ᄀ만 몟시리1053)

일본서 온

조ᄀ만 몟솟1054)에

초징을 놓는고

이징을 놓더라.

삼징을 놓아서

수인씨(燧人氏) 불러다

수인씨 불러다가

불화식(-火食) 허시난

초감제 시리여

신맞이 시리여

상겟시리여

할마님 시리여

초이공 시리여

대신맞이 시리영

처서영맞이 시리영

다 허여 놓고서

원어멍 원아방

1050) 김으로 찐 도래떡.

1051) 송편.

1052) 둥글고 납작한 떡.

1053) 시루.

1054) 솥.

씨어멍 씨아방
설운 남인 가장
생남자 아울라
전세남 허더라
후세남 허는고
지장이 아기씨
인간 살아실 적
좋은 일 허시난
죽엉 갈 떼에
통부체1055) 몸으로
탄싱을 허더라.
이 지장은
어느 누게가
일롸 지장이냐
게장님 이장님
줌수훼장이여
감사여 총무여
고문이영
총데위원덜
줌수덜
게원일동덜
삼제관님네
일롸 지장이여
요 지장 일루난

1055) 부처.

새 앚아 오는고

물 기린 새라근

물 주며 드리자.

쏠 기린 새라근

쏠 주멍 드리자.

주어라 휠쭉

휠쭉 휠쫭

드리다 남은 걸랑

날역(日厄)을 메웁서

둘역(月厄)을 메웁서.

월역(月厄) 시력(時厄) 다 메와줍서-.

■ 나까시리놀림>군병질침

[북, 장구 반주를 멈춘다.]

아~ 아~ 지장 만보살 신풀어, 새는 낫낫치 드려 잇십니다. 아아~ 아~, 일천 ᄀ를질이, 와각빠각 일어온다. 어허 동으로도 일천 ᄀ를질이여, 서으로 일천 ᄀ를, 남으로 북으로, 일천 ᄀ를질이 와각빠각 일어온다. 삼소오월 ○○○에, ᄌ지(紫朱) 어남[1056] 탕천(撑天)허여 오듯, 칠년 한기(早氣)에 모인 구둠[1057] 일어오듯, 일천 ᄀ를질이 와각빠각 일어온다. 일천 ᄀ를질랑 본멩두 신멩두치마[1058] 앗아들엉, 아주 절삭 허터 맞고 떨어 맞앗더니만은 그 두으론, 삼천군병질이 어허 [공싯상에 두었던 요령을 집어든다.] 와각빠각 일어온다. 어떤 것이 군병이냐 허건, 아 에무허게 죽엉

1056) 안개.
1057) 먼지.
1058) 신칼 손잡이에 길게 달아맨 종이 조각.

저싱도 못 가곡 이싱도 못 오랑, [요령] 이야 중간 브름질 구름질에 떠뎅기당, ᄌᆞ순들에 열두 풍문조훼 불러주는 게 군병이로구나. [요령] 어느 시절 울러오던 군병이냐 영 헙건, 혼합시(混合時) 이알로 게벽시(開闢時) 이알로 울러오던, 군병질이로구나 우리나라, 고구려 벡제 신라, 삼국전쟁 떼에 울러오던, [요령] 이런 군병질이로구나. 아하 저 항파두리(缸坡頭里), 짐통정(金通精) 난리에, [요령] 울러오던 군병질이야, 이태왕(李太王) 국이 등등헐 떼, [요령] 어느 임진웨란(壬辰倭亂) 정유제란(丁酉再亂) 병자호란(丙子胡亂)에 울러오던 군병이로구나. [요령] 어느 구한말(舊韓末)은 임오군란(壬午軍亂)에 갑신정변(甲申政變)에나, 갑오농민전쟁(甲午農民戰爭) 떼에 울러오고 갑인년(甲寅年) 숭년(凶年)에 울러오던, 이런 군병이야 아아아 웨정시데(倭政時代)에, 아 그뿐만도 아니라, 우리 제주도, 이제ᄉᆞ(李在守)에 난리여 강우벡(姜愚伯)이 오데현(吳大鉉)이 방성칠(房星七)이 강제검(姜悌儉)이 난리여, 울러오던 요런 군병질이로구나. 데동아전젱(大東亞戰爭)에 울러오던 군병이여, 어느 무자(戊子) 기축년(己丑年), 칼 맞아 총 맞아, 죽창(竹槍)에 철창(鐵槍)에 얼어 벗어 굶어 죽어가던, 이런 삼천군병질이 와각빠각 일어온다. 육이오동란(六二五動亂)에 사일구(四一九) 오일육(五一六)에, [요령] 십이십이(十二十二) 오일팔(五一八)에 남양호(南洋號) [요령] 침몰 떼에 죽어가던 요런 군병질이로구나. 어느 비헹기(飛行機) 사고 나고 열차(列車) 지하철(地下鐵) 사고에 죽어가고 여객선(旅客船) 사고에, 죽어가던 요런 삼천군병이로구나. 삼천군병 뒤로, 아하 쉐 잡아 전물제(牷物祭)를 받아오고, 독¹⁰⁵⁹⁾ 잡아 훼양놀이, 쉐 잡아 돈 석 푼 받곡 독 잡아 담베 훈 쌈 받아오던, 청토칼에 청토실명 벡토칼에 적토칼에 흑토칼에, 흑토 실명질이로구나. 영실이 철분이 예촌이, ᄀᆞ뜬 요런 어허 실명질이, 와각빠각 일어온다. 모질고 독헌 이런, 군병들랑 천지왕골목드레

1059) 닭.

네놀리곡, [요령] 어질고 착헌 어 이런 군병이랑 [요령을 공싯상에 내려놓는다.] 떡 밥 궤기 술 하영하영[1060] 허여당[1061] 저 올레로 삼천군병,

[신칼점] 아이고 고맙습네다. (해녀들 : 고맙습니다.) [심방, 단골들을 돌아보면서 말한다.]자, 잘 얻어먹언, 똥덜 박박 끼멍 저레 막 돌아난. (해녀 : 아이고, 고맙수다.)

■ 나까시리놀림>제차넘김
[공싯상에 신칼을 내려놓고 송낙도 벗어 내려놓는다.] 상당 불법전 어 간뒈엇습니다. 상당 불법이랑, 요왕 연맞이드레, 제돌아 점주헙서-.
[허리 숙여 절하고 물러난다. 소미들에게 인사한다.]
(정공철 : 굿허엿수다.)
(문병교 : 수고허여서.)

신흥리 잠수굿 요왕맞이 요왕·선앙질침

자료코드 : 10_00_SRS_20100226_HNC_KSA_0001_s14
조사장소 : 제주특별자치도 제주시 조천읍 신흥리 539-1번지(어촌계창고)
조사일시 : 2010.2.26
조 사 자 : 허남춘, 강정식, 강소전, 송정희
제 보 자 : 김순아, 여, 70세 외 3인
구연상황 : 김순아 심방이 퀘지 차림에 송낙을 쓰고 나서서 진행하였다. 요왕선왕질 돌아봄→요왕선왕질침→요왕선왕문 질친 フ뭇 알아봄→요왕문 잡음→요왕문 열림 등의 순서로 진행하고 제차넘김으로 마무리하였다.

1060) 많이많이.
1061) 해다가.

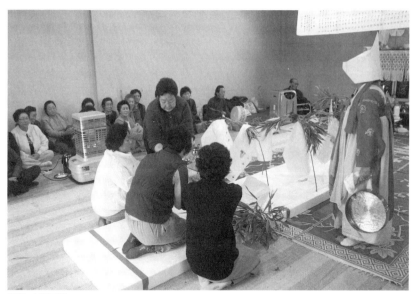
요왕·선앙질침

■ 요왕맞이

[김순아(퀘지, 퀘지띠, 송낙)]

[요왕맞이는 바다를 다스리는 용왕을 청하여 해상의 안녕과 풍요를 기
원하는 의례이다. 그 가운데서도 용왕이 오가는 길을 치우고 닦는 이른바
'질침'이 핵심적인 제차이다. 맞이굿은 대개 초감제에 해당하는 제차가
반복되기 마련이지만 신흥리 잠수굿에서는 이를 생략하고 요왕질침을 중
심으로 해서 진행하였다. 바닥에 스티로폼을 깔아 요왕질을, 그 위에 댓
가지를 꽂아 요왕문을 형상화한 다음 심방이 그 길을 치우고 닦고 한 다
음 그 문을 열어내는 과정을 연극적으로 보여준다. 질침을 한 뒤에는 요
왕체서본풀이를 구연하였다.][제장 가운데 두꺼운 스티로폼 두 개를 이어
깔아놓고, 양쪽에 댓가지를 꽂았다. 댓가지에는 지전과 책지를 묶었다.]

■ 요왕맞이>요왕선앙질 돌아봄

[심방은 신칼과 요령을 들고 나섰다.] 요왕 헤신제로~ 연맞이, 앞으로 올고금년~, 경이년(庚寅年) 나는 헤에~, 삼진 초정월둘, 오널 열사을 날, 조천읍은 신흥리, 어촌게 뒙네다. 요왕 헤신제로, 영등제로, 일만 팔천 신우엄전임네딜, 옵서 청허여 잇십니다. 삼본향(三本鄕) 연드리, 오리정 신청게 신나수고, 자순덜 불러앚정, 열명종서 드려 잇십니다. 요왕 선앙질, 어간 뒈여 잇입니다. 요왕 선앙질이 어찌 뒈며, 몰라 옵네다. 그리 말고 하늘 옥황 금정 옥술발 좌절영기 신감상 둘러받아 요왕 선앙질도 돌아올려-.

‖중판‖ [북(정공철), 설쉐(문병교), 데양(김순열)] [요령을 흔들며 문전으로 간다. 문전에 이르러 양쪽 신칼치메를 어깨 위로 올렸다가 동시에 내린다. "어허~" 소리하며 몸을 들썩이며 조금씩 물러나는 듯이 하다가 다시 앞으로 나아가 신칼치메를 어깨 위로 올렸다가 동시에 내린다. 감상기를 양손에 나누어 든다. 감상기를 나란히 세워 들고 요령을 흔들며 뒤돌아 안쪽으로 가다가 다시 문전 쪽으로 되돌아가 댓가지 사이를 갈지자로 오가며 통과한다. 제상 앞에 이르러 허리 숙여 오른쪽으로 뒤돌아서서 감상기를 흔들며 잠시 춤을 춘다.]

‖감장‖ [왼감장, 오른감장을 차례로 돈 뒤에 멈추면 연물도 따라 그친다.]

■ 요왕맞이>요왕선앙질침

어허 허허~. 요왕 선앙질 돌앗더니만은, 하늘이 솟북허곡, 지하가 솟북허는구나. [요령을 공싯상에 내려놓는다.] 할라산(漢拏山)만썩 서모봉만썩,1062) 웬당오름만썩,1063) 솟북허는구나. 아끈 물망 길이로구나. 한 물망

1062) '서모봉'은 제주시 조천읍 함덕리와 북촌리 경계의 바닷가에 있는 오름.
1063) '웬당오름'은 제주시 삼양동과 조천읍 신촌리 경계의 바닷가에 있는 오름.

길이로구나. 아끈 듬북 길이로구나. 어찌 허민 뒐리. 면은 잡히저 허뒈 곤란허고, 도장 잡현 보난 김녕 이도장 세별허엿구나. 신도청을 잡히라 허는구나. 신도청은 잡현 보난, 원전싱 팔저 궂고 수주 궂인, 신이 아이 요질 잡혓구나 칠만 허고 다끌¹⁰⁶⁴⁾ 만허는구나. 그리~ 말고 제석궁 들어가은하~ 눌시리¹⁰⁶⁵⁾ 쿨아다 동드레 비여-.

‖ 중판 ‖ [문전 앞으로 가서 신칼치메를 올렸다 동시에 내리며 "여허~" 소리친다. 바닥에 놓아둔 댓잎 묶음을 들고 풀을 베어내는 모양을 하면서 댓가지 사이를 통과한다. 그러는 동안에도 "여허~" 소리를 반복한다. 제상 앞으로 가서도 풀을 베는 모양을 몇 차례 반복한 다음 댓잎을 바닥에 던진다.]

‖ 감장 ‖ [신칼을 왼손에 모아잡고 그 치메를 오른 어깨에 걸친 다음 오른손으로 모아잡고 왼감장을 돈다. 왼손은 놓고 오른손으로 신칼치메를 모아 잡은 채 오른감장을 돈 다음 신칼점을 한다.]

[데양을 치는 소미 김순열에게 말한다.]

(김순아 : 연물 설렁설렁설렁 두드려사주게.)

[단골들 웃는다. 김순열을 비롯한 소미들도 함께 웃는다.]

(김순아 : 김○베¹⁰⁶⁶⁾ 셍각허멍 두드렴다?)¹⁰⁶⁷⁾

[뒷짐을 진 채 신자리를 서성이면서 말명을 시작한다.] 동서르레 비엿더니만은 허뒈, 동드레도 미끈허게, 실어져가는구나. 서더레도 미끈허게, 실어지어가는구나. 할라산(漢拏山)만썩,

[다시 김순열을 돌아보며 큰소리한다.]

(김순아 : 게도 두드려사여!)

1064) 닦을.
1065) 날카롭게.
1066) '김○배'는 김순열의 남편.
1067) 두드리느냐.

[단골들 크게 웃는다. 김순열도 함께 웃는다.]

할라산만썩,

[다시 김순열에게 한 소리한다.]

(김순아: 군소리허염젠 똔드레[1068] 밀려불젱 말앙. 사름 닐 악물고 허여사는 거라, 그런 건. 욕 들멍.)

[김순열, 웃으며 고개를 끄덕인다.]

할라산만썩 서모봉만썩, 웬당오름만썩, 솟북헤여 오는구나. 아끈 물망 길이로구나. 한 물망 길이로구나. 아끈 듬북 길이로구나. 한 듬북 길이로구나. 일만 헤녀 어룬덜, 물에 들레 가민, 물 알이 어둑을[1069] 듯허는구나. 어찌 허민 뒐리요. 야 데정(大靜) 심방덜은, 심모람 작데기엥 허뒈 우리~ 주(州)이의 목안(牧-) 심방덜은 서늘꼿[1070] 가깝구나 들굽낭 작데기 허여 당 동드레 치워-.

‖중판‖[심방은 신칼마저 공싯상에 내려놓고 다시 문전으로 간다. 문전에 놓아둔 막대기를 들고 “어허~” 소리를 하며 뒤돌아선다. 댓가지 사이를 돌면서 막대기로 해초를 치운다. 제상 앞으로 나아가서도 막대기로 무엇인가를 치우는 모양을 거듭하고 다시 댓가지를 세운 요왕질 옆으로 가서도 이와 같이 한다.]

‖감장‖[양손으로 막대기를 들고 왼감장, 오른감장을 차례로 돈다.]

[막대기를 짚고 신자리를 서성이면서 말명을 한다.] 에허 어어~ 허. 동서드레, 치왓더니만은 허뒈, 아이고 점점 못쓸 길이 뒈여 오는구나. 왕데왓[1071] 그르코지ᄀ찌,[1072] 과작헤여[1073] 오는구나. 오데왓 그르코지ᄀ찌

1068) 다른 곳으로.
1069) 어두울.
1070) ‘서늘꼿’은 곧 ‘선흘곳’으로, 제주시 조천읍 선흘리 일대의 수풀지대.
1071) 왕대밭.
1072) 그루터기같이.
1073) 꼿꼿하여.

과작헤여 오는구나. 검을[1074] 조데감칩이,[1075] 왕데왓 그르코지ᄀᆞ찌 과작
헤여 오는구나. 멩도암은[1076] 김자수칩이, 왕데왓 그르코지ᄀᆞ찌 과작헤여
오는구나. 일만 혜녀 어른덜, 저 바당에 물에 들레 가면은, 아이고 발이
첼 듯허는구나 손이 첼 듯허는구나. 어찌 허민 들리야. 야 그리 말고 제석
궁 들어가 은따비 놋따비 타다 곱곱들이 풀어-.

‖중판‖[공싯상에 두었던 요령을 집어들고 흔들면서 문전으로 간다.
요왕질이 시작되는 곳에 이르러 "어어 허~" 소리하며 막대기로 따비질
하여 흙을 파고 요령으로 흙덩이를 부수는 모양을 한다. 이어 댓가지 사
이를 오가면서도 이와 같이 하며 요왕질을 통과한다. 제상 앞에 이르러서
도 따비질하는 모양을 한다.]

‖감장‖[막대기를 들고 윈감장, 오른감장을 차례로 돈다.]

어허~ 어. 은따비 놋따비 가져 들어, 곱곱들이 팟더니만은 허뒈, 아이
고 파는 디 가 너미 파불고, 아니 파는 디 강 아니 파부난, [요령을 공싯
상에 내려놓는다.] 흙은 벙에[1077]가 일어나는구나 좀진 벙에가 일어나는
구나. 마세 돌이 일어나는구나. 일만 혜녀 어룬덜 줌수 어룬덜, 저 바당에
물에 들레 들어가면, 짚은 바당 들어가면은, 발에 걸릴 듯허는구나 손에
걸릴 듯허는구나. [소미 김순열이 수건을 쥐어주자 그것으로 얼굴의 땀을
훔친다.] 몸이 다칠 듯허는구나. 어찌 허민 들리요. 흙은 벙에도 치우라
허는구나 좀진 벙에도 지우 치우라 허는구나. [소미 김순열, 돌멩이를 쥐
어준다.] 마세 돌도 치우 옥돌 초돌랑 동서르레 치워-.

‖중판‖[돌을 든 손을 허리 뒤로 돌려 마치 진 듯이 하여 요왕질이 시
작되는 곳으로 간다. 되돌아서서 돌을 요왕질로 던진다. 돌을 집어 던지

1074) 제주시 구좌읍 덕천리의 본래 이름.
1075) 조 대감댁(大監宅)에.
1076) '멩도암'은 제주시 봉개동에 속한 마을.
1077) 덩이.

고 다시 주워 던지면서 요왕질을 통과한다. 제상 앞에 이르러 돌을 주워 다시 진 듯이 하여 요왕질을 다시 통과한다.]

‖감장‖[제상 앞에 이르러 왼감장, 오른감장을 차례로 돈 다음 멈추어 선다.]

여어 허~. 옥돌 츳돌을, 치왓더니만은 허뒈, 아이고 흙은 병에 누워난 딘, 우묵허고 좀진 병에 누워난 딘, 즈묵허여 오는구나. [소미 김순열에게 돌을 내밀며 말한다.] (김순아 : 마, 요 거. 이레 바리라!) 디디난 굴렁[1078] 이로구나. [소미 김순열이 돌멩이를 받아들고 문전으로 내간다.] 디디단 동산이로구나. 일만 혜녀 좀수덜 저 바당에, 물에 들레 가근엥에,[1079) 상 좀수(上潛嫂)는 짚은 물에 들어가고, 중솜쥬(中潛嫂) 하좀수(下潛嫂)는 앞 은 디 들어가면, 아이고 홈싹허민 굴렁이요, 홈싹허민 동산이로구나. 발이 빠질 듯허는구나. 어떵 허민 들리요. 그리 말고 동서드레 밀어-.

‖중판‖[공싯상에 두었던 신칼을 왼손에 모아들고 문전으로 가면서 신칼치메를 오른 어깨에 걸치어 오른손으로 치메를 움켜쥔다. 문전에 이 르러 뒤돌아서서 오른손을 내리어 신칼과 신칼치메를 수평이 되게 한다. "어허~ 어" 소리하면서 신칼치메로 무엇인가를 밀어내는 모양을 하면서 요왕질을 통과한다. 제상 앞에 이르러서도 이와 같이 한다.]

‖감장‖[왼감장, 오른감장을 돈 뒤에 제상을 향하여 허리를 숙인 채 신칼점을 세 차례 하고 멈춘다.]

야아 하. 동서드레 밀엇더니만은 허뒈, 아이고 점점 못쓸 길이 뒈여오 는구나. 강데장 フ뜬 모릿뎅이발로 펭군(平均)이 골르라 허는구나. 오데장 フ뜬 모릿뎅이발로 펭군이 골르라 허는구나. 허당허당[1080) 버치건,[1081)

1078) 구렁.
1079) 가서는.
1080) 하다하다.
1081) 부치거든.

강대장 오데장 フ뜬, 모릿뎅이발로 동서드레 펭군허게 골라~.

∥중판∥[신칼치메를 허리 뒤로 돌려 왼손으로 신칼, 오른손으로 신칼치메를 잡고 문전으로 나아간다. 발로 밟아 고르는 모양을 하면서 요왕질을 통과한다. 제상 앞에 이르러서도 이와 같이 한다.]

∥감장∥[신칼치메를 오른 어깨에 걸치어 오른손으로 신칼치메를 부여잡고 왼감장을 돈다. 오른손을 가슴 앞으로 내려 오른감장을 돈다. 감장을 멈추고 허리를 숙여 신칼점을 두 차례 한다.]

야아 하~. 강대장 오데장 フ뜬 모릿뎅이발로, 펭군허게 골랏더니만은 허뒈, 모인 구둠이 일어나는구나 한 구둠이 일어나는구나. 짚은 바당 속에 줏인 안게 지듯, 보인 안게 지듯 혜여근, 혜녀 어른덜 저 바당에 물에 들레 가민 눈 먼 물 알이 어둑을 듯허는구나 ᄌ진 안게フ찌, 보인 안게フ찌 헐 듯 그리~ 말고 제석공 들어강 청비 타당 동서르레 씰어~.

∥중판∥[천천히 요왕길이 시작되는 곳으로 간다. 신칼치메로 무엇인가를 털어내는 모양을 하면서 요왕길을 통과한다. 제상 앞에 이르자 바로 말명을 시작한다.]

야아 하.

[연물석으로 가서 소미 김순열에게 말한다.]

(김순아 : 거봐 경 혼번 욕 들어나난 이젠 정신 출련 두드려졈신게이.)

[김순열도 웃고 단골들도 웃는다.]

(김순아 : 잘 허염져. 경 잘 허는 건 잘 허염젠 허곡 못 허는 건 못 허염젠 혜사 정신을 출리는 거라.)

[다시 가운데로 나서면서 말명을 시작한다.]

야하, 청비 타다 동서드레 씰엇더니만은 허뒈, 아이고 점점 못쓸 길이 들어오는구나. 야하 ᄌ진 안게 보인 안게 지듯 어찌 허민 뒐리요 칠년 안게 구년 수가 지어오는구나 청이슬ᄃ리도 노라 허는구나 뱅이슬 이슬이슬 청이슬 뱅이슬 홍이슬ᄃ리도 노레 갑니다~.

‖늦인석‖[북·설쒜(정공철), 데양(문병교)][소미 김순열이 요왕질에 삼주잔의 술잔을 조금씩 비운다.]

아허, 아이고 이슬드리 노렌 허난, 주는 디 간 너미 주어불고 아니 주는 디 간 아니 주러부난, 드디난 는축허고 드디난 난축 경 아녀도 오널 비오란 는축난축허여오는디, 는축난축허영 이 드리도 못쓸 듯허는구나. 어떤 드리 노민 들리요 청소세도 비여 낄 라 벡소세 소왕 소세드리도 노레 갑니다-.

‖늦인석‖[소미 김순열이 요왕질에 댓잎을 뿌린다.]

야허, 소왕 소세드리 놓앗더니만은, 아이고 디디난 바싹허고 디디난 부싹허여, 이 드리도 못쓸 듯허는구나 어떤 드 예- 청나부드리도 노레 갑네다-.

‖늦인석‖[소미 김순열이 요왕질에 지전 조각을 뿌린다.]

야하, 청나부드리 예- 요왕 선앙드리도 노레 갑네다-.

‖늦인석‖ 야아 하 어허 어, [소미 김순열이 단골들과 함께 무명천을 요왕질에 깐다.]

요왕 선왕드리, 놓앗더니만은 허뒈, 이 드리는 어느 누가 일룬 드리던고 영 헙거든, [축원문을 보면서 말명을 한다.] 야하 조와, 야 어촌게 게장님 김○선이 예순둘님 일룬 드립네다. 무을 이장님 뒙네다 김○선이, 쉰일곱 일룬 드립니다. 잠수훼장 뒙네다 강○예, 예순세 설 일룬 드립네다. 야하 감사뒙네다 문○옥이, 쉰네 설 일룬 드립네다. 감사 뒙네다 김○복이, ᄀ디 곤 쉰 일룬 드립니다. 총무 뒙네다. 이○자 쉰다섯 일룬 드립네다 공원 이○선이 쉬인네 설 일룬 드립네다. 김○자 예순넷 일룬 드립네다. 총데 뒙네다 김○자 이른다섯, 일룬 드립네다 강○옥 이른네 설, 일룬 드립네다 김○자 예순두 설 일룬 드립네다. 박여○레, 야~ 설우시던 박○기 예순혼 설 일룬 드립네다. 윤○숙이 예순혼 설 일룬 드립네다 현○보 쉰다섯 일룬 드립네다. 양○자 쉰세 설 일룬 드립네다. 오○미 쉰두 설 일룬 드립네다. 고○숙이, 야하 쉰두 설 일룬 드립니다. 잠수 뒵네다 김○수 ○든○섯 일룬 드립네다. 한○레 ○든네 설 일룬 드립니다. 이○복이 ○든 네 설 일룬 드립네다. 손○셍이 ○든둘님 일룬 드립네다. 이○숙이 예순 이른아홉 일룬 드립니다. 손○옥이 설운, 이른○둡 일룬 드립네다. 우○베 이른일곱 일룬 드립네다. 고○숙이 설우시던 이른일곱 일룬 드립네다. 이 ○녀 이른○섯 일룬 드립네다. 김○옥이 이른○섯 일룬 드립니다. 김○희 이른세 설 일룬 드립네다. 안○셍이 이른훈 설 일룬 드립네다. 김○숙이 이른훈 설 일룬 드립네다. 김○자 ○든 예순○둡 일룬 드립네다. 현○자 예순일곱 일룬 드립네다 한○자 예순○섯 일룬 드립니다. 손○희 예순○ 섯 일룬 드립니다. 현○자 예순다섯 일룬 드립니다. 김○선이 예순둘님 일 룬 드립네다. 신○자 쉰다섯 일룬 드립네다 강○자 쉰세 설 일룬 드립네 다. 이○숙이 쉰두 설 일룬 드립네다. 야- 김○레 ㄱ디 ㄹ 쉰 일룬 드립 니다. 게원덜 뒵네다 김○순이, 마흔 ○든일곱 일룬 드립네다. 강○옥이 ○든일곱 일룬 드립니다. 임○베 ○든다섯 일룬 드립네다. 우○기 ○베 뒵 니다 ○든둘님 일룬 드립네다. 문○근 ○근이 이른아홉 일룬 드립네다. 이 ○숙이 이른○둡 일룬 드립니다. 한○셍이 이른일곱 일룬 드립네다. 한○ 지, 이른일곱 일룬 드립네다. 양여 양○자 예순아홉 일룬 드립네다. 김○ 자 예순○섯 일룬 드립네다. 김○자 예순훈 설 일룬 드립네다. 김○숙, 쉰 두 설 일룬 드립네다. 서기 뒵네다 김○숙이 마흔아홉 일룬 드립네다. ㅁ 을 관네에 초헌관임광 이헌관, 모다 일룬 드립네다. ㄹ ○든님 이른○둡 이른셋 일룬 드립네다. [뒤돌아서서 요왕질 옆으로가서 말명을 계속한다.] 아이고 요왕 선왕질 드릴 놓앗더니만은 허뒈, 올궁기¹⁰⁸²⁾도 곱상곱상 헤 여오는구나 실공기¹⁰⁸³⁾도 곱상곱상 헤여오는구나. 서울 방죽훼사(紡績會 社) 아가씨덜, 세경성을 바리멍 훈 치 두 치 늦찬 짜부난 아홉 치 발은 아

1082) 올구멍.
1083) 실구멍.

니 빠지나 허뒈 다섯 치 발은 흠싹허게 빠질 듯허는구나 올공기도 메우라 허는구나 씰공기 올공기 씰공기도 메우레 갑네다-.

∥늦인석∥[북(정공철), 설쒜(김순열), 데양(문병교)][문전으로 가서 데령상의 쌀을 집어 흩뿌리면서 요왕질을 지나간다.]

야하하 어허, 올공기 씰공기를, 메왓더니만은 허뒈, 벡눈 우의 걸음이라, 디디난 무드득허고 디디난 마드득허영, 이 드리도 못쓸 듯허는구나. 요왕 선앙질이로구나. 요왕질엔 헌 건 물 알도 묽아지고 물 우에도 묽아지는 법 아닙네까. 요왕 선앙질이로구나. 그리 말고, 양쪽으로 홈싸올려-.

∥중판∥[양손에 신칼치메를 나누어 잡고 신칼을 아래로 늘어뜨린 채 문전 쪽으로 간다. 양쪽 신칼을 엇갈려 올렸다 내렸다 하면서 요왕질을 통과한 다음 바로 신칼점을 한다.]

어허 어, 양쪽으로 홈싸올렷더니만은 허뒈, 아이고 이 드리도 못쓸 듯허는구나. 어떤 드리 노민 들리야. 옛날은 이 신홍무을에도, 어부덜토~, 자릿베1084)도 하곡, 발동베(發動船)도 하곡 주낫베1085)도 하곡, 갈치 나끄는 베도 하곡 한치 무찌는1086) 베도 하곡 혜엿주만은 이젠 하나토 엇어불언. 영 허난, 옛날 어부덜 헐 떼도~, 어느 벳창 알이 어둑우민, 사고도 당허곡 영 허엿건만은, 이제 혜녀 어른덜만, 저 물에 저 바당에 물질허레 강, 상줌수는 짚은 물에 들어가곡, 중숨주1087) 하숨주덜은1088) 앞은 물에 들어강, 물에 들젱 허민 물 알이 어둡곡, 물 알이 거칠곡 이젠 옛날 닮지 아녀영 엿날은 물에 들레 가민, 망사리 ᄀ득 허여근, 메역1089)도 허영 올라오민 혼 망사리, 구젱이1090)도 허영 올라오민 혼 망사리, 전복(全鰒)도

1084) 자리돔 잡이 배.
1085) 주낚배.
1086) '부찌는'의 잘못.
1087) '중줌수'라고 해야 할 것인데 순간적으로 발음이 잘못된 것.
1088) '하줌수덜은'의 잘못.
1089) 미역.

떼민 혼 망사리썩, 뭉게1091)도 심으민 혼 혼 망사리썩 허영 올라오곡, 영 허난, 우미1092)도 주물민 혼 망사리, 톨1093)도 주물민 혼 망사리, 메역도 주물민 혼 망사리, 영 허영 엿날은 경 허영 삽시에덜 부제(富者)덜 뒈영 과수원도 사곡, 밧도 사곡 집도 사곡 제산도 일루왕, 애기덜 공부도 시경 출세도 시기곡 허엿주만은 이제 홈치 경 험이랑 말앙 어디 시난.

(김순아 : 옛날フ찌 닮지 아녀영 이젠 톡도 엇어양.)

엿날은 바당 곡석에도, 풍년이 들어근엥에,

(김순아 : 경 허여도 이제도 바당에 돈 핫수다게.)

영 허난, 이젠 점점점점 시국이 발전이 뒈여가곡, 영 허난 바당에도 이젠 フ물곡, 숭년이 들어근, 멧년 전이부떤, 우미도 잘 아니 나곡, 한창 나가당 석어불곡,1094) 어떤 뗀 메역도 나다근, 쳇번은 잘 뒈여점직 잘 뒈염직이 허다근엥에 메역도 커가민 석어불곡, 톨도 이젠 잘 허영 나가다근, 톨발도 더러 석어가민, 아니 뒈어불곡, 전복도 허젱 허민, 우엄뒈어근,1095) 크도 아니곡 술지도 아녀곡, 한창 커가당 죽어불곡, 오분제기도 경 허곡 뭉게도 경 허곡, 구젱이도 허 허레 가민 어떤 건 빈 것덜만 하지곡,1096) 영 허난 혜녀덜은 어떵 살 수가 잇입니까. 바당 밑영 지금꾸지 살아온 주순덜인디, 앞으로라도, 바당질에 바당 곡석(穀食)에 잘 뒈여근, 스망 일게 혜여줍서. 바당에도 바당 곡석 잘 뒈어사, 모든 거 사는 일 아닙니까 영 허난, 오널 요왕질 치어근, 바당에 스망 일곡 곡석이영 모든 거 잘 뒈게 허여근, 모든 스망 일게 허여보저 요왕~ 황제국님에 떡드리도 노래 가자ᅳ.

1090) 소라.
1091) 문어.
1092) 우무.
1093) 톳.
1094) 썩어버리고.
1095) 오염(汚染)되어서.
1096) 많아지고.

∥늦인석∥[스제상에 올린 떡쟁반을 들고 떡을 조금씩 떼어내어 던지면서 문전 쪽으로 가서 역시 떡을 조금씩 떼어 던지면서 요왕길을 통과하여 제상 앞까지 간다.]

[단골들 앞으로 간다.]

(김순아 : 이젠, 게장님도 멧년 이거 십년 올르도록 거자 뒈도록 게장을 허단, 이젠 실픈고라,[1097] 금만 금년만 허민 아녀켄.)[1098]

[단골, 소미 함께 웃는다.]

(김순아 : 야, 끗끗네 짐을 지민 지어사주. 어디 경 저 하간[1099] 거 잘 날 뗀 허여 먹다근엥에 하간 거 떨어져가난 이젠, 스직[1100] 아울라 놓겐 그런 숭시[1101]가 어디 십니까. 경 허민 아이 뒈여예. 경 허주만은, 오널 이제 요왕질 치는디, 게장님이나 요 거 마타당[1102] 이제, 예순둘이난 아직도 멀엇주게.)

(단골 : 청춘.)

(김순아 : 청춘. 옛날이주 이젠 이른으로부떠 청춘이고 인셍이난양. 안 직도 살젱 허면은 구말리[1103] 살아살 거라. 이레 와. 구젱이랑 스젱이랑? 영 허난 요 거 마타다근, 게장님 손으로 이거 마타당 오널 올림만 허민 스직 놀 거 아니?)

(단골 : 걸 봐사주. 스직 노라 스직 노라…….)

(김순아 : 게난 요 거 마탕……. 스직 노렝 초상에서 경 굴암신게. 요 거 마타당근에 게난 저.)

1097) 싫증났는지.
1098) 안하겠대.
1099) 여러 가지.
1100) 사직(辭職).
1101) 흉사(凶事).
1102) 맡아다가.
1103) 구만리(九萬里).

(어촌계장 : 아니 주엄직 허는 거 아니꽈?)

(김순아 : 아니 이걸 마타당.)

(어촌계장 : 예.)

(김순아 : 몰라 그거는. 이 신이 성방도 몰르난, 이거 이제 게장님이 마타당 저 선왕상1104)드레 올려보면은…….)

(어촌계장 : 예.)

(김순아 : 너 웨 올리만1105) 허영 설르젠1106) 허느냐. 앞으로 혼 십년 헤살 거 아냐. 영 허영 굴을1107) 거난 가바. 요거 올령.)

(어촌계장 : 경 허켄 허민 나 거 안 마트쿠다.)

(김순아 : 무사? 아이 감티1108) 혼번 씸이 경 쉬운 거라?)

(어촌계장 : 막 하영 써부난 경 헌덴 허민 난 아녀쿠다.)

[어촌계장이 단골들을 돌아보며 말한다.]

(어촌계장 : 날 안 쥅직 허우다.)

요 거 마타당 올려근……. [어촌계장 일어선다.]

(김순아 : 요거 마틉서. 일어상. 마타.)

(어촌계장 : 안 쥅직 헌디마씀.)

[단골들 웃는다. 심방, 떡쟁반을 어촌계장에게 주는 척 하다가 어촌계장이 손을 내밀자 얼른 치워 버린다. 단골들 다시 크게 웃는다.]

(김순아 : 아니 떡 신 디랑 바려가멍.1109) 아니 게건 떡드레도 아이 바리멍1110) 경 굴암시민 닮아나 꿰주만은, 떡 신 디랑 영 베리멍 아이 쥅직

1104) 선왕상(船王床).
1105) 올해만.
1106) 그만두려.
1107) 말할.
1108) 감투.
1109) 보아가며.
1110) 보면서.

허다 허멍.)

[단골들 웃는다.]

(어촌계장 : 그건 마트구장 헌디 아니만 주젠……)

(김순아 : 게난 계장님은 더 허구정 허는 거라이. 음. 십년은 더 허구정 허는 일이난, 게고제고 저 계장님 앞 몬처 이레 역게 올려사. 역게 올려살 거난……)

[어촌계장, 떡쟁반 위에 돈을 올린다. 단골들 웃는다.]

(김순아 : 일억.)

(어촌계장 : 일억.)

(김순아 : 일억 올령 놔두면은 이억에치 벌 거라이.)

(어촌계장 : 예.)

(김순아 : 게난, 이제 이제라근엥에, 이제 훼장. 훼장. 훼장님. 어드레 바리멍 웃음이꽈.)

[단골들 웃는다.]

(김순아 : 그 놈이 강알드레 바리멍 웃음이꽈 게난.)

요 거 마타다근……. [잠수회장, 주머니에서 돈을 꺼낸다.]

(김순아 : 거, 어드레 곱지멍.)

(잠수훼장 : 돈 엇수다.)

(김순아 : 메. 아 당신 돈 엇인 걸 나신디 굴음이꽈게.)

[단골들 크게 웃는다.]

(김순아 : 돈 엇이민 나신디 빗지레 오민 빗젼 주커라. 엇뎅 말랑 허지 말아서.)

(단골 : 나라도 꾸어 안네쿠다.)

[돈을 찾아낸 잠수회장이 일어나 돈을 떡쟁반 위에 올린다.]

(잠수회장 : 아이고 아이고. 훈 장만 올렴수다.)

(김순아 : 오억.)

(단골 : 오억이 더 한게.)

(김순아 : 오억이 더 할 거주이.)

(단골 : 야.)

(김순아 : 게난, 더 올려감서양. 게난 이제 천원짜리 올리는 사름은 십억 뒐 거.)

(단골들 : 십억.)

[모두 함께 웃는다. 심방은 어촌계장과 잠수회장에게 말한다.]

(김순아 : 이거 마타다근에 올립서. 둘이가. 일어삽서덜.)

[어촌계장이 일어서는 잠수회장에게 말한다.]

(어촌계장 : 훼장님만 나 데신 행 옵서.)

[단골들 다시 웃는다. 잠수회장 일어서다가 잠시 비틀거리며 벽을 짚고 선다.]

(김순아 : 아이고 하도 지쁜¹¹¹¹⁾ 그냥.)

[심방은 떡쟁반을 건네주는 척 하다가 "메께라."라고 하면서 얼른 빼버 린다. 단골들 다시 크게 웃는다.]

(김순아 : 경 허주만은, 함덕 엿게 열세 거리, 게도 젊은 떼나 늑신네나 아이 떼라도 게도 바당에서 벌어먹은 역게덜은 실 게난, 아명 붓디 아명 엇덴 헤여도 닮은¹¹¹²⁾ 천원씩은 실 거난. 울은 일을, 우울은 일이민 발등 드레 지는 거라야. 게난.)

(단골들 : 건 맞수다.)

(김순아 : 영 허난~, 삼춘으로부떠 믄저 겁서. 상춘이 상줌수이기 때문 에 믄여 거느리곡 믄여 허곡 믄여 헤살 거라부난, 아이고 늘는 게……. 늘 는 게 칭원허주양.)

(단골 : 늘는 게 칭원허여.)

1111) 기뻐서.
1112) 다만.

(김순아 : 예. 맞수다. 게메, 아이고 저 돈 까메기. 영 허난~, 삼춘은 이제 청을, 아이고. 이레도 걸쿠다.)

[이렇게 단골들 하나하나로부터 인정을 받는다. 단골들이 조사자와 구경꾼들에게도 가서 인정을 받으라고 한다. 심방은 그 말에 따라 조사자와 구경꾼에게도 인정을 받는다.]

(김순아 : 아니 이 신흥무을 잘 뒈쿠다게. 이제랑 요거 마타당 저레 올령 절허곡 헙서. 저 훼장님허곡 게장님허곡 둘만 오랑 절헙서, 저레 강. 저 선왕상드레 올령양.)

[잠수회장이 주저하면서 말한다.]

(잠수회장 : 게장님이 받읍서.)

(김순아 : 아무가 마타도게.)

(어촌계장 : 받읍서게.)

(김순아 : 원 세상에.)

[떡쟁반을 잠수회장에게 건넨다.]

(김순아 : 저레 강 올려근에.)

(어촌계장 : 원여 게장은 남장 아니꽈.)

[잠수회장은 떡쟁반을 선왕상에 올린다.]

[심방은 신자리로 나서서 말명을 한다.] 식은 들어 무파지 드리 놓앗더니만은, 익은 임식(飮食)이라 요왕 황제국님도 먹저, [어촌계장과 잠수회장 함께 제상을 향하여 절한다.] 일만 혜녀도 먹저, ᄌᆞ순덜도 먹저 혜여, 이 드리도 못쓸 듯허는구나. 어떤 드리 노민 들리요. 파도소리 절[1113) 일어오듯, 절 일어오듯 원앙칭칭 듣는 물, 만주에미 홍마음 홍걸레드리도 노레-.

‖중판‖ [공싯상에 두었던 요령을 양손에 하나씩 들고 흔들면서 문전

1113) 물결.

쪽으로 간다. 요령을 흔들면서 요왕질을 통과한다.]

‖감장‖[제상 앞에서 왼감장, 오른감장을 돈다.]

[요령을 공싯상에 내려놓는다.] 어허 어, 칭칭 듣는 물, 만주에미 홍마음 홀걸레드리 놓앗더니만은, 너무 절 일어오는구나. 파도가 일어오는구나. 요왕 선앙질 치고 다까(닦아) 잇입네다. 잘 쳐지며 아니 쳐지며, 요왕~ 황제국님 열전에, 요왕~ 선앙기 놀리멍, 요왕질로 쉐 띄우레 갑니다-.

‖중판‖[북·설쉐(정공철), 데양(문병교)][심방, 문전으로 가서 소미 김순열이 건네주는 선왕기를 든다. 김순열에게 말한다.] (김순아 : 연물 강 두들라게.) [김순열, 연물석으로 달려간다.][북(정공철), 설쉐(문병교), 데양(김순열)][심방은 오른손으로 선왕기를 높이 들고 왔다 갔다 한다.]

‖감장‖[제상 가까이에서 왼감장, 오른감장을 돈 다음 엎드려 절한다.]

‖중판‖[선왕기를 들고 제상 쪽으로 가는데 소미들이 연물을 그치려 하자 심방이 큰소리로 계속 치라고 한다.]

‖줒인석‖[심방은 선왕기를 선왕상 옆에 세운다. 소미 김순열에게 데양을 더욱 빠르게 치라고 주문한다. 공싯상에 두었던 천문과 신칼을 집어 든다. 연물석을 향하여 설쉐와 데양을 바꾸어 치라고 손짓한다.][북(정공철), 설쉐(김순열), 데영(문병교)][심방, 신칼치메를 흔들며 춤을 춘다.]

‖감장‖[왼감장, 오른감장을 차례로 돈다.]

‖줒인석‖[왼쪽어깨에 신칼치메를 걸치고 문전 쪽으로 나아간다. 양손을 번갈아 위아래로 흔들며 요왕질의 댓가지 사이를 갈지자로 오가며 요왕질을 통과한다.]

‖감장‖[요왕질을 벗어나 왼감장, 오른감장을 돈다.]

‖줒인석‖[요왕질 가운데로 요왕질 시작 부분까지 가서 그 앞에 놓인 커다란 고무 대야를 향하여 천문을 던진다. 대야에는 물이 들어 있다.]

‖늦인석‖[심방, 쪼그려 앉아 신칼점을 여러 차례 한다. 잠시 멈추어

있다가 신칼을 바닥에 그대로 둔 채 일어나 단골들 앞으로 가서 분부를 한다.]

금년 요왕엔, 관찮음직 허우다. [소미, 김순열이 신칼을 거두어 간다.] 견디(근데) 좀 조심덜 헙서양. 아니 굴아렝1114) 말앙. 물엥 허민 덤방허게 빠지지 말곡, 기술 좋덴 헤여근엥에, 혼 시간 헐 거 두 시간 들지 말곡, 이녁 몸 셍각덜 허영양. 게고 금년은, 요왕질이 좋지 아니여. 그고 삼제(三災) 든 어른덜이 만헤양.1115) 삼제 든는 어른덜이 하기 떼문에, 삼제 들엇젱 다 궂는 건 아니우다. 허지만은 그 놈이 운에다가 이녁이 궂일 수 잇는 거고, 이녁 운에다가 놈이 궂일 수도 잇는 거고 영 허난, 7찌 서로서로간이 멩심헤살1116) 거라양. 멩심만 허면은 금년은 곱게 넘어가. 게고, 무을에도 크게 무신 궂인 일이나 무신 일 당헴직은 아녀우다. 게난 멩심 허영 말제에랑, 이제, 요왕 요왕에 처섯본(差使本) 잘 풀곡, 이제 엑 잘 막곡, 선앙풀이 잘 헤여근엥에 요왕으로 베방송(-放船) 잘 허곡, 끗조준 잘 허영 이제 가수리꼬지 잘 허영 허면은, 아따 이 굿 무까근엥에1117) 오일 닷세 칠일 일뤠만 이제 무을 동네 정성만 잘 들입서양. 물에 헤영 영 헤여낫젱 넬 이제 물에 들레덜 가지 말곡. 돈은 벌민 돈이고 제산(財産)도 벌민 제산이난 사름 운명이라 헌 게, 혼번 어차허민 따신 못 보는 거 아니꽈. 게난 멩심, 이녁으로 이녁 자신 멩심덜을 허면은, 무을도 펜안헐 거 집안도 펜안헐 거양. 이녁이 멩심 아니민 무을도 복잡허곡 집안도 복잡헐 거난, 게난 잘 굴암시메 멩심덜을 허면은 금년은 이제 바당길에 섭섭친 아녀쿠다게야.

(단골들 : 고맙수다.)

1114) 말하더라고.
1115) 많아요.
1116) 명심해야할.
1117) 마쳐서.

무신 하영 욕심허영은에 풍년(豊年) 든뎅[1118] 말은 못 허곡, 그자 어느 정도 허영 섭섭치 아녀게 헤녀덜, 그자 이녁 밥줄이나 먹게크름 그자 섭섭치 아녀게 허긴 허염직허우다양. 게난 요왕질도 잘 쳐지곡, 요왕에서 돌아가신 어른덜또 다 ᄆᆞ음이 그자 모든 거 다 원한 풀엄서양.

(단골들 : 예, 고맙수다.)

요왕 선앙질 예- 용왕문 잡으레 갑니다-.

[소미들, 양쪽 댓가지 끝을 얽어놓는다. 그동안 심방은 연물석 가까이에 앉아 잠시 쉰다.]

■ 요왕맞이＞요왕선앙질침＞열려맞음

요왕 선앙문 잡앗습니다 울랑국 도느려, [공싯상에 놓인 신칼을 든다.] 천지 일격이랑 사나와 드려가멍……

∥새남∥[북(정공철), 장구(문병교)][심방은 노래하고 소미들은 복창한다.]

사나사나

사낭 옵서.

ᄆᆞ친 간장

사나사나

사낭 옵서.

동이와당

광덕황님

서이와당

광신요왕 [소미 김순열은 요왕질이 시작되는 곳에 채를 놓고, 오른쪽 바깥에는 데령상을 놓는다. 단골 대표 셋이 나와 꿇어앉는다.]

1118) 든다고.

남이와당

청요황님

북이화당

흥요왕님

중앙황신요왕

데금상도

요왕국님

적금상도 [소미 김순열, 삼주잔을 들고 댓잎으로 술을 적셔 댓가지 위쪽으로 흩뿌린다.]

요왕국님

부엉국에

삼처서

요왕데신

선앙데신

일격 간장

사나사나

사낭 옵서 [데양]

사나사나

사낭 오면 [심방은 손짓으로 소미 김순열에게 데령상을 반대쪽으로 옮기라고 한다.]

요왕황제국님

동이화당

광덕황광

열려 줍서. [첫째 문과 둘째 문 사이에서 신칼점을 한다.]

사나사나

열려맞자. [데양][소미 김순열, 첫 번째 문의 댓가지를 뽑아낸다.]

열려열려

열려간다. [단골들 조금 앞으로 다가앉는다. 소미 김순열, 삼주잔을 단골들 앞으로 들이대면 단골들은 두 손으로 바치는 모양을 한다. 김순열은 삼주잔의 술을 댓잎으로 적셔 둘째 문 위로 흩뿌린다. 문을 하나하나 열어갈 때마다 이와 같이 한다.]

서이화당

광신요황도

열려줍서

사나사나 [둘째 문과 셋째 문 사이에서 신칼점을 한다.]

열려마자. [데양][단골들 두 손 모아 허리를 숙인다. 소미 김순열, 두 번째 문의 댓가지를 뽑아낸다.]

열려열려

열려간다.

남이화당

청요황(靑龍王)도

열려줍서. [셋째 문과 넷째 문 사이에서 신칼점을 한다.]

사나사나

열려맞자. [데양][단골들 두 손 모아 허리를 숙인다. 소미 김순열, 세 번째 문의 댓가지를 뽑아낸다.]

열려열려

열려간다.

북이화당

흥요왕(黑龍王)도

황금상도

요황국

적금상도

[테이프 교체하느라 잠시 녹음하지 못하였다.]

요황국

동경국 데왕님

세경국 부인님

열려 줍서 [신칼점][신칼점][신칼점]

사나사나

열려맞자. [데양][소미 김순열, 질대를 뽑아낸다.]

열려열려

열려간다.

요왕 황제국님

요왕 선앙님

요왕 헤신제로

이천십년도에

데한민국

제주도는

제주특별~

자지도

조천읍은~

신흥리에~

오삼구

다시 일번지

신흥리

어촌게에

헤신제로

요왕질 치고 다깡1119)

이십네다.

무을 유지장

게장님 뒙니다.

김○성님

예순둘님

인정 걸엄수다.

이장님 뒙니다.

김○선이

쉬인일곱님도

인정 걸엄수다.

좀수훼장님

강○리

예순셋님도

인정 걸엄수다.

설우시던

감사뒙네다

문○옥이

쉬은네 설

인정 걸엄수다.

감사 뒙네다.

김○국이

ᄀ디 ᄀ 쉰

인정 걸엄수다.

총무 뒙네다.

이○자

1119) 닦아서.

그디 쉰다섯

인정 걸엄수다.

고목로1120)

이○석이

쉰네 설

인정 걸엄수다.

고흔목1121)

김○자

예순네 설

인정 걸엄수다.

총대(總代) 뎁네다.

김○자

이른다섯

인정 걸엄수다.

강○옥

이른네님

인정 걸엄수다.

김○자

예순두 설

인정 걸엄수다.

박○희

예순훈 설

인정 걸엄수다.

윤○수

1120) 고문.
1121) 고문.

예순한나

인정 걸엄수다.

현○옥이

쉰다섯 설

양○자

쉰세 설

인정 걸엄수다.

오○미

쉰두 설

고○숙이

쉰두 설

잠수덜

김○수

으든으섯

인정 걸엄수다.

한○레

으든넷님

인정 걸엄수다.

이○복이

으든네 설

인정 걸엄수다.

손○셍이

으든둘님

인정 걸엄수다.

이○숙이

이른아홉

인정 걸엄수다.
손○옥이
이른ᄋ둡
인정 걸엄수다.
온○베
이른일곱
고○숙이
이른일곱
인정 걸엄수다.
이○호
이른ᄋ섯 설
김○옥이
이른ᄋ섯
인정 걸엄수다.
김○희
이른셋님
인정 걸엄수다.
안○셍이
이른호 설
김○여
성○이
이른호 설
인정 걸엄수다.
김○자
예순ᄋ둡
인정 걸엄수다.

현○자

예순일곱

한○자

예순ㅇ섯

손○희

예순ㅇ섯

인정 걸엄수다.

현○자

예순다섯

김○석이

예순둘님

신○자

쉰다섯

인정 걸엄수다.

강○자

쉰세 설

이○숙이

쉰두 설

인정 걸엄수다.

김○희

ᄀ디 ᄌ 쉰

게원덜

김○선이

ㅇ든일곱

강○효

ㅇ든일곱

임○리

영비 됍네다.

ᄋᆞ든다섯 설

우○여

ᄋᆞ든둘님

인정 걸엄수다.

문○국이

이른아홉

이○숙이

이른ᄋᆞ둡 설

한○셍이

이른일곱

한○레

동셍이

이른일곱 설

양○자

예순아홉

인정 걸엄수다.

김○자

예순ᄋᆞ섯

김○자

예순한나

김○숙이

쉰두 설

인정 걸엄수다.

서깁네다.

김○숙이

마흔아홉도

인정 걸엄수다.

ᄆᆞ을 유지장

초헌관임

김○문이

ᄀᆞ디 ᄀᆞᆯ ᄋᆞ든

아헌관임

강○문이

이른ᄋᆞᆸ 설

초헌관임

김○임

김○문이

이른셋님

인정 걸엄수다.

ᄆᆞ을 안네

펜안허게 헙서.

동네 금방상

펜안허게 헙서.

바당질에

요왕질에도

펜안허게 헙서

일만 어부

혜녀 어른덜

장ᄌᆞᆷ수

상ᄌᆞᆷ수나 중ᄌᆞᆷ수나

하줌수덜

저 바당에 들엉

바당질에서

넉날 일덜

막아줍서.

혼날 일덜

막아줍서.

부엉국(府院國)에

삼처서(三差使)에

체고 갈 일

막아줍서.

요왕질에

호량광풍(忽然狂風)

만날 일덜

삼진 절국

만날 일덜

막아줍서. [신칼점]

고맙수다.

금년은

정혜년(丁亥年)이옵고

일년 열두 둘

날로 삼백육십오일

요왕질에

어느 전복이나

소라에나

오분제기

문어에나

성귀1122)에나

어느 지

우미1123) 전각(靑角)

톨1124)에나

메역1125)에나

먹을 만 쓸만

바당 곡석에

스망 일게 허영 [신칼점]

고맙수다.

바당질에

스망 일게

헤여 줍서.

이거 영등둘은 아닙네다만은

영등둘 나면은

영등데왕

영등부인

오랑 갈 떼랑은

오곡씨 삐여두고

소라씨여

전복씨영

메역씨영

1122) 성게.
1123) 우무.
1124) 톳.
1125) 미역.

어느 지양

설우시던

우미씨영

톨씨영

오곡씨덜

뻬여두어근

가곡 헙서. [신칼점]

사나사나 [신칼점]

고맙수다.

예 열려맞자~. [데양]

■ 요왕맞이>제차넘김

요왕 선앙문~, 열려 잇십네다~. [심방, 일어선다. 소미 김순열이 마지막 질대를 뽑아낸다.] 메살려 드려가멍~, 불법(佛法)은 우주(爲主)웨다 불법이랑, 츳츳이츳 삼궁마령(三穀馬糧), 시권제삼문(-勸齋三文) 떠올리멍, 처서 난산국드레, 도올려 드립니다에-.

[심방, 제상을 향하여 서서 허리 숙여 절하고 물러난다. 심방이 단골들에게 말한다.]

(김순아 : 영 허연 요왕질 처서예.)

(단골·소미 : 속앗수다.)

신흥리 잠수굿 요왕맞이 요왕체서본풀이

자료코드 : 10_00_SRS_20100226_HNC_KSA_0001_s15
조사장소 : 제주특별자치도 제주시 조천읍 신흥리 539-1번지(어촌계창고)

조사일시 : 2010.2.26

조 사 자 : 허남춘, 강정식, 강소전, 송정희

제 보 자 : 문병교, 남, 78세

구연상황 : 문병교 심방이 평상복 차림으로 진행하였다. 신자리에 앉아 반주 없이 말미를
하고, 장구를 치면서 공선가선→날과국섬김→연유닦음→신메움→본풀이→비
념을 하고 주잔넘김, 산받음, 제차넘김으로 마무리하였다.

요왕체서본풀이

■ 요왕체서본풀이

[문병교(평상복, 송낙)][장구를 앞에 놓고 신자리에 앉았다. 눈이 어두
워서 열명지를 보지 못하겠다고 하고, 열명지를 떼어 내려놓아 달라고
한다.]

■ 요왕체서본풀이>말미

[장구를 몇 번 치고 난 뒤에 멈추고 말명을 시작한다.] 요왕은 연맞이

로에~, 일만 팔천 신우엄전임~, 옵서옵서~ 청첩기는, 날은 어느 날 둘
은 어느 전둘, 헤론 갈라 갑기는~, 올고금년~, 경인년입네다 둘론 갈라
근, 상정월둘~, 날론 갈라 들어사난 어느 날~ 영 허웁건, 열이틀날 올습
네다 오늘은 좋은 일자, 붉은 텍일(擇日) 거두잡아근, 용왕 황제국님 하강
일(下降日)이옵고, 셍인(生人)에는 셍기복덕(生氣福德) 제맞인 날 텍허여
근~, 천상천하 무변데웨(無邊大野) 영실당 놀던 신우엄전임 옵서 청첩기
는, 원전싱~ 팔저 궂곡 수주 궂인, 성은 김씨 아지망 임오셍(壬午生) 몸을
받은, 일월(日月) 어진 조상임, 억만 도신, 상하신충(上下神充) 당줏문(堂主
門) 열리옵고 몸줏문 열령, 상안체는[1126] 짓우로 중안체는 짓알로, 하안체
는 삼천기덕(三千旗纛)[1127] 일만제기(一萬祭器) 궁전궁납,[1128] 늑단 어께~,
금세지청[1129] 웬어께 소수미청,[1130] 원전싱 팔저 궂인 유학형제간(幼學兄
弟間)덜, 혼반 일반 으질[1131] 삼아근~, 어진 조상임 산범ㄱ찌 업어앚엉,
오널 아첨 게동 세벽여레 인묘시(寅卯時)로~, 신흥리 ᄆ을 들어오라근~,
신흥 ᄆ을훼관(-會館) 창고로~, 헤저북방(亥子北方) 어간 삼앙 기메 발동
허곡~, 높은 평풍(屛風), 높은 젯상(祭床) 좌우접상 메와근, 각서출물 초와
정, 위 벌이곡 신벌여 놓앙, 하늘 ᄀ룬 신공시 우심상 어간 삼앙, 초헌관
(初獻官) 초집서(初執事)는~, 김씨 아지망 임오셍 초집서를 메겨근, 홍포
관데(紅袍冠帶) 조심띠 둘러메여 앚앙, 연주단발(剪爪斷髮)허곡 신이멩문
(身嬰白茆)허영~, 용왕연맞이로덜 초감제 연드리로 일만 팔천 신우엄전
임, 옵서옵서 청허시왕, 이 ᄆ을에 거주허여 사는 일만 잠수 어부님덜~,
모다 일심동력(一心同力)허영~, 일년 열두 둘 간, 요왕국에 가근 깊어 얕

1126) '안채'는 무구를 싸는 보자기.
1127) 깃발들을 일컫는 말.
1128) 무악기.
1129) 제비들. 흔히 '금제비청'이라고 함.
1130) 소무들.
1131) 의지를.

어 열길 물 속에 들어근, 행인발신(行窮發身)허여근 먹곡 입곡 살아온 ᄌ순덜, 헤년마다 일년이 돌아오랑 상정월 돌아오면~, 용왕연맞이로 옵서 옵서 청허시왕, ᄌ순덜 소원뒌 연욧말씀전, 고단단금 여쭈와 올리옵고 원정헐 딘 원정허곡 축원헐 딘 축원 원정 올리옵고~, 비념헐 딘 비념 원정 올려근, 조상에 굽어들엄시면 이 ᄌ순덜 일년 열두 둘 깊어 앞어 열질 물 속에 들지라도~, 아끈 빗창 한 빗창, 넉날 일도 막아줍셍 허곡, 안여 밧 여에 넉날 일덜 어느 그물에 걸릴 일덜, 아끈 듬북 한 듬북에 걸릴 일덜 나게 맙셍 허곡, 불쌍헌 ᄌ순덜 숨막힐 일 나게 말아근 요왕국에서 보살 펴근, 이 ᄌ순덜 일년 열두 둘 모든 소원성추(所願成就)를 시켜줍셍 허여영 오늘은~ 혼 무릅 천앙(天皇) 꿀리곡 혼 무릅 지왕(地皇) 꿀령, 열손 가도 들러근 굽엉일억 굽엉일억 국궁사제(鞠躬四拜) 원정 축원 올려 있으옵고, 신전 조상님덜 옵서 청허민~, ᄌ순덜 이룬 정성 이룬 역가 잇는 법이라 근, 모다 초상계 연드리로 겸허영 천하 금공서 초하정, 고단단금 여쭈와 잇습네다~. 드려두곡~, 요왕국에 원전산을 네리와근엥에 먹을 연 입을 연 네세우곡 모든 거 허여줍셍 허영, 오널은 철년(千年) 오른 역게 말년(萬 年) 오른 역게 원정 바찌옵곡, 전기 네리와서 열말 쏠 금시리청 치어놓와 근엥에 모다 요왕국에, 모다 국궁사베로 위올려 바쩌 잇습네다. 알로 네 려사면~ 모다 ○○○궁 네리와근엥에, 지장만보살 신풀어 올리고 일천 군병덜 지사귀어 잇습니다. 또 이전은 요왕국 앞으로~ 요왕 황저국님 오 널은 요왕질 치어 다까근 모다 원정 올려잇습는디, 알로 네려사면은 일만 팔천 신우엄진 조상님은, 모다 상당 도숙어 도올라 하전 떼가 뒈여갑네다 영 허시난 오늘은, 유왕ᄉ제님(龍王使者-) 본을 풀어 올리저 영 헙네. 신이 아이~ 게유셍(癸酉生) 얼굴 눗[1132] 굴앙 데신데납(代身代納)으로 들 어앚아근, 요왕사자님전에 모다 신전님은 본을 풀면 신나락 만나락허고~,

---

1132) 낯.

셍인은 본을 풀면 칼썬드리[1133] 놓는 법 아닙네까. 신이 아이~ 게유셍, 소리 좋은 삼동낙 살장귀 둘러받아앗앙, 오른 손엔 차를 잡곡 웬손에 궁을 잡아 오르며 네리며, 본디 난산국 과광성 신풀어 올리옵건, 사자님네랑 사자님 몸상드레 모다 신수퍼 도ᄂ립서에-.

■ 요왕체서본풀이>공선가선
[장구를 치면서 말명을 한다.]
공서는 공시는 가시는 가신 공서
제주 남산은 본은 갈라
인부역은 서준왕 서가여레~
서준 공선 말씀전 여쭤와 올립기는
줴송(罪悚)허고 황송(惶悚)허나

■ 요왕체서본풀이>날과국섬김
국은 갈라 갑기는 국도 여쭙던 국이웨다.
면도장도 앚지던 도장입고
ᄆ을 궁리 안 들어사난
제주특별자치도~
조천읍은 우친연궁 네려상 신흥ᄆ을 올습네다.
데론[1134] 가면 데로 연질 소론[1135] 가면 소로셍경(小路細徑)
세질 갈라 길 알녁짝[1136]
들어사면 ᄆ을훼 올습네다.

1133) 칼날이 모두 위를 향한 신칼점.
1134) 대로(大路)는.
1135) 소로(小路)는.
1136) 아랫녁 쪽.

■ 요왕체서본풀이＞연유닦음＞열명

천지 네려사면 이 마을에 거주허여 사는

[열명지를 앞으로 당겨놓느라 잠시 멈춘다.]

거주허여 사는~

일만 줌수부님덜~ 이 마을에 거주허여 사는 유지(有志) 어른덜이영

오널은 받은 원정 축원 올립네다.

이 마을에 게장(契長) 올습네다 김○선 올고금년 예순둘 받은 공서웁고

이장 올습네다 김○석

쉰에 일곱 받은 공서웁고

그 두으론 줌수부(潛水夫) 훼장(會長) 올습네다 강○혜 예순셋 받은 공서웨다.

감사(監事) 올십네다 ᄀ디 쉰 받은 공서웨다

총데(總代) 총무(總務) 올습네다 이○자 쉰에 다섯 받은 공서웁고

그 두으론 고문(顧問) 올습네다 이○섭 쉰에 넷 받은 공섭네다.

고문 김○자

예순넷 받은 공서웁고

총데 올습네다 김○자 이른다섯 받은 공섭네다.

그 두으론 훼원덜 올습네다 강○훈

이른넷 받은 공서웁고

김○제

예순둘 받은 공섭네다.

양○희 예순훈 설 받은 공서웁고

윤○순 예순훈 설 받은 공섭네다.

현○옥 쉰에 다섯 받은 공서웁고

양○자 쉰에 셋 받은 공섭네다.

오○애 쉰에 둘 받은 공서웁고

고O숙, 쉰에 둘 받은 공섭네다.

그 두으론 잠수부

김O수, 김O수[1137] 이 ᄆ을에 뎅겨낫수다. [말] 아이고 ᄋ든ᄋ섯 볼써 ᄋ든ᄋ섯이나 뒈엿구나. [단골 : 웃음] 받은 공섭네다.

한O림이 ᄀ디 ᄋ든넷 받은 공섭네다.

이O후 ᄋ든넷 받은 공서웁고

손O셍 ᄋ든둘 받은 공섭네다.

이O순 이른아홉 받은 공서웁고

손O옥 이른ᄋ덥 받은 공섭네다.

고O베 이른일곱 받은 공서웁고

고O순 이른일곱 받은 공섭네다.

이O호, 이른ᄋ섯 받은 공섭네다.

임O호, 이른ᄋ섯 받은 공섭네다.

그 두으론 김O희, 이른셋 받은 공서웁고

안O셍, 이른혼 설 받은 공섭네다. 김O춘, 이른하나 받은 공서웁고, 김O자, 예순ᄋ덥 받은 공섭네다. 현O자, 예순일곱 받은 공섭네다.

안O자, 예순ᄋ섯 받은 공서웁고, 손O희, 예순ᄋ섯 받은 공섭네다. 현O자, 예순다섯 받은 공섭네다. 김O선, 예순둘 받은 공섭네다. 신O자, 쉰에 다섯 받은 공섭네다. 강O자, 쉰에 셋 받은 공서웁고, 이O수, 쉰에 둘 받은 공섭네다. 김O혜, ᄀ디 쉰 받은 공서웁고, 그 두으론 게원 올습네다 김O선이~

ᄋ든일곱 받은 공섭네다.

강O유, 이야 ᄋ든 일곱 받은 공섭네다.

에 헤~ 임O진, ᄋ든다섯 받은 공서웁고, 우O녀, ᄋ든둘 받은 공섭네

1137) 동명의 심방을 이름.

다. 문○우, 이른아홉 받은 공섭네다. 이○준, 이른ㅇ듭 받은 공서옵고, 한
○셍, 이른일곱 받은 공섭네다. 한○시 이른일곱 받은 공섭네다. 양○자,
예순아홉 받은 공섭네다. 임○자, 예순ㅇ섯 받은 공서옵고, 임○자, 예순
하나 받은 공섭네다. 김○숙, 쉰에 둘 받은 공섭네다. 그 두으론

　　서기 올습네다 김○숙 마은아홉 공섭네다.

　　그 두으론 이 무을에~ 초헌관(初獻官) 김○문 곧 예든님 받은 공서
옵고

　　그 두으로는

　　이헌관(二獻官)은 강○운, 이른ㅇ듭 받은 공섭네다. 종헌관(終獻官), 김
○은 이른셋 받은 공섭네다. 하이고 게나제나 이거 총 총게(總計) 아이고
쉰ㅇ섯~

　　받은 공섭네다.

■ 요왕체서본풀이>신메움

　　오널은 용왕연맞이로덜, 일만 신전 조상님 옵서 청허영 이 주순덜 무음
먹고 뜻 먹어 셍에 셍심허영, 이 원정 올리는 법 아닙네까에~.

　　드려가며

　　위(位)가 돌아 갑네다

　　제(座)가 돌아 가옵네다

　　천기 네려사면 천앙 가면 천앙사자님(天皇使者-)

　　지왕 가면 지왕사자님(地皇使者-)

　　인왕 가면 인왕은 사자님

　　사자님 몸상드레덜 모다 도네립서에-.

　　저싱은 이원사자 이싱은 강림사자(姜林使者)

　　삼ᄉ자(三使者) 시관장님

　　사자님 몸상드레덜 도네립서.

그 뒤으론 물론 가면은

천기 네려사면 거북ᄉ자님네

단물 용궁사자님(龍宮使者-)네덜이나

혼반 일반 모다 사자님 상으로덜

신중덜 사옵소서.

부원국사자님(府院國使者-)네, 엄서사자님(渰死使者-)덜, 헹(行)이 바쁜 사자님덜 질이 바쁜 사자님네, 본당사자님(本堂使者-)네 신당사자님(神堂使者-)덜 혼반 일반 어~

사자님 몸상으로 모다 도네립서~.

[잠시 멈춘다. 물을 청하여 마신 뒤에 시작한다.]

[장구는 치지 않고 음영조로 말명을 한다.] 드려가멍 신왕은 삼사자 시관장님네 모다 일심동력(一心同力)허영 이 ᄆ을에 거주허여 사는 일만 줌수부님덜 일만 어부님네덜 이 ᄆ을에 거주허여 사는 유지 어른덜 모다 앞앞이 도도마다 보살피여근 올고금년은 경인년입네다 일년 열두 둘 삼벡은 육십오일 하다 엑헌 일덜도 나게 말곡 급헌 [장구를 치기 시작한다.] 막아주곡

천지 낙메(落馬)헐 일덜 막아줍서-.

소송(訴訟)에 걸릴 일덜, 어느 실물수(失物數)덜 당헐 일덜, 나게 말앙 모다 일심동력허영 이 ᄌ순덜 소원성추를 시겨 주옵소서에-.

드려가멍

위(位)가 돌아갑네다

제(座)가 돌아갑네다

■ 요왕체서본풀이>본풀이

옛날이라 옛적에

동경국에 범을왕 사옵데다

서신국이 부인님 사옵데다

동게남에 상중절

서게남에 금법당

부처 직헌 중이데서님이 사옵데다에-.

과양땅에 과양셍이 부인 사옵데다.

아이고, 옛날 옛적 잘 살아라 못 살아라 신전임은 본을 풀민 신나락 만 나락 셍인은 본을 풀민 칼선드리 놓는 법 아닙네까-.

동경국 범을왕은

열다섯 십오세가 뒈여지난 서신국 부인님허고 입장갈림허고 천하거부 (天下巨富)로 살아가는구나에-

아덜이라 낳는 게

삼삼(三三)은 구(九) 아홉 형제 솟아난다.

[음영] 이 애기덜 낳는 날 낳는 시(時) 명(命)이 단단 절란허여 인간에 탄생을 허난 열다섯 십오세만 뒈여가면 이 애기덜 죽엉 저싱드레 오렌 마련이 [소리] 뒈옵데다-.

아이고 이 애기덜 열다섯 십오세 뒈여가난 우으로도 삼형제 죽어 저싱 가불고

알로도 삼형제 죽어 저싱 가옵데다.

가운들로 삼형제 살아잇는디

[음영] 범을왕은 죽단 남은 애기덜 셍각허영 이 애기덜 삼형제 문 벳 것¹¹³⁸⁾ 십리 벳겻디(바깥에) 강¹¹³⁹⁾ 독서당(獨書堂)을 메왕 [소리] 글공비 도 시겨간다 활공비도 시겨간다.

흐를날은

[음영] 동게남은 상중절 서게남에 금법당 부처 직헌 중이데서님이 이야

1138) 바깥.
1139) 가서.

자 오행육갑(五行六甲)을 짚어 천지를 둘러보니 야 이거 동경국 범을왕이 집이 큰 [소리] 우환이 들엇구나에-.

[음영] 아이고 데서님 허는 말이로돼 "야 소서야 소서야. 이야 그리 말고 너 데서 헹착(行着)을 출령 지국성 도ᄂ려상 범을왕에 집으로 강, 이야 죽다 남은 애기덜 삼형제가 살아잇는디 이 애기덜, 우리 절간 법당에 달아다1140) 놔근엥에1141) 부처님에 공양이나 올렴시면, 이 애기덜 명을 잇으와질1142) 듯 [소리] 허는구나에-."

"어서 걸랑 기영 허오리다."

"아이고 야,

소서야 소서야.

[말] 야 그리 허고 난 모릿날 스오시(巳午時)가 뒈면은 난 열반(涅槃)을 헐 거니 날랑 죽거들라근 남1143) 천 바리 들영 화장(火葬)을 시겨놓곡 테역단풍 좋은 딜로 육신(肉身)을 뿌려두엉, 널랑 지국성 도ᄂ리라." [소리] "어서 걸랑 기영 허오리다에-,"

아이고 그 애기

모릿날 스오시가 뒈여가난 데서님은 열반을 허여간다.

남 천 바리 들여근

화장을 시겨놓고 테역단풍 좋은 딜로 육신을 뿌려두언 혼 침 질러 굴송낙

두 침 질러 비란장삼

벡팔염줄1144) 목에 걸고

염줄(念珠) 목탁(木鐸) 둘러잡아

1140) 데려다.
1141) 놓아서.
1142) 이어질.
1143) 나무.
1144) 백팔염주(百八念珠)를.

지국성 도느리멍

예- 짓알로 도느리멍 "소승은 절이우다-."

[말] 아이고 동언마당 들어사고 보니 범을왕 아덜덜 삼형제 글공비 간 오단, 삼형제가 앚아둠서[1145] 금바독 옥바독을 뒤염시난, 이야 데서님이 허는 말이로뒈 "이야 설운 애기덜아, 느네 그만 허민 인물도 충신이요 글도 자원(壯元) 활도 자원이로뒈, 설운 애기덜토 어떠난 느네덜토 멩이 단단 절란허여 모릿날 스오시가 뒈면 느네덜토 죽엉 저싱드레 오렌 [소리] 마련이 뒈엿구나-."

아이고 데서님은 알르레 소곡소곡 네려산다.

[음영] 이 애기덜은 삼형제가 눈물은 주먹 ᄀ뜬 눈물 비새ᄀ찌 흘리멍 [소리] 집으로 돌아오란

[말] 아바님 방에 눌려들언 "아바님아 아바님아, 어떵 허난 우리 집에는 산천이 모지렌 탓입네까. 이야 우리 형님네 우으로 삼형제도 이야 열다섯 십오세 뒈여가난 죽어 저싱을 가고 우리 아시덜토 열다섯 십오세 뒈여가난 죽어 저싱 가고 가운딜로 삼형제 우리가 살아잇는디, 우리도 모릿날 스오시가 뒈민 죽엉 저싱드레 오렌 마련이 뒈엿젠 허옵데다." "이야 어느 누게가 그런 말을 일르더냐." "이에 그게 아닙네다. 동게남은 상중절 서게남은 금법당 부처 직헌 중이데서님이, 허는 말이로뒈 당도 떨어지고 절도 떨어지난 지국성 도네려상 시권제 역가나 받아당 헌 당 헌 절 수립허영, 인간 중셍(衆生)덜 멩 없는 자는 멩을 주고 복 없는 자를 복을 주저 허연 인간드레 네려사서 우리 삼형제가 동안마당 앚안 금바독 옥바독 뒤염시난, 우리보고 그 말을 일러두고 [소리] 알르레 네려 사옵데다-."

[말] "이야 게거들라근엥에 먼 올레에 나고 바라. 데서님이 알러레 네려삼건, 우리 집이 잠깐 잠시 들려 갑셍 허라." [음영] "어서 걸랑 기영

허오리다." [소리] 먼 올레에 나고 보니,

[음영] 데서님은 알르레 소곡소곡 네려, [말] "데서님아 데서님아, 우리 집이 잠깐 잠시 들려 가옵소서." "어서 걸랑 기영 허라." 범을왕이 사는 딜로 들어사멍 나사멍 [소리] "예- 소승은 절이웨다-."

[말] 이야 범을왕이 나오라 허는 말이로돼, "이야 데서야 소서야. 어느 절간 법당 부처 직헌 중이데설러냐?" "예 우리는 동게남에 상중절 서게남에 금법당 부처 직헌 중이데서가 올십네다. 당도 떨어지고 절도 떨어지난, 이 지국성 도ᄂᆞ려상 시권제 역가나 받아당 헌 당 헌 절 수립허영 인간 중생덜 명 없는 자 명을 주고 복 없는 자는 복을 주젠 네려삿습네다." "아이고 데서야 소서야. 그러면, 이야 오행육갑이나 짚으……." "오행육갑 짚을 줄 모른 데서가 어디 십네까?" "게 원천강(袁天綱) 화주역(四柱易)이나 가졌느냐?" "예 화주역 없는 데서가 어디……." "게거들랑 우리 집이 삼삼은 구 아홉 형제 낭 우으로도 삼형제 열다섯 십오세 뒈여가난 죽어 저싱을 가고, 알로도 열다섯 십오세 뒈여가난 죽어 저싱 간, 가운들로 삼형제가 살아잇는디, 이 애기덜 어떵이나 허면은 목숨이나 보면(保命)헤질 거ᄀᆞ뜨니?" [음영] "어서 걸랑 기영 허오리다." 원천강 화주역을 네놩

초장(初張) 걷어 물려두고 이장(二張) 걷어 물려 두곡

[말] 삼장(三張) 걷어놓아 허는 말이로돼, "이 애기덜은 명을 잇우젠 히민 우리 절간 법당에 올려보네영, 부처님에 공양이나 올름시면 이 애기덜 명을 [소리] 잇어질 듯 허옵네다-."

[말] 아이고 범을왕은 "양반(兩班)이 후레(後裔)로서 어찌 헤서 이 애기덜을 중으로 올려보넬 수가 잇겟느냐만은, 그러나 죽음광 삶이 맞사질 아녀니 그러면, 이 애기덜 어떵이나 출령 올려보네민 뒈느냐?" "게거들랑 나 ᄀᆞ른 데로 헙서. 게거들랑 큰아덜라근 [소리] 놋깃짐[1146]을 출려

1146) '놋기'는 유기(鍮器).

놉서~.

　셋아덜랑 은깃짐[1147]을 출려놓곡

　족은아덜라근

　공단(貢緞) 비단짐(緋緞-)을 출려놓앙

　돈 벡냥씩 삼벡냥 체비 출려근에

　모릿날 스오시 뒈어가건 우리 절간 법당에 올려보내소서에-.”

　[음영] 범을왕은 이아 곧는 데로 다 출려난 모릿날 스오시가 뒈어가난 이 애기덜 [소리] 동게남 상중절

　소곡소곡 올라간다.

　데공간(大貢緞)에 든 칼로 머리 삭발(削髮)허여간다.

　혼 침 질러 굴송낙, 두 침 질러 비란 장삼, 백팔염줄 목에 걸고, 염줄 목탁 둘러잡아, 나무아미타불(南無阿彌陀佛), 관세음보살(觀世音菩薩), 나무아미타불, 관세음보살, 염불공덕(念佛功德) 허여간다.

　[말] 아이고 염불공덕허단 이 애기덜 삼년차(三年次) 뒈는 날은, 절 벳깃디[1148] 나오라 인간드레 돌아사니, 고향산천도 그리워지고, 어머님 아바님 얼굴이나 혼 번 상면(相面)허여 오라시민 헌디 호호 앗안 근심을 허염시난, 데서님이 나오란 말을 허뒈 “이야 설운 애기덜아 어떵 허난 너네덜 오널 무신 걱정뒌 일이라도 잇느냐?” “예 그게 아닙니다. 우리가 여기 오건 디가 오널이 삼년이 뒈는 날입니다. 오널은 절 벳깃디 나오라 인간드레 돌아사니, 고향도 그리워지고 어머님 아버님 얼굴이나 혼 번 보앙 오라시민 헐 듯 헙네다.” “이야 설운 애기덜아, 느네덜 그만 허민 효자로구나만은 허뒈, 그러나 너이 가게 뒈면은, 너이덜이 목심을 보면을 못헐 건디 어쩔 거냐?”고. [음영] “아이고 그게 아닙네다.” [말] “어서 너네 스정이 난감하니 어서 네려가근엥에 어머님 아버님 얼굴이나 보앙 오라.”

1147) 은기(銀器) 짐.
1148) 바깥에.

[음영] "어서 걸랑 기영 허오리다." 이 애기덜 삼형제 네려사젠 허난 [소리] 놋깃짐도 네여준다 은깃짐도 네여준다.

공단 비단짐도, 네여준다.

돈 백냥씩 삼백냥 차빌 출려 네놔가는구나.

[말] "설운 애기덜아, 너네덜 가기랑 갈 지라도, 과양땅에 근당허건 조심조심허영 과양땅만 넘어가면 느네덜 명은 잇으와질 듯 [소리] 허는구나-."

이 애기덜 삼형제, 지국성 소곡소곡 네려산다.

[말] 아이고 과양땅에 들어사난 족은 아시가 잇단 허는 말이로뒈, "아이고 설운 성님네야. 베가 고파근에 갈 수가 업십네다. 앞드렌 흔 발자국 노민 뒷드레는 두 발자국씩 물러사점수다." "아이고 설운 동생아, 느만 경 허는 게 아니고 우리도 경 허염저." "아이고 설운 성님네야 게거들랑 우리 어디 주막이라도 촛앙가근, 흐다 못 허영 식은 밥에 물쩸이라도 흔 그릇씩 사먹엉 요기나 허영 가는 게 어떵 허우꽈?" [소리] "어서 걸랑 기영 허게-."

[말] 네려사단 보난 수천강 연못은 근당허난, "아이고 설운 동생덜아, 여기서 우리 잠깐 잠시 쉬엉 가게." "어서 걸랑 기영 허……." 앞이난 이야 무정눈에 줌이 오라 소록소록 줌을 자……. [소리] 줌을 쿠릉쿠릉 자가는구나.

[음영] 과양땅에 과양셍이 부인은 [말] 아이고 수천강 연못디 연서답 허레 오란 보난 데서님네 소랑소랑 들어눠 잠시난, "아이고 데서님아 데서님아, 이걸 어디라렌 줌을 잠수가?" 포짝허게 일어나근 "아이고 이 ▽을에 어디 먹거리나 허영 푸는 디 잇건 흐쑬 굴아줍서." "아이고 우리 집이도 가민 사랑방도 좋곡 먹거리도 좋아집네다." "게건 우리 가거들라근 엥에 그자 식은 밥에 물제미라도 흔 그릇씩 허영 풀아주……." [소리] "어서 걸랑 기영 헙서-."

과양셍이 사는 딜로, 둘아앚언 오라근, 사랑방에 들어간 앚아시난, 과양 셍이 부인은

[음영] 아이고 밥 한 사발 출려놓고 밥상을 들러오난 이 애기덜은 [말] 기아니 불구 염치로 밥을 먹젠 허여가난, 아이고 막걸리를 혼 동이 걸런 오란, "아이고 요 밥 먹기 전에 요 술이나 한 그릇씩 먹어보는 게 어떵 허꽈?" "아이고 우린 술도 먹을 줄 모르곡 고기도 먹을 줄을 몰릅니다." "아이고 그거야 무신 말입니까. 절 벳깃디 나면은 고기도 먹곡 술도 먹어도 아무런 일이 엇입네다." [음영] 그 말도 들언 그럴 듯허난, 이에 애기 덜은 술 혼 그릇씩 얼큰허게 [소리] 먹어가는구나에-.

[음영] 아이고 술기가 얼근허게 올라오라가난 족은 아시 잇단 [말] "아 이고 설운 성님네야 우리가 남이 거 공이 먹당 목 걸리는 법 아닙네까. 요 비단이라도 혼 필 네놩 요거 치마라도 혼 허리 허영 입읍센 끊어드리 는 게 어떵 허우꽈?" [음영] "어서 걸랑 기영 허라." [말] 비단 혼 필 네 난 치마 혼 허리치 끊어가난 과양셍이 부인은 그걸 보니 욕심이 [소리] 나가는구나에~.

아이고 이 애기덜은 동서르레 히뜩히뜩 자빠젼 줌을 쿠릉쿠릉 자가는 구나.

과양셍이 부인은, 밥상을 물려두언, [말] 아이고 고팡간(庫房間)에 간 보난 기름 닥닥 그냥 은깃짐 놋깃짐이영, 공단 비단짐 몬 고팡에 간 곱져 두언,1149) 아이고 아이고 고팡간에 보난 기름 혼 펭(甁)이 잇이난, 정짓간 에 갖다난 통로기에 비와난 기름을 와상와상 꿰와단,1150) 느단1151) 귀로 웬 귀로 스록스록 질어부난 이 애기덜 삼형제 혼 날 혼 시에 다 [소리] 죽어가는구나.

1149) 숨겨두고.
1150) 끓여다가.
1151) 오른.

아이고 마딱 죽어부난

[말] 과양셍이 부인은 뒷집이 마귀하르방 사는 디 촛앙간, "영감님아 영감님아. 우리 집이 오랑 봅서. 어디 중놈덜 넘어가단 하도 베 고프덴 허연 밥이영 죽이영 허영 풀아도렌 허길레, 허연 풀아주난 먹어놔 어떵사 허여신디 오골오골 다 죽엇수다. 이거 시체나 오랑 흑쓸 치와줍서." "아이고 난 그런 부름씨 아녀컨걸. 잘못허다근엥에 관가에서 알민 네 목숨이 도망갈 건디." "게민 어떵 협네까? 나 경 말앙 돈 벡냥씩 주거들라근에 삼벡냥을 주건 오랑 치와줍서." [소리] "어서 걸랑 기영 헙서-."

[말] 아이고 오란 보난 소랑소랑 죽어시난, "우리 요거 어떵 허민 좋고?" "요거 아이고 셍각헐 필요 잇수가. 요거 지멍다가 저 수천강 연못드레 강 드리쳐불곡, 이 뒷밧드레랑[1152] 찔세기나 허여다근에 방장데[1153]허고 멘들앙 저 땅 팡 묻어부는 게 어떵 허꽈?" [음영] "어서 걸랑 기영 허라." [말] 아이고 찔세기허고 방장덴 멘들안 뒷밧디 간 땅 판 묻어돈, 시체는 몬[1154] 수천강 연못드레 몬 지멍 다가 [소리] 펑당펑당 드리쳐가는구나.

과양셍이 부인, 뒷날 아침 날이 세여가난, [말] '아이고 강 쉐물이나[1155] 멕이곡 걸레나 뿔앙 오주긴.' 아이고 가난, 물은 물 먹으레 들어사젠 허난 물은 아이 먹고 코만 흐릉흐릉 불멍 몰 앞발로 [소리] 물을 앞가슴에 팡팡허게 지어간다.

과양셍이 부인은, [말] 궁글팡에[1156] 앚안 아이고 걸레 뿔단 물 가운드렌 베련 보난 난데 웃는 연꽃 세 게가 브릌브릌 곱게 피여시난, "아이고 요 꽃아 나허고 테운 꽃이건 나 앞드레 들어오렌." 허멍, [소리] 물마

1152) 뒷밭에.
1153) 상장(喪杖).
1154) 모두.
1155) '물물이나'의 잘못.
1156) 흔들리는 디딤돌에.

께1157)로 하울하울 뗑겨가난~,

앞이 오는 꼿, 벙글벙글 들어온다 가운디 오는 꼿은, 셍글셍글 들어온다.

조름1158)에 오는 꼿, 불목허멍 들어온다.

[말] 꼿 세 게 들어오난 치맛자락드레 톡허게 갖다놘, 꼿은 바려갈 수록 하도 고와지난, 요거 하나라근에 물옥데1159)에 강 부쪄주. 물옥데에 간 톡 부쪄난 하도 고와지난 [음영] 그 법으로 옛날은, 세스방 타는 물에, [소리] 물옥디에 고장을 둘리는 법입니다에-.

[말] 아이고 집에 오란 꼿은 바려갈 수록 하도 고와지난, 요거 하나랑 뒷드레 장 거리레 갈 적마다 구경허곡, 요거 하나라근엥에 고팡드레 쏠 거리레 갈 적마다 구경허곡, 요거 하나라근엥에 데, 마당드레 들곡나곡 허멍 구경허주기 데무뚱 원산에 간 둘아메고. 과양셍이 부인은 뒷날 아침 날이 세여가난 조반허젠 허연 고팡드레 쏠 거리레 들어가젠 허여가난, [소리] 앞잘삭1160) 복허게 메여간다.

뒷드레 장거리레 가젠 허난,

뒷잘삭1161)을 박허게 메여간다.

마당드레 나가젠 허난

허운데기1162) 심언 박허게 무지려 가는구나에-.

[말] "아이고 요놈이 꼿 곱기는 곱다만은 헹실이 궤씸허연 못 씌켜." 복복허게 뜯어다놘 구들에 간 정동화리(靑銅火爐)에 놘 그만 불 오꼿 불천 소각(燒却)을 [소리] 시겨불엇구나에-.

1157) 빨래방망이.
1158) 꽁무니.
1159) 굴레.
1160) 앞살쩍. 귀밑털. '앞살작'의 잘못.
1161) '뒷살작'의 잘못.
1162) 머리털.

[말] 아이고 헷남세기 마당 가운디 간 앚안 놀암시난 뒷집이 마귀할머님은 끌레기[1163)에 불 담으레 오란, "집이 불이나 잇건 혼 망굴 주심." "구들에 강 봅서. 아까 불살롸나난 불이 신디 엇인디 모르쿠다." 할머님은 방에 들어오란 불숫구락으로 제를 박박 근언보난, 제는 돗돗허고[1164) 불은 아무것도 엇고, 난디 엇인 곱닥헌[1165) 옥구실 세 게가 도골도골 나오난, 할머님은 구실 세 겔 봉간[1166) 나오멍 "요거 간 보난 불은 엇고 구실 세 게 잇길레 봉간 왐신걸." "영 헙서 보게." 바련 바련 보난, 하도 곱닥허난, "할머님아 이건 우리 구실이우다." 복허게 뻬연, [소리] 입에 물언 이레 동골 저레 동골 놀려간다.
　[말] 하르방 불러네연, "아이고 영감님아 이 구실이나 혼번 입에 물어봅서." 하르방 입에 물언 이레 동골 저레 동골 놀려가난, "영 헙서. 나 혼번 더 물어보쿠다." 복끼 뻬연 이레 동골 저레 동골 놀리단, [소리] 구실 세 게가 목 알르레 스르르 허게 네려가는구나―.
　아이고 네려가난
　[음영] 흐르 이틀 선보름이 뒈여가난 흐를날은 밥을 먹젠 헤여가난, [소리] 밥으로는 네음세가 난다.
　국으로는 먹젠 허난 장칼네가 나는구나.
　입으로는
　구역질이 나간다.
　아이고 혼 둘 두 둘 뒈여가난
　세금세금 틀드레 먹고저라
　오미저(五味子)도 먹고저라

1163) 꾸러미.
1164) 따뜻하고.
1165) 고운.
1166) 주워서.

정갈레1167)도 먹고저라

뎅유저(唐柚子) 소유저(小柚子) 먹고저라.

혼 둘 두 둘

열 둘이 ᄀ만 차난

ᄒ를날은

"아야 베여 아야 베여."

죽을 팔로 허여가난

하르방은 방 안트레 북덕자릴1168) 허여간다.

아이고 에헤~

하르방은 허릴 안안에1169)

무러팍1170)으로

할머니를 눌리난

아딜 하나 솟아난다.

쪼끔 잇이난 "아야 베여 아야 베여."

죽을 팔로 허여가난

[음영] "아이고 이번이랑 잘 눌떠(눌러) 줍서. 이번은 아기 앚아난 아기 테(胎)가 나오젠 허염수다." [말] "어서 걸랑 기영 허라." [음영] 또로 간 무르팍으로 똑기 눌리난 [소리] 또로 아딜 하나 솟아난다.

혼 날 혼 시에 아딜 삼형제 솟아나는구나ᅳ.

[말] 아이고 이 애기덜 혼 설 두 설 일고 ᄋ둡 설이 뒈여가난, 하도 역력허고 똑똑허여 [소리] 과양셍이 부인은 이 애기덜 글서당에 부쪄가는구나에ᅳ.

1167) 정금나무의 열매.
1168) 북데기 자리를.
1169) 안고서.
1170) 무르팍.

[음영] 글공비를 허는데 이 애기덜 하도 머리가 역력허고 똑똑허난 [소리] 이야 글공비도 잘 허여간다.

흐를날은

[말] 글공비에 간 오단 동헌마당 들어사고 보니 광고판은 썬 부찐 거 보니 광고를 썬 부찐 거 보난 아무 둘 아무 시에는 이야 [음영] 한양고을에서 일천 선비덜이 모여 놓고 과거를 본덴 허연 광고를 썬 부쪄시난 [말] 이 애기덜 어머 집이 오란 어멍 방이 눌려들언, "어머님아 어머님아. 우리도 체비나 출려줍서. 상시관(上試官)에 올라가근엥에 우리도 공부나 허곡, 올 떼라근엥에, 우리, 과거도 보곡, 허다 못 헤영 공부허영 오민 축지방(祝紙榜)이라도 쓸 줄 알아야 헐 거 아니우꽈." "아이고 설운 아기덜아, 느네덜 나이 어린디 무슨 놈으 축지방을 보곡 하건 과거를 보곡 허것느냐?" 하도 허여가난 어멍은 아기 상에 마음이라 돈 벡냥씩 삼백냥을 체비 출려주난, [음영] 이 애기덜 삼형제 상시관으로 [소리] 올라가는구나에-.

올라가근

궁 안네 들어가고 보니

일천 선비덜이 모여 놓고 과거를 보암구나에-.

아이고 먼먼헌 올레로 간 앚아둠서[1171] 어께 너머~

과거를 보아간다.

과거를 보는 게 천하문장으로 과거를 보앗구나에-.

아이고 큰아덜은

평양감사(平壤監司)

둘찻 아덜 전라감사(全羅監司)

족은아덜은

1171) 앚아 있으면서.

팔도도자원(八道都壯元)을 걸엇구나에-.

[말] 설운 성이 허는 말이, "설운 동셍덜아. 우리 헤여지엉 우리가 갈 적에는 고향에 들어강 어머님 아버님안티 강 인사나 헤여두곡 가게." [음영] "어서 걸랑 기영 헙서." 아이고 금부도사(禁府都事) 거느리고 일천 군병 거느리고 이야 비비사나 피리 불멍 [소리] 와랑차랑 과양땅으로 들어오라간다.

[말] 과양셍이 부인은 뒷밧디 간 검질[1172] 메멍[1173] 놀레 불르멍, "아이고 어딋 애기덜은 거들거려지게 과거덜을 반 오람구나만은 우리 애기덜은 어디 간 죽엇는지 살앗는지 [소리] 펜지거리도 없어지는구나."

[말] 아이고 놀레 부르다 보난 먼 올레로 와랑차랑 들어오라가난, 아이고 과양셍이 부인은 '이거 우리 아덜덜 이거 과거덜 반 오람구나.' [음영] 굴겡이[1174] 호밋ᄌ록[1175] 들러데껴뒌[1176] 집으로 돌려오란 [테이프 교체하느라 잠시 녹음하지 못하였다.] 열명종서 우올려 간다.

그 법으로 옛날이나 지금이나, 장게(杖家) 가곡 시집 가젱 허민 홍세함(婚書函) 받젱 허민 문전(門前)으로, 펭풍(屛風) 둘러치곡 젯상(祭床) 싱거 놔근엥에[1177] 홍세함을 받는 법입네다에-.

마련~허여두어근

[말] 이 애기덜 마당으로 와랑차랑 눌려들멍, "어머님 아바님 우리 과거(科擧) 반 오랏수다. 절 받읍서~." 절을 허붓이 허난 과양셍이 부인은, "아이고 설운 애기덜 느네덜 과거 반 오랏구나. 그만 절헤영 일어사라." 펀펀헤여[1178] 가난, 과양셍이 부인은 큰아덜 간 일리젠[1179] 툭허게 건드

1172) 김.
1173) 매면서.
1174) 호미.
1175) 호미자루.
1176) 던져두고.
1177) 마련하여서.

리난, [소리] 옆드레 헤뜩허게 자빠진다.

셋아덜 일리젠 허난

히뜩허게 자빠진다.

족은아덜 일리젠 허난

히뜩허게 자빠진다.

"아이고 나년이 스쥬(四柱)여 나년이 팔전싱~.[1180]

혼 날 혼 시에 이 애기 낳곡 혼 날 혼 시에 공부허곡, 혼 날 혼 시에 과거 봥 오랑 혼 날 혼 시에 다 죽넨 말이 무신 말이리야. 아이고 저싱 염녜왕(閻羅王)도 무정허곡, 적막허곡~.

아이고 이 절체(決處)를 어딜 강 허민 좋고."

[말] 아이고 저싱은 염녜왕이 왕이고, 우리 인간(人間)에는 김치ㄱ을 원님이 왕이난, 원님한테 둘아가 둘려강,[1181] 원님한테나 가느넹에 이 절체를 허주겐. [소리] 원님한테 둘려간, "원님아 원님아

개 같은 원님아 쉐 같은 원님아. 우리 인간에서 원님살이 허여도, 혼 일 알곡 두 일 모른 원님이로구나에-."

[말] 하도 헤여가난, 아이고 원님은 잇단 지동토인(妓童通引) 불러놓고 허는 말이로뒈, "야 이놈아, 우리 인간에 역력허고 똑똑헌 사름이 어디 잇느냐?" "예. 강님이라 헌 자가 역력허고 똑똑헙니다." "야 게거들랑[1182] 강님이 이레 [소리] 잡아들이라~."

아이고~ 강님이

[말] 강님이 잡으렌 나산, 인간에 나산 보니, 강님이는 열다섯 십오 세가 뒈난 입장갈림을[1183] 헤연 놔 두난, 큰각시 들러데껴두곡[1184] 허영 스

1178) 아무 반응이 없어.
1179) 일으키려고.
1180) 팔자(八字)와 전생(前生)을 붙여 말한 것.
1181) 달려가서.
1182) 그렇거든.

방팔방(四方八方) 놀음놀이나 허곡 기생집이나 강 술타령이나 허곡, 뎅기는 데마다 각시 하나씩 얻다 보난, [소리] 아옵 각실 혜영 살아가는구나에-.

[말] 아이고 강님인 뎅기단 베 고프난 ᄒ를날은, 셋각시신디[1185] 간, "밥이나 ᄒ 직[1186] 줘 먹게." "무사 나신디[1187] 옵디가. 말젯각시신디[1188] 강 먹읍서." 말젯각시신디 간 "무사 나신디 옵디가. 족은말젯각시신디[1189] 강 얻어 먹읍서." 아이고 여기 가도 젓밀어불고 저기, 강님인 밥 ᄒ 직을 얻어먹지 못 허난, 이젠 홀 수 없이 어멍, 어멍 사는 디 촛아간, "어머님아 먹다 남은 밥이나 잇건 ᄒ 직 줍서." "이야 설운 애기야. 아옵 각시 행 살아도 밥 ᄒ 직도 못 얻어 먹언 뎅겸시냐?" 어멍은 아기 상헨 ᄆ음이라 경혜도 밥을 혜여주난 뽕그랑케[1190] 먹어난, 데청(大廳) 한간 마리[1191]에 늬 발 쫑크랑케 발 벋언, 야 줌을 코롱코롱 잠시난, 아이고 사령놈덜은 강님이 잡으레 나산, 강님이 큰마누라 사는 디 살암시카부덴 간 보난, 방 안터렌 바련 보니, 이불자리 열두 채를 혜연 ᄌᆞᆫᄌᆞᆫ[1192] 젱여놓곡,[1193] 정동화리(靑銅火爐) 아옵을 출려놓안 펀질펀질 허게 혜연 살안, '아이고 강님이 이젠 살던 집이나 강 보주.' 강님이 살던 집인 간 보난 거적문에 돌처귀만 왕강싱강, 강님이 이젠 큰 마, 어멍 아방 사는 디 촛안 간 보난, 한간마리에 늬 발 쫑그랑케 벋어 놓곡 줌을 자나, [소리] 에~ "강님이 퀄

1183) 혼인을.
1184) 들어 던져두고. 즉 큰부인과 함께 혼인생활을 정상적으로 하지 않고.
1185) 둘째 부인에게.
1186) 입. 모금, 숟갈 등을 가리키는 단위.
1187) 나한테.
1188) 셋째 부인에게.
1189) 넷째 부인에게.
1190) 배불리 먹은 상태를 말함.
1191) 마루.
1192) 차근차근.
1193) 쌓아놓고.

이여~."

펏짝허게 깨난 "너 이놈아 홍사줄[紅絲繩]을 받으라." 스문절박(私門結縛) 제기[1194] 허젠, 동헌(東軒) 마당 끗어[1195] 온다.

[말] 원님은 잇단 허는 말이로뒈, "너 이놈아 역력허고 똑똑허다 하니, 모릿날꼬장[1196] 저싱 가느녱에, 너 염녜왕을 이 동헌 마당더레 젭혀오겟느냐. 그리 아니민 너 목심을 네놓겟느냐?" 강님인 죽을 일을 셍각허니 칭원허고 원통허난, "아이고 게민 나 모렛날 스오시(巳午時)꼬장 저싱 강, 염녜왕을 이레 젭혀오겟십네다. 나 저싱 가는 적베지(赤牌旨)나 네여줍서." 아이고 원님은 잇단 흰 종이에 검은 글을 박박 썬 강님이 이름 석 자를 썬 주난, 강님인 가심에 쿰어[1197] 놓곡, 궁 베낏디 나오란 먼 올레에 나오란 셍각허난, '하이고 저싱이 어딜로 가는 줄도 모르고, 염녜왕이야 어디에 사는 줄도 모르고, 요 노릇을 어떵 허민 좋고. 아이고 난 이레도 죽어질 거 저레도 죽어질 거니 이제랑, 마주막으로 이제랑 큰마누라 사는 디 강, 큰마누라 얼굴이나 혼 번 보앙 가주겐.' [소리] 아이고 강님인 큰마누라 사는 딜로, 허울허울 춫아 들어간다.

강님이 큰마누란 마당 가운디서 도고방에[1198] 콩당콩당 방에 짓단 보난

강님이가 먼 올레로 허울허울 들어오라 가난, "아이고 강님아 강님아, 오널은 어떵 허난 우리 집이 올 셍각 난. 먼 올레에 가시 걸어지어신가이-."

[말] 강님이는 굽실굽실 들어오란 방에 들어간 고개를 푹 수그런 앚아시난, 강님이 큰마누란 게도 초부정 정부정, 방에 짓단 설러[1199] 네불어뒌

1194) 빨리.
1195) 끌어.
1196) 모레까지.
1197) 품어.
1198) 절구방아.

들어간, "어떵 헨 옵데가?" 영 곤아도[1200] 펀펀 정 곤아도 펀펀허난, "아이고 나 들어올 떼에 어떵 허난 우리 집이 올 셍각 난. 오널은 저 먼 올레에 가시 걷어지어십디겐 허난 요것에, 섭섭이 셍각혜연 애둘안[1201] 데답을 안 혜염수가?" 그때에 강님이가 말을 허뒈 "아이고 설운 가숙(家屬)아 그게 아니여. 윈님이 날보고 모릿날 수오시꾸장 저싱 강 염녜왕을, 동헌 마당더레 젭혀 오렌 허난, 저싱이 어딜로 가는 줄도 모르고 염녜왕이야 어디 사는 줄도 모르고, 영 허니 난 이레도 죽어질 거 저레도 죽어질 거니, 설운 가숙 얼굴이나 혼 번 보앙 가젠 오라신 걸," 강님이 큰마누라가 말을 허뒈, "게난 무시걸 주명 저싱 강 오렌 헙데가?" 네놓는 건 보난 흰 종이에 검은 글을 썬, 강님이 이름 석 자를 썻구나. "아이고 강님이 역력허고 똑똑허덴 허단 보난, 혼 일 알곡 두 일 몰른 강님이로구나. 이거 가정 누게가 저싱을 간덴 헙데가? 저싱은 가젠 허민 아이고, 붉은 종이에 흰 글을 써사 가는 법 아닙네까. 아이고 기왕 여기 와시난, 드러넝 줌이나 잠십서. 잠시민, 내 마딱 저싱 가는 법을 모 마련혜 놓구다." [소리] "어서 걸랑 기영 허라." 아이고 강님인 드러누원 줌을 크릉크릉 자아 가는구나.

　[말] 강님이 큰마누란 방에 짓딘 거 확 거둬 설러두언, 데벽미(大白米) 쓸 물에 확 둥가[1202] 놓안, 진구를 콩당콩당 빳 아다[1203] 놓안, 조왕간[1204]에 간 시리[1205] 세 개 앚져 놛, 하나라근엥에[1206] 일문전(一門前) 하르바님 적시허곡,[1207] 하나라근엥에 조왕할마님 적시허곡, 하나라근엥에 강님

1199) 그만두어.
1200) 말해도.
1201) 마음이 토라지어.
1202) 담가.
1203) 빨아.
1204) 부엌.
1205) 시루.
1206) 하나는.
1207) 몫으로 하고.

이 저싱더레 가멍 베 고프건, 요기허멍 갑센 허여근엥에 강님이 적시로 쳐 놓곡, 시리떡1208) 세 개를 앚져 놓곡 시리떡을 쳐 뒨, 일문전에 간 우리 낭군 오널 저싱 감시메1209) 저싱길이나 골아, 그리쳐 줍센 빌어두고, 조왕할마님신디 간, 우리 낭군 오널 저싱 감시메 저싱길이나 그리쳐 줍센 빌어두고, 아이고 강님이 이 저 큰마누란 명지(明紬) 받아다 봔 강님이 입엉 갈 옷, [소리] 명지자보릴 허여 명지 바지저고릴 허여가는구나~.

명지 두루막을 허여 간다.

벌통행경(-通行纏) 허여가는구나.

명지로 장옷을 주어가는구나에-.

[말] 장옷을 주어 가단 앞섭 오레기 가난, 바농(바늘) 혼 씀을 톡기 [소리] 찔러가는구나-.

아이고 찔러 두어 간~

아이고 이제라건 붉은 명지 끊어다 봔, 아이고 강님이, 이름 석 자를 이야 흰 글로 박박허게 써 가는구나이-.

동심절(同心結)을 뭇아1210) 간다.

보삽1211)을 그려 간다.

그 법으로 게민 사름 죽으민 동심절 헤영 양 어께레 놓곡, 삽(翣) 그려 근엥에 관 우터레 놓는 법입네다에-.

[말] 아이고 이젠 강님이 큰마누라가 말을 허뒈, "설운 낭군님아, 이거 다 남즈이 행착(行着)이라. 소롯길로 걷지 말앙, 대로만 향혜영 걸엄시민 알을 도레(道理)가 잇일 겁니다." "어서 걸랑 기영 허라." 강님이는 이야, 먼 올레레 번허게 나강, 아이구 한참 가단 보난, 벡발노인 할마님이 주랑

1208) 시루떡.
1209) 갈 것이니.
1210) 맺어.
1211) 운삽(雲翣)인 듯.

막뎅이 지프곡 앞이 나산 툭닥툭닥 걸엄시난, "앞이 가는 할마님 어드레 가는 할마님이꽈?" "난 먼 길 가는 사름이라." "게건 나영 ᄀ찌 동행(同行)헙주." "나영 가컨 날 혼저¹²¹²⁾ 미쳐봐."¹²¹³⁾ 아이고 강님인 늬굽 낭 조차도¹²¹⁴⁾ 미칠 수가 없어 가난, 아이고 이거 귀신인가 셍인인가 [소리] 알 수가 없어가는구나에-.

[말] 한참 가단 보난, 할마님은 그만 오꼿¹²¹⁵⁾ 어드레 간 곳 엇이, 오꼿 허게 사라지엇구나. 또 가단 보난, 키영¹²¹⁶⁾ 홀쭉헌 하르방이 갈메기 쓰고, 앞이 나산 허울허울 걸엄시난, "앞이 가는 하르바님 어드레 가는 하르바님이꽈?" "난 먼 길 가는 사름이라." "게거들라근엥에 우리 ᄀ찌 동행헙주." "나영 가컨 날 혼저 미쳐 오렌." 허난 강님이 늬굽 낭 조차도 미칠 수가 없어가난, 이거 귀신인가 셍인인가, [소리] 알 수가 없어가는구나에-.

[말] 한참 가단 보난 하르바님은 길옆에 앚안 쉬엄시난, 강님이도 그 옆드레 간 텁쌕허게 앚이난, 하르바님 허는 말이로돼, "저 사름은 어디레 가는 사름이라?" "아이고 나 인간에 강님사잡네다. 저 저싱 염녜왕을 잡히레 갑네다." "허 이 사름아. 저싱은 가젠 허민 검은 머리가 벡발이 뒈도록 걸어도 다 못 가는 길. 억만 리 길 수만 리 길. 어떵 행 저싱을 가젠 햄서. 아이고 경 말앙 우리 베 고프난 우리 시장기나 멀령 가게." "어서 걸랑 기영 헙서." 하르바님도 벡시리 떡을 네놓고 강님이도 벡시리 떡을 네노난, 강님이가 허는 말이로돼 "어떵 허난 하르바님 떡허고 나 떡허고 똑ᄀ뜬 떡이우꽈?" "너 이놈아 들어라 허니, 너네 큰마누라 사는데 내 일문전 하르방이노라. 너네 큰마누라가 하도 ᄆᆞ음씨가 좋곡 사름이 어질고 순허여, 너 오늘 저싱 간덴 허난 저싱길이나 ᄀ리쳐 줍센 허길레 오랏노

1212) 빨리.
1213) 따라잡아봐.
1214) 좇아도.
1215) 그만. 경황이 없이 불시에 어떤 상황이 벌어진 것을 나타냄.
1216) 키도.

라." "아이고 기영 허우꽈." "너 떡이라근에 가당 가당 베 고프건 먹고, 나 떡이랑 반착 벌러주건 먹으라." "어서 걸랑 기영 협서." [소리] 강님인 떡을 반착 갈라주난 허울허울 먹어놓고, 일어사 걸어가는구나.

가단 보난에

길은 수천 밧딜로[1217] 나앗구나. [말] "아이고 하르바님아 요 길은 어드레 가는 길이우⋯⋯." [소리] "요 길은

임신 중에 올라사

천지옥항(天地玉皇) 대명전(大明殿) 가는 길

요 길은

지부(地府) 스천대왕(四天大王) 들어가는 길

요 길은

산 츠지는 산신대왕(山神大王)

물 츠지 대서용궁(--龍宮)

들어가는 길

요 길은 월일광(月日光) 도업님 들어가는 길

요 길은

동이 청요왕(靑龍王) 서에 벡요왕(白龍王)

남에 적요왕(赤龍王)

북에 흑요왕(黑龍王)

중앙 황제국 황저대왕(黃帝大王)

들어가는 길

요 길은

절 츠지 서산대서(西山大師) 육한대서(六觀大師) 스명당(四溟堂) 가는 길

요 길은

1217) 곳으로.

인간불도 명진국할마님 들어가는 길

요 길은

이에 초공 이공 삼공전 들어가는 길

요 길은

원앙 가면 원병서(元兵使)

짐추염나(金緻閻羅) 테선대왕(泰山大王) 범 그뜬 소천대왕(四天大王) 들어가는 길

요 길은

초제(初第) 올라 진간대왕(秦廣大王)

이제(二第) 초간대왕(初江大王)

제삼전(第三殿) 송제대왕(宋帝大王)

제네(第四) 올라 오간대왕(五官大王)

다섯은 염라대왕(閻羅大王) 들어가는 길

요 길은

으섯이라 번성대왕(變成大王)

일곱이라 테선대왕(泰山大王) 으덥은 평등대왕(平等大王)

아옵이라 도시대왕(都市大王)

열에 올라 십(十) 우도전륜대왕님(五道轉輪大王-) 들어가는 길

열하나 지장대왕(地藏大王) 열둘 셍불대왕(生佛大王)

열셋 우두대왕(右頭大王)

열넷은 좌두대왕(左頭大王) 열다섯 십오(十五) 동자(童子) 최판관(崔判官)

여레섯 십육(十六) 소제님(使者-) 들어가는 길

요 길은

천앙(天皇) 가면 천앙멩감(天皇冥官)

지왕(地皇) 가면 지왕멩감(地皇冥官)

인왕(人皇) 가면 인왕멩감(人皇冥官) 산으로는 산신멩감(山神冥官)

물론 가면 요왕멩감(龍王冥官) 베로 가면 선왕멩감(船王冥官)

동이 청멩감(靑冥官)

서이 벡멩감(白冥官)

남이 적멩감(赤冥官)

북이 흑멩감(黑冥官)

중앙은 황신멩감님(黃神冥官-)

일흔여덥 도멩감(都冥官) 들어가는 길

요 길은

양반이 집이 스당멩감(祠堂冥官)

정시1218) 집안에 첵불멩감(冊佛冥官)

농부아비(農夫漢-) 집에는 제석멩감(帝釋冥官)

산젱이 집인

산신멩감(山神冥官)

이에~

테우리1219) 집에는

세경멩감

이야 이야 심방 집인 당줏멩감(堂主冥官)

불도 집인 불돗멩감(佛道冥官)

들어가는 길

요 길은

이야 세경일월 가는 길

군눙일월(軍雄日月) 가는 길

요 길은

천앙 가민 천앙사자(天皇使者) 지왕 가면 지왕사자(地皇使者)

1218) 지관(地官).

1219) 목동.

인왕 가면 인왕사자(人皇使者)

저싱은 이원사자(二元使者) 이싱은 강님사자(姜林使者)

삼사자(三使者) 시관장 가는 길

요 길은

물론 가면 부원국사자(府院國使者)

거북사자

낭엔[1220] 걸룽사자(結項使者)

물에 엄서사자(淹死使者)

길에 노중복서사자님(路中覆死使者-)

아이 둘고[1221] 가던

구천왕(舊天皇)은 구불법(舊佛法) 아약삼싱 아미도령 사자님

심방 둘고 간

멩도멩감(明圖冥官) 삼사자 시관장

본당사자(本堂使者)

신당사자(神黨使者)

헹(行)이 바쁜 사자님

길이 바쁜 사자님

들어가는 길이로구나에-.

아이고 요 길은

불쌍헌 영신혼벽님(靈神魂魄-)덜 들어가는 길

각서 올라 오본향(五本鄕) 한집님 가는 길이로구나.

요 길은 옛날 선성님덜 황수님(行首-)네 들어가는 길덜

제오방 제토신 오방신장님(五方神將-) 들어가는 길

삼덕 제조왕 할마님 상성주 중성주 하성주, 들어가는 길"

1220) 나무에는.

1221) 데리고.

믄딱1222) 일러뒌 "제오방 제토신 오방신장님네 들어가는 길," 믄딱 일
롸뒌 오꼿 하르바님은 사라지어부럿구나에-.

강님인 이레 봐도 펀펀 저레 봐도 펀펀, 아이고 눈만 멀뚱멀뚱 허여가
는구나.

아이고 강님이 큰마누라가 말을 허뒈, 남ᄌ의 행착이라 소로길로 걷지
말앙, 대로(大路)만 향헹 걸엄시민 알을 도레(道理)가 잇젠 허난, 강님인
큰 길로 허울허울 가단 보난

길도이구 허궁아기씨가 물을 길언 오람시난, [말] "아이고 허궁아기씨
야. 느네 집이 할망 하르방이나 이샤?"1223) "잇수다." "어멍 아방 이샤?"
"잇습네다." "형제간이나 이샤?" "잇수다." "게거들랑 느 저싱이나 강 오
라." "난 마우다."1224) "게건 느네 집이 강 할망 하르방보고 저싱이나 강
옵셍 허라." 아이고 물팡돌1225)에 오란 허벅은 부리난 하르바님 방에 눌
려들언 "하르바님 할마님 저싱이나 강······." "난 말다. 느 가라." "어머님
아바님 저싱이나 강 옵서." "난 말다 느 가라." [소리] 아이고 그 법으로
경 허난 사름은 백(百)이 나고 이백(二百)이 나고 살당 죽엉, 저싱 가는 길
은 다 청원허고 원통허는 길입네다에-.

아이고~

이야 이야~

강님이는

허울허울 가단 보난

[말] 길토레비1226) 길캄관1227)이 앚안 길을 다끄단1228) 꼭삭꼭삭 졸암

1222) 모두.
1223) 있느냐.
1224) 싫습니다.
1225) 짐을 지고 내리고 하는 곳에 대(臺)가 되게 놓은 돌.
1226) 길을 안내하는 이.
1227) 길을 관리하는 신.

시난, "길토레비 길캄관아, 앚앙 졸지만 말앙, 나 저싱 가는 길이라 ᄒᆞ쏠[1229] ᄀ리쳐도라." "이야 저싱은 가젠 허민 검은 머리가 벡발이 뒈도록 걸어도 못 가는 길 억만리 길 수만 리 길 어띵 헹 저싱을 가젠 헴시니. 기영 말앙, 모릿날 사오시(巳午時)가 뒈여 가면 저싱 염녜왕(閻羅王)이, 요 길로 쌍가마 둘러타곡 허여근엥에 일천군병(一千軍兵)을 거느렁, 요 아랫 녁에 원복장제 말젯ᄯᆞᆯ애기 신병(身病) 들어 죽어가난, 그날은 허뎅이라 헌 심방이, 저싱 염녜왕을 청헐 거니 요 길로 쌍가마 탕 둘렁 오라가건, 그때랑 젭헝 가는 게 어띵 허니." 허난, "아이고 난 ᄒᆞᆫ 시가 여금(如金)허난 뽈리 강 와야켄." 하도 허여 가난, "게민 내가 베가 고프니 너 가정 가는 떡이나 ᄒᆞ쏠 벌러주민 먹어놓곡 ᄀᆞᆯ아주멘." 허난, 강님인 떡을 내놘 반착[1230]을 딱 벌런 주난, 길토레비 길캄관은 떡을 먹어놓고 말을 허뒈, "야 네가 너 음식을 얻어 먹어시니, 나도 공을 갚아야 허겠다."고 허난, "너 우에 입은 흰 적삼이나 벗어 노라." [소리] 아이고 강님인 흰 적삼을 벗어주난, 길토레비 길캄관은 흰 적삼을 들러 놓고 서러레[1231] 돌아 사둠서,

"강님이 본~

강님이 본~

강님이 본~"

삼시 번을 불르난, 강님이는 그 자리서 소르륵기 줌이 들언, 삼혼(三魂)은 저싱으로 펀허게 내둘아상 가는구나에-.

아이고~

[말] 저싱 간 초군문에 들어사젠 허난, 문직대장(門直大將) 감옥성방(監獄刑房) 옥서나자(獄司羅將) 허는 말이, "이야 너 이놈아. 어드레 들어가젠

1228) 닦다가.
1229) 조금.
1230) 반쪽.
1231) 서쪽으로.

허느냐. 여기 들어가컨 인정이나 걸어두고 들어가라." 강님인 가뎅 돈 훈 푼도 아이 가정 가고 아무 것도 아이 가져 가난, '아이고 요 노릇을 이거 어떵 허민 좋고.' 홀 수 엇이 입엇던 두루막을 확 벗언 훈 께겡이 박허게 ㅂ련,1232) [소리] 인정 걸어두언

초군문도 열려 간다. 이군문도 열려 간다.

삼시 올라 시군문, 열려 가난에

아이고 저싱 염녜왕은, 야 강님이 역력허고 똑똑허덴 말만 들엇더니, 강님이는 삼각산(三角鬚)을 거시려 가는구나.

붕(鳳)에 눈을 부릅뜨고

동석(銅石) ᄀ뜬 풀뚝을 걷어자쳐 간다.

아이고 홍사줄(紅絲-)을 네놓안, 염녜왕을 ᄉ문절박(私門結縛) 허젠 헤여 가난, 염녜왕 허는 말이로뒈, [말] "아이고 강님아 강님아. 영 허지 말 아근엥에 여기 오라시메1233) 느 실컷 구경헐 디 구경허고, 모릿날 우리 영1234) 사오시꼬지, 동헌 마당더레 우리 ᄀ찌 가는 게 어떵 허녠." 허난, "아이고 난 훈 시가 여금허연 뿔리 강 와야뒈." 하도 허여 가난 "그러면 나 저싱 오라간 본메1235)나 하나 주……." [소리] "어서 걸랑 기영 허라." 강님이

앞이멍에

임금 왕쩨(王字) 베겨1236) 간다.

뒷이멍에 눌림 왕쩨(勇字) 베겨 간다.

강님이

[말] 헤영헌1237) 벡강셍이1238) 네여주멍 허는 말이로뒈, "이 강아지 조

1232) 찢어서.
1233) 왔으니.
1234) 우리랑. 우리와.
1235) 증명하여 줄만한 사물.
1236) 새겨.

름에1239) 가다 보면, 알을 도레가 잇이난, 강아지 조름에 가 출출 가당 보면 알을 도레가 잇이난 강아지 조름에만 감시렌." 허난, 아 강님인 강아지 조름에 출출 똘롸 앚이멍 오단 보난, 주천강 연못은 근당허난, 강아진 물러레 텀방허게 떨어뜨려사난, 아이고 강님인 강아지 물에 빠졈시카부덴 건지젠 물러레 텀방 들어사난, [소리] 엇뜩혜연 엄부랑 께나지엇구나에-.

모릿날 사오시가 뒈여 가난

아이고~

저싱 염녜왕

금부도사(禁府都事) 거느리고 일천군병 거느리고

쌍가마를 둘러 탄

베락ᄀ치 준동허멍

와랑차랑 오라간다.

강님이는

붕에 눈을 부릅뜨고

삼각산(三角鬚)을 거시려 간다.

동석 ᄀ뜬 풀뚝을 걷어자천

[말] 두으로 간 가메 부출 심언1240) 확 훈들르난1241) 저싱 염녜왕 허는 말이로뒈, "아이고 강님아 강님아. 난 느 인제 강님인 줄 알암져. 우리영 ᄀ찌 글라.1242) 강은에 저디 강, 굿 허는 디 강 술이나 한 잔 주건, 얻어먹고 혜근엥에 동헌 마당더레 들어사는 게 어떵 허니." [소리] "어서 걸랑 기영 허게-."

1237) 하얀.
1238) 백강아지.
1239) 꽁무니에.
1240) 잡아서.
1241) 뒤흔드니.
1242) 가자.

[말] 아이고 간 보난 허뎅이라 헌 심방은, 안으로는 ᄉ당클을[1243] 메여 놓고, 미리애기 양산기 버리줄을 메여 놓고, 마당으로는 큰대를 세워놓고, 삼버리줄 메어 놓고, 시왕당클을 메여 왈랑살랑 시왕맞이 굿을 허멍, 일만 팔천 신전님 살려옵서 살려옵서 허는디, 인간에 강님사자님은 하나토 누게 거느리는 자가 엇이난, 아이고 강님사자는 이 셍각허난 부에가[1244] 나난, 한참 굿 허는 디 허뎅이라 헌 심방을 간 모가지 강 혹 잡으난, 한참 굿허단, [소리] 푸릿푸릿 죽어간다.

[말] 역력허고 똑똑헌 수소민[1245] 잇단, '아이고 이거 인간에 강님사자님도 살려오렌 말을 말을 못허엿구나.' [소리] 아이고 먼 올레로 도레상 들러앚앙[1246] 먼 올레로 간, 아이고 인간에 강님사자님도, 오리정 신청궤

살려살려

살려옵서.

경 허난 그때 허뎅이라 헌 심방, 푸릿푸릿 살아나는구나에-.

[말] 아이고 간 보난 시왕당클더렌 바련 보난, 뭐 아무 것도 엇고 이거 앞에 분명히 씨여, 염녜왕이 앞이 오랏는디 어디야 가는 줄도 모르고 이거 원원 펀펀헤, 바려 보난 쉬푸리 하나 앚앙 윙윙 허멍 요레 풋닥 저레 풋닥, 요거 요 부술(符術) 부려 가지고 나를 눈을 쏙여 가지고 뭐 헴구나. 요레 심젱[1247] 허믄 풋닥 저레 심젱 허믄, 허단허단 버치난[1248] 강님이는 술 혼 잔 주난 얻어 먹은 브름에, 이제랑 어멍 아방 사는 디나 강 보주긴, 어멍 아방 사는 디 촛아간 "아이고 어머님아 어머님아 나, [소리] 강님이 살아오랏수다-."

1243) '당클'은 굿할 때 제장의 벽 상단에 선반처럼 메어 놓는 것을 말함.
1244) 화가. 부아가.
1245) 수소무는. '수소무(首小巫)'는 소무 가운데 가장 뛰어난 이.
1246) 들고.
1247) 붙들려고.
1248) 부치니.

[말] "아이고 설운 애기야 살아 오랏구나." "어머님아 어머님아. 나 엇언 보난 어떵이나 헙데가?" "아이고 설운 애기야 말도 말고 이르지도 말라. 느 엇이난 어느 날 혼 시라도 느 셍각허멍 아니 울 때가 엇다." "어머님은 내 살당 돌아가시면, 동더레 번은 머구낭[1249] 가젱이[1250] 혜당[1251] 방장대[1252] 짚엉 상, 구관제복(屈巾祭服) 허영 입엉, 에구데구 허멍 삼년상(三年喪) 잘 청 어머니 공 갚아 드리쿠다. 아바님아 아바님아 아바님은 나 엇언 보난 어떵이나 셍각헙데가?" "설운 애기야 느 엇이난, 흐를 앚으민 문뜩문뜩 느 셍각 나라." "아바님은 살당 돌아가면, 왕대 목둥이 방장대 헹 짚엉 사근엥에 구관제복 허영 입엉, 에구데구 허멍 삼년상 잘 청 내 아바님 공 갚아 드리쿠다." 설운 아시[1253] 사는 디 간 "설운 동생아. 나 엇언 보난 어떵이나 헤여니?" "설운 성님아 말도 말곡 이르도 맙서. 뎅기다근에 놈안티 두드려 맞을 땐 성님 셍각 나곡, 경 아녈 땐 아무런 셍각도 엇수다." [소리] 아이고 경 허난, 형제간이라 헌 건 옷 우잇[1254] 브름이로구나에-.

강님이

[말] 큰마누라 사는 디 촛안 간, 아이고 간 보난 정짓간에서 불 베롱이 싸 놓곡 그릇 소리가 둘그락둘그락 헴시난, 강님이가 허는 말이로돼, "아이고 설운 가속아 나 강님이 살아오라시메살아왔으니, 요 문이나 흐쑬 을려 도라." "아이고 우리 낭군 죽어 저싱 가건 데가 이거 삼 년 넘언, 이거 오널 담제(禫祭) 돌아오란 담제, 저 그릇 시첨수다쎗고 있습니다." "허~ 이것 첨, 나 분명히 강님이 살아오노라." "게거들랑 우리 낭군이건 나 저

1249) 머귀나무.
1250) 가지.
1251) 해다가.
1252) 상장(喪杖).
1253) 아우.
1254) 위의.

싱 보낼 떼에, 관디 헨 입정 보냇수다. 관딧섭이나 요 문구녕[1255]으로 네
물아봅서." 관딧섭을 문구녕으로 네문 건 보난 바농 혼 쏨이 찔려젼 새카
망이[1256] 녹슬어시난, [소리] 아이고 그떼야 강님이 큰마누라, 문을 돌칵
허게 열려주어 가는구나에-.

[말] 강님이가 허는 말이로돼, "설운 가숙아, 후처(後妻)덜은 다 어디덜
가시니?" "말도 말곡 이르도 맙서. 설운 낭군 죽어부난, 묻어뒌 오란 뒷날
부떠 문딱[1257] 서방덜 얻으멍 몬 도망 가붑디다." [소리] "아이고 기영 허
냐. 어머님 아바님도 이레 불러 오라." 아이고 경 허난 본처(本妻)가 본처
로구나에-.

아이고 그떼엔 강님이가 저싱 강 온 말허멍, 사랑 사지~

곤쑬 ㄱ치 고운 사랑

공ㄱ치 둥근 사랑

좁쑬ㄱ치 줌진 사랑

[말] 아이구 저싱 가온 말허멍 사랑 사랑 허단 보난, 뒷날 아침[1258] 헤
가 올라오라가사올라와가야, 그때야 첫 줌을 [소리] 부쩌가는구나-.

[말] 뒷칩이 마귀할마님은 얼지냐[1259] 강님이 담제 넘어나난, 요거 불
담으레 간 핑게에 잇당 떡이나 하나 주건 얻어먹고 헹 오주겐, 끌레
기[1260]에 이거 간 보난, 문은 돌아가멍 톤톤허게[1261] 더꺼시난,[1262] '이
집인 아침 베지근만[1263] 헤 가민 문을 여는 게 오널은 낮 뒈도록 문을 안

1255) 문구멍.
1256) 새까맣게.
1257) 모두.
1258) 아침.
1259) 어제 저녁.
1260) 띠나 짚 등으로 만든 꾸러미.
1261) 단단하게.
1262) 닫아있으니.
1263) 아침이 되어갈 만하면 정도의 뜻.

올아신고.' 창구냥으로 엎더젼 바련 보난, '이거 데가린, 이야 이거 둘이고 몸천은 하나여. 야 요거 강님이 요거, 저싱 간 오렌 허난 저싱은 안 가고, 낮에는 여기 오란 펭풍(屛風) 뒤에 곱아둠서[1264] 살곡 밤이는 혼 이불 속에서 줌 자멍 살암구나.' [소리] 그만 관가에 간 오꼿 고발(告發)을 헤여 불엇구나에-.

아이구 관가에서

 수령놈(使令-)을 네보네연, 강님이 야 스문절박(私門結縛) 시견, 동헌 마당 끗어가는구나에-.

[말] 원님이 잇당 하는 말이로뒈, "너 이놈아, 저싱 강 오렌 허난 저싱은 안 가고 너 그디만 곱아둠서 이제꼬장 살앗느냐?" "아이고 이거 봅서. 내 저싱 강 왓수게. 앞이멍에 임금 왕쩨 벡여지고 뒷이멍에 눌림 왕쩨.", "내가 그걸 어찌 믿을 수가 잇겟느냐?" 오꼿 큰 칼을 씌완 [소리] 하옥(下獄)을 헤여가는구나에-.

하옥 헤뒌[1265] 아이고 원님은 셍깃지둥[1266] 밑에 간 오꼿 곱아불언,[1267] 모릿날 스오시가 뒈여 가난

아이고 이거 하늘이 중천(中天) 허여간다. 먹구름이 둥글둥글 올라오라 가는구나. 주먹 그뜬 핏방울[1268]이 쏟아지어 가는구나에-.

너른 목이

번게 치듯

좁은 목에 베락 치듯

와지끈땅 헤 노난 저싱 염녜왕이, 동헌 마당에 네려사앗구나에-.

[말] 아이고, 염녜왕이 동헌 마당 네려사고 보니, 강님이가 하옥이 뒈연

1264) 숨어 있으면서.
1265) 해두고.
1266) 상방(上房)과 큰방 사이의 기둥.
1267) 숨어버려서.
1268) 빗방울.

잇이난, "너 이놈아 어떵 헨 너 하옥이 뒈엿느냐?" "아이고 원님이 날 보고 저싱 가왓는디도 저싱 안 가왓젱[1269] 허멍 날 심어다가 하옥을 헤붑디다." "게난 원님은 어디 갓느냐?" "모르겟습니다." "이 집은 이거 누게가 짓엇느냐?" "강테공(姜太公) 수목시(首木手)가 짓엇습니다." "게 강테공 수목실 이레 불러들이라." 불러들이난 "이 집이 기둥이 멧 개요?" "하나 두 개 스물여섯." "게거들랑 대톱도 가져들이라 소톱도 가져들이라." 기둥마다 복복 싸단[1270] 보난, 셍겟지둥 하난 남으난, 셍겟지둥 강 박허게 울뜨난, 즈진피(紫朱血)가 불끗허게 [소리] 나는구나에-.

아이고 원님은 셍겟지둥 밑에 곱앗단, 졸락허게 나오라 간다.

그 법으로

집을 짓이면 야~, 상량법(上樑法)을 마련허여, 둑[1271] 잡아근엥에 스(四) 스 기둥에 피 브르는 법입네다에-.

마련허여 두언

[말] 아이고 원님 보고 허는 말이로뒈, "어찌 헤서 나를 인간더레 청헤엿소?" 야 원님이 허는 말이로뒈 "그게 아닙네다. 어떵 허난 저싱 염네왕이 그렇게 무정허곡 적막헙네까. 우리 인간 벡성덜 혼 날 혼 시에 아덜 삼형제를 낳고, 혼 날 혼 시에 과거를 보고, 혼 날 혼 시에 오랑 다 죽으니, 어찌 헤서 이 절체(決處)를 허젠 허난, 염네왕을 청헤……." 염네왕이 허는 말이로뒈, "야 이놈아 들으라 하니 그게, 원래 과양셍이 부인이 좋은 무음을 먹어서 이 애기덜 난 게 아니라, 이 애기덜은 동경국 버물왕 아덜덜이라." 아이고 그떼엔 이젠 원님이 잇단, 스령놈을 네보네연, [소리] "과양셍이 양도 부베간(夫婦間)을 이레 잡아들이라에-.

잡아들이라.

1269) 갔다왔다고.
1270) 켜다가.
1271) 닭.

앞밧디1272) 성틀1273) 걸라.

뒷밧디1274) 작두 걸라."

죽일 팔로 허여 가난

바른 말을 허여 간다.

[말] "야 요 뒷밧디 간 모1275) 설변헤 붑서." 뒷밧디 간 박박 판 봔 원, 아이고 시체는 아무 것도 엇고 짚세기허고 방장대만 묻언 거미줄만 드랑 드랑. "야 시체는 어디레 붙엇느냐?" "아이고 주천강 연못디 간 모 들이……." [소리] "이년 저년 죽일 년이

대동강에 목 빌 년아"

아이고 주천강 연못디 간 보난

금봉체 네노난 물은 바○○○ ○○ 받다받다 죙경네,1276) 이년 저년 죽일 년덜, 아이고 과양셍이

지집년 이젠 모딱 헤연, 모딱 방에통에 낭 독독허게 삣으멍 허풍ㅂ름 불려가는구나에-.

불려가

모기로나 환싱허라.

곽다기로 환싱허라.

마련을 시겨두고

주천강 연못디 간 보난

물은 붕붕허난1277)

야 염녜왕이 근봉체(金鳳扇) 네노난, 동서(東西)러레 삼시 번 퍼딱허게

1272) 앞밭에.

1273) 형틀.

1274) 뒷밭에.

1275) 모두.

1276) 돼지 따위에서 나는 냄새.

1277) 가득하니.

부끄난,1278) 아이고 물은 ㅂ짝헌(바짝한) 거 보난 ㅃㅔ가 술ㄱ랑1279) 헤여시
난, [물을 마신다.] 서천꽃밧 꽃감관(-監官) 꽃셍인(-聖人)한테 간, 술(肉)
오를 꽃 피 오를 꽃 말 굴을 꽃 걸음 걸을 꽃, 웃음 웃을 꽃 오장육부(五
臟六腑) 오를 꽃 헤다 난, 산산이 허터 난 구남절 절굿대 삼싀 번 둘러치
난, 이 애기덜 삼형제 [소리] 오골오골 살아나는구나-.

[말] "아이고 설운 애기덜아, 느네 아방국이 어딜러냐?" "예 동경국 버
물왕입네다." "어멍국은 어딜러냐?" "서신국 부인입네다." "야 어멍국을
가겟느냐 아방국을 가겟느냐?" [소리] "우리는 아방국을 가겟습네다에-."

"아이고 게거들랑

아방국더레

제올리라."

마련헤뒨 이 아기덜 삼형제랑 이야 기영 말앙, 귀양풀이1280) 헐 떼랑
ㅅ제상(使者床) 알로, 상 받아 먹기 설연허라.

마련을 시겨두언

[말] 이제는 저싱 염녜왕 허는 말이로돼, "내가 인간에 오라서 인간 절
체를 다 허여시니, 나는 이젠 저싱으로 갈 거니, 강님이가 역력허고 똑똑
허니, 강님이 육신(肉身)을 앗이겟소 혼정(魂精)을 앗이겟소?" "아이고 나
는 강님이, 육신을 앗이겟습네다." "게민 날랑 혼을 가정 가켄." 저싱 염
녜왕은 저싱으로 가멍 강님이 삼혼(三魂)을 쏙기 뽑아 앗엉 가부난, 강님
인 가만히 앚아 시난, 아이고 원님은 잇단, "강님아 일어상 집더레 글라."
펀펀헤여 가난, "너 이놈아 저싱 가오ㄱ렌1281) 큰냥 헨 대답도 아념구나."
주먹으로 둣굼치를 다락 줴어 박으난, [소리] 텡글랑 허멍 쓰러지는 건 보

1278) 부치니.
1279) 고스란히.
1280) 고인을 장지에 묻은 뒤 집에 돌아와서 하는 무속의례.
1281) 갔다왔다고.

난, 콧구멍으론 쉬포리가 웽허멍 눌아나는구나에-.

콧구멍엔 바련 보난, 어늣 동안 쉬가 박작허게 싸아 놓앗구나.

그 법으로 사람 죽으면, 설멩지 헤다근엥에 궁기1282) 궁기 다 막아부는 법입네다에-.

마련허여 두고

[말] 아이고 강님이 큰마누란, 강님이 죽엇젠 허난 '이거야 무신 말이리야. 우리 낭군 저싱 강 오라근엥에 뜨로1283) 죽넨 말이 무신 말이라.' 겁헌 지명에 나사, 치마 앗안 입음이엔 헌 게 웃둑지1284)에 둘러 메여 앗아 노난, 그 법으로 사람 죽어근엥에 초시렴(初小殮)허곡 대시렴(大小殮)허영 입관(入棺)허영, 성복(成服)허기 전에는, 남자 상제(喪制)덜은, 아이고 흰 두루막 허영 웃둑지에, [소리] 걸처 메영 뎅기는 법입네다에-.

[말] 강님이 큰마누라 오란 팡팡 누워 둥글멍,1285) "아이고 설운 낭군 죽엇구나 죽엇구나." 머린 터박터박 허난 산딧짚1286) 잇이난 산딧짚 훈 겁 헤네 머리 톡기 졸라메난,1287) [소리] 그 법으로 여자 상제덜은, 산딧짚으로 머리 무껑 뎅기는 법입네다에-.

마련허여 두고

강님이 큰마누란

아이고 설운 낭군 죽엇구나.

초시렴 허여도 섭섭허다.

대시렴 허여도 섭섭허다.

입관(入棺)허여 섭섭허다.

1282) 구멍.
1283) 또.
1284) '둑지'는 어깨.
1285) 뒹굴면서.
1286) '산디'는 밭벼.
1287) 묶으니.

아이고~

성복(成服)허여 섭섭허다.

○전지로 네리왕

일포(日晡)허여 섭섭허다.

동관(動棺)허여 섭섭허다.

몰켓낭1288) 대판무1289)

놓아도 섭섭허다.

상여화단(喪輿--) 씌와도 섭섭허다.

서른여덥 유대꿜1290) 거느려

어와넝창 담불 불러 섭섭허다.

장밧1291)에 강

하메(下馬)허여 섭섭허다.

개광(開壙)허여 섭섭허다.

하관(下棺)허여 섭섭허다.

명전(銘旌) 들여 섭섭허다.

개판 더꺼1292) 섭섭허다.

봉토(封土) 싸도 섭섭허다.

용미(龍尾) 제절(階節) 빠도나1293) 섭섭허다.

삼우제(三虞祭) 졸곡(卒哭)허여 섭섭허다.

초흐를1294) 보름1295)허여 섭섭허다.

1288) 상여의 양편 아래로 각각 매어진 긴 채에 양끝을 걸치고 동여맨 나무.
1289) 상여 양쪽 아래에 매어 앞뒤로 길게 낸 채. 흔히 '대펫목'이라고 함.
1290) 상여꾼. 조선시대 포도청에 딸린 상여꾼을 이르는 '유대꾼(留待-)'에서 비롯된 말.
1291) 장지(葬地).
1292) 덮어.
1293) 빼어도.
1294) 삭제(朔祭).
1295) 망제(望祭).

삼년상을 혜여도 섭섭허다.

담제(禫祭) 넘어 섭섭허다.

첫 싯게[1296] 넘어도 섭섭허다.

만날 허당 봐도 섭섭 만날 허당 봐도 섭섭, 강님인 저싱 가난 염녜왕 허는 말이로뒈, "이야 강님이 너 역력허고 똑똑허니, 동방섹(東方朔)이 삼천년이나 알기를……." "아이고 동방섹이 삼천년 모를 턱이 잇습네까." "기거들랑[1297] 이레 동박섹일 잡아들이라이-."

[말] 아이고 강님이는 인간에 나오라 이제 보니 동방섹이 흔 번 봐나지도 안 허고, '이야 이 노릇을 허민 어떵 허민 좋고?' 앚아 곰곰이 셍각헤 보난 쪼그만헌 어린 아이가 쉐 물 멕이레 가멍 놀레 불르멍, "아이고 동방섹일 잡젱 허면은 까망헌 숫 흔 굴체[1298] 혜영, 주천강 연못에 강 앚앙 숫을[1299] 발강발강 시첨시면[1300] 알을 도레(道理)가 잇수뎬.", 아이고 이거 어린 아이 말도 흔 번 들어보주긴, 숫 흔 굴체 헨 간 주천강 연못데 강 앚안, 숫을 박박 밀멍 시첨시난, 어떤 사름이 넘어가단 허는 말이로뒈, "거 여보시오. 거 어떵 헨 거멍헌 숫을 물에 놩 그렇게 숫을 시쳐요?" "아이고 어디 간 이거 우리 집이 우리 어머님이 신병(身病) 들언 눕건 디가 삼 년이 뒈어, 이거 어디 간 들으난, 이 꺼멍헌 숫을 주천강 연못디 오랑 앚앙, 숫을 박박 밀엄시민, 꺼멍헌 숫이 벡숫 뒈어가민 우리 어머님 살아난덴 허길레 헴수뎬." 허난, "허 이거 첨, 내가 동방섹이 삼철년(三千年)을 살아도 내, 검은 숫 시쳐근에[1301] 벡, 벡숫 뒌덴 말은 들어보지도 못……." [소리] '요 놈이 동방섹이로구나.' 뒤으로 완 폭허게 잡안 보난

1296) 제사.
1297) 그렇거든.
1298) 삼태기.
1299) 숯을.
1300) 씻고 있으면.
1301) 씻어서.

벡지턱(白紙-) 하나 잡아지엇구나.

아이고 벡지턱 하나 잡안 이야 그레 저싱 염녜왕한티 간 바찌난, 염녜왕이 허는 말이로돼, "야 강님이 역력허고 똑똑허구나이-.

요걸랑 인간 중셍덜 소지절체(所志決處) 원정이나 허렌." 허난, "어서 걸랑 기영 헙서."

그 법으로 우리 인간 중셍덜, 기도를 허젱 허여도 소지(燒紙) 몰아 놓아 근엥에 소지절체를 허는 법입네다에-.

마련허여 두고

염녜왕이

허는 말이로돼

"강님아 너 역력허고 똑똑허니, 널랑 이제 강님이 인간체서(人間差使)로 나 뎅기……." "어서 걸랑 기영 허오리다에-."

[말] 적베지(赤牌旨)를 네여주난 흐를날은 가마귀 봐지난 "너도 강게(姜哥) 나도 강게, 이 적베지나 주거들라근엥에 이싱 전달 저싱 전달이나 허여도렌." 허난, 가마귀는 젓놀게에 젭혀 앚어 인간더레 풋닥풋닥 눌아오단 보난, 벡정놈덜은 몰 하나 심어정 밧 구석에서 가죽을 박박 벳겸시난, 산담1302) 위 강 곳짝허게 앚안 '저거 헤나건 몰피나 흔 굴레1303) 얻어먹엉 가주겐.' 벡정놈덜은 몰 잡안 가죽 벳기단, 몰 발톱은 확 쌀란 펭허게 들러 데끼난, 겁난 브름엔 그만 적베진 알러레 오꼿 떨어져 가마귀, [소리] 벗닥벗닥 눌아난다.

눌아나난~

아이고~, 이것도 두 가짓 ᄆ음이라 어떤 사람은, 산담 구녕으로 구렝이 나완 물어가부난 무신 얼룩달룩이영도 허고 무시 것도 헷져, 어떤 사람은 가죽주머니 쏘곱더레 톡허게 드려놔부난, 아이고 가마귄 뎅기단 오

1302) 묘를 보호하기 위하여 둘러싼 돌담.
1303) 입.

란, 이레 자웃 저레, "나 적베지 도라.

나 적베지 도라."

아이고 이레 자웃 이레 자웃 허다 보난 산담 위엔 보난 똥소레기[1304]
앚아시난, "너 이놈아 나 적베지 봣젠." 허멍, "아이고 나 적베지 네노렌."
똥소레기 조름에 쫓아 앚인텡

똥소레긴 아니 보라 쭈르륵쭈르륵~

아이고

이야 이거 [말] 그 브름으로 야 메(鷹) 조름에는 가마귀테 가마귀테가
물아 フ치 쫓아 앚엉 뎅기는 법이우다. 아이고 이젠 강님이는 [소리] 굽어
저칭 연둘 허여 가난

[말] 흐를날은 이야 사름 죽어 들어오는 거 보난, 어룬 올 디 아이도 오
곡 아이 죽을 디 어룬도 오곡, 츠레 볼 엇이 막 죽언 들어오라 가난, '이
거 어떵 헌 일인곤.' 헤여, 흐를날은 가마귈 불러 놓안, "너 이놈아. 이싱
전달 저싱 전달 허렌 허난 어떵 헷느냐?" "아명허고 아명헤[1305]……."
"너 바른 대로." 주먹으로 앚아 볼뼈 앚아 잡아 후려부난, [소리] 그 법으
로 가마귀 눈은 벳들랑 맞인 가죽에, 헷둑말룩 헷둑말룩.

송낭 막뎅이로 하도 저 하도 아렛저고리 후려부난, 가마귀덜은 벅벅 뒈
와지어~

걸을 뗀

엉글작작 엉글작작

[말] 하도 가마귄 부수[1306] 맞아노난 잊어붐을[1307] 잘 허영, 그 법으로
게난 가마귀 고기 먹으민 사람덜토 잊어붐을 잘 헌덴 허는 법입네다ー.

1304) 솔개.
1305) 이리저리 사정을 둘러대는 모양을 가리킴.
1306) 하도.
1307) 잊어버림을.

가마귄 부수 맞아노난 부에깔[1308) 틀어지난 인간더레 벗닥벗닥 날아오멍, "어룬 갈 디 아이도 가라.

강굴락 강굴락

아이 갈 디 어룬도 가라.

강굴락 강굴락."

[말] 오다 보난 게와세[1309) 칩이 새끼 하나 죽언 하도 울어간다 울어온다 헴시난, 물팡돌엔 보난 허벅 부련 잇이난, 허벅 우에 조짝허게 앚안, 까왁까왁 헤 가난, 벡발노인 할마님은 잇단, "요놈으 가마귄 누게 잡아가젠 헴신." 돌멩이 봉간[1310) 다락 맞히난, 가마귄 봇닥허게 눌아나 불고, 허벅은 와쌍허게 벌러지난, [소리] 그 법으로 사람 죽어나민, 작은 말치 헤당 와쌍바쌍 쌀풀이 허는 법입네다에-.

난산국

지엇수다.

본산국을 지엇수다.

제주 낙형 과광성 신풀엇습네다.

아침 동세벡이[1311)

북(北)더레 돌아 앚아

강굴락 강굴락

우는 가마귄

먼 디서 손님 올 가마귀요.

헤낮이

남(南)더레 돌아 앚아

1308) 성깔.
1309) 거지.
1310) 주워.
1311) 이른 새벽에.

강굴락 강굴락

가마귀는

동네에 싸움 날 가마귀요.

저냑이

서(西)더레 돌아 앗아

강굴락 강굴락 우는 가마권, 이야 사름 둘[1312] 가마귀로구나에-.

본산국 난산국 신풀어 잇습네다.

제주 낙형 과광성

신풀엇습네다.

■ 요왕체서본풀이>비념

올고금년

이 마을에 거주허여 사는

일만 줌수부님

일만 어부님덜

하다 엑헌 일도 나게 맙서.

급헌 일도 나게 맙서.

천지낙뤠(天地落漏) 헐 일덜

막아줍서.

요왕국에서

먹곡 입곡 헹인발신(行窮發身) 허는 ㅈ손덜 아닙네까.

하다 깊어 얕어 열 질 물 속에 들지라도

어느 아끈 빗창 한 빗창에

넉날 일덜

막아줍서.

아끈 둠북 한 듬북에

넉날 일덜

막아나 줍서.

어느 그물에 걸릴 일덜

막아줍서.

안여 밧여

넉날 일덜

막아줍서.

하다 숨 막힐 일덜 나게 말아근

막아줍서.

요왕황저국 황저대왕님

거북사자님에

일심동력 허여근

이 ᄌ순덜 물에 들거들랑

구제기1313)여 전복이여 메역1314)이여

우미1315) 전각1316)

아이고 톨1317)이여

만선(滿船)허여근

망사리1318) ᄀ득덜 헤영 나게 시겨줍서에-.

올금년은

1313) 소라.
1314) 미역.
1315) 우무.
1316) 청각.
1317) 톳.
1318) 채취한 해산물을 담는 물질도구.

경인년 일 년 열두 둘 삼벡은 육십오일

동으로 오는 엑년(厄緣)

경신서방(庚辰西方) 막읍서.

서으로나 오는 엑년 갑을동방(甲乙東方) 막아줍서.

남으로 오는 엑년

헤저북방(亥子北方) 막읍서.

북으로 오는 엑년

병오남방(丙午南方) 막아줍서.

중앙 황신(黃神)으로

오는 엑년덜랑

중앙 황신으로

막아줍서.

날로 가면 날역(日厄)이나

둘로 가면 둘역(月厄)이나

월로 가면 월역 시역(時厄)이라.

앗진동 밧진동

금동퀘상(金銅机床) 고비첩첩 다 눌려 제겨 막아줍서-.

[심방이 장구채를 장구의 조임줄에 끼워 넣는다.]

■ 요왕체서본풀이>주잔넘김

처사님네 받다 남은 주잔덜랑 저먼정 네여다가이~, 영끼지기 몸끼지기 파랑당끼지기 상관(上官)은 놀고 가저 하관(下官)은 먹고 가저~, 쓰고 가저~, [장구를 오른쪽 옆으로 치운다.] 본당(本堂)에 군줄(軍卒) 신당군줄(神黨軍卒) 거리 노중(路中) 눌아오던 열두 시군줄덜, 산신군줄(山神軍卒) 요왕군줄(龍王軍卒) 선앙군줄(船王軍卒)덜, 꿈에 선몽(現夢) 낭게일몽(南柯一夢) 비몽서몽(非夢似夢) 불러주던~, 이런 명부지(名不知) 잡신(雜神)덜랑,

저먼정으로덜 주잔으로덜, 마냥 권잔드립네다이~.

■ 요왕체서본풀이>산받음

주잔은 권잔 드려가멍 게수게잔(改水改盞)은 헤여당, 상당 불법은 불법 전 위올려 드려가멍~, [심방이 앞에 놓인 쌀그릇을 자신의 앞으로 당겨 점을 보려 한다.] 소지 꿋덴 절체가 잇는 법 아닙네까~. [제비점] 이 절 체로나~, [제비점]

[소미 김순열이 앉아 있는 단골들에게 말한다.]

(김순열 : 저 제비쏠 받읍서.)

(단골들 : 예.)

[곧 해녀 대표가 나와 심방 옆으로 가서 앉고, 제비쌀을 받을 준비를 한다.]

이천영기(?) 바당이면은, [제비점] 올고금년~, [제비점] 게민~, 요왕국 에서~,

[심방이 옆에 앉은 해녀 대표에게 말한다.]

(문병교 : 금년 쪼금 멩심덜 헤야쿠다. 양.)

[해녀대표가 고개를 끄덕이며 대답한다.]

(해녀대표 : 예.)

(문병교 : 예.)

[제비점]

(문병교 : 금년이랑 쪼금 멩심덜 헙서양.)

(해녀대표 : 예.)

[심방이 손에 놓인 쌀알을 센다.] 둘이라 셋 넷, 저~ 지라 경 허면, [심 방이 해녀대표에게 쌀알을 건네준다.][제비점] 명심만 허면 명심덕으로나, 크나큰 걱정덜이나 엇일 건가~, [제비점] 게민 으섯 방울, 게민 명심허민, [심방이 해녀대표에게 쌀알을 건네준다.][제비점] 명심덕으로나~, [제비

점] ᄋ덥이라 고맙수다. 게민 [심방이 해녀대표에게 쌀알을 건네준다.][제비점] 이 절체로나~, [제비점]

[심방이 자신의 손바닥에 놓인 쌀알을 들여다보며 말한다.]

(문병교 : 금년 양, 칠칠뤌 팔뤌에 양, 칠뤌 팔뤌, 그 두 둘에 쪼끔 멩심헙서.)

(해녀대표 : 칠뤌 팔뤌.)

(문병교 : 예. 질1319) 나빠양. 물에 드는 어룬덜랑양.)

[제비점] 그 두 둘만 멩심허민~,

[심방이 해녀대표에게 쌀알을 건네주며 말한다.]

(문병교 : 그 두 둘만 멩심허민 멩심덕으로 큰 거서기덜은 엇엄직허우다만은양, 경 혜도양. 게난 엇다, 경 저 그치룩1320) 헙서.)

[해녀대표가 일어선다. 심방은 뒤늦게 굿판에 찾아온 소미가 있음을 알고 바라보며 말한다.]

(문병교 : 아, 와서? 어~.)

(소미 김영철 : 속앗수다.)

(문병교 : 어.)

[김영철이 다른 데서 일을 마치고 돌아온 것을 알고 있기에 말한다.]

(문병교 : 게 빨리 헷네이.) [웃음]

■ 요왕체서본풀이>제차넘김

드려가멍~, 츠츠이츠 [심방이 앞에 놓인 쌀그릇을 멀리 치운다.] 앞선 공서 설읍던 연유 말씀전, 종당~ 처벌이웨다이~. 신이 아이~,

[김순아 심방이 문병교 심방에게 다가가 말한다.]

(김순아 : 선앙풀이 헤영 베 놔뒁……)

1319) 제일.
1320) 그처럼.

(문병교 : 예. 경 헙서게.)

(김순아 : 경 헤둬근엥에……)

(문병교 : 예예.)

(김순아 : 저녁 먹엉 공시풀이 허곡 경 헤여……)

(문병교 : 예예.)

○○ 드려가멍, 신이 아이, 송낙 벗엉, 신공시 엿 선성님 알로, 굽어 신청이웨다.

[합장한다. 송낙을 벗는다.]

신흥리 잠수굿 선앙풀이

자료코드 : 10_00_SRS_20100226_HNC_KSA_0001_s16

조사장소 : 제주특별자치도 제주시 조천읍 신흥리 539−1번지(어촌계창고)

조사일시 : 2010.2.26

조 사 자 : 허남춘, 강정식, 강소전, 송정희

제 보 자 : 문병교, 남, 78세 외 3인

구연상황 : 선앙풀이는 영감선앙을 대접하여 돌려보내는 제차이다. 문병교 심방이 평상복으로 진행하였다. 문전에 상을 차려놓고 직접 북을 치면서 말명을 하였다. 모형배에 제물을 싣고 바다로 나가 띄워 보내는 베방선으로 마무리하였다.

■ 선앙풀이

[문병교(평상복)]

■ 선앙풀이>말미

[문병교 심방이 어촌계 창고 입구를 향하여 북을 앞에 두고 앉는다. 그 앞에 선왕상을 차려놓았고, 스티로폼 상자를 장식하여 배를 꾸며 놓았다. 북을 "덩" 하고 한 번 치고 말명을 시작한다.] 요왕은 연맞이로 일만 팔천

신우엄전님~, 옵서옵서 청허시왕, 이 마을에 거주허여 사는 일만 줌수부님덜, ᄆᆞᆷ먹고 뜻 먹언 셍에(誠意) 셍심(誠心)허연 오늘은, 용왕연맞이로덜 옵서 청허영 축원원정(祝願願情) 올렷습네다~. ○○○ 네려사민~, 비념헐 디 비념허곡 원정헐 디 원정허곡~, 굽어들 디 굽어들어 잇습네다. 오늘은~, 상당 도숙아 도올라 하전 떼가~ 뒈여지난, 오늘은 각기 도하전 헤여근, 산으로 갈 임신덜~, 산으로 가게 뒈여 잇습네다. 물로 갈 임신덜은 물로 가게 뒈여 잇습네다. 미국(美國)으로 어디 아사라[1321] 서양국(西洋國)으로 갈 임신덜~, 서양국으로 가게 뒈여 잇습네다. 중국(中國)으로 갈 임신덜은 중국으로 가곡, 일본(日本) 주년국(周年國)으로 갈 임신덜은 주년국으로 가게 뒈여 잇습네다~. 모다 오늘은 전돗(牷豚) 전몰(牷物) 데령(待令)허여근 장젯맞이로덜 모다~, 원정 올리옵건 모다 상 받아 도ᄂᆞ립서~.

선앙풀이

1321) '아라사'의 잘못인 듯.

■ 선앙풀이>공선가선

[북을 치기 시작한다.]

공서는 공신, 가서는 가신 공선

제주 남산은 본은 갈라

인부역 서준낭 서가여레(釋迦如來)

공솟 말씀 여쭈아, 올립기는

■ 선앙풀이>날과국섬김

국은 갈라 천하혜동 ○서는, 전라남하

대한민국

제주특별자치도 조천읍은 들어사난, 조천리 신흥마을 올소웨다.

대론 가민 대도연질, 소론 가면 조로셍길(小路細徑)

세 질 갈라 길 알로 들어사난, ᄆ을회관 올습네다.

■ 선앙풀이>연유닦음

이 ᄆ을이

거주허여 사는

유지(有志) 어룬덜

ᄌᆞ수님덜

어부님네

일심동력(一心同力) 허여근, 오널 전돗 전몰 데령허고

장젯맞이로덜

원정축원 올립네다.

■ 선앙풀이>장젯맞이

전연을 받아근에

이 무을, 안여 밧여 놀던 선앙님도

장젯맞이로 상 받읍서.

아끈 듬북 한 듬북에, 놀던 선앙님덜

장젯맞이로 상 받읍서.

일만 줌수부님덜, 몸을 받은 선앙님도

장젯맞이로 상 받읍센 허곡

그 두으로는

아끈 성창(船艙) 한 성창 놀던 선앙님네

장젯맞이로 상 받읍서

혜여두고

저 함덕[1322] 들어사면은

혜수욕장 놀던 선앙님네

서메봉[1323]에 놀던 선앙님도

장젯맞이로 상 받읍센 허곡

그 두으로

동복[1324]에 놀던 선앙님덜

장젯맞이로 상 받읍센 허곡

김녕마을[1325] 들어사민

김녕 축항(築港)에 놀던 선앙님덜

장젯맞이로 상 받읍서.

드려두고 그 두으로는

월정마을[1326] 들어사민 축항에, 놀던 선앙님덜

1322) 제주시 조천읍 함덕리.
1323) 함덕리에 있는 오름 이름. 서모봉.
1324) 제주시 구좌읍 동복리.
1325) 제주시 구좌읍 김녕리.
1326) 제주시 구좌읍 월정리.

장젯맞이로 상 받읍센 허곡

그 두으로 ○○마을 들어사면은

이 마을에 놀던 선앙님덜

장젯맞이로 상 받읍센

그 두으로는

○○○○ 네려사면은

구좌읍은 들어사면 놀던 선앙님덜

○○○○ 놀던 선앙님네

장젯맞이로 상 받읍서.

드려두고 하돗ᄆ을1327) 들어상, 하돗ᄆ을 축항에 놀던 선앙님덜

장젯맞이로 상 받아 앚입소서.

드려두고 그 두으로

종달릿1328) ᄆ을 놀던 선앙님덜

장젯맞이로 상 받읍서.

성산면1329)에 놀던 선앙님덜

일출봉(日出峰)에 놀던 선앙님덜

장젯맞이로 상 받읍서.

드려두고 그 두으로는

표선면1330)에 놀던 선앙님덜

장젯맞이로 상 받읍서.

드려두고

그 두으로는

1327) 제주시 구좌읍 하도리.
1328) 제주시 구좌읍 종달리.
1329) 서귀포시 성산읍.
1330) 서귀포시 표선면.

○○ 네려사고 ○○면에 놀던 선앙님덜

장젯맞이로 상 받읍서.

남원면[1331]에 놀던 선앙님덜

장젯맞이로 상 받읍서.

서귀시에 놀던 선앙님덜

서귀포 방파제에 놀던 선앙님덜

장젯맞이로 상 받읍서.

문섬[1332]에 놀던 선앙님덜

장젯맞이로 상 받읍서.

대정면[1333]에 놀던 선앙님덜

장젯맞이로 상 받읍서.

한경면[1334]에

놀던 선앙님덜

장젯맞이로 상 받읍서.

디려두고

○○지 네려사면

○○○ 놀던 선앙님덜

장젯맞이로덜 모다 상 받읍서에-.

그 두으로 차귀(遮歸)[1335] 올라 당산봉(堂山峰)에 놀던 선앙님덜

장젯맞이로 상 받읍서.

드려두고 그 두으로는

애월(涯月)[1336] 방파제에 놀던 선앙님덜

1331) 서귀포시 남원읍.
1332) 서귀포 앞바다에 있는 섬.
1333) 서귀포시 대정읍.
1334) 제주시 한경면.
1335) 제주시 한경면 고산리의 지명.

장젯맞이로 상 받읍서.

또 에전은

그 두으로는

저 도둘봉1337)에 놀던 선앙님덜

장젯맞이로 상 받읍서.

부두 방파제에 놀던 선앙님덜

장젯맞이 상 받읍서.

드려두고

서부두1338)에 놀던 선앙님덜

장젯맞이로 [테이프 교체하느라 잠시 녹음하지 못하였다.]

화북(禾北)1339) 방파제에 놀던 선앙님덜

장젯맞이로 상 받읍서.

디려두고 삼앙(三陽)1340) 방파제에 놀던 선앙님덜

헤수욕장에 놀던 선앙님덜

장젯맞이 상 받읍서.

디려두고

원당봉에 놀던 선앙님덜

장젯맞이 상 받읍서.

디려두고

그 두으로는

야~ 신춘(新村)1341) 방파제 놀던 선앙님덜

1336) 제주시 애월읍 애월리.
1337) 제주시 도두동에 있는 오름 이름.
1338) 제주항의 서쪽 부두.
1339) 제주시 화북동.
1340) 제주시 삼양동.
1341) 제주시 조천읍 신촌리.

장젯맞이로 상 받읍서.

조천방파제에 놀던 선앙님덜토, 모다 장젯맞이로 상 받읍서.

안여 밧여 놀던 선앙님덜

아끈 듬북 한 듬북에 놀던 선앙님덜

장젯맞이로 상 받읍서.

디려가멍

엉또라 금강산 놀던 선앙님덜

구월산(九月山)에 지리산(智異山), 아요산에 망덕산에 놀던 선앙님덜

장젯맞이로 상 받읍서.

디려두고

진도(珍島) 벌파진(碧波津) 놀던 선앙님덜

장젯맞이로 상 받읍서.

할로산(漢拏山)은

여장군(女將軍)

몸 받은 선앙님

벡록담(白鹿潭)에 놀던 선앙님덜

오소리 잡놈

오널 믄딱

흔 발 늬 발 장젯맞이로덜 상 받아 느립소서예~. [소미 김순열이 상에 올린 제물을 하나씩 정리하며 지를 싸기 시작한다.]

오널 이 ᄆᆞ을 거주허여 사는

일만 줌수부님덜 일만 어부님덜, ᄆᆞ음 먹고 뜻 먹어, 장젯맞이로덜 전 돗 전물 데령허여, 축원 원정 올리는 법 아닙네까에-.

오널은 기제선(機械船) 어께선 감동선을 지여 놓아근에

산으로 가면 산버섯

중산촌(中山村)으로 네려사면 고사리로 진피

헤각(海角)으론 가면

구제기여 전복이여 메역1342)이여 뭄1343)이여

톨1344)이여

전베독신(專-獨船) 실러 놓앙

오널은 돗도 전무리옌 실르고

독1345) 잡아노앙

호양맞이로덜

마냥 쏠항에 쏠 실르고

물○ 물항에는 물 실르고

술독에는 술을 실러 놓고

쌍작두 실러 놓고

쏠가마 소에는 쏠 부어 실러 놓고

영 허영 전베독신 실러근

○○○○ 바삐 주어담아

메딱1346) 굽을 갈라 헤여 뒈엇수다.

줌수부님덜도 다 이별허곡 작별 때가 뒈엿습네다에-.

오널이

먹거니 못 쓰거니 말아근엥에 ○○덜랑 다, 헤소헙서~.

■ 선앙풀이>산받음

　드려가멍~, [심방이 북 치는 것을 멈춘다. 상으로 손을 뻗쳐 쌀그릇을 집어 몸 앞쪽으로 가져온다.] 영 허민 일로~, [쌀그릇의 쌀을 조금 집어

1342) 미역.
1343) 모자반.
1344) 톳.
1345) 닭.
1346) 모두.

앞쪽으로 뿌린다.][제비점] 장젯맞이로나~, [제비점] 두 개 세 개 네 개.

　[심방이 앉아 있는 해녀들을 향해 쌀알을 건네며 말한다.]

　(문병교 : 예, 요거 요거 받읍서.)

　[앉아 있던 해녀 가운데 한 명이 일어나 쌀알을 받는다.]

　경 허면 이면은~ 오널은 다, [제비점] 이젠 줌수부딜토 믄 이별허곡 작별 때가 다 뒈엿수다. 고맙수다~. [심방이 쌀알을 다시 건네준다. 소미 정공철이 심방 옆으로 다가와 북을 들고 간다. 소미 김순열은 상 위의 제물로 계속 지를 싸고, 스티로폼으로 만든 배에도 제물을 싣는다.][제비점] 이 절체로나~, [제비점] 아옵이라~, 게민 아옵 절체로~, [제비점] 하나 두 개 세 개 네 개, 아멩도 [제비점] 금년은 쪼금 줌수덜……

　[심방이 쌀알을 건네주며 말한다.]

　(문병교 : 쪼금 멩심헙서양. 경만 허민.)

　[쌀그릇을 상 위에 올려놓는다.]

■ 선앙풀이>서우제소리

　[북(정공철), 장구(김영철)]

　문병교 : [뒤쪽으로 고개를 돌려 소미들을 바라보며 말한다.] 디려가멍, 자 영게 화장-.

　김영철 : 어이. [소미 정공철은 북을 한 번 치고, 소미 김영철도 장구를 한두 번 친다.]

　문병교 : 오널은 작별허고 이별 때가 뒈엇소.

　김영철 : 아하. 이별 때가 뒈언. [소미 정공철이 북을 한두 번 친다.]

　문병교 : 어. 이 ᄆᆞ을에 거주허여 사는.

　김영철 : 그렇지.

　문병교 : 아 일만 줌수부님덜.

　정공철·김영철 : 그렇지. 어이.

문병교 : 또 일만 어부덜.

김영철 : 그렇지. [소미 정공철이 북을 한번 친다.]

문병교 : 유지 어룬덜.

김영철 : 아이고 이런 떼는.

문병교 : 다 오널은 작별허고 이별 떼가 돼어.

김영철 : 그렇지. [소미 김영철이 장구를 한번 친다.]

문병교 : 너미 얻어먹고 너미 쓰고렌.

김영철 : 맞수다.

정공철 : 그렇지.

문병교 : 게난 오널은 막.

김영철 : 전베독선 헤여.

문병교 : 어 미국으로 갈 임신덜 미국으로 가곡.

김영철 : 중국으로 갈……

문병교 : 어 대국으로 갈 임신 대국으로 가곡, [심방이 몸을 돌려 문전을 향하여 앉는다.] 주년국으로 갈 임신덜 주년국으로 가게 뒛소. 자 오널은 작별 떼가 돼고 오널은……. [다시 뒤로 고개를 돌려 말한다.] 겐데 비는 쪼금 오라도, 오널 물떼가 좋아서.

김영철 : 물떼가 좋안양.

문병교 : 자 이거 바다에 실바람이 불어가고.

김영철 : 그렇지.

문병교 : [다시 문전을 향한다.] 게니 오널라근엥에 자 이거, 그러면 작별허고 이별허영 가명, [다시 뒤로 고개를 돌린다.] 마주막으로.

김영철 : 만판으로.

문병교 : 자 만판으로 놀고 가자.

김영철 : 그렇지.

‖ 서우제 ‖ [소미들이 북과 장구를 치기 시작한다. 심방이 노래를 하면 "좋다." 등의 후렴을 한다.]

어야 어어어야 어아두야 장산에 놀자

아아 아아아양 어어야 어어요

놀고 가자 놀고 가자 오널 오널도 놀고 가자

아아 아아아양 어어야 어어요 [시렁목을 목에 감은 해녀 한 명이 나와 춤을 추기 시작한다.]

안여 밧여 놀던 선앙 아끈 둠북에 노념허곡

아아 아아아양 어어야 어어요 [해녀들이 하나 둘씩 일어나 춤을 춘다. 심방도 자리에서 일어난다.]

저 바다에 실바람이 ○○○○○ 노념헌다

아아 아아아양 어어야 어어요

사공덜아 노를 저라 어기어차 소리로 놀고 가자

아아 아아아양 어어야 어어요 [소미 김순열이 스티로폼 배에 제물을 모두 싣는 것을 마치자, 머리에 시렁목을 감은 해녀 한 명이 배를 앞에 두고 절을 한다. 주위의 해녀들은 원형으로 돌며 계속 춤을 춘다.]

전돗 잡아라 장젯맞이야 둑 잡아라 호앙맞이

아아 아아아양 어어야 어어요 [절을 마친 해녀가 배를 들고 주위 해녀들과 함께 춤춘다.]

흩어지면 열두 동서 모여지면은 일곱 동서

아아 아아아양 어어야 어어요

높이 뜬 것은 일월이 놀고 야피 뜬 건 선앙이 놀자

아아 아아아양 어어야 어어요 [해녀 한 명이 플라스틱 바구니를 들고 춤을 추는 해녀들에게서 인정을 받는다.]

노를 저어라 노를 저어라 어기여차 소리로 놀고 가자

아아 아아아양 어어야 어어요

지게선에 감동선에 호닥선에 놀던 선앙

아아 아아아양 어어야 어어요

만판으로 놀고 가자 ○○산이 노넘헌다

아아 아아아양 어어야 어어요

○○○ ○○ ○고 가던 선앙일월도 노넘헌다

아아 아아아양 어어야 어어요

일만 줌수덜 몸을 받은 선앙 일월도 놀고 가자

아아 아아아양 어어야 어어요 [배를 들고 춤을 추던 해녀를 도와 다른 해녀 한 명이 함께 배를 들고 춤춘다. 해녀들이 인정을 계속 건다.]

사공덜아 노를 저라 어기여차 소리로 놀고 가자

아아 아아아양 어어야 어어요

저 바다에 실바람이 건들건들 부는구나

아아 아아아양 어어야 어어요

혼 번일라근 장단에 놀고 혼 번일랑 불턱에 놀자

아아 아아아양 어어야 어어요

혼 므를라근 늦인석으로 혼 므를랑 줒인석으로

‖줒인석‖[소미가 데양을 줒인석으로 빠르게 친다. 심방이 "어어~." 하며 소리를 하자, 해녀들이 움직임이 빨라진다. 좀 있어 다른 소미가 설쉐까지 치자 흥이 더욱 돋는다. 배를 들고 춤을 추는 두 명을 제외하고 다른 해녀들은 계속 원을 돌며 춤을 춘다. 그러다가 원을 도는 것을 멈추고 배를 들고 춤을 추는 두 명을 앞세우고 다른 해녀들은 양 옆과 뒤로 늘어선다. 배를 든 해녀들은 더욱 춤을 춘다. 어느 정도 춤을 추자 배를 든 해녀들이 밖으로 나간다. 잡식한 양푼을 든 해녀도 따라 나간다.] 방구삼창(放鼓三唱)이오~. 방구삼창이오~.

[연물이 그친다. 다른 해녀들도 뒤따라 나간다. 김순아 심방이 문병교

심방에게 말한다.]

 (김순아 : 잔 네는 소리 헤 붑서.)

■ 선앙풀이>주잔넘김

 [문병교 심방이 문전을 향해 북을 치며 말명을 한다.] 영끼지기 몸끼지
기, 파랑당기지기, 얻어 먹저 얻어 씨저 영 허던 군줄덜, 산신군줄, 요왕
군줄, 선앙군줄, 꿈에 선몽(現夢), 낭에길몽(南柯一夢), 비몽사몽(非夢似夢)
불러주던, 열두 시군줄덜, 선앙일월, 두으로도 열두 시군줄덜, 오늘, 장젯
맞이로덜, 못 먹거니 못 쓰거니 말아근, 저면정으로, 주잔덜로, [소미 김순
열이 잔을 들고 문전으로 간다.] 만상데위(滿床待遇) 헙네다. 신흥 천지,
놀던 군줄덜, 신흥 방파제에, 놀던 군줄덜, 안여 밧여, 놀던 군줄, 아끈 듬
북 한 듬북에 놀아오던 군줄덜, 아끈 말망 한 말망에 놀던 군줄덜, 주잔권
잔, 드립네다. [심방이 기침을 한다.] 이 동네 네려사던, 군줄덜랑, 저면정
으로덜, 주잔으로덜 마냥 권권이웨다~. [북 치는 것을 멈춘다.]

 [소미 정공철이 북을 치우며 말한다.]

 (정공철 : 수고헷수다.)

신흥리 잠수굿 선앙풀이 베방선

자료코드 : 10_00_SRS_20100226_HNC_KSA_0001_s17
조사장소 : 제주특별자치도 제주시 조천읍 신흥리 방파제
조사일시 : 2010.2.26
조 사 자 : 허남춘, 강정식, 강소전, 송정희
제 보 자 : 김영철, 남, 47세
구연상황 : 베방선은 선앙풀이에 따른 제차이다. 소미 김영철이 맡았다. 제물을 가득 실
        은 모형배에 선앙들을 모셔 바다로 나가 띄워 보낸다.

베방선

■ 선앙풀이>베방선

[김영철(평상복)][배방선을 맡은 해녀 일행이 인근 바닷가로 차를 타고 간다. 비가 오고 바람이 세차게 불지만, 방파제 끝으로 다가간다. 해녀 2인이 스티로폼 상자로 만든 배를 함께 들고 가장 앞서 나가고, 그 뒤를 지와 잡식을 든 해녀 2인이 따라간다. 소미 김영철이 데양을 치며 함께 걸어간다. 바람이 세고 비가 오니 방파제가 미끄러워 모두 조심스럽게 걷는다. 방파제 끝에 가니 소미 김영철이 배방선에 따른 말명을 하지만 비바람 소리에 알아듣기 힘들다. 배를 든 해녀 2인이 적당한 곳을 택하여 배를 바다에 띄운다. 배를 띄운 뒤에 소미 김영철이 데양을 치며 말명을 좀더 잇는다. 다른 해녀 2인도 각자 들고 온 지와 잡식을 바다에 던진다.]

신흥리 잠수굿 상당숙임

자료코드 : 10_00_SRS_20100226_HNC_KSA_0001_s18
조사장소 : 제주특별자치도 제주시 조천읍 신흥리 539-1번지(어촌계창고)
조사일시 : 2010.2.26
조 사 자 : 허남춘, 강정식, 강소전, 송정희
제 보 자 : 문병교, 남, 78세
구연상황 : 상당숙임은 상당의 신들에게 돌아갈 때가 되었음을 고하는 제차이다. 문병교
         심방이 평상복, 송낙 차림으로 제상 앞에 앉아 요령을 흔들면서 진행하였다.
         상당숙임이 끝나자 제상의 제물을 내리고 제상도 치웠다.

[문병교(평상복)][신자리로 돌아가 제상을 향하여 앉는다. 심방이 김순열에게 말한다.] (문병교 : 그 요량 날 줍서.) [소미 김순열이 공싯상에서 요령을 집어 들어 심방에게 건네준다. 심방은 요령을 흔들며 말명을 한다.]

[요령] 상당은~, [요령] 도숙아 도올라 하전 떼가 뒈여 잇습네다. [요령] 옵셍 헐 떈~ 옵셍 허고, 돌아삽셍 헐 떈, 돌아삽셍 허는 법 아닙네까. [요령-] 날은 어느 날 둘은 어느 전 둘, [-요령] 헤론 갈라 갑기는 올그금년, 경인년(庚寅年)입네다 둘론 갈라 상정월 둘, [요령-] 날론 갈라 들어사난, ○○허고 사을날, [-요령] 오널은 좋은 일자 붉은 텍일(擇日) 거두잡아, 용왕황저국님(龍王皇帝國-) 하강일(下降日)이옵고 셍인(生人)에는 셍기복덕(生氣福德), 제 멋인 날 텍허여근 천상천하~, [요령] 무변데휘(無邊大野) 영실당 놀던 신우엄전 조상님, 옵서옵서 청허시왕, 이 무을 거주허여 사는, [요령-] 일만 줌수부님덜~ 유지 어룬덜, 무음먹고 [-요령] 뜻먹어 성에성심(誠意誠心) 허여~, 오널은 일년에 혼 번씩, 이야 [요령] 용왕연맞이로덜 조상님덜 옵서 청허영, 일년 열두 둘 요왕국에서 벌어먹은 역게 원정 바쩌옵고, 원정헐 디 원정허곡 축원헐 딘 축원 원정 올려 잇습네다. 오널은 상당 도숙아 [요령-] 도올라 하전 떼가 뒈여지난, [-요령] 원전싱은 팔저 궂고 수주 궂인, 성은 김씨 아지망 임오셍(壬午生), 받은

상당숙임

필봉잔 원정 축원 올립네다. [요령-] 천앙 가면 천앙멩감(天皇冥官), 지왕 가면 지왕멩감(地皇冥官)~, [-요령] 인왕 가면 인왕멩감(人皇冥官), [소미 김순열이 제상이 붙어 있던 살장을 걷어네고 기메를 정리한다.] 산으로는 산신멩감(山神冥官) 물론 가면 요왕멩감(龍王冥官), 베로 가면 선왕멩감(船王冥官), [요령] 동이 청멩감(靑冥官) 서이 벡멩감(白冥官) 남에 적멩감(赤冥官), 북이 흑멩감(黑冥官) 중앙 황신멩감님(黃神冥官-), 일흔여덥 도멩감님(都冥官-)~, [요령-] 필봉잔 잔 받아 도오릅서~. [-요령] 디러가멍 양반이 집인 스당멩감(祠堂冥官) 정시 집안엔 첵불멩감(冊佛冥官), 농부아비(農夫漢-) 집이는 제석멩감(帝釋冥官)~, 불도집인 불돗멩감(佛道冥官), 쉐테우리 집안엔 [요령-] 산신멩감(山神冥官), 세~경 [-요령] 멩감님네, 모다 심방집인 당줏멩감님(堂主冥官-)네~, [요령] 흔 반 일 반 필봉잔 잔 받아~, [요령-] 상천(上天)헙서~. [-요령] 드려가멍 위(位)가 돌아갑네다.

제(座)가 돌아 가압네다. 임신 중 올라사면 천지옥항(天地玉皇) 데명전(大明殿)님, 필봉잔 잔 받아 [요령-] 옥항으로 상천협서. [-요령] 지부(地府) 스천데왕님(四天大王-)도 필봉잔 잔 받앙 [요령] 상천협서. 산 추지는 산신데왕(山神大王) 물 추지 데서용궁님1347)도, 필봉잔 잔 받아 [요령-] 상천협서~. 돋아 [-요령] 일광(日光) 지구 월광(月光) 낙수게남 당둘님 시암 상 받아오던, 천신일월 옥게천신님도, 필봉잔 [요령-] 잔 받아 상천협서. 동이 [-요령] 청요왕신(靑龍王神) 서에 벡요왕신(白龍王神), 남에 적요왕신(赤龍王神) 북이 흑요왕신(黑龍王神) 중앙 황저 [요령-] 황저대왕님(黃帝大王-)도, 필봉잔 잔 받아 상천협서~. [-요령] 드려가멍~, [요령] 절 추진 서산데사(西山大師) 육한데사(六觀大師) 스명당(四溟堂) 필봉잔 [요령-] 잔 받읍서. 천신불도 명진국 할마님도 [-요령] 필봉잔덜 잔 받읍서. 얼굴 ○ ○ 홍진국 데별상 마누라님 [요령-] 필봉잔 잔 받읍서. [-요령] 디려두고~ 팔자 궂인 시님 초공전, [요령-] 이공 서천 도산국 삼공 안땅 주년국, [-요령] 필봉잔 잔 받읍서에~. [요령] 원앙 가면 원병서(元兵使) 짐추 염나(金緻閻羅) 테산데왕(泰山大王) 범 ᄀ뜬 스천데왕님(四天大王-), 필봉잔 잔 받읍서~. [요령] 초제(初第) 올라 진간데왕(泰廣大王), 이제(二第) 초간데왕(初江大王) 제삼전(第三殿) 송제데왕(宋帝大王), 제네(第四) 올라 오간데왕(五官大王) 다섯은 염라데왕님(閻羅大王-)도 필봉잔 잔 받아 상천협서. [요령] ᄋ섯이라 번성데왕(變成大王) 일곱은 테산데왕(泰山大王) 여덥 평등데왕(平等大王), 아웁이라 도시데왕(都市大王) 열에 올라 십(十) 우도 전륜데왕님(五道轉輪大王-) 필봉잔 잔 받아 상천협서. [요령] 열하나 지장데왕(地藏大王) 열둘 셍불데왕(生佛大王) 열셋 우두(右頭) 열넷 좌두(左頭), 열다섯은 십오(十五) 동ᄌ(童子) 최판관(崔判官) 열에 여섯 십육(十六) 스제님(使者-)도, [요령-] 필봉잔 잔 받아 상천협서~. 디려가멍 서경일월님도

1347) 다섯 용궁(龍宮).

[-요령] 필봉잔 잔 받아 서경땅으로 진 벌여 삽서. 군눙일월(軍雄日月) 삼 진제석, 필봉잔 [요령-] 잔 받아 상천헙서. [-요령] 천자간에~, [요령] ○ ○군눙 일본은 가면 수제군눙 [요령] 우리나라 군눙은, 데웅데비 수데비 쪽지펭풍1348) 만물 합쳐 술전지1349) 그늘로 놀던 조상님덜, [요령-] 필봉 잔 잔 받아 상천헙서~. [-요령] 디려가멍 이 마을 일만 줌수부님덜, 몸 받아오던 묽고 묽은 선왕일월 어진 [요령-] 조상님덜토 필봉잔 잔 받아 상천헙서. [-요령][김순아 심방이 개인 액맥이를 끝내고 자리로 돌아간 다.] 디려두고~, 그 두으로 천앙 가면 천왕사자(天皇使者) 지왕 가면 지왕 사자(地皇使者), 인왕은 가면 인왕사자(人皇使者) 저싱은 이원사자(二元使 者) 이싱 강림사자(姜林使者) 삼사자(三使者) 시관장님, 필봉잔 [요령-] 잔 받아 상천헙서~. [-요령] 물론 가면 부원국사자(府院國使者) 거북수제 낭 겐1350) 걸룽사자(結項使者) 물에 엄서사자(渰死使者), 길에 노정복서사자님 (路中覆死使者-)네, [요령-] 필봉잔 잔 받읍서~. 디려두고 그 두으론 각 서 올라 [요령] 오본향(五本鄕) 한집님네, 삼본향(三本鄕) 연두리로덜 필 봉잔 잔 받읍서. 웃손당 금벽조 셋손당 세명조 알손당은 [테이프 교체하 느라 잠시 녹음하지 못하였다.] 박씨할마님 필봉잔 [요령-] 잔 받읍서. 조 천(朝天)은 들어사면 정동아미 정동도령, [-요령] 알로 네려사면 세콧한집 님 필봉잔 받읍서 어~. [요령-] 드려가멍 저 곱은다릿1351) 마을 들어사 면 저 큰물머리1352) 좌정헌 축일한집님 [요령] 필봉잔 잔 받읍서 허곡, [요령] 또 웨전은(이제는) 저 신춘무을 들어사면 큰물머리 좌정헌 [요령] 축일한집님 필봉잔 잔 받읍서. 삼영(三陽)은 들어사면 시월도병수~, [요 령] ○○ 낭알로 좌정허던 부씨할머님도 필봉잔 잔 받읍서. 저 화북(禾北)

1348) 쪽을 낸 병풍.
1349) 백지를 가늘게 여러 갈래 오려내어 만든 기메로 당클과 병풍에 걸침.
1350) 나무엔.
1351) '곱은다리'는 제주시 조천읍 대흘2리.
1352) 제주시 조천읍 신촌리 포구 일대의 지명.

은 들어사면 가릿당 한집님도 필봉잔 잔 받읍서 혜신당(海神堂) 한집님도, 필봉잔 잔 받읍서. [요령] 시네 네왓당 한집님 칠머릿당 한집님 남당 하르바님 필봉잔 잔 받읍서. [요령] 운지당 한집님도 필봉잔 잔 받읍서. [요령] 나문(南門) 밧겻1353) 삼천벵멧도 초기연발 시우전 한집님, 필봉잔 잔 받읍서. [요령] 과영당(廣壤堂) 한집님도 필봉잔 잔 받읍서. [요령] 서문(西門) 저 섯도남(西道南)1354)은 들어사면 ○○당 한집님 가지 갈라오던 한집님 필봉잔 잔 받읍서. [요령] 저 오라리(吾羅里) 신당 한집님도 필봉잔 잔 받읍서. [요령] ᄀ시락당 한집님도 필봉잔 잔 받읍서. [요령] 저~, [요령] 신제주(新濟州) 들어사면, [요령] 연동(蓮洞) 마을 들어사면 능당 한집님 필봉잔 잔 받읍서. 이야~ [요령] 노형동(老衡洞)은 들어사면 마께당 한집님 필봉잔 잔 받읍서. [요령-] 알로 네려 ᄒᆞᆫ 도 두 도 쓰물두 도 한집님 필봉잔 잔 받읍서. [-요령] 드려가멍 쉐밋도 쉐밋당 한집님 필봉잔 잔 받읍서. [요령] 죽성(竹城) ᄀᆞ다시 상시당 어주에 헤여 산신도 하르바님 필봉잔 잔 받읍서~. [요령-] 드려가멍~ 요왕국에서~ 좀을 자던 영가(靈駕) 혼신(魂神) 혼벽님(魂魄-)덜토, [-요령] 오널은 유왕연맞이로덜, 혼반 일반 오고 가는 길에 [요령-] 필봉잔덜 잔 받읍서. 드려가멍~, [-요령] 그 두으론 이 주당(主堂) 군문 안네 천지동방 일문전(一門前) 하나님도 필봉잔 잔 받읍서 상성주 중성주 하성주님 [요령-] 필봉잔 잔 받읍서. 삼덕은 제조왕 할머님 필봉잔 잔 받읍서. [-요령] 제오방 제토신 오방신장님네, [요령-] 필봉잔으로 모다 잔 받읍서. 드려가멍~ 올라사면 신공시 [요령] 네려사면 신공십네다. 성은 김씨 아지망 임오셍 몸을 받은 연양 신공 싯상으로덜 신공시 엿선성님네 황수님(行首-)덜 곽곽선셍(郭璞先生) 주억선셍(周易先生), [요령] 제갈공명(諸葛孔明) 이신풍(李淳風) 입춘법(立春法) 불려오던 선성님덜, 게알안주(鷄卵按酒) ᄌᆞ소지(紫蘇酒) 칭하여레 일부

1353) 바깥.
1354) 제주시 이도2동의 도남동 서쪽 지경.

(一杯) 혼잔 협서. [요령][소미, 정공철이 공싯상에 놓인 계란으로 삼주잔의 술을 적셔 다른 잔으로 떨어뜨리기를 반복한다.] 글선생은 공자(孔子)웨다 활선싱 거저(擧子)웨다 불돗선싱(佛道先生) 노자님(老子-), 심방선생 남천문밧 유씨엄마 데선성님, 북선셍 데영선생 설줴선셍 눌메선셍 기메선셍 보답선성님딜, 게알안주 [요령-] 즈소지로 칭하여레 일부 혼잔 협서~. [-요령] 성은 김씨 아지망 임오셍 몸을 받은 연양 당줏일월 몸줏일월 산신첵불 어진 조상님네~, [요령-] 에헤 영철이 아바지네딜 모다 혼반 일반 다 ○○허곡, [-요령] 하늘 ᄀ뜬 씨부모 하르바님 할마님네 게알안주 즈소지 칭하여레 일부혼잔 협서. 셋씨아바님도 게알안주 즈소지 칭하여레 일부 혼잔 협서. [요령-] 족은씨아바님도 게알안주 즈소지에 [-요령] 칭하여레 일부 혼잔 허옵소서. 그 두으로 [요령-] 큰씨누이~ 형제간 [-요령] 게알안주 즈소지 칭하여레 일부 혼잔 협서. 연옥이 아지마님도 게알안주 즈소지 칭하여레 일부 혼잔 협서 연춘이 [요령-] 형님네도 삼부처(三夫妻), 게알안주 즈소지 칭하여레 일부 혼잔 협서. 영철이 아바지도 [요령-] 게알안주 즈소지 칭하여레 일부 혼잔 협서 에~. [-요령] 드려가멍~ [요령] 김영철이 몸받은, 산신첵불 일월 어진 조상님딜, 게알안주 즈소지 칭하여레 일부 혼잔 협서. [요령] 드려두곡 친정으로 들어사면, 하늘 ᄀ뜬 하르바님 할마님네, [요령] 게알안주 즈소지 칭하여레 일부 혼잔 협서. 하늘 ᄀ뜬 종천 부모아바님 지아 ᄀ뜬 종천 부모어머님네 ~, [요령-] 오씨 어머님네 정씨 어머님 김씨 어머님네, [-요령] 게알안주 즈소지 칭하여레 일부 혼잔 협서. 드려가멍 족은오라바님도, [요령] 게알안주 즈소지 칭하여레 일부 혼잔 협서. [요령-] 몸받아오던 산신첵불 어진 조상님딜, [-요령] 나경판(羅經盤)은 지남석(指南石) 걸멍치¹³⁵⁵⁾ 본문기 띄와오던 일월 조상, [요령] 이 동침 서침 나무 서침 서정낙 물려오던 일월조상님

1355) '걸룽쉐'인 듯. 패철(佩鐵). 나침반.

덜~, 간제비1356) 돈제비1357)에 육간제비1358) 놀던 조상님네, [요령-] 게
알안주 주소지 청하여레 일부 혼잔 협서. [-요령] 드려두고 설운 남동
셍~, [요령-] 설운 오레비덜 설운 누님 [-요령] 몸받은 신공싯상으로 게
알안주 주소지 청하여레 일부 혼잔 협서. [요령] 드려두고~ 그 두으론 성
은 김씨 아지망~, [요령] 혼 어께로 넹깁네다. 신이 밥도 먹어보저 신이
옷도 입어보저 영 허영 넹깁네다만은, [요령] 몸받은 산신첵불 어진 조상
님덜 게알안주 주소지 청하여레 일부 혼잔 협서. 그 두으론 [요령-] 정공
철이~ 혼 어께로 오고 갑네다. 몸을 받은 [-요령] 일월 어진 조상 산신
첵불 조상님네덜~, [요령-] 시름 쉴 줄 모른 게 인간 아닙네까 혼반 일
반 게알안주 [-요령] 주소지 청하여레 일부 혼잔 협서~. [요령] 드려두
고~ [요령-] 신이 아이 뒤으로도 몸받은 산신첵불 어진 조상님덜, [-요
령] 게알안주 주소지에 청하여레 일부 혼잔 허옵소서~. 드려두고~ [요
령] 고군찬이 삼춘님도 게알안주 주소지 청하여레 일부 혼잔 협서. 저 조
천 들어사면, 정씨 [요령-] 선성님네덜 정씨 하르바님 할마님네덜, [-요
령] 게알안주 주소지 청하여레 일부 혼잔 협서. 안사연(安士仁)이 설운
[요령] 선셍님네덜, 게알안주 주소지 청하여레 일부 혼잔 협서. 박철이 설
운 동기간(同氣間)도 살아실 적에, 혼 어께로 [요령-] 넹겨낫습네다 게알
안주 주소지로 [-요령] 청하여레 일부 혼잔 협서~. [요령] 드려두고 그
두으로는~, [요령] 저 오라리 김씨 형님 신유셍(辛酉生)도~, 게알안주 주
소지 청하여레 일부 혼잔 협서. [요령] ○○이 삼춘님도 게알안주 주소지
청하여레 일부 혼잔 협서. 저 삼양은 들어사면 양금석이 설운 삼춘임도
[요령] 게알안주 주소지 청하여레 일부 혼잔 협서~. [요령-] 김윤보 몸받
은 선성님덜 하늘 フ뜬 부모아바님네 [-요령] 어머님네덜, 게알안주 주소

1356) 작은 엽전 모양의 것 여섯 개를 꿴 점구.
1357) 간제비와 같은 말.
1358) 간제비.

지 칭하여레 일부 혼잔 헙서~. [요령] 저 화북은 들어사면은 강씨 선성님
네 강신숙이 설운 동기간도, [요령] 게알안주 즈소지에 칭하여레 일부 혼
잔 헙서. 김만권이 설운 삼춘님도 네웨간(內外間)에 게알안주 즈소지에
[요령-] 칭하여레 일부 혼잔 헙서. 드려두고~, [-요령] 제주시에 들어서
면 네팟골은 김씨 선성님덜, [요령] 게알안주 즈소지 일부 혼잔 헙서. [요
령-] 나문밧겻 문옥순이 삼춘님네도 게알안주 즈소지 칭하여레 일부 혼
잔 헙서. [-요령] 한생소도 살아실 적에 [요령] ᄀ찌 뎅겨낫습네다. 게알
안주 즈소지에 칭하여레 일부 혼잔 헙서~. [요령] ○○님네도 게알안주
즈소지에 칭하여레 일부 혼잔 헙서. [요령] 오방근이~ 설운 동기간도 게
알안주 즈소지에 칭하여레 일부 혼잔 헙서. [요령] 문창옥이 설운 삼춘임
네도 게알안주 즈소지 칭하여레 일부 혼잔 헙서~. [요령-] 홍창셈이 설
운 삼춘임네도 [-요령] 게알안주 즈소지 칭하여레 일부 혼잔 헙서. [요령]
김녹빈이 삼춘임도 게알안주 즈소지 칭하여레 일부 혼잔 헙서~. [요령-]
오식이 삼춘임네영 문홍이 삼춘임네덜, [-요령] 게알안주 즈소지 칭하여
레 일부 혼잔이웨다-. [요령]

드려가멍 이 마을 앚던 선생 놀던 선생 서던 선셍님덜 당에 당베 절에
절베 메어오던 선성님덜, 게알안주 즈소지 칭하여레 일부 혼잔이웨다-.
[요령]

옛선생님네 받다 남은 주잔덜랑 저 먼정 네여다가, 어시럭이 명둿발
더시럭이 명둿발덜 자리 알에 끌려오던 명둿발덜 게움[1359)]허고 투기(妬
忌)허던 명둿발 뭇아 명둿발덜 [소미, 김순열이 술잔을 들고 문전으로 가
서 흩뿌린다. 공싯상 옆에 앉아 잔을 내던 정공철은 물러난다.] 꼬부랑이
명둿발덜 이러한 명둿발덜랑 저 먼정으로 주잔으로 마냥 권잔이웨다-.
[요령]

1359) 개염.

주잔은 권잔 드려가멍, [요령-] 상당은 도올라 하전 떼가 뒈여 잇습네다. [-요령] 상당 받다 남은 음식은 중당 받읍네다. 중당 받다 남은 음식 하당 받읍네다. [요령] 하당 받다 남은 음식은, 웃데반 기제철변허여다가 지붕상상 조추ᄆᆞᆯ, 억만 급지 궤무어드립네다에~. [요령-][소미 정공철, 김순열이 제반을 걷는다.] 또 천지 네리왕, 모다 헤수, 에 모다 헤수헙네다-. [-요령][심방, 송낙 벗어놓고 물러난다.]

신흥리 잠수굿 조왕비념

자료코드 : 10_00_SRS_20100226_HNC_KSA_0001_s19
조사장소 : 제주특별자치도 제주시 조천읍 신흥리 539-1번지(어촌계창고)
조사일시 : 2010.2.26
조 사 자 : 허남춘, 강정식, 강소전, 송정희
제 보 자 : 정공철, 남, 51세
구연상황 : 조왕에 대한 비념이다. 정공철 심방이 평상복 차림으로 진행하였다. 2층의 부
  엌에 해당하는 곳으로 가서 제물을 차려놓고 요령을 흔들면서 비념을 하였다.

■ 조왕비념

[정공철(평상복)][요령과 조왕상(竈王床)을1360) 들고 어촌계 건물 2층으로 올라가 부엌으로 간다.]

(정공철 : 어디가, 어디가 조왕이라?)

(해녀들 : 조왕 여기, 조왕 여기마씀.)

[심방이 부엌 싱크대 가스렌지가 있는 곳으로 다가간다. 정공철 심방이 가스렌지 위에 있는 솥을 가리키며 말한다.]

(정공철 : 요 가스렌지 위이 요거 앗아붑서.)

[해녀가 재빨리 다가가 솥을 내려놓는다. 심방이 가스렌지 위에 조왕상

1360) 실제로는 차반(茶盤)에 제물을 차렸다.

을 내려놓는다. 옆에 있는 그릇을 하나 들어 물을 조금 담고는 조왕상에 함께 놓는다. 상에 있던 초를 들어 불을 붙이고는 상 옆에 세운다. 향곽에서 향을 꺼내어 불을 붙이고 쌀그릇에 꽂아 놓는다.]

조왕비념

■ 조왕비념>말미

[요령을 들고 흔들며 말명을 시작한다.][요령-] 조천읍 신흥리 마을 헤신 요왕제로, 상당이 도올라 도숙어 하전 떼가 뒈엿습네다. 도오릅서덜 ○○○ ○○○○ 팔만 스천 제데조왕 ○○님네 축원원정 올리저, [-요령] [요령소리와 해녀들의 말소리에 묻혀 잘 들리지 않는다.]

■ 조왕비념>공선가선

[요령-] 제저 남산은 본은 갈라 인부역 서준남 서준공서, 엄전님 말씀

전 공손히 여쭙기는, [-요령]

■ 조왕비념>날과국섬김

[요령-] 날은 갈라 어느 날 둘은 갈라 어느 둘 [불청], 올 금년~ 헤는 갈라 이천십년도 경인년, 둘은 보니 상정월, 오널 열사을날 마을 헤신제 요왕 선앙님을, 제청 설류 협기는 국은 갈라 대한민국, 제주특별자치도 제주신, 조천읍 신흥리 어촌계 ᄆ을로, 제청 설류 협기는, [-요령]

■ 조왕비념>연유닦음

[요령-] 어~, 어촌계장님광 ᄆ을 이장, 줌수 혜녀훼장님네영, 고문이여 감사덜이영, 또 이전~ 삼헌관 만신벡관 각성친덜, 받아든 공서웨다 줌수 혜녀덜, 받아든 공서웨다. 어떤 따문에 이런 원정 영 협긴 여짜오던, 연웃 말씀인데 오널 ᄆ을 헤신제 요왕 선앙제로, 이 신흥ᄆ을 사는 만민ᄌ순덜, 올 금년~, 열두 둘 알로 삼벡육십오일, 불썬 몱은 일 나수왕 요왕 선앙에서, 먹을 연 입을 연을 나수웁고, ᄆ을 안네에 궂인 수엑년을, 다 막아 줍센 허영, 오널 초감제로 옵서옵서 청헌 신전님, 상당이 도올라 도숙어 하전 떼가 뒈엿습네다. 초호루 초덕 이틀 이덕 사흘 삼덕, 팔만 ᄉ천 제데 조왕대신님전, 축원원정을 올리저 영 헙네다. [-요령]

■ 조왕비념>추물공연

[요령-] 어떤 게 일룬 정성이냐 영 협긴, 상벡미 중벡미 사발 ᄀ득 올렷수다. 언메 단메 노기당산메도 올렷수다. 벡돌레 벡시리도 받아삽서 두 손 납작 콩ᄂ물, 프릿프릿 미나리 청근체 메역체도 받읍서. 청○으로 받읍서. 연찻물 받아삽서. 에~, 과일 정성 사과 베 밀감이랑, 밤 데추 곳감 비자 칠종 과일 받읍서. 계알안주 받아삽서. 삼에 삼선향 셍꼬도 받읍서. 벡문안 벡소지 정문안 정소지, 소지원정 받아삽서. [-요령]

■ 조왕비념>비념

[요령-] ㅈ손덜 일룬 정성 받아근 이 ㅈ순덜, 공든 답[塔]을 제겨줍서 지든 답을 제겨줍서. 조왕할마님에서 이 ㅈ순덜, 불휘[1361] 없는 염네꼿 얼어만날 일덜 나게 맙서. 옛날은 초덕 이덕 삼덕 허영 솟덕덜 걸엉 불 떼영, 불화식(-火食) 허곡 허엿수다만은, 요즘은 가스렌지로 전기밥솟으로 헤영, 불화식 허영 사는 ㅈ순덜, 어느 까스 폭발허게 까스사고 날 일덜 나게 맙서. 전기 누전(漏電) 뒈곡 합선(合線) 뒈영, ㅈ순덜 감전(感電) 뒐 일도 나게 맙서. 어이전 어느 사기그릇 유리그릇에, 살이살성(煞氣煞性) 불러줄 일덜 나게 맙서. 조왕할마님 소도리[1362] 허여 불민, ㅈ순덜 ○○○○ ○○○헙네다 하다, 조왕할마님 부를 일 날 일도 나게 맙서. 처서관장님 이하, ○○○ ㅅ문절박(私門結縛)헐 일덜 나게 맙서. ㅈ순덜 어느 상헌 음식으로 허영, 식중독(食中毒)에 걸령 모진 신병(身病) 네지○○, 집안엔 조왕(竈王)에 편안허여사 온 집안이 편안헌 법 아닙네까. 조왕에서 불구덕 속갑 날 일덜 나게도 허지 맙서. 궂인 신병 걸릴 일덜, 나게 말앙 조왕할마님에서, 어~ 좋은 영급을 나수앙 이 간[1363] 군문 안 사는 ㅈ순덜, 만ㅅ망 일게 허여줍센 영 허고, [-요령]

■ 조왕비념>소지원정

[요령-] 에헤~ 제서(祭祀) 끗덴 소지웨다. 웨울 성방 엇고 신이 문장 엇엉, 정문안 정소지며 공문안은 공소지, 소지원정 올립네다. [-요령]

■ 조왕비념>산받음

[요령-] 소지 끗데는[1364] 제서(占辭)가 네립네다. [-요령][심방이 요령

_____

1361) 뿌리.
1362) 남이 한 이야기를 그 사람에게 전하여 말함.
1363) 가내(家內).

을 내려놓고 쌀그릇을 쌀을 집어들어 제비점을 치려 한다.] 오널 조왕할
마님에서도 산을 좋게 받앙, [제비점] 이번 이 굿 ○○○, 하늘 ᄀ치, 돌아
오라근,

[정공철 심방이 해녀들을 향해 말한다.]

(정공철 : 예, 요거 제비 받읍서. 제비.)

[한 해녀가 다가오자 쌀알을 건네주며 말한다.]

(정공철 : 예. ᄋ답 방울예.)

(해녀 : 고맙수다.)

[조왕상의 제물을 조금씩 뜯어 물그릇에 담는다. 조왕상에 놓여 있던
백지와 요령을 들고 밖으로 나간다.]

신흥리 잠수굿 엑멕이

자료코드 : 10_00_SRS_20100226_HNC_KSA_0001_s20
조사장소 : 제주특별자치도 제주시 조천읍 신흥리 539-1번지(어촌계창고)
조사일시 : 2010.2.26
조 사 자 : 허남춘, 강정식, 강소전, 송정희
제 보 자 : 문병교, 남, 78세
구연상황 : 엑멕이는 한 해 동안 닥칠지 모를 액을 미리 막는 의미의 제차이다. 문병교
　　　　　심방이 평상복 차림에 송낙을 쓰고 진행하였다. 제상 앞에 서서 요령을 흔들
　　　　　며 신메움, 날과국섬김 말명을 하고, 무릎 꿇고 앉아서 요령을 흔들며 연유닦
　　　　　음 말명을 하였다(이때 김순아 심방은 개별 엑멕이를 시작하였다.). 이어 사만
　　　　　이본풀이를 구연하였다. 방액상을 바치고, 대명대충으로 닭을 죽였다.

　■ 엑멕이

　[문병교(평상복, 송낙)]

1364) 끝에는.

■ 엑멕이>말미

[머리에 송낙을 쓰고, 요령을 들고 신자리로 간다. 서서 요령을 흔들며 말명을 한다.]

[요령] 용왕연맞이로 일만 팔천 [요령] 신우엄전님~, 신이 부펏다 신이 눅어갑네다. 천우방엑상더레 석살려 신메웁네다~. [요령][허리를 굽혀 고개를 숙이며 절한다.]

■ 엑멕이>날과국섬김

날은 어느 날 둘은 어느 전 둘, [요령] 헤론 갈라 갑기는 올그금년~, [요령] 병인년입네다 둘론 갈라근, 어느 둘 영 허옵건, 상정월 둘 올습네다 [요령-] 날론 갈라 어느 날 영 허옵건, 상정월 둘은 ○○허고 올라 올습네다. [심방이 신자리에 꿇어앉는다.] 오널은~, [-요령] 좋은 일자 붉은 텍일(擇日) 거두잡아근, 용왕님 [요령] 하강일(下降日)이옵고, 셍인(生人)에는 셍기복덕(生氣福德) 제 맞인 날 텍(擇)허여근, 천상천하~, [요령-] 무변데웨(無邊大野) 영실당 놀던 신우엄전 조상님, [-요령] 옵서옵서 청허시와근 시왕, [요령] 연지 원정 올립기는~, 어떠헌 ᄀ을 어떠헌 ᄌ순덜, 설운 원정 [요령] 축원 소원됀 연유 말씀전, 고단단검 여쭈와 올렷느냐 영 허옵건, [요령] 국은 갈라~, 천하 헤동조선(海東朝鮮) 전라(全羅) 남한(南韓)은 데한민국, [액막이를 하는 동안에 김순아 심방은 제장 오른쪽에 개인 선왕상들이 차려진 곳에서 개별 액막이를 한다.] 제주특별자치도 [요령] 조천읍은 들어사난, 신흥릿 ᄆ을 올습네다~. [요령] 데론 가면 데로 연질 소론 가면 소로셍경(小路細徑) 시 질 갈라, [요령-] 길 알녁짝 들어사난, 이 ᄆ을~ 훼관(會館) 창곱네다~. [-요령]

■ 엑멕이>연유닦음

이 마을에 거주하여 사는, 일만 줌수부님덜 유지 어룬덜~, [요령] 오널

은 용왕연맞이로덜 신전 조상님 옵서 청허시와근, 일 년 열두 둘~, [요령-] 요왕국(龍王國)에서 벌어먹은 역게(役價) 원정 바찌옵고, [-요령] 원정헐 디 원정허곡 축원헐 딘 축원 원정 올려근 혼 무럽[1365] 천앙(天皇) 꿇령,[1366] 혼 무럽 지왕(地皇) 꿇령 열 손 가두 들러근, [요령] 굽엉일억 굽엉일억 복복사줴[1367] 원정 축원 올럼시면~, [요령][허리를 구부리고 고개를 숙이며 요령을 흔들며 앉은 채로 절한다.] 이 자손덜 올고금년 일 년 열두 둘, 요왕국에 들지라도 엑헌 일 급헌 일덜 천지낙눼 홀 일덜, 막아줍셍 허곡~, [요령] 짚어 얕어 열 질 물속에 들거들라근, 물 벳깃디[1368] 날 적에랑, [요령] 망사리 망사리 フ득허고, 구제기여 전복이여 메역이여 우미 전각이여, 톨[1369]이여 만상허여근, 모다~ [요령] 망사리 フ득허영 나게 시겨주옵소서 허영, 오널은 조상님 전에 굽어 신청 [요령] 올려 잇습네다~. 디려가멍~, [요령] 오널은 상당 도숙어 도올라, 하전 떼가 뒈여지난~, 이 마을 거주허여 사는 즈순덜, 올그금년 궂인 엑을 막아줍셍 허영, [요령-][허리를 구부리고 고개를 숙이며 합장하여 앉은 채로 절한다.] 천 우방엑상~, 출려 놓아 잇습네다. [-요령] 사자님네랑 천우방엑상으로덜 모다, 신수퍼 [요령] 도느립서~.

■ 엑멕이>소亽만이본풀이

위(位)가 돌아갑네다. 제(座)가 돌아가옵네다. [요령] 이 마을 축원 드려 가면~, 말이라 여쭈긴~, 동이 용궁에 황정싱(黃政丞)이 살아 잇일 때 황 정싱, 천궁 네리왕 벡정싱(白政丞)이 큰아덜로~, [요령] 인간에 솟아나근 엥에 이 애기 열다섯 십오 세가 뒈어가난, 이히~, [요령] 나라에 과거급

1365) 무릎.
1366) 꿇어서.
1367) 흔히 '국궁亽베(鞠躬四拜)'라고 함.
1368) 바깥에.
1369) 톳.

제(科擧及第)를 보렌 허난 과거낙방(科擧落榜)이 뒈어지난, [요령] 흐를날은~, 사냥을 좋아허여지난, 이야 굴미굴산1370) 신산꼿1371) 사냥을 [요령-] 도올라 가는디, 호렝이가 나와 물려가난, [-요령] 뻬 간 곳도 없어지고 술 간 곳도 없어지난, 어느 누게가 초흐를 보름 허여 주는 자도 없어지고, [요령-] 물 흔 직 주는 자가 없어지난, 흐를날은~, [-요령] 주년국에 소 스만이가 열다섯 십오 세 뒈어, 입장갈림 허영 살아가는데, 애기덜은 [요령] 오망삭삭~ 나난 이 애기덜, 흔 설 두 설 열다섯 십오 세가 뒈어가난, 집안간은 가난허고 서난허여지난,1372) 스만이 부인 허는 말이로뒈, [요령] "아이고 낭군님아 낭군님아. 이 애기덜 베가 고파 밥을 달라 울어가고 얼 어 추워가민, 옷을 달라 울어가는디~, [요령] 허다 못 허영 신산꼿 도올 라강 푸나무라도 허여당, 장터에 강 풀아근, 그날 그날 입에 풀칠이라도 허는 게 어찌 허오리까." [요령] 이야 주년국 소스만이는 흐를날은~, 굴 미굴산 신산꼿 도올라간 푸나무 흔 짐을 허여다가, [요령-] 장터에 나가 푸나무 흔 짐 풀아놓아~, [-요령] 돌아산 오는디 점빵더렌1373) 바련보난, 지레1374) 맞인 마세조총(馬上鳥銃)이 잇이난 스만이 허는 말이로뒈, "아이 고 이 총은 무시걸 [요령] 허는 겁니껜?" 허난, "이거 하나 가지면 오를 목엔 데각녹(大角鹿)도 쏘아가곡 네릴 목엔 소각녹(小角鹿)도 쏘아다가, [요령-] 먹곡 입곡 부제팔명을 헐 수가 잇덴." 허난, [요령] 스만이 허는 말이로뒈, "이것은 얼마나 가는 겁니껜?" 허난, [요령-] 흔 노리만 주민 팔아줌이옌 허난, [-요령] 스만이는~ 나무 흔 짐 풀아논 거 다 주어, 마 세조총을 산 둘러메여 앚어 집으로 오라가난, [요령-] 스만이 부인 허는 말이로뒈~, [-요령] "아이고 이거 낭군님아. 이거, [심방이 기침을 한

1370) 깊은 산골.
1371) 깊은 산속의 수풀.
1372) '서난'은 '가난'에 운을 맞춘 것.
1373) 전방(廛房) 쪽으로.
1374) 키. 길이.

다.][요령] 웃둑지에 메여 앚언 오는 게 뭐입네껜?” 허난, “아이고 아무 소리도 허지 말아근, [요령] 앞집이 강 원에(元利) 빚지곡 뒷집이 강 장녜 (長利) 빚져다 놓앙, 넬 내가 먹을 정심밥을 출려노렌.” 허난~, [요령] 스 만이 부인은 곧는 데로 다 허여단 출려 노난, 뒷날 아침1375)은 먼동 금동 은 계명천지(開明天地) 붉아가난, 지레 맞인 마세조총 둘러메고, 약도 리1376)를 걸머지언 굴미굴산 신산꼿 도올라 가는 디, 벡 보 [요령-] 뱃겻 들로~, “스만아 스만아 스만아.” [-요령] 스만이 부르는 소리가 나난 스 만이는 ‘어찌하야, 이 근처에 집도 엇곡1377) 인간처(人間處)가 없는디 어 찌헤서 나를 불럼신곤.’ 헤연, 스만이는 소리허는 딜로 가고 보니, [요령] 철년(千年) 묵은 골총(古塚)이로구나 말년(萬年) 먹은 골총에서, 벡년 [요 령-] 조상이 앚아둠서 스만이를 불르는구나~. [-요령][기침을 한다.] 벡 년 조상이 허는 말이로뒈, “아이고 스만아 스만아. [요령] 너가 오널 사냥 을 [요령] 길게 허여 사냥을 나온덴 허난 내가~, 사냥을 나오랏다가 [요 령] 호렝이 입에 물려가난 뼈 간 곳도 엇고 술 간 곳도 없어지곡, [요령] 어느 누게가 초흐를 보름 허여 주는 자 물 흔 직 주는 자가 없어지난, 너 가 오널 사냥을 나온덴 허길레, 나를 너이 집에 모상1378) 강, 안고팡에 강~ [요령] 나를 모사놓곡, 초흐를 보름을 허여주면 너가 오를 목에, [요 령] 데각녹도 쏩게 허여주마 네릴 목에 소각녹도 쏩게 허여주마. 너이덜 먹곡 입곡 부제팔명을 시겨줌이옌.” 허난, 스만이 허는 말이로뒈, “아이고~, [요령] 나하고 테운 조상이건 요레 들어옵센.” 약도리를 벌리난, 약도리레 뗑뗑구르르~ [요령] 들어사난, 아이고 스만이는 조상을 모사 앚언 집으로 오라가난 스만이 부인 허는 말이로뒈, [요령-] “아이고 설운 낭군님아~.

1375) 아침.
1376) 노끈 따위로 그물 같이 맺어 둘레에 고를 대고 긴 끈을 달아 물건을 담고 어깨에
　　　매고 다닐 수 있게 된 도구.
1377) 없고.
1378) 모셔서.

어떵 허난 집으로 돌아옵니껜?" 허난, [-요령] "아이고 설운 가숙아 아뭇 소리도 말앙, 열두 폭 홋단치마를 입엉 오라근, 이 조상을 받으렌." [요령] 허난, 아이고 [기침을 한다.] 열두 폭 홋단치말 입엉 오란, "아이고 조상 님아. 나허고 테운 조상이건 요레 들어옵센." 치마통을 벌리난, 치마통더 레 뗑뗑구르르~, [요령] 들어사는구나 들어사난, 안고팡에 강 자리 보전 허여 놓아근~ 초흐를 보름을 잘 혜연 지네어 가난, ᄉ만이는 오를 목엔 데각녹도 쏘아간다 네릴 목엔 소각녹도 쏘아간다. 앞집이는 [요령-] 앞다 리 뒷집이는 뒷다리, [-요령] ᄉ만이는~ 부제팔명을 허여가는구나~. [요 령] 아이고 흐를날은 ᄉ만이가 사냥을 가버리난, ᄉ만이 부인은 불 숨단 보난, 고팡간에서 벡년 조상이 허는 말이로돼, "ᄉ만아 ᄉ만아~." [요령] 하도 웨어가난, '아이고 이 조상 우리 집이 오란 초흐를 보름 허멍 잘 먹 곡 잘 쓰고 혜 가난, 노실(老失) 혜염구나.' 허연 불 숨단 부지뗑이1379) 가 정 간, 벡년 [요령] 조상 눈구녁을 꿰어단 뒷밧더레1380) 핑허게 들러데껴 부난,1381) 뗑뗑구르르~ [요령] 둥글어 나는구나. 아이고 벡년 조상은 흐 루 종일 뒷밧디서1382) "ᄉ만아 ᄉ만아." 불르라. ᄉ만이는 그날은 사냥을 나가는디, 오를 목엔 데각녹도 못 쏘아가는구나 네릴 목에 소각녹도 못 쏘아간다. 날은 어둑어지어 가난 ᄉ만이는 집으로 네려오는디, [요령-] 뒷밧딜로1383) ᄉ만이 불르는 소리가 나는구나~. [-요령] 아이고 가고 보 니 조상이 나오란 ᄉ만이를 불럼구나. "아이고 조상님아. 어떵 허난 이디 나옵디겐?" 허난, 벡년 조상 허는 말이로돼 "너 이놈아 모릿날 ᄉ오시(巳 午時)가 뒈면, 저싱 염녀왕(閻羅王)에 몸 받은 체서가 너를 잡으레 오니, 내가 너를 잡아가불면 누구안테 물을 얻어 먹곡, 내가 어찌 살 수가 잇겟

1379) 부지깽이.
1380) 뒷밭으로.
1381) 던져버리니.
1382) 뒷밭에서.
1383) 뒷밭으로.

느냐? [요령] 너를 살리젠 ○○○○, ᄉ만이 불러가난 너네 부인은 불 숨단, 나보고 노실 헤염젠 허멍, 부지뗑이 가져오란 눈구녁을 꿰어단 나 뒷밧더레 던저부난 나온 법 [요령] 나오랏노렌.” 허난, “아이고 조상님아 조상님아~. 아이고 여자라 헌 건, 무신 철을 압네까 무신 분술 아옵네까. 아이고 조상님아. 기영 허지 말앙 집으로⋯⋯.” 이야 조상이 허는 말이로뒈, “날라근엥에 잇어난 자리로 강 잘 모사두곡, 널라근 혼저1384) 집으로 강 세경 너른 땅으로 가근엥에, 높은 펭풍(屛風) 둘러 치어놓곡 각서출물 헤여다 올려 놓곡 허영, ᄉ만이 지방(紙榜)을 썽, 이야 벡 보 뱃겻딜로1385) 업데허영1386) 잇이민, 알을 도레가 [요령] 잇으리라~.” ᄉ만이는 집으로 돌아오단 보난 ᄉ만이 부인은 볼써, 아이고 다~ 타는 몰 밧갈 쉐~, 각서출물을 출려 놓곡 질삼베 데령허○○ 헤삼베도 데령헌다. 동아지도 데령헌다~. [요령] 이야 감은 암쉐1387)에 잔뜩 실러놓곡 세경 너른 땅에로 강, [요령-] 원앙사미 물가으로 높은 펭풍 둘러치어 놓고 [-요령] 높은 젯상(祭床) 싱거노멍,1388) 각서출물을 초하정 위 벌이고 신 벌여 놓아~, [요령] 처서님네 신고 갈 신 삼 베를 이야 허여다 놓곡, 이야 ᄉ만이 지방을 썬 펭풍 뒤에 썬 부쩌 뒌, ᄉ만이는 벡 보 뱃겻딜로 간 업데헨1389) 잇이난~, [요령-] 모릿날 ᄉ오시가 뒈어가난, [-요령] 저싱 염네왕 몸 받은 삼처서 시관장님이, 주년국 땅 소ᄉ만일 잡으레 인간더레 [요령-] 소곡소곡 네려사는구나. [-요령] 인간에 네려사고 보니~, 아이고~ 혼 체서님이 허는 말이로뒈, “나는 신발이 다 떨어지연 걸어갈 수가 엇구나~.” 혼 처서님은 ᄒ는 말이 “나는 베가 고파 갈 수가 없어지엇구나.” [요령] 조름에

1384) 어서.
1385) 바깥으로.
1386) 업드려서.
1387) 암소.
1388) 심어놓으면서.
1389) 업드려.

오던 흔 처서님이 말을 허뒈, "아이고 어딜로 상축네[1390)가 건득건득 납네다. 우리 상축네 나는 딜로 촛아가 보면 알을 도레가 잇십니다." 알러레 소곡소곡 [요령-] 네려산다 네려사단 보난 원앙사미 [-요령] 물가 테역단 풍 좋은 딜로, 불이 베롱허게[1391) 싸 놓아시난 가고 보니, 각서출물을 출려 놓고~, 펭풍을 둘러치어 놓곡 허여 잇으난, 이야 기야늬 벌귀 염치로 삼체서님은 들어산, 떡 거린[1392) 처서님은 떡을 먹어간다. [요령-] 밥 거린 처서님은 밥을 먹어간다. [-요령] 술 거린 처서님은 술을 먹어간다. 신발 없는 처서님은 신발을 [요령] 얻어 신어, 아이고 베가 봉그랗케 먹어 놓고 일어상 나오젠 뒤터렌[1393) 확 바려보난, 펭풍 뒤엔 보난 스만이 지방을 썬 부쪘구나~. [요령] 아이고 스만이 지방을 썬 부쪄시난 '이거 큰 일낫구나. 우리가 스만이 출려논 음식을 이렇게 얻어 먹고 신발도 얻어 신어시니, 이것을 어찌 허민 좋으리오.' [요령] 흔 체서님이 잇다 허는 말이로뒈 "그리허면, 이야 비명(非命)에도 천명(天命)이요 천명에도 비명이라, 붉은 암테 찍어진 곽곽이로 데령(待令)허영 [요령-] 가는 게 어떵 허니?" 아이고 [-요령] 흔 처서님 보고 말을 허뒈, "이야 [요령] 최판관(崔判官)에 강 문세책(文書冊)을 갖다 놓고 주년국 소스만이랑, 삼철년(三千年)으로 ○○ 달아놓고~, [요령-] 곽곽이랑 곧 서른으로 스고전명(四苦定命)으로 달아노렌." 헤연, [-요령] 간 일러두언 흔 처서님은 들어가 최판관에 간 문세책 갖다 놓고, 이야 [요령] 이거~, 아이고 성명을 바꽈 쓰어 가는구나. 몬딱[1394) 쓰어 놓아 두언, 곽곽일 잡안 저싱 들어가난 염녜왕 허는 말이로뒈 "너 이놈덜, 어떵 허난 인간에 강 주년국 소스만이를 잡아 오렌 허난, 곽곽이를 잡아오랏느냐~, [요령] 너 이놈덜 인간에 가서 스만

1390) 향촉(香燭) 냄새.
1391) 희미하게.
1392) 그린.
1393) 뒤로.
1394) 모두.

이안티 간 뇌물을 얻어 먹엇구나.", 죽일 팔로~ [요령-] 둘러치어 가는구나. [-요령] 염녜왕에 몸 받은 체서님이 말을 허뒈, "아이고 염네왕님아~. 죽일 자도 밥을 멕이곡, 담베를 훈 데 주곡 허영 죽일 법 죽이는 법 아닙네까? 아이고 문세첵을 갖단 우리 주세히~ 바려봅서." "어서 기거들랑 문세첵을 가정……." [요령-] 문세첵을 갖다 놓고, 초장(初張) [-요령] 걷어가는구나 이장(二張) 걷어 삼장(三張)을 걷어 놓고 보니, 주년국에~ 소스만이는 스만삼철년(四萬三千年)을 살당 오렌, 둘아지고 붉은 암테 찍어진 곽곽이는, 곧 서른이 [요령-] 스고전명으로 달아 잇이난~, [-요령] 그떼사 염네왕이 허는 말이로뒈, "아이고 [요령] 이거 내가 꼰딱 혜시민 족헌[1395] 체서덜 다 죽일 뻔 허엿구나~." [요령] ○○에 네려사난 어서 기거들랑 주년국 소스만이랑, [요령-] 세경 너른 땅으로 들어사근~, 드릇멩감으로[1396] [-요령] 들어사근엥에, 칠뤌(七月) 열나흘 벡중사리로, 상받아 먹곡~ 물모쉬~ 다 [요령] 거넘 잘 허곡, 영 허영 무쉬[1397] 테우리덜[1398] 잘 삼곡마령(三穀馬糧) 시겨주고, 아이고 인간이라근에 강림처서(姜林差使)라 헌 [-요령] 인간체서(人間差使)로, 도나리렌[1399] [요령-] 혜연~ 마련허엿구나~. [-요령] 그 법으로 우리 인간 중셍덜토 집안간으로, 엑년(厄緣)이 불헹허여지면 천우방엑상 출려 놓앙, 천우도엑을 [요령] 막아줍셍 허여 원정 축원 올리는 법 아닙네까~.

■ 엑멕이>엑멕이(방엑)

[심방이 축원문을 펼쳐든다.] 이 집~, 디려가멍~,[1400] 이 무을에 거주

1395) 아까운.
1396) '드르'와 '멩감'이 결합된 말. '드르'는 들. '멩감'은 명관(冥官).
1397) 마소.
1398) 목동들.
1399) 내리라고.
1400) 드려가면서.

허여 사는~, [요령-] 이야~ 에에~, [-요령] 계장 올습네다 김○선 예순
둘 받은 방액상(防厄床)입네다. [요령-] 이장 올습네다~. [-요령] 김○
범~, 이야 김○섭 쉰에 일곱 받은 방액상입네다~. [요령] 좀수부 훼장
강○애, 예순셋 받은 방액상입네다~. [요령] 감사 올습네다 문○옥, 쉰
에 넷 [-요령] 받은 방액상입네다~. 감사 올습네다 김○보, ㄱ디 쉰 [요
령-] 받은 방액상이옵고~, 총무 [-요령] 올습네다 이○자, 쉰에 다섯 받
은 방액상입네다. 고문 올습네다 이○섭, 쉰에 넷 받은 방액상입네다. 고
문 [요령] 김○자 예순넷 받은 방액상입네다. 총데 올습네다. [요령-] 김
○자 일흔다섯 받은 방액상입네다. 그 두으론 훼원덜 올습네다. 강○옥
[-요령] 일흔넷 받은 방액상입네다 김○자, 예순둘 받은 방액상입네다 박
○희, 예순흐나 받은 방액상입네다. [요령] 윤○수~, 예순흐나 [요령] 받
은 방액상입네다 현○옥, 이야 쉰에 다섯 받은 방액상입네다 양○자, 쉰에
셋 받은 방액상입네다 오○임, [요령] 쉰에 둘 받은 방액상입네다 고○숙,
[요령-] 쉰에 둘 받은 방액상입네다. 잠수부 [-요령] 올습네다 김~, [요
령] ○수 ○든○섯 받은 방액상입네다. 한○님 [요령-] ○든넷 받은 방액
상입네다. 이○보 ○든넷 받은 방액상입네다. [-요령] 손○셍, ○든둘 받
은 [요령-] 방액상입네다 이○순, 일흔아옵 받은 [-요령] 방액상입네다
손○옥, 일흔여덥 받은 방액상입네다. 우○배 일흔일곱 받은 방액상입네
다. [요령] 고○순 일흔일곱 받은 방액상입네다 이○호, 일흔여섯 [요령-]
받은 방액상입네다 김○옥 일흔여섯 받은 방액상입네다. 이○순이 일흔셋
받은 방액상입네다. 한○셍 일흔흔 설 받은 방액상입네다. 김○순 일흔흔
설 받은 방액상입네다. [-요령] 김○자 예순여덥 받은 방액상입네다 현○
자, 예~ [요령] 예순일곱 받은 방액상입네다 한○자, [요령] 예순여섯 받
은 방액상입네다 손○희, [요령] 예순여섯 받은 방액상입네다 현○자, [요
령] 예순다섯 받은 방액상입네다. [요령] 김○선 예순둘 받은 방액상입네
다. 신○자 쉰에 다섯 받은 방액상입네다. [요령] 강○자, 쉰에 셋 받은 방

엑상입네다 이~○숙, 쉰에 둘 [요령] 받은 방엑상입네다 김○애, [요령]
ㄱ디 쉰 받은 방엑상입네다 계원 올습네다. 김~ [요령] ○선, ㅇ든일곱
받은 방엑상입네다. 강○윤 [요령] ㅇ든일곱 받은 방엑상입네다 임~○빈,
[요령] ㅇ든다섯, 받은 방엑상입네다 우○연, ㅇ든둘 받은 방엑상입네다
문○금, 일흔아옵 받은 방엑상입네다 이○순, 일흔여덥 받은 방엑상입네
다. 한○셍 일흔일곱 받은 방엑상입네다 한○신, [요령] 일흔일곱 받은 방
엑상입네다 양○자, 예순아옵 받은 방엑상입네다. 김○자 예순여섯 받은
방엑상입네다 김○자, [요령] 예순하나 받은 방엑상입네다 김○숙, 쉰에
둘 받은 방엑상입네다. [요령] 서기(書記) 올습네다. [요령-] 김○숙 마흔
아옵 받은 방엑상입네다. 이 무을에 거주허여 사는~, [-요령] 초헌관(初
獻官) 김~○문, ㅈ ㅇ든님 받은 방엑상입네다 아헌관(亞獻官), 강○문이
일흔여덥 받은 방엑상입네다. [요령] 종헌관(終獻官)은~ 김○근, [요령-]
일흔셋 받은 방엑상입네다. [소미가 축원문을 거두고, 심방은 계속 말명을
이어간다.] 불쌍헌 ㅈ순덜, [-요령] 올그금년은 경인년은 일 년 열두 둘
삼뱅은 육십 오일, [요령-] 동서남북을 ○○ 궂인 엑년을 막아줍셍 허영,
오널은 천우방엑상 출려 놓아근, [-요령][심방이 자리에서 일어난다.] ㅈ
순덜랑 불러다가, [요령] 혼 무럽 천앙 꿇리고, [소미 정공철이 해녀들에
게 신자리로 오라는 뜻으로 말한다.] (정공철 : 이레 옵서.) 혼 무럽은 지
왕 꿇려근~, [요령-] 열두 ○○ 들러근~, 굽엉일억 굽엉일억, [해녀대표
가 신자리로 와서 앉는다.] 용왕황제국님전 천우방엑상이랑, [-요령][소미
정공철이 방엑상을 들고 앉아 있는 해녀대표에게 가져간다. 소미 정공철
이 해녀에게 말한다.] (정공철 : 손 영 네밉서.) [해녀대표가 두 손을 내밀
어 방엑상을 올리는 행동을 세 차례 한다.] 둘러붸고~, [요령-] 제드립네
다~. [-요령][소미 정공철이 방엑상을 내려놓는다. 정공철이 해녀대표에
게 말한다.] (정공철 : 세 번 절헙서.) [해녀대표가 일어나 절한다.] 둘러붸
고 제 드리난, [심방이 요령을 공싯상에 내려놓는다.] 불쌍헌 이 ㅈ손덜,

올고금년, 집안간으로 크나큰 걱정이나 엇곡, 엑헌 일 급헌 일덜 엇엉 모다, [심방이 공싯상에서 신칼과 산판을 가지고 신자리로 온다.] 일로 막아준뎅 허건, 가문공ᄉ 허고, 막기가 난감허다 허건 [해녀대표가 절을 마치고 신자리에서 벗어난다. 심방은 신자리에서 점을 칠 준비를 한다.] 허산바산 허튼 점ᄉ(占辭)로 판결헙서. [심방이 신자리에 앉는다.] 성은 김씨 아지망 임오셍(壬午生), 몸을 받은 일월삼명두(日月三明圖)로~, [산판점] 초제비나, 판급헙서. [산판점] 이 절체(決處)로나, 이 군문길로, [산판점] ○○ 네리웁서. 게민 양도막음인가마씸. [산판점] 고맙수다~. [심방이 신칼을 모아잡는다.] 게민 양도막음으로, [신칼점] 막아준뎅 [신칼점] 말입네까~. [신칼점] 고맙수다 게민, 불쌍헌 ᄌ순덜 이 ᄆ을 거주헤여 사는 일만 어부님덜 줌 줌수부님덜, 유지 어룬덜이영 ᄆ을 궁리 안네도, 크나큰 걱정이나 엇어근, [산판점] 일로 막아준뎅 허건, [산판점] 가문공사 헙서. 게민 양도막음인가마씸. [산판점]

[심방과 소미 정공철이 모두 고개를 끄덕인다.]

(정공철 : 맞수다.)

고맙십네다~ 게민, [심방이 신칼을 잡는다.][신칼점]

[심방과 소미가 고개를 끄덕인다.]

(정공철 : 에 고맙수다.)

게면은 불쌍헌 이 ᄌ순덜 오널, 일 년 열두 둘 삼백은 육십 일 저 요왕국~에서, 먹곡 입곡 헹인발신 허는 ᄌ순덜 아닙네까. 깊어 얕어 열 질 물속에 들지라도, 하다 이 ᄌ순덜 넉날 일 혼날 일 겁날 일덜, 천지낙뤠 헐 일덜 다, 막아주어근 크나큰 걱정 없뎅 허건, [신칼점][신칼점] 가문공사, [신칼점] 고맙십네다.

[심방이 고개를 뒤로 돌려 해녀들에게 말한다.]

(문병교 : 엑은 잘 탐수다. 예 엑은 잘 탐수다양. 잘 타고, 영 금년 지나봅써만은 견디1401)……)

[해녀대표가 심방에게 다가와 옆에 앉는다. 소미 정공철이 방액상을 정리하며, 쌀이 담긴 양푼을 신자리에 내려놓는다.]

(문병교 : 금년 저 하여튼 칠월 둘허곡 팔월 둘라근엥에,[1402] 일로 엑을 막아주켄[1403] 헴수다만은 경 헤도, 이 자기 자손으로덜 쫌 그떼랑 쫌 멩심헤사양. 물에 들 떼라도.)

(해녀대표 : 예.)

(문병교 : 예. 경만 헤 붑서.)

[심방이 쌀그릇의 쌀을 조금 집어 상 앞으로 뿌리고, 다시 쌀을 조금 집어 제비점을 보려 한다.]

경 허민 게민 일로 허영근, [제비점] 큰 걱정이나 엇곡, 두 개 세 개 네 개 다섯이라, 십사 군문, [제비점] 이 절체로나, [제비점] 우선 ○으로 나~, 어업이라, [제비점] 연줄허곡, [제비점] 두 개 세 개 네 개 고맙수다. 열혼 방울, [심방이 해녀대표에게 쌀알을 건네준다.] 영 허면 사만이, [제비점] 절체로나, 두 개 세 개 네 개 고맙수다.

[심방이 해녀대표에게 쌀알을 건네준다.]

(문병교 : 하여뜬 경만 헤 불민 일로 엑은 잘 탐수다. 궨찬에양.)

[해녀대표가 자리에서 일어난다.]

에~, 이 마을에 거주허여 사는 멩도멩감(明圖冥官) 삼수자(三使者) 시관 장님전, 원전싱 팔자 궂인 성은 김씨 아지망 임오셍, 에~ 이 무을에 오라오고 조상 업엉 오랑 가오고 가는 길에, 엑헌 일도 급헌 일 다 천지낙뤠헐 일덜 다 막아줍셍 헤여, 천수방엑이웨다~. [소미 정공철이 심방 앞에서 제상을 향해 물색, 백지 등 방액 보답을 들고 머리를 조아리며 기원한다.] 에~ 이 무을 거주허여 사는~ 일만 줌수부님덜, 에~ 올고금년은 경

1401) 그런데.
1402) 달일랑.
1403) 막아주겠다고.

인년 일 년 열두 둘 삼백육십오일 동서남북 울러오는 궂인 엑년 막아줍센
헤영, 에~ 천지동방 일문전 하나님 어간 삼아, 벡 보 벳겻딜로[1404] 천수
방엑입네다.

[심방이 합장하며 앉은 채로 허리를 숙여 절한다. 소미 정공철은 방액
보답을 들고 문 밖으로 나간다. 심방이 합장하며 말명을 계속 잇는다.]
에~ 방엑이오. 방엑입네다~.

[심방은 신자리에서 일어난다.]

■ 엑멕이>대명대충

에~ 불쌍헌 자손덜 올그금년 이거 몰로
데령허는 목 쉐(牛)로 데령허는 목, [심방이
신자리 옆에 놓인 닭을 잡고 신자리에 서서
말명을 계속 한다.] 홍학 비오 기동 천리메
(千里馬), 에~ 사자님네 타고 갈 메(馬)로 데
령헙네다. 에~,

[닭이 계속 버둥거린다.]

(문병교 : 아이고 나 이 버천.)

[심방이 신자리에서 제상을 향해 닭을 높
이 들어 올린 뒤 허리를 숙여 절한다.] 에~
천우방엑이오~. [심방이 뒤로 돌아 문전을
향하여 같은 행동을 한다.] 에~ 일문전으로 천우도살이오~. 도살이오~.

엑멕이

[심방이 문전으로 가서 신을 신고 문 입구에 선다.]

(문병교 : 아이고 이거 엄청나게 이거. 이거 무신.)

[심방이 닭의 목을 잡고 휘돌리며 닭을 죽이려 한다.]

1404) 바깥으로.

(문병교 : 아이고. 아이고. 헤이~.)

[계속 닭의 목을 잡고 휘돌리다가 어느 정도 닭이 죽은 듯하자, 문 밖으로 내던진다.]

도살이오~.

■ 엑멕이>주잔넘김

[심방이 다시 제장 안으로 들어가 문전을 향하여 서서 말명을 한다.]
행(行)이 바쁜 처서로구나. 길이 바쁜 처서로다. 놀랑처서로구나 신앙처서로다. 산 너머도 혼 동갑(同甲)에 갑서 물 건너도 혼 동갑에 갑서. [소미 김순열이 문전에 서서 잔을 밖으로 뿌린다.] 본당에 군줄 신당군줄 거리노중 눌아오던 열두 시군줄덜, 산신군줄 요왕군줄 선앙군줄덜, 꿈에 선몽(現夢) 낭게일몽(南柯一夢) 비몽사몽(非夢似夢) 불러주던, 이런 명보지(名不知) 잡신(雜神)덜랑, 저먼정으로 주잔으로 마냥 권잔이웨다.

신흥리 잠수굿 씨점

자료코드 : 10_00_SRS_20100226_HNC_KSA_0001_s21
조사장소 : 제주특별자치도 제주시 조천읍 신흥리 539-1번지(어촌계창고)
조사일시 : 2010.2.26
조 사 자 : 허남춘, 강정식, 강소전, 송정희
제 보 자 : 김순아, 여, 70세
구연상황 : 신자리에 좁쌀을 뿌려 바다 수확물의 풍흉을 점치는 제차이다. 좁쌀이 모인 곳, 흩어지고 모인 모양 등을 보아 점친다. 처음에는 단골이 나섰으나 만족치 못하자 김순아 심방이 나서서 진행하였다.

[김순아(평상복)]
[단골이 좁쌀이 든 사발을 들고 나선다.]

씨점

단　골 : 소라 전복 이거.

김순아 : 동경국으로 세경국드레.

단　골 : 이거. [좁쌀을 한 움큼 쥐어 신자리에 뿌린다.] ○○, [좁쌀을 뿌린다.] 메역, [다시 좁쌀을 뿌린다.] 우미, 톳, 많이 잡읍서. [좁쌀을 뿌린다.]

김순아 : 많이 잡읍서?

단　골 : [신자리에 좁쌀이 떨어진 모양새를 보고 말한다.] 마농게1405) 하영 나켄 허염져.

김순아 : 에에.

[김순아 심방, 일어서더니 직접 나선다. 단골들 모두 웃는다. 심방, 사발을 넘겨받는다.] (단골 : 아이, 나 허난 마농게가 하켄 허염져.) [단골은

1405) 지명.

신자리를 들어 좁쌀을 떨어뜨린 뒤에 다시 깐다.]

　김순아 : 마농게 나커라?

　단　골 : 저 ○○ 바로 밑에.

　[김순아, 말명을 시작한다.] 요왕 황제님~, 영등대왕 영등부인님~ 오널 혜신제로덜, 요왕으로 ○○ 오곡씨 씨부리저 영 헙네다. 일만 혜녀 어른덜~, 상불턱 중불턱 하불턱에 놀던, 상줌수(上潛嫂) 중줌수(中潛嫂) 하줌수님(下潛嫂-)네덜, 짚은 물속에 들곡나곡 허는 ᄌ순덜~, 아닙네까 혜각(海角)에서 먹고 살곡 행궁발신(行窮發身)허저 허영, 오곡씨 뿌리저 영 헙네다. 동경국으로 세경국드레, 세경국으로 동경국드레, 예- 전복씨 뿌리레 갑니다-.

　[좁쌀을 뿌린다. 단골 둘이 가까이서 살핀다.]

　(김순아 : 모다진[1406] 디도 잇곡 골로로[1407] 간 디도 잇곡 허주게.)

　(단골 : 골고루 갓수다.)

　(김순아 : 골고루 간?)

　(단골 : 예.)

　(단골1 : 마농게드레만 간 것 닮으우다.)

　(단골2 : 아니, 저 동바당드레…….)

　(김순아 : 이젠 저 소라씨 뿌릴 거라이.)

　(단골 : 예.)

　[심방, 반대쪽으로 옮긴다.] 예- 세경국으로 동경국드레, 예- 소라씨 뿌리레 갑니다. [좁쌀을 뿌린다.]

　(김순아 : 자 이제라근엥에 전복씨? 혼뻔에 거느려불켜.)

　(단골 : 예.)

1406) 모인.
1407) 골고루.

전복, 오분제기, 소라, 성기, 문어, 헤섬, 영양. 예- 동경국으로 세경국 드레, 예- 문어 수영 첨복(全鰒)이영 소라영, 이제 문어영,

(단골1 : 톳이영.)

톳이영, 메역이영, 우미영, 전각이영, 톨영,[1408] 몸이영,[1409] 예- 뿌리레 갑니다-. [좁쌀을 뿌린다.]

(김순아 : 이번은 골로로 간 것 닮다.)

(단골2 : 예. 골로로 갓수다.)

헛쒸! [좁쌀을 뿌린다.]

(김순아 : 아이고 좋다.)

(단골1 : 중간 바당에만 막 잘 남직허우다.)

서당 바당도 납서-. [다시 좁쌀을 뿌린다. 단골들 웃는다. 단골2가 물러나며 말한다.]

(단골2 : 아무디라도 하영 나민 좋구다.)

ᄀᆞᆺ바우[1410]도 갑서-. [좁쌀을 뿌린다.]

(김순아 : ᄀᆞᆺ바우에 이러헌 디 할망덜 헐 거. 이젠 뒈서양.)

신흥리 잠수굿 각산받음

자료코드 : 10_00_SRS_20100226_HNC_KSA_0001_s22
조사장소 : 제주특별자치도 제주시 조천읍 신흥리 539-1번지(어촌계창고)
조사일시 : 2010.2.26
조 사 자 : 허남춘, 강정식, 강소전, 송정희
제 보 자 : 김순아, 여, 70세
구연상황 : 실질적으로는 개별 액맥이라고 할 수 있다. 특별히 바다에서 사고를 당한 영

1408) 톳이랑.
1409) 모자반이랑.
1410) 갯가.

혼이 있는 집안에서 따로 작은 상을 차려두었다가 이쯤에 심방을 빌어 간단히 엑멕이를 하고 기원한 다음 산을 받는다. 각산받음을 따로 하지 않으니 이 굿에서는 각산받음과 개별 엑멕이를 병행한 것이라고 할 수 있는 제차이다.

■ 각산받음·개별 엑멕이

[김순아(평상복)][제장 한쪽에 단골들이 따로 차려두었던 작은 상 앞에서 간단히 말명을 하고 산을 받는다.]

각산받음

신흥리 잠수굿 가수리·뒤맞이

자료코드 : 10_00_SRS_20100226_HNC_KSA_0001_s23
조사장소 : 제주특별자치도 제주시 조천읍 신흥리 539-1번지(어촌계창고)
조사일시 : 2010.2.26
조 사 자 : 허남춘, 강정식, 강소전, 송정희

제 보 자 : 김순아, 여, 70세

구연상황 : 굿을 한 뒤에 본 굿에서 떨어진 신을 위하여 다시 대접하는 의미의 제차이다. 대개 이처럼 본 굿에 붙여서 하는 사례가 늘었다. 김순아 심방이 평상복 차림으로 문전에 차린 제상 앞에 앉아 직접 북을 치면서 말명을 하였다. 소미들이 제물을 조금씩 양푼에 모아 바깥으로 내가서 조금씩 떠 던지고 끝으로 숟가락을 던져 그 방향을 보아 점쳤다.

가수리·뒤맞이

[김순아(평상복)][문전 앞에 따로 상을 차렸다. 상에는 메 1양푼, 쌀 1사발, 돌레떡 1접시, 과일, 술잔, 물 1사발 등을 올렸다. 메에는 수저 7개를 꽂았다. 그 앞에 신자리를 깔고 북을 앞에 놓고 앉았다. 열명지를 옆에 두었다. 준비하는 동안 소미와 단골들은 제상을 치운다. 심방은 북의 양면을 치면서 말명을 한다.]

에~ 가수리 뒤맞이로

일만 팔천 신우엄전님네 옵서 청허 옵서 청허여근 도도마다 축원헐 디

축원허곡 원정 들 디 원정 들고

실원헐 딘 실원허영 원정 축원 올렷수다.

[다음 제차를 준비중인 소미에게 큰소리를 친다.]

(김순아 : 걸랑1411) 것데로,1412) 이건 세로 헤여사. 어디로 왕!)

원정 축원 올렷수다.

올고금년 이천십년도에 경이년(庚寅年) 나는 헤에 삼진 초정월둘 열사흘날

조천읍은 신흥리 뒈옵네다 어촌게 뒈옵네다 설운 헤신제로 영등제로 무을 안네 원고자(願求者) 비고자 지원자(祈願者)

무을 유지자(有志者) 뒙네다 어촌게장님 성은 김씨로 김○선이 예슨둘님 이장은 김씨로 예순 쉰일곱

헤녀 줌수훼장 뒙네다 강○이 예순셋광

일만 총무 총데 잠수님네덜 일만 헤녀 어룬덜 열년(年年)마다 일년 혼번씩

무을 영등제 헤신제 헙니다 올금년도 야 정이년 야 저 삼진 초정월둘 오널 열사흘날

헤신제 드렷수다 올 적에는 옵셍 허곡 갈 적에는 갑셍 헐 때에

상당에 도올랏다 도숙어 하전 떼가 뒈여근 필봉(畢封) 떼가 뒈엿수다.

가수리 뒤맞이로덜 떨어지고 낙루(落漏)헌 신전 엇이

엿날 엿적 엿셍인 네수신1413) 법으로서 세 집 짓어근 성주낙성 데풀잇법 잇입네다.

세 베 짓어근 연신맞잇법 몰베 놓아난 디는 게싯잇법 야 사람 죽어난 디는 원고양 신풀잇법 잇입니다.

1411) 그것일랑.
1412) 그것대로.
1413) 낸.

큰굿 혜여난 디는 가수리 뒤맞잇법 잇입니다 가수리 뒤맞이로 어 초감 제에 떨어진 신전임네덜 상받읍서 저 삼석 실를 떼 떨어지고 초감제에

베포도업 칠 떼나 연유 다끌 떼 떨어지던 신전임네덜 가수리 뒤맞이로 덜 상받읍서.

문 올릴 떼 떨어지고 분부 술룰 떼 떨어지고 야허 새 드릴 떼 떨어지던 신전임네덜

가수리 뒤맞이로덜 상받읍서.

야 설운 권메장[1414]에 떨어지던 신전임네덜 가수리 뒤맞이로덜 상받 읍서.

요왕제 나껫도전[1415] 올릴 떼 지장본 풀 떼에 떨어지고 나 군병 사굴 떼 떨어지던 신전임네덜 가수리로 상받읍서.

요왕질 칠 떼에 떨어지고 처서본(差使本)에 떨어지고 선앙풀이에 떨어 지고 베 놔 갈 떼 떨어지던 신전임네덜

막가수리로 상받읍서 야 엑 막을 떼 떨어지던 신전임네덜 막가수리로 상받읍서.

야 설우시던 공시풀이에 떨어지던 신전임네덜 막가수리로 상받읍서.

떨어지고 낙루(落漏)허던 신전 엇이 막가수리로덜

상받읍서.

언메 단메

노기당산메[1416] 서천은 모란메덜 받읍서.

벡돌레[1417]나 벡시리[1418]

삼종(三種) 실과(實果) 받읍서.

1414) 추물공연.
1415) 나까시리놀림.
1416) 놋그릇에 물과 쌀을 넣어 소복하게 김으로 쪄 지은 멧밥.
1417) 손바닥 크기로 동글납작하게 만든 떡.
1418) 쌀로 찐 시루떡.

머리 곶인 귀제숙

삼주잔(三酒盞)덜 받읍서.

짚은 바당 메역 체소

프릿프릿 미나리체

받읍소서.

두 손 납짝

콩ᄂ물체

받읍소서.

게랄안주(鷄卵按酒)

받읍소서.

삼주잔덜

받읍소서.

막가수리로

상받아근

이 신흥 ᄆ을 안네에 올고금년

야 정혜년 나는 헤에

일 년 열두 둘

날로 삼백육십오일

ᄆ을에 펜안허게 허곡 요왕질 펜안허게 헤여줍서.

어느 엑헐 일덜 막아줍서.

불휘 없는

연네꼿덜

화덕ᄉ제

ᄂ릴 일덜

급헌 걸음덜

걸을 일덜

울고 ᄀ물일 덜

막아줍서.

춘춘히

설우시던

삼진 초정월둘 영등 이월 쳉명(淸明) 삼월

입ᄉ월둘

물이 더운

신오월둘

영청 유월둘 정칠뤌둘

궂인 엑년(厄緣)

막아줍서.

궂인 수엑

요왕질에덜

넉날 일덜

막아줍서.

어촌게 게장임 야근 김〇선이 예순둘님

하다 남으 입역게 허게 말곡 귀헌 먹을 일덜 막아줍센 영 허고

ᄆ을 이장님 김〇선이

쉰에 일곱 설 ᄆ을 일 보명이라도 하다 입역게 허게 맙서.

남으 귀헐 먹을 일덜 막아줍셍 허고

잠수훼장 뒙네다 강〇예 예순세 설도 어느 헤녀에 훼장 노릇헤여근 야

입역게 헐 일이나

요왕질에서 넉날 일덜 멘송(免送)시겨 줍셍 허고 감사 문씨로 쉰에 네

설 감사 김씨로 ᄀ디 곧 쉰 저 총무 이〇자 쉰다섯 야 공보 이〇선이 쉰

에 네 설 고문 김〇자 예순네 설 총데 김〇자 쉰 이른다섯 강〇오 이른다

섯 강 김〇자 예순둘님 이 ᄌ순덜 엑헐 일덜이나 야 현〇오 쉰다섯 오〇

미 뒙니다 박○화 예순훈 설이영 윤○수 マ디 예순하나 오○숙이 쉰두 설
야 잠수뒙네다 김○수 오든오섯 한○레 오든넷님 손○셍이 오든두 설 그
리옵고 이○ 이○임 이른아홉 우○베 이른일곱 설우시던 오○수 이른일곱
이○오 이른오섯 야 김○오 이른오섯 김○희 이른세 설 안○셍이 이른훈
설 야근 김○자 예순오둡 현○자 예순오섯 송○희 예순오섯 현○자 예순
다섯 김○석이 예순두 설 신○자 쉰다섯 강○자 쉰두 쉰셋 이○숙이 쉰두
설 김○이 쉬은 マ디 곧 쉬은 그 뒤으로 게원덜 뒙네다 김○순이 오든일
곱 강○효 오든일곱 임○비 오든다섯 야허 문○근 이른아홉 이○수 이른
오둡 한○셍이 이른일곱 한○식이 이른일곱 양○자 예순아홉 김○자 예순
오섯 김○자 예순하나 김○희 쉰에 두 설 서기뒙네다 김○숙이 마흔아홉
광 마을 유지자 곧 오든과 이른오둡 이른세님 사는 마을입네다 금년 펜안
허게 허여줍서 야 울고 マ물 일덜 요왕 선왕질 발롸줍서 날로 가면 날역
이나 둘로 둘역 월역 시력 다 메와줍서-.

메와가멍~ 막가수리로나~ [신칼점] 떨어진 신전이나, [신칼점] 아따
막 먹엉 가노렌 헴신게. 떨어진 조상 엇이.

(단골들 : 고맙수다.)

[소미 김순열, 제반 걷어 잡식한다.]

받다 남은 건 웃제반 걷읍네다. 그자 철변허여다

‖지사빔‖[오른손 한손으로 북의 오른쪽을 친다.]

받다 남은 걸랑

저 먼정 나사민

야~ 초감제 삼석 실를 떼 떨어지던 일천 군병질덜 주이 베어 드립
네다.

어느 눈 어둑언[1419] 못 오던 신전임네덜 귀 막앙 못 오던 신전임네덜

1419) 어두워서.

말 몰라근 못 오던 신전임네덜 노자(路資) 차비(車費) 엇어근 못 오던 신
전임네덜 주이 베여 드립네다. [소미 김순열, 제반 걷은 뒤에 그릇은 엎어
놓는다.] 산 넘어 가곡 물 넘어 가근 못 오던 신전임네덜 주이 베여 드립
네다. 웨국(外國) 나라 가근 일본 나라 미국 나라 중국 나라 싸라비아[1420]
나라에 가근엥에 못 오던 신전임네덜 북한 나라 중국 나라 가불어근 못
오던 신전임네덜 가수리로 주이 베자. 어느 제라근 삼진 초정월둘 오널
열사흘날 요왕 헤신제 영등제로 헤신제로 얻어 먹저 얻어 씌저 일천 군병
질덜 막가수리로 주이 베자. 어느 전 한로영산(漢拏靈山) 놀던 신전임네
물장오리[1421] 태역장오리[1422] 어시성(御乘生)은 단골머리[1423] 큰사스
미[1424] 세~ 일소장(一所場)에 이소장(二所場)에 삼소장(三所場)에 ᄉ소장
(四所場)에 놀던 신전 오소장(五所場)에 육소장(六所場)에 칠소장(七所場)에
팔소장(八所場)에 구소장(九所場)에 놀던 신전임네덜 바농병디[1425] 세미오
름[1426] 놀던 신전임네덜 주이 베자. 그 뒤으로덜 세미오름 놀던 임신덜
빌레 따라 서늘곶[1427]에 놀던 신전덜 주이 베자. 얻어 먹저 얻어 씌저 이
자수(李在守) 난리통에 데동아전장(大東亞戰爭) 떼 육이오 ᄉ변 떼 호열절
(虎列刺)에 죽엉 가던 임신덜또 가수리로 주이 베자. 요왕군졸덜 선앙군졸
덜 주이 베자. 일본선앙은 가미상선앙 중국선앙은 딩구아 선앙 육지선앙
은 솔나무 선앙 제주 선앙은 신주선앙 할로산(漢拏山)은 장군선앙(將軍船
王) 뒈미곶[1428]은 페중선앙 데정곶[1429]은 각시선앙 서늘곶은 아기씨선앙

1420) '아라비아'의 잘못인 듯.
1421) 제주시 봉개동 지경의 소(沼).
1422) 한라산 중허리에 있는 소(沼).
1423) 제주시 노형동 지경의 봉우리.
1424) 제주시 조천읍 함덕리 바닷가의 지명.
1425) 제주시 조천읍 와흘리 지경의 들판.
1426) 제주시 조천읍 대흘리 지경의 들판.
1427) 제주시 조천읍 선흘리 일대의 수풀.
1428) 서귀포시 남원읍 위미리 일대의 수풀.
1429) 서귀포시 안덕면 일대의 수풀.

영감(令監)이요 참봉(參奉)이여 야체(夜叉)에 금체에 놀던 선앙임덜 허터지면 열늬 동서(同壻) 모다지면 일곱 동서 자 허면은 철리(千里) 가곡 자 허면은 말리(萬里) 가던 어느 서모봉[1430] 알로 놀던 선앙 말롱이[1431] 알로 놀던 선앙 큰사스미 셋사스미 족은사스미 알로덜 놀던 선앙 모녀[1432] 알로 놀던 선앙 벨장 알로 놀던 선앙 탈이장(脫衣場) 알로 놀던 선앙 데섬 콧[1433]에 놀던 선앙 웬당[1434] 알로 놀던 선앙 어느 제 야 상불턱에 중불턱에 하불턱에 놀던 선앙 안녀 밧녀 숨은여에 또랑여에 놀던 선앙 꿈에 선몽(現夢)허고 낭게일몽(南柯一夢) 비몽서몽(非夢似夢) 불러주던 군병질이여 청소록에 벡소록에 어느 제 방안방안 구억구억[1435] 묻어지던 일천 군병질라근 떡이여 밥이여 술이여 많이 지사굽네다ー.

지사과 가명~ [신칼점] 아이고 저레 똥덜 박박 뀌멍 막 터젼덜 돌암져게. 겐디,[1436] [북을 덩덩 친다.] 아이고 굿은 허단 보난 북은 탁 터져불엇수다. 이제 넬 이제 또시[1437] 굿허레 갈 건디, 이 북이 터져부난 어떵 헐 것과. 이디서 사달 주던지.

(단골 : 사안네주기게.)[1438]

에. 이제 강 사옵서양. 게난[1439] 막가수리덜 떨어진 초상(祖上) 엇이 막 먹언 베가 터지게 먹언 가난 게난 북도 터져분 거라양.

[다시 북을 치면서 말명을 한다. 이번에는 양손으로 북의 양쪽을 친다.]
살려살려 살려 옵서.

1430) 제주시 조천읍 함덕리와 북촌리 경계에 있는 오름.
1431) 제주시 조천읍 함덕리의 지명.
1432) '큰사스미'부터 '모녀'까지 제주시 조천읍 함덕리의 지명.
1433) 제주시 조천읍 신촌리에 속한 지명.
1434) 제주시 삼양동과 조천읍 신촌리 사이에 있는 원당봉.
1435) 구석구석.
1436) 근데.
1437) 다시.
1438) 사드리지.
1439) 그러니.

울랑국도 살려 옵서.

범천왕도 살려 옵서.

오널은 떨어진 조상 엇이

[북채를 놓고 신칼을 든다.]

많이 먹고 많이 씌멍 후훼(後悔) 엇이 그자 오널 이제 따시 세혜 이때 뒐 떼끄지라근, [신칼점]

아이고 고맙덴 착허덴 헤염수다.

(단골 : 이거 일년 동안 먹을 거난.)

음, 일 년 동안 먹을 거 아니꽈.

철년(千年) 먹고 말년(萬年) 살을~ 금강머들 술정미로나~. [제비점] 일로 게민~, 하따 고맙수다.

[쌀알을 헤아려 단골에게 건넨다.]

(단골 : 아이고, 고맙수다.)

아따 영 허영 가고데고1440) 그자, 헛말덜 곧지 말곡예. 히지부지헌1441) 말덜 곧지 말곡, 영 허다 정 허다 돈 들엇져 물 들엇져 허지 말곡, [소미 김순열, 단골과 함께 상을 치운다.] 앗앙 그자 공론도 허지 말……. 화투랑 치곡 경 헙서. 화투랑 치곡. 게난 저 물에 들걸랑 나 인칙이1442) 굴은1443) 데로 오일 다시 칠월 일뤠랑, 므을 정성을 들여사. 훈 사름만 정성 들인 거 소용 엇입니다게예. 끄찌덜 므을 정성덜 들이곡 허면은, 구경이랑 가곡, 구경이랑 가곡, 구경은 갈지라 환자 할망 하나가 아팡 왐직1444) 허우다. 할망 아파가, 할망 하나가 급허게 아팡 올 이 실1445) 거난,1446)

1440) 가더라도.
1441) 쓸데없는.
1442) 앞서.
1443) 말한.
1444) 올 듯.
1445) 있을.

흐끔 어징구랑헌[1447] 노인네랑 가지 맙셍 허곡, 갈 어른이랑 가곡, 므른 딜로 구경헌 건 조우다 베 탕 가더레도 저 마라 가파도여 마라도여 갈 거엥 허멍.

(단골 : 소섬 갈 거마씨.)

소섬.[1448] 소섬 돌펭이신디 갈 거로구나. 뒛수다. 겡[1449] 베 탕 올지라도 그자 조심덜만 허영 뎅기곡 허민양. 아따 그냥 조심만 허민 그자 소소헌 일덜사 엇입니까만은 그자 당분간은 영 흐끔 영 꿈에 선몽(現夢)도 드리곡 무음이 복잡헐 거우다만은 큰 우환은 엇어양. 올힌[1450] 그자 작년보단 바당질도 관찬염직 허우다. 게고제고[1451] 바당엔 조심헤살 거라양. 영 콜암시메 이제랑 헛쒜 허민 가불 거난 쫌쫌덜 허영 앚입서양.

(단골 : 예.)

신흥리 잠수굿 도진

자료코드 : 10_00_SRS_20100226_HNC_KSA_0001_s24

조사장소 : 제주특별자치도 제주시 조천읍 신흥리 539-1번지(어촌계창고)

조사일시 : 2010.2.26

조 사 자 : 허남춘, 강정식, 강소전, 송정희

제 보 자 : 김순아, 여, 70세 외 1인

구연상황 : 신들을 모두 돌려보내는 의미의 제차이다. 김순아 심방이 위계에 따라 차례로 신명을 말하면서 돌아가라고 한 뒤에 제장 구석구석에 콩을 뿌려 사기를 몰아내었다. 이것으로 굿이 마무리되었다.

1446) 것이니.
1447) 어지러운.
1448) 제주시 우도면. 우도(牛島).
1449) 그렇게.
1450) 올해.
1451) 그나저나.

도진

[김순아(평상복)]

올 떼엔 옵셴 허곡 갈 뗀 갑셍 헐 떼 뒈엿수다. 연봉안체 출리멍 헤메 도진헙서. [신칼을 들고 일어서서 노래를 하기 시작한다.]

[북(정공철)][심방의 사설을 복창한다.]

도웨 헙서

강진 도웨

헤밀 도웨

도웨 헙서

어느 임신

영 헙거든

올라사면

천지옥황

데명전도
호호
호호허며
돌아삽서.
네려사면
지부ᄉ천데왕
산 추진 산신데왕
물 추진 다서용궁
절 추진 서산데산
육환데서님도
호호 호며
돌아삽서.
인간불도
멩진국할마님이랑
아기 ᄌ순
머릿점에
점주헙서.
혼합천지
벨금상 마누라님
호호
호호 허며
돌아삽서.
초공전이랑
연양당주전드레
글읍소서.
이공전 돌아삽서.

삼공전 돌아삽서.

시왕전도

호호

호호 허며

돌아삽서.

예레섯 십육ᄉ제

돌아삽서.

삼멩감은

삼체서

호호

호호 허며

돌아삽서.

ᄌ부일룁

삼만제석

돌아삽서.

군눙일월

돌아삽서.

산신일월님네

돌아삽서.

선앙일월

호호

호호 허며

돌아삽서.

삼본향 한짓님도

돌아삽서.

간 이 영신

온 이 마을
돌아삽서.
안으로 들어사면
안칠성이랑
연양상고팡에
점주헙서.
팔만ᄉ천
제조왕할마님이랑
조왕깐으로
점주헙서.
상성주도
점주헙서.
중성주도
점주헙서.
하성주도
점주헙서.
각항지방
제오방 제토신
오방신장님네
신벌여 삽서.
올레지기
정살지기
주목지기
터신지기
점주헙서.
신공시 옛선셍님이랑

안체포로

글읍소서.

방안방안 [신칼점][신칼점을 한 뒤에 신칼은 그냥 바닥에 둔다.]

구억구억

묻어지던

소록이여 [소미, 김순열이 일어나 콩이 든 사발을 건네주고 바닥의 신칼을 챙긴다.]

청소록에

벡소록에

나무정지

스록이랑

조차들멍

조차나멍

수어설어 ["어허!" "어허 쑤어!" 소리치며 콩을 쥐어 사방에 뿌린다. 이때 소미는 북을 잦게 친다. 마지막에는 사발을 문전으로 던지며 "헛쉬!"라고 소리친다.]

아이고 잘 먹언 감고렌 헤싹 갈라전.

예- 방안방안 구억구억 입수헤수웨다. 부정수정은 신가이고 나카입네다-.

[심방과 소미, 남은 무구를 챙겨 바깥으로 나간다. 굿이 모두 끝났다.]

신흥리 잠수굿 본향비념

자료코드 : 10_00_SRS_20100226_HNC_KSA_0001_s25

조사장소 : 제주특별자치도 제주시 조천읍 신흥리 538-4번지(볼레낭할망당)

조사일시 : 2010.2.26

조 사 자 : 허남춘, 강정식, 강소전, 송정희
제 보 자 : 김순아, 여, 70세
구연상황 : 실제로는 초상계·추물공연을 하는 동안 진행하였다. 김순아 심방이 단골 대
　　　　　표들과 함께 인근에 있는 볼레낭할망당으로 가서 제물을 차려 올리고 비념을
　　　　　하였다. 바다에 지를 드리고 삼천군병을 지사귀어 마쳤다.

본향비념

■ 본향비념

[김순아(평상복)]

■ 본향비념>준비, 제물진설

[김순아 심방과 해녀대표가 본향비념을 위하여 본향당으로 갈 준비를
한다. 김순아 심방은 요령을 들고, 해녀대표는 제물을 담은 바구니를 들
었다. 주위의 해녀가 필요한 사항을 묻는다. 해녀가 바깥으로 나서는 심
방 일행에게 묻는다.]

(해녀 : 불 담앙 갈 것과?)

(소미 김순열 : 아니우다. 셍꼬[1452]만 가정 가믄 돼. 셍꼬만.)

[비가 오는 궂은 날씨에 심방과 해녀대표 일행이 우산을 들고 굿이 벌어지고 있는 어촌계 창고를 나서 본향당으로 간다. 심방이 먼저 도착하고, 이어 해녀대표 2인이 당으로 들어간다. 해녀대표가 당으로 들어가며 심방에게 묻는다.]

(해녀대표 : 우리 먼저 출려놔도 될 것과?)

(김순아 : 응.)

(해녀대표 : 마을에서 안 완?)

(김순아 : 아니 완?)

(해녀대표1, 2 : 아니 와신게.)

(김순아 : 게 ㄱ찌.)

[이어지는 말은 빗소리와 바람소리에 잘 들리지 않는다.]

(해녀대표1 : 아니 이제 오렌 헷수다.)

(김순아 : 오민 헴시주.)

(해녀대표1 : 아. 아니.)

[그 뒤로는 빗소리와 바람소리에 알아듣기 어렵다. 해녀대표2가 제물바구니를 들고 제단으로 다가가며 다른 해녀대표가 들고 온 초석을 두고 말한다.]

(해녀대표2 : 요디 삼춘긴디 낄 아놔뒁 우산 이젠 이레 나 출려…….)

[해녀대표1이 초석을 심방 앞에 일단 내려놓으며 대답한다.]

(해녀대표1 : 어.)

[해녀대표 2인이 함께 제단으로 다가가 제물을 진설한다. 해녀대표1이 우산을 들어 비를 막아주고, 2가 제물을 차려 놓는다. 해녀대표2가 심방

1452) 향. 일어 'せんこ'.

을 바라보며 본향당의 제단에 메를 올려놓으며 묻는다.]

(해녀대표2 : 여기허고 이거 메 요레만 놔마씨?)

[김순아 심방, 본향당 왼쪽의 다른 제단을 가리키며 대답한다.]

(김순아 : 저디.)

[해녀대표2가 몸을 왼쪽으로 돌려 다른 제단을 향하며 다시 묻는다.]

(해녀대표2 : 이레마씨?)

(김순아 : 그딘 안 놔도 뒈고 저레만 노면.)

[해녀대표2가 메를 왼쪽 제단에도 올려놓는다.]

(해녀대표2 : 헤엿당 헹 홈치 올아사쿠다.)

(김순아 : 응.)

(해녀대표2 : 비와 부난.)

[마을을 대표하여 다른 주민 한 명이 더 본향당에 찾아온다. 해녀대표들은 제물진설을 계속 하고, 방금 들어온 마을 주민도 제물진설을 한다. 서로 궂은 날씨 이야기를 나눈다. 날씨가 좋았다면 아침에 왔을 거였다는 말도 한다. 심방은 초석을 펴서 자리를 갖춘다. 비가 와서 심방의 자리가 비에 젖을까봐 해녀들이 걱정을 한다. 제물진설을 거의 마칠 무렵 심방이 말한다.]

(김순아 : 이 ᄆᆞ을에선 포제 헤난 끗데 아니 와가 낫구나?)

(해녀대표1, 2 : 예. ᄀᆞ찌 ᄀᆞ찌, 언제라도 오널 헴수게.)

(김순아 : 아니 포제 허는 날 해녀굿○는 ᄀᆞ찌 헷주만은, 포젯상도 오널 포제 헷수가?)

(해녀대표1, 2 : 예. 오널 끗낫수게. 오널 아침에 끗난. 오널 끗낫수게.)

(해녀대표1 : 포제 끗난 해녀굿 항상 헙니께.)

(김순아 : 아 경 헌디. 돗날 아니라도?)

(해녀대표1 : 예. 올리는 돗날[1453] 아니. 아무 때도 양, 끗나믄 ᄀᆞ찌 헙니다.)

(김순아 : 아니, 포제 벌써 끗나시카부덴.)

[해녀대표들이 진설을 마치고, 다른 주민의 진설을 도와준다. 곧이어 심방이 요령을 흔들면서 비념을 시작한다.]

■ 본향비념>말미

[김순아 심방이 본향제단을 바라보며 앉아서 요령을 흔들며 말명을 한다.][요령-] 예~, 토지지관 한집이웨다~. [-요령] 예~ 밋볼레낭[1454) 박씨 할마님네 신도본향한집님네 할마님이, 초미 연당상 임이 ᄌ단상, [요령] 삼이 삼선향 지드타 드립네다. 일보 주삼잔 위올려 드려가멍 이거, 자손덜 과세문안(過歲問安) 오랏수다. [요령-] 이거 ᄆ을 일년 열두 둘, 이천 십년도에~ 경인년 나는 헤에 삼진 초정월 둘 오널, 열사을 날이웨다~. [-요령] ᄆ을에선 이거 포제(酺祭) 끗데 오라십네다. 동네에서 ᄆ을제 이거, [요령-] 야~ ᄆ을 안네에선 이거 헤신제(海神祭)로 이거, [-요령] 오널은 ᄆ음 먹고 뜻 먹어 ᄆ을 헤신제로 이거, ᄆ음 먹고 뜻 먹어, 야~ 이거 과세문안 오랏십네다 오리정 신청궤로, 전송체 오랏수다. [요령] 상궤문[1455)도 올려줍서 중궤문도 올려줍서 하궤문도 올려줍서. [심방이 축원문을 집어 들어 펼쳐본다.] 본당 신당문덜 올려줍센 헤여 삼선향 지드타[1456) 드리……

[김순아 심방, 축원문을 펼치며 묻는다.]

(김순아 : 이거 연영[1457)들이꽈?)

(해녀대표1, 2 : 예. 삼춘.)

(김순아 : 이거 연영?)

1453) 해일(亥日).
1454) 보리장나무.
1455) '궤'는 신당에 마련된 신의 거처.
1456) 돋우어.
1457) 연령(年齡).

(해녀대표1, 2 : 예예.)

본당 신당문덜 올려줍서 헤여 초미 연당상 임이 ᄌ단상 삼이 삼선향 지ᄃ타 드려가멍, [비가 오는 궂은 날씨 때문에 축원문 등을 잘 정리하여 놓는다.] 서천 제미공연 올립거들랑, 받아 동촉 하렴헙서. [요령]

■ 본향비념>공선가선

[요령] 공선 공선 가신공선, [요령-] 제주 남선 본은 갈라 인부역 서준 남은, [-요령] 서준공서 말씀전 [요령] 엄전에 여쭙기는, [요령] 어느 ᄀ을 어떤 ᄌ순, [요령] 받은 공ᄉ [요령] 여쭙기는

■ 본향비념>날과국섬김

국은 갈라, [요령] 갑기는 강남 들어 천저지국 [요령-] 일본 들어, 주년 국 우리나라 대한 민국입고 [-요령] 북제주군, 면은 갈라 조천읍입네다. ᄆ을 지면(地面), 이거 신흥ᄆ을이웨다. [요령] 가릅기는 동카름 중동네 섯 동네에, ᄆ을 궁기1458) 안네 사는 ᄌ순덜입네다.

■ 본향비념>연유닦음

올 금년은 이천십년도 나는 해에, 경인년 정월 삼진 초정월 둘, 오널 열사을날 ᄆ을 포제 넘어나난, 포제 끗데에 신도본향한집에, 과세문안 오 랏수다 ᄆ을 ᄌ순덜은, ᄆ을 헤신제로, 영등제로 일만 헤녀 어룬덜 줌수 부덜, 어부덜 농서 농업 사업허는 ᄌ순덜은, [요령] 오널 열사을날 ᄆ을 헤신제 영등제로, [요령] ᄆ을제 허다가 신도본향한집이, 과세문안 오랏수 다. 전송체로 [요령] 오랏수다.

1458) 구멍.

구신이나 셍인이나 다를 베가1459) 잇소리까. 우리 셍인도 손임이 들어 오면, 문을 열려야 들어오는 법 아닙네까 천앙 가민, 열두 문 열려줍서 지왕 가민 열한 문 인왕 가면, 아옵 문 동이 청문 서이 벡문 [요령-] 남이 적문 북이 흑문, 중앙 황신문도 열려줍서. 본당 신당문덜, 영혼 처섯문덜 열려줍서 열리는데, 제인정 주잔덜랑 네여다가, 문직대장 감옥성방 감찰관 드레, 주잔으로덜 권권 드려가멍, [-요령] 어느 임신 영헙거든 [요령] 신도본향한집, 그 법으로 [요령] 낳는 날은 셍산(生産) 잡고, [요령] 죽는 날 물고(物故) 츠지 장적(帳籍) 호적(戶籍) 문세(文書) 잡던, 무을 토지지관(土地之官) [요령] 신느려 상 받읍서. [요령] 밋볼레낭 박씨 할마님은 옛날 엿적 제국시대(帝國時代) 당허여근, [요령] 야 총각머리 등에 지여근 갯것 연변, 네려가시난 일본놈덜 오란, [요령-] 강탈헤여부난 박씨 할마님은 인간 세별헤연, 갈 곳 엇어지난 ○○○○ 볼레 볼레낭 밋볼레낭, 알로 강 좌정시겨근 가는 선도 내 츠지, 오는 선도 내 츠지 허여근 일만 헤녀, 좀수덜 [-요령] 어부덜이영 서울서 사업허는 즛순덜, 베허는 즛순덜 농사지는 즛순덜 일 년에 흔 번이엥 허나 두 번이엥 허나, 은대구덕 서대구덕 거니렁 오라근 저울령, 과세문안 드리는 즛순덜 잘 뒈고 요왕질 선왕질 발롸주켄1460) 영 허난, 그떼에 [요령-] 이 신흥무을 안네에 신1461) 조상, 밋볼레낭 박아 알로 오라근 좌정시경 옵던, 박씨할마님도 신느려 상 받읍서. 요왕황저국님도 신느립서. 동이와당 광덕왕에, 서이와당 광신요왕 남이와당 청요왕, 북이와당 흑요왕 중앙 황신요왕 데금상도 요왕국, 적금산도 요왕국 동경국 대왕님에 세경국 부인임, 부원국 삼처서 요왕대신선왕, 요왕대신 선앙대신님네덜 모다, 신느려, 신느려 상 받읍서. 성창지기 게지

1459) 바가.
1460) 바르게 하여 주겠다고.
1461) 있는.

기덜, 신ᄂᆞ려 상 받읍서. 그 뒤으로, [해녀대표와 마을 주민이 소지 준비를 하느라 약간 소란스럽다.] 올레지기 정살지기덜, 상 받읍서덜. [-요령]

■ 본향비념>추물공연

언메 단메 노기당산메, [요령-] 서천은 모란메덜 받읍서. 벡돌레덜 벡시리 받으 삼종 실과덜 받읍소서. 야 두 손 납작 콩ᄂᆞ물체에 깊은 바당메역 체소, 받읍서 계랄안주(鷄卵按酒) 받읍소서. 머리 곶인1462) 기제숙 받읍소서. 삼선향덜 받읍소서 지국정성 올립네다. 공문(空文) 올라 공소지(空所志) 정문(赤文) 정소지(赤所志), [-요령] 불천수는 대벽지(大白紙)덜 받읍소서. 지국정성 올립네다. [요령]

[해녀대표2가 심방에게 묻는다.]

(해녀대표2 : 우리도 저기 ᄉᆞ지 술 꺼?)

(김순아 : 응 술아사주.)

(해녀대표2 : 멧 장?)

(김순아 : 첫쩰 제 싸얄 건디이.)

(해녀대표2 : 제 쌀 거 나…….)

(김순아 : 응, 알맞게 헹 제 싸사여. 할망 몬딱 술아분다 이제.)

(마을주민 : 아니, 안 술암수다.)

[요령-] 지국정성 올립네다. 철년 먹고 만년 살을, 금강머들 쏠정미덜 받읍서. 지국정성 올립네다. [-요령]

■ 본향비념>비념

[요령-] 어느 건 허젠 허민 ○○○○, 야 넉인덜 아니 나, 어느 건 넉이 나며 공인덜 아니 들 수 잇소리까. 제인덜사 아니 들 수 잇소리까.

1462) 온전한.

[마을주민이 비 날씨에 소지를 태워야 하는데, 종이에 불이 잘 붙지 않자 말한다.]

(마을주민 : 안 부떰서.)

[심방과 해녀대표가 웃는다.]

(해녀대표1 : 젖지 아녓수까?)

[해녀대표2에게 말한다.]

(해녀대표1 : 가 보라.)

공든 답을 제겨줍서. 제든 답 제겨……. [-요령]

(마을주민 : 몰른 디로 헤도이 ᄂ시1463) 안 부떰져게.)

(김순아 : 가정 뎅기멍 몬딱 적져불엇져.)

(해녀대표2 : 우리 꺼영 ᄀ찌 술아불쿠다 이거. 양?)

(김순아 : 웅. ᄀ찌 술아불어.)

[해녀대표2가 마을주민에게 말한다.]

(해녀대표2 : 이레 줍서. 이레 줍서.)

(마을주민 : 그건 제 쌀 거.)

(김순아 : 이거 제 쌀 거.)

(해녀대표1 : 몬 젖어부난 안 부떰주게.)

[해녀대표2가 백지를 모아 들고 소지를 태우러 당의 한쪽 구석으로 간다.]

공든 답을 제겨줍서. 제든 답을 …….

(김순아 : 이거 영 ᄀ찌 영 헹 술아불어.)

제든 답 [요령-] 제겨줍서. 큰 나무 덕 엇입네다. 큰어룬이 덕 잇는 법 아닙네까. 기자 올고금년 ᄆ을 안네나, 동네에 펜안허게 헤여줍서 하다 궂인 일덜 당허게 허지 허게 맙서. 어느 요왕 선앙질덜 발롸줍서. 불썬 ᄆᆰ

1463) 'ᄂ시'는 '아무리 해도'의 뜻.

은 질 다까줍센 혜영, 궂인 운수덜랑 갑을동방(甲乙東方) 오는 액년, 경신서방(庚申西方) 막아줍서. 경신서방 오는 액년, 병오남방(丙午南方) 막아줍서. 날로 가면 날역이나 둘로 들언,

[해녀대표2가 심방에게 묻는다.]

(해녀대표2 : 전부 세 개만 쌀 거 아니?)

(김순아 : 응 세 개만게.)

둘로 둘역 월역 시력 다 메와줍서-. [-요령]

■ **본향비념＞소지원정·제반걷음**

받다 남은 공문(空文) 올라 공ᄉ지(空所志), 적문(赤文) 정ᄉ집네다.[1464] 불천수는 [요령] 대벽지(大白紙)웨다. 이 소지 [요령] 올라가는 데로, 멩과 복을 제겨줍서. 복과 멩을 제겨줍센 [요령-] 헤여 소지원정 술아[1465] 드려 위올려 드려가멍, [-요령] 예- 받다 남은 건 웃제반 걷웁네다-. 웃제반 걷어다야, 야, 신도본향한집님광 이거, 밋볼레낭 박씨 할마님에 상궤문도 누울려줍서 중궤문, 에~ 하궤문 [요령] 억만 수에 무어드립네다. [해녀대표2가 제단으로 가서 진설한 제물들을 조금씩 뜯어내고는 궤 안으로 넣는다.] 받다 남은 건 요왕 선앙제[1466] [요령] 드립네다-.

[김순아 심방이 해녀대표1에게 묻는다.]

(김순아 : 이거 온 거지양, 이거주양?)

(해녀대표1 : 예 예. 거 마을엣 거.)

[심방이 제비점을 친다.] ○○ ᄆᆞ을에서~,

(마을주민 : 이거 적은 거 다……)

(해녀대표1 : 젖어불언. 젖어불언.)

1464) 적소지(赤所志)입니다.

1465) 태워.

1466) '제'는 지를 말하는 것으로, 제물을 조금씩 뜯어 백지에 싸서 바다에 던짐.

(김순아 : 믄 젖어불엇수게.)

[해녀대표2가 마을주민에게 말한다.]

(해녀대표2 : 젖어부난양, 삼춘 뭐 못해.)

[김순아 심방이 제비점을 치면서 말한다.]

(김순아 : 못허고~.)

(마을주민 : 아니 저 무시거. 이름 죽아논[1467) 거.)

(해녀대표2 : 게메 다 젖어불언.)

(해녀대표1 : 게메 어떵 안 헙니다게.)

(김순아 : 어떵 안 헙니다. 다 올렷수게.)

(해녀대표1 : 이 쏠이나 받읍서. 삼춘.)

[마을주민이 당의 한쪽 구석에 불태우는 곳에 가서 무언가를 던져 놓는다.]

(해녀대표2 : 거 다 뭐 뒛수께게.)

조상 ᄀ찌 알다니~, [심방이 마을주민에게 쌀알을 건네준다. 마을주민이 쌀알을 먹는다.][제비점] ᄆ을에서 오랏수다~.

(김순아 : 정성드럿젠 헴서양.)

(마을주민 : 예.)

(김순아 : 겐디 ᄆ을에 ᄒ끔 금년 조심헤사 싸움헐 일이 좀 잇엄직허우다양.)

(마을주민 : 예.)

(해녀대표1,2 : 싸움헐 일…….) [웃음]

(해녀대표1 : 싸움도 허지 아, 싸움도 허고.)

[김순아 심방, 마을주민에게 쌀알을 건네주며 말한다.]

(김순아 : 조심허민양.)

1467) 적어놓은.

(마을주민 : 삼제관은 좋수가? 이건 이장님.)

(김순아 : 예 예 예. 알암수다.)

(마을주민 : 삼제관.)

(해녀대표2 : 저디서 다 거니렴수게.)

(해녀대표1 : 저디서 다 거니렴수게.)

(김순아 : 저디서 믄 거니렴수게.)

영 허난 무을 이장~ 삼제관이나 게민 무을에 펜안이나 허고~,

(해녀대표2 : 이거 이거 삼춘 이거 받읍서.)

[김순아 심방, 마을주민에게 쌀알을 건네주며 말한다.]

(김순아 : 자, 펜안허쿠다.)

경 허민 헤신제~, 무을제 허는디 무음 먹고 뜻 먹엉 오랏수다 영 허난,
[제비점] 헤녀 어룬덜이영~,

[김순아 심방, 마을주민에게 말한다.]

(김순아 : 저 것더레 비와붑서.)

게난 이 날 어부 헤녀덜이영 바당질이 고맙수다. [심방이 해녀대표1이
게 쌀알을 건네준다.] 게민 맹심허민~, 바당질이 [해녀대표가 쌀알을 먹
는다.][제비점] 소소헌 일덜사 엇임입네까만은, 금년은 요왕황제국에서
나~, 바당에서 넉날 일덜이나 엇곡~,

[김순아 심방, 해녀대표1에게 쌀알을 건네주며 말한다.]

(김순아 : ○○ 넉날 일이 흐끔 시크라양.)

(해녀대표1 : 아.)

(김순아 : 암만 상군, 상군이라도. 그날 운이 나쁘면은 넉날 일이 실 꺼
난 궂인 운을 맹심을 헤사큰게에.)

[해녀대표가 쌀알을 먹는다.]

(마을주민 : 강 말헤 안네젠 볼펜이영 다 앗안 완.)

[제비점][해녀대표1이 웃으며 말한다.]

(해녀대표1 : 다 죽안 간.)

(마을주민 : 궂다 궂다 헌 건 삼제관허고 이장허고 너이라 노난.)

(해녀대표2 : 아이고 비와 노난 못 허쿠다게.)

(김순아 : 삼제관이고 이제관이고.)

(해녀대표1 : 비가 안왕 편안이⋯⋯.)

(해녀대표2 : 비가 안 왕 뭐헤사 어떵⋯⋯.)

(김순아 : 영 오랑 역게만 바쩌져도 좋주.)

[해녀대표1이 쌀알을 건네받아 먹는다.]

(해녀대표1 : 다 할마님이 다 알안.)

(김순아 : 다 알암주게.)

(해녀대표2 : 다 알아근에.)

(김순아 : 관찬여쿠다게.)

[마을주민이 제단으로 가서 제물을 정리하고 내리려 하며 묻는다.]

(마을주민 : 저짝 큰상부떠 헤살 거?)

(해녀대표1 : 궨찬으쿠덴 헙서.)

(해녀대표2 : 아니 그디부떠 해붑서. 그디부떠.)

(김순아 : 관게찬여켄 굴아붑서양.)

(해녀대표1 : 궨찬켄 굴읍서. 흐끔 멩심만 허렌 헴젠. 동네 사름덜이영 싸움 흐끔 싸울 일 잇이켄.)

(김순아 : 입다툼 헤근엥 이젠 법에 걸어져낭. 법에 걸어지나 어떵.)

[심방이 제비점을 보았던 쌀을 정리한다. 이어 해녀대표2가 제단에 진설했던 제물을 내리고 심방이 앉은 자리로 가져온다. 심방이 제물을 조금씩 뜯어모아 백지에 지를 싼다. 해녀대표2는 옆에 함께 앉아 밥그릇에 제물을 조금씩 뜯어 놓아 걸명할 것을 준비한다. 걸명 준비를 마친 해녀대표2가 심방에게 걸명하러 가도 되냐고 물으니, 심방이 그러라고 하여 해녀대표2가 걸명하러 바다쪽으로 나간다.]

■ 본향비념>지드림

[심방이 요령을 들고 신자리에서 일어나, 본향당 밖으로 나간다. 걸명을 하러 갔던 해녀대표2가 마침 본향당으로 들어온다. 심방이 바다 쪽을 향하여 요령을 흔들며 말명을 한다.][요령-] 예-, 동이와당 광덕왕 서이와당 광신요왕 남이와당 적요왕 [비와 바람소리에 잘 들리지 않는다. 불청] 예- 요왕 선앙제 드립네다-. 예- 무을제 드립네다-. 예- 헤넛제 드립네다-. 예- 토지지관제 드립네다-. 영혼제 드립네다 몸제 드립네다-. [-요령]

■ 본향비념>걸명잡식·군졸지사귐

[심방이 요령을 흔들며 계속 이어서 말명을 한다.] 시걸명에 [요령-] 잡식이랑 네여다가, [-요령] 산신에 군줄이여 요왕 [요령-] 선앙 군줄이여 본당에 군줄이여, [-요령] 신당에 군줄이여 성창지기[1468) 게지기[1469) 덜, 주이 [요령-] 붸여 드립네다. 상불턱에 놀던 군줄이여 중불턱에, [-요령] 하불턱에 놀던 군줄이로구나. [요령] 안여 밧여 숨은여에 또랑여에 놀던 군줄이로구나. 서모봉[1470) 알로 [요령-] ○○ 알로 큰세사스미[1471) 셋사스미[1472) 족은사스미[1473) 알로, [-요령] 놀던 선앙 군줄이로구나. 요거 보난, 어느 별장(別莊) 알로 놀던 군줄이로구나. 어느 여끗에[1474) 놀던 군줄이로구나. 상불턱에 중불턱 하불턱에 [요령-] 놀던 군주덜이로구나. [-요령] 얻어 먹저 얻어 씨저 허던 ○○, ○○ 하군줄 떡이여 밥이여 술

1468) 포구를 지키는 신.
1469) '게지기'는 갯가를 지키는 신.
1470) 제주시 조천읍 함덕리에 있는 오름.
1471) 함덕리 바닷가 지명.
1472) 함덕리 바닷가 지명.
1473) 함덕리 바닷가 지명.
1474) 여의 끝에.

이여 궤,[1475] 많이 [요령] 지사굽네다~.

(김순아 심방 : 설렁덜 가게. 우린 감시크라이.)

(해녀대표1,2 : 예 예.)

[1475] '궤기여'라고 할 것인데 발화가 완성되지 않은 것. '고기여'의 뜻.

■ 엮은이 소개

허남춘 성균관대학교 국어국문학과를 졸업하고, 동 대학원 국어국문학과에서 문학
박사학위를 받았다. 제주대학교 국어국문학과 교수로 재직 중이다. 제주대
학교 탐라문화연구소장, 박물관장을 역임하였다. 현재 한국무속학회 회장을
맡고 있다. 주요 저서로『제주도 본풀이와 주변 신화』(보고사, 2011),『설문
대할망과 제주신화』(민속원, 2017),『이용옥 심방 본풀이』(공저, 제주대학교
탐라문화연구소, 2009) 등이 있다.

강정식 제주대학교 국어교육과를 졸업하고, 한국학중앙연구원 한국학대학원에서
문학박사학위를 받았다. 현재 제주대학교 강사, 제주학연구소 소장으로 활
동하고 있다. 주요 저서로『제주굿 이해의 길잡이』(민속원, 2015),『제주도
조상신본풀이 연구』(공저, 보고사, 2006),『동복 정병춘댁 시왕맞이』(공저,
보고사, 2008),『제주도 큰심방 이중춘의 삶과 제주도 큰굿』(공저, 민속원,
2013),『아시아 신화 여행』(공저, 실천문학사, 2016) 등이 있다.

강소전 건국대학교 국어국문학과를 졸업하고, 제주대학교 대학원에서 문학박사학
위를 받았다. 현재 제주대학교 강사, 제주대학교 탐라문화연구소 특별연구
원이다. 주요 저서로『동복 정병춘댁 시왕맞이』(공저, 보고사, 2008),『제주
도 큰심방 이중춘의 삶과 제주도 큰굿』(공저, 민속원, 2013),『이용옥 심방
본풀이』(공저, 제주대학교 탐라문화연구소, 2009) 등이 있다.

송정희 한국방송통신대학교 국어국문학과를 졸업하고, 제주대학교 대학원 박사과
정을 수료하였다. 현재 한국아동국악교육협회 제주지부장을 맡고 있다. 주
요 저서로『동복 정병춘댁 시왕맞이』(공저, 보고사, 2008),『이용옥 심방 본
풀이』(공저, 제주대학교 탐라문화연구소, 2009) 등이 있다.

증편 한국구비문학대계 9-5
제주특별자치도 제주시 ②

초판 인쇄 2017년 12월 21일
초판 발행 2017년 12월 28일

엮 은 이 허남춘 강정식 강소전 송정희
엮 은 곳 한국학중앙연구원 어문생활사연구소
출판기획 유진아

펴 낸 이 이대현
펴 낸 곳 도서출판 역락
편   집 권분옥
디 자 인 안혜진

주   소 서울시 서초구 동광로46길 6-6(반포4동 577-25) 문창빌딩 2층
등   록 1999년 4월 19일 제303-2002-000014호
전   화 02-3409-2058, 2060
팩   스 02-3409-2059
이 메 일 youkrack@hanmail.net

값 60,000원

ISBN 979-11-6244-158-9 94810
      978-89-5556-084-8(세트)